AF289251

Florian Frankhauser

LUFT UND FEUER

Ein Natlara Roman – Elementarier 1

Von Florian Frankhauser sind bisher folgende Bücher erschienen:

Die Elementarier-Saga:

Elementarier 1 – Luft und Feuer

Weitere Bände in Vorbereitung

Elementarier 2 – Von Tangrintanien bis Olorien

Elementarier 3 – Die Prophezeiung

Florian Frankhauser

LUFT UND FEUER

ELEMENTARIER 1

FSC
www.fsc.org
MIX
Papier aus ver-
antwortungsvollen
Quellen
Paper from
responsible sources
FSC® C105338

Impressum

Deutsche Erstausgabe Januar 2025
1. Auflage
Copyright © Florian Frankhauser
Alle Rechte vorbehalten.

Grafiken der Elemente von Freepik (freepik.com)

Lektorat:
Jeanine Ziebarth

Korrektorat:
Sabine Hofbauer

Umschlaggestaltung und Verlag: BoD · Books on Demand GmbH,
In de Tarpen 42, 22848 Norderstedt, bod@bod.de
Druck: Libri Plureos GmbH, Friedensallee 273, 22763 Hamburg

Bibliografische Information der Deutschen Nationalbibliothek: Die
Deutsche Nationalbibliothek verzeichnet diese Publikation in der
Deutschen Nationalbibliografie; detaillierte bibliografische Daten
sind im Internet über http://dnb.dnb.de abrufbar.

Die automatisierte Analyse des Werkes, um daraus Informationen
insbesondere über Muster, Trends und Korrelationen gemäß § 44b
UrhG („Text und Data Mining") zu gewinnen, ist untersagt.

Weitere Informationen unter:

www.florian-frankhauser.de
Facebook-Seite: Autor – Florian Frankhauser
Instagram: florianfrankhauser

ISBN 978-3-7693-6084-4

Für meine Mutter,
die diesen Roman regelrecht verschlungen hat.

NÖRDLICHES NATLARA
473 ZEIT NACH DER
NEUERSCHAFFUNG DER WELT

SKUYLE

TRÄNENINSELN

TRÄNENWACHT

TRÄNENMEER

NORDMEER

BUCHT VON EBRAS

EBRAS

TANGRINTANIEN

DIE REGENLANDE

NÖRDLICHES TADRIUM

SÜDLICHES TADRIUM

PASMOTAR

BLOS PAANA

VERWAISTE LANDE

BELINDIN

CARANE

LAND AM NORDMEER

HUBRUG

NASKURIA

ESTREN

NÖRDLICHES OLOMEER

SÜDLICHES OLOMEER

NEBRAN

FEUERWÜSTE

OSNIL

BUCHT VON OLO

OLORIEN

ILOVRIA

HERZBUCHT

WESTMEER

HIMMELSGEBIRGE

KÖNIGREICH TANGRINTANIEN

TANNBERG
HAUPTSTADT VON
TANGRINTANIEN

ZITADELLENRING

3. RING

2. RING

1. RING

SCHERBENTOR

WOHNBEREICHE

GLASSCHERBENVIERTEL

WOHNBEREICHE

KLEINE LÄNGAU

STADTTOR

HÄNDLERTOR

HÄNDLER

ZUM LACHENDEN
PEGASUS

KÜNSTLER

TOR DER ELEMENTE

NATUR

PLATZ
DER
ELEMENTE

ERDE

FEUER

WASSER

LUFT

ADEL

KIRCHPLATZTOR

STÄLLE

ZITADELLENTOR

ZITADELLE

KASERNEN

ADEL UND
REICHE BÜRGER

WOHNBEREICHE

DUFTENDES
TOR

SCHMIEDE, LEDERER,
GERBER, FÄRBER

KLEINES
TOR

TANNGAU

Prolog

Die Sonne blitzte auf ihren letzten Metern zum Horizont durch die träge dahintreibenden Wolken. Einzelne Sonnenstrahlen fielen wie goldene Speere auf die brach liegenden Felder und Wälder weit unten im Tal. In nicht allzu ferner Zukunft würde der Frühling neues Leben hervorzaubern und die Bauern von ihrer wohlverdienten Winterruhe im warmen Hof auf die Felder zurücktreiben. Dort würden sie ihr jährliches Werk von Aussaat, Pflege und Ernte von Neuem beginnen. Hier oben, in Nähe der Baumgrenze, bekam die Natur wenig von der Geschäftigkeit der Menschen mit. Nur gelegentlich verirrte sich ein Einheimischer in diese Höhe. Von Fremden gar nicht zu sprechen. Dies führte dazu, dass Tiere sich wenig genötigt fühlten, fluchtartig Reißaus zu nehmen.

Yeban stolperte leise fluchend durch eine Reihe von Besenginstern. Sie hatten sich zwischen niedrig wachsenden Tannen ihren Platz gesucht. Eine Rebhuhnkette erblickte ihn. Verwundert hielt er inne. Die einzelnen Tiere flatterten nicht lautstark schimpfend davon, sondern stolzierten nur unter lautem, rostig und heiser klingendem *kirrik* ein paar Meter weiter. Anschließend widmeten sie sich wieder ihrer Nahrungsaufnahme der Kräuter am Boden. Normalerweise bewegte er sich in unwirtlichen Landschaften umsichtig und machte wenig Geräusche. Schon oft wurde er von Begleitern verwundert betrachtet, wenn er mit seiner stattlichen Figur leise und sanft den Wald durchquerte. Einem gut gebauten Krieger wurden Schleichen und

Pirschen nicht zugetraut und eher erwartet, dass er laut, grobschlächtig und rüpelhaft durch die Landschaft stapfte.

Heute jedoch, wie auch schon die letzten Tage, war er vor Tagesanbruch aufgebrochen und demzufolge nicht mehr ganz trittsicher unterwegs. Er merkte, wie seine Aufmerksamkeit und Konzentration nachließen. Außerdem machte sich die kaum verheilte Verletzung am linken Oberschenkel bemerkbar und kostete ihn gleichwohl Kraft, die er für die langen Tagesmärsche brauchte.

Erneut fluchend zog Yeban an seinem Mantel, um ihn aus den knorrigen Fängen des Besenginsters, in dem er sich verfangen hatte, zu befreien. Anschließend trat er auf die sich vor ihm ausbreitende karge Fläche, auf der vereinzelt Baum- und Sträuchergruppen standen. Die Rebhühner beschwerten sich erneut und rückten weiter von der gerüsteten Menschengestalt ab, ohne jedoch wegzufliegen.

Die Sonne zog über den Horizont und war fast hinter den in seinem Rücken aufragenden Bergen verschwunden. Das letzte Tageslicht musste er nutzen, um die kleine Höhle zu erreichen, die hangaufwärts lag. Zumindest hoffte Yeban, dass es eine Höhle war. Er hatte den vermeintlichen Unterschlupf vor einiger Zeit von einem kleinen Kamm aus erspäht. Ihm war klar, dass er nicht mehr viele Möglichkeiten hatte, ein Nachtlager für heute zu finden. Besser gesagt, keine. Im Vorfrühling wurden die Nächte in dieser Höhe bitterkalt, und er befürchtete, dass all seine verbliebene Kraft bald gebraucht würde.

Einige der Rebhühner wurden unruhig, hoben den Kopf und schlugen mit den Flügeln, als ob sie losfliegen wollten. Aufgeschreckt schweifte Yebans Blick von den letzten Strahlen der Sonne zurück zum Himmel über dem Tannenwäldchen. Bewegte sich dort in der Ferne etwas am Himmel? Es war überfällig, dass sie sich ihm wieder anschloss. Normalerweise suchten beide ihr Nachtlager frühzeitig, um etwas zu essen zu sammeln oder zu jagen. Aber das war die letzten Tage nicht möglich gewesen. Nicht, dass sie sich ihm nicht frühzeitig anschloss, sondern dass er sich etwas Frisches zu essen besorgen konnte. Die letzten Nahrungsmittel, die er in seinem Rucksack mitführte, würden nicht mehr lange halten. Höchstens noch einen Tag, vermutete er. An diesem Morgen hatte er etwas Brot, ein kleines Stück Hartkäse und einige Wurzeln über, die er eingepackt hatte, nachdem er sein Frühstück beendet hatte. Doch das Nahrungsmittelproblem musste er auf später verschieben.

Er blickte zu den Rebhühnern, und während er einen Schluck aus seinem Wasserschlauch nahm, sinnierte er, welchen Wohlgenuss und welche Kraft ihm ein saftiger Braten geben würde. Etwas von dem Wasser lief ihm in den ungepflegten Bart, und beim Absetzen des Schlauchs wischte er sich die Tropfen mit dem Ärmel der Jacke beiseite. Gerne hätte er sich morgens, wie sonst üblich, rasiert. Leider konnte er es sich nicht leisten, dafür eine längere Pause einzulegen. Er musste so schnell wie möglich tiefer ins Gebirge und dort versuchen, seinen Verfolgern zu entkommen.

Seufzend befestigte er den ledernen Wasserschlauch an seinem Gürtel und löste sich von der schönen Vorstellung eines warmen Bratens und einer Rasur. Gedankenverloren berührte er mit der rechten Hand die unter seinem Leinenhemd verborgene, leicht pulsierende Perle. Schon sehr lange trug er diese eingefasst mit einer feinen Goldkette um seinen Hals. So lange, dass ihm, sobald er sie ablegte, vermeintlich etwas von ihm selbst fehlte. Nicht nur das feine Pulsieren, das er dann nicht spürte, oder der leichte Druck auf der Kuhle über dem Sternum, der dadurch abging. Er wusste, dass sie mitunter verantwortlich für sein unnatürlich langes und sehr gesundes Leben war. Das veränderte sich nicht, wenn er sie für einige Zeit abnahm. Durch die Empfindung, die sie ihm vermittelte, fühlte er sich jedoch einfach wohler.

Bewusst schüttelte er kurz seinen Kopf, ließ die Hand sinken und besann sich auf die vor ihm liegende Aufgabe. Gerade setzte er an, um den Weg zu der vermeintlichen Höhle weiterzugehen, als sich ein von über dem Wald herbeibrausender Schatten mitten unter die Rebhühner warf. Damit war die Ruhe endgültig gebrochen. Mit lautem, heiserem Geschrei stoben alle Hühner, bis auf zwei, in unterschiedliche Richtungen davon. Die zwei allerdings würden sich nie mehr irgendwohin davonmachen, dachte Yeban, als er sich von seinem kurzen Schreck erholte. Eines der Rebhühner war durch drei scharfe Krallen regelrecht in den Boden genagelt und das zweite wurde gerade von einem mattgelben, mit feinen Blutsprenkeln bedeckten Adlerschnabel in zwei Hälften geteilt.

Er machte sich rasch auf den Weg zum ehemaligen Futterplatz der Vögel. Als er bei der wolfsgroßen Kreatur ankam, hatte diese schon das geteilte Huhn verschlungen und machte sich über den zweiten Leckerbissen her.

»Immerhin eine von uns hat heute eine hervorragende Mahlzeit«, murmelte er, als er neben sie trat. Etwas lauter, dass der Griffin ihn auch auf jeden Fall hörte, er aber keine ungewollten Echos in der Umgebung erzeugte, raunte er: »Schön, dass du auch noch aufgetaucht bist. Ich hatte schon angefangen, mir Sorgen um dich zu machen.«

Ischve sah nur halb zu ihm auf, riss anschließend auch das zweite Huhn in Einzelteile und schluckte sie kurzerhand hinunter. Daraufhin drehte sie sich zu ihm um, rieb ihren Schnabel an seiner Hüfte und sagte: *»Einer von uns muss sich ja darum kümmern, den Überblick zu behalten, während wir überhastet durch dieses Vorgebirge rennen!«*

Sagen war in dem Zusammenhang allerdings nicht ganz das richtige Wort. Er hörte die Stimme mehr in seinem Kopf, als dass Ischve wirklich etwas von sich gab – bis auf die kleinen schmatzenden Laute, die davon zeugten, dass die Einzelteile des Vogels gerade hinab in den Magen wanderten.

»Sie haben übrigens nicht aufgegeben und sind nicht mehr weit hinter uns«, hörte er. *»Es ist, als würde sie etwas unermüdlich antreiben. Sie holen jeden Tag, den wir uns bewegen, weiter auf und werden uns im Laufe der Nacht einholen, wenn sie keine Pause einlegen. Und das werden sie heute nicht tun.«*

Yeban nickte und fragte: »Könntest du auskundschaften, ob sich den Berg hinauf eine Höhle für mein Nachtlager befindet? Von einem Kamm aus hatte ich den Eindruck, als würde sie sich dafür eignen.« Er strich sich mit der Hand durch den Bart. »Wobei sich die Frage stellt, ob es Sinn ergibt, eine Stelle zum Schlafen zu suchen, wenn wir bald eingeholt werden.«

Sie hob den Kopf, spähte den Hang hinauf und zuckte dann wieder zu ihm zurück. »*Die Höhle wäre ausreichend für uns beide. Sollen wir uns auf den Weg dorthin machen?*«

Yeban nickte und marschierte los. Er wusste, Ischve würde sich noch geschwind das Blut vom Schnabel wischen, sich ein paar ihrer Federn am Flügel zurechtzupfen und anschließend schneller als er das Stück hangaufwärts zurücklegen. Ein Teil des Blutes vom Schnabel war bei ihrer Begrüßung an seinem Mantel zurückgeblieben. Er kümmerte sich nicht darum. Durch die Hetzjagd in die Berge hinein musste er das Kleidungsstück sowieso entsorgen. Auch wenn er einiges an gutem Geld dafür ausgegeben hatte.

»Schade um das schöne Stück. Es war richtig angenehm zu tragen, hat einiges ausgehalten und mich in den Frühlingsnächten hier in den Bergen gut gewärmt«, murmelte er und blickte kurz zu dem Griffin zurück.

Auf halbem Weg zur Unterkunft für die Nacht hörte er, wie Ischve sich vom Boden abstieß. Sie führte ein paar schnelle Flügelschläge aus und segelte leise durch die inzwischen hereingebrochene Dämmerung zur Höhle. Als sie über ihn hinwegglitt, bewunderte er den Körperbau des Griffins. Anders als der ihrer größeren Verwandten, der Greife, war er schlanker, drahtiger und sehniger. Wo ein Greif massiger, mit viel Fell und breiterer Brust daherkam, hatte der Griffin schon fast einen zierlichen Körperbau. Ein kurzer Schwanz ohne Quaste und ein Adlerkopf mit eisblauen Augen rundeten das Gesamtbild ab. Der größte Unterschied lag jedoch in den Füßen der Griffin und der Greifen. Wo ein Greif sich auch am Boden sehr behände durch seine Löwentatzen bewegen konnte, war der Griffin dort im Hintertreffen. Durch die vier Fänge war es ihm zwar möglich, kurze Entfernungen zurückzulegen, jedoch sah das eher staksig und nicht sehr elegant aus. Deswegen flogen Griffin lieber jede Strecke, als dass sie sie zu Fuß zurücklegten.

Bei der Höhle angekommen, war sich Yeban klar geworden, was er tun musste.

»Wir müssen uns trennen«, teilte er Ischve mit fester Stimme mit. »Ich sehe keine Möglichkeit für mich, dass ich den

Verfolgern entkommen kann. Meine Verletzung tut sein Übriges zu dem Antrieb unserer Feinde. Ich kann nicht schneller sein als sie. Außerdem werde ich dir die hier mitgeben.« Damit zog er die Perle aus seinem Hemd, öffnete den Verschluss der Kette und hielt sie sich für eine letzte Betrachtung vor das Gesicht. Wie eine schlierige milchige Flüssigkeit in Bewegung erstrahlte die Perle in einem sanften, nicht sehr hellen Licht. Yeban seufzte, schloss ein letztes Mal die Hand um die Perle, drückte sie an seine Brust und murmelte ein kurzes Gebet zu seinem Gott. Anschließend öffnete er die Hand, zog die gefasste Perle von der Kette und legte sich diese wieder an.

Ischve betrachtete ihn mit schief gelegtem Kopf. Als er ihr die Hand mit der Perle hinstreckte, meinte sie verwirrt: »*Hast du dir das auch gut überlegt? Du weißt, dass du dadurch deine Elementariergabe nicht mehr nutzen kannst. Du musst dich auf deine eigenen körperlichen Fähigkeiten verlassen.*«

»Das ist mir klar«, erwiderte er resigniert. »Aber ich sehe keine andere Möglichkeit. Und diese Macht darf ihnen auf keinen Fall in die Hände fallen. Soweit ich Tails verstanden habe, sind wir nicht die Einzigen, die in Schwierigkeiten geraten sind, und bei allen konnte sie danach nicht aufgespürt werden. Als wäre sie verschwunden. Ich vertraue sie dir an. Suche Finvara und bring sie ihr. Vielleicht weiß sie, was zu tun ist. Außerdem weiß ich dann, dass du in Sicherheit bist, meine Freundin.« Mit diesen Worten und schweren Herzens streckte er auffordernd die Hand zu ihrem Schnabel.

Erneut legte Ischve den Kopf schief, blickte ihn an und pickte vorsichtig die Perle aus seiner geöffneten Hand. Er senkte sie langsam an die Seite. »*Du weißt, dass ich mit dir kämpfen würde, wenn es sein muss. Bis sie oder wir den Sieg davongetragen haben*«, hörte er sie aufmunternd in seinem Kopf.

›Ich weiß‹, dachte er niedergeschlagen und senkte den Blick. ›Aber ich glaube nicht, dass wir sie besiegen könnten. Auch nicht gemeinsam.‹

Interessanterweise konnte Ischve ihn nicht, wie er sie, durch Telepathie hören. Er musste, mehr oder weniger, laut aussprechen, wenn er ihr etwas mitteilen wollte. Bisher konnte ihm keiner der Gelehrten, die er gesprochen hatte, erklären, warum dies so war.

›Gegenseitige Telepathie wäre zu schön und hätte so manches Abenteuer zu einem anderen Ausgang geführt‹, dachte er und sann kurz über ihre vielen gemeinsamen Jahre und Erlebnisse nach.

Erneut schüttelte er den Kopf, hob den Blick, um ihr in die Augen zu sehen, und sagte mit entschlossener Stimme: »Wir müssen es so machen. Es gibt keinen anderen Ausweg. Und wir haben keine Zeit, um uns den Kopf zu zerbrechen. Wie lang, denkst du, werden sie noch brauchen, bis sie hier sind?«

»*Einige Stunden, wenn sie keine Pause einlegen. Sie sind noch zu sechst*«, hörte er. Und kurz darauf ähnlich einem Kichern: »*Zwei weitere haben sie wohl an den Berg oder den Wald verloren.*«

»Lass uns den Abschied nicht hinauszögern. Ich weiß, was ich tun muss und was mich erwarten wird«, sagte Yeban, indem er auf sie zutrat. Er legte seine kräftigen Arme um ihren Hals und drückte sie liebevoll. »Wir hatten eine wundervolle Zeit, und wenn ich es hier herausschaffe, treffen wir uns dort, wo wir uns immer getroffen haben, wenn wir getrennt wurden. Dann kannst du mir meine Perle zurückgeben.« Gedanklich fügte er noch hinzu: ›Auch wenn ich das Gefühl habe, dass sich unsere Wege hier für immer trennen werden.‹

Er trat zurück und Ischve warf ihm einen Blick zu. Es erschien ihm, als würde sie es bevorzugen, hier bei ihm zu bleiben. »Nun flieg schon, Ischve. Ich muss mich auf den Kampf vorbereiten und mir eine gute Position suchen, von der aus ich mich verteidigen kann.«

›Wenn ich nur jemals gelernt hätte, gut mit einem Bogen oder einer Armbrust umzugehen. Ich treffe auf zehn Meter nicht einmal eine Tür‹, dachte er bedauernd.

Sie stupste ihn noch einmal mit dem Schnabel an, rieb ihren Kopf an seiner Brust und stakste ein paar Schritte zurück.

»*Leb wohl, mein Freund, hack ihnen in die Augen und lass dich auf keinen Fall von ihnen töten!*«, hörte er noch, bevor ihn der Wind vom Flügelschlag, der sie in die Luft beförderte, ins Wanken brachte. Er schaute ihr hinterher, als sie höher stieg und

Richtung Süden davonflog. Ein paar Minuten stand er so da und grübelte über seine nächsten Schritte nach.

Als sie seinem Blick entschwand, wandte er sich gegen Westen, in die Richtung, aus der er gekommen war. Die aufgegangenen Monde warfen ein gutes Licht auf die Landschaft am Berghang.

›Ich werde meine letzte Ration in der Höhle essen, meine Äxte schärfen und mich dann wieder zum Wäldchen zurückbegeben‹, dachte er. ›Dort kann ich sie möglicherweise überraschen und sie können mich nicht mit ihren Bögen abschießen wie eine Taube. In der Höhle wäre ich gefangen wie ein Tier in einem Käfig. Vor allem da sie nicht wirklich groß und tief ist.‹

Yeban setzte sich auf einen Stein vor dem Hohlraum im Berg und packte seine Essensreste aus. Einige Minuten später hatte er alles vertilgt, sich entleert und begonnen, mit Wetzstein und Waffenöl seine Handäxte zu schärfen. Strich um Strich zog er zunächst über die eine, anschließend über die andere zweiflüglige Waffe. Wie immer schärfte sich dadurch nicht nur das Metall, sondern auch sein Fokus und er wurde ruhiger und ruhiger. Das war seine Art zu meditieren und sich ganz auf die nächste Herausforderung auszurichten. Schon oft hatte ihm die Vorgehensweise gut gedient und in aussichtslosen Kämpfen den Kopf gerettet. Jedoch hatte er da immer seine Kraft zur Verfügung gehabt und war nicht hoffnungslos unterlegen gewesen wie jetzt.

Mit genügend Zeit vor Ankunft der Verfolger stand er auf und legte ein paar dürre Äste in das kleine Feuer, das er entzündet hatte. Er genehmigte sich einige Schlucke aus dem Schlauch, ließ seine Habseligkeiten in der Höhle zurück und machte sich mit seinen beiden Äxten auf den Weg zum Futterplatz der Rebhühner und daran vorbei in das Waldstück. Beide Monde, der kleinere bläuliche und der größere hellviolette, sowie die Sterne schienen nun hell auf den Bergkamm und er konnte einigermaßen die Umgebung erkennen. Er hoffte, dass seine Verfolger so ungeschickt waren, sich mit Fackeln auszurüsten, die ihm verrieten, wo sie sich aufhielten, und die sie womöglich blendeten. Er ging jedoch nicht davon aus. Bisher waren sie sehr geschickt vorgegangen, wie ihm die Wunde am Oberschenkel bestätigte.

Weitere Minuten verbrachte er an einen Baum gekauert. Plötzlich stob ein aufgeschreckter Waldkauz durch die Kronen der Bäume davon. Das eröffnete ihm, dass sie keine Fackeln angezündet hatten, denn kein Feuerschein war zu erkennen. Sein Platz wurde auf der linken Seite von der abfallenden Bergseite begrenzt. Rechts und vor ihm breitete sich der leicht abschüssige Wald mit seinen Bäumen und Sträuchern aus.

Hoffentlich waren die zwei Verfolger, die verunglückten, die beiden, die er als die gefährlichsten von der Truppe einschätzte. Oder wenn nicht die, dann zumindest diejenigen mit den Armbrüsten.

Er linste durch die Stämme zurück in Richtung Höhle und zu dem Feuerschein, der ganz fahl daraus hervorflimmerte.

»Wenn es gut läuft, denken sie, dass ich mich wirklich in diesem Erdloch verschanzt habe«, murmelte Yeban in seinen Bart.

Wie zur Bestätigung bewegten sich geduckt rechts von ihm zwei Schemen durch den Wald und in die gleiche Ginstergruppe hinein, durch die auch er gestolpert war. Es war nicht möglich, den Hang hinaufzulaufen, ohne diesen Weg zu nehmen. Das war Yeban bewusst und er hatte sich genau den Platz ausgesucht, um zuzuschlagen. Jedoch nicht bei der ersten Gruppe. Das war nur die Vorhut und sie sollten von seinem Feuer in der Höhle abgelenkt und angezogen werden. Wie es aussah, ging sein Plan auf. Stolpernd schlichen die beiden durch die Sträucher und anschließend den Hang hinauf.

Wenn er sich nicht täuschte, würde in kurzem Abstand die restliche Mannschaft den beiden Spähern folgen. Er wartete und schielte hinter dem Baum hervor, an dem er sich geduckt hielt. Da! Wie vermutet bewegten sich drei weitere Schatten durch den Wald. Einer schlich genau auf sein Versteck zu. Die beiden anderen jeweils einige Meter versetzt von ihm und voneinander.

›Nur wo ist der vierte und letzte von den übrigen Verfolgern?‹, fragte sich Yeban. ›Aber ich kann nicht warten und die

Gelegenheit verstreichen lassen. Sie werden sehr schnell merken, dass die Höhle leer ist, und feststellen, dass ich nicht weitergegangen bin.‹

Immerhin musste er sich zunächst nur mit drei der Männer herumschlagen und wenn er sie schnell ausschalten konnte, hätte er eine kleine Chance zu entkommen.

Yeban zwang sich, ruhig und gelassen ein- und auszuatmen. Inzwischen war der nächste Mann an dem Baum vorbeigeschlichen und drehte ihm den Rücken zu. Er hatte ihn nicht entdeckt. Yeban schnellte aus der Hocke nach oben und hieb mit der Axt in der rechten Hand von oben in den Hals des Jägers. Als dieser durch den harten Schlag in die Knie sackte, schlug er mit der zweiten Axt von der anderen Seite zu. Es war einer der beiden, die sich als sehr gerissen und fähig erwiesen hatten. Er hoffte, dass er mit seiner Aktion wenig Lärm erzeugte. Leider war eine der Äxte auf Nieten an der Kleidung des Mannes getroffen und es erklang ein deutliches metallisches Geräusch.

Yeban schaute nicht, ob sich der Feind wieder erheben würde, sondern nutzte seinen Schwung, den er aus den Schlägen mitgenommen hatte. Er stieß sich an dem vollends zusammensackenden Gegner vorbei, zog seine beiden Äxte aus dem Hals des Mannes und rannte in Richtung des zweiten einige Meter vor ihm. Der stieß einen erstickten, erschrockenen Laut aus und wandte sich dem Geräusch zu.

Yeban sauste an zwei Bäumen vorbei, täuschte mit der linken Waffe einen Schlag an die Hüfte an und rammte dem Mann die zweite Axt an den Oberarm, als der sein Messer und Kurzschwert zur Abwehr an der Hüfte kreuzte. Blut spritzte und unter röchelndem Stöhnen taumelte der schlaksige Gegner nach links. Panisch richtete er sein Messer, das er in der rechten Hand hielt, schräg vor sich am gestreckten Arm aus. Der linke hing schlaff, blutspritzend und leblos herab. Das Kurzschwert war ihm aus der Hand gefallen. Yeban bremste ab, trat dem Mann mit dem rechten Fuß an dessen linke Knieaußenseite und schickte ihn damit auf den Waldboden. Durch den Tritt fiel der auf die Seite, an der er den Arm nicht mehr benutzen konnte, um sich abzufangen. Yeban zögerte nicht lang, hieb mit der Axt auf die ihm zugewandte fallende Brust des Feindes und durchdrang mit dem kompletten Axtflügel das Brustbein. Mit einem lauten, dumpfen Knall hämmerten der Rücken und Kopf auf den hier steinbedeckten Boden. Blut blubberte in Blasen aus dem Mund und der Nase des Mannes. Er war sich sicher, dass der Gegner seine letzten Atemzüge röchelte und sich nicht mehr erheben würde. Einige Sekunden verlor Yeban, als er die Axt im Brustkorb ein paar Mal hin- und herbewegte, um sie zu lösen, und konnte sich gerade zum dritten Feind umdrehen, als der mit seinen Waffen auf ihn einstach. Diesen hatte er in der kurzen Kampfzeit nicht weiter beachten können, da er in der Kette weiter weg war. Yeban spürte das Schwert mehr, als dass er es sah, als es auf Höhe der Achselhöhle auf ihn zukam. Reflexartig ließ er sich mit dem Oberkörper nach hinten fallen. Das Schwert zischte knapp vor ihm vorbei. Er erkannte aus den Augenwinkeln, dass der Mann mit der Linken sein Messer zum Stoß in Yebans Seite bereit machte. Kurz entschlossen ließ er sich nun, mit dem ganzen Körper, nach hinten fallen. Dabei stieß er mit der Axtscheide den Arm des Kontrahenten, der das Messer hielt, von ihm weg. Er kam hart mit dem Hintern auf dem Boden auf. Glücklicherweise hatte sein Stoß genügend Kraft besessen und der Feind geriet kurz aus dem Gleichgewicht. Yeban ließ seine linke Axt fallen, rollte sich darüber hinweg und außer Reichweite des gegnerischen Schwertes. Durch den Schwung der Rolle und der Kraft aus den Oberschenkeln kam er wieder nach oben. Der andere hatte sich schon ausbalanciert und war dabei, die geringe Distanz zwischen ihnen zu überwinden – Schwert und Messer in Abwehrhaltung vor sich. Yeban wich zurück und spürte, wie er mit dem Rücken an einen der Bäume stieß.

»Verdammter Odem«, spie er aus. Wie gern würde er einfach die Luft verdichten und einen stabilen Schild zwischen sich und der Waffe seines Feindes errichten, oder ihn in eine speerförmige, verhärtete Luft laufen lassen. Das war ihm jedoch jetzt nicht möglich. Er ließ sich erneut zu Boden sacken. Der Mann vor ihm hieb gleichzeitig mit dem Schwert nach seinem Kopf. Mit einem dumpfen Klang hackte es genau dort in den Baumstamm, wo sich noch vor wenigen Sekunden sein Hals befunden hatte. Schweißperlen sammelten sich inzwischen, trotz der kalten Temperatur, auf Yebans Stirn und erneut rollte er über seine linke Seite ab. Er versuchte dabei, auch diesen Feind irgendwie und irgendwo am Bein zu treten, um ihn zu Boden zu schicken, erwischte ihn jedoch nicht. Aus der Rolle schaffte er es mit Schwung nach oben und schlug dabei mit seiner verbleibenden Axt Richtung Gesicht des Mannes. Erstaunlicherweise hatte der sein Schwert, das im Baum steckte, noch nicht losgelassen. Deswegen erwischte Yebans Axt ihn genau über der Nase und fuhr mit einem erst knackenden, dann schmatzenden Geräusch direkt durch das Gesicht und trat hinten wieder aus. Blitzartig sackte der Opponent zusammen, rauschte an dem Schwertgriff vorbei und knallte dumpf gegen den Baumstamm. Das bekam er nicht mehr mit.

Da ihm an der Axt kein Widerstand mehr entgegenwirkte – und in Zusammenspiel mit seinem Schwung –, stolperte Yeban nach vorn. Um einen sicheren Stand wiederzuerlangen, trat er einen Schritt weiter, an dem getöteten Jäger vorbei, und stürzte zu Boden, als ihn sein linkes Bein im Stich ließ. Die tagelange Verfolgungsjagd ohne lange Pausen und der intensive Kampf hatten jetzt ihren Tribut gefordert. Er spürte, dass sich die Wunde öffnete und blutete. Seine Axt hatte er in der Hand behalten, als er sich mit seinen beiden Händen aufstützte, um nicht mit dem Gesicht voran auf den Boden zu knallen. Links von sich, in Reichweite, sah er die zweite Axt liegen. Er versuchte sich aufzurichten, als ein brutaler Schmerz in der rechten Seite entflammte. Erneut stürzte er nach vorn. Er blickte über die rechte Flanke zurück. Der vierte und letzte Feind stand hinter ihm. Es war derjenige, den er nicht hatte erspähen können, und der zweite, den er fürchtete. Er hatte sich angeschlichen und seine Lanze in Yebans Rücken gestoßen. Yeban grunzte und versuchte mit der Axt in der rechten Hand nach hinten auszuschlagen. Sein Kontrahent war durch die Reichweite der Lanze jedoch außerhalb seines Radius. Er fletschte nur grinsend die Zähne und zog die Lanze aus dem Rücken. Dann nagelte er

Yebans Bein durch die Wade an den Boden und drehte die Lanze einmal um sich selbst. Ein wahnsinniger Schmerz explodierte in Yeban und er wurde ohnmächtig.

Als er wieder zu sich kam, lehnte er mit dem Rücken an einer Tanne. Der Mann mit dem Speer kniete direkt vor ihm und stützte sich darauf. Die beiden auf dem Weg zur Höhle hatten sich inzwischen in dem Wäldchen eingefunden und einer band seine Hände hinter dem Baum zusammen.

»Haben wir dich endlich eingeholt«, schnarrte der vor ihm. »Das wurde auch Zeit. Mein Bruder und ich hatten schon befürchtet, dass du uns entkommst.« Er ließ den Blick kurz zu dem Mann schweifen, den Yeban als Erstes ausgeschaltet hatte. »Wie ich sehe, konntest du ihn dieses Mal überraschen und dich für die Verletzung revanchieren.« Sein harter Blick wanderte zurück zu ihm. Zunächst zu seinem linken Oberschenkel und anschließend zu seinem Gesicht. Erneut zog er die geschlitzten Lippen zu einem Grinsen auseinander und zeigte seine gelblich verfärbten Zähne. »Du weißt, dass du sterben wirst. Dafür …«, er zuckte mit dem Kinn kurz zu seinem Bruder »… und weil ich wegen dir durch diese Scheißkälte und Öde rennen musste. Anstatt mir, in einer warmen Schenke, die Zeit mit … du weißt sicher was … zu vertreiben.«

Yeban spürte, dass er stark aus der Rücken- und Bauchwunde blutete. Dort hatte ihn der Speer erwischt. Seine Kraft verließ den Körper über ein kontinuierliches Pumpen. Bei jedem Herzschlag lief mehr seines Lebenssafts aus und versickerte in dem nadelübersäten Waldboden.

»Zunächst wirst du mir dabei zusehen, wie ich deine Perle an mich nehme«, schnarrte der Jäger. »Unser Auftraggeber hat genau angewiesen, was zu tun ist, und genau beschrieben, wie wir dich erwischen. Der wird uns nicht grad schlecht bezahlen.« Er streckte die Hand nach der goldenen Kette aus, die unter dem Mantel und dem Hemd am Hals hervorlugte, und zog daran.

Mit Genugtuung, aber schon nicht mehr ganz klarem Blick, bemerkte Yeban, wie das Grinsen des Mannes erlosch und einem ungläubigen, ängstlichen Starren wich, als die Kleidung die Halskette komplett freigab.

»Ich wette, dass die Bezahlung aus sehr viel Schmerz bestehen wird«, flüsterte Yeban mit brechender Stimme. »Aber eines wüsste ich gern, bevor ich mich in die Winde erhebe. Woher weiß euer Auftraggeber von meiner Perle?«

Das Grinsen des Mannes kehrte nicht zurück, als er Yeban betrachtete. »Das werden wir sehen«, schnarrte er, »und zu deiner Frage: Ich konnte ihn belauschen, als er mit seinem Meister sprach. Da ging es genau um dich und die Perle!« Sein fieses Grinsen kehrte zurück. »Außerdem konnte ich hören, dass ein Drittel von euch ach so Mächtigen schon ihre Perlen verloren haben. Und ich weiß auch, dass eine andere Gruppe von uns sich mit einer hübschen, rostrothaarigen Frau befassen soll.« Sein Grinsen wechselte von fies zu anzüglich. »Ich hoffe, sie erwischen sie in einem besseren Zustand als dich.«

Yeban erstarrte, sackte kraftlos nach vorn und eine tiefe Trauer erfasste ihn. »Bitte, Odem und ihr anderen, helft ihr. Und helft euch, indem ihr nicht zulasst, dass noch mehr von uns aufgegriffen werden oder sterben«, hauchte er. Sehr müde, und kurz bevor ihn alle Kraft verließ, kam ihm noch ein Gedanke. ›Immerhin konnte ich Ischve überreden, sich in Sicherheit zu bringen.‹

Mit dieser letzten klaren Überlegung starb Yeban Lufthärter.

Viel weiter südlich flog Ischve gerade über ein kleines Dorf, als sie spürte, wie die Perle in ihrem Schnabel zerstob. Als trüber, milchiger Nebel verteilte sie sich um sie und löste sich langsam auf. Zurück blieb nur die goldene Fassung, in der das Kleinod eingebettet war. Sie wusste, dass damit auch ein Leben erloschen war. Yeban hatte ihr einmal mitgeteilt, was er von den Gelehrten gehört hatte. Nämlich, dass sich die Perlen auflösten, wenn ihre Besitzer verstarben oder sie freiwillig abgaben. Dadurch konnte die Macht zu einem neuen Besitzer wechseln. Normalerweise geschah das jedoch durch ein Ritual und in einer kontrollierten Umgebung. Außerdem wurde sie einem

Krieger, Priester oder Gelehrten übermittelt, der viele Jahre darauf vorbereitet wurde.

Ischve stieß mehrere schrille, durchdringende und gellende Schreie aus, um ihre Trauer auszudrücken. Anschließend setzte sie ihren Weg nach Süden fort. Sie würde Yebans Wunsch erfüllen und Finvara, eine der Elementarierinnen, finden, um ihr die Perle beziehungsweise nur die Fassung zu bringen.

Buch 1

Erwachen

Erhaben und majestätisch glitt der Vogel hoch am Firmament durch die Morgendämmerung. Die Älze strömte träge auf seiner rechten Blickseite an Irani vorbei in den gleichnamigen See. Die Stadt erwachte und streifte die Ruhe und Stille der Nacht ab. Wie weiße Fäden kräuselten sich die Rauchwolken aus den Schornsteinen gen Himmel. Am Hafen, der nur aus ein paar Piers bestand und so dem Wort nicht annähernd gerecht wurde, stachen die ersten Schiffe in See. Sie beförderten ihre Ladungen nördlich die Älze hinauf oder über den Iranisee Richtung Osten und Südwesten zu den Flussmündungen. Am Nordtor starteten Ochsenkarren ihre Tagesreise. Reiter mit wichtigen und weniger wichtigen Botschaften verließen die Tavernen, um diese den Empfängern zuzustellen, falls der Auftraggeber genügend dafür gezahlt hatte. Für weniger Wohlhabende konnte die Zustellung länger dauern. Händler bauten ihre Stände auf dem Marktplatz auf. Sie erhielten ihren Lohn, indem sie den täglichen Bedarf der nötigen und unnötigen Wünsche der Stadt und ihrer Bürger erfüllten.

Auf der linken Seite des Vogels breitete sich kilometerweit der tiefe Iraniwald aus. Vereinzelt stachen Berggipfel mit ihren Bergrücken aus ihm hervor. Bergflanken grenzten ihn auf der ganzen Breite zum See hin ab. Etwas weiter den Fluss hinauf hatten sich auf der Fläche zwischen Wald und Wasser längliche Weiher gebildet.

Nachdem er diese Gewässer hinter sich gelassen hatte, kam an der Straße Richtung Westen eine für Tangrintanien typische Holzfällersiedlung in Sicht. Die riesigen Wälder mit gutem Nadelholz waren der Grundstein des Wohlstandes im Königreich. Viele Männer und Frauen erwirtschafteten sich ihren Lebensunterhalt mit Tätigkeiten, die direkt oder indirekt mit dem Verkauf des Holzes an andere Reiche zusammenhingen. Vor allem Olorien brauchte viel Holz für seine Marine.

Auf der anderen Seite des Weges, nördlich des Fliegenden, hatten Bauern ihre Höfe errichtet, um die umliegenden Städte mit Nahrungsmitteln zu versorgen. Wie ein Flickenteppich breiteten sich die kleinen Felder und Weiden aus. Die Älze floss gemütlich aus Nordosten an den Flächen vorbei und die Bauern nutzten sie zur Speisung der Bewässerungsanlagen.

Einige Zeit später, der Straße westlich folgend, die sich durch links und rechts aufragende Berge hindurchschlängelte, schälte sich eine Taverne aus dem zurückweichenden Bodennebel. Gemütlich schmiegte sie sich zwischen umliegende Wäldchen. Im Rücken ein hoher Berg aufragend, der sich zu einem Gebirge formatierte.

Der Vogel führte einen eleganten, scharfen Schwenk nach rechts aus und folgte dem Weg über dem Wald entlang in Richtung der Seen, die in der Morgensonne glänzten. Von hier oben konnte man die namensgebende Form der stehenden Gewässer erkennen. Wie eine Kralle im Boden hoben sich die Griffinfangseen links der Straße ab. Natürlich hätte auch ein einfacher Vogel für die Namensgebung herangezogen werden können, aber der Kartograph wollte sicherlich etwas Spektakuläres in dieser ansonsten recht langweiligen Umgebung festhalten. Rechts der Fahrspuren und links der Seen breiteten sich weite Wälder aus. Unterbrochen durch helle Lichtungen, träge oder rauschend dahinplätschernden Bächen und kleinen Felsformationen.

Im Sinkflug steuerte der Vogel auf die direkt nach den Seen liegenden Felder zu, die den Boden marmorierten. Die Sonne erzeugte einen Schatten von ihm auf dem Boden, vor dem sich, vermeintlich, Mäuse und andere kleine Tiere in Sicherheit brachten.

Die Straße hinauf tauchte ein beschauliches Dorf auf. Ayme verlor noch mehr an Höhe und näherte sich den ersten Gebäuden. Seines Namens war der Vogel sich erst im Laufe der Nacht bewusst geworden. Es war wie ein Erwachen aus einem langen tiefen Schlaf und wirkte sich auch so aus. Ganz aus seiner Tiernatur war er bisher nicht entkommen. Es waren kurzzeitige Eingebungen, wie ihn zum Beispiel etwas vom Iranisee nach Norden gezogen hatte.

Er passierte die ersten Gebäude, flog die Hauptstraße entlang und steuerte auf einen rechter Hand liegenden Hof zu. Zu dem Haus gehörten eine Schreinerwerkstatt und ein größeres Areal, in dem ab dem Frühling allerlei Heil- und Gartenkräuter sowie Gemüse angebaut wurden. Ayme sauste über den Zaun in den Garten. Unversehens wurde er von einer schneeweißen Katze in der Luft mit der Pfote attackiert. Die hatte sich am Fuße des Zauns versteckt, auf einen unvorsichtigen Leckerbissen gelauert und sich den heranrauschenden Vogel ausgesucht. Auf Zaunhöhe hochkatapultierend verfehlten die Krallen ihn haarscharf und er entkam der zurückfallenden Katze mit einem Schreck und dem Verlust einer kleinen Feder, die sanft zu Boden segelte. Hätte ihn die Tatze erwischt, wäre sein Erwachen schnell beendet und die Goldammer im Magen der Katze gelandet. Die goldgelbe Feder des Brustkleides erreichte lautlos den Boden und Ayme landete mit trommelndem Herzen auf der Dachrinne über einem Fenster des Hauses.

Mit dem Gefühl, als würde er beobachtet, erwachte Toki aus dem Schlaf. Er schielte verschlafen unter der Decke hervor und erblickte direkt vor sich zwei erwartungsvolle Gesichter.

»Bist du wach? Du hast deine Augen offen und das bedeutet, dass du wach bist«, erklärte ihm die ältere seiner Nichten aufgeregt, und um direkt anzuschließen: »Mutter hat uns versprochen, dass du mit uns zum Weiher gehst, wenn du wach bist. Wir wollen uns die Enten und Fische ansehen.« Bevor Toki etwas erwidern konnte, redete sie weiter: »Die Sonne ist längst aufgegangen und wir haben schon gegessen.«

»Möge Lutum sich erbarmen«, nuschelte er, zog die Decke wieder über seinen Kopf und versuchte weiterzuschlafen.

»Mami ha's uns versprochen«, setzte nun die kleinere der beiden an. »Wollen uns die En'en und Fische ansehen! Und die Rehe und Hasen und Eichhörnchen und Dachse und … und …« Sie überlegte, stotterte noch ein paar »unds« und schloss mit einem aufgeregten »… Füchse!«.

»Wer hat euch denn weisgemacht, dass es am Weiher Dachse und Füchse zu sehen gibt? Da gibt es höchstens ein paar kleine Fische und, wenn ihr ganz viel Glück habt, eine oder zwei Enten«, kam es undeutlich unter der Decke hervor. »Ich will weiterschlafen! Es ist Sonntag und ich muss heute nicht arbeiten.«

Die zwei Mädchen sahen sich an und Delnim, die Größere, erwiderte mit lauter werdender Stimme: »Aber es wurde uns versprochen und wir wollen jetzt zum Weiher!«

Abies kletterte währenddessen auf das Bett und ließ sich, oben angekommen, mit ihrem ganzen Gewicht nach vorn auf Toki fallen. Unglücklicherweise landete sie mit ihren Ellbogen genau in seinem Schritt und dröhnende Schmerzen zogen seinen Körper entlang. Sein Oberkörper wurde nach oben katapultiert, Abies vom Bett auf den Boden und sein Kopf gegen ein Regalbrett. Leider war die Decke bei dieser Aktion verrutscht und bremste den Aufschlag zwischen Stirn und Holz nicht ab. Röchelnd sackte er zurück ins Bett. Delnim hatte mit großen Augen die Bewegungen verfolgt und drehte sich jetzt zu ihrer Schwester um, die mit tränenden Augen am Boden saß.

»Tut dir etwas weh? Es ist bestimmt alles gut. Du brauchst nicht zu weinen«, stieß sie hervor, um sie abzulenken, und machte einen Schritt auf sie zu. »Das sah komisch aus, wie du ihn aufgeweckt hast!«

Abies sah immer noch so aus, als würden gleich Tränenströme ihre Wangen hinablaufen, rang aber mit ihnen.

Die Fäuste in die Hüften gestemmt drehte sich Delnim zum Bett zurück und starrte Toki vorwurfsvoll an. »Schau, was du gemacht hast. Jetzt *musst* du mit uns zum Weiher gehen!«

Wieder etwas Luft in seine Lungen saugend, mit schmerzendem Gemächt und schwellender Stirn, stöhnte Toki schicksalsergeben auf. Um dem Ärger mit seiner Schwester zu entkommen, falls Abies weinen sollte, stieß er aus: »Alles klar, ihr zwei Nervensägen. Lasst mich aufstehen, was für den Spaziergang anziehen und noch kurz essen.«

Bei diesen Worten hellten sich die Gesichter der beiden Schwestern auf. Abies rappelte sich vom Boden hoch und lief hinter Delnim her, die schon halb aus dem Zimmer war und glücklich in den Wohnbereich rief: »Wir gehen jetzt Enten und Fische anschauen!«

»Rehe und Hasen und Füchse und Dachse«, ergänzte die Kleinere lautstark.

Toki angelte sich seine Hose und sein Hemd, streifte beides über, rieb sich noch einmal die schmerzende Stirn, stieg aus dem Bett und trat barfüßig auf einige Tannenzapfen, die seine Nichten am Boden verteilt hatten. »Lutum soll euch verbrennen«, stöhnte er, erneut von Schmerzen gepeinigt, und humpelte zum Stuhl, um sich seine Socken anzuziehen. Zum zweiten Mal innerhalb kürzester Zeit hatte er den Gott des Feuers angerufen, dessen Religion er sich am meisten zugehörig fühlte. Vorsichtig umkurvte er die restlichen Zapfen, die zwischen ihm und der Tür lagen, und betrat das Wohnzimmer.

Dort saßen seine Eltern und seine Schwester zusammen. Sie unterhielten sich.

»Die Schlafmütze ist doch aufgestanden«, sagte Dosa – seine Mutter – und lächelte ihn liebevoll an. »Wir dachten nicht, dass Delnim und Abies dich wirklich aus dem Bett bekommen.«

»Die beiden bekommen sogar einen Erdelementar wach«, erwiderte sein Vater – Navil – lachend und strich Abies über den Kopf. »Was hast du denn mit deinem Kopf und deinem Fuß gemacht?«

»Ein Brett vorm Kopf und Zapfen unterm Fuß«, grummelte Toki.

»Sieh an, du bist sogar wortreich ein Zimmerer geworden.« Lachend blitzten die Augen seines Vaters stolz zu ihm auf.

»Hab ja sonst nix anderes im Kopf als Balken, Bretter, Dübel, Zapfen und so weiter … Wer kam denn auf die Idee, dass ein Ausflug zum Weiher eine gute Idee wäre?«

»Das war deine Schwester, damit du uns nicht im Weg bist, wenn wir die Feier für deine Großmutter vorbereiten. Und die zwei kleinen Strolche am besten auch nicht«, erklärte seine Mutter, blickte zur Küche und ergänzte: »Willst du frühstücken?«

»Ich nehme mir ein Brot mit Honig.«

Toki schlenderte am Tisch vorbei zur Küche, nahm sich eine Scheibe vom Schwarzbrot und bestrich es mit Butter und Honig. Mit dem ersten Bissen des Brotes, das seine Kümmel-, Anis-, Fenchel- und Koriandernote mit der feinherben Süße des Honigs mischte, verflog seine mürrische Stimmung und er freute sich nun tatsächlich auf einen Spaziergang zum See.

›Wer weiß, was es heute dort zu erleben gibt‹, dachte er.

»Geht's los?«, rief er den Nichten zu, legte das Brot auf die Arbeitsfläche und klatschte auffordernd in die Hände. »Die Griffin, Greife und Drachen warten nicht auf uns!«

Vor Aufregung quietschend rannten die zwei Mädchen zur Haustür und versuchten sich anzuziehen.

Seine Schwester stand von ihrem Stuhl auf, ging ihnen hinterher und kümmerte sich darum, dass am Ende alles seinen Platz fand.

Toki schlang sein Brot hinunter, steckte noch einen der runzeligen Äpfel ein und schloss sich der Gruppe am Eingang an. Nachdem er seinen Mantel angezogen hatte, öffnete er die Tür und wie zwei Wiesel stoben die Schwestern an ihm vorbei.

»Viel Spaß«, riefen seine Eltern vom Tisch aus und seine Schwester mahnte ernst: »Pass auf die beiden auf und lass sie bitte keinen Blödsinn anstellen. Und mach ihnen keine Angst mit Geschichten über irgendwelche Kreaturen!«

»Klar doch.« Toki grinste sie an. »Du wolltest doch, dass ich die zwei beschäftige. Dann musst du auch mit den Konsequenzen leben.« Er knuffte sie leicht in den Oberarm und trat hinaus in den strahlenden Sonnenschein des beginnenden Frühlings.

Während er die Dorfstraße schnellen Schrittes hinter seinen beiden Nichten entlangeilte, die ein ziemliches Tempo für ihre jungen Jahre vorlegten, genoss er die Wärme der Sonnenstrahlen.

Er passierte die Bäckerei und den kleinen Platz mit den fünf Schreinen der Götter, die im Dorf vorrangig verehrt wurden. Sie standen im Kreis und jeder Stein trug ein besonderes Erkennungsmerkmal. Diese bekamen sie von den Priestern, die sie aufstellten und weihten. Eine Mulde im Stein der Wassergöttin, die fast immer mit Wasser gefüllt war. Eine Lampenfassung mit Kerzen für den Gott des Feuers. Auf dem Altarstein des Erdgeweihten lagen viele glänzende Kieselsteine. Die Allmächtige der Natur bekam einen Platz für wunderschöne Blumen zugestanden und der Gott der Luft eine Steinformation, in der man den Wind musizieren hörte, wenn er durch dortige Löcher pfiff. Toki neigte sein Haupt in Richtung der Altäre, lief an den nächsten Häuschen vorbei und passierte die Schusterwerkstatt. Den Mädchen folgend hielt er sich nach links und hastete an der Taverne des Dorfes vorüber.

»Lasst euch Zeit und wartet auf mich«, rief er den beiden hinterher und rannte los, um sie zu überholen.

Vor ihnen angekommen, drosselte er seine Geschwindigkeit und streckte die Arme aus, um ihnen zu zeigen, dass sie hinter ihm bleiben sollten. »Ihr wisst, wir sind gleich aus dem Dorf und müssen über die Felder. Da bleibt ihr in meiner Nähe und lauft nicht wild herum. Es dauert einige Zeit, bis wir am Weiher sind.«

Aufgeregt nickten die beiden, wurden langsamer und gingen neben ihm her.

Während sie zusammen den Weg entlangwanderten, überlegte Toki, wie es wohl wäre, selbst Vater zu sein. Seine Schwester Alessia hatte, wie üblich, früh geheiratet und Kinder bekommen. Ihr Mann, ein Bauer, der einige Felder vor dem Dorf gepachtet hatte, war herzensgut, konnte aber nicht als hellste Leuchte in Tangrintanien betitelt werden. Gleichwohl war es eine gute Partie für beide und eine Liebeshochzeit gewesen. Was nicht unbedingt auf die alltäglichen Trauungen und Ehen zutraf. Toki hingegen hatte sich nicht, wie seine gleichaltrigen

Freunde, für ein Mädchen im Dorf begeistern können. Ehrlich gesagt schon, nur war er schüchtern, und bevor er seinen Mut zusammenkratzen konnte, waren schon alle an die forscheren Jungs vergeben. Seine neunzehn ein Drittel Jahre hießen ihn jetzt zwar eine gute Partie, aber in dem rund zweihundert Seelendorf war die Auswahl durchaus überschaubar. Besser gesagt, gleich null. Durch die Arbeit mit seinem Vater als Schreiner und Zimmerer bereisten sie zwar auch die umliegenden Höfe und kamen sogar gelegentlich bis nach Irani, doch auch dort hatte sich noch nichts ergeben. Natürlich war er nicht vollkommen ohne Erfahrung mit Frauen. Diese beschränkten sich jedoch auf sehr kurze Kennenlernphasen, bei denen höchstens ein flüchtiger Kuss heraussprang, bevor ihm seine Schüchternheit einen Strich durch die Rechnung machte. Dann wandten sie sich den lauteren und prahlerischen Männern zu. Er war einfach durchschnittlich. Durchschnittlich groß, durchschnittlich proportioniert und mit durchschnittlichem Aussehen. Er war schlank und hatte eine helle Hautfarbe, so wie fast alle in Tangrintanien, da sich selten Außenstehende hierher verirrten. Seine hellbraunen, leicht lockigen Haare reichten ihm bis auf die Schultern. Die Gesichtsform konnte als oval, Mund und Lippen als schmal, seine Nase als gerade und die Ohren als mittelgroß und anliegend beschrieben werden. Das einzige markantere Merkmal war eine kleine Kuhle im Kinn, die von seinem Dreitagebart überdeckt wurde. Am auffallendsten waren seine Augen. Sie stachen blau aus seinem Gesicht und hatten immer ein lebhaftes Funkeln zu bieten.

Während er mit den um ihn herumlaufenden Nichten den Weiher erreichte, führte er seine Überlegung bezüglich der Vaterschaft zu Ende. ›Wahrscheinlich wäre ich ein toller Vater‹, grübelte Toki. ›Aber das werde ich jetzt nicht herausfinden.‹

Mit diesem Gedanken besann er sich zurück auf die Umgebung und sah den Weiher vor ihm liegen. Seitlich und dahinter breitete sich ein Wald aus. Es wirkte, als wäre sonst niemand hier. Wahrscheinlich war es noch zu früh für Ausflüge und die Einwohner vom Dorf blieben lieber in ihren gemütlichen, warmen Häusern.

Er setzte sich auf einen größeren Stein in der Nähe des Wassers und rief den Schwestern zu: »Geht nicht zu nah ans Wasser und macht euch nicht gegenseitig nass. Es ist zu kalt. Sonst müssen wir gleich wieder zurückgehen. Ich bleibe hier sitzen und ihr könnt versuchen, Tiere zu entdecken.«

»Okay, Toki«, erwiderte Delnim. Abies nickte nur fleißig und war mit ihren Augen schon auf der Jagd nach Fischen, Hasen und anderem, das sie zu sehen hoffte.

Sie spielten mit herumliegenden Ästen, Steinen und was sie sonst noch als unterhaltsam empfanden. Toki entspannte sich auf seinem Aussichtspunkt, holte den runzligen Apfel heraus und verputzte ihn. Seine Gedanken kreisten um alles mögliche Unspezifische. Irgendwann auch um die Feier für seine Großmutter. Es gab zu ihrem heutigen siebenundsechzigsten Geburtstag ein Abendessen, auf das sich die ganze Familie schon länger freute. Geffe, der Mann von Alessia, hatte zu diesem Anlass ein Schwein geschlachtet, und zu Hause wurde nun alles für ein köstliches Mahl vorbereitet. Es würde einen Braten mit Brot, Gemüse in Butter und als Nachtisch Apfelküchlein geben. Gedankenverloren sann er über die Leckereien nach, als sich ein kleiner Vogel auf seine Schultern niederließ.

Toki erstarrte und schaute ihn verdutzt an. Die Goldammer blickte zurück.

»Du glühst ja richtig goldgelb«, flüsterte er, um sie nicht zu verscheuchen.

Das schaffte Delnim, als sie mit rotem Kopf auf ihn zugerannt kam und schrie: »Abies ist in den Wald gelaufen. Sie wollte unbedingt einen Fuchs sehen.« Schluchzend fügte sie hinzu: »Ich wusste nicht, was ich tun sollte. Sie … sie … sie ist einfach losgelaufen.«

Die Goldammer war bei dem Lärm auf und davon. Toki sprang hastig auf und fragte: »Wo ist sie hineingelaufen? Zeig es mir, ich muss sie suchen gehen. Wer weiß, wo sie hinrennt.«

Delnim zeigte nach links auf den Waldrand.

»Du bleibst hier bei dem Stein und wartest auf mich!«, wies er sie harsch an. »Ich kann mich nicht auch um dich kümmern und du bist mir im Wald keine Hilfe.«

Den Tränen nahe nickte sie nur und schaute zu ihren Füßen.

»Kopf hoch, Delnim, sie kann noch nicht weit gekommen sein und ich finde sie ganz schnell. Bleib hier, damit ich mir um dich keine Sorgen machen muss. Schaffst du das?«

Sie nickte noch einmal und setzte sich auf den Platz, auf dem er vorher gesessen hatte.

Toki rannte los, in die Richtung, die sie ihm gewiesen hatte, schaute auf halbem Weg über seine Schulter und sah, dass sie brav auf dem Stein sitzen blieb.

Mit Schwung brach er durch die Mauer des Waldes und schrie: »Abies, wo bist du?«

Abbremsend, um sich nicht an den tiefhängenden Ästen der Bäume zu verletzen, suchte er die nähere Umgebung und den Waldboden ab. Er hoffte, ihre Spuren oder am besten sie selbst zu erblicken. Der Mittag hatte seine gelassene Ruhe verloren und er fühlte die Bäume und das Dickicht bedrohlich nahe rücken. Ein paar Schritte weiter, um die ersten Bäume herum, meinte er, Abies Kleidung zu erspähen. Darauf zugehend bemerkte er allerdings, dass es nur seine Nerven waren, die ihm vorgaukelten, dass dort etwas wäre.

»Abies …! Abies, wo bist du hingelaufen?«, schrie er aus voller Kehle.

Nichts. Weiter im Wald wurde es dunkler und düsterer. War das Einbildung, oder strahlte die Sonne nicht mehr so hell wie vorhin? Standen die Bäume noch enger zusammen als beim Eintreten?

Ein spitzer Schrei durchbohrte die erdrückende Stille des Waldes.

»Iiiiiih!«

Das musste Abies sein. Es kam von rechts.

Auf den Schrei zueilend, merkte Toki nicht, dass er sich die Wange an einem Ast aufriss. Etwas Blut lief sein Gesicht hinab.

»Iiiiiih!«

Ein zweiter Schrei erklang. Viel näher diesmal.

Er sprang über ein paar größere Steine, dann über einen umgestürzten Baum und erblickte Abies auf einer der kleinen

Lichtungen, die überall im Waldstück verteilt anzutreffen waren – und erkannte, weswegen sie aus vollem Hals schrie.

Am Rand der Lichtung verteilt lagen ein paar Einzelteile eines größeren Tieres. Eventuell ein kleiner Hirsch oder ein Reh. Es hatte sich ein Räuber an ihm gütlich getan.

Mit ein paar Schritten überwand er die Distanz zu seiner Nichte, nahm sie in den Arm und rannte zurück zu der Stelle, wo ihn die Bäume freigegeben hatten. Außer Atem fragte er sie: »Hast du etwas gehört oder gesehen?«

Schluchzend sah sie zu ihm auf – sie hatte noch gar nicht richtig mitbekommen, dass er sie aufgegriffen hatte, so sehr war sie noch in ihrer Schockstarre gefangen – und erschreckte sich erneut, da das Blut von dem Schnitt sein Gesicht rot zeichnete.

»Aaaaaaah!«, schrie sie ihm ins Ohr.

Er schüttelte sie leicht und sagte sanft: »Ich bin es, Abies, Toki. Du brauchst keine Angst mehr zu haben, ich bin hier. Noch einmal, hast du etwas gesehen oder gehört?«

Sie schüttelte den Kopf.

»Da lieg' ein 'o'er«, stammelte sie.

»Du dachtest, da liegt ein toter Mensch im Wald?«

Sie nickte wieder und presste ihr Gesicht an seinen Mantel.

Toki strich ihr durchs Haar und ließ sie auf den Boden zurücksinken. »Das ist kein Mensch, das ist ein Tier, das von einem anderen gerissen wurde«, meinte er. »Bleib hier stehen und ich sehe mir das Ganze an. Ist das okay für dich?«

Erschüttert blickte sie zu ihm auf und schüttelte abermals den Kopf.

»Schau, du bleibst hier an dem Baum stehen und ich gehe nur die paar Schritte zu dem Kadaver hinüber. Ich bin sofort wieder bei dir, wenn ich etwas Komisches höre oder du nach mir rufst. Bekommst du das hin?«

Nicht wirklich überzeugt, aber noch zu durcheinander, um groß nachzudenken, nickte sie, rutschte an dem Baumstamm zu Boden und umschlang ihre Knie mit den Armen.

Toki blickte sie an, nickte ihr zu und lief erneut über die Lichtung zu den Überresten.

Angekommen, erblickte er ein zerfetztes Geripp eines kleinen Rehs und ein paar Fellfetzen eines oder zweier Kaninchen. Blut war überall um die Leichen verteilt und an die Bäume gespritzt. Es sah wirklich fürchterlich und wie ein Schlachtfeld aus. Kein Wunder, dass Abies sich so erschreckt hatte.

Er ließ seine Hand zu dem Tierkadaver sinken und kurz vorm Berühren merkte er, dass er keine Wärme mehr abstrahlte.

»Schon etwas länger tot«, murmelte er. »Dann ist der Räuber nicht mehr in der Nähe.«

Um sich blickend erspähte er, dass der Boden um die Fundstelle ziemlich aufgerissen war, und er betrachtete ihn sich näher. Einige Spuren sahen wie sehr große Vogelabdrücke aus und die Fänge hatten sich tief in den Boden gekrallt.

Spuren eines Griffins, überlegte er. Gesehen hatte er zwar noch keinen, aber die kleinen Verwandten der Greife waren in Tangrintanien ab und zu anzutreffen. Nicht so wie die Greife. Davon gab es keine, soweit er wusste. Allerdings stammte sein Wissen über diese Tiere aus den Geschichten, die er in der Taverne im Dorf von Reisenden oder von älteren Einwohnern gehört hatte. Die Krallenabdrücke erkannte er, da vor ein paar Jahren bei einem Bauern ein Lamm gerissen worden war und das ganze Dorf sensationslüstern die Spuren besichtigte, die das Raubtier hinterlassen hatte. Auch damals war es ein Griffin gewesen. Blitzartig fiel ihm wieder ein, dass er nachts von einem lauten, durchdringenden Schrei aufgewacht war, der sich wie von einer der Kreaturen angehört hatte. Er war gleich wieder eingeschlafen und hatte sich bisher nicht daran erinnert, obwohl es geklungen hatte, als ob der Laut direkt über dem Dorf ausgestoßen wurde.

Gerade wollte er sich wieder aufrichten und zu seiner Nichte zurückgehen, da bemerkte er aus den Augenwinkeln ein Blitzen im Gras neben den Fellfetzen. Ein Schritt brachte ihn in Reichweite und er ergriff einen kleinen Goldklumpen. Vors Gesicht haltend erkannte er, dass es sich um einen Goldklumpen mit einer kleinen Öse und einer Kuhle gegenüber handelte.

›Woher auch immer dieses Stück stammt‹, dachte er.

Nachdem die bedrohliche Situation vorbei und die Nichte in Sicherheit war, hellte sich seine Stimmung auf und die Anspannung fiel von ihm ab.

»Immerhin hatte es etwas Gutes, dass Abies in den Wald gelaufen ist.« Grinsend steckte er das Klümpchen in seine Hosentasche, wandte sich um und ging zu dem Mädchen hinüber, das immer noch am Boden saß.

»Komm, lass uns zu deiner Schwester zurück und dann schnell nach Hause gehen. Ein Abenteuer ist für heute vollkommend ausreichend.«

Er nahm sie bei der Hand, zog sie auf ihre Beine und zusammen schritten sie durch den Wald zurück zum Weiher. Delnim wartete dort, wo er sie zurückgelassen hatte, und als sie Abies bei ihm sah, rannte sie, so schnell sie konnte, auf sie zu und drückte sie ganz fest an sich.

»Du darfst nicht einfach so davonlaufen«, tadelte sie sie.

Ihre kleine Schwester versuchte sich aus der Umarmung zu befreien und nuschelte: »Aber da war ein Fuchs am Waldrand.«

Lachend sagte Toki: »Und ein Hase und ein Eichhörnchen und was du sonst noch so alles gesehen hast. Ich wasche mir mein Gesicht ab und dann lasst uns zurück zum Hof gehen und schauen, wie weit die Vorbereitungen für die Geburtstagsfeier sind.«

Er wusch sich geschwind, kehrte zu ihnen zurück und schob die beiden Richtung Dorf. Sie gingen die gleiche Strecke zurück, die sie zum Weiher geführt hatte.

Kurz vorm Hof raunte Toki den beiden Schwestern zu: »Ihr müsst nicht unbedingt erzählen, was wir erlebt haben. Das wird eure Mutter nur erschrecken.« Er war sich nicht sicher, ob sie ihn gehört hatten, denn sie stürmten gerade los, um zu sehen, wer als Erstes die Haustür erreichte. Delnim war schneller. Sie drehte sich am Eingang zu ihrer Schwester um, streckte ihr die Zunge entgegen, öffnete die Tür und stürmte ins Haus.

Kurz hinter Abies erreichte auch Toki den Eingang, trat ein, zog seine Stiefel aus und hängte seinen Mantel an den Haken. Seine Schwester war gerade dabei, ihre Tochter auszuziehen.

»Wir sind fast fertig mit dem Kochen. Du könntest Großmutter bitten, dass sie sich zu uns gesellt«, teilte sie ihm mit.

»Das hättest du mir auch etwas eher sagen können, Alessia«, erwiderte er, schnappte sich erneut seinen Mantel, stieg wieder in die Stiefel und lief zum Haus gegenüber, das seiner Großmutter gehörte.

Er klopfte und wartete. Sie mochte es nicht, wenn man ungebeten das Haus betrat. Was sie ihm, und allen anderen, immer eindringlich zu verstehen gab.

»Komm herein, Toki«, drang eine zarte Stimme durch die Eichenbretter.

Er war immer wieder erstaunt, woher die Mutter seines Vaters genau wusste, wer draußen stand. Toki hob den Riegel an, öffnete die Tür und trat in das gut beleuchtete Haus.

Es gab nur einen Raum. Das Bett stand abgetrennt durch einen Vorhang auf einer Seite, an der Wand gegenüber war die Kochstelle und der Rest stand über und über mit Tischen und Regalen voll. Seine Großmutter war die Kräuterfrau des Dorfes und fungierte zum Teil auch als Heilerin. Der nächste Ort, an dem man einen Heilpriester aufsuchen konnte, war in Irani.

Beschreiben konnte man sie als kleine, rundliche Frau mit schneeweißen Haaren. Die flogen sehr oft in alle Richtungen davon und sie versuchte diese immer mit einem Tuch zu bändigen. Der stechende Blick, der jeden hochgewachsenen Mann zum kleinen Kind werden ließ, biss sich mit ihrer sanften und wohlklingenden Stimme.

Gerade war sie dabei, einige Kräuter auf dem Tisch zu mischen, um sie in kleine Phiolen zu füllen.

»Das Essen ist fertig, Großmutter«, eröffnete Toki ihr. »Und die Familie wünscht, dass du dich zu uns gesellst.«

»Lass mich nur schnell die Kräutermischungen einfüllen. Sie sollen gegen Fieber helfen und können einfach in eine heiße Wasserschüssel zum Inhalieren gekippt werden.«

Oft schon hatte sie ihm erklärt, was sie tat und welche Kräuter wofür gut waren. Einiges hatte er behalten, viele Informationen jedoch wieder vergessen, da er sich nicht so sehr für den Beruf des Kräuterkundigen interessierte.

»Welche Kräuter habe ich hier vermischt?«

»Ach, Großmutter, muss das jetzt sein?«, stöhnte er, antwortete aber, da sie ihn nicht ohne eine Antwort zufriedenlassen würde. »Lindenblüten, Holunderblüten, Schafgarbe und … ähm …«

»… Weiderinden natürlich«, ergänzte sie ungehalten. »Du solltest dir merken, was ich dir beigebracht habe. Man kann nie wissen, wann man diese Kenntnisse braucht!«

»Ja, Großmutter«, murmelte Toki ergeben und fragte: »Können wir jetzt gehen? Ich habe Hunger.«

Sie füllte die Kräuter in die Phiolen, wischte sich die Hände an einem Tuch ab und bewegte sich um den Tisch zur Tür. »Dann los, ich habe mich den ganzen Tag um die Kräuter gekümmert. Ich denke, es ist wirklich Zeit, etwas zu essen.«

Zusammen gingen sie zum Hof, traten durch die Tür ins Wohnzimmer und fanden dort einen reich gedeckten Tisch vor.

Ein frisch gebackenes Brot lag aufgeschnitten auf einem Brett. Drumherum standen Schüsseln mit gedünsteten Karotten, gebackenen Kartoffeln, gerösteten Pastinaken- und Petersilienwurzeln. Der Schweinebraten stand noch auf dem Herd und verbreitete ein umwerfendes Aroma. Als Nachtisch gab es Apfelküchlein. Ein Tablett mit diesen befand sich, für später, etwas abseits.

Der Rest der Familie hatte sich bereits am Tisch verteilt und rief nun der Großmutter durcheinander Willkommensgrüße entgegen.

Die setzte sich an das Tischende und sagte mit funkelnden Augen: »Das hättet ihr doch nicht machen müssen. Meine Kartoffelsuppe hätte mir heute gereicht. Trotzdem danke ich euch sehr für die schöne Geste.«

Tokis Mutter stand auf, ging zum Herd und trug den Topf mit dem Braten zum Tisch.

»Ein Geburtstag muss gefeiert werden.« Sie lachte, stellte das Gefäß ab und fügte hinzu: »Danke den Göttern, dass sie so gut für uns sorgen.«

Mit diesen Worten griff sie ein Messer, schnitt ein großes Stück von dem dampfenden Krustenbraten ab und legte ihn auf den Teller der Großmutter. Anschließend verteilte sie an jeden eine Scheibe.

»Danke auch an Geffe, dass er eines seiner Schweine für diesen Anlass geschlachtet hat.«

Alessia drückte ihrem Mann liebevoll den Arm und verteilte auf alle Teller etwas von dem Gemüse.

Als alle mit Speisen versorgt und jeder einen großen Krug Bier oder ein anderes Getränk vor sich hatte – die zwei kleinen Mädchen entschieden sich, nicht auf den Rest zu warten, und stopften sich bereits ihr Essen in den Mund –, ergriff Tokis Vater das Wort.

»Wir wünschen dir alles Liebe zum Geburtstag und dass du uns noch viele Jahre gesund erhalten bleibst, dass deine Tage glücklich und hell sind und dass du bekommst, was du dir wünschst.« Er nahm seinen Humpen und prostete seiner Mutter zu.

»Danke euch allen für die schöne Geste«, erwiderte sie. »Nun lasst uns essen, und die Mädchen können mir erzählen, was sie heute erlebt haben. Ich habe gesehen, dass sie zusammen mit Toki Richtung Weiher gelaufen sind.«

Toki schluckte und stammelte: »Muss das sein? Wir haben am Weiher nur die Fische angeschaut. Sonst war es todlangweilig.« Bisher hatten die Kleinen noch kein Wort über ihr Erlebnis verloren, und er hoffte, dass das auch so blieb.

»Abies ist im Wald verschwunden …«, setzte Delnim an, während Abies gleichzeitig aufgeregt rief: »Ich habe einen ›o‹en im Wald gefunden!«

Am liebsten wäre Toki unter dem Tisch verschwunden, als sich alle gleichzeitig zu ihm umdrehten und ihn anstarrten. Er senkte den Kopf und stopfte sich eine Kartoffel in den Mund.

»Abies ist was?«, stieß seine Schwester erschrocken aus.

Seine Mutter keuchte: »Es war ein Toter im Wald?«

Toki presste mit vollem Mund hervor: »Sie war nur ganf kurpf weg und der Tote war nur ein totef Reh und ein paar Fellfetfen.«

»Und du meintest nicht, dass wir das wissen sollten?«, warf Geffe nun ein.

Inzwischen war Tokis Mund leer und er schaute auf. »Es ist nichts passiert und sie war nur ganz kurz im Wald. Ich habe sie gleich wiedergefunden und die Überreste auf der Lichtung waren kalt und es drohte keine Gefahr mehr von dem Griffin.«

Alessia wurde bleich. »Es war ein Griffin in der Nähe? Und du sagst nichts?! Das sind gefährliche Kreaturen!«

»Na, na«, beruhigte die Großmutter. »Griffin sind keine gefährlichen Kreaturen. Sie sind scheu, meiden die Menschen und können ihnen auch nicht gefährlich werden.«

»Erwachsenen! Aber Abies ist ein kleines Kind«, eiferte sich Tokis Schwester. »Du hast wieder taggeträumt und nicht aufgepasst!«, warf sie Toki vor.

»Es tut mir leid«, antwortete er geknickt. »Und es ist nichts passiert. Wir sind dann auch sofort nach Hause.«

»Nun ist's aber gut«, warf der Vater ein. »Wie er sagt, es ist nichts passiert und wir sind hier, um zu feiern und nicht, um zu streiten. Lasst uns über andere Themen reden und eine schöne Zeit haben.« Er genehmigte sich einen Schluck von dem Bier, spießte ein paar Karotten auf und ließ sie sich schmecken.

Die Unterhaltung wandte sich anderen Themen zu und nachdem alle satt, das Essen verräumt, der Tisch abgedeckt und gesäubert war, unterhielten sie sich noch am Feuer.

Später verabschiedeten sich Alessia, Geffe und die zwei Mädchen, genauso wie die Großmutter.

Toki sagte seinen Eltern gute Nacht, verschwand in sein Zimmer, zog sich aus, nahm den kleinen Goldklumpen aus der Hose und legte ihn auf seinen Tisch. Damit war der aufregendste Tag seit Langem zu Ende und er fiel müde ins Bett.

Mitten in der Nacht wachte er auf, da sein ganzer Körper von einem Kribbeln und Brennen erfasst wurde. Er öffnete die Augen beziehungsweise dachte er, sie zu öffnen, denn er sah nur wie durch einen schlierigen, milchigen und schwach leuchtenden Schleier hindurch. Angsterfüllt rieb er sich die Augen, bewegte seine Muskeln und spürte, wie die Symptome abklangen. Kurze Zeit später war er wieder in einen tiefen, traumlosen Schlaf gesunken.

Ankunft in Tangrintanien

Elrum lehnte gelangweilt mit dem Rücken an der Wand des Turms. Dieser war Teil der kleinen Wehranlage, die den südlichen Pass von Tangrintanien schützte. Seine Kompanie hatte in der Kaserne unten ihre Unterkunft.

»Glaubst du, heute kommen noch Wanderer oder Fuhrwerke bei uns durch, Henning?«, rief er seinem Kumpan auf der anderen Seite des Wehrgangs zu. »Die Tage hier oben ziehen sich in die Länge wie ein Gespräch mit meiner Frau, wenn sie mal wieder den neuesten Klatsch aus der Hauptstadt zum Besten gibt.«

Henning stoppte sein Hin- und Herlaufen, streckte sein Kinn vor, kratzte sich unter dem Helm am Hals und erwiderte: »Is' doch egal, ob noch wer hochkommt. Wir bekommen unseren Sold auch so, und solang ich nix zu tun hab, dafür soll's mir recht sein. Aber es ist erst kurz nach Mittag und irgendein Händler oder Priester, oder was weiß ich noch alles, wird schon unterwegs sein.«

Er setzte an, weiter auf dem Wehrgang entlangzulaufen.

»Aber es ist so fad. Der Rest kann wenigstens drinnen sitzen und sich die Zeit mit Würfeln vertreiben«, fuhr Elrum fort und zeigte mit dem Daumen hinter sich auf das Gebäude.

Henning stoppte erneut und antwortete: »Ach komm, ist eh besser für dich, wenn du nicht spielen kannst. Du verlierst doch dauernd. Hab ich ja oft genug miterlebt. Also sei froh, dass du heute mit der Wache dran bist.«

»Ein schöner Freund bist du«, grummelte Elrum. »Was kann ich dafür, wenn die Würfel nicht so fallen, wie ich sie brauche ...«

»... und die Karten nicht so gezogen werden, wie du sie gern hättest, und die Stäbe nicht so fliegen, wie du sie geworfen hast. Wir haben schon so viel verschiedene Glücksspiele ausprobiert und du hast sie alle verkackt. Immerhin hast du mir schon oft was von deinem Sold abgegeben.« Henning grinste.

Schnaubend lehnte Elrum sich wieder an die Steinwand und blickte den Pass entlang. Der Weg verschwand weiter voraus links ums Eck und schlängelte sich anschließend durchs Gebirge in die Regenlande. Man musste sich einige Zeit bewegen, um wieder etwas anderes als steile Felswände auf den Seiten zu sehen. In die andere Richtung teilten sich die Gesteinswände bald und gaben einen herrlichen Blick auf Tangrintanien frei. Aber das interessierte ihn nicht wirklich. Für schöne Landschaften hatte er noch nie etwas übrig.

Hier weitete sich der Gebirgspass zu einem fast runden Platz. Irgendein früherer König hatte seine Baumeister beauftragt, den Weg mit einer kleinen Kaserne, einem Turm und einer Mauer mit Tor zu befestigen. Hier standen sie nun, wachsam, den Zutritt zu ihrem Königreich auf Leben und Tod verteidigend.

Elrum popelte sich etwas von den Resten des Mittagessens aus den Zähnen, betrachtete es und schnippte es zufrieden über den Abgrund. Beim Hinterherschauen sah er, dass sich eine Person auf sie zubewegte. Sie war in einen karmesinroten Umhang gehüllt und hatte die Kapuze weit in die Stirn gezogen. Eine Armbrust, die sie auf dem Rücken trug, ragte über ihre Schultern hinaus. »He, Henning, da kommt wer!«, rief er seinem Freund zu. »Sieht wie ein Priester aus. Vielleicht einer vom Feuergott.«

Beide standen jetzt mit Blickrichtung zu dem Fremden gedreht und warteten, bis dieser in Sichtweite kam, um ihn nach dem Begehr zu befragen. Daraus ergab sich, ob sie das Tor öffneten oder geschlossen hielten. Auch die Gebühr, die für das Durchschreiten fällig wurde, wurde so bestimmt.

Kurz darauf war der Reisende unter ihnen angekommen, schob die Kapuze zurück und blickte nach oben.

Elrum stutzte. Das war kein Priester. Und auch kein Mann. Die mandelförmigen Augen der Frau, die ihn anblickte, leuchteten von innen heraus mit einem rötlichen, feurigen Schein. Die Haare waren auf der rechten Seite bis weit über das Ohr abrasiert und am restlichen Kopf standen sie in fingerlangen Strähnen ab. Sie hatten eine rostrote, kupfertonartig schimmernde Farbe.

»Ich muss passieren und nach Tannberg«, schrie sie zu den beiden Soldaten hinauf. »Öffnet das Tor!«

Sie klang, als wäre es ein Affront, dass sie hier halten und nach Einlass fragen musste.

Elrum schluckte, sah zu Henning und hoffte, dass der das Gespräch fortführen würde. Einige Sekunden verstrichen, in denen nichts passierte.

»Soll ich Brandflecken am Boden hinterlassen, oder passiert jetzt was?«, rief sie ungehalten. »Was muss geschehen, damit ihr das Tor öffnet?«

Henning hatte sich nun dazu durchgerungen, etwas zu erwidern. »Wir … wir … wir müssen erfahren, was euer Begehr in Tangrintanien ist. Und wo ihr herkommt und wer ihr seid.«

»Na wenn's weiter nichts ist!«, klang es von unten. »Mein Name ist Finvara Schnellfeuer. Ich bin auf der Suche nach einem Elementarier, der sich in eurem Königreich aufhält, und ich komme vom Tempel des Feuergottes. Reicht das nun?« Sie machte einige Schritte auf das Tor zu, merkte, dass sich dort nichts bewegte, und trat wieder zurück.

Mit beiden Händen an den Schwertern, die links und rechts in ihrem Gurt steckten und nun unter dem Umhang sichtbar waren, rief sie ungeduldig nach oben: »Ich warte …!«

Diesmal schluckte Henning, schaute zu Elrum und murmelte: »Wir öffnen lieber das Tor. Sie sieht aus, als wäre sie, was sie behauptet, und sie sieht so aus, als würde sie dieses Hindernis ziemlich schnell einreißen, wenn sie will.«

Elrum nickte und machte sich daran, mit der Seilwinde das Tor zu öffnen.

Henning rief hinab: »Wir öffnen das Tor, bitte begebt euch gleich in das Gebäude und bezahlt dort die Maut. Dann könnt ihr eure Reise fortsetzen.«

Sie wartete, bis das Tor so weit geöffnet war, dass sie hindurchpasste, streifte sich die Kapuze wieder übers Gesicht, ließ die Schwerter los und schritt durch das Tor und schnurstracks an dem genannten Eingang vorbei, den Weg entlang Richtung Norden.

Henning und Elrum schauten ihr verdutzt, mit offenen Mündern, hinterher und hörten noch: »Schickt die Rechnung über die Mautgebühr an die Kirche des Feuers in Tannberg, ich hab's eilig!«

Sie sahen sich wieder an und Elrum brummte: »Das war mir jetzt zu aufregend. Ich hoffe, der Tag zieht sich wieder so wie vorher«, und fügte hinzu: »Davon erzählen wir aber nichts den anderen. Der Kommandant würde uns nur zum Zusatzwachdienst einteilen. Okay?«

Henning nickte ihm zu, schloss das Tor und begab sich wieder auf seinen ursprünglichen Platz, um seine Wanderung wieder aufzunehmen.

Elrum blickte der rot gekleideten, immer kleiner werdenden Gestalt hinterher und dachte: ›Wer wohl der andere Elementarier ist, den sie sucht?‹ Aber einige Zeit später hatte sich seine aufflackernde Neugier verflüchtigt und er war wieder in seine Wacht versunken.

Fin wanderte, den Serpentinen folgend, hinab nach Tangrintanien. Links und rechts reckten sich die Wände nach oben und behinderten den Blick auf alles außer grauen Fels.

»Wenn du den Pass einnehmen wolltest, hätten dich die zwei Pfeifen da hinten tatkräftig unterstützt«, hörte sie. »Die sahen nicht so aus, als würden sie irgendwem Paroli bieten können. Angehört haben sie sich auch nicht so. Ich würde schätzen, sie könnten mit Ach und Krach einen Händler aufhalten.«

»Ich denke, hier kommen bis auf Händler nicht oft Reisende vorbei«, rief sie nach oben, schob die Kapuze zurück und hielt nach Fogo Ausschau. »Tangrintanien liegt so weit im

Norden und hinter den Bergmassiven verborgen. Woher sollten sie wissen, ob sie besonders wachsam sein müssen. Wer würde dem kleinen Königreich aus ihrer Sicht denn schon etwas Böses wollen? Es gibt nur zwei Pässe, die man bereisen kann, und für die großen Exporte haben sie die Tanngau. Und den Fluss kann man nur in eine Richtung bereisen.«

Sie ließ den Blick schweifen und erblickte ihn, als er über ihr zwischen den Felswänden hindurchschwebte und sich auf sie zubewegte. Fogo war ein Feuerfischdrache, und die Drachenart bewegte den Körper in der Luft, als ob sie im Wasser schwämmen. Die beiden seitlich am Körper abstehenden Flügel bestanden aus vielen dünnen Stützkonstruktionen, die die Flugmembran verbanden. Nach außen liefen sie spitz zu und erinnerten an viele einzelne große Federn. Die Bewegung der Flügel verlief wie ein sanftes Wogen von vorne nach hinten und zurück. Der breit gefächerte, im Aussehen ebenfalls wie einzelne Federn erscheinende Schwanz hatte die gleiche Bewegungsmodalität.

Das Farbspektrum der kleinen, taubengroßen Geschöpfe reichte von Rot über Orange bis zu Gelb. Fogo selbst schimmerte in einem orangen, gelblich dichten Muster mit weißen Querstreifen. Der länglich ovale Körper der Drachen konnte wahlweise schmal zusammengezogen oder wie eine Kugel aufgebläht werden. Älteren Exemplaren war es sogar möglich, beim Aufblähen giftige Stacheln zwischen dem feinen Schuppengeflecht hervorstechen zu lassen. Damit waren sie exzellent wehrhaft. Diese Fähigkeit konnte Fogo noch nicht anwenden.

Als er bei ihr ankam, ließ er sich sanft auf der Schulter nieder und balancierte sich mit seinen vier schuppenbedeckten Pfoten aus. Die Flügel streiften sanft ihren Hinterkopf. Er schüttelte sich, streckte den kurzen Hals und legte sich anschließend auf ihr ab. Der wolfsähnliche Kopf schaute in Richtung des Weges. Seine Ohren, die wie die Flügel geformt, nur viel kleiner waren, kitzelten sie an der Ohrmuschel.

»Wenn ich bei dir gewesen wäre, hätten wir die Mauer hinaufklettern müssen. Die zwei wären sicher in Ohnmacht gefallen.« Fogo kicherte.

»Und hätten noch mehr Zeit verloren. Du weißt doch, der Rat hat uns beauftragt, dringlich nach dem Lufthärter zu suchen. Es gab einige beunruhigende Berichte aus den Kirchen von Tannberg und er sollte diesen auf den Grund gehen. Bei den letzten Rapporten war er aber nicht anwesend und die Priester konnten keine Auskunft über seinen Verbleib geben.«

»*Und wir sollen uns der ganzen Geschichte annehmen, ich weiß. Aber der Rat hätte uns zumindest nicht im Dunkeln lassen sollen, was die Kirchen beunruhigt. Prinzipiell sollte es nicht so schwer sein, jemanden zu finden, der Yeban gesehen hat. Ihr Elementarier seid immer so offensichtlich anders.*« Erneut kicherte er und rülpste anschließend eine kleine Stichflamme mit einem Rauchkringel an Fins Kapuze vorbei. »*Entschuldige, ich bin durch einen Schwarm Fliegen geflogen und konnte nicht widerstehen.*«

»Schon okay. Wenn du satt bist, dann bist du nicht so unausstehlich«, äußerte sie und kraulte Fogo gedankenverloren am Kinn. »Vielleicht ist er auch schon wieder in Tannberg aufgetaucht und wir können gleich zurückreisen. Hier ist es mir definitiv zu kalt. Ich vermisse die warme, trockene Luft von Carane jetzt schon.«

»*Also mir gefällt es, was anderes als Wüste, Halbwüste und trockene Böden zu sehen. Die Regenlande waren auch sehr unterhaltsam. Ich dachte allerdings, dass es dort mehr regnen würde.*«

»Du bist lustig. Ich hatte das Gefühl, als würde ich nie wieder trocken werden. Es war kalt und so nass, dass ich nach dem Sprechen einen Schwall Wasser schlucken musste. Lutum sei Dank waren wir mit den Pferden recht schnell. Ich wäre gern weitergeritten, aber in der letzten Taverne hatten sie keines zum Tauschen und meines musste längere Zeit ausruhen. Da sind wir zu Fuß schneller über die Regenberge, und in der Stadt am Südpass wird es schon welche zu leihen geben.«

Inzwischen hatten sie einige Kurven passiert. Die grauen Wände öffneten sich jetzt weit zu beiden Seiten und verloren zusehends an Höhe. Eine Umrundung später öffnete sich der Pass komplett und gab einen umwerfenden Ausblick auf das Becken von Tangrintanien frei. Beidseits erstreckten sich die Regenberge mit ihren hohen schneebedeckten Gipfeln.

Geradeaus führte der Pfad weiter durch die kargen, steinigen Abhänge, später über die kleine Älze und zur Stadt am Südpass. Atemberaubend war der Blick nördlich zum Iranisee hin. Eisblau glitzerte dieser in der Ferne. Die Sonne beschien die üppigen Wälder und Wiesen und ließ sie dunkelgrün aufleuchten. Gelegentlich lag Schnee in den Schatten, zu denen die Strahlen keinen Zugang fanden. Die drei Zuflüsse des Sees wanden sich als blaue Bändchen durchs Grün und Braun der Landschaft. Interessanterweise hatte das Gewässer keinen oberirdischen Abfluss. Es floss unterirdisch zum Meer im Osten ab. Von Fins Standpunkt aus wirkten die Städte Bysmere und Faylea am südlichen und Irani am nördlichen Ufer wie Miniaturen. Der Blickrichtung weiter folgend, ragte westlich das Hasengebirge in den Himmel und weiter, am Horizont, das Mittelgebirge.

Fogo und Finvara blieben stehen und ließen die Schönheit der Landschaft auf sich wirken.

»Kann ich dich dazu bewegen, nach oben zu fliegen und Ausschau zu halten, ob sich weitere Reisende auf uns zubewegen?«, fragte sie den Feuerfischdrachen nach einiger Zeit. »Ich muss mich erleichtern und hier gibt's eine kleine Felsformation, die sich dafür eignet.«

»*Klar doch. Was rein muss, muss auch wieder raus*«, erwiderte er, stieß sich von ihrer Schulter ab, rülpste ein paar Rauchkringel und flog nach oben, um sich umzusehen.

Einige Zeit später – das ganze Gewand fürs Geschäft abzulegen und anschließend anzuziehen, dauerte – trat sie aus den Schatten der Felsen und folgte den Serpentinen weiter abwärts.

Gegen Abend erreichte sie die Brücke an der kleinen Älze, überquerte sie und sah die Stadt am Südpass vor sich.

»Ich werde mich in der Taverne einquartieren und dort umhören, ob jemand etwas von Yeban gehört oder gesehen hat«, sagte Fin zu Fogo, der wieder auf ihrer Schulter saß. »Such dir hier draußen einen Schlafplatz. Morgen bei Sonnenaufgang treffen wir uns auf der anderen Seite der Stadt und setzen unseren Weg fort.«

Er erhob und streckte sich, sprang in die Luft und schwebte in Richtung Fluss davon. »*Ich werde mir erst eine leckere Portion Laich genehmigen und dann einen Schlafplatz suchen. Wenn ich ungewöhnliche Aktivitäten hier draußen wahrnehme, werde ich dir das mitteilen.*«

»Das ist eine gute Idee. Falls du etwas findest, erzähl mir morgen davon.«

»*Werde ich, hab eine gute Nacht und gutes Fressen.*«

Inzwischen erkannte man ihn nur noch als Punkt über dem Fluss, der in der Abenddämmerung schwer zu erkennen war. Fin rückte ihren Rucksack unter dem Umhang und ihre Armbrust darüber zurecht und machte sich auf in die Stadt, um eine annehmbare Unterkunft zu suchen.

In der Ortsmitte wurde sie fündig. Ein Schild »Zur gerösteten Ente« wies ihr den Weg in ein zweistöckiges Tavernengebäude. Sie öffnete die Tür und streifte beim Eintreten ihre Kapuze in den Nacken. Schaute sich anschließend um und erblickte einen gemütlichen kleinen Schankraum. Rechter Hand befand sich die Feuerstelle, über der an einem Haken ein großer Topf hing. Eine Flüssigkeit köchelte darin. Direkt vor ihr nahm der Tresen die ganze Wand ein, bis auf eine Nische links, in der die Treppe ins Obergeschoss hinaufführte. Die restliche Fläche war mit Tischen, Bänken und Stühlen zugestellt. An diesen saßen einige Menschen, die sich nun zu ihr umdrehten und sie anstarrten.

Fin ignorierte sie, ging zwischen den Tischen hindurch zum Ausschank und sagte zum Wirt, der sie mit offenem Mund anstarrte: »Was habt ihr zur Bewirtung anzubieten, was kostet das Ganze und könnt ihr mir ein Zimmer vermieten? Und blickt mich nicht so an!«

Er zuckte zusammen, schloss den Mund, um ihn gleich wieder zu öffnen, als er stammelte: »Rüben…suppe, ähm, verzeiht mir.« Er fing sich und setzte erneut an: »Es gibt heute Rübensuppe mit frischem Brot und Butter. Meine Frau hat sicherlich auch noch Würste im Lager, wenn ihr mehr wünscht, oder etwas Käse. Die Suppe kostet euch fünfzehn Fenning, Käse oder Wurst noch einmal zehn mehr. Wasser gibt es kostenlos. Ein sauberes Zimmer kann ich euch für fünfundzwanzig Fenning anbieten.«

»Tisch mir bitte die Rübensuppe, etwas Käse sowie Wasser auf. Ich nehme auch das Zimmer.« Sie nahm ihren Beutel vom Gürtel, zählte zwei Silber- sowie fünfzig Kupferlinge ab und legte sie vor dem Wirt auf den Tresen.

»Ich habe nur die allgemeine Währung dabei. Nehmt ihr diese an?«

»Gar kein Problem«, antwortete er. »Ich kann meine Besorgungen auch in eurer Währung bezahlen. Die Abgaben an den König genauso. Umgerechnet habt ihr schon richtig.« Er rief durch den Durchgang hinter sich in die Küche: »Mechtild, hol etwas Käse, Wasser, Brot mit Butter und schöpf eine Schüssel Suppe aus dem Topf und bring sie unserm Gast.«

»Gleich, Bärchen«, tönte es zurück.

Der Wirt wurde rot und gab Fin zu verstehen, dass sie sich schon an einen Tisch in der Nähe des Kamins setzen sollte. Sie verstaute ihre Börse am Gürtel und bewegte sich zu dem ihr zugewiesenen Tisch. Auf dem Weg dorthin rief sie sich, wie immer, wenn sie sich an einem unbekannten Ort befand, die Personen im Raum ins Gedächtnis. Eine Gruppe Städter am Tisch gegenüber von ihr, die ein ausgiebiges Mahl genossen. Keine sichtbaren Waffen in ihrer Nähe. Auf der anderen Seite des Eingangs saßen Soldaten in Kompaniestärke zusammen um einige zusammengeschobene Tische. Ausgerüstet mit dem tangrintanischen Infanteriestandard. Kettenhemd und Kettenhelm, die Helme lagen auf einem Haufen in der Ecke. Jeder trug ein Messer am Gürtel, die Schwerter aufgereiht an der Wand. Fünf Armbrüste sowie fünf Schilde ergänzten die Sammlung hinter ihnen. Der Kommandant war gerade nicht anwesend, da keiner der Helme mit seinem Zeichen versehen war. Ganz im Eck saß noch ein jüngeres Pärchen, das miteinander beschäftigt war und sich nicht um den Rest im Raum kümmerte.

Die Städter und Soldaten sahen sie noch immer an, manche erschrocken, manche neugierig und manche staunend.

Als sie am Tisch ihre Armbrust an die Wand neben sich gelehnt, ihren Umhang über einen Stuhl und ihre beiden

Schwerter über den gleichen gehängt hatte und sich setzte, wurde sie immer noch beobachtet.

»Genug jetzt«, rief sie in den Raum. »Habt ihr noch nie eine Frau mit Waffen gesehen? Außerdem mag ich es nicht, wenn man mir beim Essen zusieht!«

Wie ertappt drehten sich die anderen Gäste schnell um und fuhren mit ihren Unterhaltungen und Tätigkeiten fort.

Die Wirtin brachte unterdessen das Essen – reichlich, wie Fin dachte – und einen großen Krug mit frischem Wasser.

Während sie speiste, betrachtete sie die anderen Gäste und überlegte, wen sie wegen Yeban ansprechen sollte. Der Wirt musterte sie immer wieder verstohlen, um schnell wegzusehen, wenn sie in seine Richtung blickte. Der Kommandant der Kompanie hatte sich unterdessen zu seinen Männern gesellt und seinen Helm dem Haufen hinzugefügt.

Fin entschied, die Soldaten und besonders den Kommandanten zwecks dem Luftelementarier anzusprechen, und erhob sich, um zu ihrem Tisch zu gehen.

»Auf ein Wort, Leutnant«, sprach sie ihn an, als sie seinen Platz erreichte.

Er war nicht überrascht, da seine Soldaten ihm schon zu verstehen gegeben hatten, dass sie sich ihnen näherte.

Er stand auf und überragte sie dabei um eine Kopflänge.

»Wie kann ich euch helfen, Kriegerin?«, antwortete er ihr mit angenehmer, leicht rauer Stimme.

»Hättet ihr einen Moment Zeit für ein Gespräch an meinem Platz?« Sie begutachtete an ihm vorbei den Tisch voll Soldaten, die mucksmäuschenstill lauschten.

Er folgte ihrem Blick und lachte. »Rührt euch, Männer, und lasst nicht das Gerücht aufkommen, ihr wärt neugierig!« Dann nickte er Fin zu.

Zurück am Kamin, nachdem sich beide gesetzt hatten, startete sie: »Kann ich euch auf einen Humpen Bier einladen? Mit trockener Kehle redet es sich schwerer.«

Als der Leutnant nickte, deutete sie dem Wirt an, dass er zwei Bier bringen sollte.

»Danke. Wie darf ich euch nennen?«, fragte sie der Soldat.

»Nennt mich Finvara. Ich bin vom Rat der Götter geschickt worden, um einen Elementarier zu finden, der sich in eurem Königreich aufhält. Yeban Lufthärter. So groß wie ihr, besser gebaut. Trägt zwei Äxte als Waffen. Gepflegtes Aussehen, immer rasiert und seine Augen leuchten wie die meinen, nur in einem sehr hellen Grau.«

»Ihr kommt schnell und direkt zur Sache.« Er lachte erneut, wartete, bis der Wirt das Bier vor ihnen abstellte und sich wieder entfernte, bevor er antwortete: »Leider muss ich euch enttäuschen. Mir ist die Beschreibung, die ihr gegeben habt, nicht bekannt. Allerdings waren wir die letzten Monate ausschließlich in Faylea stationiert und haben vom Rest des Reiches nichts mitbekommen. Ich würde euch raten, nach Brugge oder Xanthsik weiterzureisen und dort bei den Kommandanten der Garnisonen nachzufragen. Oder bei den Kirchen in den größeren Städten. Wenn ihr auch dort keine Antworten erhalten solltet, bleibt euch nur noch Jannesse oder unsere Hauptstadt Tannberg übrig.« Er genehmigte sich einen Schluck vom Bier und redete weiter. »Ich dachte zuerst, ihr würdet mich etwas anderes fragen. Und zwar, ob ich etwas über die Zustände in unserem Land und bezüglich des Königs sagen kann.«

Fin runzelte die Stirn. »Warum sollte ich etwas über euren König und das Land wissen wollen?«

»Weil der König Tangrintanien immer mehr von der Außenwelt abschirmt und doppelt so viele Soldaten ausbilden lässt als die letzten Jahre. Auch Ausrüstung wird viel mehr gekauft und hergestellt. Plötzlich gehen die Holzlieferungen bevorzugt an den nördlichen Staatenbund und die angrenzenden Königreiche. Olorien und die Länderreihen der Mittellande werden fast nicht mehr beliefert.« Er trank erneut von seinem Bier, wischte sich den Schnauzer von Schaum frei und fügte hinzu: »Gerüchten zufolge hat er sogar jemanden erhängen lassen. Das hatten wir seit Generationen nicht mehr. Und da hoffte ich, als ich euch erblickte, dass ihr die Kirchen in Tannberg besucht und euch an den Hof begebt.«

»Wir kümmern uns normalerweise nicht um die Angelegenheiten von Königreichen und ihre Handelsgepflogenheiten.

Dafür ist unsere Zeit nicht ausreichend. Aber wenn ich Yeban gefunden habe, werde ich möglicherweise mit ihm in der Hauptstadt vorbeischauen und mich erkundigen, da ich schon hier bin und ihr mich um Hilfe bittet.«

Der Soldat nickte. »Ich bin froh, dass ich euch begegnet bin. Als Leutnant hat man nicht viele Möglichkeiten, den Gerüchten nachzugehen. Aber die Geschichten, die unter den Soldaten kursieren, bereiten mir Kopfschmerzen und ich will irgendetwas tun.«

Fin nickte, trank ihr Bier in einem Zug aus und teilte dem Mann mit: »Ich danke euch für das Gespräch. Bitte entschuldigt mich nun. Ich muss morgen bei Sonnenaufgang weiterreisen und bin erschöpft von der Reise.«

Sie sammelte ihre Habseligkeiten ein, nickte dem Leutnant zu und ging zum Wirt, um ihn nach der Lage des Zimmers zu fragen.

Der Soldat blickte ihr hinterher, als sie die Treppe zu den Unterkünften hinaufstieg, und dachte: ›Eine wunderschöne, resolute Frau, die weiß, was sie will, und nicht lang um den heißen Brei herumredet.‹

Er nahm sein Bier und setzte sich wieder zu seinen Männern, war mit den Gedanken aber eher bei den Gerüchten, die unter den Soldaten umherschwirrten, und bei Fins Suche nach dem anderen Elementarier.

Erkenntnis

Toki erwachte am nächsten Tag frisch und ausgeruht. An die brennenden Schmerzen und das Kribbeln in seinen Gliedmaßen konnte er sich nicht mehr erinnern. So wie ein Traum sich verflüchtigte, zerfaserten die Erinnerungen daran.

Der Morgen begann wie üblich an einem Arbeitstag. Seine Mutter hatte das Essen vorbereitet. Zusammen frühstückten sie. Anschließend kümmerte sich Dosa um den Haushalt. Toki und Navil machten sich in die Werkstatt auf und begannen ihr Tagwerk.

Die Schreinerei lief gut. Tokis Vater konnte seine Aufträge hervorragend planen und ausführen. Die Kunden waren zufrieden mit seiner Arbeit und kamen gerne zu ihm. Ihre Hauptbeschäftigung bestand darin, Fenster, Möbel, Türen und Vertäfelungen für den Innenbereich anzufertigen. Wenn jemand ein neues Haus baute, halfen sie beim Errichten der Wände und des Daches. Ab und zu bekamen sie den Auftrag, einen Sarg zu zimmern.

Toki hatte für Holzarbeiten das gleiche gute Händchen wie sein Vater. Es machte ihm Spaß, Balken und Brettern ein neues Gesicht zu verleihen. Bei den Vertäfelungen konnte das wörtlich genommen werden. Viele Tiere, die in Natlara lebten, hatte er schon verewigt. Greifen und Griffin, Basilisken, Wyvern, Einhörner und Pegassi – die Tier- und die Feuergestalt –, Drachen aller Art sowie einige Elementare. Und natürlich die Tiere von Wald, Wiese und Wasser.

Er schnitzte schon sehr lange. Als Junge hatte er sich oft Vaters Messer geschnappt und kleine Tiere aus Holzscheiten befreit. Dabei hatte er vor sich hin geträumt und sich ausgemalt, Abenteuer zu erleben oder auf Reisen zu gehen. In der Nähe, damit er zum Essen wieder zu Hause war. Heutzutage genoss er die Ausflüge, die sie machten, wenn neues Holz gekauft wurde, oder ein Auftrag außerhalb des Dorfes zu erledigen war. Er liebte das Dorf, die Umgebung und sein Zuhause. Er wollte nicht weit weg und konnte sich auch nicht vorstellen, jemals in eine andere Siedlung oder gar eine Stadt zu ziehen. Möglicherweise tat er sich auch deswegen schwer, eine Frau zu finden.

Heute bestand ihre Arbeit darin, eine neue Tür für die Taverne sowie neue Sitzbänke für den Schuster anzufertigen.

Navil kümmerte sich um die Eingangstür. Toki legte sich alles für die Bänke zurecht.

Mittags rief Dosa sie ins Haus. Zusammen mit der Großmutter aßen sie ein reichhaltiges Mahl.

»Wie geht die Arbeit voran?«, fragte sie ihren Mann, als alle am Tisch saßen.

»Gut. Ich werde heute die Eingangstür für Jaard fertigbekommen und Toki schafft die Bänke für Renmond, oder?« Er sah zu ihm hin und wartete auf eine Antwort.

»Ja, kein Problem, die bekomme ich heute hin«, bestätigte dieser.

»Wir sollten uns vielleicht um einen Lehrling oder Gesellen kümmern, der uns hilft. Was hältst du von der Idee?« Wieder wartete er auf eine Antwort von Toki.

›Was ist heute nur los? Vater fragt sonst wenig, wie ich mit der Arbeit vorankomme, oder was ich von seinen Ideen halte. Geschweige denn, was wir mit dem Geschäft machen sollen.‹ Laut sagte er: »Wie viele Aufträge haben wir denn für die Zukunft?«

»Ich habe gehört, dass zwei Bauern ihren Hof bei uns in der Nähe errichten werden. Und Renmond braucht neue Fenster. Jaard hat auch wegen neuen Tischen und Stühlen bei mir angefragt. Und der Dorfvorsteher möchte ein Schulhaus errichten.

Er sagte mir, es gebe in der Umgebung viele Kinder, die dann zu uns kommen könnten.«

Grundsätzlich gab es in Tangrintanien keine Schulen oder eine Pflicht, seine Kinder zu unterrichten. Doch viele Dörfer taten sich zusammen, um den Kindern ein, zumindest rudimentäres, Grundwissen zu vermitteln. Als Lehrer fungierten oft die Eltern oder andere Einwohner. Delnim, Abies und die anderen wurden täglich von Großmutter in Kräuterkunde und allem, was mit der Natur zu tun hatte, unterrichtet. Der Dorfvorsteher kümmerte sich zwei Mal wöchentlich um Mathematik und Tokis Mutter unterrichtete an den gleichen Tagen im Schreiben. Ab und an kam ein Priester oder eine Priesterin der fünf großen Religionen vorbei. Dann vermittelte dieser oder diese das Wissen über die Götter, die Gesellschaft und andere Reiche. Toki hatte die gleiche Ausbildung bekommen, und seit er zwölf war, half er seinem Vater in der Werkstatt.

»Dann haben wir für dieses und möglicherweise nächstes Jahr genug zu tun«, überlegte er laut. »Es wäre nicht schlecht, wenn wir noch jemanden hätten, der uns zur Hand geht.«

»Ja, wir könnten uns um die anspruchsvolleren Arbeiten kümmern. Der Geselle um die Vorbereitungen, und falls wir einen Lehrling finden, könnte der den Rest machen. Ich denke, es wäre sogar das Beste, einen Lehrling und einen Gesellen anzustellen«, erläuterte Navil.

»Dann hat der Junge wieder mehr Zeit mir zu helfen. Sein Wissen in der Kräuterkunde ist recht dürftig«, warf Elle ein. »Schreinern ist schön und gut, aber Leben rettet ihr dadurch nicht!«

»Ach, Großmutter. Muss das sein? Du weißt, dass ich lieber Vater in der Schreinerei helfe. Damit verdienen wir auch mehr Geld als mit den Tees, Tinkturen, Salben und anderen Arzneien.«

»Geld ist nicht alles, Toki. Ich komme ganz gut zurecht und ich will mich nicht bereichern. Die Leute kommen zu mir, wenn sie Hilfe brauchen, und die bekommen sie. Mit allem, was du aufgeführt hast, kann ich die Menschen im Dorf unterstützen. Und, wie du sicher bei mir gelernt hast, wir nehmen nur von der Natur, was sie uns gibt, und geben es weiter«, belehrte sie ihn.

»Ja, Großmutter.« Toki seufzte und widmete sich wieder dem Essen.

»Es wäre schön, wenn du deiner Großmutter mehr zur Hand gehen könntest«, warf nun auch seine Mutter ein.

Toki seufzte erneut und nickte nur in ihre Richtung.

»Lasst den Jungen selber entscheiden, was er gerne macht«, half ihm sein Vater. »Er ist ein ausgezeichneter Tischler. Und jetzt lasst uns weiteressen, wir müssen wieder an die Arbeit.«

Sie aßen fertig. Toki und er machten sich daran, die Aufgaben für heute zu beenden. Elle und Dosa kümmerten sich um den Abwasch. Seine Großmutter widmete sich anschließend wieder ihren Kräutern.

Der Nachmittag zog vorüber, genauso wie der Abend und die Nacht.

Nach einem unruhigen Schlaf mit wirren Träumen erwachte Toki. Verschlafen setzte er sich auf, schwang die Beine vom Bett auf den Boden und erstarrte. Was war das? Sein linker großer Zeh wies eine unnatürliche Farbe auf. Nicht den normalen hellen, rosaroten Hautton, sondern einen dunkelgrau schattierten.

Toki bewegte den Zeh. Alles okay. Er bewegte vorsichtshalber auch alle anderen Zehen und verglich den linken mit dem rechten Fuß. Alles wie immer. Er berührte den Zeh und stellte mit Erleichterung fest, dass er sich auch ganz normal anfühlte, so, wie sich ein Zeh anfühlen sollte. Er war fest, der Nagel war im Bett und er spürte seine Berührung.

›Komisch, wieso ist die Farbe anders? Was hat das zu bedeuten?‹

Toki stand auf und spürte keinen Unterschied zu sonst. Schulterzuckend kleidete er sich an und ging nach draußen, um die Blase zu entleeren und sich zu waschen.

Der Arbeitstag verlief wie gehabt. Sein Vater lieferte die Tür der Taverne aus und baute sie ein. Toki schleppte die Bänke zum Schuster und stellte sie dort auf. Renmond war begeistert und unterhielt sich einige Zeit mit ihm. Er lobte ihn und freute sich, dass er, wie sein Vater, eine Bereicherung für ihr Dorf war. Und dass er es schade fand, dass er nie Anstalten gemacht hatte, um die Hand seiner Tochter zu werben. Toki wusste, dass Renmond insgeheim gehofft hatte, Nissy und er würden heiraten. Toki fand Nissy ganz hübsch und sie hatten sich gelegentlich unterhalten. Aber wie so oft war er zu schüchtern, als dass mehr aus diesen Unterhaltungen hätte entstehen können. Farrar, ein Freund von Toki, hatte die erste Gelegenheit ergriffen und Nissy den Hof gemacht. Sie waren inzwischen verheiratet und mehr oder weniger glücklich.

Der Unterhaltung müde verabschiedete sich Toki bald und kehrte zur Werkstatt zurück, um mit seiner Arbeit weiterzumachen. Inzwischen hatte er den graufarbenen Zeh vergessen.

Für den Abend hatte er sich mit Habat, Farrar und Ida in der Taverne verabredet. Durch die Arbeit in der Werkstatt und bei seiner Großmutter war er sehr eingespannt. Außerdem mochte er es, seine Zeit allein mit sich und seinen Gedanken zu verbringen. Aber heute freute er sich auf die Gelegenheit, sich mit ihnen auszutauschen und zu erfahren, was es Neues gab.

Nach dem Essen mit seiner Familie machte er sich Richtung Taverne auf. Die Abenddämmerung malte eine zauberhafte, orangerote Färbung in den Westhimmel. Zarte Wolken schwebten auf feurigen Schwingen in die Nacht davon, als ob Lutum selbst am Himmel erstrahlte. Toki freute sich über den Ausblick und sah es als gutes Zeichen für das Treffen an. An der Zeremonienstätte der Götter hatten sich einige Einwohner versammelt, um zu beten. Er grüßte freundlich und sie erwiderten den Gruß. Die Eltern des Bäckers wohnten im nächsten Haus. Sie verließen es gerade und hielten ihn auf, um ein paar wohlwollende Worte mit ihm zu wechseln. Sein Vater und er hatten ihnen erst letztes Jahr einen Schrank und ein Bett angefertigt. Sie waren begeistert von ihrer Arbeit und jedes Mal, wenn sie sich sahen, erinnerten sie ihn daran.

Nach der Verabschiedung erreichte er die Taverne.

›Vater hat gute Arbeit geleistet‹, dachte er stolz beim Durchschreiten der neuen Tür.

Habat und Ida saßen schon an dem Tisch am Kamin. Beide waren oft in der Taverne anzutreffen und beschlagnahmten immer den gleichen Platz. Einige ältere Bewohner hatten sich an einem der anderen Tische niedergelassen. Toki wünschte ihnen einen guten Abend und setzte sich zu seinen Freunden.

»Schön, dich zu sehen und schön, dass du Zeit hast, Toki«, begrüßte ihn Habat.

Er war sein ältester Freund. Zusammen hatten sie die Schule besucht und oft zusammen in den Wäldern oder am Weiher gespielt. Fast so breit wie hoch wurde er schon mit einem Zwerg verwechselt. Vom Arbeiten auf den Feldern und im Wald hatte er starke Muskeln entwickelt, was sein Aussehen noch unterstrich. Sein knorriges Gesicht spiegelte nicht seine freundliche, gutmütige Art wider.

»Hallo, Habat, wie geht es auf dem Hof? Hast du lange hierher gebraucht?«, grüßte Toki zurück.

»Etwa eine Stunde, aber das nehme ich gern auf mich, um euch zu sehen. Die Arbeit war wie immer, lang und anstrengend. Dafür habe ich jetzt Durst!«

»Hallo«, machte sich jetzt Ida bemerkbar. »Da bin ich froh, dass ich nicht so weit zu laufen habe.« Sie lachte.

Ida hatte den Sohn des Schneiders geheiratet und lebte ein paar Häuser weiter.

»Lass dir was zu trinken bringen und dann warten wir auf Farrar.«

Toki winkte Jaard zu, er solle ihm einen Krug Bier bringen, und wandte sich der Unterhaltung zu. Es ging um die Rekrutierungen des Königs.

»Wie gut, dass ich meine Wehrpflicht schon abgeleistet habe«, fuhr Habat fort. »Ich hätte keine Lust, noch einmal zu exerzieren, zu marschieren und mich von Ausbildern mit dem Schwert verprügeln zu lassen.«

»Mein kleiner Bruder muss bald aufbrechen und sein Jahr in der Armee verbringen«, erklärte Ida an Toki gewandt. »Er hat keine Lust darauf und wir könnten ihn viel besser zu Hause gebrauchen. Mutter muss sich sonst ganz allein um alles kümmern.«

In Tangrintanien war es Brauch und Pflicht, mit Erreichen des fünfzehnten Lebensjahrs, für ein Jahr in der Armee ausgebildet zu werden.

»Ich kann mich noch an meine Zeit in Kiefberg erinnern.« Toki nahm das Bier von Jaard entgegen, das dieser gerade brachte, und fügte hinzu: »Es war öde und ich mochte die große Stadt nicht. Ich bin mir auch nicht sicher, für was wir die Ausbildung an den Waffen brauchen sollen. Tangrintanien ist friedlich und die Pässe gut gesichert. Und wir sind so weit im Norden, dass ganz Natlara uns immer vergisst.«

Habat nickte und forderte die beiden auf, mit ihm anzustoßen. »Auf die Ruhe hier bei uns! Und auf Wodasch, die uns das Wasser fürs Bier gibt.«

Er war der Göttin des Wassers zugewandt, was gut zu seiner freundlichen, gefühlvollen Art passte.

Inzwischen hatte Farrar die Schenke betreten, sich ein Bier geholt und sich zu ihnen an den Tisch gesetzt. »Guten Abend zusammen. Wie ich sehe, habt ihr schon ohne mich angefangen.«

»Weil du mal wieder zu spät bist. Musstest wohl noch mit Nissy schäkern, was?«, entgegnete Ida lachend.

Er wurde rot und trank schnell einen Schluck von seinem Bier.

»Da hat Ida wohl ins Schwarze getroffen, was? Ist sie schon schwanger?«, fügte Habat hinzu.

Farrar und Nissy wollten unbedingt Kinder. Bisher hatte es noch nicht geklappt. Aber sie versuchten es fleißig und bei jeder Anspielung darauf konnten sie wetten, dass er rot wurde.

»Sollen wir wieder jedes Mal trinken, wenn Farrar rot wird?« Ida kicherte. »Ich kann mich noch an letztes Mal erinnern. Wir waren sehr betrunken!«

»Lieber nicht«, warf Toki ein. »Ich weiß nichts mehr vom Ende des Abends. Und ich muss morgen früh raus und meinem Vater helfen.«

»Das ist aber schade. Ich hoffte, du bleibst länger. Mein Onkel aus Irani ist zu Besuch und meine Cousine ist mit ihm gekommen. Ich habe ihr gesagt, dass heute der beste Schreiner des

Dorfes in der Taverne ist. Sie will sich zu uns gesellen.« Ida grinste ihn an und fügte noch flüsternd hinzu: »Ich habe ihr gesagt, du siehst gut aus, bist nicht vergeben und wärst eine gute Partie.«

Diesmal wurde Toki rot und vertiefte sich in sein Bier.

»Heda, da wird jemand rot. Hoch die Humpen!«, rief Habat und prostete ihnen zu.

Sie unterhielten sich eine Weile über dies und das und bestellten sich jeder noch ein Bier.

Einige Zeit später betrat eine schlanke Frau mit blonden Haaren das Gasthaus. Sie sah sich um, erblickte Ida, lief schnurstracks auf ihren Tisch zu und setzte sich neben Toki. Ziemlich nah, obwohl auf der Bank noch jede Menge Platz war.

»Hallo, ich bin Ava«, stellte sie sich vor. »Ida hat mich gefragt, ob ich euch heute Abend Gesellschaft leisten will.«

»Schön, dass du was mit uns trinken willst.«

»Willkommen, Ava.«

»Hey«, antworteten sie ihr alle gleichzeitig.

Toki schielte zu ihr hin, etwas unbehaglich zumute, da er nicht genau wusste, was er sagen sollte. Sie hatte ein sehr hübsches, rundliches Gesicht mit vollen Lippen. Ihre blonden Haare waren zu zwei Zöpfen geflochten, die über ihre Schultern auf den Rücken fielen.

›Ziemlich lange Haare, die gehen ja bis zur Mitte des Rückens‹, dachte er.

Die Augen schimmerten grünlich und sprühten richtig vor Freude.

»Wo bekomme ich hier ein Bier her?«, fragte sie. »Ich bin durstig.«

»Beim Wirt vorn an der Theke, aber Jaard bringt uns auch was, wenn wir uns bemerkbar machen. Und ich sehe, dass wir alle noch eines brauchen.« Damit zeigte Habat Jaard an, dass er eine Runde bringen sollte.

»Wer seid ihr alle?« Neugierig musterte Ava sie und deutete auf Habat. »Du musst Habat sein, Ida hat mir erzählt, du bist sehr kräftig. Das sieht man sofort.«

Habat lachte und stimmte ihr zu.

»Und du bist Farrar, kurze schwarze Haare und eine Hakennase.«

»Ava ...«, setzte Ida an.

»Ups, das sollte ich ja nicht sagen.« Verschmitzt blitzte sie Farrar an.

»Kein Problem, das ist wohl mein Erkennungszeichen.« Damit fasste er sich an die Nase und strich an ihr entlang. Es war klar ersichtlich, dass sie diese Form hatte.

Ava wandte sich Toki zu. »Und du bist dann Toki. Ida hat mir schon sooo viel von dir erzählt. Auch, dass du deine kleine Nichte aus dem Wald gerettet hast.« Sie blitzte ihn mit ihren grünen Augen an und legte ihre Hand auf seinen Arm. »Das war so tapfer von dir.«

Toki trank gerade von seinem Bier, als sie sich ihm zuwandte. Bei der Berührung verschluckte er sich und spuckte sein Bier zurück in den Krug. Hustend rang er nach Luft.

»Das war gar nicht so tapfer ...«, versuchte er zu artikulieren, hatte aber noch Bier in der Luftröhre.

»Doch. Und bescheiden bist du auch noch.« Ava ließ ihre Hand auf seinem Arm und drückte ihn. »Du musst mir alles darüber erzählen. Ich habe nur das Wenige mitbekommen, das Ida aus dem Dorfgespräch hat.«

Toki war froh, dass Jaard mit der Runde Bier kam und Ava ihn losließ, um ihr Getränk entgegenzunehmen.

›Verdammt, sie ist sehr hübsch und gut gebaut‹, dachte Toki, während er sie schüchtern beobachtete.

Sie merkte es, blickte zu ihm hin und lächelte ihn an. Er wurde rot und schaute schnell zu Ida, die ihm gegenübersaß.

»Was wird denn sonst noch so im Dorf getratscht? Gibt's nicht Geschichten über jemand anderen, die du erzählen kannst?«

»Oh, es gibt genug, aber die sind nicht so interessant wie deine.« Sie grinste. »Der Rest ist nur gewöhnliches Getratsche. Der hat das gemacht und dieser jenes. Was pflanzen die Bauern dieses Jahr an und wann kommt der nächste Sturm ... langweiliges Zeug halt.« Ida war immer gut informiert, was im Dorf los war.

Ava rutschte näher zu Toki, sodass sie direkt neben ihm saß und sie sich berührten.

»Erzähl uns, was passiert ist«, bat sie. »Ich würde die Geschichte so gern von dir hören. Du hast sie erlebt. Bitte!« Sie machte einen Schmollmund.

Toki wurde erneut rot und stammelte: »Aber … aber es ist gar nichts passiert. Wir waren nur am Weiher, Abies ist in den Wald gelaufen und ich habe sie gesucht.«

»Los, erzähl!«, mischte sich nun auch Farrar ein und Habat nickte auffordernd. Ida schaute abwechselnd ihn und Ava an und grinste vor sich hin.

»Okay. Aber dann gebt ihr mir das nächste Bier aus«, ergab er sich.

»Kein Problem, Freund. Darauf kannst du zählen«, stimmte Habat zu.

Und Toki erzählte, was Delnim, Abies und er am Tag des Geburtstages seiner Großmutter erlebt hatten.

»… und natürlich haben die zwei sich beim Essen verplappert und alle waren erst mal böse auf mich«, schloss er einige Zeit und ein Bier später.

Ava hatte sich in der Zwischenzeit noch etwas näher an Toki geschoben, sich bei ihm untergehakt und angekuschelt.

»Du bist doch tapfer! Wie Ida gesagt hat«, rief sie aus, als er endete. »Zeigst du mir den Weiher und den Wald? Ich muss jetzt wieder nach Hause, weil wir morgen früh losmüssen, aber mein Vater und ich sind übernächste Woche wieder im Dorf. Bitte …!«, fügte sie hinzu und strahlte ihn mit ihren großen runden Augen an.

»Wenn du willst, kann ich dir das zeigen«, antwortete Toki lahm. »Aber das ist ein sehr langweiliger und abgeschiedener Platz.«

Beim erneuten Drücken raunte sie ihm zu: »Das passt doch, wenn er abgeschieden ist. Dann sind wir nur zu zweit.« An die ganze Runde fügte sie hinzu: »Ich muss jetzt leider gehen. Es war sehr schön mit euch. Ida hat nicht zu viel versprochen.«

Sie trank ihr Bier aus, stand auf und verabschiedete sich von Habat, Farrar und Ida. Toki drückte sie einen Kuss auf die

Wange und erinnerte ihn an ihr Wiedersehen. »Versprich mir, dass du mich abholen kommst, wenn ich wieder hier bin.«

Knallrot stammelte er: »Ja … klar … Ida soll mir sagen, wenn du wieder da bist.«

Ava und Ida nickten sich zu. Danach huschte Ava zur Tür und hinaus.

»Das hast du ja geschickt eingefädelt, Ida.« Farrar lachte.

»Jetzt darf sich unser Tagträumer nur nicht blöd anstellen«, ergänzte Habat. »Ich glaube, du hast ganz gute Chancen bei ihr. So wie sie dich angehimmelt hat.«

Immer noch rot fragte Toki: »Meint ihr? Sie hat mich angehimmelt? Ich habe doch nur die blöde Geschichte erzählt.«

Habat und Farrar lachten laut auf und Ida meinte: »Doofkopf. Ich hab mir richtig Mühe gegeben, dich in einem vorteilhaften Licht darzustellen. Avas Vater will sie unbedingt verheiraten. Sie wird bald achtzehn. Und du wärst eine hervorragende Partie für sie. Meinem Onkel gehört ein Sägewerk in Irani. Also wäre sie auch eine hervorragende Partie für dich!«

»Wenn ihr meint«, entgegnete Toki unbehaglich. »Können wir jetzt wieder von was und wem anders reden als von mir? Genug für heute.«

Erneut lachten alle und wandten sich anderen Themen zu.

Etliche Tage zogen ins Land und weder der Zeh noch die Tagesabläufe selbst änderten sich. Aufstehen, Frühstück, Arbeit, Mittagessen, Arbeit, Abendessen und ins Bett.

Eines Abends, Toki zog seine Kleidung und die Strümpfe aus, um sich schlafen zu legen, merkte er plötzlich, dass sein ganzer linker Fuß grau war. Bestürzt schaute er sein Bein entlang zu ihm hinab.

›Heute Morgen war es doch nur der Zeh!‹, dachte er entsetzt.

Sehr beunruhigt testete er wieder die Beweglichkeit, das Gefühl bei Berührung und verglich rechts mit links. Er konnte alles bewegen, er hatte keine Schmerzen und seine Berührungen konnte er fühlen. Toki piekste sogar mit einem spitzen

Stück Holz an unterschiedlichen Stellen in die graue Haut. Keine besondere Reaktion! Wenn man von den nadelstichartigen Schmerzen absah, die entstanden. Aber das sollte auch so sein.

›Ist das gefährlich?‹, schoss es ihm in den Kopf und Panik stieg in ihm auf. ›Was kann ich machen, dass es wieder weggeht? Wird es noch schlimmer werden?‹

Er atmete tief ein und aus und versuchte sich zu beruhigen. ›Vielleicht hat Großmutter einen Rat für mich, sie kennt sich mit körperlichen Beschwerden aus. Wenn ich doch nur besser aufgepasst hätte, als sie mir etwas beibringen wollte … Morgen nach der Arbeit zeige ich ihr meinen Fuß‹, beschloss er.

Diesen Abend betete er länger zu Lutum, damit der ihn von der ganzen Misere befreite.

Toki schlief schlecht, er wachte oft auf und musste sich öfters als sonst erleichtern. Anschließend konnte er länger nicht mehr einschlafen.

Am nächsten Morgen erwachte er unausgeschlafen und mit Kopfdrücken. Grummelnd verrichtete er seine Morgenroutine. Der Tag war grau und trist. Er aß wortkarg sein Frühstück und begab sich in die Werkstatt.

Jaard hatte tatsächlich, gleich nachdem Navil seine letzte Aufgabe für den Wirt abgeschlossen hatte, neue Tische und Stühle bestellt. Die Alten seien morsch, wacklig und eine Gefahr für seine Gäste.

Die großen Tischplatten bearbeiteten Toki und Navil zusammen. Sie waren zu unhandlich und schwer für eine einzelne Person.

»So ein schöner Tag heute.« Sein Vater unterhielt sich gern beim Arbeiten. »Die Sonne scheint und der Frühling ist endlich angekommen. Deine Mutter ist schon fleißig dabei, den Garten vorzubereiten, damit sie anpflanzen kann. Bald gibt es wieder frisches Gemüse und Salat auf unseren Tellern. Darauf freue ich mich.«

Toki grummelte nur zustimmend und fuhr mit seiner Arbeit fort.

»Aber die Woche wird es noch ungemütlich. Meine Knie fühlen sich an, als würde es einen Sturm geben. Hoffentlich wird er nicht zu schlimm.«

Frühjahrsstürme waren in Tangrintanien nicht ungewöhnlich. Wenn einer aufzog, verrammelten die Bewohner alle Türen und Fenster und zogen sich in ihre warmen Stuben zurück. Sie erzählten sich Geschichten und warteten, bis er abflaute. Die Tavernen dienten gleichfalls als Magnet. Wenn zufällig ein Barde durchreiste und er wegen des Sturms nicht weiterkonnte, gab es Musik und Gesang für die Zufluchtssuchenden.

»Mal schauen, wann es so weit ist. Du bist heute nicht sehr gesprächig, was? Und du siehst aus, als wärst du gestern zu lange feiern gewesen.«

»Schlecht geschlafen«, antwortete Toki einsilbig.

»Ja, das kann schon mal vorkommen. Ich grübele auch gelegentlich über unser Geschäft nach. Kannst du mir bitte die Tischplatte halten, damit ich die Beine befestigen kann?«

Toki hielt die Holzplatte, war aber mit seinen Gedanken beim grauen Fuß. Er fühlte, dass dieser kribbelte und leicht schmerzte. Oder bildete er sich das nur ein?

›Hoffentlich hat Großmutter heute Abend Zeit für mich. Und hoffentlich weiß sie, was zu tun ist. Ich mache mir Sorgen um –‹

Die Platte glitt Toki aus den Fingern und schlug mit einem lauten, dumpfen Schlag auf den Boden. Dabei zermalmte sie die Tischbeine, die sein Vater bereitgelegt hatte, um sie zu verbauen.

Der schaute ihn aus großen Augen an. Die Platte war knapp vor seinem Fuß zum Liegen gekommen.

»Was ist denn los mit dir, Junge! Du bist doch sonst immer mit deinen Gedanken bei der Arbeit. Sieh nur, jetzt müssen wir das Untergestell noch einmal anfertigen. Komm, hilf mir, die Tischplatte wieder aufzustellen! Und dann konzentriere dich wieder! Ich möchte nicht, dass sich einer von uns verletzt.«

Zusammen arbeiteten sie weiter. Die gute Laune seines Vaters war allerdings verflogen und die restliche Zeit, inklusive des Mittagessens, sprachen sie nur das Nötigste.

Vor dem Feierabend hielt Toki es nicht mehr in der Werkstatt aus. Er wollte mit seiner Großmutter reden, und als sein Vater endlich den Arbeitstag beendete, war er schnell wie der Wind zur Tür hinaus und stand vor dem Haus gegenüber. Er klopfte und wartete auf die Erlaubnis von Elle, einzutreten. Ungeduldig klopfte er kurz darauf erneut, als niemand antwortete. Wieder wartete er und wippte dabei unruhig vor und zurück.

›Vielleicht ist sie im Garten‹, überlegte Toki und umrundete das Haus, um nachzusehen.

Seine Großmutter stand inmitten des Beetes und schnitt Kräuter ab. Die packte sie als Bündel in ihre Körbe. Auch einige Wurzeln lagen darin.

»Hallo, Großmutter, hast du Zeit für mich?«, rief Toki, als er sie entdeckte. »Ich habe was ganz Wichtiges, das ich dir zeigen muss. Und ich brauche deinen Rat.«

»Gleich, lass mich noch Nelkenwurz und Gundermann ernten, anschließend bin ich fertig und kann dir zuhören.«

Unruhig lief Toki unterdessen im Garten auf und ab. Saß da nicht ein Vogel auf dem Mönchspfefferstrauch? Der leuchtete goldgelb in der Abendsonne. Er stutzte. Der Vogel sah aus wie der Piepmatz, der sich auf seiner Schulter am Weiher niedergelassen hatte. Neugierig bewegte er sich auf ihn zu. Bevor er aber nah genug war, um ihn genau zu betrachten, breitete der seine Flügel aus und flog davon.

»Komm mit ins Haus. Ich bin fertig. Kannst du mir bitte zwei Körbe abnehmen? Dann muss ich nicht noch einmal nach draußen laufen. Ich werde alt und wenn ich mir einen Gang ersparen kann, ist mir das willkommen.«

»Sicher, Großmutter. Ich helfe dir.« Toki schnappte sich die Körbe mit den Kräutern und lief ihr hinterher ins Haus. Sie stellte ihre Körbe auf den Tisch und deutete ihm, seine gleichfalls dorthin zu bringen.

»So, jetzt. Was hast du auf dem Herzen, Kind? Du klingst aufgewühlt und du bist die ganze Zeit ruhelos durch den Garten gelaufen.«

›Sie hat ein gutes Gespür‹, dachte Toki. ›Hoffentlich weiß sie Rat.‹

»Ich zeige es dir.« Er setzte sich auf einen Stuhl und zog seinen Stiefel und den Strumpf vom linken Fuß. »Schau. Zuerst wurde mein großer Zeh grau. Jetzt hat es sich auf den ganzen Fuß ausgebreitet. Ich weiß nicht, was es ist und was ich machen soll!«

Elle stutzte und zog sich einen Schemel heran, setzte sich vor ihn und begutachtete ihn genau. Sie ließ ihn seine Zehen und den Fuß bewegen. Betastete alles und verlangte auch den anderen Fuß zu sehen. »Hast du Schmerzen oder andere Missempfindungen?«

Er verneinte, da es sich gerade normal anfühlte. Einige Zeit verstrich, ohne dass beide etwas sagten.

»Wie lange hast du das schon? Und du sagst, es war zuerst nur der Zeh?«

»Ja, Großmutter, erst der Zeh, vor etwa einer Woche. Ich hatte ihn ganz vergessen und gestern Abend war plötzlich der ganze Fuß grau. Ich weiß nicht, was ich machen soll! Hast du eine Ahnung, was das sein könnte? Hast du so etwas schon einmal gesehen? Geht das wieder weg?«

»Langsam. Eine Frage nach der anderen«, wies ihn die Großmutter zurecht. »Ich weiß leider nicht, was es sein kann. Ich habe so etwas noch nie gesehen, bei allem, was ich schon behandelt habe. Und ob es wieder weggeht? Nun … ich … kann es dir nicht sagen. Aber wir können versuchen, es mit Kräuterwickeln zu heilen. Wenn das nicht funktioniert, überlegen wir uns etwas anderes. Dann kann ich mich bei den Heilern in Irani erkundigen. Möglicherweise müssen wir auch nach dort fahren und es ihnen zeigen.«

Sie stand auf, ging zum Tisch und mischte einige Kräuter in eine Paste. Diese strich sie auf einen Verband. Zurück bei ihm wickelte sie das dick bestrichene Leinen fest um den Fuß und riet ihm, es einige Tage einwirken zu lassen.

»Danke, Großmutter. Denkst du, dass es etwas Gefährliches ist?«, hakte Toki besorgt nach.

»Ich denke nicht. Da du keine Schmerzen hast und den Fuß ganz normal bewegen kannst, wird sich das schon wieder geben. Aber komm regelmäßig bei mir vorbei, damit wir es beobachten können und wir mehr Auskünfte für die Heiler sammeln, falls es nicht besser wird.«

Sie tätschelte ihm den Arm und fügte aufmunternd hinzu: »Mach dir keine Gedanken. Das bekommen wir schon wieder hin.«

Er bedankte sich noch einmal, zog sich wieder an und verließ Elles Hütte.

Wie ihn seine Großmutter angewiesen hatte, ließ er die nächsten Tage den Verband, wo er war. Er spürte keine Veränderung. Jedoch wachte er eines Nachts auf, weil sein Körper wieder brannte und kribbelte. Besonders seine rechte Hand wurde von Schmerzen geplagt. Auch der schlierige, milchige Schleier war wieder da, als er versuchte, seine Augen zu öffnen. Diesmal dauerte es länger, bis sich alles beruhigte, und er erkannte zum ersten Mal bewusst, dass er sich anders fühlte. Mit unruhigen, ängstlichen Gedanken schlief er wieder ein.

Die Suche nach Yeban

Mit anbrechendem Sonnenaufgang genehmigte Fin sich ein Frühstück, bezahlte es und das Bier vom letzten Abend und brach gegen Brugge auf. Der Wirt hatte ihr kein Pferd anbieten können. Auch gab es in der Stadt keine zu verleihen, wie er ihr mitgeteilt hatte.

Außerhalb der Stadt traf sie auf Fogo, der schon bei einem Baum am Wegesrand auf sie wartete.

Zusammen reisten sie die nächsten Tage an Ödwasserdorf und Saukübel vorbei und erreichten schließlich Brugge.

Obwohl sie sich ein paar Tage in der Stadt aufhielt und mehrere Tavernen, die Kommandantur und die ansässigen Kirchen besuchte, erhielt sie keine neuen Informationen über Yeban. Es sah so aus, als wäre er nicht hier vorbeigekommen, oder als hätte er sich gut bedeckt gehalten.

Aber die Gerüchte, die ihr der Leutnant anvertraut hatte, wiederholten sich, und ein ungutes Gefühl beschlich sie. Es wurde ihr erneut empfohlen, Xanthsik, Jannesse oder am besten gleich die Hauptstadt zu besuchen.

Als sie sicher war, dass keine sinnvollen Antworten mehr auf sie warteten, packte sie ihre Habe zusammen und verließ die Stadt. Als Letztes hatte sie erfahren, warum das Dorf am Ödwasser Saukübel hieß. Einer der früheren Vorsteher hatte sich oft darüber aufgeregt, dass er, wie er lautstark kundgetan hatte, »in den Saukübel arbeite« und die Oberen ihm nur unnütze und sinnlose Aufgaben zu erledigen gaben. Er war nicht sehr lange Dorfvorsteher geblieben. Der Name hatte sich allerdings gehalten. Das war die letzte sinnlose Antwort in Bezug auf ihre Suche in Brugge, und so entschloss sich Finvara weiterzuziehen.

Sie reiste die Illrin entlang, zurück nach Saukübel und über die Haswasser durch Hasenhatz. Tage später erreichte sie Xanthsik. Die Reise hatte länger gedauert als gedacht. Auch in den anderen Städten und Dörfern war niemand bereit, ihr ein Pferd zu leihen. Und eines zu kaufen, war ihr zu teuer. Ebenso wenig hatte sie neue Erkenntnisse errungen und hoffte auf die nächste Stadt.

»Sieh an, endlich wieder eine stinkende, verschmutzte und laute Stadt«, machte Fogo sich bemerkbar. Er lag auf Fins Schulter – wie die längste Zeit der Reise. *»Wie ihr das nur aushalten könnt, auf engem Raum zusammengepfercht, in der Pisse und Scheiße von anderen eurer Spezies zu leben.«*

Er war nicht begeistert davon, dass sie wieder einige Tage allein Nachforschungen anstellte, und dementsprechend gereizt. Ein Elementarier und dessen Begleiter trennten sich ungern längere Zeit voneinander. So gut wie immer waren sie im Doppelpack anzutreffen. Beim Erwachen knüpften beide ein starkes Band, das die Gefühle des jeweils anderen miteinschloss. Trennten sie sich länger, fühlten sie die Abwesenheit und mit dieser Abwesenheit kam eine Leere, die tief in die Seele zu reichen schien.

»Sei nicht so übel gelaunt, Fogo«, wies sie ihn zurecht. »Mir gefällt es auch nicht, wenn wir getrennt sind. Aber so falle ich nicht noch mehr auf und werde möglicherweise mehr Antworten bekommen. Und du kannst dich in der Umgebung umsehen. Vielleicht entdeckst du bei deinen Flügen etwas.«

Der Weg hatte sie auf eine kleine Erhöhung gebracht und die Stadt lag vor ihren Füßen ausgebreitet. Der Winter war noch einmal mit Kraft zurückgekommen, bevor er sich für dieses Frühjahr zur Ruhe betten würde, und den Tag über hatte es immer wieder geschneit. Weiß gepudert ragten die Dächer der Häuser hinter der Stadtmauer empor. Sie umschloss die ganze

Siedlung. Die Illrin fungierte auf der linken Seite als natürliche Begrenzung. Hinter der Stadt verbreiterte sie sich zu einem See, der aus dem Mittelgebirge gespeist wurde. Türme säumten die Stadtmauer und der Weg führte zu einem massiven Torhaus.

Fin freute sich, aus der Kälte heraus in ein warmes Zimmer zu kommen. »Wollen wir uns hier trennen?«

»*Warum länger auf die Sinnesfreuden der Stadt verzichten?*«, grunzte Fogo. »*Wenn du wieder draußen bist, müffelst du ein paar Tage wie ein Stinktier. Ich freu mich schon darauf.*«

Feuerfischdrachen hatten einen ausgezeichneten Geruchssinn und er teilte ihr immer unverblümt mit, wenn sie stank, aus seiner Sicht betrachtet.

»Heute bist du wieder besonders bezaubernd.« Fin kicherte und kraulte ihn. »Ich beeile mich und wir treffen uns jeden Morgen vorm Nordtor. Dann sind wir nicht zu lange getrennt und können unsere Ergebnisse besprechen.«

»*Wahrscheinlich werden meine so aufregend sein wie in Brugge. Viele Bauern mit ihrer Viehzucht und demzufolge jede Menge Rindviecher. Von den ganzen Tieren gar nicht zu sprechen. Und sonst keine neuen Erkenntnisse.*«

»Hoffen wir, dass wir mehr herausbekommen als bisher. Und jetzt such dir was zu fressen und einen Schlafplatz.« Sie zuckte mit der Schulter, auf der er lag, und Fogo verließ sie.

»*Bis morgen früh, Fin.*«

Einige Reiter preschten an ihr vorbei, als sie sich der Stadt näherte. Am Torhaus angekommen, passierte sie das geöffnete Tor mit dem hochgezogenen Gitter, schüttelte den Schnee ab, schob die Kapuze in den Nacken und betrat die Wache.

»Den Göttern zum Gruß!«, rief sie. »Ist euer Vorgesetzter zu sprechen? Und wenn nicht, wo kann ich ihn finden?«

»Ihr könnt ihn in der Kommandantur in der Stadtmitte antreffen. Priesterin …?«, wurde ihr geantwortet. Wie üblich erstarben alle restlichen Gespräche und die Blicke wanden sich ihr zu.

»Elementarierin. Bitte weist mir doch den Weg. Und wo kann ich die Kirchen in der Stadt finden? Und welche Taverne ist zu empfehlen?« Das Starren ignorierte sie.

»Bitte folgt der Hauptstraße. Ihr könnt die Kommandantur nicht verfehlen. Sie liegt auf der rechten Seite, wenn ihr den Platz in der Mitte erreicht. Die Kirchen direkt gegenüber. Auf dem Platz gibt es auch zwei Gasthäuser, in denen ihr nächtigen könnt …«, antwortete er ihr und schloss mit einem unsicheren »… Heilige?«

»Elementarierin genügt. Eine letzte Frage noch, falls ihr mir gestattet. Habt ihr Kenntnis von einem anderen Elementarier, der möglicherweise durch Xanthsik gereist ist? Kriegerische Gestalt, recht groß, gut gebaut. Trägt immer zwei Äxte mit sich und hat unverkennbar hellgrau leuchtende Augen.«

Der Wachmann, der seine Perplexität überwunden hatte, zeigte mit einer großen Handbewegung auf die anderen Mitglieder der Stadtwache und erwiderte: »Wie ihr aus den Reaktionen erschließen mögt, haben wir noch nie einen Elementarier oder eine Elementarierin gesehen. Bis auf die Legenden wissen wir gar nichts über euch. Oder hat jemand von euch schon einen gesehen?«, fragte er die Restlichen, während er sich umsah. Kopfschütteln und »Noch nie« waren die Reaktionen darauf.

Er blickte sie wieder direkt an. »Das dachte ich mir. Leider kann ich euch nicht helfen. Bitte versucht es bei den Höhergestellten der Stadt.«

»Danke für eure Mühe.« Damit schloss Fin das Gespräch und begab sich in die ihr gewiesene Richtung zur Stadtmitte.

Auf dem Weg betrachtete sie die Häuser, Geschäfte, Straßen und Gassen und dachte, Bezug nehmend auf die Aussage von Fogo: ›So schlimm sieht es hier gar nicht aus und es riecht auch fast nicht. Bisher die schönste Stadt im Königreich.‹

Ein paar Kreuzungen weiter gaben die Häuser den Blick auf den Marktplatz frei. Da es schon Abend wurde, hatten die Händler ihre Stände abgebaut und waren auf dem Weg in ihre Wohnungen oder die Tavernen, in denen sie nächtigten. Direkt in der Mitte stand ein imposanter Brunnen. Dargestellt hatte der Künstler die Tanngauschlucht, in der gerade Baumstämme in andere Länder verschifft wurden. Das Wasser rauschte durch die Miniaturausgabe hindurch und sammelte sich in einem großen Becken. Von dort floss es durch kleine Rinnsale in die Kanalisation ab.

Fin entschied sich, zuerst die Kirchen aufzusuchen.

Wie üblich hatten sich die fünf Religionen, um ihr Gleichgewicht zu demonstrieren, in einem Gebäudekomplex zusammengeschlossen. Beim Betreten des Areals erblickte sie fünf Altäre im Kreis angeordnet. Ihr direkt gegenüber die begrünten Bereiche der Naturgöttin, links davon die Kirche des Feuergottes und des Erdgeweihten. Rechter Hand die Weihstätten der Wassergöttin und des Luftgottes. Betreten werden konnten die Gebäude durch Eingänge hinter den Altären.

Leichten Schrittes passierte sie den Feueraltar, auf dem einige Kerzen in Lampenfassungen brannten, öffnete die Tür und trat ins Innere. Etliche Holzfeuer in Kaminen an beiden Längsseiten erfüllten den großen Raum mit einer angenehmen Wärme. Lange Tische mit Bänken standen vor ihnen, beleuchtet von vielen Kerzen, die darauf standen und darüber hingen. An den Tischen machte sich eine Schar von Priestern und Priesterinnen über ihr Abendmahl her. Natürlich hatte sie schon der ein oder andere erspäht und die Restlichen auf sie aufmerksam gemacht.

Nach und nach richteten sich alle Blicke auf Fin und folgten ihr, während sie an ihnen vorbei zum Ende der Halle ging. Dort saß, auf einer Erhöhung, die Äbtissin mit ihrem Beraterkreis.

Schwungvoll verbeugend, mit der rechten Hand das Zeichen des Feuers zeigend, begrüßte sie die um den Tisch versammelten. »Lutum zum Gruß, Äbtissin. Ich ersuche euch um eure Zeit. Ich bin Finvara Schnellfeuer und wurde vom Rat der Götter geschickt, um einen Elementarier in Tangrintanien aufzuspüren. Ich hoffe, ihr könnt mir diesbezüglich helfen.«

Die in einfache rote Gewänder gehüllte, schlanke, mittelalte Frau erhob sich, verbeugte sich gleichfalls und zeigte auf ihr Mahl. »Wäre es euch recht, wenn wir unser Essen zuerst beenden und uns anschließend in meine Privatgemächer zurückziehen? Ihr seid herzlich willkommen, mit uns zu speisen.«

»Das großzügige Angebot nehme ich gerne an«, bedankte sich Fin, legte ihre Habseligkeiten ab und ließ sich nieder.

Die Äbtissin winkte unterdessen einen Mönch herbei, wies ihn an, ein zusätzliches Gedeck zu bringen, und sank zurück in ihren Stuhl.

»Wir haben nur eine einfache Küche. Heute gibt es Kartoffelsuppe und frisches Brot«, teilte ihr die Oberin entschuldigend mit.

»Entschuldigt euch nicht, Äbtissin. Wenn es für euch gut genug ist, ist es das auch für mich. Und es wird besser sein als die trockene Nahrung, die ich heute auf dem Weg hierher zu mir genommen habe.«

Der Mann hatte inzwischen eine Schale mit Suppe und einen Löffel vor ihr abgelegt und sich wieder an seinen Tisch gesetzt.

Schweigend löffelte die Frau sowie die anderen am Tisch ihre Suppe, aßen ihr Brot und beachteten Fin nicht länger.

›Auch schön, nicht ständig angestarrt und ausgefragt zu werden‹, dachte sie und tat es ihnen gleich.

Als alle ihre Suppe gegessen und mit dem Brot die Reste aus der Schale gewischt hatten, stand die Äbtissin auf und bedeutete Fin, sie zu begleiten.

Finvara stand auf, ergriff ihre Armbrust, die Schwerter und den Umhang und folgte der Frau, die mit schnellen Schritten durch einen Durchgang am Ende der Erhöhung lief.

Sie gingen durch einen Korridor, an einigen geschlossenen Türen vorbei und betraten ein gemütliches Arbeitszimmer, das von einem Feuer im Kamin gewärmt wurde.

»Bitte setzt euch an den Tisch«, wies die Oberin Finvara an. »Und erlaubt mir, mich euch vorzustellen. Ich bin Zonta Xirya, die Äbtissin der Feuerkirche in Xanthsik.«

»Ich bin erfreut, eure Bekanntschaft zu machen, Zonta«, erwiderte Fin. »Erlaubt mir, auf meine Frage von vorhin zurückzukommen. Ich suche einen Elementarier namens Yeban Luafthärter. Er soll sich in Tangrintanien aufhalten. Äußerlich sind seine Augen am auffallendsten. Sie sind hellgrau und, wie meine, leuchten sie von innen heraus. Ansonsten ist er recht groß, gut gebaut und von kriegerischer Statur. Er hat immer zwei Äxte bei sich und einen Griffin als Begleiter.«

»Leider muss ich euch enttäuschen, was den jetzigen Aufenthaltsort angeht«, teilte Zonta mit. »Aber ein Mann, der auf eure Beschreibung passt, ist vor einigen Monaten durch Xanthsik nach Tannberg gereist. Er hat in der Luftkirche Halt gemacht, eine Nacht ausgeruht und ist weitergezogen. Ihr könntet den Abt aufsuchen und ihn fragen, ob er mehr weiß.«

»Immerhin seid ihr die Erste, die überhaupt von ihm gehört hat. Habt Dank für die Verpflegung. Wenn ihr gestattet, werde ich mir jetzt eine Taverne suchen, um mich zu erholen.«

Fin hatte sich schon halb erhoben, als die Äbtissin einwandte: »Ihr könnt eines unserer Zimmer beziehen, solange ihr in Xanthsik weilt, und an unseren einfachen Mahlzeiten teilnehmen. Wir wären stolz, eine der Elementarierinnen beherbergen zu dürfen.«

»Auch dieses Angebot nehme ich gerne an.« Fin freute sich, dass sie sich in der Abgeschiedenheit und Ruhe der Kirche aufhalten konnte, um sich zu erholen.

Überlegend fragte sie: »Wäre es auch möglich, Fogo, meinen Feuerfischdrachen, mit zu beherbergen? Er macht nicht viel Aufwand und ich fühle mich wohler, wenn er bei mir ist.«

»Ein Drache?« Zonta erbleichte. »Meint ihr, er passt durch unsere Eingangstür hindurch? Und was sollen wir ihm zu fressen anbieten?«

Lachend antwortete Fin: »Ihr irrt euch bei seiner Gestalt. Ein Feuerfischdrache ist nur taubengroß. Nicht die Größe, an die ihr wahrscheinlich gedacht habt, wenn ihr Drache hört. Ich entschuldige mich. Ich nahm an, ihr kennt Feuerfischdrachen. Und zu fressen braucht er nur Laich, Käfer oder andere Insekten. Wobei er sich auch über ein Stück Fleisch freut. Aber die Menge, die er verzehrt, fällt überhaupt nicht ins Gewicht bei euren Mahlzeiten.«

Wieder Farbe und Stimme bekommend lachte die Äbtissin. »Dann teilt ihm bitte mit, dass er gern bei uns wohnen kann, solange ihr hier seid. Wir werden ihm selbstverständlich etwas zu fressen besorgen. Ich bin sehr gespannt, wie er aussieht.«

»Seid froh, dass ihr ihn nicht hören könnt. So süß wie er aussieht, so vorlaut und unverschämt ist sein Mundwerk.« Fin grinste, ergriff ihre Waffen und den Umhang und fragte: »Wo kann ich das Zimmer finden?«

»Bitte wartet kurz. Ich lasse euch zu einem der freien führen.«

Zonta erhob sich, rief nach einem Mönch und trug ihm auf, Fin zu ihrer Unterkunft zu bringen.

»Fühlt euch wie zu Hause und ruht euch aus. Wenn ihr etwas braucht, zögert nicht, zu mir zu kommen. Eine gute Nacht euch.«

»Euch auch, Äbtissin.« Sie verbeugte sich und folgte dem Mönch.

Ausgeruht erwachte Fin am Morgen, erleichterte sich auf der Toilette, nahm ein stilles Mahl mit den anderen Bewohnern der Kirche ein und holte Fogo außerhalb des Nordtores ab. Unter dem Mantel schmuggelte sie ihn an der Wachmannschaft und den Bewohnern von Xanthsik vorbei zu ihrer Unterkunft.

»Die Äbtissin hat uns angeboten, hier zu nächtigen, solange wir in der Stadt sind. Bitte benimm dich und versuche, nichts in Brand zu setzen«, erklärte sie ihm. »Ich werde mich mit dem Abt der Kirche der Luft treffen und Informationen zu Yeban einholen.«

»Als ob ich jemals etwas in Brand gesetzt hätte.« Fogo blickte sie vorwurfsvoll an.

»Also ich kann mich sogar an mehrere Male erinnern.« Fin grinste. »Ich bin hoffentlich gleich mit Neuigkeiten zurück.«

Damit ging sie, durchquerte die Anlage und betrat das Gebäude gegenüber. Es war ähnlich aufgebaut wie das, das sie verlassen hatte. Sie nahm an, dass das Zimmer des Abtes genauso zu erreichen war wie das der Äbtissin.

Fin schritt durch den langen Saal. Niemand hielt sich hier auf. Sie betrat den Durchgang am Ende und wäre fast mit einem hindurchhastenden Priester zusammengestoßen. Gerade noch konnte sie nach hinten ausweichen.

»Pass doch auf, Bursche. Ich werde dich lehren ...«, setzte der Priester an. Gleichzeitig versuchte er, seine Unterlagen vor dem Zu-Boden-Fallen zu retten. Als ihm das endlich gelang, sah er zum ersten Mal richtig auf. Seine Augen wurden groß und er bleich. »… Elementarierin! Vergebt mir, ich wollte euch nicht zu nahetreten.« Verbeugend setzte er hinzu: »Was führt euch hierher? Wie kann ich euch behilflich sein?«

Nicht auf die um Haaresbreite entgangene Kollision eingehend, erklärte sie ihm: »Ich suche den Abt der Kirche.«

Seine Unterlagen fest umklammernd zeigte er mit dem anderen Arm den Gang entlang und sagte: »Hier entlang und am Ende das letzte Zimmer links. Er hält sich im Moment in seinem Amtsraum auf. Findet ihr den Weg allein?«

»Danke, Priester. Lasst euch nicht von euren Pflichten abhalten. Ich werde ihn finden.«

Sie ließ ihn stehen und ging in die gewiesene Richtung.

Der Mann hastete mit seinen Unterlagen weiter.

Fin klopfte an die Tür des Amtsraumes. Nachdem durch die starke Holztür dumpf die Aufforderung zum Eintreten schallte, öffnete sie und betrat den Raum.

Der Abt, ein kleiner dicklicher Mann, erblickte sie und rief glücklich: »Die Götter sind gütig zu mir, dass ich gleich zwei Elementarier in meinem Leben zu Gesicht bekomme. Kommt herein und macht es euch gemütlich. Seid ihr hungrig? Soll ich etwas zu essen bringen lassen?«

»Wenn es euch keine Umstände macht. Ich bin seit den Morgenstunden unterwegs. Vorausgesetzt, wir können uns dabei unterhalten. Denn ich habe es eilig«, entgegnete sie, legte ihre Waffen und den Umhang ab und setzte sich.

»Gar kein Problem. Lasst mich Fertinand anweisen, dass er uns etwas bringen soll. Ich bin Vater Venrol.« Er öffnete die Tür und rief den Gang entlang: »Fertinand, bring mir zwei Gedecke fürs Mittagessen und etwas von meinem kalten Braten!«

»Sehr wohl, Vater«, schallte es zurück.

Der Abt schloss die Tür und setzte sich Fin gegenüber an seinen großen Schreibtisch.

»Jetzt aber. Wie kann ich euch helfen, Elementarierin?«

»Mein Name ist Finvara. Ich nehme an, ihr habt euch mit Yeban Lufthärter unterhalten, wenn ich nicht die erste

Elementarierin bin, die ihr zu Gesicht bekommt? Ich bin auf der Suche nach ihm, und die Äbtissin des Feuers hat mich diesbezüglich zu euch geschickt.«

»Da liegt ihr richtig. Yeban kam auf seiner Reise nach Tannberg durch Xanthsik und hat uns glücklicherweise mit seiner Anwesenheit beehrt. Was wollt ihr genau wissen?«

»Er ist nicht mehr in der Hauptstadt anzutreffen und ich wurde geschickt, ihn aufzuspüren.«

»Damit kann ich euch leider nicht dienen. Ich habe ihn vor Monaten gesehen, als er hier durchreiste. Seitdem leider nicht mehr. Ich hätte ihn gern so viel gefragt.« Er runzelte die Stirn. »Er war nicht sehr gesprächig.«

»Hat er euch irgendetwas erzählt?«, setzte sie nach.

»Nur, dass er zu den Kirchen in Tannberg reist, um einigen Gerüchten auf den Grund zu gehen. Da könnte ich euch Geschichten erzählen …«

Es klopfte an der Tür. Ein Mönch trat mit einem Tablett ein und stellte zwei Schalen mit Suppe sowie Brot und kalten Braten vor ihnen auf den Tisch. Er schielte dabei die ganze Zeit neugierig zu Finvara.

»Ich hoffe, es wird euch munden, Vater. Und auch euch … Priesterin?«

»Sei nicht so neugierig, Fertinand. Danke für Speis und Trank. Aber nun, husch, hinaus mit dir.« Er wedelte mit der Hand, scheuchte den Mönch vor die Tür, und redete anschließend weiter.

»… wo war ich? Ach ja, bei den Gerüchten. Wollt ihr, dass ich euch damit erhelle?«

Bevor Fin etwas erwidern konnte, redete er weiter. »Es gibt die Erzählung, dass der König verrückt geworden sei. Verrückt, sagen sie! Er hat angeblich einen der Händler, die für die Holzlieferungen verantwortlich sind, hinrichten lassen. Und dann einen neuen angestellt. Seitdem wird das Holz nicht mehr an Olorien und die Mittellande, sondern an die nördlichen Reiche verkauft. Ist das nicht verrückt? Das haben wir noch nie getan. Oder die Aushebung von doppelt so vielen Rekruten für die Armee. Ich frage mich, was wollen wir mit denen? Sollen sie durchs Land laufen und die nicht vorhandenen Räuber bekämpfen? Verrückt!«

Als der Vater Atem holen musste, versuchte Fin, ihn zu unterbrechen. »Sind das nur Gerüchte oder habt ihr dafür auch Bele–«

»Ich sage euch, das habe ich von meinem Freund im Handelskonsortium des Königs. Das kann nur die Wahrheit sein. Und der Sohn des Königs wurde oft mit diesem neuen Händler gesehen. Die Tochter hingegen haben sie wohl in ihr Gemach eingesperrt. Plötzlich ist sie nur noch selten auf Bällen oder bei den Audienzen anzutreffen. Ist das nicht komisch?«

Erneut versuchte sie zu antworten, aber er redete schon weiter.

„Das IST komisch, und es sind auch viel mehr Fremde unterwegs. Angeblich sind sogar durch die Stadt hier einige Nordländer aus dem Staatenbund gereist.«

Fin setzte zum dritten Mal an, ihn zu unterbrechen, schaffte es aber erneut nicht. ›Ich höre ihm einfach nur zu, esse etwas und überprüfe alles, was er mir erzählt, später‹, dachte sie.

»Habt ihr euren Tierbegleiter dabei? Was ist es? Ach, sagt es mir nicht, es wird sicherlich ein Phönix sein. Die sollen sehr bezaubernd sein und die Farbenpracht der Kreaturen erstaunt mich immer wieder. Yeban hat mir von seinem Griffin Ischve erzählt. Griffin sehe ich regelmäßig. Sie fliegen oft über Xanthsik hinweg. Und ich habe gehört …«

So ging es das ganze Mahl hindurch weiter. Fin wunderte sich, dass der Abt überhaupt zum Essen kam. Einige Zeit später waren beide fertig und sie sah die Chance, sich bei ihm zu verabschieden und zurück zu Fogo zu gehen.

»… eine Kirche zu leiten …«

»Bitte entschuldigt mich, Abt.« Sie stand auf und griff nach ihrer Ausrüstung. »Aber ich habe noch einiges zu erledigen und muss schnellstmöglich weiter zur Hauptstadt.«

»Natürlich, Elementarierin. Ich hoffe, das Mahl hat euch gemundet und ich konnte euch einen Einblick in Tangrintanien gewähren. Ich wäre erfreut, wenn ihr mich bei der Rückreise wieder besuchen würdet.«

Damit stand auch er auf und geleitete Fin zur Tür. »Bitte richtet Yeban einen Gruß aus, wenn ihr ihn gefunden habt. Ich wünsche euch eine angenehme Reise.«

Sie verabschiedete sich und ging zurück zu ihrer Unterkunft.

»Ich sage dir, Fogo, ich habe noch nie jemanden gesehen, der so schnell so viel reden kann. Und er hat dabei gegessen!«

»*Wie viel von seinem Essen hat er dir entgegengespuckt?*«

»Interessanterweise nichts. Ich weiß nicht, wie er das gemacht hat«, erklärte Fin ihm. »Neues habe ich nicht erfahren. Nur wieder, dass Yeban zur Hauptstadt gereist sei. Und das schon vor Monaten. Ich befürchte, wir müssen uns wieder in den Tavernen der Stadt umhören. Vielleicht gibt es dort jemanden, der ihn gesehen hat, oder zumindest neue Gerüchte.«

Fogo sah sie bittend an. »*Mir ist hier langweilig. Nimmst du mich mit?*«

»Wie sollen wir das machen? Wenn ich mit dir eine Taverne betrete, dann bist du das Gesprächsthema und nicht mehr meine Fragen nach Yeban. Du bist noch auffälliger als ich.«

»*Lass die Decke und die Verpflegung aus dem Rucksack hier. Dann versteck mich darin*«, schlug er vor.

Fin überlegte. »Das können wir versuchen. Vielleicht bekommst du etwas mit, das mir entgeht.«

Sie leerte den Rucksack aufs Bett und hielt ihn ihm geöffnet entgegen.

»*Geht's schon los?*«, fragte er aufgeregt und schlüpfte hinein. »*Aber zieh ihn nicht ganz zu, ich würde es bevorzugen, nicht zu ersticken. Und häng ihn in der Taverne an den Stuhl und stell ihn nicht auf den Boden. Ich werde auch ungern getreten.*«

»Wird schon gutgehen.« Sie grinste, zog den Rucksack halb zu und kleidete sich für die Tavernenbesuche an. Die Armbrust ließ sie an der Wand gelehnt stehen.

Finvara suchte sich eines der Gasthäuser am Marktplatz als Startpunkt aus. In der Schänke traf sie einige Händler und den Wirt an. Keiner konnte ihr Informationen über den

Elementarier Yeban geben. So erging es ihr in allen weiteren Tavernen in der Stadtmitte.

›Dann muss ich mir die weniger noblen Viertel der Stadt vornehmen und die Suche dort fortsetzen‹, beschloss sie.

Auch in den nächsten Tavernen war ihr das Glück nicht hold.

Letztendlich kam sie an der Stadtgrenze an. Einige Fremde aus den Nordländern hatten ihr erzählt, dass es hier eine Schenke gab, die für ihre Gerüchteküche berüchtigt war. Das Haus, das vor ihr auftauchte und nach dem sie gesucht hatte, war dreistöckig. Es lehnte direkt an der Stadtmauer und sah nicht gut gepflegt aus. Aus dreckigen Scheiben quoll gelbliches Licht in die dunkel werdenden Gassen. Einige der Fenster waren mit Brettern vernagelt. Die Tür sah aus, als wäre sie schon zu Bruch gegangen, um anschließend notdürftig repariert zu werden. Und das nicht nur einmal. Das Schild darüber hing schief an einer rostigen Kette. »Zur nackten Maid« stand in verwaschener Schrift auf dem Holz, das die Form einer Frauenbrust aufwies, oder wahlweise einer Hüfte. Das überließ das Schild der Fantasie des Betrachters.

Fin runzelte die Stirn und verzog das Gesicht. »Wir sind in einer üblen Gegend gelandet«, flüsterte sie unter ihren Umhang zum Rucksack. »Hoffentlich lohnt sich das. Ich werde nie verstehen, dass jede Stadt diese einschlägigen Viertel und ihre noch einschlägigeren Tavernen braucht.«

»*Ich bin froh, dass ich nichts sehen kann. Und auch nichts riechen*«, tönte es dumpf zurück.

Fin seufzte und ging die Gasse entlang zum Eingang. Sie zog am Türknauf. Die Tür bewegte sich ein Stück und blieb dann hängen. Ein paar weitere Rüttler bewirkten nichts. Erst als sie mit beiden Händen zupackte und kräftig zog, löste sie sich und ging ruckelnd so weit auf, dass sie eintreten konnte. »Verdammte Glut, was für eine Bruchbude«, fluchte sie und blickte sich im Raum um. Die Tür ließ sie offen stehen.

Als Erstes stach ihr die rußgeschwärzte Wand gegenüber ins Auge. Die Feuerstelle dort verteilte ihren Rauch zum Teil durch den Kamin und den Rest unter die Decke des

Innenraums. Rechter Hand war der Ausschank mit einem großen Tresen, auf dem zahllose Bierhumpen und Schnapsgläser standen. Einige mehr, als sie Gäste zählen konnte. Es schaute so aus, als wäre der Wirt nicht erpicht aufs Aufräumen. Genauso sahen die Tische aus. Nur, dass sich auf einigen zusätzlich Teller mit Essensresten befanden. Die Oberflächen hatten länger auf einen Wischlappen verzichten müssen. Insgesamt zählte Fin acht Tische. Fünf davon waren besetzt. An den beiden beim Tresen saßen jeweils ein Mann mit einer Frau. Sie rümpfte die Nase und ekelte sich bei ihrem Anblick. Die vier Personen steckte sie aber in die Ecke, aus der keine Gefahr drohte. Waffen konnte sie keine bei ihnen erkennen.

Links im Zimmer führte eine Treppe nach oben. Der ihr nächste Tisch war mit einem vermeintlichen Händler und einer wohlbeleibten Dame besetzt. Augenscheinlich waren sie nicht zum Essen gekommen. Es wäre für alle angenehmer, wenn sie sich ein Zimmer oben, oder am besten eines in einer anderen Stadt, nehmen würden, schoss es Fin durch den Kopf. Auch die beiden sortierte sie zur gefahrlosen Menge.

Vier Tische standen in der Mitte des Raumes. Zwei davon zusammengeschoben und rundherum saßen vier grobe Kerle. Sie waren ins Würfeln vertieft. Die Ergebnisse ritzten sie mit Messern in den Tisch. Humpen standen in ihrer Reichweite. Einiges an Bier hatten sie nicht nur über sich, sondern auch auf der Platte vergossen. Die Gestalten sortierte Fin in die gefährliche Ecke. Alle trugen feinmaschige Kettenhemden. Zwei Äxte hatten sie in die Bank geschlagen. Eine Armbrust lag ungespannt auf einem Nachbartisch. Zwei Gürtel waren mit jeweils einem Schwert bestückt.

Einiges an Waffen im Raum, bemerkte sie stirnrunzelnd.

Diese Eindrücke nahm sie in den Sekunden auf, sobald sie durch die Tür trat und alle Augenpaare sich auf sie richteten – bis auf den Händler, der sich keine Sekunde von seinem grapschenden Spaß ablenken ließ. Gleichwohl die Frau.

Sie ignorierte die Blicke der Grobiane sowie der Paare und schritt auf den Wirt zu. Am Tresen angekommen nahm sie ihren Mantel ab und hängte ihn an einen Nagel, der unter der

Oberfläche hervorschaute. An einen zweiten hängte sie den Rucksack mit Fogo. Der Mann am Spülbecken blickte sie mit tränenden, eng zusammenstehenden Augen an und spuckte gelblichen Speichel auf den Boden.

›So sauber sieht es hier auch aus. Er will mir wohl zu verstehen geben, dass ich nicht willkommen bin. Aber vielleicht lockert sich seine Zunge für etwas Geld.‹

Der Wirt hatte muskulöse Arme und wenig Haare auf dem Haupt. Die standen nach allen Seiten ab. Sein struppiger Bart wurde von Pockennarben unterbrochen. Seine Schürze sah aus, als hätte sie im Schweinepferch gelegen. Die Schweine waren sicherlich sauberer.

»Gebt mir ein Bier und einen Kurzen«, knallte sie ihm an den Kopf.

»Sicher, wenn ihr bezahlen könnt. Fünf Fenning für euch.« Er grinste sie höhnisch an. Erneut landete Speichel auf dem Boden. »Was treibt eine mandeläugige, feurige Schönheit wie euch zu mir?«

»Ich suche Informationen und dieses Haus wurde mir dafür empfohlen. Freiwillig würde ich mir das nicht antun. Hier ist euer Kupferling.« Damit warf sie ihm das Geld auf den Tresen und wartete auf ihre Getränke.

Immer noch grinsend griff der Wirt sich einen der Krüge sowie ein Schnapsglas vom Tresen und füllte es ohne vorherige Reinigung. Dann knallte er es vor Fin auf die Platte. Als er ihren steinernen Blick wahrnahm, grinste er noch breiter und sagte: »Ein sauberer Krug kostet noch mal fünf Fenning mehr. Wie wär's?«

Sie schüttelte den Kopf. Die Absicht, das Zeug zu trinken, hatte sie sowieso nicht. An die Theke gelehnt, den kompletten Raum im Blick, fragte sie: »Wie sieht es mit Informationen aus. Ich suche einen Krieger mit zwei Äxten. Seine Augen glühen in einem sehr hellen Grau. Ich bezahle denjenigen, der mir seinen Aufenthaltsort nennen kann.«

»So jemand kennen wir hier nicht. Aber für einen Goldling kann ich euch möglicherweise an jemanden vermitteln, der ihn kennt.«

»Ich vermute eher, ihr macht euch mit dem Goldling aus dem Staub. Ich bezahle euch, wenn ich mich mit der Person getroffen habe und er, oder sie, mir helfen kann.«

Fin nahm wahr, dass sich ein weiterer grobschlächtiger Kerl zu den Würfelnden gesellte, gerüstet mit Kettenhemd und zwei Langmessern am Gürtel. Ein anderer Mann stand in der Tür. Er sah ordentlicher und sauberer aus als alle in der Schenke. Auch er trug ein Kettenhemd und einen Helm mit Nackenschutz. Ergänzt wurde seine Rüstung durch Stahlhandschuhe. Einen übel aussehenden Streitkolben hielt er lässig in der Hand. Er war groß wie die Tür, hatte riesige Muskeln wie der Mann hinterm Tresen und blickte sie mit einem lüsternen, bösen Blick direkt an.

Die Haare am Nacken stellten sich ihr auf.

»Wollt ihr, dass ich den Kontakt herst–«, setzte der Wirt an.

»Klappe halten!«, fuhr sie ihn an. »Es sieht so aus, als hätte ich meine Informationsquelle gefunden. Oder besser gesagt, sie mich.«

»Schön, dass ihr der Einladung unserer nordischen Freunde gefolgt seid. Ich hatte befürchtet, ihr würdet diese Spelunke meiden. Die Aussicht, irgendwas über euren Freund herauszufinden, war wohl stärker«, sagte der Hüne mit tiefer, rauer Stimme. »Ihr werdet uns reich machen«, fügte er hinzu und rief zu den fünf Grobianen, die ihre Würfel fallen gelassen hatten und jetzt ihre Waffen griffen: »Los, Jungs! Wer sie niederschlägt, bekommt zehn Silberlinge mehr.«

Die beiden Paare an den Tischen sahen sich verängstigt um und realisierten langsam, dass sie an einer ungünstigen Position saßen. Die einen versuchten an der Wand entlang zur Tür zu kommen und die anderen beiden rutschten so weit wie möglich ins Eck.

Fin öffnete schnell den Rucksack, so weit, wie es ging, und raunte Fogo zu: »Hier wird's gleich rundgehen, schau, dass du in Deckung bleibst.« Sie zog ihre beiden Dunkelstahlschwerter und rief den Männern entgegen: »Lasst eure Waffen fallen, setzt euch an euren Tisch und erzählt mir, was ihr wisst. Dann werdet ihr lebend das Gebäude verlassen!«

Die beiden direkt vor ihr stoppten und blickten sich an. Sie dachten, ein leichtes Spiel mit der rothaarigen, nicht allzu großen, schmalgesichtigen Frau zu haben. Fin leckte sich mit der Zunge über ihre feinen schmalen Lippen und setzte sich blitzschnell in Bewegung.

Den rechten Feind fällte sie durch einen Streich mit dem Schwert in der Haupthand. Er zerfetzte das Kettenhemd, drang in die Brust ein und teilte das Herz. Die Waffe trat an der Schulter wieder aus und eine Blutspur spritzte über die Decke. Fin nutzte den Schwung, um sich einmal um ihre eigene Achse zu drehen. Aus der Drehbewegung heraus schlug sie dem anderen Mann eines der Langmesser aus der Hand, das dieser halb erhoben hatte. Vom zweiten Schwert im Hals durchbohrt starb er.

Durch ihre Elementarierkraft, die sie – im Vergleich zu Normalsterblichen – viel schnellere Bewegungen ausführen ließ, hatte die ganze Aktion nur wenige Sekunden gedauert.

Die drei übrigen Grobiane umrundeten den Tisch. Sie wollten zu ihnen gelangen und ihren Kameraden helfen. Jetzt starrten sie Fin fassungslos an.

»Zweite Chance. Waffen fallen lassen und setzen!«, schrie sie ihnen zu. »Ansonsten ergeht es euch wie euren Freunden.« Die Worte wurden von den auf dem Boden aufschlagenden Leichen unterstrichen.

Links von ihr hörte sie das Paar schrill aufschreien. Sie hatten die Tür fast erreicht. Rechts hörte sie nur ein wimmerndes Stöhnen. Der Wirt hinterm Tresen rührte sich nicht.

Der Hüne trat nach vorn und hämmerte dem unbeteiligten Mann mit der Faust gegen den Kopf, dass dieser gegen die Wand schlug und dort liegen blieb. »Los jetzt! Greift sie an und überwältigt sie. Das ist nur eine schmächtige Frau!«, schrie er seine Kumpanen an.

Einer ließ seine Waffe fallen, rannte zur Treppe und stürmte sie hinauf. Die beiden anderen griffen ihre Äxte fester. So fest, dass ihre Knöchel weiß hervortraten. Vorsichtig bewegten sie sich nach vorn.

›So soll es sein‹, dachte Fin, federte vom Boden ab und landete auf einem Stuhl. Von der Sitzfläche katapultierte sie sich hoch zum äußersten rechten Feind. Der hatte gerade den Tisch umrundet und wollte auf sie zurennen. Er kam nicht mehr dazu. In der Luft drehte Finvara ihre Schwerter mit den Spitzen zu Boden. Von oben fuhren beide links und rechts in die Schulter des Mannes. Er kippte nach hinten und Fin rollte sich über ihn ab. Sie kam auf die Füße und stand direkt vor dem Tisch des Händlers. Blut tropfte von ihren Waffen auf die Tischplatte. Zwei halbnackte Körper saßen auf der Bank und riesige Augen sahen sie aus kreideweißen Gesichtern an.

»Ihr solltet verschwinden«, fuhr sie die beiden an und fügte hinzu: »Und wascht euch, ihr stinkt wie eine Echsengrube!«

Dann drehte sie sich zu den beiden übrigen Feinden um. Sie bemerkte, dass der letzte Grobian schlussendlich doch seine Waffe weggeworfen hatte und sich Richtung Tür aufmachte.

»Feiglinge«, keifte rau der Gerüstete, griff sich einen der Stühle und warf ihn auf Fin.

Sie duckte sich, und ihr kam der Gedanke, dass sie den letzten Feind nicht töten durfte. Sie brauchte Antworten.

Langsam, an den Tischen vorbeigehend, bewegte sie sich auf ihren Kontrahenten zu. Er wartete an der Tür auf sie.

»Ich werde dir Schmerzen zufügen, die du noch nicht gekannt hast, bevor ich dich abliefere«, spie er ihr entgegen und rannte auf sie zu.

Er bewegte sich mit dem ganzen Gewicht, das er am Körper trug, schneller, als sie erwartet hatte. Der Streitkolben sauste von links heran. Rechtshänder, schlussfolgerte sie beim Sprung zurück. Lautes Splittern ertönte, als die Waffe einen Stuhl zertrümmerte. Sie streifte den Tisch, der flog zur Seite und begrub eine Bank unter sich.

Fin bewegte sich wieder auf den Hünen zu.

›Jetzt haben wir Platz für ein Tänzchen!‹

Sie hielt beide Schwerter vor sich in Abwehrhaltung.

Der Krieger holte erneut mit dem Streitkolben aus. Er hieb erst von links oben – Fin trat einen Schritt zur Seite –, dann versuchte er von unten ihre Beine zu treffen. Sie sprang über den Kolben hinweg und schlug mit einem Schwert auf seinen Waffenarm ein. Sie erwischte ihn am Handgelenk und der

Dunkelstahl durchtrennte sanft das Metall der Handschuhe, die Haut, die Sehnen und die Knochen. Der schwere Kolben, gehalten von der abgetrennten Hand, schepperte auf den Boden und der Hüne zog schreiend seinen blutenden Arm zu sich heran.

»Hinknien!«, befahl Fin.

Der Krieger ging nicht auf sie ein und bückte sich, um eine Axt aufzuheben, die der Flüchtende hinterlassen hatte.

»Falsche Entscheidung.« Schnell wie eine Stichflamme beschleunigte sie, trat mit dem Fuß auf die Axt und hielt damit auch die Hand des Mannes am Boden.

Der keuchte und versuchte einen Kopfstoß, um die vermeintlich leichtgewichtige Frau vor sich wegzustoßen.

»Wieder falsch«, teilte ihm Fin mit, während sie ihm das rechte Knie genau auf die Nase hämmerte und ihn dadurch nach hinten warf. Leider stand sie noch auf der Axt und auf der Hand. Sie hörte ein lautes Knacken. »Verflucht, das war das Genick«, schimpfte sie.

Der Hüne sackte zu Boden.

»*Was machen wir mit dem übelriechenden Feigling hier?*«, hörte sie Fogos Stimme von der Theke her. »*Er wollte dir einen Humpen an den Kopf werfen, aber dann hast du die ersten zwei Ganoven getötet. Er hat sich seitdem nicht mehr bewegt.*«

Fin drehte sich zum Ausschank. Das Paar kauerte aneinandergeklammert unter der Theke und beide wimmerten leise vor sich hin. Der Wirt starrte mit großen Augen abwechselnd sie und den Feuerfischdrachen an, der vor ihm auf dem Schanktisch stand. Fogo feuerte ihm ab und an eine kleine Stichflamme entgegen.

»Vielleicht kann er sich jetzt an etwas erinnern, das wir wissen wollen«, mutmaßte sie und bewegte sich auf Fogo zu. »Und wenn nicht, dann kannst du ihn haben.«

Zur Bestätigung spie er eine große Flamme aus, gefolgt von ein paar Rauchkringeln.

»Ihr zwei solltet schnellstmöglich hier raus«, versuchte sie, den beiden am Boden Kauernden klarzumachen. Sie sahen nicht so aus, als hätten sie sie gehört. Fin stieß sie mit dem Fuß an. Keine Reaktion. »Dann halt so!« Sie stach eines der Schwerter in den Boden neben ihnen. Es wippte leicht hin und her.

Der Mann sah angstvoll auf.

»Los, raus!«, wiederholte Fin.

Dieses Mal erhielt sie eine Reaktion. Der Mann kroch an ihr vorbei, zerrte die schluchzende Frau dabei mit, und auf halbem Weg zur Tür waren sie auf den Beinen und rannten, so schnell sie konnten, hinaus.

Fin drehte sich zum Wirt um, der sich vor Angst nicht bewegt hatte.

»Und jetzt, die Antworten auf meine Fragen!«

Er wurde noch bleicher, faltete die Hände und streckte sie ihr bittend entgegen. »Ich … ich … ich kann euch nichts sagen, Kriegerin. Ich weiß nichts über euren Freund und wusste auch nie etwas über ihn. Es ist wahr, ich verkaufe Informationen gegen Geld. Aber ich kann euch nichts sagen. Ich wollte nur euer Geld.« Er stammelte weiter: »Bi… Bi… Bitte. Lasst mich leben. Ich bin ein friedfertiger Mann.«

»*So friedfertig sah er nicht aus mit dem Krug in der Hand*«, erinnerte Fogo sie. »*Eher hinterlistig und fies.*«

»Ich habe kein Interesse daran, euch zu töten. Wenn ihr nichts wisst, seid ihr nutzlos für mich. Und so wie ihr aussaht, wisst ihr tatsächlich nichts.«

Der Schankwirt ließ die Hände sinken. Die Erleichterung war ihm ins Gesicht geschrieben. »Danke. Danke, Herrin.«

»Genug, ich habe kein Verlangen, weiter mit euch zu sprechen. Ihr stinkt und ihr widert mich an. Kümmert euch um die Toten hier.«

»*Jetzt haben wir wieder keine neuen Angaben zu Yebans Aufenthalt*«, stellte Fogo fest, ließ vom Wirt ab und flog zum Mann mit dem Helm. Er landete auf ihm und schielte auf die kleine Tasche, die er am Gürtel trug. »*Vielleicht hat er etwas dabei, das uns weiterbringt. Er wusste genau, wer wir sind und wo er uns finden kann.*«

»Lass uns nachsehen.«

Während Fin die Leichen umkurvte und Richtung Treppe ging, rief sie dem furchterfüllten Händler und der Hure entgegen: »An eurer Stelle würde ich mich schnellstmöglich davonmachen.«

Bevor sie die Treppe nach oben erreicht hatte, hatten die beiden ihre Kleidung gerafft und waren durch die Eingangstür verschwunden.

»Ich kümmere mich kurz um den letzten Grobian, der nach oben gerannt ist. Ich nehme nicht an, dass noch mehr von ihnen in der Taverne sind. Sonst wären sie schon hier. Der Hüne sah nicht so aus, als hätte er noch mehr von seinen Leuten oben versteckt.«

Sie verschwand im Obergeschoss. Nach einigen Minuten kam sie wieder herunter und trat zu Fogo, der auf dem Toten thronte.

»Sonst ist keiner mehr hier. Der Letzte ist durch eines der Fenster gesprungen, wie es aussieht. Er hat die Läden aufgebrochen. Lass uns sehen, was der hier in seinem Beutel hat.«

Sie rollte ihn auf die Seite, damit sie die Tasche ergreifen konnte, öffnete die Lasche und blickte hinein. Einige Silberlinge und ein zusammengeknüllter Zettel lagen darin. Sowie Feuerstein und Zunder.

»Das ist wohl das Kopfgeld. Schon etwas wenig für uns, meinst du nicht, Fogo?«

»Wenn der, wer auch immer sie geschickt hat, mehr gezahlt hätte, wären sie wohl auf die Idee gekommen, dass es nicht so einfach ist, wie sie dachten. Möglicherweise hätte ich dir dann helfen müssen.«

»Das stimmt.« Fin kicherte. »Und du bist so ein Faulpelz!«

»Nein, ich schlage mich nur nicht gern. Das überlasse ich lieber dir!«

»Das läuft aufs Gleiche raus.« Sie kicherte erneut und griff sich den Zettel, um ihn zu begutachten.

Wie wir besprochen haben, sende ich euch einen Vorschuss. Damit könnt ihr ein paar Helfer anheuern, um die Feuerelementarierin, die Yeban sucht, zu finden und auszuschalten. Die restlichen zwei Goldlinge bekommt ihr, sobald der Auftrag erledigt ist.

Hier die Beschreibung der Frau:
 rostrote, kurze Haare, auf einer Seite abrasiert,
 Hautton Bronze,
 mandelförmige Augen, feurig leuchtend,
 von innen heraus,
 nicht besonders groß, zart und schmächtig,
 Gesicht schmal, spitz zulaufend,
 kleine schmale Lippen,
 zwei Ohrringe mit Perlen – feurig schimmernd,
 Feuerfischdrache als Begleiter.
Die Route, die sie unserer Ansicht nach nehmen
wird, führt über den Südpass nach Tangrintanien
und dann zur Hauptstadt. Lasst eure Schergen die
Städte bewachen und lockt sie irgendwo in eine
Falle. Nehmt GENÜGEND Schläger mit, um sie zu
überwältigen.
Möglicherweise hilft es euch, dass wir den Griffin
von Yeban Lufthärter gefangen haben. Er ist in Irani
eingesperrt und wird dort bewacht. Prägt euch den
Inhalt ein und verbrennt den Brief anschließend!

Haltoe Kamtharg

Fogo, der ihr über die Schultern geschaut hatte, feixte: »*Ah, wir sind doch mehr wert als die paar Silberlinge, die der da bei sich hatte. Drei Goldlinge. Nicht schlecht, was?*«

»Ich mache mir eher Sorgen, woher sie wissen, wie ich aussehe und wer wir sind. Und wie konnten sie Ischve einfangen? Und nicht um das Kopfgeld, das wir für sie wert sind. Irgendjemand weiß hier sehr genau Bescheid. Und wer, zur Glut, ist Haltoe Kamtharg?«

»*Das sollten wir herausfinden. Aber was machen wir mit Ischve? Sie kennt sicher den Aufenthaltsort von Yeban.*«

»Ich würde meine Ohrringe darauf verwetten, das beides zusammenhängt. Ich bin der Meinung, wir sollten uns zuerst um Ischve kümmern. Dann finden wir Yeban und DANN kümmern wir uns um diesen Haltoe. Ich kann es nicht leiden, gejagt zu werden.« Fin sah Fogo an. »Was meinst du dazu?«

»*Da kann ich dir zustimmen. Finden wir Ischve und Yeban und anschließend stopfen wir jemandem gehörig das Maul.*«

»Yeban kann uns vielleicht auch erklären, was in Tangrintanien los ist. Die ganzen Gerüchte stoßen mir übel auf. Zusammen können wir da sicherlich Feuerschein ins Dunkel bringen.«

Sie packte den Beutel des Kopfgeldjägers, trug ihn zur Theke und legte ihn in ihren Rucksack. Den Mantel überstreifend wandte sie sich beim Gehen zum Wirt.

»Möglicherweise solltet ihr hier aufräumen, sonst habt ihr noch weniger Gäste als sonst. Vielleicht wäre es besser für alle, wenn ihr das Gebäude einfach anzündet. Das würde unserem Geruchssinn gefallen.« Fogo schnaubte zustimmend aus dem Rucksack. »Aber das ist eure Sache. Ich hoffe, wir werden uns nie mehr wiedersehen.«

Damit stieg sie über die Leichen und verließ die Taverne »Zur nackten Maid«.

Zurück im Heiligtum hielt Fin Rücksprache mit der Äbtissin und dem Abt. Sie erklärte beiden alles, was sie erfahren hatte. Dann bat sie darum, Nachricht an die Heiligtümer in Tannberg zu schicken. Sie sollen inzwischen Informationen über die Gerüchte am Hof sammeln.

Nach dem Gespräch begaben Fogo und sie sich zur Ruhe.

Vor dem Morgengrauen stand sie auf und genehmigte sich eine Schüssel Haferbrei. Fogo verdrückte währenddessen ein kleines Stück Fleisch. Später brachen sie Richtung Irani auf. Glücklicherweise konnte Zonta ihr über die Kommandantur ein Pferd vermitteln, das sie in der Kaserne von Irani abgeben sollte.

Finvara verabschiedete sich von der Äbtissin, wünschte ihr alles Gute und verließ Xanthsik, um Ischve aus den Händen der Kopfgeldjäger zu befreien.

Entsetzen

»Hallo, Großmutter, bist du da?« Toki klopfte an die Haustür.

»Ja! Komm herein, Junge«, bat sie. Zu jemand anderem im Haus: »Du musst jeden Abend einen Tee mit den Blüten aufbrühen und sie sollen ihn trinken. Über Nacht werden sie schwitzen. Das wird das Fieber senken. Wenn es nicht hilft, dann komm morgen wieder und ich gebe dir etwas Stärkeres.«

Beim Eintreten sah Toki, dass Geffe bei seiner Großmutter stand und sie ihm einen Beutel überreichte. »Hallo, Geffe«, grüßte er ihn. »Wie geht es Delnim und Abies? Und meiner Schwester?«

»Hallo. Den Umständen entsprechend gut. Du weißt ja, die beiden Kleinen haben seit einem Tag Fieber und erbrechen sich ständig. Elle war so nett, uns einen Holunderblütentee vorzubereiten. Ich hoffe, er wird helfen. Deine Schwester hat kein Fieber, ist aber auch nicht gesund.«

»Wünsch ihnen gute Besserung von mir. Wenn es ihnen wieder besser geht, dann komme ich euch besuchen.«

Geffe nahm den Beutel mit den Holunderblüten und verließ die Hütte.

»Nun zu dir, Toki. Wie geht es deinem Fuß? Merkst du eine Veränderung?«, fragte seine Großmutter ihn hoffnungsvoll.

»Keine, die ich spüren würde. Aber ich habe gelegentlich in der Nacht ein komisches Gefühl. Ich kann es gar nicht richtig beschreiben. Mein ganzer Körper vibriert, brennt und kribbelt. Mehr in der Stelle am Körper, die grau geworden ist, aber seit

Neuestem auch in der rechten Hand. Außerdem sehe ich wie durch einen milchigen Schleier. Vielleicht träume ich das auch nur. Doch ich fühle mich zuversichtlicher, dass es nichts Schlimmes ist.«

»Hmmm. Manche Krankheiten können Körperreaktionen auslösen, wie das Fieber deiner Nichten zum Beispiel. Oft hat man dabei auch Schüttelfrost«, erklärte sie. »Aber ich habe noch nie von den Symptomen gehört, die du schilderst. Ich bin immer noch der Meinung, dass es keine Krankheit ist. Lass uns den Verband abnehmen und nachsehen.«

Toki setzte sich und hielt ihr den Fuß hin. Die Schuhe und Strümpfe hatte er schon abgelegt.

Elle wickelte den Verband ab und wusch die restliche Salbe mit frischem Wasser ab. Sie hatte immer abgekochtes für Wunden im Haus. »Sieht so aus wie vor ein paar Tagen«, stellte sie fest, als sie beide sich über den Fuß beugten. »Und du sagst, er fühlt sich auch genauso an?«

»Ja, Großmutter. Wie gesagt, keine Veränderung.«

»Dann scheint es kein Problem der Haut zu sein, sonst hätte sich etwas geändert. Es würde mich interessieren, wie es unter ihr aussieht.« Sie lachte auf, als Toki zurückzuckte. »Keine Sorge. Ich werde dir den Fuß nicht aufschneiden. Aber du musst zugeben, es wäre gut zu wissen, ob auch das Fleisch grau ist oder nur die Haut. Wenn sich keine Veränderung einstellt und wir zu den Heilern nach Irani gehen, könnte es sein, dass sie einen Schnitt machen müssen, um nachzusehen.«

Toki fühlte sich dabei nicht wohl und sagte ihr das.

»Ich bin mir immer noch sicher, dass wir das mit Heilkräutern in den Griff bekommen. Bisher konnte ich alles heilen, weswegen die Leute zu mir gekommen sind. Den Wickel lassen wir dann sein. Ich gebe dir aber eine Tinktur zum Trinken mit. Nimm sie bitte morgens und abends ein. In ein paar Tagen sehen wir das Ergebnis. Und keine Angst, es soll nur deine Abwehr stärken und den Körper anregen, sich zu heilen. Du kannst die Schuhe wieder anziehen.«

Sie ging zu ihrem Regal mit Tuben, Fläschchen und Ampullen, griff sich eines und reichte es Toki.

»Wenn du etwas Neues bemerkst, gib mir bitte sofort Bescheid. Ich werde in der Zwischenzeit einen Brief an die Heiler in Irani aufsetzen und ihn einem Boten mitgeben. Möglicherweise haben sie Antworten für uns. Was hast du die nächsten Tage vor? Ich würde in den Wald gehen und dort Kräuter sammeln, um meine Vorräte aufzufüllen. Ich könnte dich gut gebrauchen.«

»Tut mir leid, Großmutter, aber ich bin bei Vater in der Werkstatt beschäftigt, und ich habe versprochen, die Cousine von Ida an den Weiher zu begleiten.«

»Ach, die kleine Ava ist zu Besuch?«

»So klein ist sie nicht mehr.« Toki lachte. »Sie wird bald achtzehn.«

»Ah, dann wünsche ich dir viel Spaß. Aber denk darüber nach, ob du nicht doch etwas Zeit für mich erübrigen könntest. Es würde deiner Ausbildung nicht schaden.«

»Ja, Großmutter … Ich überlege es mir. Danke, dass du mir hilfst.«

»Jederzeit. Das wird schon wieder. Und jetzt raus mit dir, ich habe noch zu arbeiten.«

Als er sich abends hinlegte, schlief er zum ersten Mal seit Tagen besser und wälzte sich nicht vor Sorgen hin und her.

Der Morgen weckte ihn mit seiner ganzen Pracht. Die Sonne schien, die Tage wurden wärmer und er musste heute nicht arbeiten. Ida hatte ihm mitgeteilt, dass Ava im Dorf nächtigte, und er hatte ja versprochen, ihr den Weiher zu zeigen.

Er schluckte die bitter schmeckende Medizin seiner Großmutter, frühstückte allein, da seine Eltern schon außer Haus waren, und überlegte dabei, was er zum Weiher mitnehmen sollte und was er ihr dort zeigen wollte.

›Eine Decke zum Sitzen möglicherweise und etwas zu Essen‹, grübelte er. ›Und ich könnte ihr die Stelle im Wald zeigen, an der ich Abies gefunden habe. Der Goldklumpen! Ich zeige ihr auch den! Das ist geheimnisvoll.‹

Mit dem Gedanken lief er in sein Zimmer, schnappte sich eine Decke und den Goldklumpen und füllte anschließend

Wasser in der Küche ab. Die Verpflegung packte er in einen Korb – Brot, Käse, Wurst und ein paar Apfelküchlein, die vom Vortag über waren.

Dann rannte er aus dem Haus, die Straße entlang, an der Taverne vorbei und zu Idas Haus. Toki holte ein paar Mal tief Luft und beruhigte seinen Herzschlag, bevor er anklopfte.

Ida öffnete. »Hallo. Bist du bereit für ein Abenteuer? Ava ist schon gespannt, was du ihr alles zeigen wirst. Sie hat gestern von nichts anderem gesprochen. Und von dir.« Schelmisch grinsend fügte sie hinzu: »Wobei ich das nicht nachvollziehen kann.«

»Danke, Ida«, erwiderte er trocken. »Ist sie schon bereit? Ich habe etwas zu essen für später eingepackt.«

Ida drehte sich um und rief ins Haus. »Ava, bist du fertig? Toki ist hier, um dich abzuholen.«

»Gleich, ich muss mich noch umziehen!«

»Da hörst du es. Du musst dich ein wenig gedulden. Aber lass mich dir noch etwas mitgeben. Ich bin mir sicher, du hast nur Wasser eingepackt.« Sie ging zurück ins Haus und kurze Zeit später reichte sie ihm einen kleinen Weinschlauch. Augenzwinkernd flüsterte sie: »Ava mag gerne einen weißen Wein mit Wasser. Den kannst du ihr anbieten.«

Er bedankte sich, steckte den Schlauch in den Korb und im nächsten Augenblick tauchte auch schon Ava hinter Ida auf. Sie trug ein wunderschönes buntes Kleid.

»Hallo, Toki. Was sagst du zu meinem Kleid? Vater hat es mir in Irani schneidern lassen, für den Frühling.« Sie lachte glücklich und drehte sich, dass der Saum flog.

»Du siehst bezaubernd aus, Ava«, sagte er schüchtern und unsicher. »Bist du fertig? Sollen wir uns auf den Weg machen?«

»Gerne, ich freue mich schon die ganze Zeit darauf.« Sie griff sich ihren Mantel, ging an Ida vorbei und hakte sich bei Toki unter. »Lass uns zum Weiher spazieren und dann erzählst du mir noch einmal, wie du deine Nichte gerettet hast. Tschüss, Ida, bis später.«

»Viel Spaß euch beiden. Bring Toki nicht zu sehr in Verlegenheit, Ava.« Sie grinste wieder und an Toki gewandt fügte sie hinzu: »Wir essen heute alle gemeinsam zu Abend. Bis dahin soll sie zurück sein.«

»Okay. Bis später.« Und schon wurde er von Ava die Straße entlanggezogen.

Sie genossen den Sonnenschein und redeten über Irani, Avas Vater und ihre Besuche im Dorf. Genauer gesagt redete Ava die meiste Zeit und Toki stimmte zu oder warf gelegentlich eine Frage ein.

Als sie das letzte Stück zurücklegten, fühlte er, wie Ava näher an ihn heranrückte. »Glaubst du, es ist wieder ein Griffin in der Nähe?«, fragte sie. »Ich habe noch nie einen gesehen. Ich kenne sie nur aus den Erzählungen. Sie sollen gefährlich sein!«

»Keine Sorge«, beruhigte Toki sie. »Großmutter sagte, dass Griffin sehr scheu sind und sich nicht in die Nähe von Menschen wagen. Sie sind nicht aggressiv und fliegen lieber weg.«

»Und du bist ja bei mir, da kann nichts passieren.« Sie drückte seinen Arm, schob ihre kleine weiche Hand in seine und zog ihn weiter. »Da sind wir ja schon!« Ihn mit sich ziehend, liefen sie den Hang hinab zu dem Stein, auf dem Toki und Delnim gesessen hatten. »Lass uns hier ausruhen. Dann kannst du mir alles zeigen«, rief sie aufgeregt.

Widerwillig ließ Toki ihre Hand los, um die Decke auszubreiten und den Korb abzustellen. Die Mäntel legten sie ab und ließen sich auf den Boden nieder.

»Hättest du gerne etwas Wasser oder Wein? Für später habe ich auch etwas zu Essen eingepackt.«

»O ja! Woher weißt du, dass ich gerne Wein trinke? Hast du mit Ida über mich gesprochen?« Sie sah ihn neugierig mit ihren strahlend grünen Augen an.

»Ähm … Ehrlicherweise … Ida hat mir den Weinschlauch mitgegeben. Sie sagte, du trinkst den gern.«

»Das stimmt. Ich trinke lieber Wein als Bier. Auch wenn ihr hier in der Taverne eines habt, das mir ganz gut geschmeckt hat.«

Toki schenkte zwei Becher mit Wasser und Wein ein und reichte ihr einen.

»Lass uns auf den großartigen Frühlingstag trinken«, sagte er und fügte schüchtern hinzu: »Und auf deine schönen Augen.«

»Du bist süß, Toki.« Sie lächelte ihn an. »Ich freue mich, dass du mich abgeholt hast, um mit mir den Tag zu verbringen.«

Sie tranken, sprachen über dies und das und einige Zeit später fragte Ava, ob er ihr die Lichtung zeigen wolle. Zustimmend nickend stand Toki auf und reichte ihr die Hand, um ihr aufzuhelfen. Ob der Wein seines beitrug oder sie absichtlich hochstolperte, konnte er nicht sagen, aber plötzlich lehnte sie an ihm und er fühlte ihre Wärme und die weichen, weiblichen Kurven.

»Ups«, hauchte sie ihm entgegen, drückte sich kurzzeitig noch fester an ihn und ließ los, um Richtung Wald davonzuschweben.

Perplex stand er da und blickte ihr hinterher. Der Saum des Kleides wogte verspielt im Wind und ihre beiden Zöpfe wippten beim Gehen.

Sie merkte, dass er noch beim Stein stand, und drehte sich zu ihm um. »Kommst du? Du wolltest mir doch die Lichtung zeigen«, rief sie zurück und lächelte lieblich.

Toki riss sich zusammen und lief hinter ihr her. Am Waldrand angekommen, suchte er eine geeignete Stelle, an der sie hineingehen konnten, ohne an Ästen und Sträuchern hängen zu bleiben. Beim Betreten zeigte er, wo er hindurchgehastet war, um seine Nichte zu suchen. Heute kam ihm der Wald viel weniger dicht und schöner vor als damals. Langsam bewegten sie sich durch die Bäume zur Lichtung. Er war nicht ganz bei der Sache, da sie ihn in den Bann zog und er sich nur darauf konzentrierte. An der Baumgrenze zur Wiese nahm sie ihn wieder bei der Hand und zog ihn hindurch.

»Das war die Stelle, wo du deine Nichte gefunden hast?«, fragte sie neugierig und sah sich um.

»Ja.« Mit der anderen Hand, um sie auf keinen Fall loslassen zu müssen, zeigte er ihr den Platz. Glücklicherweise hatten die Aasfresser schon alles beseitigt. Sogar die Knochen lagen nicht mehr hier. »Dort war das tote Tier, das sie erschreckt hatte, und hier auf der Lichtung habe ich sie gefunden. Ich habe sie geschnappt, hochgehoben und zum Rand zurückgetragen. Dann habe ich mir die Stelle genau angesehen. Schau, das habe ich dort gefunden.« Nun musste er sie doch loslassen, um den Goldklumpen aus seiner Tasche zu ziehen. »Ich weiß nicht, was es ist. Es sieht wie ein Goldklumpen aus, mit einer kleinen Öse und einer Delle.«

Er reichte ihn ihr. Sie nahm den Klumpen entgegen und betrachtete ihn genau.

»Das sieht aus wie ein Anhänger von einer Kette«, staunte sie. »Schau. Hier auf der Seite der Delle könnte eine Perle oder ein anderes Juwel Platz haben. Was macht das mitten im Wald? Es sieht wertvoll aus!« Sie hielt sich die Fassung vors Gesicht, um sie genauer unter die Lupe zu nehmen. »Sieh doch!«, rief sie entzückt. »Hier ist sogar ein kleines Zeichen eingeprägt. Das muss das Symbol des Goldschmiedes sein, der es angefertigt hat. Ich erkenne es nicht. Aber wir haben auch nicht sehr viel Schmuck zu Hause.« Auf das eingestempelte Zeichen zeigend, gab sie ihm die Fassung zurück.

Toki nahm sie, betrachtete sie und wunderte sich, dass ihm das bisher entgangen war. »Das ist mir gar nicht aufgefallen. Du hast gute Augen. Es ist ein winzig kleines Symbol.«

»Wenn man weiß, dass es ein Schmuckstück ist, dann gibt es normalerweise auch eine Gravur vom Schmied«, antwortete sie erfreut. »Wir können es meinem Vater zeigen. Möglicherweise kennt er das Zeichen. Wenn nicht, können wir es aufmalen und in Irani herumzeigen, ob es jemand kennt. Was hältst du davon?«

»Das ist eine gute Idee, Ava. Sollen wir wieder zurückgehen? Ich habe Hunger bekommen.«

»Ja, das machen wir.« Sie ergriff wieder seine Hand und zusammen schlenderten sie zurück zum Picknickplatz.

Toki breitete das Brot, die Wurst und den Käse auf Holzbrettern aus und reichte ihr Besteck sowie eine Platte als Teller. »Bitte, bedien dich. Für später habe ich noch Apfelküchlein von gestern.«

»Du bist ein Schatz. Jetzt bin ich auch hungrig.«

Sie aßen und Toki betrachtete sie dabei. Ihm fiel auf, dass sie ihn ebenfalls gelegentlich musterte, denn er musste immer wieder wegschauen, damit ihr sein verstohlener Blick nicht auffiel. Ava lächelte fröhlich in sich hinein.

Nach dem Hauptgang aßen sie die Apfelküchlein und ruhten sich mit vollem Magen auf der Decke aus, den Stein als Lehne im Rücken. Ava erzählte ihm von ihrem Haus in Irani und Toki von seinem Leben hier im Dorf. Beim Reden rutschte sie immer näher an ihn heran, bis sie beide an den Felsen angelehnt nebeneinandersaßen.

»Das ist ein sehr schöner Platz«, sagte sie und ließ dabei ihren Kopf an seine Schulter sinken. »In Irani gibt es leider keine. Nah am Haus zumindest. Wir müssen sehr weit gehen, um so etwas zu genießen.«

Toki spürte sie weich und warm an sich gedrückt. Ihr angenehmer Geruch drang in seine Nase. Ihre Haare kitzelten ihn am Hals. Sein Herz schlug schneller.

Sie hob ihre Hand und schlang ihre Finger um seine. »Können wir das nächste Woche wiederholen?«, fragte sie hoffnungsvoll und drehte dabei ihr Gesicht zu ihm.

Gleichzeitig drehte Toki sich beim Antworten zu ihr hin. »Ich würde mich fr…«, setzte er an, stoppte, seine Augen blickten in ihre. So nah. Wie zwei Smaragde, die im Sonnenschein leuchteten und funkelten. »…euen«, schloss er errötend.

»Du kannst uns auch in Irani besuchen kommen«, hauchte sie ihm entgegen. Ihr Duft drang ihm in die Nase. Wie ein Blumenbeet in voller Pracht, eine leicht fruchtige, liebliche Note, kam ihm wie durch Nebel in den Sinn. Ihre vollen Lippen öffneten sich und sie bewegten sich Stück für Stück auf seine zu. Ihre Augen nahmen ihn gefangen. Er konnte und wollte sich nicht abwenden. Es durchzuckte beide wie ein Blitz, der sich entlud, als ihre Lippen auf seine trafen und sie sich küssten. Die Finger fest verschränkt, weiche Haut auf weicher Haut. Nach einer kurzen Zeit, die ihm wie eine Ewigkeit inmitten eines tosenden Orkans vorkam, löste Ava ihre Lippen von seinen und beide holten atemlos Luft.

»Ich glaube, wir müssen zurückgehen, wenn ich rechtzeitig zum Essen zu Hause sein soll«, flüsterte sie ihm zu. »Allerdings würde ich lieber weiter hier bei dir sein.« Sie zog einen Schmollmund und lächelte ihn liebevoll an. »Aber ich will mir keinen Ärger mit meinem Vater einhandeln.«

Toki, atemlos, erstaunt und überglücklich konnte nur nicken.

»Na los.« Sie lachte, stand auf und zog ihn auf die Beine. »Hast du noch nie eine Frau geküsst?«

»Schon … aber … aber … nicht so!« Immer noch erstaunt packte er die Habseligkeiten ein, ließ sie dabei aber nicht aus den Augen. Er hatte Angst, sie könnte sich verflüchtigen.

»Lieb, dass du das so sagst. Ich fand es auch sehr schön.« Damit strich sie ihm mit der Hand durch den Bart auf der Wange. »Aber du stachelst ein wenig.« Sie kicherte, ließ die Hand sinken, griff sich ihren Mantel, zog ihn an und reichte ihm seinen.

Toki nahm ihn entgegen, kleidete sich gleichfalls an, griff sich den Korb und sie begannen den Heimweg.

Sie hakte sich bei ihm unter. Beide drückten sich so nah wie möglich aneinander.

Bei Ida angekommen, verabschiedete sie sich höflich, erinnerte ihn an sein Versprechen für ein Wiedersehen nächste Woche und verschwand im Haus.

»Na, war sie forsch und ungestüm und hat dich ausgequetscht?«, fragte Ida. »Sie ist so neugierig. Und sie redet gern.«

Toki schüttelte den Kopf, die Gedanken noch bei Ava. »Nein, sie war sehr liebenswert und eine großartige Begleitung.«

Ida runzelte die Stirn. »Was habt ihr denn gemacht? In der Taverne klangst du noch nicht so begeistert.« Dann lachte sie. »Hat sie dir etwa den Kopf verdreht?«

Toki wurde knallrot und grummelte nur: »Hmmmm.«

Ida lachte weiter. »Du weißt, dass du uns das alles in der Taverne erzählen musst. Wir treffen uns doch in ein paar Tagen wieder.«

»Vielleicht.« Er wandte sich zum Gehen. »Mach's gut. Bis dahin, Ida.«

Sie nickte ihm zu und verschwand im Haus.

Überglücklich und in Gedanken bei Ava schlenderte er zurück zum Elternhaus.

Wie ausgemacht, trafen sich Ida, Habat, Farrar und Toki einige Tage später in der Taverne. Diesmal hatte Tokis Vater recht behalten mit seiner Vermutung, dass ein Sturm aufziehen würde, als sein Knie schmerzte. Alle kämpften sich durch die Elemente zum Treffpunkt.

Die alten Balken der Schenke ächzten und stöhnten und die Fensterläden klapperten. Der Regen peitschte gegen die Mauern. Drinnen war es angenehm warm, trocken und viele Bewohner des Dorfes hatten sich versammelt, um dem Sturm zu trotzen.

Die Vierergruppe konnte sich den Tisch am Kamin ergattern und Jaard versorgte sie mit Bier. Bis auf zwei andere Tische war das ganze Wirtshaus belegt. Einige Händler hatten sich vorsichtshalber eingemietet, um den Sturm abzuwarten. Jaard freute sich über die zusätzlichen Gäste.

»Grausiges Wetter, was?« Farrar schüttelte sich. »Da will man ja keinen Hund vor die Tür jagen. Wie kommst du denn nachher nach Hause, Habat?«

»So, wie ich hergekommen bin. Wie sonst. So ein bisschen Wind und Nässe machen mir doch nichts aus!«

»Habat ist so stämmig, den pustet nichts um.« Ida lachte.

»Im Ernst, Habat. Wenn du willst, kannst du heute bei uns schlafen. Wir haben eine Pritsche auf dem Dachboden«, bot ihm Farrar an. »Dann kannst du morgen früh vor der Arbeit nach Hause laufen.«

»Wenn der Sturm bis dahin nicht aufhört! Ich überlege es mir. Danke, Farrar. Du bist ein echter Freund.« Er prostete ihm zu und trank vom Bier. An Toki gerichtet fragte er: »Was bist du denn heute so still.«

»Er ist sicher noch mit den Gedanken bei Ava«, platzte Ida heraus. »Die beiden waren zusammen am Weiher.«

»Ach so? Warum hast du uns noch nichts davon erzählt, Toki!« Farrar und Habat waren jetzt ganz auf ihn konzentriert. »Na los, erzähl uns alles, was ihr getrieben habt!«

»Sie ist schon ein bildhübsches Mädchen. Du solltest dich anstrengen, sie für dich zu gewinnen.«

»Ich glaube, da hat er gar nicht so viel mitzureden.« Ida kicherte. »Ava kümmert sich schon darum. Sie ist wohl ein wenig in ihn verschossen.«

Toki wurde rot und murmelte: »Da gibt es nicht viel zu erzählen. Wir waren am Weiher und ich habe ihr die Lichtung im Wald gezeigt. Und wir haben zusammen gegessen und uns unterhalten.«

»Ich habe gehört, dass ihr nicht nur gegessen und euch unterhalten habt.« Idas Augen blitzten, als sie ihre Nachrichten verteilen konnte. »Ava hat mir erzählt, dass ihr nach dem Essen am Stein gelehnt −«

Die Tür flog mit einem Krachen auf und knallte gegen die Wand. »Verdammter Odem! Wirt, gibt es hier einen Stall, in dem ich mein Pferd unterstellen kann?«, schallte es durch den Raum. »Es windet, als würde Odem selbst von seinem Tempel herabblasen!«

»Der Stall ist hinterm Haus, Wanderer. Der Knecht ist dort und beruhigt die Pferde. Führt eures bitte zu ihm. Er wird sich darum kümmern.«

Die Gruppe konnte nur einen undeutlichen Schatten in der Tür sehen. Ein purpurroter Umhang wurde vom Wind durch die Tür geweht. Nach Jaards Worten verschwand die Gestalt. Der Lärm ebbte ab, als die Tür geschlossen wurde.

Sie sahen sich an, Tokis Stelldichein vergessen.

Habat: »Wer war das?«

Farrar: »Klang wie eine Frau.«

Ida: »Wer reist denn bei so einem Sturm?«

Toki freute sich insgeheim, dass sie von ihm abgelenkt wurden.

Neugierig warteten sie ab, bis die Gestalt erneut die Tür öffnete. Diesmal den Wind einplanend, der sie ins Haus drückte. Die Gruppe musterte sie.

Sie erblickten eine nicht besonders große Frau, eingehüllt in einen roten Umhang. Ihre Haare auf einer Seite abrasiert und der Rest stand in wirren Strähnen vom Kopf ab. Zwei Ohrringe mit leuchtenden Juwelen schmückten sie. Unter dem Umhang waren ein Kettenhemd sowie zwei Schwerter zu sehen. Eine Armbrust und ein Rucksack am Rücken. Alle Augen richteten sich auf sie und die Gespräche verstummten erneut.

Die Frau schritt durch den Raum, als würde sie das alles nicht beeindrucken. Eine Aura ging von ihr aus, als ob sie, und nur sie, hier das Sagen hätte. Eine nasse Spur markierte ihren Weg.

Toki war beeindruckt von ihrem forschen und temperamentvollen Auftreten.

»Hast du ein Zimmer frei? Und was hast du auf der Speisekarte für heute? Bier gibt's, wie ich sehe.« Sie zog die Armbrust vom Rücken, stellte sie neben sich, legte den Rucksack auf den Tresen und den klatschnassen Umhang ab.

»Da ihr nichts anderes zu tun habt, als mich anzustarren«, sprach sie über ihre Schulter, »erschreckt nicht, wenn ich gleich den Rucksack öffne!« Das tat sie und ein kleiner Drache schlüpfte heraus.

Ein Raunen erhob sich in der Taverne und die meisten bekamen noch größere Augen. Bis auf den Wind schienen alle den Atem anzuhalten.

Sie drehte sich zu ihrem Publikum um. »Fogo tut niemandem etwas. Bei dem Wetter will ich ihn nicht draußen lassen und die Pferde würde er aufschrecken.« Ihre Augen glühten in einem feurigen Rot. »Und jetzt würde ich es begrüßen, wenn ihr uns nicht mehr anstarren würdet. Ihr könnt auch wieder atmen!«

Als ob alle im Raum nur darauf gewartet hätten, fluteten Gespräche durch die Luft. Höchstwahrscheinlich über sie und den Drachen.

Die Frau drehte sich zu Jaard und besprach ihre Wünsche mit ihm. Kurz darauf ging sie zu einem der freien Tische und setzte sich. Die Ausrüstung stellte sie in ihre Nähe. Der Drache legte sich auf die Tischplatte und betrachtete den Raum.

»Habt ihr das gesehen? Das muss eine von den legendären Elementariern sein!« Ida war wieder in ihrem Element. »Es muss eine der fünf Anhängerinnen von Lutum sein. Es heißt, nur Frauen können diese Ehre erlangen. Es heißt auch, dass die Kirchen des Feuergottes nach jungen Waisenmädchen Ausschau halten, um sie bei sich aufzunehmen und auszubilden. Überall auf der Welt! Deswegen sehen sie auch alle unterschiedlich aus. Nicht etwa wie die Erdelementarier. Die sehen alle gleich aus. Wie Zwerge halt.«

»Was du alles weißt, Ida«, zog Farrar sie auf. »Kannst du noch mehr runterrasseln, was die Priester uns früher gelehrt haben?«

»Die Elementarier der Natur haben leuchtend grüne Augen. Die des Wassers leuchten in einem Türkisblau. Feuer, wie wir gerade gesehen haben, in Rot. Wind hat eine hellgraue Farbe und die der Erdelementarier strahlen braun … Aber das wolltest du gar nicht wissen, du wolltest mich nur ärgern«, schloss sie und starrte ihn böse an.

»Richtig geraten.« Er grinste. »Aber es ist immer wieder schön, wenn du uns mit deinem Wissen belehrst.«

Toki und Habat kicherten.

»Was sie hier macht? Ich habe noch nie gehört, dass sich ein Elementarier in Tangrintanien aufgehalten hat. Ob das etwas mit den Gerüchten über den König zu tun hat?« Toki überlegte laut vor sich hin.

»Du könntest sie fragen«, schlug Habat vor. »Oder ihr bezahlt mir noch ein paar Bier und ich frage sie.«

»Ach komm, du klopfst doch nur wieder Sprüche, Habat. Aber wenn du das wirklich machst, gebe ich dir noch ein Bier aus!« Farrar sah ihn zweifelnd an.

»Von jedem noch ein Bier und ich mach's. Mein Wort drauf.« Damit stürzte er sein Bier hinunter. »Ich muss mir erst Mut antrinken. Und man hat im Leben bestimmt keine zweite Chance, mit einer Elementarierin zu reden. Passt auf, möglicherweise wird sie meine Frau. Dann heirate ich sie, bevor Toki Ava heiratet.« Habat war schon leicht angetrunken und sein Gesicht gerötet.

»Wie kommst du darauf, dass ich Ava heiraten werde!«, rief Toki aus. »Ich bin dabei. Du bekommst auch von mir ein Bier. Wie sieht es mit dir aus, Ida?«

Sie nickte, machte Jaard auf sich aufmerksam und orderte drei Bier.

»Dann mal los. Wir sind schon gespannt. Erst, ob du überhaupt die drei Bier runterbekommst, ohne von der Bank zu fallen, und, ob du sie wirklich ansprichst.«

»Wenn ich mir aussuchen könnte, welcher Elementarier ich wäre, dann Luft.« Farrar blieb bei dem Gesprächsthema. »Ich habe gehört, sie sollen fliegen können. Und Odem war mir schon immer der liebste Gott.«

»Wo hast du denn diesen Blödsinn gehört?«, fragte Ida zweifelnd. »Da hat dir aber einer einen ganz schönen Bären aufgebunden. Niemand kann fliegen.«

»Das erzählt man sich halt so. Was würdest du wählen?«, lenkte er ab. »Bestimmt Wasser, so oft, wie du im Sommer in den Weiher springst.«

»Ich würde mir die Naturelementarier auswählen. Sie sollen in wunderschönen Häusern im großen Wald an der Grenze von Carane und Belindin leben, umgeben von vielen Tieren. Kraftvoll, stark und mutig vom Charakter. Aber auch sanftmütig, warmherzig, friedfertig, zurückhaltend …«

»Also nichts für dich«, warf Habat ein. »Zurückhaltend bist du nicht. Aber neugierig müssten sie sein. Sonst passt das gar nicht zu dir!« Er hatte inzwischen ein weiteres Bier gelehrt. »Ich würde mir Feuer aussuchen. Dann würde ich zu der Frau passen …«

»Du würdest eher als Zwerg durchgehen und deshalb wäre nur Erde was für dich«, unterbrach ihn Ida. »Außerdem bist du keine Frau und kannst also kein Feuer sein! Was ist mit dir, Toki?«

»Da ich keine Frau bin, gar nichts. Ich fühle mich nur bei Lutums Religion richtig. Also würde ich auch Feuer wählen. Ansonsten halt Wasser, Natur oder Erde. Hauptsache, keine Luft! Die Luftelementarier werden immer als aufbrausend, stürmisch, draufgängerisch …«

»Und das bist du auf keinen Fall«, unterbrach ihn Farrar lachend. Toki warf ihm einen bösen Blick zu.

Sie witzelten noch einige Zeit hin und her und wandten sich anschließend Habat zu. »Wie sieht's jetzt bei dir aus? Genug Mut zusammenbekommen?«

Der leerte gerade sein letztes Bier und nuschelte: »Scho erledigt. Isch glaube, sie kann mir nicht mehr wiederschten.«

»Du hast noch gar nichts erledigt. Du wolltest sie fragen, warum sie hier ist«, erinnerte ihn Ida.

»Ascho, da musch isch aber erscht su ihr gehn.«

Habat erhob sich, schwankte ein wenig hin und her, kletterte über die Bank und bewegte sich auf die rothaarige Frau zu. Sie hatte inzwischen gegessen und trank ein Bier. Gelegentlich sagte sie etwas zu dem Drachen.

»Er macht es tatsächlich! Ich hätte ihn nicht für lebensmüde gehalten«, staunte Farrar. »Sollen wir ihn aufhalten? Ich will nicht, dass er Ärger bekommt.«

»Zu spät, er ist schon auf halbem Weg zu ihr. Außerdem, vielleicht erzählt sie ihm ja etwas.« Ida war wie immer ausgesprochen neugierig. »Lass ihn einfach. Was soll schon passieren.«

Toki konnte nicht zusehen, wie Habat leicht schwankend am Tisch ankam und tatsächlich anfing, mit der Frau zu reden. Der Rest des Schankraums konnte das sehr wohl. Es war wieder mucksmäuschenstill, bis auf den Wind und den Regen, sodass sie nicht hören konnten, was Habat nuschelte.

Er redete und sie hörte kurz zu. Dann sagte sie etwas. Habat drehte sich um und bewegte sich wieder auf seine Freunde zu. Er war bleich geworden und hatte große Augen bekommen.

»Was hat sie gesagt?«, wollte Ida wissen, als er wieder bei ihnen ankam und sich auf die Bank plumpsen ließ.

»Dasch schage isch niemandem!«, erwiderte er. »Isch brausch mehr Bier.«

Den Rest des Abends, er dauerte nicht mehr lang, war kein Wort mehr aus ihm herauszubekommen.

Sie unterhielten sich noch einige Zeit und mutmaßten, was sie zu Habat gesagt haben könnte und was sie nach

Tangrintanien trieb. Später zahlten sie ihre Zeche und kämpften sich durch den Sturm nach Hause. Farrar schleppte Habat mit sich.

Der Sturm wogte weiter durchs Land und hielt Mensch, Tier und Kreatur auf Trab. In einer der folgenden Nächte musste sich Toki dringend entleeren. Er schnappte sich eine Laterne und rannte durch die frostige Nacht zum Abort. Sich erleichternd und nicht ganz wach blinzelte er auf seine rechte Hand. Jetzt hellwach, blickte er panisch auf den kleinen Finger und den Ringfinger. Wie am Fuß breitete sich die gleiche Grauschattierung darauf aus.

›Verdammte Glut, das kann doch nicht sein! Ich muss noch träumen.‹

Er kniff sich stark in den Arm, schüttelte den Kopf und schlug sich rechts und links auf die Wangen.

Es änderte sich nichts. Die Finger verhöhnten ihn weiter mit der ungesund wirkenden Farbe.

Schnell beendete er sein Geschäft, rannte zum Haus zurück und in sein Zimmer. Mit rasendem Herzen überlegte er, was er tun sollte. An Schlafen war nicht mehr zu denken.

›Wie spät ist es, kann ich zu Großmutter gehen? Soll ich mich meinen Eltern anvertrauen?‹

Er blickte aus dem Fenster. Es war kurz vor der Morgendämmerung. Zu früh, um zu Elle zu gehen.

Toki beschloss, zu Lutum zu beten und um Hilfe zu flehen. In letzter Zeit betete er oft. Eindeutig zu oft. Er war kein besonders religiöser Mensch. Aber was sollte er sonst tun?

Unruhig kniete er so einige Zeit am Bett und mit der ersten Morgendämmerung zog er sich an, wusch sich und ging nach draußen, um abzuwarten, bis er Licht im Haus seiner Großmutter bemerkte.

Ruhelos lief er im Garten umher, trat auf die Straße, ging diese auf und ab und stellte sich vor die Haustür seiner Großmutter.

›Soll ich sie wecken? Aber sie ist dann immer so ungehalten. Lieber noch ein wenig warten und die Straße hin und her laufen.‹ Die schlimmste Panik war vorüber und sein klarer Verstand kehrte zurück. ›Es schmerzt nicht, ich kann mich bewegen. Es ist nur die Farbe, nur die Farbe, die anders ist! Aber was, wenn der ganze Arm grau wird, oder der Fuß?‹

Erschrocken blieb er stehen. ›Was wird Ava sagen? Ich kann ihr das nicht zeigen. Sie bekommt Angst vor mir!‹

Ihm war zum Heulen zumute. Er bewegte sich wieder zur Haustür.

Plötzlich landete ein Vogel auf seiner Schulter. Erschrocken machte Toki einen Satz. Der Vogel ließ sich dadurch nicht aus der Ruhe bringen und sah ihn nur von seinem Platz aus an. »Wie-wie-wie-wie-Ihhhh«, pfiff er aus voller Kehle in Tokis Ohr. »Wie-wie-wie-wie-Ihhhh.«

›Was ist hier los?‹ Toki, abgelenkt von seiner Panik und Frustration, beobachtete den Vogel. Handgroß und goldgelb schimmernd saß er da. ›Die Farbenpracht kenne ich doch.‹ Das war der Piepmatz, der ihm schon einmal auf die Schulter geflogen war. An dem Tag, als Abies in den Wald gelaufen war, und vor ein paar Tagen bei Großmutter im Garten. Er war sich sicher, dass es sich um denselben handelte.

»Wie-wie-wie-wie-Ihhhh! Wie-wie-wie-wie-Ihhhh!«

»Was ist da draußen los?« Seine Großmutter öffnete die Tür und schaute schlaftrunken heraus. Die Haare ohne ihr Tuch nach allen Seiten abstehend. »Toki, was machst du hier? Was ist das für ein lautes Vogelgezwitscher?«

Die Goldammer sauste inzwischen über das Haus davon. Toki stand perplex da und wunderte sich über den Vogel. Hatte der gerade mit seinem Gesang Elle aufgeweckt?

»Toki!«

Er zuckte zusammen. »Entschuldige, Großmutter. Ich weiß nicht, was mit dem Tier los ist. Aber wenn du schon wach bist, hier …« Er hielt ihr die rechte Hand vors Gesicht. »Sieh doch. Es hat die Finger befallen.« Er wedelte mit ihr vorm Gesicht. »Ich habe Angst!«

»Beruhige dich, Kind!«, befahl sie. »Ich kann nichts erkennen, wenn du mit der Hand vor meinem Gesicht wedelst. Ich sehe nicht mehr so gut, wie du weißt.«

Sie ergriff seinen Arm und zwang ihn, still zu halten.

»Komm erst mal herein und setz dich. Und lass mich etwas Richtiges anziehen. Dann schaue ich mir deine Hand an. Es sieht nicht so aus, als würdest du gleich tot umfallen.«

Sie zog ihn ins Haus und schloss die Tür. Einige Zeit später, sie war nun angekleidet, holte sie ihren Schemel heran und nahm behutsam Tokis Hand, um sie zu betrachten.

»Es sieht aus wie am Fuß«, stellte sie fest. »Hast du jetzt Schmerzen? Oder ist dir etwas anderes aufgefallen?«

»Nein, Großmutter. Nichts davon. Ich habe deine Tinktur jeden Tag zwei Mal genommen. Es hat nichts gebracht.« Er schluchzte fast. »Ich habe so Angst, dass es sich noch weiter ausbreitet!«

Die Hand tätschelnd versuchte sie, ihn zu trösten. »Ich habe dir versprochen, wir finden etwas, das dir hilft. Und das werden wir auch. Solange du keine Schmerzen hast und alles beweglich ist, passiert nichts Schlimmes. Ich denke aber, wir müssen nach Irani fahren und dich zu den Heilern bringen. Es sieht so aus, als würden meine Kräuter dir nicht helfen. Gib mir einen Tag Zeit für die Vorbereitung. Morgen bei Sonnenaufgang brechen wir auf.«

»Okay, Großmutter.« Toki beruhigte sich bei dem Gedanken daran, dass die Heiler ihm sicher helfen konnten.

Sie hielt noch immer die Hand mit den grauen Fingern, als die Tür aufgerissen wurde und Geffe hereinplatzte.

»Elle, Abies ist hingefallen und hat sich den Kopf angeschlagen. Sie blutet stark. Wir brauchen deine Hilfe … Was ist mit deiner Hand, Toki?«

Toki zog sie schnell zurück und steckte sie unter die Achsel. »Nichts.«

»Nichts, weswegen du dir Gedanken machen müsstest. Es ist keine Krankheit.« Sie durchbohrte ihn mit ihren Augen. »Du weißt, dass ich es verabscheue, wenn jemand ohne meine Erlaubnis das Haus betritt.«

»Entschuldige, Elle. Aber ich mache mir Sorgen um die Kinder. Sie sind immer noch nicht wieder gesund und jetzt das mit Abies.«

»Eine Erkältung ist nicht vom einen auf den anderen Tag verschwunden. Die Natur braucht ihre Zeit. Und das Fieber ist doch schon weg. Und jetzt lass uns zu euch gehen.« Sie packte schnell ihre Kräutertasche und beim Hinausgehen rief sie Toki zu: »Morgen früh brechen wir auf. Mach die Tür zu, wenn du gehst.«

Und damit war er allein im Haus.

Die Sonne erreichte den höchsten Stand. Geffe hatte zusammen mit Elle die Platzwunde an Abies Kopf verbunden. Sie schlief jetzt. Er hatte sich den Vormittag über um die Tiere gekümmert. Die Gedanken waren allerdings bei der unnatürlichen Farbe von Tokis Fingern, die er bei Elle im Haus gesehen hatte.

Geffe hatte ungemein Angst vor Krankheiten. Davor, dass er oder seine Familie sich ansteckten. Das Fieber der Töchter hatte ihm zugesetzt. Vor allem, da es so lange hoch war. Jede freie Minute hatte er an ihrem Bett verbracht, die kalten Wickel gewechselt, den Tee aufgekocht und ihn Abies und Delnim eingeflößt. Liebevoll kümmerte er sich auch um Alessia, die gleichfalls Grippesymptome hatte.

›Was, wenn eine Seuche im Dorf ausgebrochen ist? Sind noch mehr von uns davon befallen? Ich habe gehört, der Bäcker und seine Eltern lagen auch darnieder. Was kann ich tun, um meine Mädchen zu beschützen?‹ So grübelte er in seiner Pause. ›Der Dorfvorsteher! Der weiß sicher, was im Dorf vor sich geht. Ich werde ihn fragen.‹

Er schaute noch einmal nach Abies, die ruhig schlief – keine unnatürliche Farbe der Finger –, benachrichtigte seine Frau, dass er sich mit dem Vorsteher treffen wolle, und verabschiedete sich von Delnim.

Dann ging er durchs Dorf zum Haus des Vorstehers.

Nach dem Anklopfen und der Aufforderung zum Eintreten betrat Geffe das Amtszimmer. Er verharrte in der Tür, da ein weiß gekleideter Mann, augenscheinlich ein Priester, mit am Schreibtisch saß.

»Hallo, Geffe. Was führt dich zu mir?«, begrüßte ihn Buchart. »Komm herein, das ist Ruk, ein Priester des weißen Lichts.

113

Er ist auf dem Weg in die Hauptstadt. Er reist durch alle Dörfer und möchte etwas über seine Religion lehren. Ich habe ihm gesagt, wir haben schon fünf Religionen, das reicht uns. Aber setz dich doch und erzähl mir, was du auf dem Herzen hast. Es stört dich doch nicht, wenn Ruk bleibt?«

Geffe schüttelte den Kopf. »Ein Priester weiß möglicherweise etwas über das, was ich dir erzählen will. Die Götter sind immer willkommen.« Er druckste ein wenig herum.

»Nun erzähl schon, Geffe«, munterte ihn Buchart auf. »Geht es um eines deiner Tiere? Oder um ein Feld, das du bestellen willst? Oder musst du dir Geld leihen?«

Der Priester hörte teilnahmslos zu und betrachtete die Wand.

»Nein, es geht um eine Krankheit, die im Dorf umhergeht … möglicherweise. Ich weiß es nicht genau. Ich mache mir Sorgen, dass sich noch mehr Menschen anstecken.«

»Noch mehr? Aber es hat doch nur die Familie des Bäckers eine Erkältung gehabt, und deine. Es geht euch doch wieder besser.«

»Aber ich habe heute Morgen Toki bei Elle gesehen und er hatte graue Finger. Wie ein Ausschlag.«

Der Priester war aus seiner Teilnahmslosigkeit erwacht und hörte jetzt angespannt zu.

»Wenn er bei Elle war, dann hat sie sicherlich alles im Griff.« Buchart lachte. »Du musst dir keine Sorgen machen. Wir haben keine ansteckenden Krankheiten bei uns. Aber es freut mich, dass du dir Gedanken um deine Mitbürger machst und zu mir kommst. Geh beruhigt nach Hause. Ich verspreche dir, dass alles in bester Ordnung ist.«

»Danke, Buchart.« Geffe stand auf und verabschiedete sich beim Dorfvorsteher und beim Priester. Er verließ den Amtsraum leichteren Herzens. Alles, was er tun konnte, hatte er getan.

»Interessiert euch nicht, was dieser Toki hat?«, ergriff Ruk das Wort, als Geffe den Raum verlassen hatte. »Habt ihr keine Angst, dass sich eine Seuche in eurem Dorf ausbreitet?«

»Nein, nicht im Geringsten. Elle ist eine ausgezeichnete Kräuterfrau und Heilerin. Auch wenn sie sich nicht so sieht. Sie hat alles im Griff.«

»Ich würde mir an eurer Stelle mehr Gedanken um das Wohlergehen meiner Gemeinde machen. Aber ich will nicht belehrend wirken. Steht euer Angebot noch, dass ich mich mit den Bewohnern der Stadt unterhalten darf?«

»Tut euch keinen Zwang an. Geht von Tür zu Tür, wenn ihr mögt. Tangrintanien ist offen für alle friedvollen Götter und ihre Religionen. Wo waren wir vorhin … ach ja. Wie …«

Ruk und Buchart unterhielten sich eine Zeit lang, dann brach der Priester auf, um die Leute im Dorf kennenzulernen.

»Reichst du mir bitte das Brot, Toki?«, fragte sein Vater beim Abendessen. Es war schon dunkel draußen, der Himmel voller Wolken und kein Mond und keine Sterne beleuchteten die verlassenen Straßen.

Er erblickte beim Anreichen die eingebundenen Finger an Tokis Hand. »Hast du dich verletzt?«

Dieser zog schnell die Hand zurück unter den Tisch. »Es ist nichts, nur ein kleiner Kratzer. Großmutter hat sich schon darum gekümmert.«

Deren Augenbrauen hoben sich und sie sagte: »Navil. Ich muss nach Irani, um Kräuter und andere Zutaten für meine Arzneien zu besorgen. Toki hat sich angeboten, mich zu begleiten. Kannst du ihn für ein paar Tage entbehren?«

»Muss das sein, Mutter? Du weißt doch, dass wir so viel in der Werkstatt zu tun haben.«

»Irgendjemand muss mich aber begleiten. Übernimmst du das?«

Navil stutzte. »Ist es so wichtig, dass dich jemand begleitet? Dann soll Toki mitgehen, wenn er denn will. Willst du?«

»Ja, Vater. Ich würde Großmutter gern helfen. Morgen früh soll's schon losgehen«, antwortete Toki ihm leise. »Sie hat mich heute Morgen gefragt, ob ich das tun kann.«

»Na dann, wenn es eh schon beschlossen ist«, stimmte er zu.

»Sei doch froh, dass er deiner Mutter hilft. Und er wird dabei sicher einiges lernen«, warf seine Mutter ein. »Hast du deinen Beutel schon gepackt?«

»Ja, alles fertig. Er liegt bei Großmutter im Haus, damit wir morgen alles zusammen haben.«

Sie unterhielten sich über Irani, und Navil erzählte von dem neuen Auftrag, den er bekommen hatte. Er sollte einem der neuen Bauern helfen, ein Haus zu errichten.

Plötzlich barst eine der Fensterscheiben im Zimmer, kurz darauf die Suppenschüssel am Tisch.

Navil und Toki schossen in die Höhe und sahen sich um. Dosa schaute verwundert die Scherben am Tisch und die herunterlaufende Suppe an. Elle griff sich ein Tuch, um die Rinnsale am Herabtropfen zu hindern.

»Was war das!«, schimpfte Navil.

»Ein Stein, Vater. Er liegt hier hinten am Boden.« Toki wollte gerade dorthin und ihn aufheben, als ein zweiter durch das Fenster flog und neue Glassplitter am Boden verteilte.

»Zum verdammten Tarre! Wer wirft hier Steine in unser Fenster? Und was ist das für ein Lärm?!« Navil fluchte, griff sich ein längeres Messer vom Tisch und setzte an, vor die Tür zu gehen. »Komm, Toki. Wir schauen, was dort draußen vor sich geht!«

Dosa blickte sich ängstlich um, unschlüssig, was sie tun sollte. Elle war auch auf den Beinen und wollte den Männern folgen.

»Du nicht, Mutter! Lass uns erst nachsehen.«

»Du weißt, dass du mir nichts befehlen kannst. Vielleicht braucht jemand Hilfe. Dann kann ich gleich meine Utensilien aus meinem Haus holen. Ich werde euch begleiten!«

Erneut ein Stein, der ein anderes Fenster durchschlug.

»Los jetzt, bevor noch mehr zu Bruch geht.« Navil zog die Tür auf und trat hinaus. Toki und Elle folgten ihm dichtauf.

Vor dem Haus erwartete sie die Hölle. Zwei Drittel der Einwohner des Dorfes hatten sich versammelt. Einige trugen Fackeln, welche ein düsteres, flackerndes Glühen auf die Häuser strahlten. In Ecken wogten und waberten Schatten. Die

Umgebung malte bedrohliche, abscheuliche Fratzen auf den Boden. Einige Gesichter sahen genauso aus und waren nicht davon zu unterscheiden.

Toki erstarrte, wie die beiden anderen. Er erblickte Schlegel und Mistgabeln in den Händen, einige hielten Steine. Mitten in der schwarzroten Masse stach ein weißes Gewand wie eine Perle inmitten eines Eimers Kohle heraus.

»Wir haben gehört, dass in eurem Haus eine Seuche grassiert. Sie hat sich auch schon auf andere Einwohner ausgebreitet«, schrie der Mann im weißen Gewand. »Gebt uns den Befallenen und ihr müsst euch nicht vor uns fürchten. Fürchtet euch nur vor der Krankheit in eurem Heim!«

Erschüttert und mit gepresster Stimme antwortete Navil: »Wer seid ihr, Mann? Es ist niemand krank in meinem Heim. Und was macht ihr alle hier? Jaard, Laley, Susara, Renmond, Farrar, Geffe? Seid ihr verrückt geworden?«

Die Genannten sahen betroffen drein und schauten ihn nicht an.

Renmond schrie: »Der Priester hat uns von der Seuche berichtet. In Hubrug hat sie Tausende erbärmlich dahingerafft! Er hat uns alle Einzelheiten beschrieben. Es war grauenhaft!«

»Niemand hat eine Seuche bei uns. Davon sollte ich doch wissen, Mann! Packt eure Sachen und wir reden morgen darüber, wenn ihr euch beruhigt habt!«

»Dann kann es schon zu spät sein, friedvolle Bürger«, stichelte der Priester weiter. »Sie überträgt sich rasend schnell. Morgen könnten eure Frauen und Kinder schon von ihr befallen sein! Der Überträger muss JETZT entdeckt und geläutert werden.«

Der aggressive Ton in der Menge schwoll wieder an.

Elle drückte sich an Toki und Navil vorbei, baute sich vor ihnen auf und betrachtete ruhig die Menge. »Ihr kennt mich alle«, fuhr sie die Menschen vor ihr an. »Ihr habt Medizin von mir erhalten. Ich habe euren Frauen beim Entbinden geholfen, eure Wunden versorgt und eure Kinder unterrichtet. Was ist in euch gefahren? Und was meint dieser schäbige Priester mit läutern?«

Damit hatten die Leute nicht gerechnet. Unter dem Blick der Großmutter wurden sie kleiner und kleiner.

»Aber, Elle, die Seuche ...« Renmond versuchte sich zu erklären.

»Es gibt hier keine Seuche und keine Krankheit. Toki ist kerngesund. Er hat nur eine Verfärbung. Einen blauen Fleck wie ihr ihn schon so oft hattet.«

»Toki ...?«, hörte der seinen Vater.

»Das Weib gibt es zu!«, keifte der Priester. »Sie leugnet es nicht einmal. Ihr armen Bürger, was hat sie euch sonst noch erzählt? Welche eurer Wunden hat sie infiziert, damit sie sich entzündet? Welche eurer Frauen hatte eine Fehlgeburt, die sie ausgelöst hat!« Er blickte in die Menge und griff sich eine Frau und einen Mann heraus. »Du und du. Ich sehe, ihr habt das durchgemacht. War es nicht so!«

Ängstlich nickten die beiden. Der Mann fügte hinzu: »Mein Bein hat sich entzündet, nachdem sie mir eine Salbe aufgetragen hat.«

»Weil du die Wunde nicht sauber gehalten und die Salbe verunreinigt hast, Kreff. Und du, Leista, du wolltest ein Mittel von mir, um dein Kind loszuwerden.«

Beide sanken in sich zusammen und schoben sich in der Menge nach hinten.

Der Priester griff die Worte auf und keifte: »Du gibst es zu, gemordet zu haben! Du hast das ungeborene Kind dieser Frau gemeuchelt!« Geifernd fügte er hinzu: »Die Abgründe in diesem Haus sind schlimmer, als ich angenommen hatte. Ihr habt eine Hexe unter euch verborgen. Auch sie muss geläutert werden!«

Toki erkannte, dass er mit der Hand eine kleine Bewegung machte. Aus dem Hintergrund flog ein Stein auf Elle zu und traf sie an der Stirn.

Sie schrie auf und sackte zu Boden. Eine Blutlache breitete sich, schwarz wie Pech, unter ihr aus.

»Mutter!«

»Großmutter!« Navil und Toki schrien auf. Von der Tür hörten sie einen spitzen Schrei.

Die Menge erbebte. Die eine Hälfte sah entsetzt zu und wollte zurückweichen. Die andere Hälfte versuchte weiter vorzurücken. Es entstand ein Gerangel.

»Ergreift den Seuchenträger«, keifte der Priester schrill. »Jetzt ist die Gelegenheit.«

Navil stellte sich schützend vor seine Mutter, nur mit dem kleinen Messer bewaffnet. »Keinen Schritt weiter oder, bei Odem, es war euer letzter!«

Es flogen wieder einige Steine, die sie aber alle verfehlten.

Der Priester zog eine Fratze. »Er muss geläutert werden und das Haus gleich mit.« Er schnappte sich eine Fackel von dem Mann neben sich, holte aus und warf sie auf das Reetdach von Tokis Elternhaus.

»Nein!« Navil drehte sich um, unentschlossen, ob er seine Mutter verteidigen oder das Haus retten sollte.

Toki bemerkte wieder die Bewegung der Hand des Mannes. Und die Steine, die kurz darauf flogen. Diesmal würden sie seinen Vater treffen und ihn niederstrecken.

»Neeein!«, schrie er angstvoll auf. Seine Beine aber waren wie angewurzelt. Er wollte, konnte sich aber nicht bewegen.

Wie eine Lichtexplosion tauchte plötzlich der milchige, schlierige, leuchtende Schleier vor seinen Augen auf. Reflexartig streckte er seine Hand mit dem Verband aus. Die Steine prallten knapp vor seinem Vater auf eine unsichtbare Mauer und purzelten zu Boden.

Bis auf ihn hatte das niemand mitbekommen. Die Menge dachte, sie hätten Navil verfehlt.

Toki taumelte. Der Schleier verschwand. Er konnte sich wieder bewegen. Vor seinen Vater stolpernd, sagte er: »Hört auf. Ihr könnt mich haben. Aber lasst meine Familie in Frieden!«

Seinem Vater sagte er: »Kümmer dich um Großmutter und das Dach. Sie werden mir schon nichts antun. Sie kennen uns doch.«

Entsetzt blickte ihn sein Vater an. Unschlüssig, was er machen sollte. Welches Übel zu wählen war. Toki, seine Mutter, oder das Haus verlieren.

Er wählte Toki und das Haus und beugte sich über seine Mutter, um sie in Sicherheit zu bringen. Dosa kam aus dem Haus gerannt, um ihm zu helfen.

Der Priester grinste böse und machte ein Zeichen, sodass Toki ergriffen und gefesselt werde.

Keiner rührte sich. Niemand wollte einen vermeintlichen Seuchenüberträger berühren.

»Keine Sorge, ihr müsst mich nicht berühren. Ich komme freiwillig mit euch, wenn ihr meine Familie in Ruhe lasst. Lutum sei Dank gibt es Gesetze in Tangrintanien. Unser Dorfvorsteher muss Recht sprechen.« Er schaute den Priester an.

»Sperrt ihn in eine leere Scheune. Ich unterhalte mich mit dem Vorsteher über die ... RECHTsprechung!«

In der Menge war Ruhe eingekehrt. Der Ausbruch der Gewalt hatte alle entsetzt.

Jaard rief zum Priester: »Er hat Recht. Es gelten Gesetze bei uns. Wir werden morgen entscheiden, was passieren wird. In einer Scheune kann sich auch keine Krankheit verbreiten. Ich werde ihn selbst dorthin bringen.«

Zu Toki sagte er: »Komm, Junge. Es tut mir leid um deine Großmutter und das Haus. Ich habe einen großen Fehler gemacht. Lass uns gehen. Und ich kümmere mich darum, dass du morgen wieder frei bist.«

Dem Rest der Menge rief er zu: »Geht in die Taverne und holt Buchart, wir wollen gleich entscheiden, was zu tun ist. Ohne den Priester!«

Dieser sah ihn an und zog die Lippen zurück, um seine Zähne zu zeigen. »Das werden wir sehen, Schankwirt.«

Jaard bat Farrar herbei und wies ihn an, mitzukommen.

Der Priester bemerkte es und winkte zwei andere Dorfbewohner herbei. Zwei, die sich aggressiver verhalten hatten als der Rest. »Begleitet sie und sorgt dafür, dass er nicht entkommt!«, wies er sie an.

Zusammen bewegten sie sich schnell von der Menschenmenge weg und erreichten eine leere Scheune am Dorfrand.

»Wir schließen dich ein und bewachen dich so lange, bis Buchart entschieden hat. Farrar wird hier draußen bleiben.«

Toki betrat die Scheune, das Tor schloss sich hinter ihm und der Riegel wurde vorgelegt. Er hatte nicht die Kraft, etwas zu Farrar zu sagen. Er war enttäuscht, dass keiner aus dem Dorf für sie Partei ergriffen hatte.

Sein Adrenalinspiegel sank und er fing an zu zittern. Tränen stiegen in seine Augen, die Knie knickten unter ihm ein.

›Was ist gerade passiert? Was war mit den Menschen los? Sie kennen uns ihr Leben lang. Warum hören sie auf den Priester? Was war mit den Steinen los? Warum haben sie nicht getroffen?‹

Die Zeit zog vorüber. Toki wurde immer unruhiger und lief in der Scheune auf und ab. Er hatte keine Ahnung, was in der Schenke vor sich ging. Was war mit Großmutter und dem Haus? Was war mit seinem Vater und seiner Mutter?

Geräusche drangen durch die Scheunentür. Stumpf zunächst, als würde etwas auf Holz schlagen. Dann dumpf wie ein Sack, der zu Boden rutschte.

Der Riegel wurde zurückgeschoben und Fackellicht drang durch die Tür. Panik durchflutete Toki. Erneut! Er versuchte, von der Lichtquelle wegzugehen, rutschte aber aus und stürzte hart zu Boden. Er robbte weiter. Die Fackel war nun direkt über ihm.

»Toki, alles okay. Ich bin es, Ida. Farrar und Jaard sind auch hier.« Sie packte ihn am Arm und half ihm auf die Beine. »Keine Sorge, wir sind hier, um dich zu befreien.«

Toki blinzelte erstaunt. »Aber Jaard und Farrar waren vorm Haus. Sie haben uns bedroht.«

»Wir haben versucht, das Schlimmste zu verhindern. Dieser schlangenzüngige Priester hat die meisten Dorfbewohner gegen euch aufgestachelt. Das konnten wir nicht verhindern, leider«, erklärte Jaard.

»Er versucht es immer noch. Du musst hier weg. In der Taverne ist die Hölle los. Er will, dass du und deine Großmutter gelyncht werdet.«

»Was ist mit Großmutter?« Toki riss sich los und wollte zur Tür.

»Es geht ihr gut«, beruhigte Farrar ihn. »Deinen Eltern auch. Elle hat eine Platzwunde davongetragen und viel Blut verloren. Aber sie ist wieder wach und bei klarem Verstand. Sie sind in meinem Haus. Euer Haus ist leider niedergebrannt. Es tut mir sehr leid.«

Niedergeschlagen schaute er zu Boden.

»Du musst hier weg, Toki. Wir wissen nicht, wie lang die vernünftigen Leute dich noch verteidigen können. Es sind nicht besonders viele. Elle hat uns aufgetragen, dir deine Tasche zu bringen und noch ein paar zusätzliche Habseligkeiten. Und einen Brief. Es ist alles hier drin.« Ida drückte ihm den Beutel in die Hand.

»Wir wissen, dass du keine Krankheit hast. Elle hat es uns erklärt. Auch, dass ihr nicht wisst, was es ist. Du machst Sachen, Mann.« Farrar legte die Hand auf seine Schulter.

Toki schluckte. »Danke. Könnt ihr euch um Vater, Mutter und Großmutter kümmern?« Bittend sah er sie der Reihe nach an.

»Wir werden tun, was wir können. Wenn du weg bist, können wir die Menschen sicher beruhigen. Du bist derjenige, der ihnen Angst macht. Und Angst ist es, auf was der verfluchte Priester setzt. Angst macht aus Menschen Tiere.« Jaard schaute bitter drein.

»Los jetzt, bevor sie kommen.«

Toki umarmte Farrar, Jaard und Ida, verabschiedete sich, bedankte sich noch einmal und wollte gerade gehen, als ihm Ava einfiel.

»Kannst du Ava erklären, was geschehen ist?«, bat er Ida. »Ich komme so schnell zurück, wie ich kann, dann werde ich sie wieder abholen. Wie ich versprochen habe.«

»Mach dir keine Gedanken, Toki. Geh zu den Kirchen und finde heraus, was mit dir passiert. Anschließend komm zurück. Ich glaube, sie wird auf dich warten.« Sie zwinkerte ihm zu.

Toki nickte ihr dankbar zu.

Er brach todtraurig in die schwarze, kalte Nacht auf, um eine ungewisse Reise nach Tannberg anzutreten.

Buch 2

Eine neue Religion

Zwei Tage konnten Fin und Fogo mit dem bräunlichen Fuchs aus der Kommandantur in Xanthsik angenehm durch Tangrintanien Richtung Irani reisen. Das Pferd hatte ein ruhiges, sanftes Gemüt und sie ritten abwechselnd Schritt und Trab, um es nicht zu erschöpfen. Gleichzeitig legten sie damit eine gute Strecke zurück.

»Ich glaube, wir sollten uns schnellstmöglich eine Unterkunft suchen.« Fogo betrachtete die sich am Horizont vor ihnen aufbäumenden dunkelgrauen, regengeschwängerten Wolken. Der Wind hatte deutlich an Geschwindigkeit zugelegt. Aus dem lauen Lüftchen vom Morgen war ein brausender, pfeifender Luftstrom geworden. *»Wenn sich der Wind noch ein wenig steigert, dann muss ich unter deinen Umhang kriechen. Sonst pustet er mich weg.«* Fogo hatte sich, wie üblich, auf ihrer Schulter niedergelassen. *»Wann kommt denn die nächste Taverne?«*

»Soweit ich mich an die Beschreibung erinnere, kommen wir bald ins Dorf an den Griffinfangseen. Dort gibt es eine Taverne. Die ist unser Tagesziel. Die Stürme in Tangrintanien ziehen sehr schnell auf, wie mir scheint. Heute Mittag hatten wir noch schönsten Sonnenschein. Kriech am besten gleich unter den Umhang. Ich werde das letzte Stück galoppieren. Unser Fuchs kann sich über Nacht im Stall ausruhen.«

Schnell folgte Fogo dem Ratschlag. *»Nimm dir in der Taverne am besten ein Zimmer mit einer Badewanne. Du riechst nach Straße, Pferd und menschlichem Körper!«*

»Und eure königliche Hoheit selbst riecht nach Rosen und Lavendel!«, gab Fin ihm kontra.

Sie hörte ein Schnüffeln und dann: »*Nee, es riecht nach schuppiger Haut mit einem Hauch von abgestandenem Wasser aus dem Tümpel, in dem ich den Laich entdeckt habe.*« Erneut ein Schnüffeln. »*Und ein leicht öliger Geruch, könnten aber auch deine Schwerter oder das Kettenhemd sein. Bin mir nicht so ganz sicher.*«

Fin kicherte. »Immerhin riecht einer von uns gut. Ich hatte sowieso vor, mich zu säubern, wenn es möglich ist. Die Reise auf der staubigen Straße will abgewaschen werden. Ich hoffe, dass wir es vor dem Regen schaffen, aber ich hab auch gehofft, dass wir Yeban schnell finden. Tritt wohl leider beides nicht ein.«

Damit gab sie dem Fuchs die Sporen. Niemand sonst begegnete ihnen. Die Bevölkerung kannte ihr Land und das Wetter.

Ein paar Kilometer vor dem Dorf setzte der Regen ein. Fin zog sich die Kapuze tief ins Gesicht. Sie wurde aber vom Wind alle Augenblicke nach hinten geweht und das Spiel ging von Neuem los. Den Umhang versuchte sie unter ihren Beinen einzuklemmen, dass sie nicht ganz nass wurde.

»*Hier unten wird's langsam ungemütlich. Kannst du schneller reiten?*« Fogo regte sich unruhig.

»Wir sind gleich da, ich kann schon die Lichter der Häuser erkennen«, rief sie ihm zu. Der Wind verschluckte möglicherweise einige Worte.

Kurze Zeit später passierten sie die ersten Gebäude. Die Straße entlang spähend erkannte sie das Schild der Schänke im Wind schlagend.

»Wir sind da. Gleich kommen wir aus dem glutverdammten Sturm raus.«

Vor der Taverne stoppte sie, band den Fuchs an einen Balken und rannte die Treppe zur Tür hinauf. »Warte hier draußen, Fogo, wir wollen die Leute da drin nicht gleich zu Tode erschrecken. Das ist so ein abgelegenes Dorf, ich denke nicht, dass sie schon mal einen Feuerfischdrachen gesehen haben. Und es reicht zunächst, wenn sie mich sehen.«

Fogo kroch unter ihrem Umhang hervor und schwebte neben der Tür in der Luft. Fin drückte die Klinke hinunter. Genau in diesem Augenblick fuhr eine Böe durch den Ort. Die Tür sprang auf und flog mit einem Krachen gegen die Wand.

»Verdammter Odem! Wirt, gibt es hier einen Stall, in dem ich mein Pferd unterstellen kann?«, rief sie durch den Raum in Richtung Theke. Fin nahm an, dass sich dort der Wirt aufhielt. »Es windet, als würde Odem selbst von seinem Tempel herabblasen!«

Tropfnass stand sie in der offenen Tür. Ihr Umhang vom Wind in den Raum getragen.

»Der Stall ist hinterm Haus, Wanderer. Der Knecht ist dort und beruhigt die Pferde. Führt eures bitte zu ihm. Er wird sich darum kümmern«, kam als Antwort.

»Komm, Fogo, schauen wir uns den Stall an. Du kommst aber nachher mit in die Taverne. Unter den Pferden würdest du nur Unfriede stiften. Dann haben die Leute im Gasthaus noch mehr zu staunen. Ich hab gesehen, es ist sehr voll. Einige haben sich vor dem Sturm in Sicherheit gebracht. Hoffentlich hat der Wirt noch ein Zimmer frei. Mit Badewanne, ich weiß!«

»*Ich habe nichts gesagt.*« Er kicherte.

Fin löste die Zügel von der Bohle und führte das Pferd ums Haus zum Stall – fluchend, da der Himmel immer noch Wassermassen auf sie goss und Odem weiterpustete. Beim Stall öffnete sie das Tor und bedeutete Fogo wieder, draußen zu warten.

»Hallo, Stallknecht?«, rief sie hinein. »Der Wirt schickt mich. Du sollst meinen Fuchs unterstellen. Reibst du ihn trocken und fütterst ihn?«

»Hallo, Reisende. Ja, lasst ihn nur bei mir. Der alte Kreff wird sich schon um ihn kümmern.« Er war gerade in einer der Pferdeboxen beim Ausmisten.

Fin führte das Pferd in den Stall, knotete die Zügel an eine Öse und rief beim Hinausgehen: »Der Fuchs ist angebunden.«

Zu Fogo gewandt: »Schnell zurück, dann muss ich keine Fragen beantworten oder mich anstarren lassen.«

»*Das darfst du gleich in der Taverne*«, schnaubte er. »*Öffnest du mir den Rucksack? Dann versteck ich mich so lange darin. Aber nicht zu lange, es ist echt eng mit deinem ganzen Gerümpel. Ich frage mich immer, für was du das alles brauchst.*«

Fin zog die Brauen nach oben, öffnete den Sack und verzichtete auf eine Erwiderung. Sie hatte schon oft erklärt, für was sie die Utensilien alle brauchte. Aber Fogo konnte mit den Begriffen Decke, Messer, Gabel und Ähnlichem nichts anfangen. Es interessierte ihn allerdings auch nicht.

Erneut vor der Eingangstür stehend, plante sie diesmal den Wind mit ein und betrat den Raum, ohne sich durch einen Knall anzukündigen.

Wie üblich erstarben die Geräusche, etwas schneller als sonst. Sicherlich hatten alle gespannt gewartet, bis sie erneut eintrat. Fin durchquerte die Gaststube. Am Kamin sah sie vier junge Leute sitzen, drei Männer und eine Frau. Alle ungefährlich beschloss sie, keine Waffen. Aber eine der vier war recht hübsch anzusehen. Drei Tische waren von Händlern belegt, die sich an Speis und Trank gütlich taten. Gleichfalls keine Waffen und ungefährlich. Einige Bauern und Handwerker besetzten die anderen Tafeln. Ohne Waffen und harmlos. Links vom Eingang standen zwei kleinere Tische, die unbesetzt waren.

»Hast du ein Zimmer frei? Und was hast du auf der Speisekarte für heute? Bier gibt's, wie ich sehe.« Beim Tresen zog sie die Armbrust vom Rücken, stellte sie neben sich, legte den Rucksack darauf und den klatschnassen Umhang ab.

Genervt von den Starrenden, wohlwissend, dass sie gleich noch weniger geneigt sein würden, sich um ihre Angelegenheiten zu kümmern, rief sie über die Schulter: »Da ihr nichts anderes zu tun habt, als mich anzustarren, erschreckt nicht, wenn ich gleich den Rucksack öffne!«

Sie weitete den Rand, damit Fogo herausschlüpfen konnte. Er kroch hervor und setzte sich auf den Tresen.

Ein Raunen erhob sich in der Taverne und die meisten bekamen noch größere Augen. Alle schienen den Atem anzuhalten. Der Wind nutzte die Gelegenheit für eine besonders laute Böe.

Fin drehte sich zum Raum und zu ihrem Publikum um. »Fogo tut niemandem etwas. Bei dem Wetter will ich ihn nicht draußen lassen und die Pferde würde er aufschrecken. Und jetzt würde ich es begrüßen, wenn ihr uns nicht mehr anstarren würdet. Ihr könnt auch wieder atmen!«, fügte sie hinzu, in sich hineinlachend.

Die Gespräche setzten sofort ein. Fin war sich sicher, dass alle über sie und den Feuerfischdrachen redeten.

›Ich hoffe, dass der Wirt ein Zimmer mit Badewanne hat.‹ Sich zu ihm drehend fragte sie: »Wie sieht's mit dem Zimmer und der Speisekarte aus?«

»Wir haben noch drei Zimmer frei. Ein ganz einfaches. Eines, das etwas mehr Platz bietet, und das größte im Haus. Allerdings auch das teuerste. Dafür kann euch meine Frau Wasser für ein Bad aufwärmen, wenn ihr wünscht. Der Preis wäre zwanzig, vierzig oder hundert Fenning. Für das Wasser noch einmal zehn Fenning mehr. Als Essen kann ich euch einen Lammbraten mit Klößen anbieten. Oder, wenn ihr lieber etwas Kaltes wünscht, eine Platte mit Käse, Wurst und Brot. Der Lammbraten kostet euch fünfzig Fenning, die Platte fünfundzwanzig. Das Bier brauen wir selbst. Ein Krug für euch? Zwei Fenning dafür. Und was braucht ihr für euer Haustier?«

Fogo sah ihn an und schnaubte einen Rauchkringel aus. Der Wirt zuckte zusammen.

»Kein Haustier, ein Freund. Wenn ihr etwas rohes Fleisch habt, wäre er glücklich. Ich nehme das große Zimmer, das Wasser sowie den Lammbraten und ein Bier. Wollt ihr das Geld sofort oder morgen früh?«

»Ihr könnt morgen früh bezahlen. Ich denke nicht, dass ihr die Zeche prellt. Dafür habe ich ein Gespür.«

Fin nickte ihm dankbar zu und begab sich zu dem freien Tisch an der Tür. Die Armbrust stellte sie an die Wand, die Schwerter daneben. Den Umhang spannte sie über einen der Stühle zum Trocknen.

Fogo legte sich auf die Tischplatte und betrachtete den Raum. »Ich kann spüren, wie sie über uns reden. Vor allem die Burschen mit der Frau am Kamin. Sie schauen immer mal zu uns her.«

»Das sind wir doch gewohnt. Wenn es einmal anders ist, dann bin ich vorsichtig.«

Der Wirt brachte das Essen und ihr Bier sowie einen Klumpen rohes Fleisch für Fogo. Beide ließen es sich schmecken und genossen die Wärme im Raum. Fin genoss zusätzlich das Gefühl zu trocknen. Einige Zeit später bemerkte sie, wie sich der fast so breite wie hohe Mann vom Vierertisch erhob und auf sie zuwankte.

»Oh, du bekommst Gesellschaft. Und was für ein Prachtexemplar von Mensch. Möglicherweise ist es aber auch ein Zwerg, der keinen Bart mehr tragen darf«, witzelte Fogo. *»Ich wette, er will dir ein Bier ausgeben und sich mit dir unterhalten.«*

Fin verdrehte die Augen und beobachtete, wie der Mann an eine Bank rempelte, dabei die Sitzenden mit ihrem Bier überschüttete und die Flüche ignorierte.

Bei ihr angekommen stemmte er die Hände auf den Tisch, um sich abzustützen.

»Soll ich Feuer zu seinen Fingern hinspucken? Meinst du, er fällt dann um?«, ereiferte Fogo sich. *»Das wäre ein Spektakel! Er riecht übrigens noch schlechter als du!«*

Fin ignorierte ihn und konzentrierte ihren Blick auf ihr Gegenüber. Er war sehr betrunken.

»Hallo, Frau Elementer… Elementarrer… Elementarierin«, fing er an. »Meine Freunde und isch haben unsch gefragt, wash euch in unser Dorf … hupps … führt. Scheid ihr wegen …«

Weiter kam er nicht. Fin unterbrach ihn. »Ist es wirklich das, was du fragen willst? Oder wolltest du nicht eher wissen, ob du mir ein, zwei Bier ausgeben kannst? Wir die zusammen trinken und anschließend nach oben verschwinden?«

Der Mann blickte sie verwirrt mit großen Augen an. »Dasch würdet ihr maschen?«

Fin beugte sich zu ihm, blitzte ihn mit ihren leuchtenden Augen an und raunte: »Wenn ihr damit einverstanden seid, dass ich euch danach töte? Ich kann es nicht zulassen, dass jemand erzählt, wie es ist, mit einer Elementarierin zu schlafen. Das versteht ihr doch sicherlich.« Sie lehnte sich zurück. »Seid ihr einverstanden?«

Ohne ein weiteres Wort drehte er sich um und stapfte zu seinen Freunden zurück, die ihn aufgeregt in Empfang nahmen.

»*Das war mal was Neues. So schnell hast du noch niemanden abweisen können. Das solltest du öfters anwenden.*« Fogo lachte laut. »*Nach der Begattung getötet zu werden, stößt nicht gerade auf Begeisterung, wie mir scheint. Dabei müsste er sich nicht mehr um die Jungen kümmern, wenn du wirfst.*«

Sie zog die Augenbraue nach oben. »So wie die Feuerfischdrachenmännchen das machen?«

»*Nee, das machen die Weibchen, wir haben Besseres zu tun. Neue Weibchen finden!*«

»Dann bin ich ja froh, dass ich nicht von eurer Art bin. Manchmal bist du unmöglich. Komm, lass uns nach oben gehen, damit ich das versprochene Bad nehmen kann.«

Sie stand auf, packte ihre Sachen, ging zum Tresen und wies den Wirt an, seine Frau das Wasser erwärmen zu lassen. Fogo schwebte ihr hinterher die Treppe hinauf.

Sie genoss das warme Bad vorm Kamin und wusch allen Dreck der Straße von sich und den Klamotten ab. Fogo hatte sich schon neben dem Kamin zusammengerollt und schlief. Sie tat es ihm anschließend gleich. Beide hatten eine angenehme Nacht, gelegentlich von einer besonders lauten Windböe unterbrochen.

Zusammen mit einigen Händlern genehmigten sie sich ein Frühstück im Schankraum, wobei Fin den Wirt fragte, ob er ihnen den Weg nach Irani weisen könnte.

Nachdem sie bezahlt hatte, brachen sie auf. Der Wind und der Regen flauten ab, waren aber noch nicht vorbei. Es sah nach einigen weiteren Tagen schlechten Wetters aus.

Auf der Reise gegen Süden begegneten ihnen vereinzelt ein paar Reisende, die sie überholten. Mittags genehmigte Fin sich ein Essen in der Taverne »Zum Steinkopf«. Ein hoher Berg, wie ein Kopf geformt, ragte hinter ihr auf. Der Wirt hatte augenscheinlich deshalb diesen Namen gewählt. Später passierten sie einige Holzfällersiedlungen und bezahlten an der Brücke über die Älze die Maut. Sie konnten passieren und weiter nach Irani reisen. Die Stadt lag nicht mehr weit entfernt.

»Wie viel Geld du immer ausgeben musst, um die Straße zu benutzen.« Fogo lag zusammengerollt auf ihrer Schulter. *»Die sollte doch für alle da sein und nicht den Reichen vorbehalten.«*

»Da uns der Rat genügend mitgegeben hat, stört mich das nicht. Ich will nur schnell ans Ziel kommen. Für die anderen Reisenden kann das anders aussehen. Die Händler schlagen die Gebühren einfach auf ihre Waren auf und am Ende zahlt der einfache Bürger dafür. So wie er auch für die Maut zahlen muss. Er zahlt also im Prinzip doppelt. Aber dafür ist die Brücke auch in einem guten Zustand. Der Fluss ist recht breit, ich glaube nicht, dass es viele andere Möglichkeiten gibt, ihn in der Nähe zu überqueren.«

»Außer man kann fliegen! Aber dafür seid ihr Menschen einfach zu ungelenkig.«

»Also ich bin froh, dass wir nicht mehr Gelenke haben«, erwiderte Fin lachend. »Ich merke langsam mein Alter. Wenn das Wetter zu feucht ist, dann fühlen sie sich gelegentlich etwas steif an.«

»Frag mal jemanden eurer Spezies, der in deinem Alter ist. Die freuen sich, wenn sie überhaupt noch laufen können. Oder noch leben!«

»Ich beschwere mich ja nicht. Ich sage nur, dass ich es langsam merke. Ich bin sehr froh, dass wir mit einem längeren Leben gesegnet sind.« Ihn hinter dem Ohr kraulend fügte sie hinzu: »So wie die Begleiter. Wie du, mein Lieber.«

»Ich bin auch froh, dass wir so lange leben wie ihr. Möglicherweise sogar ein wenig länger. Wenn ihr Elementarier nur normal alt werden würdet, dann müsste ja ständig jemand Neues geweiht werden. Dann wäre die Welt ständig im Chaos. Das ist sie sowieso schon!«

»Ja, noch mehr als sonst. Sie ist nur einigermaßen stabil, wenn alle fünfundzwanzig Elementarier in Vollbesitz ihrer Kräfte sind. Nach dem Ritual dauert es immer einige Jahre, bis es sich wieder eingependelt hat. Keiner weiß, wieso das so ist.

Wir haben unsere Kräfte sofort. Ihr auch. Aber die Welt ist kurzzeitig ein wenig aus den Fugen.«

»Also so wie jetzt! Nachdem Voleria verschwunden ist, sind im Süden einige Vulkane ausgebrochen. Und seitdem nicht mehr erloschen. Ich mochte sie und ihren Feuerelementar. Hat jemals jemand herausgefunden, was mit ihnen passiert ist?«

»Nicht, dass ich wüsste. Der Herrscher von Nebran hat die Kirchen damals um Hilfe gebeten. Der Rat der Götter hatte Voleria mit der Aufgabe betraut, ihm zu helfen, und dorthin entsandt. Sie und ihr Begleiter sind auf dem Weg dorthin verschwunden. Wie von Lava verschluckt. Der Rat hat damals eine Gruppe an ihren letzten Aufenthaltsort geschickt. Die Investigation hat nichts, absolut gar nichts ergeben.«

»Selbstständig mischt ihr euch ja nicht in die Belange der Reiche in Natlara ein. Bis auf ein paar Ausnahmen.«

»Wir machen das, was uns die Kirchen auftragen. Dafür wurden wir ausgebildet. Der Rat entscheidet und wir folgen ihren Wünschen. So war es schon immer. Ich bin zufrieden, wie es ist. Wir vermitteln zwischen den Herrschern, damit die Welt friedlich bleibt. Deswegen hatten wir auch schon seit mehr als einhundert Jahren keinen Krieg mehr. Und ich hoffe, dass das so bleibt. Ich weiß nicht, was hier in Tangrintanien vorgeht, aber die Gerüchte deuten für mich auf Kriegsvorbereitung hin. Was auch immer der König dadurch erreichen will. Dieses kleine friedliche Königreich würde von jedem anderen sofort zerquetscht werden. Bis auf das noch winzigere Blos Prana vielleicht. Aber die haben andere Möglichkeiten.«

»Nyelene Conrin, Molaon und Aldmat waren da anderer Ansicht. Sie hätten sich immer gern stärker in die Belange der Welt eingemischt. Vielleicht haben sie das auch getan?«

»Luftelementarier waren schon immer ein wenig stürmisch und wollen Neues erleben und den Menschen eigenständig helfen. Das mag ich an Yeban, er ist vernünftig und nicht so launisch wie der Rest. Nyelene Conrin, Molaon und Aldmat sind auch verschwunden. Gleiches Spiel hier. Irgendwo auf dem Weg zu ihren Aufgaben verschollen. Und keiner konnte sie aufspüren. Seitdem sind die Winde von Odem viel unberechenbarer geworden. Sogar in Olorien gibt es seit Neuestem Stürme, die aus dem Meer aufziehen.«

»Es wundert mich nicht, dass der Rat uns geschickt hat, Yeban zu suchen. Außer ihm gibt es nur noch die Luftelementarierin Delione. Wenn noch einer verschwinden sollte, dann sieht es bald schlecht aus für die Menschen. Ansonsten waren du und ich ja schon ewig nicht mehr in Angelegenheiten des Rates unterwegs.«

»Nicht nur wir. Es wurde uns allen nahegelegt, auf Reisen zu verzichten, bis das mysteriöse Verschwinden geklärt ist. Und du kennst ja die Kirchen, ihre Mühlen mahlen sehr langsam. Du bist heute ungewöhnlich interessiert. Wie kommt das?«

»Ich langweile mich. Und dass Ischve eingesperrt sein soll, macht mir Angst. Versprich mir, dass du alle tötest, die mich fangen wollen!« Er schmiegte sich an ihren Hals.

Fin kraulte ihn erneut hinter den Ohren. »Niemand wird dich fangen, das werde ich niemals zulassen. Versprochen!«

Irani ragte inzwischen vor ihnen auf.

»Schau, wir sind angekommen. Lass uns das Pferd zur Kommandantur bringen und uns eine Bleibe für die Nacht suchen. Vielleicht hat die Kirche des Feuers wieder eine Unterkunft, die wir nutzen können. Du kommst übrigens mit in die Stadt, ich werde deine Hilfe bei der Suche nach Ischve brauchen.«

»Na gut«, grummelte er. *»Aber widerwillig und mit Protest!«*

Fin ritt durch das Älzetor nach Irani. Direkt danach hielt sie den Fuchs an einer Kreuzung an und begutachtete die Wegweiser, die ein schlauer Bürgermeister dort aufgestellt hatte.

»Hey, Fogo«, teilte sie ihm freudig mit. Er hatte sich unter den Umhang verzogen und konnte nichts sehen. »Ein schlauer Mensch hat Wegweiser für die Reisenden aufgestellt. Das sieht man auch nicht oft. Lass mich nachsehen, in welche Richtung die Kommandantur liegt. Dann geben wir unser Pferd ab und reden gleich mit dem hiesigen Kommandanten wegen Ischve.«

»Es stinkt hier. Und damit meine ich nicht dich. Du riechst ausnahmsweise recht angenehm. Liegt wohl an dem Bad gestern!«

»Grummel nicht, nur weil du mit in die Stadt musst. Wir wollen sie doch so schnell wie möglich finden, und anschließend Yeban«, schalt sie ihn. Laut dem Wegweiser lag ihr Ziel geradeaus. Ihr Pferd antreibend bewegten sie sich an den Menschen vorbei.

Sie musste einmal quer durch Irani reiten. Die Kaserne mit der Kommandantur lag direkt am Hafen. Das Tor war geöffnet und sie ritt in den Innenhof und hielt nach dem Stall Ausschau.

»Du kannst unter dem Umhang vorkommen, Fogo. Wir sind da. Es ist ruhig, und wenn dich ein Soldat sieht, wird er schon nicht gleich in Ohnmacht fallen.«

Er schaute aus dem Umhang hervor, blinzelte ein paar Mal und stieg in die Luft neben sie.

Fin tätschelte das Pferd, da es ihr sehr gute Dienste geleistet hatte, und stieg ab, um es zum Stall zu führen. Viel musste sie nicht machen. Der Fuchs bewegte sich von allein darauf zu, möglicherweise roch er das Heu oder wusste einfach, dass er sich nun ausruhen konnte. Am Stall sah sie einen Knecht, rief ihn heran und übergab das Pferd an ihn mit der Bitte, es zu versorgen.

»Er ist aus der Kaserne in Xanthsik. Ich soll ihn hier abgeben.«

Der Stallknecht, ein junger Bursche, blickte sie und Fogo erstaunt an. Er nahm das Pferd jedoch ohne weitere Worte oder Fragen und führte es davon.

»Lass uns den Kommandanten suchen. Ich denke, er wird in dem Haus mit dem großen Eingang sein. Und wenn nicht, dann werden wir schon jemanden finden, der uns zu ihm bringt.« Fin überquerte den Platz und betrat das Hauptgebäude.

Etliche Soldaten hielten sich im Inneren auf und wie üblich drehten sich alsbald alle zu ihr um. Sie schnappte sich den Nächststehenden und fragte: »Wo kann ich euren Kommandanten finden?«

»Die Treppe hinauf«, er zeigte auf eine große Steintreppe, »und dann den Gang entlang die letzte Tür. Priesterin?«

»Elementarierin. Danke, Soldat. Ich finde den Weg allein.«
Sie ließ ihn und alle weiteren stehen, ging die Treppe hinauf
und den Gang entlang zur letzten Tür. Fogo flog mit seinen
Schwimmbewegungen neben ihr her.

*»Es erstaunt mich immer wieder, wie du das so gelassen ignorie-
ren kannst.«*

»Es fällt mir gar nicht mehr auf. Lass sie schauen. Möglicherweise sehen sie so jemanden wie uns nie mehr in ihrem Leben. Es ist nicht so wie in den Ländern, wo die Tempel stehen.
Da begegnen wir den Menschen öfters. Aber hier kennen sie
uns einfach nicht.«

Beim Anklopfen an die Tür vernahm sie kurz darauf die
Bitte, einzutreten. Das taten sie und standen in einem gemütli-
chen Arbeitszimmer. Jeder freie Platz war über und über mit
Büchern bedeckt.

Der große, gut gebaute ältere Mann hinter dem Schreibtisch
erblickte sie und Fogo und stutzte.

»Oha, ich dachte, ihr seid einer meiner Hauptmänner.« Er
sah entschuldigend auf die Bücher. »Räumt einen der Stühle
frei und setzt euch bitte, und sagt mir, was euch zu mir führt.«

Während sie das tat, fragte sie ihn: »Ihr seid nicht erstaunt
über mein Aussehen? Oder über meinen Begleiter? Jetzt bin ich
verwundert. Normalerweise muss ich zunächst erklären, wer
ich bin, bevor ich mein Anliegen vorbringen kann.«

»Das kann ich gut nachvollziehen, Elementarierin. Aber
wie ihr seht, bin ich schon alt an Jahren und ich hatte das Vergnügen, den Tempel des Wassers in Olorien zu besuchen. An
die Augen der Damen und Herren dort werde ich mich mein
Leben lang erinnern. Ihr habt diese Erinnerung gerade aufge-
frischt.« Er lächelte dabei glücklich.

Fin hatte inzwischen die Bücher auf den Schreibtisch gelegt
und es sich gemütlich gemacht. Fogo saß auf ihrer Schulter.

»Ich sehe, ihr habt schöne Erinnerungen daran.« Sie lächelte ebenfalls. »Lasst mich euch zunächst vorstellen. Ich bin
Finvara Schnellfeuer. Eine Feuerelementarierin, wie ihr euch sicherlich schon gedacht habt. Das hier«, sie zeigte mit dem Daumen auf den Drachen, »ist Fogo. Ein Feuerfischdrache.«

»Freut mich sehr, eure Bekanntschaft zu machen, Finvara. Mein Name ist Reben Greigen. Ich bin der befehlshabende Offizier hier in Irani. Deswegen seid ihr sicherlich zu mir gekommen?«

»Das ist richtig. Ich bin auf der Suche nach einem Griffin. Sie soll hier in Irani gefangen gehalten werden. Sie ist die Begleiterin eines Luftelementariers, der sich in Tangrintanien aufhält. Ich soll ihn suchen, da er seine Rapporte nicht mehr abgeliefert hat. Möglicherweise könnt ihr hiermit etwas anfangen.« Damit schob sie ihm den Brief über den Tisch. »Das habe ich in Xanthsik in Erfahrung gebracht. Deswegen sind wir nach Irani gekommen.«

Der Oberst überflog den Brief und sah sie beunruhigt an. »Es wurde ein Kopfgeld auf euch ausgesetzt? Hier in Tangrintanien? Ich wusste, dass im Königreich etwas nicht rundläuft, aber dass wir Gesetzlose beherbergen, die Elementarier töten wollen«, er schüttelte den Kopf, »das ist eine andere Sachlage als bisher. Leider kann ich euch bezüglich des Griffins nicht helfen. Es ist mir nicht zu Ohren gekommen, dass meine Leute einen Griffin in der Stadt gesehen hätten. Weder frei, noch eingesperrt.« Er strich sich über seinen großen Schnauzer. »Ich werde euch helfen, so gut ich kann. Lasst mich bis morgen ein Schreiben aufsetzen, das euch das Recht gibt, meinen Soldaten Befehle zu erteilen. Dann könnt ihr sie über alles befragen, was ihr wollt. Falls ihr den Griffin entdeckt und ihr uns bei der Befreiung braucht, kommt bitte zu mir oder einem meiner Majore. Ist das vorerst genug?«

»Ihr seid sehr zuvorkommend, Reben. Ich hätte nicht mit so weitreichenden Befugnissen gerechnet. Ich werde sie nicht ausnutzen und eure Soldaten nur so weit behelligen, wie es nötig ist.«

Er nickte und antwortete: »Ihr habt Glück, dass ich absolut von der Rechtschaffenheit der fünf Religionen und ihrer Vertreter überzeugt bin. Leider gibt es inzwischen andere in Tangrintanien, die das nicht mehr so sehen. In der Armee, aber vor allem am Hof. Seit die weißen Priester sich unter die hiesigen Prediger gemischt haben, gibt es Anfeindungen euch gegenüber. Ich weiß leider nicht, warum der König und seine Berater das zulassen. Möglicherweise könnt ihr in der Hauptstadt mehr darüber erfahren, wenn ihr euren Freund gefunden habt. In meiner Stadt lasse ich das allerdings nicht zu. Sie dürfen hier predigen, wenn sie von Frieden und Wohlstand für alle sprechen. Feindseligkeiten dulde ich jedoch nicht. Bei uns in Irani hat sich deswegen keiner der Priester fest niedergelassen. Sie sind alle weitergezogen.«

»Wer sind diese weißen Priester? Ich muss gestehen, ich habe noch nie von ihnen gehört.«

»Sie sollen aus dem nördlichen Staatenbund kommen und das Wort ihres Gottes, dem weißen Licht, den Menschen in anderen Reichen bringen. Friedlich, wie sie sagen. Ich bin allerdings nicht ganz davon überzeugt, wie ich schon erläutert habe. Aber bei uns in Tangrintanien darf jeder seine Religion ausleben, solange er im Einklang mit unseren Gesetzen handelt. Mehr weiß ich leider auch nicht. Ihr müsstet einen ihrer Priester aufsuchen und ihn persönlich fragen.«

»Möglicherweise werde ich das tun. Habt Dank für die Auskunft und eure Hilfe. Ich werde morgen früh das Schreiben abholen und mich auf die Suche nach dem Griffin machen.«

Sie nahm ihren Brief entgegen, stand auf und verabschiedete sich von dem freundlichen Mann.

Draußen im Hof sagte sie zu Fogo: »Wir werden nach Tannberg gehen müssen, nachdem wir Ischve befreit und Yeban gefunden haben. Diese Geschichte hat mich noch unruhiger werden lassen.«

Du willst dich bewusst einmischen? Ohne einen Befehl des Rats? Ich stimme dir zu! Aber zunächst müssen wir Ischve finden. Ich mag mir gar nicht vorstellen, wie sie in dem Käfig eingesperrt versucht zu entkommen. Griffin lieben die Weite und mögen die Enge nicht.

Fin nickte. »Wir rufen in Tannberg wenn möglich den Rat an. Das können wir später regeln. Lass uns jetzt eine Taverne in der Nähe suchen und etwas essen und dann schlafen. Morgen holen wir uns die Berechtigung und fangen an zu suchen. Möglicherweise wissen die Kirchen etwas mehr.«.

Verzweiflung

Toki stolperte durch die schwarze Nacht. Keiner der Monde und auch keine Sterne beleuchteten die Felder vor ihm. Nach seiner Befreiung war er in Richtung Weiher aufgebrochen. Die andere Möglichkeit wäre gewesen, durch das Dorf zu laufen und die Straße nach Norden zu nehmen. Aber das hatte er sich nicht getraut. Die Erinnerung an die aufgepeitschte Menge vor ihrem Haus und die Wut, die Angst und der Hass, der ihnen dort entgegengeschlagen war, waren noch zu frisch. Deswegen nahm er den Trampelpfad zum Weiher. Alles kam ihm weit weg und wie in einem Traum vor. Erst einen Monat war es her, dass er mit seinen Nichten den gleichen Weg entlanggeschritten war, und vor ein paar Tagen mit Ava. Das war wie in einer anderen Welt. Fröhlich, glücklich, voller Sonnenschein. Jetzt erstrahlte seine Welt nicht mehr, sondern lauerte düster, traurig und nachtschwarz vor ihm. Es war kalt, die Wolken, soweit er etwas erkennen konnte, zogen vom Wind getrieben über ihn hinweg. Er wusste nicht, was er tun sollte. Noch nie hatte er das Dorf allein für eine unbekannte Reise verlassen.

›Wo soll ich mir ein Nachtlager errichten? Ich bin noch zu nah am Dorf, die Leute … die Leute könnten mich verfolgen! Ich mache mir später darüber Gedanken. Nach dem Wald!‹

Allein mit seinen trübseligen Gedanken, sich Sorgen um seine Eltern, die Großmutter und die Zukunft machend, kam er am Weiher an. Pechschwarz, ölig glänzend lag er zu seiner Rechten. Der Wind erzeugte schaurige Geräusche im Wald.

Toki stutzte. Sollte er wirklich da hinein und hindurch? Er kannte sich dort aus. Schon oft hatte er mit seiner Großmutter Kräuter in ihm gesammelt. Aber heute ... Die Bäume wogten im Wind wie große dunkle Schemen. Mit langen dürren Armen erwarteten sie, dass er eintrat, um ihn zu peinigen.

Den Felsen am Wasser umrundend lief er widerstrebend weiter. An der knorrigen Mauer angekommen zog er seinen Mantel enger um sich. Tränen liefen ihm die Wange hinab.

Wann hatte er angefangen zu weinen? Er wusste es nicht.

Der erste Baum hinter der Wand hielt seinen Rucksack fest. Toki zerrte daran. Der Baum ließ los. Einige Schritte weiter schlitzte ein anderer Schemen seine Wange auf. War es der gleiche wie bei der Suche nach Abies? Wollte er sein Werk vollenden, das er beim ersten Mal nicht vollenden konnte? Blut vermischte sich mit den Tränen auf seiner Wange. Die Feuchtigkeit lief ihm in den Bart. Toki versuchte sich zusammenzureißen. Die Angst hämmerte ihm auf die Schultern. Mit weichen Knien und zitternden Beinen trottete er weiter durch den Wald.

Ein anderer Schemen zerrte an seinem Mantel. Krallenhände brachten ihn zum Stolpern. Atemlos fing er sich und lief weiter. Der Wind spielte seine schaurige Melodie. Als ob er aufspielen würde, um Toki zu Grabe zu tragen. Bei manchen Beerdigungen gab es Musik. Falls man es sich leisten konnte. Einmal hatte er es im Dorf erlebt. Er war zu dem Zeitpunkt noch sehr klein gewesen und die Erinnerung daran überflutete ihn. Damals war der Tag auch grau und dunkel gewesen. Die Dorfbewohner hatten sich versammelt, um dem letzten Dorfvorsteher das Geleit zu geben. Warum kam ihm jetzt diese Erinnerung? Er starb nicht. Oder doch?

Tokis Atem ging stoßweise und kurz. Durch die schreckliche Geschichte im Dorf hatte er seine grauen Gliedmaßen ganz vergessen. War er doch krank? Hatten die Menschen recht? Konnte er andere anstecken?

Erschrocken dachte er an seine Familie. Panik machte sich in ihm breit. Er atmete nur noch ein und nicht mehr aus. Ein Strauch sprang in seinen Weg und knüppelte ihn nieder. Am Boden fragte er sich, ob es sich lohnte, wieder aufzustehen.

Wenn er hier einfach liegen blieb? Würde es jemanden interessieren? Er bekam schlecht Luft.

›Sollen doch die Aasfresser kommen und sich an mir gütlich tun, nachdem ich gestorben bin.‹

»Wie-wie-wie-wie-Ihhhh«, hörte er ganz leise durch die schaurige Melodie des Waldes.

Was …? Er kannte das Pfeifen. Wo hatte er es schon gehört?

»Wie-wie-wie-wie-Ihhhh.«

Es klang wie die Stimme des Vogels, der sich mehrmals auf seine Schultern gesetzt hatte.

»Wie-wie-… Lauf weiter, Toki. … wie-wie-Ihhh.«

War er gestorben? Sprachen die Geister mit ihm? Oder war er eingeschlafen und träumte?

Toki stemmte sich hoch, schüttelte sich und blickte dann nach allen Seiten. In der Dunkelheit sah er nicht viel.

»… du musst weiter …«

Tot war er nicht, wie ihm die Schmerzen an der Wange und an der Hüfte mitteilten. Träumte er doch? Zweifelnd schob er einen Ärmel nach hinten und zwickte sich in den Arm. Schmerz. Er war wach. Woher kam die Stimme?

»… du musst dich zusammenreißen … Wie-wie-wie-wie-Ihhhh.«

›Der dunkle Wald verhöhnt mich‹, dachte er. ›Es muss der Wind sein, den ich höre. Der mir Streiche spielt. Dieses Pfeifen, wie von dem Vogel. Aber die schlafen nachts. Zumindest diese Art.‹

Er war jetzt etwas klarer im Kopf. Als ob das Pfeifen die Panik, die ihn überkommen hatte, weggewischt hätte, atmete er ruhiger und gleichmäßiger. Ava kam ihm in den Sinn.

›Ich muss weiter. Ich will sie wiedersehen! Tannberg ist mein Ziel. Nicht der Wald.‹

Er lief weiter, passte nun allerdings besser auf. Die Bäume waren wieder Bäume und keine Meuchelmörder, die ihn zu Fall und dann zu Tode bringen wollten.

›Konzentriere dich auf den Boden, die Umgebung und lauf weiter! Du kennst den Wald, er ist nicht riesig. Danach kommen hügelige Wiesen. Dahinter gibt es einige Felsen mit Höhlen. Dort kann ich mich ausruhen.‹

Mit diesen klareren Gedanken setzte Toki seinen Weg einige Stunden fort. Bei den Felsspalten angekommen, mehr waren sie nicht, ließ er sich erschöpft nieder.

›Kann nicht weiter! Muss schlafen!‹ Zu mehr konnte er sich nicht durchringen.

Er kramte in seinem Rucksack nach der Decke, die er für die Reise nach Irani eingepackt hatte, zog sie heraus, wickelte sich ein und fiel sofort in einen erschöpften, unruhigen Schlaf.

Mit Einbruch der Dämmerung wachte Toki auf. Ausgeschlafen fühlte er sich nicht. Durch das Liegen auf dem harten Untergrund schmerzten seine Muskeln. Der Schnitt an der Wange brannte. Er hievte sich hoch und suchte eine Stelle, an der er sich erleichtern konnte. Beim Herabziehen der Hose merkte er, dass sich an der Hüfte ein großer blauer Fleck ausbreitete. Wohl von dem nächtlichen Sturz im Wald. Außerdem leuchtete ihm sein rechter Oberschenkel in einem ihm wohlbekannten Grau entgegen. Der ganze Oberschenkel, hinten und vorne. An den Seiten, vom Knie bis zum Schritt. Toki schluckte, ignorierte es, vollzog sein Geschäft und kleidete sich schnell wieder an. Tränen stiegen ihm in die Augen.

Während er alles, was im Rucksack verpackt war, ausbreitete, um eine Bestandsaufnahme zu machen, dachte er über die Geschehnisse vorm Haus nach.

Warum hatten die Menschen Steine nach ihnen geworfen? Wieso waren sie so aggressiv gewesen? Wer war der Priester, der die Menschen aufgestachelt und sich ein Rededuell mit seiner Großmutter geliefert hatte? Großmutter … Hoffentlich ging es ihr gut. Auch wenn seine Freunde ihm versichert hatten, dass sie nicht schlimm verletzt war, machte er sich Sorgen. Der Stein, der sie getroffen hatte, war nicht klein gewesen. Wie die, die auf seinen Vater zugeflogen waren … Warum hatten sie ihn nicht getroffen? Er dachte darüber nach. Sie hätten treffen müssen! Die Flugbahn hatte gepasst. Wie durch ein Wunder waren sie vor ihm in der Luft abgeprallt. Wie an einer Wand … Er hatte sich gewünscht, dass er etwas tun könnte. Dann kam der milchige, leuchtende Nebel … Toki verdrängte den Gedanken.

›Ich habe sicherlich nichts damit zu tun. Was oder wer auch immer seine Hände im Spiel hatte, ich werde es nicht herausfinden. Vielleicht hat Lutum meine Gebete erhört?‹

Der Gedanke an die grauen Stellen schob sich wieder durch seinen Kopf und die Angst kehrte zurück. Mit Gewalt schob er sie beiseite.

»Was habe ich denn alles im Rucksack …«, murmelte er.

Feuerstein und Zunder, ursprünglich für die Reise nach Irani gepackt. Reiseproviant für vier Tage. Es sah so aus, als hätte seine Familie mehr für ihn eingepackt. Ein Wasserschlauch. Der Brief von der Familie. Ein paar Ampullen mit Kräutertränken sowie getrocknete Kräuter. Sicher von Großmutter. Ein Messer mit Lederhülle und ein Fläschchen mit einem komischen, ockerfarbenen Pulver. Er schüttelte es. Wie Ascheflocken bewegte sich der Inhalt. Ein Teil legte sich am Glas ab und der Rest senkte sich langsam wirbelnd zum Boden des Gefäßes. Ein Seil und Wechselwäsche. Ein Paar Socken sowie Unterkleidung. Toki grübelte. Nicht wirklich viel. Seine Hose, das Oberteil und der Mantel waren die einzige weitere Kleidung, die er hatte.

Ganz unten erblickte er die goldene Fassung sowie einen kleinen Lederbeutel mit seinem Geld. Er hatte so viel eingepackt, dass es für ihn, Elle und mögliche Ausgaben in Irani reichte. Alles in allem fünfundvierzig Fils.

Als er den Beutel anhob, merkte er jedoch, dass er sich schwerer als beim Einpacken anfühlte. Er schüttete den Inhalt auf seine Decke und zählte nach. Einhundert, zweihundert, zweihundertfünfzig Fils! Seine Eltern mussten etwas von ihrem Erspartem geplündert und ihm mitgegeben haben. Wieder stiegen ihm Tränen in die Augen. Vor Dankbarkeit. Er war nicht ganz mittellos und konnte, wenn er sparsam war, einige Zeit essen bezahlen. Ein paar Übernachtungen in Gasthäusern am Weg sollten auch rausspringen. Möglicherweise auch ein Heiler in Tannberg.

Die Münzen wieder in seinen Beutel packend, fiel sein Blick auf den Brief. Er nahm ihn zur Hand und betrachtete den Umschlag. Er war ohne Aufschrift. Toki ließ sich auf die Decke nieder, umarmte seine Beine und hielt den Brief einige Zeit in der Hand. Tränen liefen ihm in den Bart und er musste schluchzen. Als er sich so weit beruhigt hatte, dass er überzeugt war, lesen zu können, öffnete er den Umschlag und zog das beschriebene Papier heraus. Zwei beschriebene Zettel, wie er merkte, als einer zu Boden segelte. Er ließ ihn zunächst liegen und faltete den Brief in seiner Hand auseinander.

Hallo Sohn,
als Erstes: Es geht deiner Großmutter, deiner Mutter und mir gut.
Elle hat uns erklärt, was du durchmachst. Du hättest jederzeit mit uns darüber sprechen können. Das weißt du sicher.
Wir versuchen, die Leute zu beruhigen und ihnen vernünftig zu erklären, was los ist. Und wir wollen den Priester vertreiben. Ich hoffe, Buchart hilft uns dabei. Wir haben dir Verpflegung für den Weg nach Tannberg eingepackt. Wie du und Elle schon beschlossen habt, ist es am besten, wenn du die Kirchen oder die Heiler aufsuchst. Wir hoffen, dass sie dir helfen können. Nimm das Geld und bezahle davon die Kosten oder die Spende an die Gotteshäuser.
Deine Mutter sagt, sie drückt dich ganz fest, und du sollst gesund zurückkommen.
Ich bin stolz auf dich, wie mutig du dich der aufgebrachten Menge entgegengestellt hast. Ich weiß nicht, ob ich das gekonnt hätte.

Deine dich liebende Familie

Toki schluckte und hielt den Brief mit der Handschrift seines Vaters in der Hand, während ihm wieder die Tränen kamen. Er liebte seine Familie und hoffte, sie bald wiederzusehen. Er fühlte sich allein und verloren ohne sie. Einige Zeit später griff er sich den zweiten Brief.

Toki,

verfolge den Plan, den wir hatten. Die Heiler in Tannberg können dir bestimmt besser helfen als die in Irani. Ich habe dir Kräuter für Tees und Umschläge mitgegeben, falls du dich verletzt oder krank wirst. In den Ampullen findest du Tränke, die dir auf deiner Reise nützen könnten.

Die mit der roten Flüssigkeit lässt dich einige Zeit lang nicht frieren. Möglicherweise ist es nützlich für kalte Nächte.

Die Ampulle mit der gelben Flüssigkeit gibt dir für kurze Zeit viel mehr Kraft. Geh sparsam damit um, die Kräuter dafür sind sehr schwer zu bekommen.

Die hellblaue Flüssigkeit ist ein Gegengift. Es sollte gegen die meisten der bekannten Gifte wirken. Man weiß nie, was passiert.

Du wunderst dich sicherlich über das bräunliche Pulver. Das ist Zauberstaub. Er gehörte deinem Großvater. Zauberstaub ist sehr kostbar. Nur Magier können etwas damit anfangen. Auf dem Markt gibt es fast keinen zu kaufen. Vor allem nicht in Tangrintanien. Du kannst ihn verwenden, um die Heiler oder die Kirchen zu bezahlen. Dann werden sie dir sicher helfen. Dein Großvater hätte gewollt, dass er sinnvoll verwendet wird. Ich bete zu allen fünf Göttern, dass sie dich beschützen und dich von deiner Last befreien.

Großmutter

Ehrfürchtig nahm Toki das Fläschchen mit dem Pulver in die Hand. Das ist von Großvater?

Er hatte den Mann von Elle nicht kennengelernt. Es war ihm nur bekannt, dass er aus Blos Prana stammte und seine Großmutter in Tannberg kennengelernt hatte. Er war vor seiner Geburt gestorben. Alles, was mit ihm zu tun hatte, war sorgfältig von seiner Großmutter in Stille gehüllt worden. Einmal wollte er seine Eltern ausfragen. Er stieß nur auf eine Mauer des Schweigens. Er solle darüber mit Elle reden. Und jetzt hielt er ein mysteriöses Zauberpulver in der Hand? Davon hatte er noch nie gehört. Was würde er noch alles erfahren von der Welt, von der er augenscheinlich nur einen Bruchteil wusste.

Durch den Zuspruch, den er den Briefen entnahm, wurde ihm leichter ums Herz. Toki beschloss, etwas zu essen für den Weg beiseitezulegen und den Rucksack zu packen. Er wollte weiter. Je schneller er Tannberg und die dortige Hilfe erreichte, desto schneller würde er zurück nach Hause zu seiner Familie … und zu Ava kommen.

Mit schmerzenden Gliedern, einem Stück Brot und einer Wurst in der Hand setzte er seine Reise fort. Das Messer und der Wasserschlauch hingen nun an seinem Gürtel.

Von der Stelle, die er sich für die Nacht ausgesucht hatte, bewegte er sich nach Westen. Toki wusste, dass sich in dieser Richtung das nächste Dorf befand. Von Süden und Norden führte jeweils eine Straße dorthin.

›Ich kann es gar nicht verfehlen.‹ Er war sich sicher. ›Auch wenn ich zu weit nördlich oder südlich bin. Auf einer Straße angekommen finde ich es schon, oder frage einen der Reisenden, die unterwegs sind, wo ich hinmuss.‹

Durch Wälder, über Wiesen und kleine Bächlein, Hügel hinauf und hinunter suchte er sich den Weg. Zwischendurch musste er Pausen einlegen, um zu essen und seinen Wasserschlauch aufzufüllen, und um sich zu erleichtern. Nachmittags sah er eine Gruppe von Griffin über sich hinwegfliegen. Sich ausruhend blickte er den Kreaturen hinterher, bis sie im Mittelgebirge nicht mehr zu erkennen waren. Die Gedanken kreisten die meiste Zeit über um seine grauen Gliedmaßen und was es mit ihnen auf sich hatte. Panik, wie letzte Nacht, verspürte er nicht mehr. Das Gefühl, das er empfand, war eher eine alles durchdringende Angst, die immer wieder hochschoss wie Wasser bei einem Geysir. Obwohl seine Sinne durch den

Schlafentzug und das erschöpfende Marschieren wie betäubt waren.

Schlussendlich kam er an einer Straße an. Es dämmerte schon und Toki erkannte kein Dorf in der Nähe. Er wusste nicht, wo er sich befand, und Reisende auf der Straße konnte er auch nicht entdecken. Unglaublich müde und erschöpft, körperlich sowie geistig, entschloss er sich, einen Platz zum Lagern zu suchen.

An einer kleinen Baumgruppe ließ er sich nieder, sammelte ein paar Äste und entzündete ein kleines Feuer. Angst vor Räubern hatte er keine. In Tangrintanien gab es diese nicht, wie er aus Erzählungen wusste. Die Bewohner seines Dorfes hatten sicherlich Besseres zu tun, als ihn so weit zu verfolgen. Außerdem würden seine Eltern, oder der Dorfvorsteher, sie beruhigt und hoffentlich den Priester zur Lava gejagt haben!

Toki aß ein karges Mahl aus seinen Vorräten. Brot, ein paar Karotten und Hartkäse, und versuchte es sich für die Nacht einigermaßen gemütlich zu machen. Es funktionierte nicht besonders gut. Er vermisste sein weiches Bett in seinem Zimmer. Und sein Zuhause. Und seine Eltern. Und seine Freunde.

Gedanken über die verfärbten Gliedmaßen machte er sich gerade nicht, dazu war er zu müde. Die Angst schwelte vergraben darunter. Er schlief ein und ein paar unruhige Stunden später war er wieder wach. Die Panik hatte ihn erneut im Griff. Seine Gedanken drehten sich im Kreis. Musste er sterben? Wie lange hatte er noch zu leben? Was machte die Graufärbung mit ihm?

›Ich will Ava wiedersehen und meine Familie.‹

Schluchzend und mit Tränen, die ihm ins Haar liefen, betete er zu Lutum. ›Alles will ich dir geben, wenn du mir mein normales Leben zurückgibst. Ich werde jeden Tag zu dir beten! Und deine Botschaft verkünden. Gib mir bitte ein Zeichen, o Gepriesener des Feuers.‹

Nach den Gebeten versuchte Toki, wieder zu schlafen, doch er war hellwach. Die Gedankenspirale drehte und drehte sich. Später nickte er kurz ein und träumte davon, dass er und Ava von einem Priester auf einen Scheiterhaufen gebunden wurden und dort verbrannten. Schreiend wachte er auf, klatschnass von seinem kalten Schweiß. Er fror und konnte wieder nicht einschlafen. Letztendlich übermannte ihn die Erschöpfung.

Toki kam zu sich, als ihn jemand mit dem Fuß anstieß. Er schreckte hoch und sprang auf die Beine. Zumindest versuchte er es. Da er in der Decke eingehüllt am Boden lag, sprang er mit ihr hoch und stürzte sofort wieder. Dabei schlug er sich den Kopf an einem Ast an. Benommen blieb er liegen.

»He, Junge, ganz ruhig. Ich will dir nichts antun. Du liegst hier am Straßenrand und ich habe mir Sorgen gemacht, dass du tot bist. Auch wenn du dich jetzt bewegst, bin ich mir noch nicht sicher, ob du das nicht doch bist. So wie du aussiehst.«

Toki blinzelte hoch und sah einen bärtigen Mann vor sich stehen. Der Bart reichte ihm bis auf die Brust. Die sehr zottigen, strähnigen Haare, die unter einer Kappe hervorlugten, reichten bis auf Achselhöhe. Ein Ledermantel verhüllte so gut wie alles vom restlichen Körper. Ein Auge wurde von einer Lederklappe bedeckt.

»Kannst du sprechen? Geht es dir gut? Du hast sehr viel Blut im Gesicht. Kann ich dir helfen?«

Beim Aufsetzen merkte Toki, dass er sich durch den Ast wohl eine kleine Platzwunde am Kopf zugezogen hatte. Wie er auf andere wirkte, konnte er nicht beantworten. Aber wenn er so aussah, wie er sich fühlte, dann wunderte er sich nicht, dass der Mann ihn für tot gehalten hatte. An sein Aussehen hatte er bisher keinen Gedanken verschwendet.

»Komm, Junge. Nimm das Tuch und drück es auf die Wunde.«

Der Bärtige reichte ihm ein sauberes, strahlend weißes Leinentuch.

›Woher hat er ein so sauberes Tuch?‹, wunderte Toki sich, griff aber danach und presste es auf den Kopf, um den Blutfluss zu stillen.

»Wer … wer … wer seid ihr, Herr?«, brachte er nach ein paar Anläufen heraus.

»Ich bin Uthr. Uthr Edrolt.« Er grinste. »Ich höre, du kannst sprechen. Aber du willst sicher mehr wissen als nur meinen Namen. Ich bin ein Händler von den Träneninseln und auf dem Weg nach Xanthsik, um dort meine Leinen zu verkaufen. Ein Stück meiner Ware hast du gerade in der Hand.«

Toki senkte das Tuch. Die Wunde blutete nicht mehr. Dafür sah das Leinentuch nun mehr rot als weiß aus. Mit schlechtem Gewissen hielt er Uthr das Tuch entgegen. »Entschuldigt, ich wollte eure Ware nicht beschädigen.«

Der zog die rechte Augenbraue nach oben. Diese Seite hatte keine Klappe. »Ich habe es dir gegeben, um die Blutung zu stillen, Junge. Du musst dich nicht entschuldigen. Wie ich sehe, hat es aufgehört zu bluten. Und jetzt zurück zu meinen Fragen. Geht es dir gut? Kann ich dir irgendwie helfen?«

»Es geht mir …«

»… gut? Das glaube ich nicht. Du siehst keinesfalls so aus.«

›Bin ich so leicht zu durchschauen?‹, fragte Toki sich. Laut antwortete er: »Ihr habt recht, es geht mir nicht gut. Ich musste eine plötzliche Reise nach Tannberg antreten. Als ich eine Abkürzung genommen habe, bin ich im Wald gestürzt und habe mir die Hüfte geprellt. Außerdem habe ich mir dabei die Wange aufgeschlitzt. Er hob seine rechte Hand, um darauf zu zeigen. Dabei merkte Toki, dass sein Verband, von den Fingern abgefallen, am Boden lag. Die grauen Finger, es waren inzwischen drei, lagen genau in Uthrs Blickfeld. Dieser zog erneut die Augenbraue nach oben.

»Was hast du mit deinen Fingern gemacht, Junge? Das sieht interessant aus.«

Ängstlich stammelte Toki: »Ni… Nichts …! Es ist keine Krankheit. Nur ein blauer Fleck.«

»Junge. Ich erkenne einen blauen Fleck, wenn ich ihn sehe. Das ist ganz sicher keiner. Aber warum sollte das eine Krankheit sein? Wer hat dir das eingeredet?«

Verdattert konnte Toki gar nichts darauf antworten. Uthr wartete und ließ sich derweil auf einen Stein in der Nähe nieder. Unter dem sich aufblähenden Mantel trug er ein Leinenhemd und eine Leinenhose. Außerdem einen breiten braunen

Gürtel. Der passte hervorragend zu den feinen Lederschuhen und Lederhandschuhen.

Toki schluckte schwer, Tränen stiegen ihm in die Augen und er rang sich dazu durch, etwas zu erwidern. »Ein weißer Priester …«

»… hat dich als Sündenbock für seine Hassbotschaften verwendet.« Der Mann seufzte. »Du bist nicht der Einzige, der von ihnen instrumentalisiert wurde.«

»Instruen…siert?«

Erneut die Augenbraue. »Benutzt, Junge! Er hat dich und andere benutzt. Das machen sie besonders gern.«

»Ihr kennt diese Priester? Wo kommen sie her? Was wollen sie?«, fragte Toki erstaunt.

Uthr blickte ihn bohrend an. »Später. Jetzt lass uns erst einmal schauen, dass du dich reinigen kannst. Du siehst wirklich grausig aus. Eine Rasur würde dir auch nicht schaden. Dadurch fühlst du dich ganz sicher besser. Ich habe das Gefühl, du hast einiges durchgemacht. Außerdem sehe ich dir an, dass du traurig und ängstlich bist, fast schon panisch.«

»Ich … ich war noch nicht allein so weit von zu Hause fort«, vertraute ihm Toki an. Irgendwie ging von dem Bärtigen eine Aura der Sicherheit und Zuflucht aus.

»Irgendwann muss jeder sein Zuhause verlassen. Spätestens wenn man stirbt. Aber das ist bei dir nicht der Fall. Ich sag immer, man ist erst tot, wenn man aufgibt.« Er stand auf und streckte Toki die Hand entgegen. »Komm, ich habe ein Wasserfass auf meinem Karren. Ich gebe dir noch etwas Leinen und du kannst dich reinigen. Dann sieht die Welt wieder besser aus. Zumindest meine, wenn ich dich ansehe.« Er grinste fröhlich.

Toki musste es unwillkürlich erwidern. Irgendwie fühlte er sich jetzt besser. Die ihm entgegengestreckte Hand ergreifend, ließ er sich aufhelfen. Er wollte seine Habseligkeiten einsammeln, doch Uthr unterbrach ihn. »Mein Wagen ist gleich hier an der Straße. Lass sie erst einmal liegen. Wir sammeln sie auf, wenn du sauber bist.«

Toki nickte und sah sich den Karren zum ersten Mal genauer an. Er wurde von einem Ochsen gezogen. Auf der

Ladefläche lagen einige eingepackte Ballen. Er schloss aus dem vorherigen Gespräch, dass es die Leinen sein mussten. Ein Fass stand hinter dem Kutschbock. Uthr hatte inzwischen Leinenstoff gegriffen, das Fass geöffnet und ihn mit Wasser benetzt. »Hier, Junge. Schrubb dir den Dreck, das Blut und die Tränen vom Gesicht. Ich suche inzwischen mein Rasierzeug. Das kannst du verwenden. Ich würde dir empfehlen, den Bart ganz wegzumachen. Du siehst wirklich nicht sehr angenehm aus im Moment.«

Toki stutzte, als er das Tuch ergreifen wollte. »Das sagt gerade ihr … Entschuldigt, Herr. Das ist mir herausgerutscht.«

»Mach dir keine Gedanken, das habe ich schon öfter gehört.« Er lachte. »Und nenn mich Uthr und nicht Herr. Ich bin zwar alt, aber kein Herr.«

Toki reinigte und rasierte sich. Anschließend sammelte er zusammen mit Uthr seinen Besitz ein.

»Wisst ihr, wohin es zum Dorf geht? Ich muss weiter nach Tannberg und will euch nicht aufhalten.«

»Die Straße entlang kommt ein Dorf. Falls es das ist, das du suchst. Du kannst bei mir mitfahren, wenn du Lust hast. Bis zur Abzweigung nach Xanthsik könnte ich Unterhaltung brauchen. Ab da kannst du deinen Weg nach Tannberg fortsetzen. Zu Fuß bist du nicht schneller als Yggy. Aber es ist einiges angenehmer, als zu laufen.« Dabei klopfte er seinem Ochsen auf den Rücken.

»Wenn es keine Umstände macht, würde ich euch gerne begleiten. Meine Muskeln und vor allem die Hüfte schmerzen. Ich teile auch mein Essen mit euch.«

»Keine Sorge, Junge, ich habe genügend dabei. Lass uns teilen, was wir haben. Vielleicht kannst du mir deine Geschichte erzählen. Das vertreibt mir die Zeit.« Er blinzelte ihn gut gelaunt an. »Und jetzt lass uns weiterreisen.«

Er stieg auf den Kutschbock und griff die Zügel. Dann wartete er, bis Toki seinen Beutel verstaut hatte, aufgestiegen war und sich neben ihn setzte.

»Los, Yggy, bring uns zu unserer Bestimmung.« Zu Toki fügte er hinzu: »Zur nächsten Taverne, ich hätte Lust auf einen guten Wein!«

Zum ersten Mal seit der verhängnisvollen Nacht musste Toki lachen. Während sich Yggy in Bewegung setzte, fing er an zu erzählen, was ihm widerfahren war.

Ischves Befreiung

Fogo und Fin besorgten sich nach einer erholsamen Nacht in der Taverne den Berechtigungsschein aus der Kaserne. Er wurde von einer Hauptmännin übergeben. Reben musste sich um dienstliche Angelegenheiten kümmern, teilte sie Fin mit. Falls sie ihn sprechen wollte, wäre er nachmittags wieder in seinem Amtsraum anzutreffen.

»*Dass Frauen bei der Armee höhere Ränge übernehmen dürfen, überrascht mich immer noch. Es gibt nicht viele Reiche, die so fortschrittlich sind*«, fing Fogo an, als sie sich verabschiedeten und Richtung Kirchplatz aufbrachen.

»Es gibt nicht viele, die Frauen überhaupt die Möglichkeit geben, Dienst für ihr Land abzuleisten, wenn sie wollen, Fogo. Das Patriarchat beherrscht großteils, noch immer, das nördliche Natlara. Leider! Es freut mich für die Menschen in Tangrintanien, dass sie so frei sein können.«

»*Auf jeden Fall besser als der nördliche Staatenbund, Osnil, Estren, Pasmotar, die Regenlande und Ebras. In Tadrium weiß man nicht so genau, wie es ist.*« Er kicherte. »*Wer kann schon unterscheiden, ob ein Zwerg männlich oder weiblich ist.*«

»Wirklich frei in ihren Entscheidungen sind nur die Menschen in Olorien, Belindin und Carane. Dort wird nach dem geschaut, was sie können, und nicht, wie sie geboren wurden. Oder welches Geschlecht sie haben. Wobei Estren und Pasmotar immerhin Frauen die Möglichkeit geben zu entscheiden, was sie machen wollen. Auch, wenn ich noch nicht gehört habe, dass sie, beispielsweise in der Armee, in Ränge aufgestiegen sind, die ihnen eine gewisse Befehlsgewalt geben. Tangrintanien reiht sich wohl gerade bei den drei Erstgenannten ein. Das imponiert mir.«

»*Alles ist besser als der Norden. Dort werden die Frauen einfach nur unterdrückt. In den Augen der Männer und Herrscher sind sie nichts wert. Wie Zuchtvieh!*«

»Das stimmt. Besser geht es den Männern dadurch sicher nicht. Und du siehst ja, was noch daraus resultiert. Nebran, Naskuria, Hubrug und das Land am Nordmeer sind arm, haben wenig Kultur und fast keine Künste. Ein lebenswertes Reich sieht anders aus. Musik entsteht, Entdeckungen werden gemacht, das Leben der Menschen wird reicher, angenehmer, bunter und fröhlicher.«

»*Du solltest Diplomatin werden und in die Politik gehen, Fin. Vielleicht kannst du das den Königen dort auch so schön erklären.*« Fogo lachte.

»Ich glaube nicht, dass die Herrscher des nördlichen Staatenbunds mit mir als Diplomatin lange freundlich wären. Du weißt doch, mit meiner direkten Art können nicht viele umgehen. Sie fühlen sich sofort beleidigt oder angegriffen. Dabei will ich einfach nur Zeit sparen. Möglicherweise würden sie mich einsperren wollen und dann müsste ich ausbrechen. Oder sie würden meine Direktheit als Anlass nehmen, einen Krieg zu beginnen.«

Etwas später erreichten sie den Kirchplatz von Irani. Wie üblich angereiht, standen die Altäre vor den Gebäuden. Fin fand sie besonders schön gestaltet und geschmückt. Der Weihstein des Feuergottes sah aus, als würde er brennen, so viele Kerzen und Fackeln leuchteten ihr entgegen. Und das am helllichten Tag! Die Wassergöttin bekam nicht nur die obligatorische Schale mit ihrem Element, sondern von oben plätscherte ein kleines Rinnsal den Altar entlang und verschwand in seinem Sockel.

»Hübsch angerichtet, nichts gegen die Haupttempel, aber schöner als manches, was wir schon gesehen haben«, merkte Fin an. Sie erfreute sich an künstlerischen Besonderheiten.

»*Ein paar alte Altäre halt.*« Fogo interessierte sich, im Gegensatz zu ihr, überhaupt nicht für Kunst.

»Du wieder! Ein wenig Kunstsinn würde auch dir gut stehen.«

»*Pah. Die Götter hören zu, wenn sie wollen. Wenn nicht, dann nicht. Egal, ob der Altar schön geschmückt ist oder ob es ein Stein am Feldrand ist.*«

»Das stimmt sicherlich, Fogo, aber die Kirchen buhlen um Anhänger. Diese erreichen sie auch durch Schönheit. Komm, lass uns bei den Oberhäuptern fragen, ob sie uns Informationen bezüglich eines Griffins geben können.«

Sie hielten sich den ganzen restlichen Tag in den Kirchengebäuden und bei den Äbten und Äbtissinnen auf, bekamen aber keine neuen Auskünfte. Dafür hatten sie ab sofort einen Schlafplatz in der Kirche des Feuers.

Finvara entschloss sich dazu, dem Abendmahl beizuwohnen, gleich danach schlafen zu gehen und früh morgens weiter nach Ischve zu suchen.

Tags drauf fingen sie an, die Stadt nach Ischve abzusuchen. Zunächst dachte Fin, dass es schnell gehen würde. Ein Griffin in einem Käfig fiel bestimmt auf. Die Menschen zerrissen sich gern das Mundwerk über alles, was nicht gewöhnlich war.

Leider stimmte die Annahme, dass sie schnell Ergebnisse erzielen würden, nicht. Mehrere Tage fragten sie sich quer durch die Tavernen und hatten höchstwahrscheinlich jeden einzelnen Soldaten und jede einzelne Soldatin in Irani befragt. So wie alle Bettler und Taugenichtse, derer sie habhaft werden konnten. Nichts! Nicht einmal eine Andeutung, dass irgendwo eine Feder eines Griffins gesehen worden war, geschweige denn eine ganze, lebende Kreatur. Auffällig kam ihnen nur die hohe Anzahl von Nordlingen in den Tavernen und Schänken vor.

»Was machen wir jetzt? Irgendeine Idee?« Fin fuhr sich mit der Hand durch die abrasierten Haare.

»*Keine Ahnung. Ich dachte nicht, dass ein großes Federvieh so schwer zu finden ist. Vielleicht ist Ischve gar nicht hier. War es nie* oder ist es nicht mehr.« Fogo lag erschöpft auf ihrer Schulter. »Wir könnten zu Reben gehen und ihn bitten, ebenfalls die Augen offen zu halten. Und wir brechen nach Tannberg auf, um wieder nach Yeban zu suchen.«

»Etwas anderes wird uns nicht übrig bleiben. Mir fällt auch nicht ein, was wir noch unternehmen sollen.« Enttäuschung machte sich in Finvara breit. »Lass uns zur Kaserne gehen und Reben aufsuchen.«

Sie durchkämmten gerade das Händler- und Handwerkerviertel, in dem Schmiede, Schreiner, Tischler, Drechsler, Schnitzer und Sattler die Straßen säumten. In der Straße der Gerber, Fleischer und Lederbearbeiter hatten sie früher am Tag gesucht und waren froh, als sie diese wieder verlassen konnten. Die Berufe brachten ihr spezielles, nicht besonders angenehmes Aroma mit sich.

Auf halbem Weg zur Kaserne, mitten in einem Wohnviertel, schreckte Fogo plötzlich hoch.

»… muss raus hier. Muss Finvara finden und ihr alles berichten. Verfluchten Gitter … Wenn ich nur wüsste, wie diese dreckigen Wegelagerer mich fangen konnten …«

»Fin! Ich habe Ischve gehört! Ich bin sicher! Das war ihre Stimme! Sie muss ganz in der Nähe sein!« Fogo war ganz aus dem Häuschen und flog aufgeregt um sie herum.

»Hier? Wir sind mitten in den Wohnvierteln der Stadt! Hat sich ein reicher Städter den Griffin gekauft, um ihn als Haustier zu halten?«

»Keine Ahnung, lass mich versuchen, mit ihr zu sprechen.«
»Ischve!«

Er lauschte, hörte aber nichts. Oder doch?

»Ischve! Hörst du mich? Ich bin's, Fogo, der Begleiter von Finvara. Wo bist du?«

»… Fogo? Ich bin in einem Käfig und kann mich nicht befreien. Ich weiß leider nicht, wo ich bin, und sehe um mich herum nur Käfigstangen und das Tuch, das darüber hängt. Aber ich konnte bei meinen Bewachern aufschnappen, dass ich unter der Kanalisation bin.«

»Das ist eine Angabe, mit der wir etwas anfangen können. Wir versuchen, zu dir zu kommen. Dann befreien wir dich!«

*»Danke! Ich bin schon so lange in diesem Käfig. Meine Flügel ...
ich kann sie nicht aufspannen. Der Käfig ist winzig. Als ob sie mich
foltern wollten. Bitte helft mir!«*

»Fin, sie ist in der Kanalisation!« Er flog immer noch aufgeregt um sie herum.

»Wir haben einen Plan! Die Kanalisation – das sollte zu lösen sein. Endlich bekommen wir unsere Antworten!«

Finvara erspähte eine Patrouille der Stadtwache und lief auf sie zu. »Hallo, Männer! Wisst ihr, wo der nächste Abstieg in die Kanalisation ist? Wir müssen uns dort unten umsehen.«

»Hallo, Elementarierin, seid ihr immer noch auf der Suche nach dem Griffin? Der nächste Einstieg ist gleich diese Gasse entlang und am Ende nach rechts. Braucht ihr unsere Hilfe?«

»Danke für das Angebot, im Moment nicht. Es reicht, wenn *wir* uns den guten Gerüchen aussetzen.«

Alle merkten regelrecht, obwohl Fogo keine große Mimik besaß, dass er nicht davon begeistert war.

Auf dem Weg in die Gasse meldete Fogo: *»Je weiter wir die
Gasse entlangrennen, desto schlechter verstehe ich Ischve. Sie muss
irgendwo hinter uns sein. Ich kann sie nur in einem kleinen Bereich
hören.«*

»Dann wissen wir ja, in welche Richtung wir laufen müssen. Gut gemacht, Fogo.«

Er hatte sich inzwischen wieder auf ihrer Schulter niedergelassen und schmiegte sich zufrieden an ihren Kopf.

Am Ende der Gasse stießen sie auf eine größere Straße und wandten sich nach rechts.

Nach ein paar Häusern führte eine Treppe nach unten zu einer mit Kette und Schloss verriegelten Tür.

»Verdammte Glut, das hätten wir uns ja denken können, dass der Eingang verschlossen ist. Wir haben keine Zeit. Kannst du dich darum kümmern, Fogo?«

*»Klar doch, endlich wieder was einschmelzen und anzünden! Das
habe ich vermisst.«*

Er schwebte zur Tür und blies eine Zeit lang einen Feuerstrahl auf das Schloss und die Kette. Das Metall glühte immer stärker auf und kleine Tränen tropften zu Boden.

Schlussendlich zerfloss ein Kettenglied und das Gehänge folgte den Tropfen.

Fogo rülpste ein paar abschließende Rauchkringel und sagte: »*Das war schön. Darf ich das öfter machen?*« Er grinste sie mit seiner Wolfsschnauze an.

»Du weißt, dass wir so wenig wie möglich zerstören wollen! Diesmal ging es leider nicht anders. Los, lass uns nachsehen. Und bitte keine Flammenstöße mehr. Nicht, dass es dort unten Gase gibt. Sonst explodieren wir.«

Damit trat sie vor die Tür und schob sie mit einem Stoß auf.

»Riecht auf jeden Fall nicht besonders gut.« Fin rümpfte die Nase.

Fogo tat es ihr gleich und sagte: »*Aber hilft ja nichts …*«

Sie betraten die Kanalisation und blickten sich um. Etwa unterhalb der Gasse, die sie vorher entlanggeeilt waren, zweigte ein Durchgang ab. Auf den hielten sie zu und betraten ihn. Fin konnte in dem kleinen Gang gerade noch stehen.

»Fogo, versuch mal, ob du Ischve wieder hören kannst.«

»*Ischve? Kannst du mich hören?*«

»*Fogo? Ja, ich höre dich, du warst wohl zu weit entfernt. Ich konnte dich nicht mehr hören. Du wurdest immer leiser.*«

»*Wir bewegen uns wieder auf dich zu. Sprich ab und zu mit mir, dann können wir austesten, wo du gefangen gehalten wirst.*«

Fogo und Fin untersuchten ein paar kleinere und größere Kanäle, um auszuloten, wo Ischve ungefähr sein konnte. In keinem der Kanäle war sie zu finden.

»Der Käfig muss doch zu sehen sein. Und irgendjemand wird sie doch bewachen. Was übersehen wir hier?« Fin blieb stehen und sah Fogo fragend an.

»*Keine Ahnung. Sie sagte, sie ist in der Kanalisation. Und wir wissen, dass sie ungefähr vor uns sein müsste. Ich frage sie erneut.*«

»*Ischve, siehst du noch etwas? Wir sind in der Kanalisation und du müsstest vor uns sein, aber wir sehen nichts außer Gänge.*«

»*Ich bin nicht IN der Kanalisation, ich bin UNTER ihr.*«

Fogo wandte sich an Fin. »*Sie sagt, sie ist unter der Kanalisation, nicht in ihr. Wie kann sie darunter sein? Hier geht's doch nicht weiter hinab.*«

»Erstarrte Lava! Ich habe nicht gesehen oder gespürt, dass es hier irgendwo tiefer in die Erde führt. Lass uns diesen Gang hier genauer ansehen und dann überlegen.«

Fin schritt den Kanalisationsabschnitt entlang. Einen der breiteren, die sie noch nicht durchsucht hatten. Auf beiden Seiten konnte sie gehen und in der Mitte floss der undefinierbare Dreck der Stadt als zähflüssige Masse entlang. Die Wand auf ihrer Seite bestand aus rohem, behauenem Felsen. An der Tür, durch die sie den Untergrund betreten hatten, hatte Fogo eine der Fackeln aus einer Halterung entzündet.

Etwa in der Mitte zwischen zwei Abzweigungen stieß sie auf ein kreisrundes Loch in der rechten Wand. Fin hielt verdutzt inne.

»Fogo, sieh mal. Hier hat jemand einen Durchgang in die Wand gebrochen. Und die Wände sind glatt wie ein Wasserigelfell!« Sie betastete den unnatürlich aussehenden Stein. »Wie haben die Tangrintanier das hinbekommen? So etwas habe ich bisher nur einmal gesehen. Erinnerst du dich an Cykila, diese Erdelementarierin? Wenn sie die Felsen formte, waren die danach auch so glatt. Aber sie lebt nicht hier … sie lebt in Tadrium im Erdtempel und war sicher noch nie in Tangrintanien.«

»*Mysteriös. Wie so vieles in Tangrintanien. Vielleicht haben sie sich einen Zauberer geleistet, der ihnen ein Loch in den Felsen gebohrt hat?*«

»Möglich, das wäre aber sehr teuer, findest du nicht? Und das für ein einfaches Loch tief unter der Erde?«, fand Fin. »Kannst du hineinfliegen und nachsehen, wo der Gang endet und was dort ist?«

»*Kann ich machen. Ischve ist irgendwo hier in der Nähe. Ich kann laut und klar mit ihr sprechen.*«

Fogo schwebte in den steil abfallenden, mannsgroßen, zweimal so breiten Tunnel.

»*Er macht gleich einen Knick nach links. Und fällt ständig nach unten ab. Jetzt geht's ziemlich lang geradeaus.*«

Einige Zeit später hörte Fin ihn erneut. »*Noch ein Knick, diesmal nach rechts. Und wieder weiter nach unten. Vor mir sehe ich Licht. Und die Wände des Tunnels bestehen jetzt aus zerklüftetem*

Felsen. Nur unten ist er weiterhin glatt. Er wird auch immer höher und breiter. Ich fliege weiter nach oben, dann sehe ich gleich, was vor mir liegt.«

Kurz darauf hörte sie: »Hier stehen zwei fies aussehende Hünen. Sehen aus wie Nordländer. Die halten Wache. Zum Glück schauen sie nicht nach oben und die Decke ist sehr zerklüftet. Ich kann mich hier verbergen und an ihnen vorbeischweben.«

Fin lauschte, was er ihr berichtete. Unmöglich war ihm zu antworten, da er sie nicht hören würde.

»Das glaubst du mir nie! Der Tunnel öffnet sich zu einer riesigen Höhle. An einem Ende fließt Wasser aus der Decke und stürzt in einen kleinen See. Dann fließt es über einen Bach durch die ganze Höhle und verschwindet in einem weiteren Tunnel. Es sind ungefähr so viele Krieger hier wie auf der Hochzeit, die wir in Iloyria besucht haben.«

Fogo konnte nur bis acht zählen. Die Anzahl seiner Krallen an den Vorderpfoten. Alles, was darüber hinausging, beschrieb er mit Personengruppen, die sie zusammen erlebt hatten.

»Ischves Käfig kann ich nicht sehen. Hier stehen viele Kisten und anderes herum. Bei einigen sieht man, dass sie aus Holz sind. Bei anderen sehe ich nur die Umrisse. Auf der anderen Seite steht ein schwarzer Block. Sieht wie ein Altar aus. So einen habe ich noch nie gesehen. Ein weiß gekleideter Mann unterhält sich mit fünf gerüsteten Männern. Sieht wie ein Priester aus. Ich glaub, das war's. Ich flieg zu dir zurück und wir können uns überlegen, was wir machen wollen.«

An Ischve gerichtet fragte er: »Wurdest du von Nordländern gefangen genommen? Ich kann den Käfig nicht sehen, aber hier sind sehr viele Menschen.«

»Ja, es waren ziemlich viele aus dem Norden, die mich hier heruntergebracht haben. Viel konnte ich nicht erkennen, da sie den Käfig sofort abdeckten. Ich kann das Tuch leider nicht herunterziehen. Es ist mit irgendetwas befestigt und um es zu zerreißen, ist es zu dick.«

Fogo spürte ihre Verzweiflung.

»Wir denken uns was aus und dann befreien wir dich. Kann aber einige Zeit dauern. So viele Krieger sind auch für Fin zu viel.«

Bei Finvara angekommen flatterte er unruhig um sie herum. »Was meinst du? Was wollen wir machen? Das sind sehr *viele Krieger und wir kommen nicht ungesehen in die Höhle. Ich habe keinen zweiten Ausgang gesehen. Es bleibt nur dieser Zugang.«*

»Lass uns erst einmal hier raus. Mir stinkt's langsam. Nicht nur die Kanalisation, auch diese Nordländer. Das ist wie in Xanthsik. Dort waren sie auch vertreten. Kannst du dich noch an die erinnern, die uns zu dieser ekligen Taverne gelotst hatten, wo wir den Brief fanden?«

»Klar kann ich mich daran erinnern. Auch wenn ich es nicht will. Der Gestank dort war so schlimm wie hier. Wenn nicht noch schlimmer.«

Fin und Fogo zogen sich durch die Tunnel der Kanalisation zurück und erreichten schlussendlich ihren Einstiegspunkt. Froh über die frische Luft atmeten beide tief durch.

»Wir gehen zur Kaserne und berichten Reben, was wir hier gefunden haben. Ich denke, es interessiert ihn, dass etwa siebzig Nordmänner unter seiner Stadt ein Lager eingerichtet haben Wir treffen uns am Eingang zum Haupthaus in der Kaserne.«

Sie lief los.

Da sie es sehr eilig hatte, griff sie auf ihre Schnelligkeit zurück und war innerhalb kürzester Zeit an der Kaserne angekommen. Fogo kam etwa gleichzeitig an. Er war allerdings einfach über die Dächer der Stadt hinweg geflogen. Zusammen betraten sie das Gebäude.

»… und dann sind wir auf schnellstem Weg hierhergeeilt. Ich dachte, ihr wärt sehr interessiert daran, was unter eurer Stadt vorgeht.« Sie hatte dem Oberst alles erzählt, was sie und Fogo entdeckt hatten. Der hatte gebannt und mit steinernem Blick der Erzählung gelauscht. Je mehr sie erklärte, desto unbewegter wurde sein Gesicht.

»Unter der Kanalisation befindet sich also eine große Höhle, die augenscheinlich nur von einem Weg aus zu erreichen ist. Dort haben sich etwa siebzig Nordmänner niedergelassen. Der Griffin, den ihr sucht, wird in ihr gefangen gehalten und zu allem Überfluss hält sich dort auch noch einer der weißen Priester auf!«

Reben hatte die wichtigen Informationen gut zusammenge-fasst.

»Dieses Pack macht mit gerüsteten Kriegern gemeinsame Sache. Ich wusste, warum ich ihnen untersagt habe, eine feste Andachtsstelle in Irani zu errichten!«, ereiferte er sich weiter. »In meiner Stadt gibt es nur eine bewaffnete Truppe. Und das ist meine! Wir werden die Höhle stürmen, ausräuchern und die Gefangenen verhören. Werdet ihr uns helfen? Dann könnt ihr den Griffin befreien.«

»Ich werde euch gerne unterstützen, Reben. Aber wir müs-sen gut planen. Es sind auch Nordländer in der Stadt unter-wegs. In Zivil. Wir wissen nicht, ob sie dazugehören und spio-nieren, oder ob sie einfach eigenständig ihren Geschäften nach-gehen. Sobald ihr eure Truppen aufmarschieren lasst, werden es die Feinde mitbekommen. Außer sie sind besonders blöd. Und das kann ich mir nicht vorstellen. Wie sie diesen Gang in den Felsen bekommen haben, ist mir nach wie vor ein Rätsel.«

»Da habt ihr recht. Die Truppen müssen Gruppe für Gruppe in die Kanalisation gebracht werden, an unterschiedli-chen Einstiegspunkten. Die Ausrüstung müssen wir vorher ir-gendwie dort lagern. Wir bewaffnen uns und schlagen zu!«

»Am besten wäre ein Angriff in der Nacht. Sie werden si-cher weiter Wachen aufgestellt haben, aber möglicherweise können wir sie überraschen. Das könnt ihr mir überlassen. Ich werde sie ausschalten und ihr könnt mit euren Soldaten nach-rücken. Wir müssen schnell und gezielt vorgehen.«

Reben überlegte. »Zweihundertfünfzig Männer und Frauen sollten ausreichen. Ein Bataillon mit Armbrüsten, ein Bataillon mit Schwert und Schild und fünfzig Streitkolbenträ-ger. Das Allerwichtigste ist, den Eingang einzunehmen. Wenn wir eine Übermacht in die Höhle bekommen, müssen sie sich ergeben. Wenn sie das verhindern können, müssen wir sie aus-hungern. Sonst werden sie uns abschießen wie verdammte Tau-ben, während wir in dem Tunnel feststecken! Und den Griffin würden sie möglicherweise töten. Lasst mich meine Offiziere zusammentrommeln und einen Plan ausarbeiten. Kommt heute Abend wieder in die Kaserne. Dann besprechen wir alles

Weitere. Heute Nacht schlagen wir zu und treiben dieses Pack aus meiner Stadt!«

Reben erhob sich, um alles in die Wege zu leiten.

Fin tat es ihm gleich und sagte zum Oberst: »Bis heute Abend, Reben. Ich bin sicher, ihr könnt einen guten Plan ausarbeiten, um der Gefahr Herr zu werden. Plant mich und Fogo als Türöffner für eure Truppen ein.«

Fogo, der inzwischen auf Fins Schulter saß, ereiferte sich beim Hinausgehen: »*He, ich will nicht kämpfen! Es war schon aufregend genug, die Höhle auszuspähen. Du bist fürs Köpfeeinschlagen zuständig. Ich kümmere mich um die Befragungen!*«

»Du bist wie immer etwas feige, ich weiß.« Fin grinste ihn an und kraulte ihn am Hals. »Lass uns essen, die Ausrüstung kontrollieren und uns überlegen, was wir mitnehmen. Ich habe das Gefühl, es wird eine lange Nacht.«

Abends fanden sich Fin und Fogo wieder in der Kaserne ein. Geschäftiges Treiben war auf dem Kasernenhof ausgebrochen. Bündel mit Ausrüstung wurden eingepackt, Schilde und Waffen auf Karren geladen. Zugedeckt verließen sie die Festung auf Eselskarren. Die Soldaten als Kutscher sahen wie einfache Händler aus. Einige Trupps in Zivil gekleidet verließen in kleineren und größeren Gruppen die Kaserne, um sich zu den ihnen zugewiesenen Treffpunkten zu begeben. Pferde standen aufgezäumt vor dem Stall.

»Es sieht so aus, als würde Reben auch eine Reiterstaffel in der Hinterhand behalten«, sagte Fin zu Fogo. »Das kann sicher nicht schaden, wenn etwas schiefgeht und wir schnell Unterstützung brauchen. Auch um in der Stadt für Ruhe zu sorgen, wenn sich noch irgendwo Nordmänner verschanzt halten, von denen wir nichts wissen.«

»*Ich bin gespannt, wie der Plan aussieht. Du bist ja der Rammbock, der das Tor öffnet. Du siehst übrigens gar nicht so stämmig und knorrig aus*«, feixte der Drache.

»Pfff, ich hoffe, ich kann die Wachen schnell erledigen und dann kümmern wir uns um Ischve. Aber lass uns zu Reben gehen. Er soll uns den Plan erläutern.«

Sie betraten das Hauptgebäude und suchten den Amtsraum des Obersts auf. Reben und vier weitere Personen befanden sich darin, aufgeregt über einer Karte der Kanalisation debattierend. Sie merkten nicht, dass Fin den Raum betrat.

Fin wartete und räusperte sich kurz darauf.

Reben blickte auf und wollte schon ansetzen, denjenigen zurechtzuweisen, der ihn unterbrochen hatte.

»Ich sagte, ich …« Er sah, dass es die Elementarierin war und änderte seinen Satz zu: »… gerade, dass wir uns freuen können, dass ihr uns unterstützt, Finvara. Ohne euch wüssten wir nicht, wie wir den Eingang so schnell einnehmen, dass unsere Truppen nachrücken können. Möglicherweise könnt ihr erklären, was ihr zu tun gedenkt? Dann stimmen wir unsere Pläne ab.«

»Gerne.« Sie nickte den anderen Personen im Raum zu. Es waren drei Männer und eine Frau. Alle im Rang eines Hauptmanns. »Mögt ihr mich kurz unterrichten, mit wem ich hier spreche?«

Reben zuckte zusammen und man erkannte, dass es ihm peinlich war, dass er das vergessen hatte.

»Sicher, verzeiht, Elementarierin. Die Frau zu meiner Rechten ist Hauptmännin Riggit, sie ist für das Bataillon Armbrustschützen zuständig. Der Mann neben ihr ist Hauptmann Emil, zuständig für die einhundert Schwertkämpfer. Zu meiner Linken habt ihr Hauptmann Fusch und Hauptmann Felit. Ersterer wird unsere Männer und Frauen mit Morgensternen und der zweite die Reiterstaffel befehligen.«

Riggit und Fusch sahen aus, als würden sie Bäume ausreißen, statt sie zu fällen. Die Rüstungen, in denen sie steckten, verstärkten das Bild. Emil hingegen war ein kleiner, schmächtiger Mann mit pockennarbigem Gesicht.

»*Felit sieht aus, als hätte er einen Stock im Arsch*«, hörte sie Fogo kichern. Fin musste sich zusammenreißen, damit sie nicht anfing zu lachen. Ab und zu brachte er einen unangemessenen Kommentar zu ungünstiger Zeit.

»Freut mich, Hauptmännin und Hauptmänner.« Fin trat an den Arbeitstisch und sah sich die Karte an, die darauf lag. »Ich sehe, ihr habt anhand von Fogos Beschreibung einen Lageplan erstellt. Leider sind die Abmessungen nur ungefähr. Darauf müsst ihr euch einstellen. Nun zu meiner Überlegung bezüglich des Eingangs. Fogo wird sich, wie beim ersten Mal, hineinschleichen. Sobald er hinter den Wachen ist, kann er sie auf sich aufmerksam machen und ich werde den Gang entlangstürmen und sie so schnell wie möglich ausschalten. Ich gehe davon aus, dass die kurze Ablenkung ausreichend ist, um sie zu erreichen, ohne dass sie Alarm schlagen können. Sobald ich losgerannt bin, könnt ihr eure Truppen in Bewegung setzen.«

»Kommt ihr mit zwei oder mehr Gegnern zurecht?«, wandte sich Riggit an sie.

»Das werden wir sehen, wenn ich anfange. Bis jetzt haben mich meine Schwerter noch nie im Stich gelassen.« Fin tätschelte die beiden Griffe, die aus den Scheiden am Gürtel hervorragten. »Nur wenn es mehr als vier sind, könnte es brenzlig werden.«

Riggit blickte sie zweifelnd an, ließ aber hören: »Dann werden wir euch vertrauen müssen.«

Reben erläuterte Fin und Fogo den restlichen Plan. »… und Felit wird sich zur Verfügung halten, falls wir schnell weitere Unterstützung brauchen. Oder wenn in der Stadt an einem anderen Ort noch mehr Nordmänner Unterschlupf gefunden haben und wir diese überwältigen müssen. Er wird außerdem, wenn wir loslegen – das ist Mitternacht –, Reiterboten zu den Eingängen der Kanalisation schicken, durch die wir eindringen. Dann können wir schneller Hilfe holen lassen, als wenn jemand den Weg laufen müsste. Ab dem Zeitpunkt, an dem es losgeht, ist es auch egal, wie viel Lärm wir machen.« Er sah Fin direkt an. »Was haltet ihr von unserem Plan? Ich habe gehört, ihr habt eine sehr gute militärische Ausbildung genossen.«

»Aus meiner Sicht habt ihr vorzüglich geplant«, teilte sie ihm und den anderen mit. »Was sich ab Mitternacht ergibt, werden wir sehen. Ihr wisst ja, ein Plan ist so lange gut, bis der erste Schwertstreich fällt. Ab dann kommt es auf die Fähigkeiten der Soldaten und vor allem der Offiziere an. Es sieht mir allerdings so aus, als wären diese fähig.«

»Damit wäre alles geklärt«, schloss Reben die Versammlung. »Ihr wisst, was zu tun ist. Wir treffen uns später an den Versammlungspunkten.«

Seine Untergebenen verließen den Raum. Fin und Fogo schlossen sich ihnen an.

Wieder im Freien fing der Drache an: »*Das Wappen von Tangrintanien ist auch eindeutig zuzuordnen, wie mir scheint. Tannengrüner Hintergrund mit weißen und grauen Streifen. Ich nehme an: Weiß für den Schnee und Grau für die Berge? So trostlos wie die Landschaft in den Regenbergen war.*«

»Auch in Weiß und Grau liegt Schönheit, Fogo. Mir haben die Regenberge gut gefallen. Vor allem der erste Blick auf Tangrintanien war bezaubernd. Vielleicht würdest du den Sommer hier großartig finden. Es dürfte ganz sicher genügend zu fressen geben.«

»*Der Laich und die Insekten sind tatsächlich sehr lecker. Ich freu mich schon, wenn wir weiterziehen. Zusammen mit Ischve.*«

»Das wäre gut. Schau, Fogo, Irani hat anscheinend gespaltene Baumstämme als Erkennungszeichen auf dem Wappen. Hier stehen ein paar Schilde. Vielleicht wird hier besonders viel Holz verarbeitet oder geschlagen«, schlussfolgerte Fin für sich. »Und jetzt lass uns zum Sammelplatz aufbrechen. Ich will meine Kraft aufsparen für den Kampf. Unbegrenzt schneller als andere kann ich nicht sein, wie du weißt, und allzu lange konnte ich nicht ausruhen.«

Kurz vor Mitternacht standen Fin, Fogo, Reben und die Hauptmänner sowie die Hauptmännin vor dem großen Tunnel in der Kanalisation. Aus dem runden Gang, der in die Höhle mündete, drangen keinerlei Geräusche zu ihnen.

»Es sieht so aus, als wäre unser Plan aufgegangen«, erstattete Emil den anderen zackig Bericht. »Alle Eingänge zur Kanalisation, die in der Nähe liegen, sind gesichert. Unsere Leute stehen in den Gängen bereit, um hinter der Elementarierin die Höhle zu stürmen. Jetzt kann kein Nordländer mehr an uns vorbei und die Feinde in der Höhle warnen.«

»Gut gemacht, Männer und Frauen«, gratulierte Reben. Er hatte sich eine leichte Rüstung sowie einen Streitkolben und ein Schild für den Kampf angelegt, genauso wie die anderen Offiziere.

»Glaubst du, die beiden Riesen passen durch den Tunnel? Ich glaube, die bleiben darin stecken wie ein Korken in der Flasche.« Fogo war wieder in seinem Element. *»Wir müssen aufpassen. Wenn sie festsitzen, können wir uns nicht zurückziehen! Wir könnten sie auch vorausschicken und wenn sie stecken bleiben, dann schießen wir an ihnen vorbei auf den Feind.«*

Fin wollte nichts erwidern, da die anderen ihre Antwort mitbekommen hätten. Er hatte sie zum Kichern gebracht. Um es zu überspielen, fragte sie: »Sind alle bereit? Sollen Fogo und ich loslegen?«

Reben blickte seine Untergebenen an. Die nickten der Reihe nach bestätigend.

»Wir können. Bitte fangt an, Finvara.«

»Los, Fogo. Flieg durch den Tunnel. Wo der Gang sich nach rechts wendet, werde ich warten, bis du die Wachen ablenkst. Mach dich bemerkbar! Dann renne ich los.«

»Okay. Ich hoffe, es sind nicht mehr von ihnen da als das erste Mal. Ich werde ihnen einheizen!«

Sie zog ihre beiden Dunkelstahlschwerter und schlich leise hinter Fogo her. Als Rüstung trug sie, wie immer, ihr Kettenhemd aus dem gleichen Material, ein gepolstertes Hemd und gepolsterte Hosen darunter. Außerdem hatte sie sich ihre Schlangenschuppenhandschuhe angelegt. Diese bestanden aus vielen – sehr vielen – kleinen Schuppen der großen Wasserschlangen, die in der Bucht von Olo hausten. Sie schwammen nur einmal im Jahr für die Paarung in die Nähe der Strände. Nur dann war es möglich, sie zu fangen. Die harten, aber doch biegsamen Schuppen waren für Handschuhe dementsprechend begehrt. Ihre Hände schützte sie damit hervorragend vor leichten Hieben von Stichwaffen.

An der Rechtskurve hielten sie an und Fin flüsterte Fogo zu: »Bist du bereit?« Der bewegte den Kopf auf und ab als Nicken. »Lass uns beginnen.«

»*Alles klar, du wirst gleich von mir hören. Aber kämpfen werde ich nicht! Das darfst du machen. Ablenken ist genug.*«

»Das reicht mir. Lass uns beginnen!« Diesmal sagte sie es mit mehr Nachdruck.

Fogo flog ums Eck, und über die zerfurchte Decke gelangte er schließlich wieder in die Höhle. »*Es sind zwei Wachen! Kommen mir allerdings noch größer vor als die letzten beiden. Sie tragen jeweils ein großes Holzschild und ein sehr langes Schwert. Sie halten sich beide links und rechts vom Ausgang auf. Und jetzt geht's los!*«

Fin wartete nicht, bis sie hörte, was er veranstaltete, sondern beschleunigte und rannte um die Ecke auf den Ausgang zu.

Sekunden später erreichte sie ihn und schoss hindurch nach rechts. Blitzschnell nahm sie wahr, dass Fogo dem auf ihrer rechten Seite eine Stichflamme hinters Schild gespien hatte und damit das Holz und etwas am Arm des Mannes entzündete. Der versuchte das Schild vom Arm zu streifen, um die Flamme zu löschen. Die andere Wache starrte verdutzt den kleinen Drachen an, der sich nach oben entfernte.

»Hved ar dat for mogat?«, hörte sie ihn fragen.

Eine Antwort würde er nie bekommen. Sie schlug ihm mit der rechten Klinge den Kopf ab. Von ihrem Schwung ließ sie sich zum zweiten Krieger herumtragen. Der hatte gerade – aus seiner Sicht glücklich – das Schild vom Arm gezogen und versuchte, die Flamme zu löschen. Er sah in ihre Richtung, als er Geräusche hörte, wurde aber gleich von beiden Schwertern in der Brust durchbohrt. Hinter ihr landete der behelmte Kopf mit einem metallenen »Pling« am Boden. Der Körper des Hünen folgte nicht viel später mit einem lauteren Geräusch. Der andere hing aufgespießt auf den Schwertern, die Arme schlaff zu Boden hängend, der Kopf fiel ihr entgegen. Sie hatte sein Herz getroffen. Sich gegen den Körper stemmend, der sie fast zu Boden drückte, zog sie an den Schwertern und ließ den Feind an sich herabrutschen. Blut sprudelte aus den Stichwunden auf ihre Rüstung. Etwas spritzte ihr ins Gesicht.

»*Sie haben mitbekommen, dass am Eingang etwas nicht stimmt. Sieht nicht so aus, als hätten sie tief und fest geschlafen*«, meldete sich Fogo von seinem Platz über dem Durchgang. »*Sie sind sehr fix auf den Beinen.*«

»Vi ar umdar emgrab, grib til veban!«, schalte aus dem Lager herüber. »Skel for hamda, I humda, dat ar alanemtelistan!«

Hinter Fin drängten sich inzwischen die Soldaten aus Irani durch den Eingang und sie machte ihnen Platz, indem sie sich weiter in die fackelerhellte Höhle hineinbewegte. Aus Fogos Sicht sah es aus, als würden grün und grau glänzende Tropfen aus einem Loch tröpfeln. Langsam entstand aus den einzelnen Tropfen eine größer werdende Pfütze. Leider waren sie zu langsam.

Fin bemerkte, dass inzwischen eine Kompanie Schwertkämpfer und eine Kompanie Armbrustschützen Aufstellung bezogen hatten und langsam vorrückten. Die Nordländer stürmten heran und hatten fast die Holzbalken erreicht, die als Brücke über dem kleinen Bach lagen. Einige Krieger mehr, als ihnen Soldaten entgegenstapften. Vor allem waren sie viel schneller als diese.

Fin drehte sich zu den Leutnants um und rief: »Bringt eure Soldaten dazu, schneller zu laufen, sie müssen die Brücke vor den Feinden erreichen! Wenn wir sie zuerst erreichen und sichern, dann wird es einfacher.«

Fogo fungierte inzwischen als fliegende Aufklärung.

»*Fin!*«, schrie er ihr aufgeregt zu. »*Da hinten links sind drei Käfige, in denen Wyvern eingesperrt sind. Die waren vom Eingang aus nicht zu sehen. Ein paar der Nordländer machen sich gerade dahin auf.*«

Kurz darauf hörte sie ihn erneut. »*Das sind keine kleinen Kreaturen mehr. Das sind ausgewachsene mit Stacheln am Schwanzende! Zwei sind so groß wie Pferde und eine hat Ponygröße! Wenn sie die freilassen, dann möge Lutum die Soldaten schützen!*«

»Wo ist der Priester? Und was ist mit Ischve?«, schrie sie zu Fogo hinauf.

»*Ein weiß Gewandeter ist auf dem Weg zum Altar und das Lager auf der rechten Seite ist noch verlassen. Bisher bewegt sich keiner dahin.*«

Fin überlegte, was sie als Erstes unternehmen sollte.

›Möglichkeit eins: Hier warten und die Offiziere unterstützen. Möglichkeit zwei: Den Soldaten helfen, die Brücke einzunehmen. Drittens: Verhindern, dass die Wyvern freikommen, aber so blöd werden die Nordsoldaten ja nicht sein. Die sind auch eine Gefahr für sie selbst. Und viertens: Den Priester ergreifen.‹

Sie entschied sich für Möglichkeit zwei. Die Offiziere würden das selbst hinbekommen. Die Nordlinge würden nicht so dumm sein, und den Priester schätzte sie nicht gefährlich ein.

Gut fünfundzwanzig Feinde würden in einigen Augenblicken die Brücke erreicht haben. Die Soldaten schafften es nicht als Erstes. Immerhin hatten die Armbrustschützen inzwischen links des Tunnels Aufstellung bezogen und legten an, um auf ihre Gegner zu schießen. Die Sicht auf die Brücke wurde allerdings von den eigenen Kameraden verdeckt.

Finvara packte fest entschlossen ihre Schwerter und rannte los. Als der erste gerüstete Krieger die Bohlen über den Bach berührte, war sie knapp hinter den Soldaten. Die Brücke bog sich unter dem Gewicht der Menschen in der Mitte nach unten.

Fin war auf Höhe der Schwertkämpfer. Der erste Feind berührte den Boden auf ihrer Seite. Fin rammte demjenigen die Schulter gegen die Brust. Überrascht strauchelte er, brachte die Nachfolgenden aus dem Tritt und stürzte ins Wasser. Fin ließ den nach Gleichgewicht Suchenden keine Chance. Ihre Hiebe prasselten auf sie ein und zerfetzten die ledernen Rüstungen. Ein Arm, am Ellbogen abgetrennt, folgte dem ersten Feind ins Wasser, sowie ein halber Helm mit einer undefinierten, matschigen, haarigen Masse, dazu ein halbes Ohr. Ein paar Körper, mit weniger Gliedmaßen, folgten.

Entsetzt wichen die feindlichen Männer vor ihrer Schnelligkeit und augenscheinlichen Blutrünstigkeit zurück. Dabei behinderten sich die nach vorne Drängenden und nach hinten Wankenden gegenseitig.

»FIN!« Fogo schrie ihr wieder zu, ängstlich diesmal. »Die haben einen Tierbesänftiger dabei. Und die Wyvernkäfige geöffnet!«

Besorgt bremste sie ab und wich vor der wogenden Nordlingmasse zurück. Die Soldaten waren inzwischen hinter ihr angekommen. Fin schlüpfte an ihnen vorbei und überließ ihnen die Schlacht um die improvisierte Brücke.

»Rechts beim Warenlager sammeln sich auch einige der übelriechenden Gesellen. Sie legen eine neue Brücke, damit sie die Schwertkämpfer von der Seite angreifen können.«

Fogo war ein ausgezeichneter Späher.

Zurück Richtung Eingang hastend schrie sie Emil entgegen, der inzwischen die Höhle betreten hatte:»Rechts sammeln sich noch mehr. Sie wollen euch von der Seite überraschen.« Riggit sah sie noch nicht. Deswegen rannte sie direkt zu den Armbrustschützen, die das gegenüberliegende, linksseitige Ufer mit Bolzen spickten und schon ein paar Feinde zu Boden befördert hatten.

»Leutnants, auf die Wyvern! Schießt auf die Wyvern!« Sie erkannte, wie einige der Schützen ungläubig die Kreaturen anstarrten. Einem davon entwand sie kurzerhand die Armbrust, nahm noch ein paar Bolzen aus seinem Köcher, lud die Waffe durch und legte auf den Wyvern an, der gerade über den Bach zu ihnen flatterte.

Der erste Bolzen durchschlug den Flügel, hinterließ aber nur ein Loch darin, welches die Kreatur nicht einmal bemerkte.

Einige Sekunden später hatte Fin nachgeladen und nahm sie wieder ins Ziel. Diesmal flog der Bolzen besser und blieb in dem baumdicken Schlangenleib stecken. Fin fluchte und lud noch einmal nach. Die Leutnants hatten ihre Männer und Frauen inzwischen unter Kontrolle und mit Finvaras nächstem Schuss flogen etliche weitere Bolzen auf die Schlange zu. Fins Schuss durchschlug das rechte Auge, trat am Hinterkopf aus und blieb stecken. Aufbäumend taumelte die Kreatur zu Boden und blieb dort reglos liegen. Von Armbrustbolzen regelrecht gespickt.

»Nachladen, erste Reihe! Zweite Reihe, schießen!«

»Erschießt das Vieh!«

Schrill drangen ihr unterschiedliche Befehle, manche angstgeschwängert, entgegen.

Von weiter weg hörte sie: »Werft die Nordlinge von der Brücke!«, »Verdammt, schneller Männer, nach RECHTS zur zweiten Brücke! Und lasst Platz für die Schützen!«, »Zieht sie aus dem Wasser!«, »Zündet mehr Fackeln an, wir brauchen besseres Licht!«, »Grundel, NEEEEIN!«. Und unendlich viele weitere Schreie, Schlaggeräusche – schmatzend, metallisch, saugend, matschend –, Schmerzenslaute, Gebete, Flüche, Anfeuerungsrufe und Verspottungen.

»Verteilen! Verteil… ahhgg!« Das kam vom Höhlenrand links von ihr. Der zweite große Wyvern hatte dort die Armbrustschützen erreicht und metzelte diese mit seinem stachelbewehrten Schwanz sowie armlangen Fangzähnen nieder. Fin konnte ihnen nicht helfen, sie musste den Tierbesänftiger finden und ausschalten. Dann würden sich die Wyvern vielleicht auch gegen die Nordländer selbst richten.

›Wie auch immer sie die Kreaturen hier hineinbekommen haben‹, grübelte sie.

»*Fin, der Priester. Er macht irgendetwas. Ich kann es nicht genau erkennen. Eine Felswand erhebt sich vor ihm langsam vom Boden in die Luft. Er hat seine Arme auf dem Altar abgestützt.*«

Fogo klang ungläubig.

›Keine Zeit mich darum zu kümmern, ich muss über den Bach!‹

Sie beschleunigte, sauste unter dem letzten Wyvern hindurch, wich knapp der Stachelkeule aus und sprang vom Rand des Wassers ab. Wie ein Pfeil schnellte sie darüber weg und schaffte es gerade noch, am anderen Ende aufzukommen. Kurz wankend suchte sie ihr Gleichgewicht und wandte sich dem Zeltlager zu. Der Tierbesänftiger stand vor den geöffneten Käfigen und pfiff den Wyvern zu. Er hatte sie entdeckt und musste aufhören, den Kreaturen Anweisungen zu geben, um sich zu verteidigen. Zwei lange Messer steckten im Gürtel, die er nun zog. Die Farbe ähnelte der von Fins Schwertern. Ausgerüstet war der Mann mit Lederrüstung und Helm mit Nackenschutz. Er war nicht besonders groß und nicht gut gebaut. Möglicherweise dafür wendig, nahm sie an. Der Feind grinste sie im flackernden Feuerschein an. Einige Zähne fehlten ihm. Er hob die Waffen. »Kon mu, kallimg, nime soda borm vil heva mogat et spisa!«

Fin verstand nicht viel, aber dass er sie Schlampe genannt hatte, das wusste sie, und dass es ums Fressen ging. Langsamer werdend ging sie auf ihn zu. Die Schwerter vor sich in Abwehrstellung haltend. Der Besänftiger hieb mit rechts auf sie ein, ihre Reflexe testend. Sie wich ihm aus und schlug ihrerseits von rechts zu. Mit dem Messer fälschte er ihr Schwert ab.

›Tatsächlich Dunkelstahl‹, wunderte sie sich. ›Wie kommt der Nordling an so eine teure Waffe?‹

Der Feind zog sich langsam zwischen die Käfige zurück, immer noch grinsend. Fin folgte ihm genauso schnell und vorsichtig. Ihr Instinkt sagte ihr, dass etwas faul war. Sie stand nun in einem Gang aus Kisten. Leere Käfige auf der linken Seite. Rechts waren abgedeckte Rechtecke zu sehen – was auch immer darunter verborgen lag.

Der Mann war fast an der rauen Felswand angekommen, grinste sie aber immer noch böse an. Dann pfiff er drei kreischende Laute. Die Nackenhaare stellten sich ihr bei dem grausigen Geräusch auf.

»*Hinter dir, Fin! WÜSTENFÜCHSE!*« Fogo kreischte ihr ängstlich zu.

Sie wirbelte herum und ließ sich gegen den Wyvernkäfig fallen, um den wolfsgroßen, sandfarbenen Wüstenfüchsen zu entgehen. Diese hatten sich lautlos aus Richtung der zugedeckten Kisten angeschlichen und zwei sprangen zubeißend knapp an ihr vorbei. Der Tierbesänftiger hatte sie in eine Falle gelockt.

Fin versuchte, sich schnell wieder aufzurichten und stand wankend da. Das Schwert in der rechten Hand hatte sie fallen lassen. Die gleiche Seite, mit der sie gegen die Gitter geknallt war, schmerzte stark. Ein weiterer Fuchs sprang sie an und wurde von ihrer zweiten Waffe in der Mitte entzweit. Blut und anderes spritzte auf sie. Erneut bekam sie eine Gänsehaut im Nacken. Diesmal war sie nicht schnell genug. Einer der Wüstenfüchse sprang sie von hinten an und brachte sie erneut zum Stolpern und Stürzen. Glück im Unglück, da sie sich so abrollen konnte, um ihn von ihrem Rücken zu befördern. Er flog in hohem Bogen über sie hinweg. Am Boden liegend drehte sie sich um und hielt ihr Schwert vor sich. Ein weiterer Fuchs war hinterhergesprungen und spießte sich jetzt auf ihrer Waffe auf. Die Lefzen geifernd nach oben gezogen. Sein Gebiss schlug knapp vor ihr aufeinander. Sie versuchte, die schwere Masse von sich wegzuschieben, konnte aber nur gerade noch erreichen, dass der beißende Kopf nicht näher herankam. Speichel flog ihr ins Gesicht.

Aus den Augenwinkeln bemerkte sie, wie zwei weitere Wüstenfüchse zum Sprung ansetzen. Sie katapultierten sich hoch ... und wurden aus der Luft gewischt, von einem Griffin, der sich von der Seite auf die Tiere stürzte und dem einen Fuchs die Seite mit den Krallen aufriss. In einem großen Knäuel aus Fell und Federn gingen sie zu Boden.

»Ich konnte Ischve befreien«, hörte sie Fogo glücklich. *»Sie wird uns helfen.«*

Froh über die Hilfe, die gerade noch rechtzeitig kam, kümmerte Fin sich wieder um die Bestie vor ihr auf dem Schwert. Die Bewegungen der Kreatur erlahmten langsam und sie rollte sie auf die Seite weg. Sie zog die Waffe aus dem Körper und sah den Lebensfunken anschließend ganz erlöschen. Fin blickte sich um. Ischve hatte sich inzwischen des zweiten Wüstenfuchses mit einem Genickbiss entledigt und sprang wieder in die Luft.

Der Tierbesänftiger grinste nicht mehr, sondern starrte sie mit angstgeweiteten Augen an.

›Ich muss wie ein Dämon aus den drei Höllen aussehen‹, dachte Fin. Zumindest fühlte sich ihr Gesicht und alles, was sie gerade spüren konnte, so an. Klebrig, schleimig, triefend, stinkend.

Sie schritt auf den Feind zu. Der drückte sich mit dem Rücken an die Felswand. Beide Waffen wieder in der Hand, sah sie, wie sich sein Gesicht vor Entsetzen verzog. Dann sank er auf die Knie und zog eines seiner Messer über seine Kehle. Röchelnd kippte er zur Seite weg. Dem Herzschlag folgend, zuckte er noch ein paar Mal und lag in einer größer werdenden Blutlache still am Boden.

Erstaunt, erschöpft und verwirrt blickte Fin sich um. Fogo über ihr, Ischve neben ihm.

»Wir haben sie besiegt. Es lebt keiner mehr«, teilte Fogo ihr mit. »Als nur noch ein paar von den Nordlingen auf den Beinen waren, haben sie sich selbst gerichtet. Vielleicht wollten sie niemanden zurücklassen, der Informationen preisgeben kann. Der Priester hat sich hinter einer Steinmauer verschanzt. Sie reicht vom Boden bis zur Decke. Der ganze Altarbereich ist weg. Die Oberfläche sieht genauso glatt aus wie die Tunnelwände.«

»Danke, Fogo, und danke, Ischve«, sagte Fin, steckte die Waffen ins Gehänge und ging erschöpft Richtung Tunneleingang, um sich von Reben und den anderen Offizieren alles berichten zu lassen, was zwischenzeitlich passiert war.

Entspannung

»… und dann habt ihr mich geweckt, Herr. Entschuldigt … entschuldige, Uthr.«

»Gerade noch gefangen, Junge!« Der Händler hatte geduldig zugehört und ließ Toki seine Geschichte erzählen. Der hatte wenig weggelassen. Nur das Zauberpulver erwähnte er nicht. Gleichfalls hatte er verschwiegen, wie viel Geld er mit sich führte. Uthr war nett, freundlich und zuvorkommend, aber Toki wollte nicht zu vertrauensselig sein.

Inzwischen hatten sie das kleine Dorf durchquert, das er als ursprüngliches, erstes Ziel auserkoren hatte. In der kleinen Taverne hielten sie nicht an. Beiden war das ganz recht. Toki, weil er so schnell wie möglich nach Tannberg wollte. Uthr, weil er gebannt Tokis Geschichte gelauscht hatte.

Die Sonne stand nicht mehr am höchsten Punkt, als sie eine Rast für die Mittagspause einlegten. Wie ausgemacht teilten sie ihr Essen – zumindest wollte Toki teilen. Erstaunt sah er zunächst zu, wie Uthr seine Lebensmittel auspackte. Eine große Auswahl an Wurzelgemüse, gefolgt von unterschiedlichen Broten, sowie Hart- und Weichkäsen. Einige Stangen Salami – verschiedene Sorten – und andere Würste. Einen kleinen eingepackten Schinken und ein Fass mit Pökelfleisch zog er unter dem Wagen hervor. Dort war eine Platte angebracht, auf der noch einige weitere Fässchen lagerten. Uthr überlegte kurz und griff sich anschließend zwei weitere. Eines enthielt Butter und das andere Honig.

Unschlüssig stand Toki mit seinem Beutel daneben und setzte gerade an auszupacken, als Uthr ihn augenzwinkernd unterbrach. »Heb dein Essen für später auf, Junge. Ich glaube, das, was wir hier haben, sollte uns beide satt machen. Außer du hast etwas Verderbliches dabei, dann leg es dazu.« Der Mann stutzte und holte, sich an die Stirn greifend, tief Luft. »Die Getränke, wir haben die Getränke vergessen! Wie konnte mir das passieren.« Erneut griff er unter den Wagen und holte zwei weitere Fässchen hervor. »Hättest du lieber weißen oder roten Wein?« Er strahlte Toki an. »Ohne eine gute Rebe schmeckt das Essen nur halb so köstlich.«

»Ähmm … den Roten?« Toki hatte keine Ahnung, welcher Wein ihm schmecken würde und welcher passte. Er trank lieber Bier.

»Gute Wahl, Junge. Der passt besser zu dem Fleisch. Ich lass uns den Weißen trotzdem hier stehen, falls wir ihn auch noch versuchen wollen.«

»Du hast einiges zu essen dabei.« Toki wunderte sich immer noch über die Vielfalt. »So viel Unterschiedliches und so eine Menge haben wir nicht einmal zu Hause!«

Uthr lachte laut auf. »Wenn ich auf Reisen bin, dann möchte ich nicht auf die kleinen Annehmlichkeiten des Lebens verzichten. Egal wie das Wetter ist, Schnee, Regen und Nebel machen mir nichts aus, solange ich etwas gutes Essen kann.« Er zwinkerte ihm zu. »An deiner Stelle würde ich das auch so machen. Du hast ja eine große Reise vor dir. Aber jetzt … lass uns anfangen, ich bin hungrig. Greif zu.«

Damit ließ er sich neben dem Wagen auf die Leinendecke nieder und griff beherzt nach den Lebensmitteln. Toki tat es ihm gleich. Uthr hieß ihn, er solle diese Würste und jenes Gemüse zu unterschiedlichen Broten essen. Alles, was er empfahl, schmeckte herausragend gut. Im Mund fügten sich, aus unterschiedlichen Geschmacksnoten, Symphonien zusammen, die einer Geschmacksexplosion gleichkamen.

Wie Uthr prophezeit hatte, passte der Rotwein hervorragend zum Mahl. Sie versuchten probeweise den Weißen, und auch davon waren sie angetan.

Nachdem beide satt waren, packte der Bärtige alles wieder auf und unter den Wagen. »Jetzt muss ich mich noch erleichtern und anschließend können wir weiter. Heute Abend können wir im nächsten Dorf halten und uns ein Zimmer für die Nacht nehmen. Mit einem weichen, warmen Bett. Was hältst du davon? Oder magst du lieber nicht in einer Siedlung gesehen werden? Nach deiner Geschichte …«

»Ein Zimmer in einer Taverne ist okay für mich. Ich werde mir wieder die Hand verbinden, dann sieht keiner die grauen Finger und niemand wird sich aufregen.«

Uthr nickte und machte sich auf, einen Baum zu suchen. Toki tat es ihm gleich. Er fühlte sich leicht und frei. Alles Übel war weit weggerückt. Pfeifend ging er zurück zum Wagen und schwang sich auf den Kutschbock. Die geprellte Hüfte kümmerte ihn nicht mehr, genauso wenig die grauen Stellen am Körper.

»So ein gutes Essen hat schon was, nicht wahr, Junge?« Uthr saß mit den Zügeln in der Hand schon oben und gab Yggy die Anweisung weiterzulaufen.

Langsam und gleichmäßig setzten sie sich in Bewegung.

»Jetzt erzähl mir aber, warum du dir solche Sorgen wegen deinen Fingern machst«, bat Uthr neugierig.

»Weil sie so unnatürlich aussehen. Ich fühle mich wie ein Aussätziger. Alle anderen haben eine normale Hautfarbe. So wie du.«

Uthr zog wieder einmal die Augenbraue nach oben. »Was ist denn eine ›normale‹ Hautfarbe? Ich habe schon viele Reiche bereist, in denen Könige und Königinnen herrschten, Kaiser und Kaiserinnen regierten. Einige wurden von einem Senat geführt und andere hatten eine rein bürgerliche Verwaltung. Was glaubst du, wie viele Hautfarben habe ich schon gesehen?« Er wartete.

Toki fühlte sich überfordert und überlegte, was er schon alles gesehen hatte. »Drei? Möglicherweise …?«

Damit brachte er Uthr schallend zum Lachen. »Du bist gut, Junge. Ich kann mich gar nicht mehr an alle Farben erinnern.

Aber ich kann dir sagen, es sind mehr als drei. Ich würde sogar sagen, es sind mehr als dreißig! Alles, was du dir vorstellen kannst. Schwarz, Braun, Olivgrün, Rot, Weiß, Gelb, Orange und das in allen Schattierungen. Die Natur hat sich bei allem etwas gedacht.« Sein Lachen verstummte und verbittert fuhr er fort: »Leider bewerten die Menschen alles, was sie nicht kennen, und oft bewerten sie es nicht zum Guten. Wie bei dir.« Er überlegte kurz und fragte: »Hat sich etwas geändert außer die Farbe?«

Wieder wartete er auf eine Antwort. Toki überlegte, was er ihm darauf erwidern sollte.

»Eigentlich nicht. Es fühlt sich so an wie immer. Wenn ich mich steche, tut es weh, wenn ich mich zwicke, fühle ich das. Genauso, wenn ich ganz sanft über die Haut streiche. Ich kann auch alles normal bewegen.«

»Dann bist du glücklicher als einige Menschen auf der Welt. Diejenigen, die sich nicht bewegen können, die, die nichts fühlen. Die wirklich eine Krankheit haben, die sie beeinträchtigt. Und glaube mir, viele von ihnen würden sofort mit dir tauschen.«

»Aber was ist es, was ich habe? Es macht mir Angst.«

Uthr überlegte, bevor er ihn verständnisvoll und gespannt ansah und sagte: »Vor was genau hast du Angst? Ich glaube, das ist es, was du dir beantworten solltest.«

»Davor, dass die Leute mich komisch ansehen und mich ausgrenzen? Dass sich meine Familie und meine Freunde von mir abwenden? … das hat mich bisher noch keiner gefragt, bis auf dich.«

»Die einfachsten Fragen sind oft am schwersten zu beantworten. Aber auch die wichtigsten. Ich persönlich glaube nicht, dass es das ist, wovor du Angst hast. Deine Familie steht zu dir, wie du mir erzählt hast. Gleichfalls deine Freunde. Und sind dir fremde Leute und ihre Meinung wirklich wichtig? Ich glaube, du musst tiefer graben.«

Toki schwieg eine Zeit lang und versuchte seiner Angst, die beständig in ihm brodelte, auf den Grund zu gehen. Letztendlich, überzeugt die Wahrheit gefunden zu haben, sagte er: »Ich denke, ich habe Angst davor zu sterben.« Seine gute Laune hatte sich wieder mit Dunkelheit umwölkt.

Uthr blickte ihn mit wissendem Blick an. »Besser, Junge, aber ich glaube immer noch nicht, dass du an der tiefsten Stelle angekommen bist. Warum hast du Angst zu sterben?«

»Hat nicht jeder Furcht davor?« Toki fixierte ihn mit großen Augen. »Du nicht?«

Uthr lachte. »Furcht? Vor dem Tod? Nein. Das habe ich nicht. Warum hast du Furcht davor?«

»Weil es schmerzen wird. Leiden ist damit verbunden.« Toki wurde laut und ärgerlich. »Elend und Kummer! Und weil ich nicht weiß, was danach kommt.«

»Gemach, Junge.« Uthr sah ihn weiterhin an. »Dann hast du keine Angst vor dem Sterben. Du hast Angst vor dem, was davor kommt. Und das nennt man Leben. Das, was du gerade tust.« Er überlegte. »Und ein wenig davor, was danach kommt. Aber auf keinen Fall vor dem Sterben. Was würdest du sagen, wenn ich dir anbiete, du hast noch ein Jahr zu leben! Ohne Leid, ohne Kummer und ohne Schmerzen. Und dann stirbst du friedlich. Würdest du das annehmen?«

»Ein Jahr? Das ist viel zu wenig! Ich habe noch so viel vor. Auf keinen Fall würde ich das annehmen!«

»Vielleicht bist du aber schon auf dem Weg dahin. Mit Leid, Kummer und mit Schmerzen, die du dir selbst machst.« Er blickte geradeaus und schien einige Zeit in Gedanken weit weg zu sein. »Lass dir von einem alten Mann etwas mitgeben, Junge. Lebe! Lebe, ohne einen Gedanken daran zu verschwenden, wann und wie du sterben wirst. Wenn du daran denkst, verpasst du das, wofür es sich zu leben lohnt. Dann bist du schon tot! Erfreue dich jeden Tag an Kleinigkeiten. Freue dich morgens, dass du aufstehen kannst. Freue dich, dass du etwas fühlst. Freue dich über die Natur und ihre Wunder. Bring andere und dich selbst zum Lachen. Aber am meisten freue dich über dich selbst und nimm an, was dir gegeben wurde, und dann lass es los. Akzeptiere es. DAS ist am schwersten.«

Anschließend schwieg er und kümmerte sich um die Lenkung des Wagens.

Toki grübelte über das Gehörte nach. Hatte er wirklich Angst vor dem Leben? Es stimmte, was der Bärtige sagte. Am glücklichsten war er, wenn er nicht an seine grauen Gliedmaßen dachte. Nicht an ›Was wäre, wenn ...‹ und nicht an die mögliche Zukunft. Der Körper änderte sich nicht, wenn er daran dachte, auch nicht, wenn er nicht daran dachte. Und er hatte keine Beschwerden damit. Er war mit seinen Freunden in der Taverne gewesen, trotz des grauen Zehs. Mit Ava hatte er einen schönen Tag am Weiher gehabt, mit dem grauen Fuß. Es ging ihm gut und er lebte. Seine Familie war für ihn da. Nur die Angst der Menschen im Dorf hatte ihn vertrieben. Die durch den Priester aufgestachelt worden waren. Und daran konnte er jetzt nichts ändern. Aber möglicherweise irgendwann?

Einige Zeit später sagte er zu Uthr: »Ich denke, du hast recht. Ich brauche die Panik und die Angst vor der Zukunft nicht. Jetzt geht es mir gut. Immer wenn ich mich auf JETZT konzentriert habe, war ich glücklich.«

Der schaute wieder zu ihm und nickte. »Das ist es, um was es geht, Junge. Jetzt zu leben. Ich sage nicht, dass du dir keine Gedanken um die Zukunft machen sollst. Aber mach dir keine Sorgen um sie. Meistens kommt sowieso alles anders, als du es planst.« Er grinste. »Ich wollte nie Händler werden. Ich wollte Weber werden. Aber das hat mir jemand weggeschnappt, und ich glaube, es ist gut so.«

Er hielt seinen Ochsen an und sprang vom Kutschbock. »Komm mit. Ich habe eine Idee.«

Toki tat es ihm gleich und wartete gespannt, was nun passieren würde.

»Lass mich zunächst Yggy versorgen.« Uthr spannte ihn ab und führte ihn zu einer saftigen Frühlingswiese abseits der Straße. Toki hatte bisher nicht gesehen, dass er den Ochsen irgendwann angebunden hätte. Auch nachts ließ er ihn einfach grasen. Er winkte Toki herbei.

»Schau, hier gibt es einen kleinen See. Mit Bäumen und einer wunderschönen Wiese. Lass uns rasten und meditieren.«

»Was ist das?«

»Hmmm. Das sind Konzentrationsübungen, die dich in eine tiefe Entspannung bringen. Manche erreichen dadurch einen veränderten Bewusstseinszustand. Im Prinzip ist es eine spirituelle Praxis. Vor allem die Kirche des Wassers praktiziert es bei euch. Ich kenne aber auch einige andere Länder, in denen es normal ist.«

Er setzte sich ans Wasser und zeigte Toki an, es ihm gleichzutun.

»Du schaust, dass du bequem sitzt. Dann schließt du die Augen und atmest langsam ein und langsam aus. Viele große Krieger tun das vor einem Kampf, um ihre Konzentration zu steigern. Wir wollen aber einfach nur unsere Gedanken zur Ruhe bringen.«

Toki folgte seiner Anleitung.

»Hör einfach auf die Geräusche der Natur um dich herum. Auf das Plätschern des Wassers. Auf den Wind, der durch die Blätter und das Gras weht. Ich habe gehört, einige können sogar Wolken ziehen hören.« Er lachte. »Das ist mir noch nie gelungen.«

Uthr erklärte weiter: »Immer, wenn andere Gedanken deine Konzentration stören, dann sag ihnen ›Hallo‹ und lass sie weiterziehen. Besinne dich … einfach … auf …« Die Stimme des Bärtigen verschwand im Nirgendwo und Irgendwo zugleich. »… den … Atem …«

Toki nahm wieder bewusst etwas wahr, als er eine Hand auf seiner Schulter spürte.

»Du kannst wieder zurückkommen, Junge. Lass uns etwas essen und unser Nachtlager vorbereiten. Wir werden das Dorf heute nicht mehr erreichen. Aber eine Nacht im Freien schadet nicht.«

Verwirrt öffnete Toki die Augen und wollte anmerken, dass sie noch einige Stunden reisen konnten und sicher das Dorf erreichten. Dann blinzelte er und bemerkte, dass die Sonne untergegangen war. Über ihm schimmerten die Monde und die Sterne.

»Wie … Was … Wie lange saß ich hier?«

Uthr grinste ihn freundlich an. »Fast fünf Stunden. Du warst sehr tief in deiner Meditation versunken und ich ließ dein Unterbewusstsein arbeiten. Wie fühlst du dich?«

Toki spürte in sich hinein. »Ausgeglichen, ruhig, glücklich.« Erstaunt versuchte er die Angst wahrzunehmen, die ihn bisher begleitet hatte. Sie war weit weg. Nicht mehr wie ein tosender Ozean, sondern wie ein leicht vor sich hin dümpelnder See. »Wie … wie hast du das gemacht?« Er sah zu Uthr hinauf.

»Ich? Ich habe gar nichts gemacht. Möglicherweise hast du etwas in dir, das dir hilft. Aber ich kann dir sagen, dass dieses Gefühl nicht ewig anhalten wird. Jetzt spürst du aber, wie es sein könnte, wenn du das regelmäßig praktizierst. Ich kann dir noch mehr dazu erzählen, wenn du möchtest. Aber erst morgen.«

Toki nickte benommen und stand auf. Er fühlte sich ausgeruht und erfrischt, besser als am Morgen nach dem Aufwachen. Und besser als seit Wochen.

»Und jetzt komm, Junge, lass uns essen und schlafen. Morgen früh fahren wir weiter.«

Er blickte noch einmal zu Toki, drehte sich um und schritt zurück zum Wagen.

Einen kurzen Moment dachte Toki, er hätte auch in dem Auge des Bärtigen die Sterne gesehen. Aber das musste eine Spiegelung des Himmels gewesen sein. Den Kopf schüttelnd, um die angenehme Benommenheit abzuschütteln, folgte er Uthr zum Karren.

Der Morgen brachte Regen und kühlere Temperaturen. Uthr und Toki hüllten sich in ihre Mäntel und in ein paar Decken, die auf dem Ochsenkarren lagen. Toki fühlte sich immer noch entspannt und ausgeglichen. Trotz des trüben Wetters freute er sich auf die Fahrt mit dem Ochsenkarren und auf die Möglichkeit, mit seinem Begleiter zu reden. Sie sprachen über Tokis Kindheit, das Leben im Dorf und Uthrs Werdegang als Händler. Es kam Toki so vor, als wäre dieser schon sehr alt, traute sich aber nicht nach seinem Alter zu fragen. Er schätzte ihn auf um die vierzig. Haare und Bart konnten allerdings täuschen.

Sie kamen durch das nächste Dorf, verließen es gleich wieder und setzten die langsame Reise fort. Uthr erklärte Toki mehr über die Techniken der Meditation. Außerdem brachte er ihm verschiedene Atemübungen bei. Diese sollten helfen, Körper und Geist zu beruhigen, den Herzschlag zu verlangsamen, oder die Konzentration zu verbessern.

Nachmittags hielten sie wieder an einem schönen Platz in der Natur an und meditierten. Dieses Mal allerdings nur eine halbe Stunde. Danach brachen sie auf, um ihr Ziel für den Tag noch vor Einbruch der Nacht zu erreichen. Im nächsten Dorf würden sich ihre Wege trennen. Uthr musste nach Norden weiterreisen und Toki westlich in Richtung Tannberg. Vor Einbruch der Dunkelheit erreichten sie ihr Ziel. Sie hatten ausgemacht, in der Taverne zusammen zu essen und sich am Morgen zu verabschieden.

»Da wären wir. Sieht ja ganz gemütlich aus.« Uthr hielt seinen Ochsenkarren vor der Taverne an. »›Zur festlichen Tafel‹. Klingt, als bekommen wir hier was Gutes. Ich hoffe, es wird besser als das, was wir im Wagen haben.« Er zwinkerte Toki zu und machte ein paar genüssliche Schmatzlaute.

»Wenn es besser ist als das, was du auf deiner Reise dabeihast, dann speisen wir heute wie die Könige.« Toki lachte. »Ich habe lange nicht so gut gegessen. Ich weiß nicht, ob ich überhaupt schon einmal so viel Leckeres auf einem Haufen gesehen habe. Allein der Honig! Den solltest du verkaufen und nicht das Leinen. Dann wärst du reich.«

»Danke, Junge. Den hab ich selbst geimkert. Freut mich, dass er dir schmeckt.«

»Der ist von dir zu Hause?« Toki war überrascht. »Du bist auch Imker?«

»So eine Liebhaberei von mir. Ab und zu können die Bienen und ich uns aber nicht leiden.« Er kicherte. »Sie mögen den Honig genauso gern wie ich.«

Er gab Toki ein Zeichen abzusteigen.

»Lass mich Yggy in den Stall bringen und versorgen. Das hat er verdient. Begib dich doch schon in die Taverne und such uns einen schönen Platz. Am liebsten am Kamin. Der Tag heute war trostlos und meine alten Knochen freuen sich über ein knisterndes Feuer.«

»Das werde ich. Ich frage den Wirt auch, ob er zwei Zimmer für uns hat.«

Toki griff sich seinen Beutel und sprang vom Kutschbock. Er war schon um den Karren herumgelaufen und auf dem Weg zur Tür, als er von Uthr zurückgerufen wurde.

»Warte, Junge. Willst du dir nicht deine grauen Finger bedecken? Mir macht es nichts aus, aber du weißt ja aus Erfahrung, dass die Menschen oft irrational reagieren.«

Toki stutzte. Er hatte überhaupt keine Gedanken mehr an seine Verfärbungen verschwendet. Den ganzen Tag nicht. »Da hast du recht. Es ist mir komplett entfallen. Kann ich etwas von dem Leinen haben? Ich kann es auch bezahlen.«

»Das wäre eine Möglichkeit, aber ich habe eine bessere Idee.« Er streifte seine feinen Lederhandschuhe ab und hielt sie Toki hin. »Ich glaube, du kannst die Handschuhe besser gebrauchen als ich. Versuch, ob sie dir passen.«

Toki zauderte und sagte: »Das kann ich nicht annehmen, Uthr. Das sind sehr feine Lederhandschuhe. Du brauchst sie selbst.«

Uthr sah ihn an und erwiderte: »Zöger nicht, Junge. Ich schenke sie dir. Ich kaufe mir in Xanthsik neue. Und so fein sind sie nicht mehr.« Mit diesen Worten warf er Toki die Handschuhe zu.

Der fing sie ungeschickt auf und zog sie über. Sie fühlten sich angenehm warm und wundervoll weich an. ›Wie eine zweite Haut‹, dachte er.

»Passen wie angegossen. Als wären sie für mich gemacht worden«, rief er Uthr verwundert zu.

Verschmitzt lächelnd antwortete der: »Dann sind sie das vielleicht. Und jetzt geh rein und besetze uns einen Tisch. Ich bin gleich bei dir.« Er stieg ab und fing an, Yggy vom Joch zu befreien.

Toki, immer noch perplex, dass er jetzt so wunderbare Handschuhe trug, betrat das Wirtshaus und organisierte beim Wirt zwei Zimmer für die Nacht sowie einen Platz am Kamin. Die Räume wären alle gleich, wie ihm der Inhaber erklärte Er musste also nicht für Uthr wählen und raten, welche Bequemlichkeit er schätzen würde.

Etwas später trat der Bärtige ein und setzte sich zu ihm. »Hast du schon Essen bestellt, Junge? Ich hab jetzt richtig Kohldampf.«

Der schüttelte den Kopf und teilte Uthr mit, dass er auf ihn gewartet habe.

»Dann lass uns jetzt was richtig Gutes bestellen. Am besten etwas Warmes. Das hatten wir die letzten Tage nicht.« Er winkte die Schankmaid herbei.

Als diese ihren Tisch erreichte, erklärte sie ihnen, was heute auf der Speisekarte stand.

»Moment, Mädchen.« Uthr unterbrach sie. »Wir brauchen etwas Besonderes. Mein Freund und ich sind weit gereist und sehr hungrig. Frag doch bitte den Wirt, ob er uns eine Gans braten kann. Am besten in einer schönen braunen Soße. Außerdem wollen wir frisches Brot, Butter, etwas Käse und als Nachtisch Apfelküchlein. Ich brauche einen guten Rotwein und für meinen Freund ein kaltes Bier.«

Sie schaute ihn verdutzt an. Teilte ihnen mit, dass sie das erst mit dem Wirt klären müsse, lief zur Theke zurück und beriet sich mit ihm. Sie sahen, wie der zustimmte und in der Küche verschwand. Die Schankmaid kehrte zum Tisch zurück.

»Wir können das, was ihr wünscht, für euch anrichten. Allerdings wird das ein wenig dauern. Der Preis dafür ist drei Fils. Wollt ihr alles, was ihr aufgezählt habt?«

Toki erschrak, als sie den Preis nannte, und wollte gerade ansetzen zu verneinen, als Uthr ihm zu schweigen bedeutete. »Bring alles, was ich dir genannt habe.« Er griff in seine Börse und holte drei Fils und fünfzig Fenning heraus. »Hier, für das Essen und die Getränke. Ich erwarte, dass uns regelmäßig nachgeschenkt wird. Der Rest ist für dich.«

Damit drückte er ihr das Geld in die Hand. Staunend starrte sie darauf. Es kam anscheinend nicht oft vor, dass sie von Gästen für ihre Arbeit entlohnt wurde.

Uthr lachte. »Los, Mädchen. Gib dem Wirt Bescheid. Ich habe Hunger.«

Sie zuckte zusammen, knickste unbeholfen und stammelte, bevor sie sich umdrehte und zur Theke eilte: »Sehr wohl, mein Herr.«

»Das hättest du nicht bezahlen müssen, Uthr. Ich habe Geld bei mir«, fing Toki an. »Lass mich –«

Uthr wischte seine Worte mit einer Handbewegung vom Tisch. »Keine Ursache, Junge. Du hast in letzter Zeit genügend durchgemacht. Lass mich dich einladen.« Wieder einmal zog er die Augenbraue nach oben. »Wer weiß, vielleicht begegnen wir uns irgendwann noch einmal. Dann kannst du mich einladen. Was hältst du davon?«

Toki überlegte, konnte sich nicht vorstellen, dass er Uthr noch einmal begegnen würde, nickte aber.

Der klatschte freudig in die Hände und sagte: »Sehr gut, lass uns hoffen, dass der Name des Gasthauses nicht zu viel verspricht.«

Die Schankmaid hatte ihnen inzwischen Wein und Bier gebracht. Uthr ergriff den Weinkelch, prostete Toki zu und nahm einen Schluck.

»Der Rotwein überzeugt mich. Wunderbar!«

Auch das Bier schmeckte köstlich. Die Temperatur war wunderbar kalt.

Beide unterhielten sich einige Zeit über belanglose Geschichten und Gerüchte aus Tangrintanien und der Welt. Irgendwann erreichten sie das Thema Elementarier.

»… und ich sage dir, Junge, ich habe noch nie eine so schöne Stadt gesehen. Du reist durch den großen Wald in Belindin auf einer Straße, die aus nichts als Waldboden besteht. Trotzdem ruckelt der Karren weniger als auf den gepflasterten Straßen, die es sonst überall gibt. Als ob jemand den Bäumen sagte, sie sollen dort keine Wurzeln bilden, und die Büsche dürften in der Fahrspur nicht wachsen. Aber ich schweife ab. Yggy zieht den Wagen also den Pfad entlang und wir erreichen die ersten Ausläufer von Naraeundra. Das ist die Stadt, in deren Mitte der Tempel der Naturelementarier steht. Du erkennst die

Stadtgrenze gar nicht, bis plötzlich Häuser in den Bäumen hängen. Gehalten werden sie von starken Seilen, die wie Spinnenfäden aussehen. Und die …«

»Spinnenseile?« Toki musste Uhr unterbrechen, so fasziniert war er von dem Gedanken an Gebäude, die in Bäumen hingen. Gehalten von Spinnennetzen. »Gibt es dort so große Tiere, die diese Netze weben? Sind sie auch so klebrig wie Spinnennetze?«

Der Bärtige lachte und meinte: »Es sind keine richtigen Spinnennetze. Die Menschen im Wald haben sich viel von der Natur abgeschaut und konnten so reißfeste, aber dennoch gut zu verarbeitende Seile entwickeln, mit denen sie ihre Häuser in den Bäumen befestigen. Aber das ist nicht das Erstaunlichste dort. Die Bauten sehen großteils wie Bienenwaben und Wespennester aus. Landwirtschaft gibt es keine. Der Wald versorgt die Bewohner mit allem, was sie brauchen. Das Essen ist trotzdem vielfältig und schmackhaft. Ich habe in Naraeundra oft gut gespeist … Apropos Essen, schau dir diese dampfenden Köstlichkeiten an, die der Wirt und die Schankmaid zu uns bringen!«

Er klatschte sich freudig auf die Oberschenkel. Sein einzelnes Auge glitzerte, als der Wirt eine gebratene Gans auf ihrem Tisch abstellte. Sie schwamm regelrecht in einer dunkelbraunen, dickflüssigen Soße. Viele kleine Fettaugen glitzerten Uhr entgegen. Die Schankmaid trug ein Brett mit einem ganzen Laib Schwarzbrot, die Kruste modellierte Gebirgszüge als Miniatur darauf. Toki konnte nur mit offenem Mund die Köstlichkeiten bewundern.

Der Wirt brachte bei seiner zweiten Runde ein kleines Fässchen Butter sowie eine weitere Platte. Auf der lagen verschiedene Hart- und Weichkäse. Angeordnet nach Aromen, wie er ihnen anpries. Von mild zu herb. In dieser Reihenfolge empfahl er sie zu essen.

Als alles angerichtet war, der Wirt seine Ausführungen beendet und sich mit einem »Gudn Appetit« verabschiedet hatte, saß Toki immer noch mit Staunen im Gesicht vor dem ganzen Essen.

»Hau rein, Junge«, sagte Uthr schmunzelnd. »Halte dich nicht zurück. Die Leute in der Küche haben sich scheinbar sehr viel Mühe gegeben und wir wollen das honorieren.«

Uthr griff sich einen Teller, teilte die Gans mit Leichtigkeit – es sah so aus, als würde er das regelmäßig tun – und häufte großzügig Einzelteile darauf. Dann reichte er ihn an Toki weiter. »Nimm dir Brot dazu und tunk damit die Soße auf. Das ist das Beste daran.«

Nachdem er seinen Teller genauso gefüllt hatte, fing er damit an. Beide ließen es sich schmecken.

Sie hatten anscheinend großen Hunger, denn alsbald war alles aufgegessen – bis auf die Knochen der Gans und einige Käseränder. Die Bedienung hatte inzwischen einen Teller mit dampfenden, frisch gebackenen Apfelküchlein gebracht. Honig lief über die Oberfläche und füllte die kleinen Furchen.

Uthr klopfte sich auf den Bauch und sog den Geruch in seine Nase.

»Wunderbar, wie das duftet. Komm, Mädchen, setz dich zu uns und nimm dir eines der Küchlein. Ich glaube nicht, dass mein Freund und ich alles aufessen können.« Er zeigte auf den Stuhl gegenüber.

»Das kann ich nicht, Herr. Ich … ich muss mich um die anderen Gäste kümmern.« Es war spät geworden, da die Vorbereitung lange gedauert hatte, und nur wenige Gäste waren noch anwesend.

»Ich denke, das schafft der Wirt jetzt allein. Setz dich zu uns, ruh dich aus und iss etwas.«

Sie zauderte immer noch, hin- und hergerissen zwischen ihrer Pflicht zu arbeiten und den zauberhaft aussehenden Apfelküchlein.

Uthr rief durch den Raum zum Wirt: »Schankwirt, dürfen wir dein Mädchen einladen, sich zu uns zu setzen? Es wäre schade, wenn wir etwas von unserem Nachtisch zurückgeben müssten.«

Der Wirt schaute zunächst irritiert, sah sich um und rief zurück: »Wenn ihr möcht? Vo mir aus ko se a Paus eilegn. Die übrign Gäst ko i selber versorgn.«

Uthr winkte ihm dankend zu und zeigte wieder auf den Stuhl. »Setz dich, Mädchen, und leiste uns Gesellschaft. Ich denke, du hast es dir verdient, etwas so Leckeres zu probieren.« Er griff sich eines der Küchlein, biss herzhaft hinein und seufzte zufrieden auf.

Toki tat es ihm gleich. Genauso wie die Schankmaid, wenn auch viel zurückhaltender.

Uthr unterhielt seine beiden Tischgenossen noch einige Zeit mit weiteren Geschichten von seinen Reisen, die oft in ungläubigem Staunen und »Wirklich?«, »Das kann doch nicht wahr sein!«, »Ihr macht uns etwas vor!«-Ausrufen endeten.

Kurz vor Mitternacht, das Kaminfeuer bestand nur noch aus feurig schimmernder Glut, die letzten Gäste hatten schon länger die Taverne verlassen, und Toki ertappte sich dabei, wie seine Augen immer schwerer wurden, schloss Uthr seine letzte Geschichte ab.

»Jetzt fühle ich mich bettschwer und glücklich. Lasst uns den Abend mit diesem großartigen Gefühl beenden und uns zurückziehen.«

Das Schankmädchen erhob sich und bedankte sich überschwänglich bei Uthr. Auch Toki dankte sie und wünschte beiden eine gute Nacht. Anschließend half sie dem Wirt, den Schankraum für den nächsten Tag herzurichten.

»Das war sehr nett von dir, Uthr. Danke für den schönen Abend und deine unterhaltsamen Geschichten. Ich hoffe, dass ich eines Tages so sein kann wie du.«

»Geschwätzig, etwas übergewichtig und von sich selbst zu sehr angetan?« Uthr lachte laut auf. »Ich bin sicher, wenn du deinen Weg fortsetzt, dann wirst du selbst einiges zu erzählen haben. Lass uns nach oben gehen und wir verabschieden uns morgen früh, wenn wir aufbrechen. Ich nach Xanthsik, um meine langweilige Ware zu verkaufen, und du nach Tannberg, um unglaubliche Abenteuer zu erleben.«

Er lächelte Toki wissend an, erhob sich, wartete auf ihn, bis er aufstand, und zusammen begaben sie sich nach oben und in ihr jeweiliges Zimmer.

Vor Tagesanbruch wachte Toki auf und erledigte die Morgentoilette. Dabei bemerkte er, dass inzwischen der linke Oberschenkel an der Hinterseite grau schillerte. Verwunderlich kam ihm heute nicht die fortschreitende Verfärbung vor, sondern seine Ruhe. Er hatte keine Angst davor. Ja, er machte sich Gedanken darüber. Es ängstigte ihn nur nicht.

Bevor er nach Uthr schaute, setzte er sich aufs Bett und übte die Atemtechnik, die dieser ihm für den Morgen empfohlen hatte.

Fertig und entspannt machte Toki sich auf den Weg in die Gaststube. An Uthrs Tür entschloss er sich zu klopfen. Aus dem Zimmer drang kein Laut heraus. Er wartete und klopfte erneut. Wieder keine Reaktion. Schulterzuckend und annehmend, dass Uthr schon unten saß und sich ein großes Frühstück schmecken ließ, setzte Toki seinen Weg fort.

Am Fuß der Treppe angekommen, schweifte sein Blick über die anwesenden Personen. Uthr sah er nicht.

Vielleicht kümmerte er sich um Yggy, mutmaßte er und ging in den Stall. Zwei Fuhrwerke standen davor. Die Stallknechte kümmerten sich ums Anschirren der Pferde. Kein Ochsenkarren war dabei. Langsam machte Toki sich Sorgen, wo Uthr sein könnte. Im Stall selbst standen kein Wagen und auch kein Ochse. Als er das sah, hastete Toki zurück zum Haus und zum Wirt.

»Hallo, Wirt, hast du meinen Begleiter gesehen? Ich kann weder ihn noch seinen Ochsen noch den Karren finden.«

»Gudn Morgn, junga Herr«, begrüßte dieser ihn mit seinem lustigen Dialekt. »Da Bärtge is scho lang vor Sonnaaufgang abgroast. Er hod an Brief für de junga Herrn bei mir abgebn.«

Er bückte sich und suchte einige Zeit unter der Theke nach dem Brief.

Toki atmete tief durch, um seine Anspannung zu lösen.

Schlussendlich übergab der Wirt einen gefalteten Zettel an ihn.

»Bitte, junga Herr. Wünscht ihr a Frühstück? Hoferbra und Milch, bods warm?«

Toki nickte abwesend und setzte sich an einen Tisch, um den Brief zu lesen.

Lieber Toki,

Toki stutzte. Wann hatte er Uthr seinen Namen genannt? Er hatte wissentlich darauf verzichtet. War ihm der Name nachts in einem Traum herausgerutscht?

es tut mir leid, dass ich dich verlassen muss, ohne mich zu verabschieden. Meine beiden Geschäftspartner können mich nicht länger entbehren und haben mich zu sich gerufen. Bitte iss ein gutes Frühstück, bevor du deinen Weg nach Tannberg fortsetzt.

Uthr hatte nichts von Geschäftspartnern erzählt. Toki dachte, dass dieser allein für seine Leinen zuständig war. In allen Erzählungen waren nie andere Händler erwähnt worden.

Es war mir eine Freude, dir zu begegnen. Die Reise hat sich dadurch nicht so in die Länge gezogen. Ich fand sie sogar ausgesprochen angenehm und gemütlich. Du warst ein toller Begleiter. Ich hoffe, du konntest von den Meditationen und Atemtechniken profitieren. Sie werden dir in Zukunft gute Dienste leisten.

Das taten sie jetzt schon, wie er heute Morgen festgestellt hatte.

Toki nahm sich vor, jeden Tag vor dem Schlafengehen zu praktizieren, um die Angst im Zaum zu halten. So wie er sich jetzt fühlte, sollte es bleiben.

Bitte behalte die Handschuhe. Sie sind aus Pegasusfell, von den Feurigen. Wie du sicher schon gemerkt hast, passen sie sich den äußeren Gegebenheiten an und wärmen dich immer gerade so, wie es angenehm ist. Es gibt nicht viele davon auf dieser Welt. Behandele sie gut.

Ehrfürchtig schaute Toki auf seine Hände, die durch die Handschuhe angenehm warmgehalten wurden. Was war ein Pegasus? Und gab es mehr als eine Rasse davon, wenn Uthr von den

›Feurigen‹ sprach? Er hatte noch nie von diesen – möglicherweise Kreaturen? – gehört.

Wenn du in Tannberg angekommen bist, dann wende dich an die Kirchen. Sie können dir helfen. Die Heiler wären mit deinen grauen Gliedmaßen überfordert und du wärst nur ihr Versuchskaninchen.

Wusste Uthr doch, was ihm fehlte, und hatte es ihm nicht gesagt? Wenn er wusste, dass die Kirchen helfen könnten und die Heiler nicht? Toki vertraute ihm allerdings und beschloss, in Tannberg direkt die Kirchen aufzusuchen, sobald er dort ankam.

Des Weiteren sollen sie in ihren Archiven nach der Prophezeiung der sechs Elemente suchen. In den Archiven der großen Tempel wohlgemerkt. Nicht in Tannberg. Dort werden sie nichts finden. Dies ist eine uralte Prophezeiung, von der nur wenige Eingeweihte wissen. So wie jetzt du. Ich weiß, dass du überrascht und durcheinander bist. Zu einem späteren Zeitpunkt wirst du verstehen.

›Woher weiß er das mit der Prophezeiung, wenn sie angeblich so alt ist und nur wenige eingeweiht sind? Er hat recht, ich bin durcheinander. Das ist auch seine Schuld! Wer ist dieser Mann? Und warum werde ich später mehr davon verstehen?‹

Toki hatte so viele Fragen, und keinen, der sie ihm beantwortete. Inzwischen hatte der Wirt ihm das Frühstück gebracht. Er aß nebenbei und widmete sich wieder dem Brief.

Ich habe noch eine weitere Information für dich, die dich verwirren wird. Auf deinem Weg nach Tannberg wird dir eine Frau mit kurzen Haaren begegnen. Bitte halte nach ihr Ausschau. Es wird wichtig sein! Möglicherweise überlebenswichtig für dich.

Er würde eine Frau auf seinem Weg nach Tannberg treffen?
›Warum ist das überlebenswichtig? Hat es etwas mit der Graufärbung der Gliedmaßen zu tun? Wie soll ich sie erkennen? Und woher soll ich wissen, dass es die ist, von der Uthr spricht?‹

Noch mehr Fragen, auf die er keine Antwort hatte.

Das ist alles, was ich dir auf deinen Weg mitgeben kann. Ich denke, wir werden uns wiedersehen. Bis dahin erfreue dich am Leben, an der Natur und das du DU bist. Die Gespräche mit dir werden mir fehlen.

Dein Freund Uthr Edrolt

›Mir werden die Gespräche auch fehlen. Und die gute Laune, die Uthr jederzeit versprüht hatte‹, dachte Toki.

Er faltete den Brief, steckte ihn ein und ging auf sein Zimmer, um seine Habseligkeiten einzupacken. Viel hatte er immer noch nicht. Aber wunderschöne Handschuhe, die perfekt seine Finger vor neugierigen Blicken schützten.

Anschließend wollte er das Zimmer und das Frühstück bezahlen, der Wirt teilte ihm jedoch mit, dass Uthr das schon erledigt hatte. Toki fühlte sich glücklich und unglücklich zugleich. Glücklich, dass Uthr so nett zu ihm war, und unglücklich, da er sich nicht einmal mehr bei ihm bedanken konnte.

Allein machte er sich auf den Weg Richtung Tannberg. Er fühlte sich einsam ohne den Mann und Yggy.

Antworten und weitere Fragen

Die Höhle wurde inzwischen von vielen Fackeln hell erleuchtet und Finvara konnte recht gut erkennen, was vor sich ging. Überall wimmelte es von Soldaten und Soldatinnen. Sie kümmerten sich um die eigenen Verwundeten, bargen ihre Toten und durchsuchten die Feinde. Einige kümmerten sich um die Bestandsaufnahme der Kisten und Käfige. Fin nahm den Weg zur provisorischen Brücke in der Mitte der Höhle. Am Abfluss des Baches lagen noch immer die Balken, die die Nordländer im Kampf über das Wasser geschoben hatten.

Sie bewegte sich vorsichtig, um nicht auf dem Boden auszurutschen, durch eine große Anzahl von toten Nordlingen hindurch. Der Untergrund war von Blut, Eingeweiden, Leichenteilen, Rüstungen, Waffen und einigem anderen Unappetitlichem bedeckt. Einige der Gefallenen trugen auch das Grün, Weiß und Grau der Tangrintanier.

Am anderen Ufer angekommen sah sie zu ihrer Rechten die drei Wyvern liegen. Den einen, den sie mit der Armbrust erschossen hatte, bevor sie über den Bach gesprungen war. Am Rand der Höhle lag der zweite in einer großen Anzahl von Gefallenen aus Irani. Vor ihr, zwischen Brücke und Eingang, lag eine ponygroße Wyvernmasse am Boden. Einige tote Streitkolbenträger befanden sich rundherum verteilt. Sie hatten den Wyrm mit ihren groben Waffen nicht nur getötet, sondern ihn regelrecht zermatscht. Vor der zweiten, im Kampf errichteten Brücke, hatte sich ein Großteil der Nordlinge eine Schlacht mit den iraniischen Soldaten geliefert. Dort lag die größte Anzahl Leichen.

Fin erblickte Reben und seine Offiziere in der Nähe des Eingangs und trat zu ihnen.

Fogo und Ischve untersuchten den gewachsenen Stein, hinter dem der Altar stand. Dort vermuteten sie den Priester.

»Gut gekämpft, Elementarierin«, begrüßte Emil sie. »Ich habe noch nie jemanden so schnell mit der Armbrust schießen sehen. Nicht einmal Riggit, und sie ist wirklich gut. Wenn ihr diesen Wyvern nicht erschossen hättet … Nun es wären sicher noch mehr von unseren Soldaten gefallen.«

»Es sieht leider so aus, als wären zu viele getötet worden.« Fin sah sie der Reihe nach an. »Könnt ihr mir einen Bericht geben, was nach Emils Eintreffen in der Höhle passiert ist? Ich war etwas abgelenkt von dem Tierbesänftiger.«

Riggit, Emil, Fusch und Felit blickten zunächst zu Reben, damit der den Berichten zustimmte. Der nickte und Riggit fing an.

»Ich bin kurz nach Emil in der Höhle eingetroffen und habe gesehen, wie meine Armbrustschützen den zweiten, größeren Wyvern töteten. Leider haben wir bei dem Kampf dreiunddreißig Soldaten verloren. Die Kreatur hat sich auf sie geworfen und mit der Stachelkeule am Schwanz und den Fangzähnen großen Schaden angerichtet. Zusammen mit Fuschs Männern und Frauen haben wir anschließend die letzte Kreatur zur Strecke gebracht. Den Morgensternen und Bolzen hatte sie nicht viel entgegenzusetzen. Anschließend haben wir, soweit möglich, die anderen Bataillone unterstützt.«

»Emil?« Regen gab das Wort an den Hauptmann weiter.

Bevor dieser mit seinem Rapport begann, salutierte er zackig. »Meine Soldaten haben sich großteils um die Einnahme der Brücke … beider Brücken gekümmert. Wie ich hörte, wart ihr bei der ersten eine große Hilfe. Ohne euch wären die Nordländer schneller als wir beim Überqueren gewesen. Das hätte mehr Menschenleben auf unserer Seite gefordert. Meine

Soldaten haben die Feinde zurückgetrieben und niedergemacht. Wir konnten niemanden gefangen nehmen. Sie haben sich, als sie ihrer ausweglosen Lage gewahr wurden, selbst gerichtet. Wir haben fünfzehn Verluste zu beklagen. Die andere Hälfte meines Bataillons kümmerte sich um die zweite Brücke, die in der Schlacht entstand. Die Nordlinge hatten sie in großer Anzahl überquert. Glücklicherweise konnten Riggits Schützen einige von ihnen töten und wir haben zusammen mit Fuschs Morgensternträgern den Rest erledigt. Der Kampf war kurz, dafür hart. Einige abgeschlagene Gliedmaßen, Stich-, Hieb- und sonstige Wunden sind zu beklagen, aber keine Toten.« Er salutierte wieder, um anzuzeigen, dass er mit dem Rapport am Ende angelangt war.

»Danke, Emil. Fusch, bitte.« Reben erteilte erneut das Wort.

»Mein Rapport wird recht kurz ausfallen. Als wir gesehen haben, dass die Armbrustschützen in Bedrängnis gerieten, sind wir ihnen zu Hilfe geeilt. Der Wyvern war keine große Herausforderung für uns, da er schon von einigen Bolzen getroffen wurde. Leider hat er trotzdem drei meiner Männer mit sich in den Tod gerissen. Der andere Teil des Bataillons hat sich den Schwertkämpfern und dem Kampf um die zweite Brücke angeschlossen. Mit den Nordlingen machten wir kurzen Prozess. Sieben Frauen und Männer sind dabei gestorben. Wie Emil ausgeführt hat, weiter nur marginale Verletzungen.«

»Als Letztes bitte Felit, das sollte schnell gehen«, sagte Reben.

»Wie besprochen sind meine Reitertruppen um Mitternacht aufgebrochen, um die Eingänge der Kanalisation zu besetzen und nach weiteren Widerstandsnestern Ausschau zu halten. Es gab bisher keine Vorkommnisse. Die Boten stehen bereit, falls sich doch noch etwas ergibt.«

»Danke. Wollt ihr noch etwas wissen oder etwas hinzufügen, Finvara?«

»Danke für eure Rapporte und für die gute Ausführung unseres Plans. Ganz kurz von meiner Seite: Der Tierbesänftiger ist tot. Er hat mich in eine Falle gelockt und ich musste mich einiger Wüstenfüchse erwehren. Glücklicherweise hat Fogo Ischve befreit und sie konnte mir helfen. Sonst wäre das ganze möglicherweise anders ausgegangen. Der Nordling hat sich auch selbst gerichtet, was ich als sehr sonderbar beurteile. Was dürfen wir nicht erfahren?« Sie zögerte kurz. »Der Priester hat sich hinter einer Steinwand beim Altar verschanzt. Ich würde vorschlagen, dass ihr einige Steinmetze herbeordert. Die sollen ein Loch hineinbrechen. Dann können wir ihn befragen und herausfinden, was der ganze Aufmarsch soll. Und, ob das hier ein Einzelfall ist oder ob es in anderen Städten auch ausgerüstete Nordlingnester gibt.«

»Hinter einer Steinwand? Wie hat er das bewerkstelligt? Ist er möglicherweise ein Zauberer?« Reben sah sie fragend an.

»Wie er das hinbekommen hat, kann ich nicht sagen. Ich habe diese Fähigkeit bei Cykila gesehen, eine der Erdelementarierinnen. Sie kann Felsen formen. Ich habe bisher nicht gehört, dass sonst jemand das bewerkstelligen kann. Die Zauberer würden das möglicherweise auch zuwege bringen. Der Fels sieht dann aber wie richtiger Fels aus und hat nicht die glatte Oberfläche wie hier. Es wird uns nichts übrig bleiben, als einen Durchgang zum Priester zu brechen und ihn zu befragen.«

»Felit, bitte lasst einen Boten zur Steinmetzgilde reiten. Er soll ein paar Meister mitbringen, die den Steinvorhang aufmeißeln. Und das schnell!«

»Sehr wohl, Reben.«

Felit drehte sich zu einigen wartenden Soldaten um und gab ihnen Anweisungen.

»Bitte durchsucht die Leichen der toten Feinde. Möglicherweise gibt uns etwas, das sie bei sich tragen, Aufschluss über ihre Beweggründe oder beantwortet andere meiner Fragen«, gab der Oberst Befehle an seine Offiziere. »Mich würde auch interessieren, wie sie diese Kreaturen hier heruntergebracht haben. Sie sind viel zu groß für den kleinen Eingang. Sind sie schon so lange hier, dass sie sie aufgezogen haben? Wie schnell wachsen Wyvern überhaupt?«

»Um diese Größe zu erreichen, müssen sie einige Jahre wachsen«, klärte Fin auf. »Ich glaube nicht, dass sie so lange in der Höhle lebten.« Ihr Blick schweifte über das Schlachtfeld.

»Es ist eine gute Idee, die Feinde zu durchsuchen. Wenn ihr etwas Aufschlussreiches findet, unterrichtet mich bitte sofort. Ich werde inzwischen mit Ischve reden. Vielleicht kann sie Licht in die Sache bringen. Yeban ist erkennbar nicht hier.«

»Sicher. Wir werden euch sofort unterrichten, wenn wir etwas finden.« Er wandte sich an seine Offiziere. »Wegtreten. Kümmert euch um eure Aufgaben!«

Fin begab sich zu Ischve und Fogo, um endlich zu erfahren, was mit Yeban passiert war und wo er sich aufhielt.

»Hey, Fogo, hast du mit Ischve schon über Yeban gesprochen? Falls nicht, kannst du sie bitte darauf ansprechen?«

»Ich habe auf dich gewartet. Dann muss ich mir nicht so viel merken und du kannst gezielt nachfragen.«

Fin nickte und sah Ischve an. »Bitte erzähl uns, wo Yeban sich aufhält, dann reisen wir als Nächstes zu ihm.«

Fogo wandte sich an Ischve, um Fin ihre Antwort zu übermitteln.

Er spürte, wie sie traurig wurde. Und gleichzeitig wütend. *»Yeban ist tot. Wir wurden tagelang von vielen Wegelagerern gejagt. Letztendlich hat er mich, mit seiner Perle, auf die Suche nach Finvara geschickt. Ich dachte, ich müsste bis nach Carane fliegen, um sie zu finden. Überraschend, euch hier zu treffen. Ich erzähle am besten alles, was ich weiß?«*

»Klingt gut, aber bitte langsam und Stück für Stück. Ich gebe gleich alles an Fin weiter.«

»… fast am Südpass angekommen. Ich dachte, das wäre die schnellste Route. In Tadrium an den Bergen im Westen entlang und direkt nach Carane zum Feuertempel. Ich wollte mich über Nacht ausruhen und hatte mir einen Platz im Wald gesucht. Dann weiß ich nichts mehr. Bewusst erinnern kann ich mich erst, als ich schon in dem Käfig saß und auf einem Karren durch Tangrintanien fuhr. Nicht lang darauf haben sie den Käfig mit dieser dicken Decke abgedeckt und ich konnte weder sehen, wo ich bin, noch gut hören, was außen passiert.«

Fin hörte sich an, was Fogo ihr berichtete, anschließend sagte sie: »Okay. Yeban ist also gestorben. Ermordet von einigen Halunken im Auftrag eines mysteriösen Auftraggebers. Ich würde darauf wetten, dass dahinter dieser Haltoe steckt. Aber ist er der Meister oder nur ein weiterer Mittelsmann?«

Fin klang beherrscht. Fogo wusste aber, dass sie sehr traurig über den Tod ihres Freundes war. Er fühlte es sogar. Offen zeigte sie ihre Gefühle selten.

»Und was haben die weißen Priester mit allem zu schaffen? Yeban hat anscheinend nichts über sie gewusst. Irgendjemandem in Tannberg kam er zu nah und der oder die – wer auch immer – haben ihn in die Nähe von Kießberg gelockt und ihm dort eine Falle gestellt. Er entkam ganz knapp und musste in die Berge flüchten.« Fogo fasste die wichtigen Informationen gut zusammen. *»Die Angaben, die er erhielt, drehten sich alle nur um einen Händler, der viel – zu viel? – Macht am Königshof bekommen hat. Der, der auch für die geänderten Holzlieferungen verantwortlich ist. Ob der auch bei der Soldatenrekrutierung die Finger im Spiel hat?«*

»Das ist alles sehr verwirrend. Ist der Händler dieser Haltoe Kamtharg? Der auch uns eine Falle gestellt hat? Ich sehe, wir müssen unbedingt nach Tannberg und uns dort umhören. Auch wenn wir vom Rat keinen Auftrag bekommen haben. Vielleicht ist es an der Zeit, dass wir uns hier einmischen«, grübelte Fin. »Die Kirchen haben möglicherweise schon Informationen gesammelt. Dort erfahren wir bestimmt auch, wie der Händler heißt.«

»Ischve würde uns gerne begleiten. Vielleicht kann sie uns helfen«, gab Fogo Ischves Bitte an Fin weiter.

»Sie kann mit uns kommen. Hilfe ist immer willkommen.«

Inzwischen waren einige Handwerker zu ihnen an die Steinwand gekommen. Sie fingen sofort an, am Boden Holz aufzuschichten, um mit dem Setzen von Feuer den Stein aufzulockern, bestenfalls sogar zu sprengen.

Nebenbei richteten sie ihr Geschirr her.

Fin, Fogo und Ischve sahen ihnen zu. Gelegentlich wässerten die Steinmetze den Felsen. Dabei erklangen reißende Laute. Andere bearbeiteten ihn anschließend mit Schlägel und Eisen.

Stück für Stück brachen sie dadurch den Felsen auf. Es ging relativ schnell. Der Priester hatte die Wand nicht besonders dick errichtet. Er hatte sie schnell nach oben ziehen wollen, wie es schien.

Reben gesellte sich zu den Wartenden und gemeinsam betrachteten sie, wie das Loch in der Wand immer größer und größer wurde. Einige Zeit später war es weit genug, um hindurchzusteigen.

»Lasst mich nachsehen, was der Priester treibt, und ihn gefangen nehmen«, bot Fin an, durch den Durchbruch zu klettern.

»Wollt ihr das selbst machen? Ihr seht erschöpft aus. Wir haben genug Soldaten hier unten, die das übernehmen können.«

Reben winkte ein paar Männer in der Nähe herbei und befahl ihnen, die Aufgabe zu übernehmen. Sie nickte ihm dankbar zu, denn tatsächlich fühlte sie sich nicht besonders gut. In letzter Zeit hatte sie ihre Gabe zu oft eingesetzt.

Die Soldaten kletterten mit gezogenen Waffen und Fackeln durch das Loch in der Wand. Lange dauerte es nicht und ein Kopf erschien.

»Hier drin ist niemand. Ein mannsgroßer Durchgang führt zu einem größer werdenden Tunnel. Wer auch immer hier drin festsaß, ist durch ihn entkommen«, berichtete ihnen einer der Soldaten. »Sollen wir den Tunnel erkunden?«

Überrascht blickten Reben und Fin sich an. »Fogo, lass uns nachsehen, wohin der Gang führt.« Zu den Soldaten gewandt sagte sie: »Kümmert euch wieder um eure Aufgaben, ich übernehme das.«

Die Männer ließen sie eintreten und überreichten ihr eine Fackel, bevor sie sich aus der Kaverne entfernten. Fin sah sich um. Es gab nichts zu sehen, bis auf den großen schwarzen Felsblock, der eventuell als Altar diente. Er war nicht geschmückt und auch sonst entdeckte sie nichts Sichtbares, das ihr die Verwendung des Steins erklärte. »Das wird alles immer seltsamer.« Kopfschüttelnd schritt sie auf den ovalen Durchgang zu.

Fogo flog davor auf und ab.

»Da hast du recht. Soll ich den Gang auskundschaften?«

»Ja, bitte. Ich lauf dir hinterher. Lass uns in Erfahrung bringen, wohin er führt.«

Sie begaben sich in den Tunnel. Nicht weit hinter dem mannsgroßen Durchgang vergrößerte sich der Gang. Er wurde so breit und hoch, dass ein Karren mit Käfigen und Kisten ohne Probleme hindurchfahren konnte.

»So haben sie wohl die Kreaturen und die ganze Ausrüstung heruntergeschafft«, schlussfolgerte Fin. »Der Priester wird den Durchgang bei Bedarf geöffnet und geschlossen haben. Das ist ausgefuchst. Sieht so aus, als hätten wir Glück gehabt, als wir den Durchgang in der Kanalisation gefunden haben. Oder sie haben diesen immer offen gelassen, damit sie den Priester nicht für Erkundungsgänge behelligen mussten.«

»*Lass uns weiterfliegen.*«

Fin konnte ihm nicht beibringen, dass sie ging und nicht flog. Und irgendwann hatte sie es auch aufgegeben.

»*Ich bin neugierig, wo der Tunnel endet. Ich hoffe, er wurde nicht verschlossen*«, meldete Fogo sich von weiter vorn zu Wort.

Zusammen marschierten sie längere Zeit den Gang entlang. Er bestand nicht durchgehend aus Stein. Festgedrückte Erde und runder, glatter Fels wechselten sich ab. Es musste inzwischen in den frühen Morgenstunden sein, mutmaßte Fin. Schlussendlich stieg der Gang immer weiter nach oben an und sie erreichten das Ende. Der Ausgang – oder Eingang, das kam darauf an, von welcher Seite man ihn betrachtete – war nicht verschlossen. Das hätte der Priester wohl auch nicht gekonnt, da es sich bei dem letzten Stück um Erde handelte und nicht um Felsen.

Fin trat durch den, von Menschen geschaffenen, Ausgang und erkannte vor sich eine Rampe. Sie waren in einem Wald gelandet. »Kannst du nach oben fliegen und nachsehen, wo wir uns befinden? Und ob du den Priester erspähen kannst?«, bat sie Fogo.

»*Klar, kein Problem.*«

Er flog hinauf zu den Baumwipfeln und berichtete ihr, dass Irani südlich lag. Ein gutes Stück weg. Sie selbst befanden sich in einem kleinen Waldstück neben der Straße. Um sie herum lagen die Felder und Wiesen der Bauern, die die Stadt versorgten. Zumindest soweit Fogo in der Dunkelheit erkennen konnte. Immerhin lugten die beiden Monde gelegentlich durch die Wolkendecke.

»Den Priester kann ich nicht sehen. Aber wir sind ziemlich weit von der Stadt entfernt. Wir sollten zurückgehen und Reben Bericht erstatten. Dann kann er die Reiterei hierherschicken und im Tageslicht den Wald und die Umgebung nach dem Priester und anderen Spuren absuchen lassen«, schlug Fogo vor, während er zurück zum Waldboden schwebte.

»Gute Idee. Lass uns in die Höhle zurückkehren und schauen, ob sie bei den Toten etwas gefunden haben. Und anschließend muss ich ausruhen.« Fin klang erschöpft und müde.

»Aber vorher nimm ein Bad, du riechst wie ein Haufen Leichen! Außerdem hast du komisches Zeug im Haar hängen. Du solltest mit dem, was du am Körper trägst, in die Wanne steigen. Oder noch besser, verbrenn alles!«

Sie hörte Fogo kichern.

»Ich hatte keine Zeit, mich zu reinigen, nur, um kurz im Bach das Gesicht nass zu machen und abzuwischen. Zurück in die Höhle, ein Bad und dann schlafen. Bis übermorgen. Das ist die Reihenfolge.«

»Klingt hervorragend. Wir müssen uns noch überlegen, was wir mit Ischve machen wollen.«

»Das klären wir, wenn wir bei ihr sind. Lass uns zurückgehen.«

Fin marschierte los. Fogo folgte ihr auf dem Fuß.

Total erschöpft erreichte Fin die Höhle. Fogo hatte sich einfach auf ihrer Schulter niedergelassen und den Weg über gedöst. Glücklicherweise hatte der kleine Feuerfischdrache wenig Gewicht.

Die Steinmetze hatten den Durchbruch inzwischen vergrößert. Nun konnte man bequem durch die entstandene Felswand gehen. Die Aufräumarbeiten waren weit fortgeschritten und die Leichen waren entweder abtransportiert worden oder stapelten sich an einer Wand. Die Kadaver der Bestien konnte Fin nicht mehr erkennen.

Sie fragte bei einem der Leutnants nach den Offizieren und erhielt die Antwort, dass diese sich inzwischen in die Kaserne zurückgezogen hatten. Bis auf Felit, der auf das Ergebnis ihrer Erkundung wartete. Fin entschied, den Leutnant mit ihren Informationen zu versorgen und ihn zum Hauptmann zu schicken. Außerdem, dass sie genug zur Mission beigetragen hatte.

»Lass uns mit Ischve reden und dann zur Kirche des Feuers gehen. Und schlafen … ja, zuerst baden!«

Etwas genervt suchte sie den Griffin und entdeckte ihn auf einem Bündel Tücher, Felle oder Ähnlichem liegen.

»Flieg doch bitte zu Ischve und richte ihr aus, dass sie uns nach draußen folgen soll. Sie kann ihre Flügel durchbewegen und jagen gehen. Wir treffen uns morgen am Nachmittag vor dem Älzetor, das ist das Nordtor der Stadt.«

»Geht klar.«

Ischve erhob sich kurz darauf, sprang in die Luft und segelte zum Eingang zur Kanalisation. Fogo und Fin begleiteten sie den Tunnel entlang und durch die Abwasserkanäle zum Ausgang. Dort verabschiedeten sie sich. Ischve bedankte sich noch einmal überschwänglich bei ihnen. Sie rieb mit ihrem Schnabel an Fins Arm und stieß sich in den Morgenhimmel hinauf. Mit ein paar Flügelschlägen war sie hinter den Hausdächern verschwunden.

Fin schlurfte langsam durch die erwachende Stadt. Ein paar Bewohner gingen schon ihren Besorgungen nach. Jeder, der Fin sah, wechselte die Straßenseite oder eilte plötzlich in eine andere Richtung davon.

›Ich muss schrecklich aussehen, wirklich, wie ein Dämon aus den drei Höllen. Lutum sei Dank kann ich mich gleich waschen‹, waberten die Gedanken wie Nebel durch ihren Kopf.

Auf dem Weg pulte sie ein paar größere – sie wollte nicht wissen, was genau – Stücke aus ihrem Haar und der Kleidung und warf sie in den Rinnstein.

Fogo beobachtete sie jetzt interessiert. *»Was machst du mit dem guten Fressen? Wirf das doch nicht weg!«* Damit stieß er sich von ihrer Schulter ab und verschlang das weggeworfene, undefinierbare Etwas. »*Das schmeckt nicht schlecht, schon etwas angetrocknet. Fast wie Dörrfleisch. Hast du noch mehr davon?*« Er flatterte aufgeregt um sie herum und untersuchte ihre Kleidung und die Haare. »*Hier hinten im Kettenhemd steckt noch was, zieh das raus und wirf es in die Luft.*«

»Manchmal bist du ein wenig eklig. Weißt du das eigentlich?« Fin warf ihm aber trotzdem den Leckerbissen zu.

»*Wieso? Ich war die ganze Nacht auf und habe Hunger. Warum sollen wir gute Nahrung verschwenden? Da unten an deiner Hose klebt auch noch was.*«

So ging es noch einige Zeit weiter, bis Fogo alles erspäht und genannt hatte, das er appetitlich fand.

An der Kirche angekommen bat sie den zuständigen Priester um ein Bad und frische Kleidung. Der starrte sie zunächst mit großen Augen an. Bevor er etwas erwiderte, hielt er sich die Nase zu.

»Sehr wohl, Elementarierin. Ich will nicht wissen, was ihr getrieben habt, aber es stinkt.«

»Ihr wisst gar nicht, wie sehr. Und nicht nur das, was ich jetzt an mir habe«, gab sie als Antwort.

Der Mann zögerte kurz, verstand nicht genau, was sie sagen wollte, besann sich dann aber wieder auf ihre Anfrage. »Ich lasse euch ein Bad vorbereiten und neue Kleidung bringen. Bitte geht schon einmal in den Waschraum.«

»Danke.«

Nach dem Bad fühlte sich Fin viel besser. Sie zog sich die frische Kleidung an, ging in ihre Unterkunft, fiel dort aufs Bett und schlief sofort ein. Ihre Ausrüstung lag verstreut und vergessen am Boden neben ihr.

Am nächsten Tag erwachte Fin erfrischt und hungrig. Sie hatte den ganzen Tag und die darauffolgende Nacht durchgeschlafen. Fogo war nicht im Zimmer. Sie nahm an, dass er durch das kleine, halb geöffnete Fenster nach draußen geschlüpft war.

Nach der Morgentoilette suchte sie den Gemeinschaftsraum der Kirche auf und ließ sich ein einfaches, aber nährendes Frühstück schmecken. Dabei überlegte Fin, was sie als Erstes erledigen sollte. Für den Nachmittag hatte sie sich mit Ischve am Nordtor verabredet. Sie würde bei Reben in der Zitadelle vorbeischauen, um die neuesten Informationen abzuholen.

›Hoffentlich haben sie bei den toten Nordlingen irgendetwas gefunden, das Aufschluss über ihre Handlungen und die nächsten Schritte bringt‹, sinnierte sie. In der Kaserne könnte sie sicher wieder ein Pferd ausleihen, um den Weg nach Tannberg möglichst schnell zurücklegen zu können.

Nach dem Frühstück schaute sie kurz zurück ins Zimmer, ob Fogo zurückgekehrt war. Sie erblickte ihn nicht und auch einige Rufe brachten keinen Erfolg. Achselzuckend packte sie ihre Ausrüstung und marschierte durch die Stadt zur Kaserne.

Es sah so aus, als wären die Geschehnisse der Nacht nicht unbemerkt geblieben. Als Fin diesmal mit ihrem roten Umhang durch Irani lief, drehten sich viele Menschen nach ihr um, zeigten auf sie oder grüßten sie. Sie ignorierte alles um sich herum. An der Kaserne angekommen ging sie direkt zu Rebens Amtsraum. Sie klopfte und trat ein, als er dazu aufforderte.

»Guten Morgen, Reben. Ich hoffe, ihr habt gute Neuigkeiten für mich bezüglich der Männer aus dem Norden oder der weißen Priester und ihrer Pläne?«, sagte Fin zum Oberst.

Dieser saß hinter seinem Schreibtisch und wühlte sich durch Papier. Irgendjemand hatte vor ein paar Tagen, vor der Runde mit den Hauptmännern und Riggit, die ganzen Bücher aufgeräumt. Inzwischen ragten wieder einige Stapel auf Stühlen und dem Schreibtisch empor.

Fin fragte sich, was Reben mit den ganzen Büchern machte. Ob er wirklich alle nach Informationen durchsuchte oder er sie einfach in Gedanken versunken zur Hand nahm und dann irgendwo ablegte.

»Leider nicht, Finvara. Die Feinde haben uns nichts, wirklich nichts hinterlassen. Die Waffen und die gesamte Ausrüstung tragen keine Markierungen, wo sie hergestellt wurden und wer sie hergestellt hat. Wobei uns das auch nicht viel gebracht hätte. Die Männer, es waren ausschließlich männliche Nordlinge, hatten keine Briefe oder Notizen. Auch nichts, was uns weiterbringen würde. Es waren übrigens achtzig Feinde, die –«

»War in den ganzen Kisten irgendetwas zu finden, das Aufschluss gibt?« Fin unterbrach ihn ungeduldig.

»Nichts.« Er überging die Unterbrechung. »Sie bestanden großteils aus Nahrungsmitteln, Waffen und Rüstungen. Was wir in den Zelten fanden, trägt auch nicht zur Aufklärung bei. Die Männer sind wie Geister. Ohne Startpunkt und ohne Ziel. Als ob sie schon immer dort unten gewesen wären.«

»Wie sieht es mit dem Waldstück aus?« Fin war enttäuscht, dass überhaupt keine Antworten auf sie warteten, hatte sich das aber schon gedacht.

»Im Wald fanden wir nur alte Wagenspuren. Die Fährtenleser nehmen an, dass sie einige Monate alt sind. Daraus schließe ich, dass die Nordmänner oder die weißen Priester schon länger etwas vorbereiten. Wer wirklich hinter dem Ganzen steckt, ist uns nicht klar. Haben die Nordmänner die Priester mitgebracht oder umgekehrt?«

»Das ist tatsächlich auch eine der Fragen, die ich mir stelle. Ich gehe davon aus, dass die weißen Priester sich der Nordmänner bedienen, um ihre Aufgabe zu erfüllen. Worin auch immer die besteht.«

Reben nickte zustimmend. »So würde ich das auch einschätzen. Die Fährtenleser haben eine Spur entdeckt, die am Ausgang startete und weiter Richtung Straße führte. Sie gehen davon aus, dass diese vom Flüchtigen stammte. Leider verliert sie sich dort. Auch die Hunde konnten sie nicht weiterverfolgen. Als wäre der weiße Priester vom Erdboden verschluckt worden.«

»Was möglicherweise auch der Fall ist«, ergänzte Fin. »Wie schaut euer weiteres Vorgehen aus?«

»Ich habe gestern, direkt nachdem wir in die Zitadelle zurückgekehrt waren, Briefe aufgesetzt und mit Boten verschickt. An den König, an den General-Major der tangrintanischen Truppen und weitere an die General-Leutnants. Ich habe ihnen ausführlich beschrieben, was sich zugetragen hat. Ich hoffe, sie ziehen die richtigen Schlüsse daraus.«

»Habt ihr die Kirchen auch informiert? Dann kann ich auf dieser Information aufbauen, wenn ich in Tannberg eintreffe.«

»Bisher nicht. Wenn ihr das wünscht, kann ich Briefe aufsetzen«, bot er ihr an.

»Wenn ihr Zeit dafür erübrigen könnt, gerne. Es wäre gut, wenn die Kirchen informiert sind. Ich habe sie schon gebeten, mir Neuigkeiten über die politischen Strömungen im Königreich zu besorgen. Und über alle weiteren Gerüchte, die ich bisher gehört habe«, überlegte Fin. »Kennt ihr einen Haltoe Kamtharg? Ist das der Name des Händlers, der angeblich neu im Handelskonsortium sitzt?«

Reben murmelte den Namen ein paar Mal vor sich hin und strich sich über den eindrucksvollen Schnauzer. »Der Name sagt mir nichts, muss ich gestehen. Der Händler, auf den ihr anspielt, heißt Alliente Anvof. Er soll angeblich aus Osnil stammen. Er ist seit ein paar Monaten am Hof und hat inzwischen die Aufsicht über die Holzlieferungen übernommen. Mir ist zu Ohren gekommen, dass er recht gut mit dem Königssohn zurechtkommt. Dass wegen ihm ein anderer Händler gehängt worden sein soll, ist nur ein Gerücht. Der Mann wurde einfach ausgetauscht, da der König nicht mehr mit ihm zufrieden war. Allerdings ist er danach nicht mehr aufgetaucht. Wahrscheinlich ist er in sein Heimatland zurückgekehrt.«

»Dieses Gerücht ist mir tatsächlich in Xanthsik, aber auch von einem eurer Leutnants in der Stadt am Südpass angetragen worden. Ihr sagt, daran ist nichts wahr?«, hakte sie nach.

»Das ist richtig. Wie gesagt, ist der Händler in einem ganz normalen Prozess abgelöst worden und abgereist. Es gab keine Hinrichtung. Das hatten wir in Tangrintanien schon sehr lange nicht mehr. Bei uns gibt es, zum Glück, recht eindeutige Gesetze, nach denen gerichtet wird.«

Fin nickte. »Dann muss ich mich in Tannberg erkundigen, ob dort jemand diesen Haltoe kennt. Danke für eure Hilfe, Reben. Darf ich euch noch etwas mehr strapazieren?«

»Sagt, was ihr braucht, Elementarierin. Ich werde mein Möglichstes geben, euch zu helfen. Vor allem, da wir in eurer Schuld stehen.«

»Ich werde heute Nachmittag nach Tannberg aufbrechen. Ich bräuchte Verpflegung und ein Pferd für die Reise. Ich werde es in Tannberg in der Kommandantur abgeben«, teilte sie ihm mit.

»Das ist kein Problem. Wendet euch wegen des Proviants einfach an die Küche in der Kaserne und für das Pferd an die Stallknechte. Ich würde vorschlagen, dass ich euch drei Kompanien Soldaten zur Verfügung stelle.«

Fin verzog das Gesicht und wollte ablehnen, da sie annahm, die Soldaten würden ihre Reise verzögern. Reben merkte es und fügte erklärend hinzu: »Die Kompanien werden euch nicht aufhalten. Ich dachte an Reiterei. Und in Begleitung der tangrintanischen Soldaten bekommt ihr in jeder Stadt schneller Verpflegung und eine Unterkunft. Das sollte die Nachteile aufwiegen.«

Nickend stimmte sie ihm zu. »Ihr habt recht. Mit eurer Reiterei werde ich schneller an meinem Ziel sein als ohne. Und einen Überfall auf dem Weg muss ich auch nicht fürchten. Wer weiß, was dieser Haltoe sich noch alles ausgedacht hat, um mich aufzuhalten. Vielen Dank, Reben, für all eure Mühe!«

»Keine Mühe für mich, nur ein paar Befehle, die ich gebe.«

Sie sah ihn das erste Mal grinsen. Bisher war er ein sehr ernsthafter Oberst gewesen.

»Die Reiterei wird gegen Mittag bereit sein, euch nach Tannberg zu begleiten. Ich übertrage den Befehl über sie an euch, das macht es einfacher.« Er stand auf, um sich darum zu kümmern.

Fin erhob sich ebenfalls. »Danke noch einmal, Reben. Es war mir eine Freude, euch kennenzulernen. Ich hoffe, nächstes Mal treffen wir uns unter besseren Umständen.«

»Gleichfalls, Finvara. Es war sehr angenehm, mit euch zu sprechen. Ihr habt mich an meine Zeit in Olorien erinnert. Bitte lasst euch alles an Verpflegung geben, das ihr wünscht, und sucht euch ein Pferd aus, das euren Vorstellungen entspricht. Ich werde mich um den Rest kümmern. Ich wünsche euch eine angenehme Reise und hoffentlich, für uns und euch, findet ihr heraus, was in Tangrintanien passiert.«

Fin organisierte sich Verpflegung für die Reise und ein schnelles, ausdauerndes Pferd. Diesmal bekam sie einen Mausfalben.

Nachdem dies geklärt war, entschloss sie sich, zurück in die Kirche zu reiten und nach Fogo zu sehen. Der wartete schon in ihrem Zimmer.

Da es bereits Mittagszeit war, aß sie zusammen mit den Mönchen und Mönchinnen ein einfaches Mahl und verabschiedete sich danach vom Abt.

Anschließend ritt sie zurück zur Festung.

Die Reiterei stand schon bereit, sie nach Tannberg zu begleiten. Reben hatte alles wie versprochen veranlasst.

Kurz nach Mittag brachen dreiunddreißig Soldaten und Soldatinnen gemeinsam mit Finvara und Fogo auf, um Ischve am Nordtor abzuholen und die Reise nach Tannberg anzutreten.

Begegnungen

Die Straße, an deren Ende – sehr weit entfernt – Tannberg lag, führte zunächst durch einen Wald. Der Morgennebel hatte sich langsam, aber stetig aufgelöst und war schlussendlich komplett verschwunden. Im Gleichklang löste sich auch die Trauer über den Abschied von Uthr bei Toki.

Als ihn die ersten Lichtstrahlen erreichten, freute er sich auf den Tagesmarsch und die Wärme, die sie versprachen. Die Baumeister hatten die Straße schnurgerade errichtet und Toki hatte, die Schneise entlang, einen herrlichen Blick. Der Frühling hatte Tangrintanien eingenommen.

Allerlei Insekten flogen kreuz und quer über den Pfad. Wildbienen, Schmetterlinge und Hummeln labten sich am Nektar der bunten Pflanzen, die am Wegesrand wuchsen. Zwischen Nadelbäumen wie Tannen, Fichten, Kiefern, Eiben und Föhren erspähte Toki ein paar Eichen und andere Laubträger. Einige waren schon aus dem Winterschlaf erwacht und bildeten ihre Blätter aus, andere schliefen noch und ließen sich Zeit mit dem Aufwachen. Sonnenstrahlen bildeten kleine Lichtpfützen auf dem Boden. Darin tummelten sich Käfer und anderes Kleintier, die Wärme gierig aufsaugend. Sogar einige Eidechsen nutzten die Gunst der Sonne, um sich aufzuwärmen.

Entspannt pfeifend legte Toki eine gute Strecke zurück. Der Wald öffnete sich und gab rechter Hand gleichmäßig ansteigende Hügel preis. Sie lagen ausgebreitet rings um den mächtigen Illkopf, dem größten Berg zwischen Mittelgebirge und

Hasengebirge. Toki erblickte fern, in den Anhöhen unter dem Felsgestein, eine Gruppe Gämsen. Näher bei ihm, aber ausreichend entfernt, suhlte sich eine Wildschweinrotte im weichen Boden am Waldrand.

Etwa zur Mittagszeit erreichte er ein Holzfäller- und Jägerlager. Die Männer und Frauen schlugen Tannen im Wald und entästeten und entrindeten sie. Pferde zogen die abgelängten Baumstämme zur Verladestation. Dort wurden sie auf die wartenden Wägen geladen, um ihren Weg zu einem Sägewerk zu beginnen. Im Jägerlager wurden einige erlegte Tiere aufgehangen und aufgebrochen. Anderen wurde das Fell abgedeckt. Weitere Arbeiter zerwirkten die Tiere. Gesalzen, gepökelt, geräuchert oder getrocknet erreichte das Fleisch die Dörfer und wurde dort verkauft.

Toki setzte seine Wanderung einige Zeit fort und beschloss, an einem ruhigen, malerischen Platz am Waldrand zu rasten. In einem kleinen Tümpel quakten die Frösche. Steine luden ihn ein, sich zu setzen. Er verspeiste im Gegensatz zu den letzten Tagen ein karges Mahl aus hartem Brot, trockenem Hartkäse und Wurzelgemüse. Uthr hatte recht, mit gutem Essen reiste es sich sehr viel angenehmer, entschied Toki. Dafür brauchte er weniger Zeit, um das Mittagsmahl zu beenden. Er beschloss, bevor er sich wieder auf den Weg machte, zu meditieren.

»*Wie-wie-wie-wie-Ihhh. Wie-wie-wie-wie-Ihhh*«, hörte er es leise, etwa zur Mitte der Meditation, als er tief darin versunken war.

»*… anstrengend so weit zu fliegen. Ich komme gar nicht richtig hinterher …*«

Toki schob die Worte auf seine Gedanken, die ihm durch die Meditation anscheinend lautstark durch den Kopf sausten. Er versank wieder in seine Übung.

»*… Juhu. Hier wimmelt es ja von Insekten. Und einige Samen liegen auch am Boden! Endlich was Gescheites zu fressen …*«

Toki ignorierte auch das. Kurz bevor er seine Meditation abschloss, hörte er: »*… Ob der Kerl tot ist? Muss ich nachsehen? Aber was kann ich dann machen!*«

Toki spürte Aufregung. Letztendlich öffnete er die Lider und sah sich Auge in Auge mit einem goldgelben kleinen Vogel sitzen. Der wippte auf einem Ast, der vor Tokis Gesicht hing, auf und ab. Verdutzt schaute er von links und rechts auf den Piepmatz. Der folgte seinem Blick gespannt.

»… *Lebt doch noch, Glück gehabt. Wer ist der Kerl nur …?*«

Er hörte die Stimme immer noch. Was war das? Bildete er sich das doch nicht ein? Er stand auf und streifte dabei den Ast, auf dem der Vogel immer noch saß.

»… *Pass doch auf, Trampel …! Keine Manieren!*«

Toki erschrak, stolperte über den Stein, auf dem er gesessen hatte, und landete im Gras. Das Tier flog bei den hektischen, nach Gleichgewicht suchenden Bewegungen aufgeschreckt davon. Toki lauschte am Boden liegend auf weitere Worte.

Als er einige Minuten später immer noch nichts hörte, stand er auf und dachte, dass er sich alles eingebildet hatte. Schulterzuckend, den Vogel vergessend, packte er seine Habseligkeiten zusammen und setzte die Reise fort.

Die Straße, immer noch schnurgerade, verließ die hügelige Umgebung und tauchte in beidseitige Wälder ein. Als Toki den Wald durchquert hatte, lag vor ihm die Illrin. Der Weg führte über eine steinerne Brücke darüber hinweg. Er sah einige Wagen am Fuß der Brücke stehen.

Toki bewegte sich auf sie zu und erkannte, dass dort Soldaten die Maut eintrieben. Er zog seinen Geldbeutel hervor und wartete, bis er an der Reihe war.

»Hallo, Reisender, fünf Fenning, wenn du die Brücke nach Illkreit überqueren willst«, grüßte ihn einer der Wächter.

Toki zählte das Geld ab, überreichte es und fragte den Soldaten, ob es in dem Dorf eine gute Taverne gäbe.

»Ja, gibt es, Junge. Gleich wenn du das Dorf betrittst auf der linken Seite. Der Name ist ›Knödelmeister‹. Du bekommst dort die besten Knödel in Tangrintanien.« Der Mann winkte den nächsten Reisenden herbei.

Toki bedankte und verabschiedete sich und beschloss, der Empfehlung zu folgen. Die Abenddämmerung überzog den Himmel hinter ihm. Am anderen Ufer erspähte er auf der linken Seite viele kleine Seen und Weiher. Einige Hütten standen am Ufer und Fischer angelten in den Gewässern.

›Sieht aus, als gäbe es hier beständig frischen Fisch‹, überlegte Toki. ›Möglicherweise gibt es auch welchen in der Taverne.‹

Er aß sehr gerne Fisch. Gelegentlich hatten sie auch zu Hause welchen auf den Tellern, wenn sie Zeit fanden, in den Griffinfangseen zu angeln. Ein Gefühl von Heimweh überkam ihn, als er daran dachte. Irgendwie freute er sich aber auch, seitdem er Uthr getroffen hatte, auf die Reise nach Tannberg, und auf das, was er noch alles erleben würde. Seit Neuestem bestand eine Ambivalenz in ihm. Oder war sie schon immer vorhanden? Verdeckt von seinem Alltag?

Er fand den »Knödelmeister« dort, wo er ihm beschrieben worden war. Es war ein gemütlich aussehendes, zweistöckiges Haus. Efeu rankte sich über die runden Holzbalken, die als Außenwände dienten, nach oben. Eine Bank lud Wanderer ein, ihre müden Füße auszuruhen und sich von den Strapazen der Reise zu erholen. Die große Tür schmückten ein paar Holzschnitzereien.

›Schöne Arbeit‹, bemerkte Toki beim Eintreten. ›Ich hätte es nicht besser machen können.‹

Drinnen erwartete ihn ein sauber aufgeräumter Schankraum mit kleinen Tischen.

Toki setzte sich, fragte bei der Schankmaid nach dem Abendessen und orderte daraufhin ein Bier sowie Karpfen mit Knödel. Als sie ihm die Speisen und das Getränk brachte, verschlang er hungrig alles bis auf den letzten Krümel. Müde von der langen Reise und jetzt auch von seinem vollen Magen, beschloss er, sich in sein Zimmer zurückzuziehen und frühmorgens die Reise fortzusetzen.

Die Atemübungen ließen ihn in einen tiefen, traumlosen Schlaf sinken.

Toki fühlte sich erfrischt, als er noch vor Sonnenaufgang erwachte. Wie die letzte Zeit üblich, wollte er mit einer

Meditation in den Tag starten. Er setzte sich auf, zündete die Lampe auf dem Nachttisch an und bemerkte dabei, dass sein linker Unterarm bis über den Ellbogen grau war. Er betrachtete ihn, zuckte mit den Schultern und widmete sich seiner Übung. Danach dämmerte ihm, dass er keine negativen Gefühle und keine Angst mehr vor dem Ausbreiten der Färbung verspürte. Das Kribbeln und Brennen, das er im Dorf immer vor neuen Verfärbungen empfunden hatte, hatte er die letzte Zeit nicht mehr. Es änderte sich einfach nur seine Hautfarbe.

›Wenn ich ganz grau bin, dann sehe ich aus wie jemand mit einer anderen Hautfarbe‹, überlegte Toki. ›Vielleicht gibt es ein Königreich, in dem die Menschen von Natur aus grau sind?‹ Er hätte gern Uthr danach gefragt.

Nach der Übung erledigte Toki seine Morgentoilette, leistete sich ein reichhaltiges Frühstück, bezahlte alles und schulterte seinen Beutel. Die Nahrungsmittel würden den Tag über reichen, für morgen musste er sich mit Verpflegung eindecken.

Er verließ Illkreit über die Weststraße an einem großen Steinbruch vorbei.

Nachdem er einige Zeit gelaufen war, fing der Weg an anzusteigen. Er führte ihn in die Berge hinein. Sanfte Serpentinen geleiteten ihn um Felsformationen herum, brachten ihn über kleine Hügel und lotsten ihn schlussendlich zu einer Taverne. Diese befand sich gut gelegen. Nach einem anstrengenden Anstieg hatten Wanderer Durst und Hunger. Pferde und Ochsen konnten sich erholen, während ihre Besitzer sich erfrischten.

Auch Toki beschloss, an dem kleinen Bach, der neben der Schenke die Felsen hinabschäumte, seinen Wasserschlauch aufzufüllen. In der Gaststube kaufte er sich etwas Brot und Würste und nahm sie mit auf den Weg.

Als er am frühen Nachmittag um eine Kehre kam, sah er eine Person am Wegrand sitzen und sich den Arm halten. Das Gesicht schmerzverzerrt. Toki wollte schon vorbeigehen, besann sich dann aber auf seine Erfahrung mit Uthr. Der war nicht einfach mit seinem Ochsenkarren an ihm vorbeigefahren, sondern hatte sich gekümmert, ob es ihm gut ging. Er wollte es auch so handhaben.

»Hallo, Reisender. Brauchst du Hilfe?«, grüßte er die sitzende Person. Als diese zu ihm aufblickte, bemerkte er, dass sie keinen Umhang trug, wie er zunächst annahm. Der dunkelbraune Hautton und die schlohweiß leuchtenden Haare gaukelten ihm das vor. Sie trug die Haare kurz geschnitten. Die Augenbrauen leuchteten ihm in gleichem Ton entgegen. Ihre Augen hatten einen eigentümlichen Ockerton. Irgendwo hatte er die Farbe schon einmal gesehen, überlegte Toki, kam aber nicht darauf, wann und wo.

»Hallo, nein … nein danke.« Zögerlich lehnte der Mann – Toki vermutete, dass es ein Mann war – ab. »Ich bin nur auf diesen nassen Steinen ausgerutscht und habe mir dabei den Arm geprellt.«

Der Mann hatte hohe Wangenknochen, die stark herausstachen, und eine breite, kantige Stirn. Perlweiße Zähne strahlten hinter sehr vollen Lippen, hervorgehoben durch die dunkelfarbige Haut. Seine Stimme klang angenehm, hell und rauchig. Silberne Ringe schmückten die Ohren an der gesamten Ohrmuschel.

»Meine Großmutter ist Heilerin und Kräuterkundige. Ich kenne mich auch ein wenig damit aus und kann sagen, ob der Arm gebrochen, verrenkt oder nur gestaucht ist«, bot Toki dem am Boden Kauernden an.

»Ich weiß nicht, ich kenne euch nicht …« Der Mann zögerte immer noch.

Toki sah ihm aber an, dass er zwischen Vorsicht und Schmerz hin- und hergerissen war.

»Ich bin Toki. Wie ist euer Name?«, stellte er sich vor.

»Mein Name ist El… Elz.« Und fügte dann hinzu: »Ihr seid Heiler, sagt ihr?«

Toki lachte auf. »Nein, das würde ich nicht so sehen. Meine Großmutter. Ich habe ihr nur gelegentlich geholfen, und ein paar Kniffe aufgeschnappt. Aber mit verstauchten Händen und Armen kenne ich mich aus, das hatte ich selbst schon zur Genüge. Darf ich?«

Der Mann streckte ihm den rechten Arm schmerzverzerrt entgegen.

Toki kniete sich vor ihm nieder und fragte: »Könnt ihr ihn bewegen? Und die Hand?«

»Ja, das ist möglich, auch die Finger, aber unter Schmerzen«, bekam er als Antwort zu hören.

Toki ergriff vorsichtig den Arm und betastete das Ellbogengelenk. »Schmerzt es hier?«

Ein verneinendes Kopfschütteln. Er betastete das Handgelenk. Es fühlte sich geschwollen und heiß an.

»Es fühlt sich an, als hättet ihr euch das Handgelenk gestaucht. Ziemlich stark. Es wird noch weiter anschwellen und eure Bewegung behindern.« Er überlegte. »Ich habe ein paar Kräuter dabei, die helfen könnten. Ich brauche nur warmes Wasser, dann kann ich daraus eine Paste herstellen, die die Schwellung und die Schmerzen lindert. Wenn ihr wollt, können wir zusammen weitergehen, und wenn sich eine Möglichkeit ergibt, Wasser zu erwärmen, versorgen wir euren Arm.«

»Ich will euch nicht aufhalten, Toki.«

»Sagt du zu mir. Ich will zwar zügig vorankommen, aber Zeit, um zu helfen, habe ich. Was ist euer Reiseziel?«

Der Mann zögerte wieder. »Ich muss nach … Tannberg. Ich suche jemanden.«

»Das ist auch mein Ziel. Wir könnten ein Stück gemeinsam reisen. Ich habe festgestellt, dass das gar nicht so schlecht ist.« Er lächelte, als er an Uthr dachte.

Das Lächeln taute den Mann am Boden auf und er sagte: »Wenn es dir wirklich keine Umstände macht? Gelegentlich habe ich mir Begleitung gewünscht … vor allem nachts … Man weiß nie, wo Räuber lauern.«

»In Tangrintanien?« Toki lachte erneut. »So etwas gibt es hier nicht. Die Soldaten des Königs sind sehr gut darin, die Straßen sicher zu halten. Und es gibt bei uns für alle genug. Es muss nicht gestohlen werden.«

Zweifelnd sah ihn der Mann an. »Es gibt immer und überall Räuber. Menschen, die denken, es sei einfacher, von anderen zu stehlen.«

»Wenn du meinst. Dann wäre es sicherer, wenn wir zusammen weitergehen. Soll ich dir aufhelfen?«, bot Toki an.

»Nein danke, es geht schon.« Elz erhob sich mühsam, den Arm an die Brust gepresst.

Toki erkannte, dass er fast so groß war wie er. Ein Mantel kleidete ihn. Unter ihm trug Elz ein Leinenhemd, Leinenhose, einen Ledergürtel und Lederschuhe. Auf dem Rücken saß ein Rucksack.

Zusammen wanderten sie weiter den Weg durch die Berge entlang. Nachmittags verließen sie diese und erblickten in der Ferne die nächste Siedlung. Sie würden sie gegen Abend erreichen. Rechts am Weg lag ein weiteres Holzfällerlager am Waldrand.

»Schau, dort können wir nach etwas warmem Wasser fragen. Oder uns selbst eines erwärmen, wenn es ein Feuer gibt.« Toki zeigte mit seinen in Handschuhe gehüllten Fingern auf die Häuser. »Wenn sie etwas Leinenstoff vorrätig haben, dann verbinden wir die Hand und binden dir eine Schlaufe. Das ist besser für den Weg.«

Elz nickte.

Am Lager angekommen, suchte Toki jemanden, der ihm Auskunft über das Gewünschte geben konnte. Er fand ein paar Holzfäller, die sich am Waldrand unterhielten. Sie erlaubten ihm, das Feuer an ihrem Rastplatz zu entzünden. Sie brauchten es in absehbarer Zeit sowieso für ihr Abendessen, wie sie ihm mitteilten.

Leinen lagen in einem der Häuser und er durfte sich davon nehmen, so viel er für seinen verletzten Freund brauchte.

Toki dankte ihnen, lief zu Elz zurück und entfachte das Feuer.

An der Feuerstelle fand er einen kleinen Kessel mit Dreibein. Mit diesem erhitzte er Wasser. In der Zeit, die es brauchte, um zu kochen, richtete er sich ein paar Leinen her und band eine Schlaufe für Elz' Arm. Aus seinem Rucksack nahm er eingewickelte Beinwellblätter, die seine Großmutter immer gegen Schwellungen und Muskelbeschwerden einsetzte. Er gab einige davon in eine kleine Menge kochendes Wasser und stellte eine Paste her, die er auf weiterem Leinen verstrich.

Elz schaute ihm über die Schulter, und als Toki ihn bat, seine Hand auszustrecken, hielt er sie ihm entgegen. Toki verband das Handgelenk mit dem bestrichenen Leinen. Nachdenklich betrachtete er sein Werk und nickte anschließend zufrieden. Elz dankte ihm und beteuerte, dass es sich schon viel besser anfühlte.

Sie winkten den Holzfällern dankend zu und setzten ihren Weg nach Bruchfelsen fort. Toki hatte die Arbeiter nach dem Namen der Siedlung gefragt. Dort gab es einige Steinbrüche und der Name leitete sich davon ab. Die meisten Einwohner fanden in ihnen Arbeit.

Es gab auch eine gute Taverne. Der Wirt verlangte nicht allzu viel für Kost und Logis.

Sie beschlossen, dort die Nacht zu verbringen und am nächsten Tag weiterzureisen. Beide genossen eine warme Mahlzeit. Toki mit Bier, Elz mit Wasser. Währenddessen unterhielten sie sich über die Umgebung und den Weg nach Tannberg. Toki redete die meiste Zeit, Elz hörte zu und steuerte nur gelegentlich etwas bei. Toki nahm an, dass er nicht besonders gesprächig war. Möglicherweise vertraute er anderen auch einfach nicht. Er konnte es ihm nicht wirklich verübeln, als er an die Situation im Dorf dachte. Seine dunkle, karamellfarbige Haut machte es Elz sicher nicht einfacher, durchs Land zu reisen.

Nach dem Essen zogen sich beide in ihre Zimmer zurück. Toki meditierte und schlief bald ein. In der Nacht träumte er, dass er von leuchtendem, milchig-schlierigem Nebel umgeben war und durch ihn hindurchschwebte. Er fühlte sich angenehm geborgen darin.

Toki erwachte aus seinem Traum und stellte fest, dass der Morgen dämmerte. Er hatte die ganze Nacht durchgeschlafen. ›Das habe ich auch schon lange nicht mehr‹, dachte er. ›Das Schweben durch den Nebel war ein außergewöhnliches Erlebnis. Wenn ich nur öfters so träumen würde.‹

Heute übte er eine Atemtechnik, die ihn wach machte. Ausgeruht und entspannt fühlte er sich nach der Nacht schon. Die anschließende Morgentoilette offenbarte ihm ein paar graue Flecken auf dem Bauch, die er achselzuckend ignorierte.

Elz saß schon in der Schankstube und hatte ein Frühstück mit Brot, Eiern und Käse vor sich stehen. Er lud Toki ein, sich zu ihm zu setzen und zuzugreifen. Schweigend aßen sie.

Nach dem letzten Krümel eröffnete er ihm, dass er sich dazu entschlossen habe, allein weiterzureisen. Er wolle ihn nicht aufhalten. Überschwänglich bedankte er sich bei ihm wegen des Verbands und sagte, dass es sich schon sehr viel besser anfühlte. Nicht mehr so heiß und auch nicht mehr schlimm geschwollen.

Sie wünschten sich eine gute Reise und beide standen auf, um die Taverne zu verlassen.

Elz war schon an der Tür und hatte sie aufgestoßen, Toki knapp hinter ihm, als er plötzlich wie durch Nebel sah. Er streckte die Hand aus, um sich abzustützen.

Der Dunkelhäutige rannte gegen eine Mauer in der offenen Tür und taumelte zurück. Der milchige Nebel verschwand aus Tokis Blickfeld. Die durchsichtige Mauer blieb bestehen.

Das stellte Elz fest, als er seine Hand ausstreckte. Er wollte wissen, wogegen er gelaufen war. Verdutzt tastete er die ganze Türfläche ab. Nirgends konnte er hindurchgreifen.

Toki stand da und staunte. Was war passiert? Er hatte kurz vorher das gleiche seltsame Gefühl wie damals gehabt, als die geworfenen Steine seinen Vater verfehlten.

Elz hörte auf, die Tür zu betatschen, und wandte sich unsicher zu ihm um.

»Hast du … Was …? Kannst du … Kannst du zaubern? Warst du das mit der Tür?«, stieß er hervor.

»Ich habe nichts gemacht, Elz. Ich weiß nicht, was das ist. Irgendjemand will wohl nicht, dass wir getrennt nach Tannberg reisen.« Toki lachte.

Der Mann betrachtete ihn mit einem durchdringenden, nachdenklichen Blick.

»Deine Augen sehen ganz normal aus.«

»Wie sollen meine Augen denn sonst aussehen? Augen ändern sich nicht einfach so.« Toki sah ihn zweifelnd an.

»Ach nichts, ich habe nur laut gedacht«, erwiderte Elz. »Ich habe mich gerade dazu entschlossen, doch mit dir zu reisen, falls wir diese Schenke verlassen können.« Er klopfte mit den Knöcheln der gesunden Hand gegen die durchsichtige Mauer.

Der Wirt war inzwischen aufmerksam auf sie geworden und kam herbeigeschlendert.

»Was ist los, junge Herren? Habt ihr etwas vergessen? Kann ich euch helfen?«

»Wenn ihr unsichtbare Türen öffnen könnt, dann ja«, antwortete Elz ihm trocken.

»Die Tür ist offen.« Der Wirt verstand seine Anspielung nicht.

Er wollte hinausgehen und knallte wie Elz zuvor gegen die unsichtbare Wand. »Was zur grünen Hölle? Was ist mit meinem Eingang?«

»Keine Ahnung. Wir wollten hinausgehen, konnten es aber nicht. Wie ihr«, warf Toki ein. »Habt ihr einen anderen Ausgang oder müssen wir durch ein Fenster klettern?«

Der Wirt, immer noch total verwirrt, betastete die durchsichtige Wand. »Ihr könnt durch die Küche nach draußen gehen. Wie sollen die Gäste jetzt in mein Gasthaus kommen?«

»Zum Glück ist es euer Gasthaus und nicht unseres. Wir müssen weiter.«

Elz packte Toki am Arm und zog ihn durch die Küche ins Freie.

»Und du kannst wirklich nicht zaubern? Ist das schon einmal passiert?« Er sah ihn erneut durchdringend an.

»Nein, ich kann nicht zaubern. Das können nur die Männer in Blos Prana!«

»Das ist nicht ganz korrekt. Jeder kann es, er braucht nur den richtigen Zauberspruch und Zauberpulver dafür. Einfach ist es wahrlich nicht, das stimmt allerdings.«

Jetzt war Toki erstaunt. »Woher weißt du das?«

»Nicht so wichtig. Wir sollten weiter.«

Elz marschierte los. Toki folgte ihm schnell.

»Warte, wieso kommst du darauf, dass die unsichtbare Wand etwas mit Magie zu tun hat?«

Elz stoppte, drehte sich zu ihm um und sagte: »Davon habe ich gelesen. In einem Buch. Und mich jetzt daran erinnert. Aber wenn du sagst, dass du es nicht warst, wird das stimmen.«

»Wissentlich auf jeden Fall nicht«, stammelte Toki.

»Wenn du es nicht wissentlich gemacht hast, dann war es auch keine Magie. Wie schon gesagt, dazu muss man etwas mehr machen, als nur daran denken. Warum solltest du mich auch davon abbringen, aus der Tür zu gehen? Aber es war seltsam. Passiert öfters Ungewöhnliches in deiner Nähe?«, setzte Elz nach.

Toki dachte an die paar sonderbaren Erlebnisse, die er in letzter Zeit hatte, schüttelte aber schnell den Kopf und verneinte.

»Jetzt hast du mich neugierig gemacht, Toki. Lass uns zusammen weiterreisen. Okay?«

»Du wolltest allein weiter! Ich dachte, es wäre besser und angenehmer, wenn wir zu zweit reisen, und auch sicherer.«

»Lass uns aufbrechen.«

Elz drehte sich um und schritt die Straße entlang.

»Ich brauche noch neue Verpflegung. Dort vorn sehe ich einen Laden, in dem es Lebensmittel gibt.«

An dem kleinen Hofladen hielten sie. Toki deckte sich mit Brot, Gemüse und Käse ein.

»Jetzt können wir uns aufmachen. Ich hatte vor Kurzem einen Begleiter, der mich gelehrt hat, dass die Reise mit genug und gutem Proviant immer besser ist.«

»Das war ein weiser Mann«, stimmte Elz zu.

An den großen Steinbrüchen vorbei verließen sie Bruchfelsen Richtung Jannesse.

Die Straße führte sie erneut in die Berge hinein. Zunächst liefen sie schweigend nebeneinanderher. Toki konnte aber nicht vergessen, dass Elz etwas über Magie wusste. Neugierig versuchte er, mehr darüber zu erfahren. Seine Großmutter hatte ihm Großvaters Zauberpulver mitgegeben. Vielleicht konnte er mit ihm Magie wirken?

»In welchem Buch hast du etwas über Zauberei gelesen? Und wie kann man sie anwenden? Stand das darin?«

Elz blickte ihn an. Toki war sich nicht sicher, ob er ihm antworten würde. Nach einiger Zeit, die Elz damit verbrachte zu überlegen, antwortete er doch.

»Meine Mutter stammt ursprünglich aus Carane, deswegen auch die dunkle Hautfarbe. Sie ist aber nach Blos Prana gezogen und hat dort meinen Vater kennengelernt. Es gibt viele Buchläden in der Hauptstadt. Meine Mutter arbeitete in einem davon und ab und zu konnte ich dort Bücher lesen. Aber viel weiß ich trotzdem nicht darüber. Die wirklich interessanten Bücher sind alle in der Zitadelle der Magie eingeschlossen. Und nur Zauberer oder Anwärter darauf dürfen sie einsehen.« Frustriert fügte er hinzu: »Zaubern dürfen ausschließlich Männer.«

»Stand in den Büchern, wie man zaubern kann?«

Toki, jetzt sehr neugierig und aufgeregt, ob er etwas über sein Pulver erfahren würde, ließ nicht locker.

Elz sah ihn skeptisch an. »Wieso willst du das wissen? Ich dachte, du kannst nicht zaubern.«

Toki überlegte. Er wollte mehr darüber erfahren, aber selbst nichts preisgeben. »Ich bin einfach neugierig. Man weiß nie, wann man Wissen einmal gebrauchen kann, sagte meine Großmutter immer.«

Elz zuckte mit den Achseln und erwiderte: »In den Büchern stand nicht wirklich etwas Informatives. Um Magie zu wirken, musst du den genauen Wortlaut des Zauberspruchs kennen und ihn in der perfekten Klangmelodie aussprechen. Außerdem die für den Zauber benötigte Menge Zauberstaub schlucken – vor dem Aussprechen. Du siehst, es ist also nicht einfach, Magie zu wirken. Es erfordert einiges an Wissen und lange Zeit des Studiums.«

Toki war enttäuscht von den Antworten. Sein Pulver brachte ihm also nichts. Vielleicht sollte er es in Tannberg verkaufen. Er glaubte nicht, dass er jemals nach Blos Prana in die

Akademie gehen würde. Geschweige denn, dass er ein langes Studium der Magie beginnen würde. Immerhin wusste er jetzt mehr über Zauberei als heute Morgen.

»Was hast du in Blos Prana gemacht?«, fragte er Elz, um das Thema zu wechseln.

»Ich habe meiner Mutter in dem Buchladen geholfen und gelegentlich meinen Vater begleitet. Er war … Buchhändler. Vielleicht hätte ich den Laden übernommen, aber meine Mutter ist krank geworden und gestorben. Jetzt bin ich auf der Suche nach jemandem, der sie kannte.«

»Und der ist hier bei uns in Tangrintanien?«, hakte Toki neugierig nach.

»Sie hat mir einen Brief hinterlassen, in dem sie das schreibt, ja. Aber sehr viel mehr weiß ich auch nicht. Du siehst, es gibt nicht viel über mich zu wissen. Ich hoffe, in Tannberg Antworten in den Archiven zu finden. Möglicherweise …«

»Ich hoffe, du findest dort, was du suchst.« Toki wollte Elz ermuntern und ihm Hoffnung geben. Er klang etwas bedrückt bei dem Thema.

In der Ferne erblickten sie auf der rechten Seite ein Jägerlager. Den Weg durch die Berge hindurch hatten sie hinter sich und Wald tauchte vor ihnen auf. So wie es in Tangrintanien fast immer aussah. Berge wechselten sich mit Wäldern ab und umgekehrt.

Gegen Mittag erreichten sie eine Holzfällersiedlung und einige Zeit später an einem großen Straßendreieck eine Taverne. Der Weg führte nach Westen nach Jannesse oder nach Norden am Jannsee vorbei. Beide Routen würden sie schlussendlich in die Hauptstadt bringen. Sie beschlossen, in der Taverne Rast zu machen und zu überlegen, welchen Weg sie nehmen sollten. Toki wollte nicht durch Jannesse hindurch, große Städte machten ihn beklommen. Die Wanderungen bisher hatten ihm dagegen gefallen. Elz war es egal, er wollte nur nach Tannberg gelangen. Deshalb entschieden sie, nach Norden weiterzureisen.

Den Nachmittag verbrachten sie auf der Straße. Händler und Fuhrwerke überholten sie oder kamen ihnen entgegen. Der

Verkehr war um ein Vielfaches dichter als bisher. Der Weg führte an vielen Bauernhöfen und bestellten Feldern vorbei, auf denen die Familien der Bauern ihre Arbeit verrichteten. Links der Straße hatten sie immer den Wald als Begleitung.

»Ich müsste mal austreten.« Toki wandte sich an Elz. »Lass uns eine kurze Rast machen. Du musst dich sicher auch erleichtern. Dann wandert es sich besser.«

»Geh du zuerst. Ich halte Ausschau, ob uns wer beobachtet. Wenn du wieder hier bist, gehe ich«, wiegelte Elz ab.

›Er ist wirklich vorsichtig‹, dachte sich Toki, ging aber in den Wald, um sein Geschäft zu erledigen. Als er wieder auf der Straße stand, verschwand Elz im Gebüsch.

Abends erreichten sie den Jannsee und das mittelgroße Dorf Jagense. Dort rasteten sie für die Nacht und marschierten früh morgens am See entlang nach Jakine.

Mittags erreichten sie die Siedlung. In dem Gasthaus, in dem sie etwas aßen und ihre Wasserschläuche auffüllten, belauschten sie ein paar Händler. Die unterhielten sich über eine langanhaltende Dürre, die das südliche Estren und das nördliche Belindin im Griff hielt. Absolut untypisch für diese Jahreszeit. Sie überlegten, wie sie daraus Kapital schlagen konnten, da die Lebensmittelpreise durch die Ernteausfälle möglicherweise stark steigen würden. Dazu müssten sie aber in Tangrintanien einkaufen und den langen, beschwerlichen Weg über die Regenlande und Tadrium wagen. Elz und Toki interessierten sich nicht länger für die Händler. Nur die Wetterphänomene beschäftigten sie noch einige Zeit auf ihrem Weg.

Für diese Nacht erreichten sie keine Unterkunft und beschlossen, am Waldrand zu nächtigen. Beide teilten sich ihre Lebensmittel und Toki bereitete sich anschließend auf seine Meditation vor. Elz folgte ihm neugierig mit seinen Blicken.

»Was machst du da?«, fragte er.

»Ich meditiere. Das ist eine Möglichkeit, den Geist zu beruhigen. Ich habe das von einem Händler gelernt, den ich auf dem Weg getroffen habe. Es hilft, mir besser zu schlafen. Willst du, dass ich es dir zeige?«

Interessiert nickte Elz und setzte sich neben Toki.

»Was muss ich tun?«

Toki erklärte es ihm und versuchte alles, was er von Uthr gelernt hatte, an ihn weiterzugeben. Er war sich sicher, dass er dabei einiges vergaß. Aber die Meditation der beiden funktionierte trotzdem gut und sie wurden dadurch müde und legten sich danach für die Nacht zur Ruhe.

Zweimal wachte Toki auf, da er dachte, etwas gehört zu haben. Ein leises »*Wie-wie-wie-wie-Ihhhh, Wie-wie-wie-wie-Ihhhh*«.

Als er Elz am Morgen fragte, ob er etwas mitbekommen hatte, verneinte dieser. Er konnte also auch nur davon geträumt haben.

Toki lud seinen Begleiter ein, an seinen Atemübungen teilzunehmen. Danach frühstückten sie und setzten die Reise fort.

Toki hatte sich in Jagense ein Rasierwerkzeug gekauft, da sein Bart anfing, unangenehm zu kratzen. An einem kleinen Bach hielt er und befreite sich davon. Er bot das Werkzeug auch Elz an, der lehnte jedoch ab und meinte schnell, dass er sich regelmäßig abends rasiere. Gesehen hatte es Toki noch nicht, Elz' Gesicht war immer glatt, wie frisch rasiert.

Der Tag und der Weg plätscherten leicht dahin. Die Sonne schien und die Temperatur war angenehm. Kurz vor dem Dorf, in dem sie nächtigen wollten, sahen sie eine große Anzahl von Reitern vor sich auf der Straße, die ihnen entgegenritten. Je näher sie kamen, desto besser konnten sie sie erkennen. Es war etwa eine halbe Kompanie Nordländer. Bärtige, langhaarige Männer, kriegerisch gerüstet, mit allerlei verschiedenen Waffen an den Sattelgurten oder den Gürteln. Wappen oder Flaggen konnten sie nicht erkennen.

Elz und Toki traten an den Straßenrand, um die Reiterei vorbeizulassen. Kurz bevor sie die beiden Wanderer erreichten, erkannte Toki einen weißen Priester, der inmitten der Nordländer ritt. Bisher hatten die Umrisse der großen Männer ihn verdeckt.

»O nein!«, stieß er entsetzt aus, sich an den letzten Priester erinnernd.

Elz sah ihn aufgeschreckt an. »Was ist los? Was hast du?«

»Ein weißer Priester! Der letzte, den ich getroffen habe, führte nichts Gutes im Schilde. Hoffentlich sind sie schnell vorbeigeritten und ignorieren uns. Verstecken können wir uns nicht mehr. Weglaufen macht uns nur verdächtig.«

Die ersten Reiter sausten vorbei. Als der weiße Priester an ihnen vorbeiritt, gewahrte er die Wanderer am Wegrand und starrte sie an.

Toki bemerkte, dass er gleich darauf die Stirn grübelnd runzelte. Seine Nackenhaare sträubten sich, als er spürte, dass der Priester auf sie aufmerksam wurde. Ihm wurde bang.

»Wir müssen hier weg!«, flüsterte er Elz' zu und lief los. »Die Straße entlang Richtung Dorf.«

Elz folgte ihm. Die Reiter waren alle an ihnen vorbei. Toki blickte sich um. Er stellte fest, dass sie langsamer wurden. Er lief schneller. Ein paar der Berittenen drehten um. Der weiße Priester war unter ihnen. Toki und Elz rannten jetzt. Das Dorf lag vor ihnen. Ein paar Bewohner sahen in ihre Richtung. Sie würden es nicht schaffen.

Die Reiter überholten und stoppten sie. Sie mussten abbremsen, um nicht in die Pferde und Waffen zu rennen, die die Nordländer gezogen hatten. Der Priester tauchte hinter ihnen auf.

»Wen haben wir denn hier?« Er ließ sein Pferd neben Toki und Elz traben und hieß es dann anzuhalten. »Du siehst mir sehr ungewöhnlich aus. Ich hätte nicht erwartet, jemanden wie dich hier zu treffen.«

Er blickte Toki an, oder? Elz stand genau hinter ihm. Der Mann stieg vom Pferd. Ein paar der anderen Reiter standen schon neben ihnen.

»Wirklich erstaunlich«, sagte der Weißgewandete.

Toki zitterte, als er genau auf ihn zu ging. Er erinnerte sich an den angstverbreitenden, giftspritzenden Priester im Dorf. Der Mann hob die Hand … und schob Toki mit einem Stoß zur Seite, dass dieser zu Boden stürzte, und wandte sich an Elz.

»Wer bist du? Was bringt dich nach Tangrintanien?«

Elz rührte sich nicht.

»Antworte mir, Zauberer!«, brüllte der Priester nun.

Elz schwieg weiter. Hoch erhobenen Hauptes stand er da.

Toki war zu perplex, etwas zu sagen. Er sah nur staunend zu dem dunkelhäutigen Mann. Ein Zauberer? Die Augen … Er wusste nun, woher er die Farbe kannte. Das Zauberpulver in seinem Rucksack hatte die gleiche Farbe! Wieso war ihm das nicht schon eher aufgefallen? Deswegen wusste Elz etwas über Magie!

Der Priester stand immer noch vor Elz und wartete auf Antworten. Er bekam keine.

»Du wirst uns begleiten«, giftete er. Zu den gerüsteten Männern gewandt: »Ergreift ihn, bindet ihn, und vor allem, knebelt ihn! Und nehmt den anderen Vagabunden auch mit. Wir wollen keine Zeugen.«

Dann drehte er sich um und stieg auf sein Pferd.

Toki wollte etwas sagen. Bevor er allerdings ein Wort herausbrachte, spürte er, dass ihn jemand unsanft am Beutel auf die Füße zog. Die Tragegurte rissen und er stürzte wieder zu Boden. Der Nordmann warf den Rucksack neben die Straße und zog Toki erneut auf die Beine. Mehr bekam er nicht mit. Ihn traf ein Schlag auf den Kopf und alles wurde schwarz.

Von Elementarier und Zauberer

Nachdem die Reitertruppe mit Fin das Älzetor hinter sich gelassen hatte, suchte Fogo nach Ischve. Wie ausgemacht, sollte sie hier auf die Reisenden warten, um sich der Gruppe anzuschließen.

»Ischve, bist du in der Nähe?«, rief der Drache nach ihr.

»Hier bei den Felsabbrüchen, Fogo«, bekam er als Antwort.

Sie hatte sich dort versteckt, um die Menschen nicht zu beunruhigen.

»Schön, euch wiederzusehen. Lasst mich vor euch herfliegen und den Weg auskundschaften. Richte Finvara bitte Grüße von mir aus.«

»Ischve lässt dich grüßen. Sie wird vorausfliegen und für uns alles im Blick behalten. Super, dann kann ich mich ausruhen!« Damit ließ er sich auf Fins Schultern nieder, seufzte tief und schloss die Augen.

Der Griffin sprang zwischen den Felsen hervor, flog knapp über die Gruppe hinweg und setzte sich vor die Reiterei in die Luft. Die Soldaten sahen sie erstaunt und ehrfürchtig an. Griffin gab es nicht oft zu erblicken. Vor allem nicht so nah. Das Schauspiel wollten sie sich nicht entgehen lassen, um zurück bei ihren Familien davon zu berichten.

Diejenigen, die Kinder hatten, wussten, dass sie mit Geschichten von wunderbaren Kreaturen Helden für die Kleinen waren. Fin vermutete, dass einige auch vorhatten, den

Kameraden in der Zitadelle davon zu berichten oder in den Tavernen ein kostenloses Bier für eine gute Erzählung einzustreichen.

Sicher waren alle stolz, ausgewählt worden zu sein, mit ihr nach Tannberg zu reisen. Reben musste wahrscheinlich keinem Soldaten befehlen, die Reise anzutreten. Sie merkte den Soldaten an, dass sie gut gelaunt und mit geschwellter Brust auf ihren Tieren saßen. Außerdem ritten sie in einwandfreier Formation. Zwei Späher voraus, eine Kompanie vor ihr, eine um sie herum und eine hinter ihr. Die Leutnants hielten sich in ihrer Nähe auf. Fin hätte ihnen auch anderes befehlen können, da sie das Kommando hatte. Sie entschied jedoch, dass die Offiziere wussten, was zu tun war, und ließ sie ihre Kompanien wie gewöhnlich führen.

Ihr Mausfalbe hatte mehr Temperament als der Fuchs, den sie auf dem Weg nach Irani geritten hatte. Fin musste zunächst klarstellen, wer die Befehle gab und wer sie zu befolgen hatte.

›Ich würde gern ausprobieren, wie es wäre, mit ihm in vollem Galopp über die Straße oder die Wiese zu reiten‹, dachte sie.

Schon an der Brücke über die Älze zahlte es sich aus, dass Fin die Begleitung nicht ausgeschlagen hatte. Sie mussten nicht anhalten und Maut bezahlen. Die Wächter bemerkten die Gruppe und die Farben aus Irani und machten ihnen direkt den Weg frei.

Sie ritten einige Zeit schweigend, als einer der beiden weiblichen Leutnants sie ansprach.

»Verzeiht, Elementarierin. Wir würden für die Nacht in der Taverne ›Zum Steinkopf‹ haltmachen. Passt das in eure Reisepläne oder wollt ihr heute noch weiterreiten?«

Fin überlegte und gab zurück: »Es sind noch ein paar Stunden bis dort, oder? Ich meine mich an den Namen zu erinnern. Dort bin ich auf dem Weg nach Irani abgestiegen. Das sollte für heute reichen, denn wir sind erst mittags aufgebrochen. Morgen können wir mehr Strecke zurücklegen. Bitte plant so, wie ihr vorgeschlagen habt.«

»Sehr gern, Heilige.« Die Soldatin salutierte.

»Elementarierin«, entgegnete Fin. »Ihr könnt auch Finvara oder Fin sagen. Ihr seid Ansou, wenn ich mich richtig erinnere? Entschuldigt. Es waren zu viele Begegnungen und zu viele Namen in letzter Zeit.«

»Ihr habt euch richtig erinnert, Finvara. Leutnantin Ansou Sekah.« Sie wollte wieder salutieren. Bevor sie dazu kam, unterbrach Fin sie.

»Das mit dem Salut könnt ihr euch auch sparen. Das sind alles Ehrerbietungen, die ich nicht brauche. Militärisches Gestengehabe widerstrebt mir.«

Ansou wirkte etwas verdutzt, nickte aber. »Ich wollte noch hinzufügen, dass wir, also alle drei Kompanien, sehr stolz sind, dass wir euch auf eurer Reise begleiten dürfen.«

»Das freut mich.« Fin wusste, dass die Soldaten und Soldatinnen nicht viel über Elementarier wussten. Geschweige denn, dass sie jemals einen gesehen hatten. In den letzten Jahren waren die Elementarier und Elementarierinnen so gut wie gar nicht mehr durch die Königreiche gereist. Und sie konnte sich nicht erinnern, dass in den letzten Jahrzehnten jemand nach Tangrintanien entsandt worden war. Bis auf Yeban vor Kurzem. Und sie jetzt.

»Ihr wisst nicht viel über uns Elementarier, oder?«, versuchte sie, überrascht von sich selbst, ein Gespräch mit der Frau zu beginnen.

Ansou lachte freundlich. Fin empfand das als sehr angenehm.

»Nicht besonders viel ist sehr übertrieben. Wir wissen fast nichts über euch. Tangrintanien liegt nicht am Nabel der Welt. Wir freuen uns schon, wenn wir gelegentlich die neuesten Geschichten und Gerüchte aus den Regenlanden bekommen, oder von Tränenwacht. Das ist der einzelne Stadtstaat im Osten. Früher waren dort Soldaten stationiert, die das Meer und die Träneninseln überwachten. Daher der Name, falls ihr die Stadt nicht kennt.«

»Ich bin tatsächlich nicht besonders bewandert mit den Städten und Ländern im Nordwesten Natlaras«, gestand Fin. »Ich war die meiste Zeit in Carane, Olorien, Tadrium und

Belindin unterwegs. Gelegentlich in Ebras. Das ist aber auch schon ein paar Jahrzehnte her. Einmal war ich auf den Träneninseln.«

Die beiden anderen Leutnants merkten, dass Ansou sich mit Fin unterhielt, und waren neugierig näher herangeritten, um etwas von dem Gespräch mitzubekommen.

»Entschuldigt, Elementarierin, wie alt seid ihr? Ich hätte euch auf ungefähr vierzig Jahre geschätzt«, mischte sich die zweite Leutnantin ein. Ihr Name war Feralla.

»Das ist nett von euch, Feralla, aber ich bin inzwischen einundachtzig. Elementarier werden älter als gewöhnliche Menschen.«

Die Leutnants blinzelten überrascht. Esepe Witul, der männliche Leutnant, rechnete kurz und fragte: »Wart ihr dabei, als die südlichen Nomadenstämme Carane bedrängten? Das müsste jetzt fünfundfünfzig Jahre her sein.«

Fin nickte ihm zu. »Ja, das war tatsächlich mein erster großer Einsatz als Elementarierin. Meine Weihe war gerade ein Jahr her und ich bekam den Auftrag vom Rat der Götter, König Lootl von Carane zu unterstützen. Er hatte Hilfe angefragt, da er der Nomaden nicht Herr wurde. Sie hielten die ganze Südgrenze unter ständiger Belagerung. Carane blutete langsam aus.«

»War die große Schlacht so wild und blutig, wie sie in den Lehrbüchern der Soldatenakademien beschrieben wird?« Feralla sah sie interessiert an. »Es wird dort berichtet, dass einige meisterhafte Züge auf dem Schlachtfeld die Nomaden zu einem Frieden zwangen, sonst wären sie gänzlich aufgerieben worden.«

»Es gibt Lehranstalten für Soldaten in Tangrintanien?« Fin war überrascht.

Esepe lachte. »Nein, nur in Irani, wenn ihr unter Reben dient. Er ist ein leidenschaftlicher Sammler von Büchern über die großen Schlachten der letzten tausend Jahre. Wenn ich recht überlege, auch über die kleinen Schlachten. Er ist sehr darauf bedacht, dass seine Offiziere eine gute Ausbildung in militärischen Strategien erhalten.«

»Jetzt weiß ich, wieso Reben so viele Bücher in seinem Arbeitszimmer liegen hatte«, sagte Fin grinsend. »Ich wunderte mich sehr darüber. Er will also seine Offiziere besonders gut ausbilden? Tangrintanien ist doch kein kriegerisches Land.«

»Das stimmt«, pflichtete ihr Ansou bei. »Aber erzählt das Reben.« Sie dachte kurz nach und fügte hinzu: »Allerdings wollen viele, die in der Armee dienen, unbedingt zu ihm. Er hat einen gewissen Ruf in der Armee. Man erhält definitiv die beste Ausbildung, wenn er überzeugt von jemandem ist.«

»Schaden kann es nicht, mehr als andere zu wissen. Auch wenn wir schon seit einhundert Jahren keine großen Kriege mehr hatten, sondern nur kleine Scharmützel an diversen Grenzen«, stimmte Fin Rebens Gedankengang zu.

Esepe hob eine Augenbraue. »Die Schlacht gegen die Nomaden nennt ihr nur ein kleines Scharmützel?«

»Im Gegensatz zu den großen Kriegen vor zweihundertfünfzig Jahren, ja. Wir hatten es nur mit drei Stämmen zu tun, etwa drei Brigaden.« Fin überlegte kurz. »Drei standardmäßige Brigaden, also jeweils fünftausend Mann. Ihr habt hier eine andere Zählweise. Die Kompanien bestehen hier nur aus zehn Personen und nicht aus hundert wie gewöhnlich.«

»Fünfzehntausend Nomaden nenne ich kein kleines Scharmützel. Und die Bücher stimmen darin überein. Carane hatte etwa gleich viel aufgeboten?«

Fin nickte. »Ja. Zahlenmäßig waren wir etwa gleich stark. Das Problem war nur, dass die Stämme die großen Städte umgingen und die unbefestigten Ortschaften plünderten. Wir mussten sie dazu bringen, sich uns in einem Kampf zu stellen. Das war die Herausforderung. Wie ihr aus den Büchern wisst, haben wir das letztendlich geschafft. Diese Schlacht war tatsächlich wild und blutig. Und sie dauerte ganze drei Tage. Ich meine mich zu erinnern, dass letztendlich etwa dreitausend Nomaden übrig waren, als sie sich ergaben und endlich ein Frieden ausgehandelt werden konnte. Die Caraner hatten die Hälfte ihres Heeres verloren.«

»Warst du bei den Verhandlungen dabei?«, fragte Ansou aufgeregt. »Sie sollen ausgesprochen komplex gewesen sein.

Und seitdem gibt es keine Angriffe von Nomaden auf Carane oder Tadrium mehr.«

»Komplex?« Fin lachte laut auf. »Der Rat der Götter wollte, dass endlich Frieden einkehrt. Sie haben außer mir noch drei weitere Elementarier zu den Verhandlungen geschickt und den Nomaden gezeigt, was passiert, wenn sie nicht zustimmen. Hinzufügen möchte ich, dass der Friede für beide Seiten gerecht und von Vorteil war.« Fin kicherte erneut. »Aber komplex würde ich das Gespräch nicht nennen.«

»In welchen weiteren Auseinandersetzungen wart ihr eingebunden?«, fragte diesmal Feralla neugierig.

»Ein paar Jahre nach den Grenzstreitigkeiten in Carane wurde ich nach Osnil, in mein Heimatland, geschickt. Osnil und Naskuria stritten sich wieder einmal um die gemeinsame Grenze. Dort gibt es nichts als Geröll und Felsen, aber trotzdem kann man deswegen Menschenblut vergießen. Zum Glück konnte ich die beiden Hitzköpfe von Königen dazu bringen, sich an einen Tisch zu setzen, bevor noch mehr vergossen wurde und ein richtiger Krieg ausbrach. Seitdem gibt es einen brüchigen Frieden.« Fin überlegte, wohin sie danach geschickt wurde. »Vor zwanzig Jahren war ich bei der Schlacht an der Bucht von Ebras beteiligt. Ebras hatte die Zwerge und Menschen in Tadrium überfallen. Und wieder ein paar Jahre später sandte der Rat mich auf die Träneninseln, als Skuyle meinte, die Inseln mit ihren Schiffen überfallen zu müssen.« Fin schüttelte sich bei dem Gedanken an diese Zeit. »Seekämpfe sind nichts für mich, das weiß ich seitdem. Da entsteht noch mehr Chaos als ohnehin in einem Kampf. Und man hat viel weniger Platz, um sich zu bewegen.«

»*Ich kann mich daran erinnern, dass du einfach die ganze Zeit seekrank warst.*« Fogo hatte dem Gespräch gelauscht und mischte sich jetzt ein. »*Ich musste dich zwei Mal retten, sonst wärst du beide Male über Bord gegangen.*«

»Das stimmt, Fogo, besonders schön war es nicht. Gut, dass du dabei warst. Allerdings hast du am Ende auch das Segel des Flaggschiffs von den Träneninseln in Brand gesetzt. Das hat mich einiges gekostet!«

»Das war ein Spaß!«, hörte sie Fogo jauchzen.

Die drei Leutnants sahen sie verwirrt an.

»Entschuldigt, ich hatte mich mit Fogo unterhalten.« Fin zeigte mit dem Daumen auf den Feuerfischdrachen, der auf ihrer Schulter ruhte.

»Ihr könnt tatsächlich mit Tieren sprechen?«, fragte Feralla. Erneut waren die Offiziere erstaunt.

»Nur mit einem. Wenn Elementarier geweiht werden – manche nennen es auch Erwachen –, dann erwacht auch ein Begleiter. Bei mir ist es Fogo.« Sie zeigte auf Ischve, die vor ihnen in der Luft Ausschau hielt. »Der Griffin war der Begleiter von Yeban. Es gibt bei den Feuerelementarierinnen einen Phönix, der Aleidis begleitet. Deinuora hat eine Feuerechse. Besonders niedlich ist Evomees Wasserigel.«

Fin überlegte, wen sie noch kannte. Dann fiel ihr Peter, einer der Erdelementarier, ein. Sie kicherte und sagte: »Gelegentlich gibt es auch besonders schöne Kombinationen. Peter, einer der Erdelementarier, ist ein fast zwei Meter großer Zwerg. Ja, etwas ganz Besonderes«, fügte sie hinzu, als sie die ungläubigen Gesichter sah. »Er sieht aus wie ein Fels und hat um einiges mehr an Muskeln als Esepe.« Der Leutnant war besonders gut gebaut. Seine Brust schwoll bei dem Satz etwas mehr an. »Sein Begleiter ist eine Maus. Es ist immer putzig, wenn man den Riesen zusammen mit seinem kleinen Freund sieht.« Fin musste wieder grinsen, als sie an das Bild dachte.

Ansou wollte gerade ansetzen, etwas Neues zu fragen, als Fin sie unterbrach. »Tut mir leid, das reicht für heute an Geschichten. Ich sehe, wir sind gleich an der Taverne. Vielleicht habe ich morgen noch einmal Lust, etwas zu erzählen.«

Enttäuscht, aber ihrer Anweisung folgend, zogen sich die Leutnants zurück.

»Was ist denn heute mit dir los, Fin?«, frotzelte Fogo. *»Seit wann erzählst du so viel? Und das auch noch freiwillig!«*

Sie zuckte mit den Schultern, wobei Fogo auf und nieder wippte. »Gelegentlich überkommt es mich. Das reicht jetzt aber auch für die nächsten Jahre. Willst du mit in die Taverne zum Essen oder gehst du jagen? Du kannst sicher Ischve begleiten.«

»Pffff. Du bringst mich nicht in ein Haus, wenn ich nicht muss, das weißt du doch. Ich bleib hier draußen und such mir ein paar Insekten.«

»Das dachte ich mir. Du solltest genug finden.«

Nicht lang danach erreichten sie die Taverne »Zum Steinkopf«, die viel Platz bot. Die Späher hatten den Wirt schon informiert und der hatte Zimmer und Essen für die ganze Gruppe vorbereitet. Fin setzte sich etwas abseits der Soldaten, verspeiste ihr Abendessen und legte sich früh schlafen. Vorher hatte sie die Leutnants noch darauf hingewiesen, dass sie mit dem Morgengrauen aufbrechen würden. Diese sollten ihre Leute darauf einstellen und den Wirt informieren

Kurz vor Mittag des nächsten Tages erreichten sie das Dorf an den Griffinfangseen und rasteten in der Taverne. Der Dorfvorsteher Buchart ließ es sich nicht nehmen, die Reitergruppe in seiner Siedlung willkommen zu heißen. Die Leutnants klärten ihn über die weißen Priester auf, und dass er sein Dorf vor ihnen schützen solle. Buchart berichtete ihnen von dem Aufruhr, den Ruk vor etwas mehr als einer Woche angezettelt hatte. Letztendlich hatte die Vernunft gesiegt und alle hatten sich beruhigt. Gemeinsam war der Priester aus dem Dorf gejagt worden. Wohin er sich aufgemacht hatte, konnte er nicht sagen, es interessierte ihn allerdings auch nicht. Ursprünglich wollte er nach Tannberg.

Fin hörte ihm gespannt zu. Sie erinnerte sich an die Taverne. Der Aufruhr musste einen Tag nach ihrer Durchreise ausgebrochen sein, überlegte sie. Wenn sie hier gewesen wäre, hätte sie die Dorfbewohner möglicherweise beruhigen können. Aber es hatte sich anders entwickelt.

Nach dem Gespräch mit dem Dorfvorsteher ritten sie weiter. Die Gruppe legte ein gutes Tempo vor, wie Fin am Tag zuvor gefordert hatte. Stunde um Stunde schmolz die Entfernung nach Tannberg dahin. An den Ausläufern des Mittelgebirges schwenkte der Reiterzug nach Westen und folgte der Straße. Fin ordnete eine Rast an, um sich mit Ischve auszutauschen.

»Irgendwo hier seid ihr, du und Yeban, entlanggekommen, oder? Auf eurer Reise nach Kiefberg«, fragte sie den Griffin, als dieser neben ihr landete. Fogo übersetzte erneut.

»*Das ist richtig. Wir waren zügig unterwegs und erreichten die Stadt zwei Tage später. Wir rasteten kurz und Yeban ritt bald weiter. Und dann lauerten sie uns auch schon auf und wir wurden gejagt.*«

»Wir sollten die Leiche bergen lassen. Daran hat bisher keiner gedacht. Kannst du uns vielleicht die genaue Position in den Bergen beschreiben? Ich schicke einen unserer Späher damit nach Kiefberg. Er soll sich darum kümmern.«

Sie winkte Ansou heran und erklärte ihr, was sie vorhatte. Die Leutnantin nickte und beorderte einen Späher.

»Bitte beschreibe uns, was du weißt, Ischve«, bat Fin den Griffin.

»*Wir sind damals die Älze entlang bis zu ihrer Quelle geflohen und von dort Richtung Osten. Immer weiter in die Berge hinein durch ein paar winzige Wäldchen, und letztendlich kamen wir an dieser kleinen Höhle an. Aus der Luft hatte ich einen einzelnen, sehr großen Baum hinter dem Bergrücken erspäht. Der sollte als Markierung dienen können. Mehr kann ich leider nicht beisteuern. Die Jäger dort könnten —*« Plötzlich stieß Ischve einen lauten, schrillen Schrei aus. »*... möglicherweise ...*«

»*Ischve? Was hast du?*« Fogo wurde unruhig, er konnte sie nicht mehr verstehen. Er spürte nur noch Verwirrung bei ihr, und Furcht. Vor den Menschen, die vor ihr standen. Denen sie viel zu nah gekommen war. Dann war auch das Gefühl weg.

»*Ich kann Ischve nicht mehr erreichen*«, wandte er sich an die Elementarierin.

Erneut stieß Ischve schrille, gellende, alles durchdringende Schreie aus. Sie schnappte nach den vor ihr Stehenden, stieß sich vom Boden ab und flüchtete Richtung Berge. Glücklicherweise stand niemand in Reichweite des Schnabels.

Verwundert blickten alle dem Griffin hinterher.

»Was war das?« Ansou blinzelte und wandte sich fragend an Fin.

Die zuckte mit den Schultern und verzog das Gesicht. »Ich weiß es nicht. Fogo meinte, dass er sie nicht mehr hören kann.«

»Sehr sonderbar, als ob sie plötzlich nicht mehr anwesend war. Also geistig. Körperlich sahen wir sie ja«, versuchte Fogo zu beschreiben, was er spürte. *»Als ob ihr Kreaturwesen zurückgekommen ist.«*

Unbehaglich runzelte Fin die Stirn. »Ich hoffe, sie kann es uns erklären, wenn sie wieder zurückkommt. Inzwischen …«, sie wandte sich an den Späher, »reitet bitte so schnell ihr könnt nach Kiefberg und veranlasst die Bergung von Yebans Leiche. Und alles, was ihr an Informationen und Material in der Umgebung seines Todes finden könnt. Jäger oder Spurenleser können euch sicher zu dem Platz führen. Der große Baum, den Ischve erwähnte, sollte ausreichen. Hoffentlich!« An Ansou gewandt fügte sie hinzu: »Bitte regelt alles, damit der Mann so viel Hilfe in Kiefberg bekommt, wie er braucht. Falls er ein offizielles Schreiben benötigt, setzt das auf. Danach reiten wir weiter.«

Ansou nickte und entfernte sich mit dem Späher.

»Das gerade Geschehene beunruhigt mich«, sagte sie zu Fogo.

»Mich auch. Hoffentlich findet uns Ischve, wenn sie zurückkommt. Falls sie zurückkommt.«

Fin hatte am liebsten alles unter Kontrolle, ohne unliebsame Überraschungen. Deswegen plante sie auch akribisch alles, was sie zu erledigen hatte. Alles in Tangrintanien lief dem zuwider. Innerlich fühlte sie sich gereizt, auch wenn sie das nicht nach außen zeigte. Langsam, wie bei einem Teekessel, staute sich der Druck in ihr an.

Ungeduldig saß sie auf ihrem Mausfalben und wartete, bis die Kompanien endlich fertig zum Weiterreiten waren. Als der letzte Soldat auf sein Pferd stieg, ritt Fin schon an die Spitze und folgte der Straße. Den Blick ließ sie über den Himmel schweifen, um zu sehen, ob Ischve zurückkehrte. An diesem Tag hörten sie nichts mehr von ihr.

Am nächsten Tag ritten sie an landwirtschaftlich genutzten Flächen entlang, die sich bis nach Xanthsik erstreckten. Fin konnte Ischve nirgends erkennen und auch Fogo konnte sie weder sehen noch hören. Er versuchte es trotzdem immer wieder. Die

Gruppe durchquerte die Stadt und folgte weiter dem Lauf der Illrin.

Am frühen Nachmittag hob Fogo lauschend seinen Kopf.

»Fogo? Ich sehe euch, kann ich mich nähern?«, hörte er Ischve.

»Ischve ist wieder da. Sie sieht uns und will sich zu uns gesellen«, teilte er Fin mit.

»Sag ihr, sie soll bei uns landen. Ich lasse die Kompanien anhalten«, erwiderte sie und wandte sich an die Leutnants. »Lasst die Soldaten für eine Rast anhalten. Ischve wird sich uns wieder anschließen und ich will mit ihr sprechen.«

Die Offiziere nickten und gaben die Befehle an ihre Kompanien weiter. Kurz darauf landete Ischve am Straßenrand neben Fin und Fogo.

»Was ist passiert, Ischve? Wieso hast du gestern versucht, uns zu verletzen, und wieso bist du einfach weggeflogen?« Fin ließ keine Zeit verstreichen. Sie wollte Antworten.

»Ich weiß es leider nicht. In letzter Zeit häufen sich die Momente, in denen ich mich an nichts erinnern kann. Und aus Momenten werden Stunden. Diesmal war es fast ein Tag«, übersetzte Fogo.

»Genau so war es, als die Nordlinge mich gefangen nahmen. Ich fliege, jage oder kümmere mich bewusst um etwas und dann zieht etwas an meinem Bewusstsein. Es fühlt sich an wie ein Nebel, der sich dazwischenschiebt. Ich erwache an einem anderen Ort und mache etwas, an das ich mich nicht erinnern kann. Ich weiß noch, dass ich gestern von dem Baum hinter der Höhle gesprochen hatte, in der Yeban sich ausruhte. Dann kam der Nebel, und heute Morgen bin ich in dem Wald nördlich unserer letzten Position aufgewacht. Ein paar Fellfetzen zeigten mir, dass ich jagen war. Ich bin sofort aufgebrochen, um euch zu suchen. An der großen Stadt vorbei, immer dem Fluss an der Straße folgend. Zum Glück konnte ich euch einholen.«

Nachdem Fogo fertig übersetzt hatte, wurde Fins Blick nachdenklich. Sie überlegte und wandte sich an den Feuerfischdrachen.

»Wenn ein Elementarier sich entschließt, seine Kraft an einen Nachfolger abzugeben, dann erlischt sein Leben. Ihre Begleiter sterben jedoch nicht sofort. Sie werden wieder zu den Tieren, die sie vor der Bewusstwerdung waren. Deswegen gibt es für die Tierbegleiter auch immer ein separates Ritual, bei dem ihnen für ihren Dienst gedankt wird.«

»*Ich erinnere mich. Als die alte Schrulle Irelda ihre Kraft mit hundertzwanzig Jahren an Aleidis abgab, wurde ihr Feuerpegasus noch ein paar Jahre im Tempel gepflegt. Es mangelte ihm an nichts. So möchte ich auch von dieser Welt gehen. Umsorgt, faul und jeden Tag köstlichste Insekten.*« Fogo schmatzte bei dem Gedanken an das Fressen.

»Bis auf die alte Schrulle hast du recht. Sie war eine wunderbare Frau«, berichtigte Fin ihn.

»*Manche sagten so, manche anders. Sie hat immer nach mir geschlagen!*«, ereiferte sich Fogo.

»Weil du ein paar Mal ihren Hut angezündet hast. Da würde ich dich auch nicht in meiner Nähe haben wollen!«

»*Sie hatte es verdient … die alte Schrulle!*«

Fin verzichtete auf eine weitere Diskussion, es brachte sowieso nichts. »Auf jeden Fall verlieren die Begleiter ihr Bewusstsein, wenn der Elementarier stirbt. Könnte das auch bei Ischve so sein? Yeban ist tot. Ich wundere mich schon, seit wir erfahren haben, dass er gestorben ist, dass Ischve nach uns suchen konnte und dass sie mit uns sprechen kann.«

Fogo dachte nach, blickte abwechselnd Fin und Ischve an und stimmte zu. »*Ich glaube, du hast recht. Das wird Ischve nicht gefallen. Was machen wir mit ihr? Sie könnte unabsichtlich jemanden verletzen.*«

»Erklärst du ihr bitte, was wir uns denken? Dann sag mir, was sie dazu meint.«

Fogo hielt Rücksprache mit Ischve und erklärte Fin den Sachverhalt. »*Sie ist wütend, dass sie Yeban vielleicht nicht rächen kann. Versteht aber, dass sie möglicherweise gefährlich für uns ist. Sie will Abstand halten. Andererseits ist sie auch froh, dass sie so die Trauer um Yeban nicht mehr spüren muss. Das nimmt sie sehr mit.*«

Fin sah Ischve an, trat zu ihr und strich ihr über den Schnabel. »Das verstehe ich. Ich vermisse ihn auch und bin traurig über sein Ableben.«

Damit überraschte sie Fogo. Normalerweise redete sie nicht über ihre Gefühle. Noch mehr überraschte ihn die Träne, die aus Ischves Auge rann. Er wusste nicht, dass Griffin weinen konnten.

»Ich respektiere ihren Vorschlag, dass sie den Soldaten nicht mehr so nahekommt. Bei mir muss sie das jedoch nicht. Ich glaube, ich bin schnell genug, um ihr auszuweichen. Lasst uns weiterreiten und das restliche Licht des Tages nutzen.«

Sie gab den Leutnants einen Wink, dass sie weiterreiten konnten. Ischve schwang sich in die Luft, Fogo auf Fins Schulter und Fin auf den Mausfalben.

Der Trupp erreichte Illkreit vor Einbruch der Dunkelheit und nächtigte in der Taverne »Knödelmeister«.

Den kompletten nächsten Tag verbrachten sie, unterbrochen von kurzen Pausen, in den Sätteln. Der Weg durch die Berge war anstrengend für alle – Mensch, Kreatur und Tier.

In Bruchfelsen wollten sie in der Taverne haltmachen. Allerdings konnte das Gebäude nicht durch die Tür betreten werden, wie ihnen ein Schild mitteilte. Es verwies auf ein Fenster ums Eck, das als neue Tür diente. Genervt von dem ungewöhnlichen Eingang ließ Fin die Soldaten wieder aufsitzen und zur nächsten Rastmöglichkeit weiterreiten.

Es war schon dunkel, als sie kurz vor Jannesse an einer Straßenkreuzung eine andere Taverne erreichten. Alle waren erschöpft und freuten sich auf das Essen und die Erholung in der Schänke »Am Wegkreuz«.

Fin verbrachte den Abend abgeschieden von den Soldaten und Soldatinnen und legte sich früh schlafen. Mit ihren Gedanken war sie bei Yeban und Ischve.

Fin entschied am nächsten Tag, Jannesse nicht zu durchqueren, sondern nach Norden am Jannsee vorbei über Jakine nach Tannberg zu reiten. Die Strecke war in etwa gleich lang. Sie wollte Fogo zuliebe der Menschenmenge in der Großstadt entgehen.

Ihr Trupp passierte Jagense und Jakine. Unruhig trieb Fin die Soldaten und Soldatinnen an, um schnellstmöglich die Hauptstadt zu erreichen.

Im nächsten Dorf hielt einer der Späher die Reitergruppe auf, der Dorfvorsteher stand bei ihm. Die Offiziere und Fin ritten nach vorn, um nachzusehen, was die Unterbrechung zu bedeuten hatte.

»Was ist los, Soldat? Warum halten wir hier?«, rief ihm Fin vom Pferd entgegen. »Wir haben Tannberg schon fast erreicht. Wenn wir heute das nächste Dorf erreichen, dann sind wir morgen in der Hauptstadt.«

»Der Dorfvorsteher hat mich aufgehalten, als ich die Straße auskundschaftete. Er hat mir eine interessante Geschichte erzählt und uns um Hilfe gebeten«, gab der Späher an. »Aber er erzählt euch am besten selbst, was sich zugetragen hat.«

Er schob den Mann nach vorne, der sich sichtlich unwohl fühlte. Von Angesicht zu Angesicht mit einer Elementarierin – einer schlecht gelaunten Elementarierin.

»Verzeiht, Heilige. Verzeiht, dass ich eure Reise unterbreche. Verzeiht mir vielmals.« Der Mann verbeugte sich öfters bei der Entschuldigung. Fin verstand ihn kaum. Sie stieg ab und trat zu dem Vorsteher.

»Bleibt stehen, Mann, und verbeugt euch nicht ständig. Ich verstehe euch kaum. Und lasst dieses verbrannte Heilige weg!«

Ängstlich richtete er sich auf und sah von oben herab auf sie hinunter. Er war gut einen Kopf größer als sie.

»Jawohl, Hei… Kriegerin. Euer Mann hier«, er zeigte mit dem Finger auf den Späher, »hat mir berichtet, dass ihr auf dem Weg durch unser Dorf seid. Mit Elitesoldaten aus Irani. Vor unserem Dorf hat sich eine Entführung ereignet …«

Fin unterbrach ihn. »Und wieso stoppt ihr uns dafür? Sendet jemand nach Jannesse oder Tannberg, der die dortigen Soldaten unterrichtet. Die können sich damit befassen.«

»Das haben wir getan, Kriegerin. Ich habe einen der Bauern beauftragt, nach Jannesse zu fahren und dort Bericht zu erstatten. Das war vor drei Tagen. Es hätte inzwischen schon jemand auftauchen müssen. Ich mache mir Sorgen, dass auch unser Bote entführt wurde. Heute Morgen habe ich einen Händler, der nach Tannberg reist, gebeten, in der Kaserne dort einen Brief von mir abzugeben. Die Nordländer –«

»Nordländer?« Fin unterbrach den Dorfvorsteher erneut. »Warum sagt ihr das nicht gleich! Was ist passiert?«

Die Leutnants standen inzwischen neben der Elementarierin.

Ansou merkte Fin an, dass sie sehr angespannt war. »Dürfte ich, Fin?«, bat sie und legte ihr beruhigend die Hand auf die Schulter. »Der Dorfvorsteher wird uns sicher alles berichten, was passiert ist.« Sie nickte dem Mann zu, damit er mit seinem Bericht fortfuhr.

Der schluckte und setzte erneut an. »Vor einigen Tagen ist eine halbe Kompanie Nordlinge mit einem weißen Priester …«

Fin wollte erneut unterbrechen, Ansou drückte vorher kurz ihre Schulter und sie besann sich und ließ den Mann weiterreden.

»… durch unser Dorf geritten. Besser gesagt gestürmt. Sie kümmerten sich nicht darum, wer ihnen im Weg stand. Fast hätten sie die Bäckerskinder umgeritten! Ein paar meiner Bürger schauten ihnen hinterher und bekamen mit, wie die Reiter zwei Personen am Wegesrand anhielten. Der Priester stieg ab und kurz darauf wurden die Reisenden auf die Packpferde der Reiter gehoben. Es sah nicht so aus, als würden sie freiwillig mit ihnen reiten. Als sie weg waren, schauten wir nach, ob wir etwas finden würden. Ein Beutel mit zerrissenen Tragegurten lag am Wegesrand. Die Leute brachten den Rucksack zu mir und gemeinsam haben wir ihn geöffnet, um zu sehen, ob wir herausbekommen, wem er gehört. Die Briefe, die wir fanden, ergaben, dass alles einem Toki gehört. Außerdem berichteten die Briefe von vielem Ungewöhnlichen, und möglicherweise von einer Krankheit. Wir haben nichts weiter angefasst und die Gegenstände liegen in meinem Amtsraum. Das Zauberpulver …«

Fin konnte nicht anders, als erstaunt auszurufen: »Zauberpulver? Ihr habt Zauberpulver in dem Beutel gefunden?« Nüchtern fügte sie hinzu: »Wisst ihr, was passiert, wenn die Magier in Blos Prana herausfinden, dass Unbefugte etwas von ihrer Macht besitzen?«

Der Dorfvorsteher zuckte zusammen. »Ähm … nein, das weiß ich nicht, ich weiß gar nichts über das Pulver, wenn ich ehrlich bin. Deswegen haben wir euch aufgehalten. Zunächst wollte ich dem Mann hier nur die Information mitgeben. Als er sagte, dass ihr hier durchreitet, beschloss ich, persönlich mit euch zu sprechen.«

Ansou wandte sich wieder an den Dorfvorsteher. »Das habt ihr richtig entschieden. Können wir uns den Rucksack ansehen? Und könnt ihr uns mehr über die Nordlinge und den Priester sagen?«

»Zu den Reitern kann ich leider nicht mehr erzählen. Es waren bärtige, langhaarige Männer mit vielen verschiedenen Waffen und Rüstungen. Keine Wappen prangten darauf. Und Flaggen führten sie nicht mit sich. Sie sind den Weg in Richtung Jakine weitergaloppiert. Den Beutel kann ich euch zeigen. In meinem Amtsraum. Bitte folgt mir.«

Er drehte sich um, zeigte auf ein Gebäude in der Nähe und lief darauf zu. Fin und die Offiziere folgten ihm. Die restlichen Soldaten bezogen auf dem Dorfplatz Stellung.

In seinem Zimmer angekommen, wies er auf den Lederbeutel, der auf einer Truhe an der Wand lag. »Es ist alles darin, wir haben nichts entfernt. Hier sind die Briefe.« Er übergab Fin drei Zettel. Sie las alle drei und reichte sie an Ansou weiter. Anschließend lasen Feralla und Esepe die Briefe. Finvara hatte inzwischen den Rucksack genommen und den Inhalt auf dem großen Tisch des Dorfvorstehers ausgebreitet. Es lagen jetzt Reiseproviant, eine Decke, Feuerstein und Zunder, Ampullen mit farbigen Kräutertränken, Tücher mit Kräutern, ein Seil, ein goldener Klumpen – der ihr vertraut vorkam –, ein Beutel mit Geld und Kleidung vor ihr. Und das kleine Fläschchen mit dem Zauberpulver. Sie erkannte es sofort. Obwohl es sehr lange her war, dass sie das letzte Mal Magie in ihrer reinen Form gesehen hatte. Ehrfürchtig schaute sie es sich an.

Fogo saß am Rand des Tisches, gleichfalls ehrfürchtig, aber auch aufgeregt. Die Leutnants standen um den Tisch verteilt, zwischen Ansou und Esepe der Dorfvorsteher.

»Der Entführte muss der Junge sein, der wegen des weißen Priesters aus dem Dorf bei den Griffinfangseen geflüchtet ist.

Wovon uns Buchart, der Vorsteher dort, berichtete«, sagte sie zu ihnen. »Irgendetwas muss ihm passiert sein. Die Briefe sprechen von Heilern, die er aufsuchen soll, oder noch besser die Kirchen.«

»*Was stand sonst noch darin?*« Fogo konnte nicht lesen und wartete neugierig aufgeregt darauf, dass Fin ihn einweihte.

»Die Großmutter des Jungen hat ihm ein Gegengift«, Fin zeigte auf die Phiole mit der blauen Flüssigkeit, »einen Wärmetrank«, ein Fingerzeig auf die mit der roten, »und einen Krafttrunk«, ihre Hand deutete auf die gelbe, »mitgegeben. Allein die drei Ampullen sind schon verwunderlich, aber der Magiestaub ist unglaublich. Woher hatte der Großvater der Frau das alles?«

»Dann liegt hier ein kleines Vermögen!«, stellte Feralla fest.

Fin nickte abwesend. »Noch viel erstaunlicher als die Gegenstände finde ich das, was dieser Uthr Edrolt schreibt. Er hat Toki Pegasusfellhandschuhe gegeben. Pegasusfellhandschuhe! Die sind noch viel seltener als meine aus Schlangenschuppen. Allein damit könnte Toki bis zum Lebensende seinen Unterhalt bezahlen. Und er spricht von grauen Gliedmaßen, mit denen die Heiler überfordert wären. Was soll das sein?«

»Ist das die vermeintliche Krankheit, von der ihr spracht, Dorfvorsteher?« Ansou wandte sich an den Mann.

»Bitte nennt mich Sabrand«, erwiderte der. »Wir haben nur von den Heilern gelesen und dachten an eine Krankheit. Man kann nie vorsichtig genug sein! Zum Glück ist nichts weiter passiert.«

»Ich glaube nicht, dass es eine ansteckende Krankheit ist. Dieser Uthr schreibt ja, dass die Heiler überfordert wären und er zu den Kirchen gehen soll. Ich habe noch nie von grauen Gliedmaßen gehört«, übernahm Fin wieder das Wort. »Am meisten nachdenklich stimmt mich der Abschnitt mit der Prophezeiung. Woher weiß er, was in den Archiven der Tempel liegt? Ich habe noch nie davon gehört.« Sie blickte Fogo an. »Und du?«

»*Noch nie davon gehört! Noch mehr Geheimnisse? Können wir in den Archiven nachforschen?*«

»Möglicherweise. Die Archivare sind sehr darauf bedacht, wer was lesen darf«, teilte ihm Fin mit. »Und dann komme ich wieder zu der Frage: Woher weiß dieser Uthr das, wenn wir nichts davon wissen?!« Sie strich sich durchs Haar. »Und jetzt kommt noch ein interessanter Teil im Brief: Auf deinem Weg nach Tannberg wird dir eine Frau mit kurzen Haaren begegnen. Meinst du, dass er damit mich gemeint hat? Sollen wir den Jungen retten?«

Fogo wurde immer aufgeregter und lief auf der Tischplatte im Kreis. »*Er hat von dir gesprochen! Es war ein weißer Priester bei den Nordländern, wir müssen ihn aufhalten und den Jungen retten!*«

Der Drache sprang in die Luft und stieß einen Lavabrocken und einen Rauchkringel aus. Beides kam aus dem Hinterteil. Die flüssige Lava landete auf dem Tisch und brannte sich durch die Oberfläche hindurch. »*Uuups! Das war jetzt zu aufregend für mich*«, hörte Fin.

Sabrand versuchte aufgebracht, seine Notizen, Gegenstände und den Tisch zu retten. Die drei Offiziere kicherten und lachten bei dem Anblick.

»*Jetzt ist die Spannung raus!*«, fügte Fogo hinzu.

Jetzt musste auch Fin schmunzeln.

»Ich habe keine Ahnung, ob der Schreiber des Briefes mich meint. Aber wir werden den Jungen und seinen Begleiter retten. Ansou, Feralla und Esepe, bitte lasst ein Nachtlager hier in der Taverne aufschlagen und sendet Späher aus, die auskundschaften, wohin die Reiterei verschwunden ist.« Sie wandte sich an den Vorsteher, der einige Zettel umklammerte. »Es gibt doch eine Taverne im Dorf, oder?«

Sabrand nickte. »Gleich draußen am Platz, gegenüber von meinem Haus.«

»Verzeiht das Brandloch. Das passiert Fogo gelegentlich, wenn er aufgeregt ist oder sich ärgert«, entschuldigte sich Fin bei ihm.

Die Leutnants hatten das Gebäude verlassen, um ihre Anweisungen auszuführen. Fin packte alle Gegenstände in den Rucksack, bedankte sich bei Sabrand und winkte Fogo zu, damit er sie nach draußen begleitete.

»Ob wir es jemals nach Tannberg schaffen werden? Wir waren schon so kurz davor. Ich hoffe, es lohnt sich, den Jungen zu retten. Vielleicht kann er uns erklären, warum die weißen Priester hinter ihm her sind. Erst im Dorf und jetzt auf der Straße. Das muss doch etwas zu bedeuten haben. Und er muss uns von diesem Uthr erzählen. Vielleicht erklärt sich dann einiges. Was meinst du, Fogo?«

»*Es ist auf jeden Fall eine gute Spur. Erschlag diesmal aber nicht alle, sonst bekommen wir wieder keine Antworten!*«

»Sehr witzig. Vielleicht sollte ich diesmal dich den Kampf übernehmen lassen. Dann kannst du Gefangene machen.«

»*Nee, lass mal, ich bin dafür zu feinfühlig. Ich kann doch keiner Fliege was zuleide tun. Und jetzt geh ich fressen. Ich habe Hunger.*«

Fogo flog über die Häuser zum Wald.

»Kannst du Ischve erzählen, was passiert ist? Sie ist außerhalb des Dorfes zurückgeblieben«, rief Fin ihm nach.

»*Mach ich, bis später.*«

Fin ging zur Taverne, um sich zu stärken. Sie merkte ihren Hunger, als Fogo ihn erwähnte. Sie sah, dass einige Soldaten in die Richtung ritten, aus der sie gekommen waren, bevor sie die Schänke betrat.

Neuigkeiten brachten sie erst am nächsten Morgen.

Gefangenschaft

Als Erstes nahm Toki den Boden wahr, als er langsam zu sich kam. Seine Wange spürte jede einzelne Furche der rauen Bohlen. Er lag auf dem Bauch. Die linke Hand hing mit den Fingern in etwas Schleimig-Klebrigem. Auf den Beinen empfand er einen Druck, der von einer Decke oder Ähnlichem sein konnte. Toki zog seine Hand aus der unangenehmen, dickflüssigen Feuchtigkeit und versuchte sich mit dem Arm hochzudrücken. Ein Feuerblitz schoss ihm hinter der Stirn durch den Kopf, als er dabei die Augen aufschlug. Er stürzte zurück auf den rauen Boden. Die Augenlider erneut geschlossen. Schmerz hämmerte in seinem Kopf. Er atmete ein paar Mal tief durch. Sein zweiter Versuch, sich hochzuhieven, glückte. Wahrscheinlich nur, weil er die Augen dabei nicht öffnete und die Zähne aufeinanderpresste. Das linderte die Pein geringfügig, die in seinem Kopf tobte. Schlussendlich saß er aufrecht da und griff sich mit der Hand an den Haaransatz. Natürlich mit der Hand, deren Finger in der breiigen Flüssigkeit gehangen waren. Diese schmierte jetzt über die Stirn. Toki grunzte und verzog die Nase. Einige Augenblicke rührte er sich nicht, auf den Schmerz vorbereitet, der zu erwarten war. Er versuchte erneut, die Augen zu öffnen. Licht glitzerte durch Schmerztränen hindurch. Er schaffte es, sie ganz aufzumachen.

Blinzelnd blickte er auf seine Hände. Beide komplett grau, schleimverschmiert und mit trockenem Blut verkrustet. Sie sahen so aus, wie er sich fühlte. Mit der zumindest nicht klebrigen Hand tastete er sich den Kopf ab.

›Der Schlag!‹, schoss es ihm durch den Kopf und gleich darauf erneut Tränen in die Augen, als er hochzuckte. ›Die Nordlinge. Einer hat mir mit irgendetwas Hartem gegen den Hinterkopf geschlagen.‹

Die Stelle suchend tastete er weiter. Seine langen Haare klebten als Knäuel am Hinterkopf. ›Wahrscheinlich – oder hoffentlich! – angetrocknetes Blut‹, dachte Toki. Das war auch die Stelle, die besonders stark schmerzte.

Er konnte nun besser sehen und mit langsamen, vorsichtigen Bewegungen erkundete er seine Umgebung. Vor ihm lag eine Schüssel mit etwas … vielleicht Haferbrei oder Ähnlichem. In ihr mussten seine Finger gelegen haben. Er saß auf einigen Decken, die am Boden verteilt lagen. Die hatten sich um seine Beine gewickelt. Sie stanken nach altem Schweiß und Rauch. Er blinzelte, als er zum einzigen, nur kopfgroßen Fenster blickte. Sonnenstrahlen malten Sprenkel an die Tür gegenüber. Er richtete die Schüssel vor sich auf und schob sie mit der Hand … Die Handschuhe! Die Krieger hatten ihm die Handschuhe entwendet. Bestürzt sah er seine Finger an. Das Geschenk von Uthr. Weg …

Diesmal schossen ihm Tränen der Wut in die Augen. Er verfluchte die weißen Priester und diesen einen, der die Reiter auf sie gehetzt hatte, besonders.

Tief seufzend betrachtete er jetzt den ganzen Raum näher. Es gab nicht viel zu sehen. Er war etwa so groß, dass sein Bett von zu Hause drei Mal hineingepasst hätte. Das Fenster, wie schon realisiert, gleichfalls winzig. Die Tür nur so groß, dass er geduckt hindurchgemusst hätte. Ein Eimer stand neben ihr und ein Krug. Weitere Einrichtungsgegenstände gab es nicht. Er hatte keine Ahnung, wie lange er bewusstlos in dem Raum gelegen hatte.

›Wie bin ich hierher gelangt? Wo sind meine Habseligkeiten? Wo ist Elz? … der Zauberer!‹Langsam, nachdem die Schmerzen etwas abebbten, kamen ihm diese Fragen.

Toki stemmte sich hoch. Er musste sich an der Wand abstützen, sonst wäre er erneut zu Boden gefallen, so schwindlig wurde ihm, als er stand. Schwankend stand er da und ließ die

Schwärze vorüberziehen, bevor er sich Schritt für Schritt zur Tür bewegte. Bangend versuchte er sie zu öffnen. Natürlich verschlossen …

›Verdammte Glut. Die Nordlinge halten mich gefangen.‹

Mit dem Fuß trat er gegen den Verschlag und rief: »Hammmfff…« Seine Kehle war so trocken, dass er keinen vernünftigen Ton artikulieren konnte.

›Was ist in dem Eimer und dem Krug?‹

Er sah hinein. Der Kübel ließ ihn bis auf den dreckigen Boden schauen. Im Gefäß daneben war eine Flüssigkeit. Toki griff danach und hob es zur Nase. Er schnupperte daran und beschloss, dass es nach nichts roch. Konnte also Wasser sein. Der nächste Test, bei dem er etwas davon in den Mund nahm, bestätigte es. Durstig trank er einen großen Schluck und leckte sich über die aufgesprungenen Lippen, um die Spannung darin zu reduzieren. Einige Mundvoll Wasser später, das sich herrlich im Hals anfühlte, trat er erneut gegen die Tür.

»Hallo, ist da wer?«, schrie er. »Haaalllooo!«

Reaktion gab es keine. Toki wartete, versuchte es noch einmal, bekam aber erneut keine Resonanz. Der Blick aus dem Fenster bescherte keine Antworten. Es war eine Wiese und dahinter ein Wald zu sehen. Das Zimmer lag im zweiten Stock eines Gebäudes. Wie groß es war, konnte er nicht erkennen.

Toki erleichterte sich auf dem Eimer, für das er wohl gedacht war. Anschließend ließ er sich auf die Decke zurücksinken, schloss die Augen und schlief kurz darauf ein.

Geräusche weckten ihn. Jemand öffnete die Tür. Toki schreckte hoch und wich an die Wand zurück. Den Eingang im Blick. Ein großer Nordling, mit blondem Bart und langen Haaren, trat ein. Er trug einen Krug Wasser und ein Tablett mit Brot. Er erblickte Toki und sagte: »Jag her venmd og ned nad til dig, dramg.« Toki verstand kein Wort und verfolgte vorsichtig, wie der Mann den Krug und das Tablett absetzte. »Forster du, hved jag sigar?«

Wieder blickte Toki ihn unverständlich an. Der Mann aus dem Norden merkte, dass er ihn nicht verstand, und zeigte auf das Brot. Er deutete an, dass Toki es essen solle. Auf den Eimer weisend, machte er eindeutige Gesten, die zeigten, dass der für die dringenden Bedürfnisse dort stand, ohne zu sehen, dass er schon benutzt worden war. Mehr sagte und gestikulierte der Mann nicht.

Er verließ den Raum und schloss die Tür hinter sich. Das Geräusch eines Riegels erklang und eine klimpernde Kette brachte Toki zu der Überzeugung, dass er wieder eingeschlossen war. Schnell erledigte er sein dringendes Bedürfnis, nahm sich das Wasser und das Brot und stillte den Hunger und den Durst. Dann wartete er wieder. Viele Geräusche drangen nicht aus den Untergeschossen herauf.

Toki meditierte, schlief, wachte auf, wartete und aß, wenn er etwas von den Wärtern bekam. So ging es einige Zeit. Er hatte keine Ahnung, wie viel Zeit seit dem Überfall vergangen war. Er schwebte in leerem Raum zwischen wachen, schlafen, essen, meditieren und der Zeit selbst.

Fünf Mahlzeiten später, Toki lag gerade auf den Decken und sah dem Spiel der Sonnenstrahlen mit dem Staub in der Luft zu, drangen aus den unteren Räumen laute, splitternde Geräusche herauf. Anschließend undeutliche Rufe, dann üble Schmerzensschreie und allerlei weiterer Lärm. Toki erhob sich und wartete. Der Lärm wurde langsam lauter, als würde er sich wogend aus den unteren Geschossen nach oben ausbreiten. Er konnte einige Gesprächsfetzen in dem Trubel ausmachen.

»Hier drin!«, »Hurensöhne!«, »Pass auf, hinter dir!«, »ARGGHH ...«, »Dreb dan!«, »Treibt sie zurück!«, »Tamgrimtam luderflok!«, »Lasst den Bolzen stecken, gebt mir ... chrrrrggg«, und viele weitere, mehr oder weniger, deutlich zu verstehende Laute.

Letztendlich waren die Geräusche auf seiner Höhe angekommen. Toki zuckte zusammen, als eine Axt in seine Tür einschlug und ein großes Loch darin hinterließ, als sie zurückgezogen wurde.

Kurz darauf flog die Tür krachend nach innen. Ein nordischer, blutüberströmter Hüne klebte an ihr. Eine schmale

Gestalt, mit rasiertem Kopf auf der ihm zugewandten und kupferroten kurzen Strähnen auf der anderen Seite, trat durch den leeren Türrahmen. Sie stach dem Mann ein Schwert durch die Brust ins Herz, drehte sich zu Toki um und fragte: »Bist du Toki, oder der andere?«

Perplex konnte dieser nichts antworten, sondern nur die grellrot lodernden Augen anstarren, die ihn aus dem blutbespritzten Gesicht anfunkelten.

Befreiung

Die Späher kehrten im Laufe des Morgens zurück und erstatteten Fin, Ansou, Feralla und Esepe in der Taverne Bericht. Die hatten das Gasthaus kurzerhand in eine provisorische Kaserne verwandelt. Der Schankraum fungierte als Kommandoraum. Auf einem großen Tisch lag eine Karte der Umgebung. Sabrand stellte ihnen diese zur Verfügung.

Der erste Späher, der ins Dorf zurückkehrte, konnte ihnen keine guten Neuigkeiten liefern. Er hatte sich Richtung Jakine gehalten und dort umgehört. Die Reiter mit dem Priester hatten das Dorf nicht durchquert. Kein Bewohner hatte sie gesehen. Die beiden anderen Späher hätten sich nach Norden gewandt, um die nicht gut befestigten Wege zu erkunden, wie er erklärte.

Der nächste Soldat brachte ihnen die ersehnte Auskunft. Die Kriegerhorde lagerte in einem abgelegenen Bauernhof. Er bestand aus mehreren Gebäuden und einem Stall. Der Späher hatte einige Zeit zugebracht, den Hof auszukundschaften.

»Ich bin mir sicher, dass sich dort fünfundfünfzig Männer aufhalten. Von den zwei Gefangenen keine Spur. Besonders vorsichtig verhalten sich die Nordlinge nicht. Die Pferde stehen alle im Stall oder auf einer Koppel etwas abseits. Sie haben große Lagerfeuer errichtet und nur zwei Wachen außerhalb des Feuerscheins postiert. Im Laufe der Nacht trafen noch fünf weitere Männer ein, die sich den Nordlingen anschlossen. Die sahen aus wie Tangrintanier, soweit ich das im Schein der Lagerfeuer erkennen konnte. Der Großteil, etwa vierzig Männer, lagert im Freien. Der Rest hat sich auf drei Häuser aufgeteilt. Ein zweistöckiges und zwei einstöckige. Der Hof liegt ein gutes Stück abseits der Straße. Leider kann man sich nicht anschleichen, da in weitem Umkreis um ihn nur Wiesen und Felder liegen.«

Die Offiziere dankten dem Soldaten für den Bericht und entließen ihn zur wohlverdienten Rast.

»Wir haben neunundzwanzig Soldaten, uns drei Leutnants und euch, Finvara. Es steht also dreiunddreißig zu fünfundfünfzig. Wir brauchen einen guten Plan, um die Nordlinge zu überwältigen. Vor allem, da wir nicht auf den Vorteil der Überraschung setzen können«, fasste Ansou zusammen.

»Vergesst nicht, dass wir Elitesoldaten sind. Die besten, die es in Irani gibt. Ich würde sogar behaupten, einige der besten in Tangrintanien! Dafür hat Reben gesorgt«, warf Esepe ein.

Feralla stimmte ihm nickend zu.

Ansou wandte sich an Fin. »Ihr habt das Kommando, Finvara. Wir werden uns eurer Entscheidung anschließen. Sollen wir einen Plan für die Erstürmung des Hofes entwerfen?«

Fin überlegte einige Zeit und wägte Für und Wider des Angriffs ab. Sie waren in der Unterzahl. Höchstwahrscheinlich würden einige Soldaten ihr Leben lassen. Möglicherweise sehr viele von ihnen. Verstärkung zu holen, dauerte zu lang.

›Die Nordländer werden nicht auf uns warten. Vielleicht sind sie jetzt schon weitergezogen.‹

Andererseits, wenn ihre kleine Armee die Feinde aufhielt, dann würden sie niemanden mehr verletzen können, und sich nicht zu einer noch größeren Truppe zusammenschließen. Und sie wollte Antworten! Das war ihr größter Antrieb. Einen der weißen Priester gefangen nehmen und endlich herausfinden, was sie in Tangrintanien wollten. Warum Yeban sterben musste!

»Wir werden den Hof stürmen und die Nordländer gefangen nehmen«, entschied sie. »Oder töten, wenn es nicht anders möglich ist. Einige Gefangene zu machen, wäre aber zu bevorzugen. Vor allem den Priester.« Sie blickte die drei Leutnants der Reihe nach an. Fin war zufrieden mit dem, was sie in ihren

Gesichtern sah. »Lasst uns einen Angriffsplan entwerfen. Wegen des Überraschungsmoments … wir haben einen Feuerfischdrachen und einen Griffin. Das sollte für genug Aufsehen sorgen, wenn wir es wollen.«

»Was haltet ihr von dieser Taktik …« Ansou fing an, einen Plan darzulegen, die beiden anderen griffen ihn auf und gemeinsam entwarfen sie, wie sie die Nordmänner bezwingen wollten.

Die Elitesoldaten aus Irani erreichten den Hof am frühen Nachmittag. Bei einem Waldstück hielten sie, um sich vorzubereiten. Die Späher sollten so nah wie möglich heranschleichen und feststellen, ob sich etwas geändert hatte.

Der Rest der Männer und Frauen bereitete sich auf den Angriff vor. Waffen wurden geschärft, Ausrüstung angelegt und auf Beschädigungen untersucht, Gebete gesprochen oder einfach nur die Wartezeit genutzt, um zu schlafen.

Fin gesellte sich zu den Leutnants.

»Der Plan steht. Warten wir auf die Späher, um zu erfahren, ob wir etwas anpassen müssen. Dann können wir loslegen«, sagte sie.

»Die Soldaten sind vorbereitet. Jeder Einzelne weiß genau, was zu tun ist. Dafür haben sie trainiert. Sie brennen darauf, ihr Land zu beschützen und die Nordlinge zu vertreiben«, sagte Esepe. Er war stolz auf seine Kompanie.

»Hoffentlich wird alles, was wir uns überlegt haben, gelingen«, fügte Feralla hinzu.

Fin erwiderte: »Davon braucht ihr nicht auszugehen, Feralla. Sobald der Kampf beginnt, wird er sich anders entwickeln, als wir uns das gedacht haben. Dafür seid ihr Offiziere zuständig. Der Plan muss jederzeit den Gegebenheiten angepasst werden. Aber wir haben uns bestmöglich vorbereitet.«

»Nicht alle unserer Soldaten haben schon einmal Blut vergossen. Lasst uns hoffen, dass sie dem gewachsen sind.« Das war Ansous Hauptsorge. In den Taktikbüchern, die sie studiert hatte, stand, dass die erste Schlacht oft preisgab, ob ein Soldat für den Beruf geeignet war oder nicht.

»Dagegen können wir nichts unternehmen. Wir können uns nur darauf vorbereiten. Aber es ist ein Risiko«, stimmte Fin zu.

Sie hatte inzwischen ihre Schlangenschuppenhandschuhe angelegt, die Schwerter gelockert und die Armbrust gespannt. Ihr Mausfalbe stand angebunden an einem Baum in der Nähe. Fogo saß auf seinem Rücken.

Ischve stand zwischen den Bäumen. Alle warteten gespannt auf die Späher.

Sie mussten einige Zeit warten, letztendlich kehrten diese zurück. Der Bericht fiel kurz aus. Keine Änderungen gegenüber dem letzten. Etwa vierzig Nordlinge hatten sich in einem provisorischen Lager im Bereich zwischen den Häusern niedergelassen. Es brannte ein Feuer. Der Rest der Feinde hielt sich in den Häusern oder nicht am Hof auf.

»Nachdem wir alles gehört haben, was wir brauchen, und weiteres Abwarten nur dem Feind in die Hände spielen würde, lasst uns beginnen.« Fin gab das Zeichen.

Die Leutnants kümmerten sich um den Rest. Innerhalb kürzester Zeit standen dreiunddreißig Berittene, aufgeteilt in drei Gruppen, bereit.

Fin wandte sich an die Männer und Frauen. »Haltet euch an den Plan, versucht Gefangene zu machen, wenn ihr könnt. Der Schutz eures Lebens ist jedoch wichtiger. Schaltet sie so schnell wie möglich aus. Noch Fragen?«

Keiner der Berittenen vor ihr sagte ein Wort. Sie erkannte Besorgnis, Stolz, Angst und Anspannung in den Gesichtern. So wie weniger deutliche Zeichen davon. Hier zitternde Hände an den Waffen oder Zügeln, dort nervöse Zuckungen. Eine allgemeine Anspannung lag greifbar in der Luft. Fin gab den Leutnants das Zeichen, mit der Attacke zu beginnen. Ansou und Feralla ritten mit jeweils fünf Soldaten los, um ihre Position einzunehmen.

»Fogo, du und Ischve könnt losfliegen. Macht ihnen die Hölle heiß!«, rief sie den beiden Kreaturen zu, riss den Mausfalben herum und setzte sich an die Spitze der restlichen Soldaten.

»Geht klar. Gute Schlacht! Vielleicht kannst du wieder ein paar Köstlichkeiten für mich einsammeln? Wie in Irani. Dann können wir unseren Sieg gebührend feiern.«

Fin ersparte sich einen Kommentar und sah Ischve und Fogo über dem Wald verschwinden. Langsam trabten sie durch ihn hindurch. Vor dem Waldrand hieß sie ihre Begleiter anhalten. Sie selbst ritt nach vorne, um den Zeitpunkt für den Angriffsbefehl abzupassen. Fogo war nicht mehr zu sehen, Ischve setzte gerade an, auf dem Dach des zweistöckigen Hauses zu landen. Nachdem der Griffin festen Halt unter den Fängen hatte, hörte Fin sein schrilles, alles durchdringendes Geschrei. Das war das Zeichen, auf das sie gewartet hatte. Den Arm hebend schrie sie: »Los! Reitet!«

Einundzwanzig Reiter setzten sich in Bewegung und stürmten auf den Bauernhof zu. Jeder mit einer Armbrust bewaffnet. Sie hielten sich nach links, auf den Stall zu. Hinter diesem stiegen inzwischen kleine Rauchwolken in den Himmel. Als würde etwas zu brennen beginnen. Fin sah, dass die Nordmänner entweder zu Ischve hinaufblickten oder sich zum Pferdestall aufmachten. Die beiden Wachen, die an vorderster Front standen, wandten sich von ihnen ab. Darauf hatte sie gehofft. Einen Griffin erblickte man nicht oft so nah. Das war ein Spektakel, das man sich nicht entgehen ließ, wie die Soldaten aus Irani beim Verlassen der Stadt anschaulich bezeugt hatten.

Ein Drittel des Weges lag hinter ihnen.

Der Wächter, der am Stall stand, drehte sich zu ihnen um. Er hatte den Lärm gehört, den die Pferde und Reiter veranstalteten, nahm Fin an. Kurz darauf drehte sich auch der zweite bei den Zelten um. Der halbe Weg zum Anwesen lag hinter ihnen. Die Wächter schrien etwas in den Hof. Es war nicht zu verstehen. Dort brach Chaos aus, die Männer, die versuchten, das Feuer zu löschen, stießen mit denen zusammen, die nach ihren Waffen hechteten. Die, die Ischve betrachteten, standen denen im Weg, die sich zum Stall und den Pferden aufmachen wollten. Und mittendrin sah Fin einen kleinen Drachen herumflitzen, der ab und zu eine Stichflamme auf die Männer spie und etwas in Brand setzte. Das verstärkte das ganze Durcheinander.

Zurückgelegte zwei Drittel des Abstands vom Wald brachte sie dazu, den nächsten Befehl zu geben. Die Reiterformation, die zuvor aufgefächert ritt, um möglichst groß auszusehen und den Nordlingen Angst zu vermitteln, formierte sich zu einer Kette. Kurz vor dem Stall schwenkten sie nach rechts, quer zum Hof reitend.

Fin erledigte mit ihrer Armbrust den Wächter vor ihr. Der Bolzen drang durch den Sehschlitz des Helms direkt durchs Auge ins Gehirn. Sein Schrei erstarb und er sackte zusammen. Einige Feinde hatten sich inzwischen Waffen und Schilde gegriffen und rannten auf den Eingangsbereich des Anwesens zu. Jeder Soldat, der dort vorbeigaloppierte, feuerte einen Bolzen mit seiner Armbrust auf die Nordlinge. Der zweite Wächter fiel, von zwei Bolzen getroffen. Kurz nach seinem Tod schlugen drei in einen weiteren ein und schickten ihn schmerzgepeinigt schreiend zu Boden. Sieben weitere Nordlinge starben mit Bolzen in Bauch, Gesicht oder Herz. Die Reiterkette mit Fin an der Spitze, Esepe knapp hinter ihr, drehte eine Kurve zum Wald. Sie galoppierten und schlossen ihr Manöver mit einer Schleife ab, die sie direkt auf den Eingangsbereich des Hofes zuführte.

Fin zügelte ihren Mausfalben und ließ links und rechts von sich die Männer und Frauen aufschließen. Als sie Esepe und einen weiteren rechts von ihr und zwei Soldatinnen links von ihr sah, hob sie den Arm und schrie: »Reitet sie nieder!«

Die Armbrüste hatten die Reiter inzwischen an die Sättel gehängt, oder sie kurzerhand auf die Seite geworfen. Einige Nordmänner hatten sich unterdessen aus dem Chaos im Mittelbereich gelöst und formiert. Fin erkannte, dass fünf weitere auf ihren Pferden saßen. Dann krachte die Reiterformation in die vor ihnen stehenden Soldaten. Mit Schwertern, Hämmern, Morgensternen und Äxten hieben die Elitesoldaten links und rechts, von ihren Pferden aus, auf die Helme, Hände, Arme – und was sie sonst erreichten – ein.

Fin schlug einem dunkelhaarigen Nordling mit dem Schwert eine Spalte durch den Helm und den Kopf. Er taumelte auf die Seite, krachte gegen einen Pferdekörper und ging in einer Staubwolke zu Boden. Ihre zweite Waffe erwischte eine

Hand, die eine Axt hob, und schlug sie ab. Der Lärm war ohrenbetäubend.

Sie registrierte, dass Esepe, rechts von ihr, von einer fliegenden Axt an der Schulter getroffen wurde und vom Pferd stürzte. Er verschwand wie der Nordmann zuvor in einer Staubwolke zwischen den Reitern. Ihre kleine Armee formatierte sich nun zu zwei Zweiergruppen. Zwischen dem Haupthaus vor ihnen und den links und rechts gelegenen hindurch galoppierten sie auf die Wiesen dahinter. Fin ritt nach links. Ein großer Strohhaufen verteilte, flammendhell lodernd, Rauchwolken. Ein verirrter Bolzen traf die Soldatin neben ihr und holte sie aus dem Sattel. Ihr Pferd stolperte und riss noch einen weiteren iraniischen Soldaten und sein Pferd mit zu Boden.

Als sie durch den Flaschenhals zwischen den beiden Gebäuden hindurch war, ließen sie das Chaos und den Lärm hinter sich. Vor ihnen, genau zum richtigen Zeitpunkt, ritten ihnen Ansou und ihre fünf Begleiter entgegen. Sie würden an gleicher Stelle hineinreiten und die ihnen folgenden Nordmänner zurücktreiben. Ansou spornte ihre Soldaten an. Fin und die anderen Soldaten an ihrer Seite umrundeten den Stall. Dort stiegen sie ab, griffen sich erneut ihre Armbrüste und luden nach. Fin hatte keine Ahnung, wie viele Nordlinge noch kämpfen konnten und wer ihrer eigenen Soldaten aus dem Getümmel entfliehen konnte.

»Laden, Soldaten, und dann vorrücken!«, schrie sie ihrem Trupp zu. Er bestand nur noch aus sieben Personen. Ansou und Feralla schossen mit ihren Einheiten aus dem Chaos hervor. Ansou hatte einen Soldaten und Feralla zwei verloren. Ob tot oder irgendwo im Hof kämpfend konnte Fin nicht beantworten. Langsam bewegten sie sich vorwärts. Zwei reiterlose Pferde rannten vorbei, als sie am Eck des Stalles ankamen. Sie winkte ihren Trupp weiter. Die Hölle lag vor ihnen. Der hintere Teil des Stallgebäudes brannte inzwischen und bedeckte alles mit dichten, grauen Rauchwolken. Pferde schrien panisch aus dem Gebäude heraus. Die Hälfte der Zelte lag niedergetrampelt am Boden. Gegenüber sah Fin die anderen Soldaten ihrer Gruppe herbeieilen. Es waren nur noch vier. Zwei trugen gespannte Armbrüste und zwei schützten die Fernkämpfer mit Schwert und Schild.

Fin lief die Stallwand entlang und auf die Hölle vor ihr zu. Als sie am Tor vorbeihastete, brachen drei Pferde daraus hervor, trampelten zwei ihrer Soldaten in ihrer Panik nieder und liefen über die Wiese davon. Fin schoss ihren Bolzen auf einen Nordling vor ihr. Der ging zu Boden. Eine Soldatin aus Irani stach ihm ihr Schwert in den Hals.

Fin wies ihren Trupp an, sich voranzukämpfen. Selbst versuchte sie sich ein Bild von der Schlacht zu machen. Wie viele der Soldaten standen noch und kämpften? Sie sah nur noch zwei Nordlinge inmitten des Hofes stehen. Aus dem Gebäude rechts traten drei weitere heraus. Insgesamt lebten noch siebzehn Feinde, wenn sich die Späher mit der Anzahl nicht geirrt hatten. Hinter ihnen ritten Ansou und Feralla, diesmal vereint, erneut in den Hof ein. Sie trafen auf die fünf Feinde und töteten sie.

Aus dem zweistöckigen Haus flogen Pfeile auf die Reiter nieder. Pferde bäumten sich auf und warfen die Reiter ab.

»Gebt ihnen Deckung! Schießt in die Fenster im Gebäude!«, befahl Fin ihrem Trupp, dem sich Esepes Leute anschlossen. »Und dann langsam vorrücken. Wir müssen die Häuser säubern und die Gefangenen und den Priester finden.«

»Jawohl, Elementarierin«, bestätigten sie.

Sie erblickte Ansou und die restlichen Soldaten, die in der Mitte unter Beschuss geraten waren, absteigen und in das Haus rechts eindringen. Einen gefallenen Freund hinter sich herziehend.

»Fin, in dem Haus neben dem Stall sind noch vier Feinde, einer ist bei Ansou im Gebäude und der Rest besetzt das Haupthaus«, hörte sie Fogo rufen. Zu sehen war er nicht.

»Vor uns sind vier Feinde verschanzt«, teilte sie ihrem Trupp mit. Sie waren am Feuer vorbei und rannten zum Eingang, um dem Pfeilhagel aus dem anderen Haus zu entgehen.

Fin lud ihre Armbrust noch einmal nach und schoss in ein Fenster, in dem sie einen Schatten registrierte. Möglicherweise hatte sie getroffen, kein Pfeil flog als Erwiderung zurück.

Ihre Soldaten hatten die Tür aufgestoßen und drangen ins Haus ein. Fin folgte ihnen. Im Hausflur lagen bewegungslos ein Feind und eine Soldatin aus Irani.

»Erdgeschoss ist sicher!«, hörte sie aus einem der Zimmer.

»Oben haben sich drei verschanzt«, ertönte es von dort.

Finvara lief hinauf. Der Boden war von Blut, Schlamm und allerlei anderem verdreckt. Ein Bolzen flog vorbei. Die Feinde versteckten sich in dem Zimmer vor ihr und schossen auf die Soldaten. Einen hatten sie am Bein erwischt, er lehnte an der Wand in einem anderen Zimmer.

»Dann mal los«, feuerte Fin sich selbst an und beschleunigte. Ein weiterer Bolzen verfehlte sie knapp.

Sie überquerte die Zimmergrenze. Ein Feind stand jeweils links und rechts der Tür, ein anderer lud die Armbrüste nach. Den erwischte sie als Erstes. Ihr Schwert schlug die Armbrust in seiner Hand entzwei, die Sehne schnalzte ihm ins Gesicht und hinterließ einen blutigen Striemen. Der Kopf flog reflexartig nach hinten und entblößte den Hals. Fin nutzte das aus und zog ihr Schwert hindurch. Blut sprudelte in einer Fontäne aus dem nach hinten kippenden Kopf und traf sie.

Nach links ausweichend gelangte sie in Reichweite des zweiten Mannes. Er griff nach seinem Schwert und wollte es zur Abwehr heben. Er kam nicht dazu. Fins Schwerter drangen in ihn ein und zerfetzten ihm die Brust. Er taumelte gegen die Wand an der Tür, ein Arm fiel, allein gelassen vom Körper, zu Boden. Dem letzten Feind wurde mit einer Axt der Kopf eingeschlagen.

Jetzt war es still, bis auf die keuchenden Atemzüge der iraniischen Eliteeinheit.

»Ihr zwei«, Fin deutete auf zwei Männer mit Armbrüsten, »verschanzt euch an den Fenstern und nehmt den Hof unter Beschuss, wenn sich ein Feind blicken lässt. Der Rest kommt mit mir zum Haupthaus. Dort muss der Priester sein.«

Am Eingang des Hauses angekommen, sah sie, dass Ansou mit ihren Soldaten auf der anderen Seite gleichfalls an der Haustür wartete. Fin deutete an, dass sie das Haupthaus stürmen würden. Ansou nickte und zeigte an, dass sie auf drei losrennen würden. Sie zählte mit den Fingern und dann stürmten alle zusammen über den Platz zum Haus und drangen durch die Tür ein. Die war nicht verschlossen oder verbarrikadiert.

Drinnen standen drei Männer tangrintanischen Aussehens, die sie gleich attackierten. Sie lebten nicht lang, schafften es aber, einer der Frauen die Hand abzutrennen und einem Soldaten eine Axt in den Oberschenkel zu schlagen. Schreiend lagen beide am Boden, während sich die anderen im Untergeschoss verteilten. Zwei Kameraden halfen ihnen, das Haus zu verlassen, und versorgten sie.

»Im Erdgeschoss ist keiner mehr!«, vernahm Fin.

»Wie wollen wir vorgehen?«, stieß Ansou atemlos aus. Sie sah nicht besonders gut aus. Ihren Helm hatte sie verloren und mit ihm ein Teil vom Ohr.

Fin zögerte nicht lang und antwortete: »Lasst mich vorgehen, der Rest folgt mir.«

Damit stürmte sie die Treppe hinauf, lief den Gang entlang und sprang in eines der offenen Zimmer. Sie rammte einen verblüfften Tangrintanier. Der hatte eine geschlitzte Lippe, die sich zu einem Grinsen verzog. Erstaunlich schnell hatte er sein Gleichgewicht wiedergefunden. Fin erkannte, dass er mit der Axt in seiner Rechten ausholte, und duckte sich darunter hinweg. Zu nah an ihm, die Schwerter ungünstig haltend, konnte sie nicht ausholen. Sie trat ihm gegen das Bein, erwischte ihn jedoch nicht, da er zurücksprang. Jetzt grinste der Mann und zeigte gelblich verfärbte Zähne.

»Die Elementarierhure, sieh an. Du solltest längst tot sein! Ich hatte schon ein Stelldichein mit deinem grauäugigen Freund. Er hat mir ein Geschenk hinterlassen.« Er ließ die Äxte um sich herumwirbeln und schnarrte: »Komm, Frau, und tanz mit mir!«

»Keine Zeit zu tanzen, Hässlicher!«, warf sie ihm an den Kopf, beschleunigte und hieb mit ihrem Schwert nach ihm. Jetzt hatte sie endlich genügend Platz. Die Axt wehrte den Angriff ab, ohne zu zerbrechen. ›Das müssen Yebans Äxte sein‹, vermutete Fin.

Herumwirbelnd versuchte sie, mit dem zweiten Schwert die Lücke am Unterleib des Feindes zu nutzen. Der Mann tänzelte zur Seite. ›Er ist schnell‹, begriff sie.

Dann sprang er auf sie zu und erwischte mit der Axt ihr Kettenhemd an der Hüfte. Glücklicherweise streifte er es nur. Der harte Schlag warf sie trotzdem zur Seite. Kraftvolle Schläge, nahm sie wahr, und bewegte sich aus seiner Reichweite. Er folgte ihr, täuschte mit rechts an und schlug mit links erneut Richtung Hüfte. Diesmal konterte sie die Axt zur Seite weg, schob sich näher zu ihm und stieß ihm das Knie in die Leiste. Ein Schmerzlaut belohnte sie. Er klappte nach vorn und begrub sie unter sich.

Fin ließ ihre Schwerter los und hebelte ihn von sich herunter zur Seite. Eine Axt hatte er fallen lassen, die zweite hielt er krampfhaft fest. Fin sah ihr Schwert und die doppelflüglige Axt in Griffweite liegen. Sie entschied sich, diese zu ergreifen, da sie sich besser für enge Räume eignete. Den Arm ausstreckend ergriff sie die Waffe, wuchtete sich aus der Rückenlage nach oben und ließ die Axt auf den Mann zufliegen. Im letzten Moment stolperte der hoch und wehrte sie ab. Taumelte dadurch aber nach hinten, komplett aus dem Gleichgewicht gebracht.

»Für Yeban, du Mörder!«, schrie sie und sprang mit einem Satz nach vorne.

Erkenntnis flutete die Augen des Mannes und die Einsicht, dass er jetzt sterben würde. Die Axt schlug in seinem Brustbein ein und warf ihn nach hinten gegen die Wand. Daran rutschte er, blutige Luftblasen auf den Lippen, herab. Er starb, als er am Boden aufkam.

›Da war ich wieder einmal zu impulsiv‹, verfluchte Fin sich selbst. ›Hoffentlich lebt der weiße Priester noch.‹

Ihre Hüfte schmerzte stark. Sie hatte sich das Handgelenk verdreht, als er auf sie gefallen war und sie unter sich begraben hatte. Bevor sie zu den Soldaten zurückkehrte, hieb sie die Axt neben dem Toten in die Wand und ergriff ihre Schwerter.

Die restlichen Soldaten sicherten gerade das Stockwerk. Ein toter Nordling lag in einer Tür. Oben an der Treppe zum letzten Stockwerk wollte gerade ein weiterer nach unten steigen.

Fin beschleunigte erneut und rannte die Treppe hinauf, dem Hünen entgegen. Mit ihrem ganzen Gewicht warf sie sich gegen ihn. Er verhakte sich mit der Ferse an der Treppenstufe und kippte taumelnd nach hinten. Fin setzte über ihn hinweg und versuchte ihn mit dem Schwert zu treffen. Seine große Axt kam jedoch dazwischen. Der Dunkelstahl schlug ein großes Metallstück aus seiner Waffe heraus.

Vor einer Tür bremste sie ab. Der Nordling hievte sich hoch und lief ihr entgegen, die Axt schwingend. Sie duckte sich, die Waffe schlug in die Tür ein und riss beim Herausziehen ein großes Stück Holz mit. Fin tänzelte um den Hünen herum und trat ihn kräftig gegen die Brust. Sie musste einiges an Kraft aufgewendet und er ungünstig gestanden haben, denn er flog gegen die Tür und mitsamt dieser in den Raum dahinter. Schnell folgte sie, stach dem Mann das Schwert ins Herz und nahm den Jungen wahr, der im Raum stand.

»Bist du Toki, oder der andere?«, fragte sie. Der sah sie nur perplex an und antwortete nicht.

Buch 3

Eine fremde Macht

Das Zimmer in der Zitadelle war in Dämmerlicht getaucht, als der Mann es betrat. Was nicht daran lag, dass die Sonne unterging. Das würde sie erst in ein paar Stunden. Es lag an den zugezogenen Vorhängen vor den großen Fenstern. Er hasste das Versteckspiel, aber es war notwendig. Niemand durfte herausfinden, was sie planten. Auch nicht durch einen zufälligen Blick in den Raum.

Ruk und Ranmar saßen bereits am Tisch. Kerzen und eine Schüssel mit Wasser befanden sich vor ihnen. Der Mann beachtete die beiden kaum. Sie hatten in ihren Aufgaben versagt. Ruk, indem er es nicht schaffte, ihm brauchbare Informationen zu beschaffen und angekrochen kam wie ein Hund. Und Ranmar … Ranmar hatte sich aus Irani vertreiben lassen. Die monatelange Planung innerhalb einer Nacht zerstört! Die Wyvern, die Tod und Zerstörung über die Stadt bringen sollten, waren verloren. Schlimmer wog jedoch, dass Reben Greigen den König und die Generalität vor den weißen Priestern, den Priestern vom weißen, reinen Licht, gewarnt hatte. Zumindest hatte er es versucht. Glücklicherweise hatte er die Briefe abgefangen. Wenn auch mehr durch Zufall als alles andere. Und die Elementarierin! Die, die immer noch lebte und in die Hauptstadt eilte. Spätestens dann würden der König und die Kommandanten auf sie aufmerksam werden.

›Möglicherweise kann ich sie beschwichtigen oder Zweifel an den Aussagen säen‹, dachte er. ›Besser wäre es jedoch, wenn sie die Stadt nie erreichen würde. Zumindest nicht die Zitadelle.‹ Das würde er später in Angriff nehmen. Jetzt musste er sich auf das vor ihm stehende Gespräch konzentrieren.

Belustigt über seine Wortschöpfung grinste er in sich hinein und setzte sich zu den beiden Priestern an den Tisch. Die Kerzen flackerten und warfen düstere Schattenspiele in die Ecken. Dann warteten sie schweigend. Einige Zeit später kräuselte sich das Wasser in der Schale und bildete unentwegt kleine Wellen.

»Liegen wir im Zeitplan?«, ertönte eine Stimme, sanft wie ein langsam fließendes Gewässer. »Fügt sich alles, wie wir es uns vorstellen?«

Der Anführer der drei Männer räusperte sich, bevor er antwortete. Der Mund war ihm trocken geworden in Aussicht auf das Gespräch mit seinem Gott. »Es tut mir leid, Herr, aber wir haben Rückschläge einstecken müssen. Ranmar hat sich aus Irani zurückgezogen. Wir sind aufgeflogen und wurden besiegt. Der dortige Kommandant weiß, dass wir etwas planen. Aber er weiß nicht, was. Die Tangrintanier haben keine Informationen über unseren Plan. Nichtsdestotrotz sind das sehr schlechte Nachrichten.«

Die Stimme schwieg eine Weile, bevor sie erneut fragte: »Was ist mit dem restlichen Plan? Gibt es dort Rückschläge?«

»Reben Greigen, der Kommandant in Irani, hat Boten an den König und die Generalität geschickt, der die weißen Priester unter Generalverdacht stellt. Ich konnte die Briefe abfangen. Es ist jedoch nur eine Frage der Zeit, bis weitere Boten eintreffen. Wir müssen unseren Plan schnellstmöglich umsetzen.«

»Was ist mit den Kirchen?« Der Mann spürte, dass die Stimme den Tonfall änderte.

Abfällig erwiderte er: »Keine Nachrichten, dass sie etwas anderes machen als sonst. Sich um die Hilfsbedürftigen und Schwachen kümmern. Sie haben kein Interesse, sich am Königshof in die Regierungsgeschäfte einzumischen.«

Erneut eine Pause. »Das ist gut. Was ist mit der Feuerelementarierin? Habt ihr sie gefangen? Ich hoffe, nicht wie den Lufttätschler beseitigt!«

Schweiß bildete sich am Kopf des Sprechers. In einem kleinen Rinnsal lief er ihm den Nacken hinab. »Wir haben es versucht, Herr. Einmal ist sie unseren Bemühungen durch ihr eigenes Zutun entkommen. Beim zweiten Mal waren unsere Informationen falsch und sie lief nicht in die Falle. Sie ist auf dem Weg nach Tannberg.« Er schwieg.

»Du weißt, was passiert, wenn du versagst? Oder muss ich dich daran erinnern?« Die Stimme klang jetzt wie eine reißende, alles vernichtende Sturzflut.

»Nein, Herr. Nein«, stammelte der Mann. »Wir werden alles zu eurer Zufriedenheit ausführen. Ich persönlich werde einen Plan entwerfen, die Elementarierin aus dem Spiel zu nehmen. Und wir werden schnellstmöglich alles Weitere in die Wege leiten. Ranmar wird sich um die Hauptstadt kümmern. Ruk reist nach Skuyle. Und wir werden Boten an die anderen schicken, dass sie sich bereithalten müssen. Sie werden vorbereitet sein!«

»Gut. Ich möchte keine weiteren Rückschläge erleben! Meine Priester in den anderen Ländern stellen sich nicht so unfähig an wie ihr. Allein, dass ihr die Macht des Luftelementariers verloren habt, wiegt schwer. Wir brauchen ihre Kräfte. Das hat alleroberste Priorität! Ich erwarte, dass ihr die Elementarierin gefangen nehmt und sie zu mir bringt. Vielleicht wird euch euer Versagen dann vergeben werden! Oder muss ich Kabaul und seine Schlächter zu euch schicken?«

Der Mann erschauderte bei dem Namen. »Nein, ihr könnt euch auf uns verlassen«, keuchte er.

»Gut, möge mein weißes, reines Licht mit euch sein! Und enttäusch mich nicht!«

Mit diesen Worten erstarb das Kräuseln des Wassers und es wurde still. Die Männer sahen sich an.

»Ruk, brich sofort nach Skuyle auf!«, wies ihr Anführer den Priester an. An Ranmar gewandt sagte er: »Kümmere dich um unseren Plan bezüglich der Hauptstadt und des Königs. Ich werde mich um die Elementarierin kümmern.«

Er zeigte den beiden an, dass sie gehen sollten. Sie erhoben sich und liefen schnell aus dem Raum.

»Diesmal wirst du uns nicht entkommen, Elementarierin! Und wenn ich dich persönlich bis in den tiefsten Untergrund jagen muss«, murmelte er.

Er hatte keine andere Wahl. Sein Gott war rachsüchtig und vergab keine Fehler.

Ankunft in Tannberg

»**K**annst du sprechen, Junge? Haben sie dir die Zunge herausgeschnitten?«, fragte die Elementarierin erneut und schritt auf ihn zu. Die Schwerter gesenkt an der Seite.

Toki fühlte sich unbehaglich. Sie strömte eine rohe, bedrohliche und brutale Kraft aus. Ihr Aussehen verstärkte das Ganze. Das Beinkleid und das Wams unter dem Kettenhemd schien rußverschmiert und in alle möglichen Erd- und Bluttöne getaucht. Zumindest sah es so aus. Das Gesicht der Frau schmückte eine Zeichnung aus Blut und Schweiß. Mit der Hand hatte sie anscheinend versucht, es abzuwischen, und dabei alles überall verschmiert. Die rotglimmenden Ohrringe pulsierten zusammen mit den gleichfarbigen Augen. Sie war kleiner als Toki. Es kam ihm aber vor, als wäre er winzig.

Er schluckte und setzte an, etwas zu antworten. Von unten drangen splitternde Geräusche zu ihnen empor und er brachte, erschreckt, nur ein Krächzen heraus.

»Ich habe keine Zeit zu warten, bis du deine Stimme wiederfindest. Zumindest siehst du nicht stark verletzt aus. Wenn du dich zusammengerissen hast, dann komm nach unten. Ich muss mich um einen Priester kümmern.« Damit drehte sie sich um und verschwand durch die zerstörte Tür.

Toki atmete ein paar Mal tief ein und aus, um sich zu beruhigen. Sein Adrenalinspiegel war durch die Decke geschossen, als der Mann aus dem Norden mitsamt der Tür in das Zimmer geflogen kam. Er betrachtete seine zitternden Hände. ›Weiter ein- und ausatmen‹, beruhigte sich Toki. ›Einfach weiteratmen!‹

War das die Elementarierin, die er mit seinen Freunden im Dorf gesehen hatte? Sie musste es sein. Ihr Aussehen und die Augen würde er niemals vergessen! Hatte Uthr in seinem Brief von ihr gesprochen?

Ein Blick auf seine Hände zeigte an, dass er sich beruhigte. Sie zitterten nicht mehr. Langsam ging er zur Tür und blickte vorsichtig hinaus. Der Gang war leer. Ein paar weitere Türen zweigten zu anderen Zimmern ab. Diese standen alle offen und nichts rührte sich darin. Die Treppe nach unten lag direkt vor ihm. Toki bewegte sich darauf zu und schaute hinab. Ein toter Nordling lag zusammengesackt in einem Türrahmen im Stock unterhalb.

»Ergreift ihn, bindet und knebelt ihn!«, hörte er eine Frauenstimme. Kurz darauf ein Geräusch, das klang, wie wenn eine Faust auf Fleisch und Knochen traf. Gefolgt von einem undeutlichen Stöhnen. Die Treppe hinuntersteigend, sah Toki sich weiter um. Auch in diesem Geschoss waren die Türen geöffnet und in den Zimmern bewegte sich nichts. In einem erkannte er eine Person an der Wand liegen. Eine Blutlache unter ihr. Eine Axt im Brustkorb. Daneben eine weitere Axt in der Wand. Am Ende der Treppe blickte er den Gang entlang und entdeckte zwei Soldaten, die vor einer eingetretenen Tür standen.

›Das müssen die splitternden Geräusche gewesen sein‹, schlussfolgerte er. ›Ob in dem Raum der Priester ist, von dem die Elementarierin gesprochen hat?‹

Kurz darauf taumelte der schon aus dem Zimmer. Gestoßen von weiteren Soldaten. Hinter ihnen blitzte ein roter Haarschopf auf. Der Priester stürzte zu Boden. Er konnte sich gerade noch mit den Händen abfangen. Die Soldaten zogen ihn hoch und stießen ihn zur Treppe, die nach unten führte.

»Bringt ihn nach draußen! Wir wollen ihm ein paar Fragen stellen«, befahl eine Soldatin. Ihre Haare, im Genick zusammengebunden, gaben den Blick auf ein halbes, zerfetztes Ohr und eine blutüberströmte Seite preis. Als sie Toki erblickte, fragte auch sie: »Bist du Toki, oder der andere Gefangene?«

Diesmal konnte er antworten. »Ich bin Toki. Ich weiß nicht, wo sie Elz gefangen halten. Ich hoffe, er lebt. Wer seid ihr?«

»Leutnantin Ansou Sekah, iraniische Eliteeinheit.«

Bevor sie weiterreden konnte, trat die Elementarierin aus dem Zimmer des Priesters.

»Sieh an, du kannst also doch sprechen. Ich sage, wir gehen nach draußen und überzeugen uns, dass wir alle Feinde ausgeschaltet haben. Dann reden wir! Ich habe einige Fragen an dich, Toki.«

Sie bedeutete den Soldaten und ihm, die Treppe hinunterzugehen. Selbst ging sie an ihm vorbei zu dem Zimmer, in dem der Tote an der Wand lag.

Toki folgte den Soldaten und der Leutnantin. Am Fuß der Treppe lagen drei Männer. Fast wäre er auf dem blutverschmierten Boden ausgerutscht. Nachdem er das Haus verlassen hatte, verschlug es ihm den Atem.

Vor ihm erstreckte sich ein Schlachtfeld. Tote Nordlinge befanden sich neben tangrintanischen Soldaten, beide gleichermaßen zertrampelt und verstümmelt. Pferdekörper vereinzelt dazwischen. Rüstungen und Waffen ragten aus Körpern oder aus dem Boden nach oben. Über allem lagen dichte Rauchschwaden, die ein glimmender Haufen und ein halb abgebranntes Gebäude verteilten. Zwischen den Toten bewegten sich ein paar Soldaten in Grün, Weiß und Grau. Toki blinzelte ein paar Mal, um das beißende Gefühl aus den Augen zu vertreiben.

Dann erschrak er und zuckte zusammen. Ein kleiner Drache flitzte auf ihn zu, an ihm vorbei und ins Haus.

›Das muss der Tierbegleiter der Elementarierin sein‹, überlegte Toki.

Einige Augenblicke später schlug der Geruch des Schlachtfelds in seine Sinne ein. Metallisch riechendes Blut, verbranntes Fleisch und der Geruch von Exkrementen mischten sich mit menschlichen und tierischen Ausdünstungen. Zwischen allem lag der Duft von frischer Erde, Gras, Holz und anderen natürlichen Aromen der Natur. Stöhnen, Grunzen, Schmerzgewimmer und üble Schreie waren zu hören. Alles zusammen war zu viel für ihn. Würgend rannte er an die Hauswand und übergab sich.

»Nicht der schönste Anblick was, Junge?«, rief ihm ein Soldat zu, der in der Nähe die Leichen seiner gefallenen Freunde barg. »Geh hier zwischen den Häusern durch, dann kommst du aus dem Schlimmsten raus. Halte dich hinter dem Haus einfach nach links. Vor dem Stall stehen ein paar Eimer mit Wasser, da kannst du dich waschen.«

Der Soldat hatte recht, hinter den Häusern war nur die Erde von Pferdehufen aufgerissen. Leichen, Blut oder anderes erblickte er nicht. Bis auf den beißenden Rauch roch es nach Frühling. Er blinzelte und bemerkte, dass die Sonne knapp über den fernen Bergen bereit war, den Monden das Schlachtfeld für die Nacht zu überlassen.

Toki fand die Eimer, die der Mann erwähnt hatte, am Stalleingang. Er schnappte sich einen davon und nahm ihn mit ums Eck, um die Leichen nicht sehen zu müssen, die vor dem Eingang lagen.

›Ich habe noch nie einen Kampf mit Toten gesehen‹, kam ihm in den Sinn. ›Das ist anders als in den Geschichten von Soldaten in der Taverne. Da gibt es nie Dreck, Gestank und Leid.‹

Da er nicht wusste, was er machen sollte, wartete er an die Stallwand gelehnt, bis die Elementarierin oder ein Soldat ihn abholte. Auf dem Dachfirst sah er einen kleinen, goldgelben Vogel sitzen, der ihn keck mit »Wie-wie-wie-wie-Ihhhh. Wie-wie-wie-wie-Ihhhh« anpiepste.

Die Sonne war nur noch ein schmaler Streifen über den Bergen, als die rothaarige Frau ihn holte.

»Geht es dir einigermaßen gut? Haben dir die Nordlinge etwas angetan?«

Diesmal klang sie freundlicher in seinen Ohren. Nicht mehr befehlend, sondern besorgt.

Er schüttelte den Kopf und sagte: »Nein, Heilige. Sie haben mich in diesem Zimmer eingesperrt, aus dem ihr mich befreit habt, und gelegentlich etwas zu essen gebracht.«

Die Frau, die sich inzwischen einigermaßen gereinigt hatte, runzelte die Stirn.

»Was habt ihr nur immer mit dem ›Heilige‹, wenn ihr mit Elementariern sprecht? Wir sind vielleicht manches, aber ganz sicher keine ›Heiligen‹.« Sie betonte das Wort in einer Art, die ihm zeigte, dass sie nicht gern so genannt wurde.

»Aber ihr dient den Göttern und seid ihnen besonders nah. Ihr lebt ganz sicher ein gottesfürchtiges, vorbildliches Leben!«

Diesmal zog sie die Augenbrauen nach oben. Toki erkannte, dass sie schmunzelte.

»Also eines kann ich dir mit Gewissheit sagen, Junge. Viele Elementarier leben KEIN gottesfürchtiges und vorbildliches Leben, wie du denkst. Da könnte ich dir Geschichten erzählen.« Sie kicherte. »Ich würde dich bitten, mich zu begleiten. Wir haben ein paar Fragen an dich und deine Begleiterin. Sie wartet mit meinen restlichen Soldaten im Haus.«

Toki nickte und stand vorsichtig auf. Er stockte. Hatte sie gerade Begleiterin gesagt? Er hatte keine Gefährtin. Elz war sein Begleiter. War er nicht hier? Hatten die Männer aus dem Norden noch andere gefangengenommen? An die Elementarierin gewandt sagte er: »Ich hatte keine Begleiterin. Elz, ein Mann aus Blos Prana, wurde zusammen mit mir von den Kriegern gefangen genommen. Angeblich, weil er ein Zauberer ist.«

Die Frau blickte ihn an und schmunzelte erneut. »Da hat sie dir einen ziemlichen Bären aufgebunden. Aber das können wir gleich klären.«

Damit drehte sie sich um und setzte sich in Bewegung. Toki, verwirrt, folgte ihr. Es sah nicht so aus, als würde sie auf ihn warten oder Fragen beantworten.

Sie schritt auf das rechte Gebäude zu und betrat es. Toki nahm wahr, dass im Hof nicht mehr unzählige Leichen lagen. Die iraniischen Gefallenen lagen sauber aufgereiht am Rand des Platzes und die der Nordlinge auf einem großen Haufen abseits hinter den kaputten Zelten. Ein großes Lagerfeuer brannte und erhellte das Dämmerlicht. Er zählte acht Soldaten, die sich um weitere Arbeiten kümmerten. Einige versuchten, die Pferdekadaver wegzuschaffen. Andere kümmerten sich um die lebenden Pferde. Einer untersuchte einen großen Haufen verschiedener Ausrüstung.

Toki öffnete die Tür, die sich hinter der Elementarierin geschlossen hatte, und trat ein. Im Zimmer zu seiner Linken erblickte er einen weiteren Soldaten an einem Herd stehen und in einem großen Topf rühren. Im Wohnraum gegenüber lagen drei Verwundete. Ein Mann betreute sie. Geradeaus hörte er die Stimme der Frau und weitere. Auch die von Elz. Als er das Zimmer betrat, sah der ihn an, sprang auf und stürmte auf ihn zu.

»Toki, geht es dir gut? Es tut mir leid, dass der weiße Priester uns gefangen genommen hat. Wegen mir«, sagte er, während er Toki umarmte und drückte. »Ich bin ehrlich erleichtert, dass sie dir nichts angetan haben. Das hätte ich mir nie verziehen.«

Toki löste sich aus der Umarmung, blickte Elz an und erwiderte: »Es geht mir gut, sie haben mir nichts getan, bis auf den Schlag auf den Kopf bei der Gefangennahme. Wo haben sie dich eingesperrt?«

Elz wollte gerade ansetzen zu sprechen, als die Elementarierin ihn unterbrach.

»Das könnt ihr uns gleich alles berichten. Dann müsst ihr die Geschichte nur einmal und nicht mehrmals erzählen. Setzt euch an den Tisch. Inzwischen lasst mich euch Ansou Sekah vorstellen. Sie ist Leutnantin der iraniischen Eliteeinheit und hat mich auf dem Weg nach Tannberg begleitet.«

Toki schielte zu der Frau hinüber. Es war diejenige, die er im Haus getroffen hatte. Auch sie hatte sich inzwischen gereinigt und ihren Kopf zierte ein dicker Verband, der das Ohr verdeckte. ›Sie ist sehr hübsch‹, bemerkte er, ›ohne das ganze Blut und den Dreck im Gesicht.‹

Die Elementarierin fuhr fort: »Ich bin Finvara Schnellfeuer. Aber sagt einfach Fin zu mir, oder Finvara. Dass ich eine Elementarierin bin, wisst ihr bereits. Und jetzt zu euch. Ich habe vier Fragen. Zunächst! Erstens: Wer seid ihr? Zweitens: Wohin wolltet ihr? Drittens: Warum seid ihr unterwegs? Und viertens, die wichtigste Frage: Was haben die weißen Priester und die Nordlinge mit euch zu schaffen?« Bei jeder Aufzählung streckte sie die dazugehörige Anzahl von Fingern in die Luft. »Wer fängt an?«

Toki und Elz sahen sich an. Elz ergriff zuerst das Wort.

»Mein Name ist Eliza. Ich bin aus Blos Prana und auf der Suche nach meinem Großvater. Meine Mutter ist gestorben und hat mir einen Brief hinterlassen, indem sie mir von ihm erzählt. Er soll sich in Tangrintanien aufhalten. Zumindest war das das Letzte, was sie von ihm wusste. Er ist der Vater meines Vaters und müsste jetzt ungefähr siebzig sein, wenn er noch lebt. Und er ist ein Zauberer.«

Toki konnte nicht anders. Er starrte Elz, oder Eliza, die ganze Zeit erstaunt an. Sie war eine Frau? Und er hatte es nicht gemerkt. Jetzt erklärte sich auch, warum sie immer darauf bestanden hatte, allein ihr Geschäft zu verrichten.

›Sie sucht ihren Großvater, der Zauberer ist? Mein Großvater war auch Zauberer. Meine Großmutter hat mir sein Zauberpulver mitgegeben. Das ist jetzt wohl leider verloren, wie meine anderen Habseligkeiten.‹ Frustration machte sich in ihm breit. Diese verglühten Nordländer und der verkohlte Priester!

Eliza fuhr inzwischen fort zu erzählen. »Ich wollte in Tannberg nach Großvater suchen. In den Melderegistern des Landes, falls es so etwas geben sollte, und dann, wenn ich etwas über ihn finde, zu ihm reisen. Auf dem Weg nach Tannberg stürzte ich und verstauchte mir die Hand. Toki hat mir geholfen. So haben wir uns kennengelernt. Warum wir gefangen genommen wurden, kann ich nicht sagen. Ich weiß nur, dass der Priester meine Augenfarbe wahrnahm und daraus schloss, dass ich zaubern kann, was stimmt. Sie haben mich in ein Zimmer gesperrt und mir alles genommen, was ich am Leib trug. Auch meine Kleidung. Und anschließend haben sie mich tagelang dort warten lassen. Ab und zu brachten sie mir etwas zu essen. Gesprochen haben sie nicht mit mir. Mehr weiß ich leider nicht.«

Nachdem die Magierin mit ihrer Erklärung endete, schauten alle Toki an.

»Ich bin Toki, wie ihr anscheinend schon wisst, da ihr mich bei der Befreiung mit meinem Namen angesprochen habt. Ich bin auf dem Weg nach Tannberg, um die Kirchen aufzusuchen. Ein Freund hat mir gesagt, dass sie mir möglicherweise helfen können. Deswegen bin ich unterwegs. Bei der Gefangennahme haben mich die Nordlinge ignoriert und sind sofort auf Elz … Eliza losgegangen. Ich glaube nicht, dass sie sich für mich interessiert haben. Ich war wohl zur falschen Zeit am falschen Ort. Das ist meine Geschichte. Ich bin euch sehr dankbar, dass ihr gekommen seid, um mich und Eliza zu retten.« Toki hatte alles, bei dem er dachte, dass Finvara nachfragen würde, weggelassen und nur das Allernötigste genannt. Er hoffte, dass es ausreichen würde. Er hatte keine Ahnung, warum sie seinen Namen kannten.

Die Elementarierin schüttelte leicht bedauernd den Kopf, griff neben sich auf den Boden hinter eine Bank und zog Tokis Rucksack hervor. Dann schritt sie zum Tisch und breitete dort den Inhalt aus. Toki wurde gleichzeitig heiß und kalt, als sie auch die Briefe dazulegte und sagte: »Wahrscheinlich stimmt alles, was du sagst, aber wir versuchen es lieber noch einmal mit ein paar mehr Informationen.« Sie zeigte auf die Gegenstände. »Mich würde zu allem, was wir hier sehen, die Geschichte interessieren. Vor allem zu den Briefen.« Sie sah ihn durchdringend an. »Also?«

Toki schluckte und ergab sich in sein Schicksal. Er erzählte der Gruppe um den Tisch alles, was sich in den letzten Wochen zugetragen hatte.

»… und dann flog die Tür mit dem Mann in den Raum und Finvara ist eingetreten.«

Die anderen hatten ihm aufmerksam gelauscht. Zwischendurch brachte der Soldat aus der Küche Eintopf, der mit großem Hunger gegessen wurde. Tokis stand noch unberührt neben ihm.

»Danke für deine Erzählung«, ergriff Fin das Wort. »Das ist eine unglaubliche Geschichte, doch ich denke, du sagst die Wahrheit. Einiges passt mit meinen eigenen Erlebnissen zusammen. Und Buchart hat uns von deiner Vertreibung erzählt.«

Ansou und Eliza sahen ihn immer noch mit großen Augen an.

»Willst du uns deine Hand und den Arm zeigen?«, bat Fin ihn. »Ich würde mir gerne selbst ein Bild davon machen.

Anschließend kannst du diese hier wieder überstreifen.« Sie legte die Pegasusfellhandschuhe vor ihn auf den Tisch. »Die habe ich dem Mörder von Yeban abgenommen. Er hatte nicht nur seine Waffen genommen, sondern auch deine Handschuhe.«

Toki blickte sie dankbar an und brachte erleichtert heraus: »Danke. Danke! Ich dachte schon, sie wären für immer weg. Uhr schrieb mir, ich solle sie in Ehren halten, und ein paar Tage später hatte ich sie schon verloren. Hier, die Graufärbung hat inzwischen beide Hände und den rechten Arm erfasst.«

Er legte seine Hände neben die Handschuhe und ließ die Gruppe sie betrachten. Fin wies ihn an, die Hand zu bewegen, fasste die Finger an und stach, nachdem sie Toki gefragt hatte, mit der Schwertspitze in einen. Ein roter Blutstropfen erschien an der Stelle.

»Faszinierend. So etwas habe ich noch nie gesehen. Und ich bin schon ein paar Jahre …« Ein Kratzen an der Scheibe unterbrach sie.

Alle drehten sich zum Fenster um und sahen den kleinen Feuerfischdrachen davorsitzen. Ansou stand am nächsten und öffnete ihm. Einen Rauchkringel rülpsend flog er herein, landete auf dem Tisch und betrachtete Toki und Eliza genau.

Fin fing an zu lachen.

»Es tut mir leid. Fogo ist manchmal unmöglich. Seine Manieren sind anders als unsere. Er sagt, er und Ischve waren jagen und … noch einiges andere. Einen Moment.« Sie blickte den Drachen an und kurz darauf erklang ihre Stimme erneut. »Er hat so etwas auch noch nie gesehen. Wahrscheinlich ist es eine gute Idee, in Tannberg bei den Kirchen und den Heilern anzufragen, ob diese davon wissen. Wir können dort auch Boten an die Tempel schicken. Eine Antwort von ihnen wird jedoch dauern. Inzwischen solltest du darauf achten, die Bevölkerung nicht zu beunruhigen und alles Graue zu bedecken. Das hast du richtig gemacht.«

Erfreut, weil sie ihn bestätigte, griff Toki sich seine Handschuhe und streifte sie über. Sogleich fühlte er sich wohler, da sich Uthrs Geschenk wieder in seinem Besitz befand.

Fin sah ihm zu und fragte: »Uthr hat dir nicht mehr über die Handschuhe erzählt, als in dem Brief stand, oder? Ich würde zu gerne wissen, woher er sie hat. Du musst wissen, sie sind unglaublich selten. Feurige Pegassi kann man nicht zähmen wie ihre normalen Verwandten. Sie leben tief in den feurigen Bergen in Carane. Nur dort, sonst nirgends. Und nicht jedes Fell ist für die Handschuhe geeignet. Ich würde tippen, dass du den Wert eines kleinen Königreichs an den Händen trägst.«

Toki blickte ehrfürchtig auf sie hinab. ›Und diese wertvollen Handschuhe hat Uthr mir geschenkt? Warum hat der Bärtige das getan?‹

»Tut mir leid, ich weiß nicht mehr als ihr. Er hat sie mir für die Taverne gegeben und ich dachte, er möchte sie wiederhaben, wenn wir uns trennen. Und dann war er plötzlich verschwunden. Ich wusste bis eben nicht, wie wertvoll sie sind.«

Finvara nickte. »Das dachte ich mir. Kommen wir zu dem Zauberstaub deines Großvaters. Weißt du, wie wertvoll der ist? Und was passiert, wenn dich ein Zauberer oder jemand, der dir etwas Böses will, damit sieht?«

Toki schüttelte den Kopf.

Fin wandte sich an Eliza. »Weißt du es?« Erwartungsvoll sah sie die junge Frau an.

»Wenn man dieses Fläschchen verkauft, und ich bezweifle, dass es jemand kaufen will, sollte man davon ein paar Jahre gut leben können. Es sieht für mich wie reine Magie aus. Davon muss man viel weniger einnehmen als von dem gewöhnlichen Pulver, wenn man zaubern will. Und die Magier aus Blos Prana würden Toki fangen, foltern und verhören, um herauszubekommen, woher er das Pulver hat. Ich denke nicht, dass er das überleben würde. Und der Tod wäre ausgesprochen schmerzhaft.«

Toki erschrak und schaute auf. »Es ist so gefährlich, dieses Pulver zu besitzen? Warum hat meine Großmutter mir das mitgegeben?«

»Ich nehme an, aus dem Grund, den sie dir in ihrem Brief genannt hat. Damit du genug Geld hast, um herauszufinden, was mit dir passiert«, erklärte ihm Fin.

Das leuchtete ihm ein. Er war sonst nicht so langsam von Begriff, aber die Elementarierin, dass Elz eine Frau war und Eliza hieß und die Soldatin gaben ihm so viel zu denken. Die Leutnantin hatte irgendetwas, das seinen Blick immer wieder anzog. So wie gerade. Sie schaute ihn an und runzelte leicht die Stirn.

Toki blickte schnell zurück zu Finvara, die gerade an Eliza gewandt überlegend sagte: »Du suchst deinen Großvater, der Zauberer ist, und Tokis Großmutter hatte einen Mann, der Zauberpulver besaß. Das sind für mich sehr viele Überschneidungen in einem Land, in dem, meines Wissens, keine Magier leben. Was weißt du von deinem Großvater?«

Er zuckte mit den Achseln und antwortete ihr: »Leider so gut wie nichts. Er ist vor meiner Geburt gestorben. Aber ich weiß, dass er tatsächlich aus Blos Prana stammt, und er hat Elle, meine Großmutter, in Tannberg kennengelernt. Immer wenn ich mehr über ihn erfahren wollte, haben meine Eltern mich zu Großmutter geschickt und die hat alle Fragen abgewehrt und nichts erzählt. Meint ihr, dass mein Großvater auch der Großvater von Eliza ist?« Toki linste zu Eliza hinüber, die ihn, wie er sie, musterte. War sie seine Cousine? Hatte er eine Zauberin in der Familie? Wusste seine Großmutter das?

»Ich halte es zumindest nicht für abwegig«, bejahte Fin. »Außer es gibt noch andere Zauberer in Tangrintanien, die vom Alter her passen würden und sich verstecken. Eine wirkliche Antwort kann uns nur deine Großmutter geben. Vielleicht … wenn ihr Mann ihr etwas erzählt hat. Aber ich befürchte, das muss warten. Ihr könnt euch später austauschen. Für mich ist es im Moment zweitrangig. Eher interessiert mich, warum der Priester Eliza haben wollte, aber er hat noch nicht gesprochen.« Sie deutete jetzt auf die Ampullen. »Die drei Tränke, die wir hier sehen, sind nicht ganz so wertvoll wie das Zauberpulver, aber trotzdem einiges wert. Das Gegengift kenne ich. Die Zutaten, die man für die Herstellung braucht, kommen fast alle aus Olorien und sind sehr schwer zu finden. Eine Zutat ist das Gift der dortigen Wasserschlange. Es heißt, das Elixier kann alle Gifte heilen, die es gibt. Für die beiden anderen Tränke kann ich die Zutaten nicht benennen. Aber es scheint mir, als wären auch sie selten.«

Toki, überaus interessiert, was er genau von seiner Großmutter bekommen hatte, fragte nach: »Wo kann man herausfinden, was als Zutat verwendet werden muss?«

»Ich denke, bei den Kräuterkundigen und Heilern in Tannberg solltest du fündig werden. Wenn sie nichts wissen, dann werden sie dir sagen, wohin du dich wenden kannst«, erklärte ihm Fin.

Toki nickte dankbar.

Sie fuhr fort: »Du weißt nicht zufällig, woher deine Großmutter die Zutaten hatte?«

»Leider nicht, ich war nur ab und zu mit ihr im Wald beim Kräutersammeln. Wenn es etwas Besonderes ist, haben wir es nicht von dort. Wir haben die Kräuter oft büschelweise nach Hause gebracht.«

»Ist auch nicht so wichtig, es hätte mich nur interessiert. Vielleicht sollte ich einmal mit deiner Großmutter sprechen. Sie scheint mir eine interessante Frau zu sein.«

Damit schloss Fin das Thema ab und wandte sich zum nächsten. »Woher hast du diese Fassung? Sie sieht aus wie die, in der Yebans Perle steckte. Ich erkenne sie wieder.« Sie deutete auf die goldene Fassung, die er im Wald gefunden hatte.

»Wie ich sagte, die habe ich in der Nähe meines Dorfes bei einigen Kadavern von kleinen Tieren gefunden. Ich wusste nicht, was es ist. Eine Freundin hat mir erklärt, dass es eine Schmuckfassung sein kann. Wie sie dorthin gelangt ist, kann ich nicht beantworten.«

»Vielleicht frage ich Ischve später, ob sie etwas darüber weiß. Sie hatte die Perle in der Fassung von Yeban bekommen, um sie mir zu bringen«, überlegte Fin. »Jetzt kommen wir aber zu dem, was mich in deinen Briefen am meisten beschäftigt hat. Dieser Uthr. Wer ist das? Und woher weiß der Mann all das, was er dir in seinem Brief geschrieben hat? Kannst du mir mehr über ihn erzählen?«

Toki schüttelte den Kopf. »Ich bin leider genauso ratlos wie ihr …«

Fin unterbrach ihn. »Bitte, lass das ihr und euchs und sonst was weg. Sag einfach du. Beim Rest fühle ich mich immer so alt.«

»… okay. Ich bin leider genauso ratlos wie du«, setzte Toki erneut an.

Der Begleiter der Elementarierin, der bisher auf dem Tisch lag, stieß sich ab und flog in leichten, wellenartigen Bewegungen auf ihn zu. Er schnüffelte ein wenig und setzte sich auf seine Schultern. Toki bemerkte das Gewicht gar nicht.

Fin lachte erneut. »Tut mir leid. Fogo meinte gerade, du riechst wie ein geräuchertes Stück gut abgehangenes Fleisch und ob er ein Stück von dir fressen darf. Ich habe es ihm verboten. Er hat so seine Probleme mit Gerüchen ... und Verhaltensregeln. Wobei das schon fast ein Kompliment war.«

Toki drehte den Kopf, um den kleinen Drachen anzusehen, und roch an seiner Kleidung. Er verzog das Gesicht. »Einmal waschen wäre aber schon gut. Damit hat er recht.«

»Wir sind bald fertig, dann kannst du dich ausruhen und waschen«, versprach Fin. »Zurück zu Uthr. Er hat dir nichts weiter gesagt zu dem Brief? Hat er irgendwelche Andeutungen gemacht, die dir jetzt dazu einfallen?«

»Leider nein, ich bin auf meinem Weg einige Male die Begegnung mit ihm durchgegangen. Das hat mich aber nicht zu neuen Erkenntnissen gebracht. Es gibt nur diesen Brief. Vielleicht kannst du mir ein paar Antworten geben?« Toki griff sich den Brief, schlug ihn auf und zeigte mit dem Finger auf den Teil, in dem es um die Prophezeiung ging. »Du weißt doch sicher, was gemeint ist, oder?«

»Ich hatte gehofft, dass du mir mehr von Uthr erzählen kannst. Ich, und auch Fogo, wissen nichts von einer Prophezeiung, die es in den Archiven der Tempel geben soll. Wir haben davon noch nie etwas gehört.« Sie seufzte. »Noch mehr Geheimnisse. Wir müssen dringend nach Tannberg zu den Kirchen und mit den Leuten dort sprechen. Und den Rat der Götter nach der Prophezeiung fragen, wenn wir wieder im Feuertempel sind. So lange werden wir uns mit dem begnügen müssen, was wir wissen.«

Ansou meldete sich zu Wort. »Es scheint mir, als wäre es sinnvoll, Uthr zu suchen. Wir sollten in Tannberg ein paar Späher aussenden, um ihn zu finden.«

Fin überlegte und nickte zustimmend. »Das ist eine sehr gute Idee, Ansou. Und wieder kommen wir darauf zurück. Wir müssen so schnell wie möglich nach Tannberg.«

»Mich würde interessieren, woher dieser Uthr wusste, dass du auf deinem Weg zur Hauptstadt Toki begegnen würdest – als Frau mit kurzen Haaren –, was möglicherweise überlebenswichtig für ihn ist. Wahrscheinlich haben wir ihm hier das Leben gerettet.«

Ansou hatte einen weiteren guten Punkt angesprochen, fand Toki.

Fin warf aber einen berechtigten Zweifel ein. »Ich bin mir gar nicht sicher, wen Uthr damit meinte. Auch Eliza hat kurze Haare und sie hat Toki auf dem Weg nach Tannberg getroffen. Vielleicht gibt es noch eine weitere Frau, die erst in Erscheinung treten muss. Du bist anscheinend ein rechter Frauenschwarm, wie mir scheint.« Sie grinste ihn an.

Toki wurde rot. »Ähmm … nein, eigentlich nicht. Ich habe ja nicht einmal bemerkt, dass Eliza eine Frau ist.«

»Das solltest du auch nicht. Niemand sollte das«, sagte Eliza. »Meine schönen langen Haare habe ich dafür geopfert. Immerhin kann ich sie jetzt wieder wachsen lassen. Wenn du mir ein wenig Zauberpulver gibst, dann geht es schneller.« Sie sah Toki mit ihren ockerfarbenen Augen an.

»Äh … vielleicht …? Vielleicht sollten wir es auch für Wichtigeres aufheben?«

Elizas Augenbrauen zuckten nach oben. »Was gibt es Wichtigeres als das Aussehen einer Frau? Ich sehe, du musst noch viel lernen.«

»Sie bindet dir nur wieder einen Bären auf, Toki«, schaltete Fin sich ein. »Die Haare wachsen wieder, dafür braucht sie kein Pulver.«

»Mein Cousin lässt sich aber auch leicht veräppeln.« Eliza lachte »Aber mach dir nichts daraus. Ich glaube, ich bin ganz gut darin.«

»Fin hat auf jeden Fall recht«, ergriff Ansou wieder das Wort. »Wir wissen nicht, wen er treffen sollte. Wenn ich meine Haare abrasiere, dann könnte ich es auch sein.« Sie lachte. »Du kannst dich zwischen drei wunderschönen Frauen entscheiden. Wen würdest du wählen?« Sie blitzte ihn schelmisch an.

Diesmal, knallrot, konnte Toki nichts antworten. Fin und Eliza lachten jetzt gemeinsam mit Ansou.

»Lass dich nicht ärgern«, sagte Fin. »Ansou macht nur Spaß. Lachen bricht das Eis. Und sie hat recht, du bist jetzt mit drei wunderschönen Frauen unterwegs. Das ist es auch, was ich vorschlagen würde. Ihr zwei, du und Eliza, begleitet uns nach Tannberg. Wir haben leider ein paar reiterlose Pferde, die könnt ihr haben. Könnt ihr reiten?«

Toki nickte, sein Kopf fühlte sich immer noch heiß an.

Eliza schüttelte den Kopf. »Ich habe noch nie auf einem Pferd gesessen.«

»Wir geben dir ein sanftmütiges Tier. Sie sind alle besonders gut eingeritten und gehorchen aufs Wort«, beruhigte Ansou sie, als sie Elizas angstvollen Blick bemerkte. »Du musst keine Angst vor ihnen haben.«

Fin wartete noch auf die Antwort zu ihrem Vorschlag.

Toki merkte es und sagte: »Ich würde euch gern begleiten.« Mutig für ihn fügte er hinzu: »Wer könnte das schon, bei dieser Begleitung, ablehnen.«

Diesmal lachten alle zusammen und die Stimmung hob sich.

»Ich würde auch sehr gern mit euch reiten«, meldete sich Eliza.

»Dann wäre das beschlossen«, erklärte Fin. »Toki, du hast sicher Hunger und willst dich waschen. Eliza, du bestimmt auch. Sucht euch ein Haus und ein Zimmer aus. Ihr könnt wählen, welches ihr wollt. Es ist außer uns niemand hier.«

Toki war überglücklich, dass er sich endlich ausruhen konnte. Die Monde waren schon fast im Zenit angekommen. Die anderen verließen den Raum. Er griff sich den Eintopf und fing an zu essen. Fogo lag immer noch auf seiner Schulter. Es sah so aus, als würde er schlafen. Gierig verschlang er den

Inhalt der Schale. Dann erhob er sich, wobei der Drache erwachte, einen Rauchkringel ausstieß und sich in die Luft erhob.

Toki packte die Habseligkeiten in seinen Rucksack, durchsuchte das Haus, fand ein Zimmer, das ihm zusagte, und legte sich aufs Bett. Er schlief direkt ein.

Nach wenigen Stunden Schlaf stand Fin auf, um sich auf den langen Tag vorzubereiten. Fogo schlief zusammengerollt wie eine Katze auf ihrem Kettenhemd. Darauf schlief er oft. Er mochte den Geruch des Stahls und allem, was daran klebte, wie er ihr einmal erklärt hatte. Fin reinigte ihre Ausrüstung regelmäßig mit großer Sorgfalt und konnte keine Gerüche wahrnehmen. Fogo sah das anders. Gelegentlich legte sie das Kettenhemd extra für ihn bereit. Vor allem wenn er in einem Haus schlafen musste. Sie ließ Fogo schlafen, verließ das Zimmer und das Haus.

Die Sonne hatte die beiden Monde noch nicht abgelöst. Nur ein hellblauer Streifen über dem Mittelgebirge zeigte an, dass die Nacht sich dem Ende zuneigte.

Fin erledigte ihre Morgentoilette und suchte anschließend nach Ansou.

Sie fand sie im Hauptgebäude. Die Soldatin wies gerade zwei Soldaten an, die Abreise vorzubereiten.

»Guten Morgen, Ansou. Ich sehe, du bist schon länger wach als ich«, grüßte Fin sie.

Ansou schickte die Männer hinaus und wandte sich an Fin.

»Seit etwa einer Stunde. Ich habe mich darum gekümmert, dass wir schnellstmöglich aufbrechen können. Die Leichen unserer Soldaten werden wir hinter diesem Haus bestatten, das Grab ist schon ausgehoben. Die gefallenen Feinde verbrennen wir, wenn wir abreisen. Du bist sicher gekommen, damit wir uns mit dem Priester unterhalten?«

»Das ist richtig. Gestern hat er keinen Ton von sich gegeben. Ich hoffe, die unbequeme Nacht hat seine Zunge gelockert. Sollen wir?«

Ansou nickte, griff sich eine Laterne und zusammen begaben sie sich in den hinteren Teil des Hauses.

Dort stand eine Soldatin vor einer Tür und hielt Wache. Als sie die beiden Frauen kommen sah, salutierte sie und öffnete ihnen. Ansou und Fin traten ein. Die Soldatin schloss hinter ihnen die Tür.

An der Wand kniete der Mann. Sein Gewand wies nicht mehr darauf hin, dass er ein weißer Priester war. Die Arme hingen in Seilen, welche an einen Haken an der Wand straff gebunden waren. Die Beine, gleichfalls gefesselt, hatten dadurch keinen Platz, sich zu bewegen. Im Mund steckte ein Knebel. Die linke Gesichtsseite des Gefangenen zierte ein riesiger blauer Fleck. Ein Soldat hatte ihn gestern mit einem Schlag seiner behandschuhten Hand niedergestreckt.

Fin trat vor und zog das Tuch aus dem Mund. »Ich hoffe, ihr habt es euch inzwischen gemütlich gemacht, besonnen nachgedacht und habt Antworten für uns. Ihr hattet die ganze Nacht Zeit dazu. Besonders geduldig bin ich heute Morgen nicht.«

Der Priester krächzte etwas Unverständliches.

»Ich kann euch nicht verstehen, Mann! Sprecht deutlicher!«

»…ser. …sser. Bitt… Wasser. Bitte«, brachte er schließlich heraus. Der Knebel hatte seinen Mund in eine trockene Wüste verwandelt.

Fin deutete Ansou an, dem Priester etwas Wasser aus einem Krug einzuflößen. Der trank gierig ein paar Schlucke. Mehr gab Ansou ihm nicht.

»Und jetzt will ich Antworten! Warum habt ihr den Zauberer und seinen Begleiter gefangen genommen?«, wies Fin ihn barsch an.

»Das werde ich euch nicht …« Ansou trat dem Mann in die Rippen. Tränen stiegen ihm in die Augen. Keuchend versuchte er, Luft zu bekommen.

Fin griff dem Mann in die Haare und zog den Kopf unsanft hoch, damit sie ihm in die Augen sehen konnte. »Meine Freundin hier ist etwas ungehalten. Zum einen, dass ihr in ihrem Land feindselige Absichten verfolgt, und zum anderen, dass wegen euch achtzehn ihrer Mitstreiter getötet wurden. Ich würde an eurer Stelle antworten«, schlug Fin ihm vor.

Der Priester spuckte ihr ins Gesicht. Zumindest versuchte er es. Das bisschen Wasser, das sie ihm gegeben hatten, war längst aufgesogen. Ansou trat ihm in die andere Seite. Die Elementarierin schüttelte bedauernd den Kopf. Sie wandte sich an die Soldatin.

»Das tue ich nicht gern. Ich bin gegen Folter. Aber es sieht so aus, als hätten wir hier einen besonders widerspenstigen Gefangenen. Dabei haben die Nordlinge schon so viel erzählt. Wir bräuchten nur seine Bestätigung. Ich denke, ich lasse euch ein paar Stunden allein.« Sie wandte sich zur Tür.

Aus den Augenwinkeln erkannte sie, dass der Priester ihr ängstlich hinterherblickte. Dann sah er Ansou an, die vor ihm stand und ein Messer zog.

»Wartet, Frau, wartet!«, kreischte er, als Ansou gerade das Messer an sein Ohr ansetzen wollte.

Fin hatte den Türgriff in die Hand genommen und drehte sich jetzt um. »Bitte?«

»Ich … ich werde euch antworten. Aber lasst mich nicht mit der Hure allein.«

Ansou schnitt ihm tief ins Ohr. »Ups, diese Ausdrücke hören wir nicht so gern«, sagte sie grinsend.

Fin wandte sich wieder zur Tür.

»NEIN, bitte bleibt! Ich sage euch, was ihr wissen wollt«, wimmerte er.

Diesmal ging Finvara zurück zu ihm. »Ihr kennt meine Frage. Jetzt bin ich gespannt.«

»Ich erkannte, dass der Mann auf dem Weg ein Zauberer ist. Sein Begleiter hat uns nicht interessiert. Wir haben ihn nur mitgenommen, um ein Druckmittel gegen den Magier zu haben. Wir wollten herausfinden, welche Zaubersprüche er beherrscht, und ihn dann mit Gewalt dazu bringen, dass er diese für uns wirkt, wenn wir es verlangen. Es stellte sich heraus, dass der Mann eine Frau war«, sprudelte es aus dem Priester heraus.

Fin verstand ihn nicht richtig, so schnell wollte er sich erklären. »Habt ihr Zauberpulver für die Sprüche?«, setzte sie nach.

»Haltoe in Tannberg hat welches. Falls wir es für besondere Aufgaben brauchen sollten. Aber wir haben keinen Zauberer. Der Gefangene hätte mich in seiner Gunst erhöht«, erwiderte der Mann krächzend. »Kann ich noch etwas Wasser haben? Bitte.«

Fin nickte Ansou zu und sie gab ihm erneut ein paar Schlucke.

»Haltoe ist also in Tannberg. Ich nehme an, ihr meint Haltoe Kamtharg? Wer ist der Mann? Ein Händler?«, fragte Fin neugierig.

»Ein Händler?« Der Priester lachte und hustete dann. »Ich denke nicht, dass er schon einmal etwas gehandelt hat. Er ist unser Alakai in Tangrintanien und für alles zuständig. Er kommuniziert mit unserem Gott. Dem Gott des reinen Lichts! Er, der alle in seinem wahren Glauben testen wird. Die Ungläubigen, Schwachen, Kranken und alle unsere Feinde werden anschließend gerichtet.« Die letzten Sätze spie er fanatisch aus. Die Augen traten dabei aus den Höhlen.

»Ja, ist gut«, unterbrach ihn Fin. »Alle Götter schlafen oder sind nur von Menschen geschaffene Konstrukte, um andere Menschen zu beeindrucken. Im schlimmeren Fall zu unterdrücken, wie ihr es vorhabt!«

Der Priester lachte wie wahnsinnig bei ihren Worten. »Nein, unser Gott ist real! Haltoe hat uns das bestätigt und die Wunder in den nordischen Staaten zeugen von ihm.«

Fin schnitt ihm mit einer Geste das Wort ab. »Zurück zu eurem – Anführer? – oder was bedeutet Alakai? Beschreibt ihn mir. Was hat er in Tannberg und Tangrintanien vor?«

»Möglicherweise könnt ihr ihn als Anführer bezeichnen. Aber ein Alakai ist so viel mehr. Beschreiben kann ich ihn euch nicht. Ich habe ihn nicht getroffen. Er hat Boten geschickt, die uns Anweisungen brachten. Ich soll die Nordlinge in die Nähe von Kiefberg bringen und auf weitere Befehle warten. Ich weiß nicht, was er vorhat. Ich führe nur die Befehle aus.«

Fin strich sich über den Kopf und überlegte. Dann fragte sie: »Habt ihr überhaupt einen anderen weißen Priester in Tangrintanien getroffen?«

Der Mann schüttelte den Kopf. »Nein, wir haben nur über Boten kommuniziert. Haltoe hielt das für sicherer. Ich glaube, nur ein paar Auserwählte haben sich jemals persönlich getroffen. Vielleicht.«

Unzufrieden mit den Antworten runzelte Finvara die Stirn.

Der Priester bemerkte das und fügte schnell hinzu: »Was wollt ihr noch wissen?«

»Ihr sagt, ihr habt keine Zauberer, aber wir haben einen anderen Priester getroffen, der Magie wirken konnte. Wie kann das sein?«

»Der Mann muss besonders hoch in der Gunst unseres Gottes stehen. Gepriesen sei er! Er hat ihm einen Teil seiner Macht anvertraut«, erklärte der Gefangene.

»Wie kann ein Gott seine Macht abgeben?«, fragte Fin nach. »Davon habe ich noch nie gehört.«

»Wie, das weiß ich nicht, aber er kann Kräfte verleihen! Stein formen, durch Wasser sprechen, Feuer löschen oder Tiere und Kreaturen befehligen. Das sind einige, von denen ich gehört habe. Die Wunder aus den nördlichen Staaten!«

Fin erschrak bei den Worten, blickte Ansou an und bedeutete ihr, mit nach draußen zu gehen.

Vor der Tür fing sie an: »Ich glaube nicht, dass er uns wirklich etwas von Wert sagen kann. Bis auf das letzte: Alle sogenannten ›Wunder‹ sind Kräfte von Elementariern. Einige sind verschwunden. Tertins als Beispiel. Er konnte durch Wasser sprechen. Niemand weiß, wo der Wasserelementarier ist. Voleria, eine meiner Freundinnen, hat die Gabe Feuer zu löschen. Auch sie ist verschwunden. Lass mich nachdenken … Halnas, ein Naturelementarier, konnte Tieren und Kreaturen Befehle geben. Er ist auch nicht wieder aufgetaucht, nachdem er einen Auftrag erhalten hat und abgereist ist. Steine formen konnte der Priester in Irani. Und Cykila! Eine Erdelementarierin. Ich dachte aber, dass sie im Erdtempel lebt und nicht verschwunden ist. Aber sicher weiß ich es nicht.«

»Wenn du die Fähigkeiten aufzählst, hört sich das für mich an, als hätte jemand eure Kräfte geraubt oder kopiert«, schlussfolgerte Ansou.

»Ja, genau. Das habe ich mir auch zusammengereimt«, bestätigte Fin. »Das hilft uns zu diesem Zeitpunkt nicht weiter, aber vielleicht später. Du hast übrigens gut gespielt und dem Priester richtig Angst gemacht. Zu unserem Glück ist er eingeknickt. Folter bringt einfach nicht das, was manche sich davon versprechen. Alles, was man erzählt bekommt, kann man nicht zuordnen. Man ist sich nie sicher, ob das wirklich so gemeint ist, oder einfach nur erfunden. Um zu äußern, was der Folterer hören will.«

»Für meine Kameraden hätte ich allerdings gern noch ein wenig an ihm herumgeschnitten«, sagte Ansou. Ihre Augen sahen Finvara mit hartem Blick an. »Verdient hätte er es allemal. Aber es stimmt, Folter bringt keine Auskünfte, die man einfach glauben kann.« Sie hielt inne. »Was machen wir mit dem Priester?«

»Ich würde ihn gerne zu Reben eskortieren. Zusammen mit den verletzten Soldaten und einem ausführlichen Bericht. Was hältst du davon?»

Ansou stimmte nickend zu. »Ich setze den Bericht für Reben auf. Es tut mir sehr leid, dass wir Esepe und Feralla verloren haben. Sie waren zwei ausgezeichnete Leutnants. Insgesamt haben wir zu viele Soldaten an die verfluchten Nordlinge verloren. Hier und in Irani!«

»Schreib in den Bericht bitte mit hinein, was wir jetzt erfahren haben. Reben kann die Informationen an Kiefberg weiterleiten. Für mich klang es so, als gäbe es dort ein größeres Nest dieser Bastarde. Reben wird wissen, was zu tun ist. Und auch, dass wir uns um Tannberg kümmern«, wies Fin die Leutnantin an. »Mir tut es auch leid, dass wir so viele gute Männer und Frauen verloren haben. Aber wir haben Eliza und Toki gerettet und wer weiß wie viele Leben in Kiefberg. Ruf dir das in Erinnerung. Schreib du den Bericht und dann lass uns nach Tannberg reiten. Langsam bekomme ich eine ziemliche Wut auf diese sogenannten Priester.«

»Ja, ich werde mich beeilen. Meine Soldaten bereiten schon alles für die Weiterreise vor. In ein paar Stunden können wir los. Dann erreichen wir die Hauptstadt am Abend.«

Beide verließen das Haus und wandten sich ihren jeweiligen Tätigkeiten zu. Fin wollte mit Toki und Ischve reden und herausfinden, ob ihre Erinnerung bezüglich der Schmuckfassung des Jungen richtig war.

Toki erwachte von lauten Geräuschen vor seinem Zimmer. Er hatte sich in das Haus einquartiert, in dem die Zusammenkunft am Abend stattgefunden hatte. Ein Raum im Obergeschoss schien die Benutzung durch die Nordlinge und den Kampf mit den iraniischen Truppen unbeschadet überstanden zu haben. In dem gemütlichen Bett hatte er bis eben durchgeschlafen.

»Bindet ihn fest, er darf auf keinen Fall entkommen«, hörte Toki von draußen. Und: »Sind die Verwundeten bereit abzureisen?«, »Wer hat mein Schwert gesehen?«, »Ist der Proviant ausgetauscht? Wir sind heute in Tannberg, da brauchen wir nicht mehr so viel!«. Außerdem wieherten einige Pferde.

Verschlafen stieg er aus dem Bett, streckte sich und blickte an sich herab, ob neue graue Stellen aufgetaucht waren. Es sah nicht so aus, erkannte er, und erledigte dann seine Morgenroutine.

In der Küche fand er ein Frühstück aus Haferbrei und ein wenig zubereitetes Obst. Da niemand zu sehen war, den er fragen konnte, griff er beherzt mit großem Hunger zu. Mit einer gefüllten Schale und dem Obst suchte er sich einen Platz zum Essen.

In dem Zimmer, in dem sie letzte Nacht alle zusammengesessen und geredet hatten, fand er Eliza vor. Sie durchwühlte einen Berg von Kleidungsstücken.

»Guten Morgen, Elz ... Eliza«, grüßte er sie. »Ich muss mich wirklich noch daran gewöhnen, dass ich dich jetzt anders nenne.«

Sie ließ sich nicht von ihrem Graben in dem Kleiderstapel abhalten, antwortete aber mit: »Hallo, Toki. Das wirst du schon noch. Ich hoffe, wir können zusammen zu deiner Großmutter reisen, wenn wir in Tannberg fertig sind. Mit was auch immer ... Das dürfte passen. Sehr gut!« Mit freudigem Ausruf zog sie ein farbiges Kleid aus dem Berg Klamotten. »Was meinst du? Wird das gut an mir aussehen?«

»Du kannst doch nicht einfach die Kleidung fremder Leute nehmen!«, empörte sich Toki. »Aber das helle Gelb und das dezente Rosa könnten gut zu deinen Augen passen. Glaube ich … Ich kenne mich damit nicht so gut aus. Was ist mit deiner Kleidung passiert?«

»Du kannst ganz schön viele Fragen stellen.« Eliza lachte. »Die Leute, die hier gewohnt haben, sind leider tot. Die Krieger haben sie am Waldrand abgelegt und verscharrt. Nicht besonders gut. Die iraniischen Soldaten haben sie dort gefunden. Zumindest nehmen sie an, dass es die Bewohner sind. Also braucht das hier keiner mehr. Meine Kleidung haben die Nordlinge mitgenommen. Ich habe tagelang nur eine Decke getragen. Das war nicht sehr angenehm. Und das, was ich jetzt trage, hat mir ein Soldat gegeben. Es passt nicht gut.« Sie sah sich das Kleid genau an. »Ich denke, du hast recht mit den Farben. Sie werden hervorragend zu meinen Augen passen! Ich ziehe mich schnell um.« Mit diesen Worten huschte sie hinaus und ließ Toki allein.

›Ich bin gespannt, wie sie in dem Kleid aussieht‹, überlegte er. ›Ob es Eliza so gut steht wie das, welches Ava trug, als ich mit ihr zum Weiher ging? Wie es ihr wohl geht? Ich habe gar nicht mehr an sie gedacht die letzten Tage. Irgendwie ist zu Hause so weit weg. Räumlich und zeitlich. Ob ich sie überhaupt wiedersehen werde? Was wird –‹

»Schau mal, Toki. Wie findest du es?« Eliza stürmte mit einer eleganten Drehung in den Raum.

Ihm stand der Mund offen und er musste sich erst fangen, bevor er antworten konnte. »Wow. Du siehst gut aus. Wie eine edle Dame am Hof, glaube ich …«

Das Kleid reichte ihr bis zu den Knöcheln. Die Ärmel liefen in eine weite Trichterform aus. Ein Stoffgürtel war dazu gedacht, die Taille zu betonen, was hervorragend gelang. Ein tiefer Ausschnitt betonte ihre weibliche Figur. Eine Schnürung hielt alles am richtigen Platz. Wie konnte ihm die ganze Zeit nicht auffallen, dass sie eine Frau war?, wunderte sich Toki.

»Mach den Mund wieder zu.« Eliza kicherte. »Ich sehe dir an, dass es mir steht. Dann behalte ich es. Der Frühling ist da. Ich muss mich erst mal nicht mehr als Mann verkleiden, da ich mit euch reise. Das werde ich ausnutzen! Nur schade, dass du mir kein Zauberpulver abgeben willst. Du würdest staunen, wie ich mit langen Haaren aussehe … Also noch mehr staunen als jetzt.« Sie klimperte ihn mit ihren ockerfarbig glänzenden Augen an.

»Du veräppelst mich schon wieder, oder?«, fragte er, unruhig hin und her rutschend.

»Wie kommst du denn darauf, Toki? Oder sollte ich Cousin sagen?«, erwiderte sie spitzbübisch.

»Ach, nur so. Bitte bleib bei Toki.« Er stand auf und wandte sich zur Tür. »Sollen wir Finvara suchen? Wir reiten sicher bald los. Bist du fertig mit deiner Kleidersuche?«

»Geh schon vor. Ich möchte sehen, ob noch etwas für mich dabei ist. Wechselklamotten sind immer gut. Das würde dir auch nicht schaden, wie mir scheint.« Sie sah ihn naserümpfend an. »Deine Kleidung riecht streng. Vielleicht haben die Soldaten etwas für dich übrig, das du dir leihen kannst. Wir sehen uns gleich.« Sie griff in den Kleiderberg und wühlte erneut darin.

›Das mit der Bekleidung ist keine schlechte Idee‹, stimmte Toki zu.

Vor dem Haus standen die Pferde und Soldaten bereit, um abzureisen. Am abgebrannten Stall gewahrte er den Priester auf ein Reittier gebunden. Drei Soldaten mit dicken Bandagen an Arm, Oberschenkel und Kopf hielten ihre Tiere fest und warteten. Zwei weitere, an denen er keine Verletzungen erkennen konnte, stiegen gerade auf ihre Pferde. Vor dem Haupthaus stand eine weitere größere Gruppe. Bei ihr Ansou und Fin. Toki beschloss, sich zu erkundigen, wann er für die Reise fertig sein sollte.

»Guten Morgen, Ansou, Finvara«, grüßte er die beiden. »Wann reiten wir los? Soll ich meinen Beutel holen?«

Ansou unterbrach das Gespräch mit dem Soldaten vor ihr und grüßte zurück. »Hallo, Toki. Wir brauchen noch etwa eine halbe Stunde, bis dahin musst du alles gepackt haben. Der

Trupp, der nach Irani zurückkehrt, bricht gerade auf. Brauchst du noch etwas?«

»Habt ihr Wechselkleidung dabei, die ich nehmen könnte? Meine Klamotten riechen etwas. Auch meine eigenen zusätzlichen Stücke sind dreckig.«

»Ich denke, da kann ich dir behilflich sein. Es ist leider genug Ausrüstung übrig.« Sie wandte sich an eine Soldatin und trug ihr auf, Toki eine Soldatenausrüstung zu besorgen.

Fin gesellte sich zu ihnen, wünschte Toki auch einen guten Morgen und bat: »Kannst du bitte deine Fassung holen? Ich würde sie Ischve gern zeigen. Dann wissen wir, ob sie Yeban gehörte.«

»Klar. Ich bin gleich zurück.« Er lief ins Haus und sammelte seine Habseligkeiten zusammen. Die Fassung steckte er ein, der Rest landete im Rucksack.

Wieder bei der Gruppe angekommen, reichte er sie Fin.

Die rief: »Fogo, ich muss mich mit Ischve unterhalten. Wo bist du?«

Kurz darauf erschien der kleine Drache und landete auf ihrer Schulter.

An Toki gerichtet fragte sie: »Willst du mitkommen? Es ist dein Fundstück.«

»Gern. Welches Tier ist Ischve?« Neugierig geworden lief er hinter Fin her.

»Sie ist ein Griffin und sie war die Begleiterin von Yeban, der leider gestorben ist.«

Hinter dem Haupthaus angekommen sah er den Griffin landen. ›Eine wunderschöne Erscheinung‹, staunte Toki. ›Ich habe noch nie einen Griffin so nah gesehen. Nur ab und zu eine Schar, die über den Himmel zog.‹

»Hallo, Ischve. Schön, dass du uns helfen willst«, grüßte Fin das Tier. »Ich rede mit ihr und Fogo, wobei er übersetzen wird. Ich erzähle dir danach, was sie gesagt hat«, klärte sie Toki auf. »Toki hat eine Schmuckfassung in der Nähe seines Dorfes gefunden. Ich bin der Meinung, sie gehörte Yeban. Seine Perle könnte damit gefasst gewesen sein. Kannst du sie dir ansehen und mir sagen, ob du das bestätigen kannst?«

Sie hielt dem Griffin die Fassung vor den Schnabel. Der betrachtete sie von allen Seiten.

»Zeitlich könnte es ungefähr hinkommen, ja. Wenn du den Weg über die Griffinfangseen genommen hast bei deiner Reise.«

Toki lauschte dem ungewöhnlichen Wortwechsel, bei dem nur Fin sprach und er nicht hörte, was als Antwort kam.

»Danke, Ischve, das hat geholfen. Wir brechen gleich auf. Wie wir dich in Tannberg unterbringen, müssen wir klären. Erst einmal wirst du dort in der Nähe der Stadt bleiben, dass Fogo dich erreichen kann.«

Der Griffin schien zu nicken, sprang in die Luft und flog in größer werdenden Kreisen nach oben. Toki sah ihm ehrfürchtig nach.

»Es ist tatsächlich die Fassung von Yebans Perle, die du gefunden hast. Ischve hat sie erkannt. Sie hat sie bei ihrer Rast in dem kleinen Waldstück in der Nähe eures Dorfes verloren. Welch Zufall, dass du die Fassung gefunden hast. Hier.« Sie streckte ihm die Fassung entgegen.

»Willst du sie behalten? Du kanntest Yeban, oder hat er jemanden, der sie haben sollte?«, fiel Toki ein, bevor er sie von Fin nehmen wollte.

»Nein, Elementarier gründen keine Familien. Und seine Freunde brauchen das Schmuckstück nicht. Ich will es auch nicht haben. Du hast es gefunden, also gehört es dir. Nimm es ruhig.« Damit ließ sie es in Tokis geöffnete Hand fallen. »Und jetzt lass uns zurückgehen. Wir brechen nach Tannberg auf. Dort gibt es hoffentlich Antworten für alle von uns.«

Beide gingen zurück zu der wartenden Gruppe.

Tokis Rucksack war auf einen Grauschimmel gepackt, den er reiten sollte. Es war schon einige Zeit her, dass er ein Pferd geritten hatte. Er traute es sich aber zu. Die Soldatin hatte inzwischen ein passendes Gewand für Toki gefunden und er zog sich im Haus um. Er war der Letzte, der zur Gruppe stieß.

»Alle bereit?«, rief Ansou in die Runde. Sie zählte ihre Soldaten und Soldatinnen durch. Acht waren nach dem Kampf und der Begleitung des Priesters noch übrig geblieben. »Okay, dann aufsitzen und los. Wir wollen Tannberg heute noch erreichen!«

Sie schwang sich in den Sattel. Ein Soldat half Eliza beim Aufsitzen. Fin sprang elegant in den Sattel eines Mausfalben. Toki kletterte eher unbeholfen auf sein Pferd, schaffte es aber ohne fremde Hilfe. Stolz tätschelte er den Hals des Schimmels und griff sich die Zügel.

»Samron, du reitest voraus und erkundest den Weg für uns«, befahl Ansou. »Der Rest folgt ihm in leichtem Trab. Und los geht's!«

Toki sah, dass sie immer noch ihren Kopfverband trug. In ihrem Waffengurt hingen zwei zweiflüglige Äxte.

›Die sehen sehr gefährlich aus und sind sicher nicht leicht zu führen. Ich möchte der Leutnantin nicht im Kampf begegnen‹, dachte Toki. ›Wobei ich gar keinen Kampf führen will, wenn es nicht sein muss. Aber vielleicht wäre es gut, die erworbenen Fähigkeiten aus dem Wehrdienst zu erneuern. Ich glaube, ich frage Ansou später, ob sie mir dabei helfen kann.‹

Er lächelte bei der Vorstellung, wie er unbeholfen ein Schwert in der Hand hielt, oder solche Äxte.

Eliza, Fin, Ansou und Toki ritten in der Mitte der Soldaten und unterhielten sich den Weg über.

Gegen Abend erreichte die Reitergruppe Tannberg. Von Weitem erblickten sie gelegentlich die mächtige Zitadelle der Hauptstadt. Die Stadt bestand aus vier Ebenen, wobei die höchste allein für den König und die Armee vorbehalten war. Ansou erklärte ihnen den Aufbau.

»Im obersten Bereich befinden sich die Kasernen der Stadtwache und der Königsgarde. Dazu gehören auch Stallungen, Trainingsbereiche und Wohngebäude. Die Generalität der Armee ist dort auch untergebracht. Wenn man durch das Zitadellentor reitet, gelangt man zunächst auf einen großen Platz, der sich dann zum Königsschloss öffnet. Es schmiegt sich in den Felsen im Hintergrund. Der ganze Norden von Tannberg besteht aus einem großen Gebirgsmassiv. In der Ebene darunter leben der Adel und die reichen Bürger. Und die Kirchen haben dort ihre Gebäude errichtet sowie wunderschöne Gärten angelegt. Jeder muss dort hindurch, um zur Zitadelle zu gelangen. In der zweiten Ebene der Stadt gibt es zwei große Wohngebiete, die das Händlerviertel von beiden Seiten eingrenzen. In diesem könnt ihr alles handeln, was es in Tangrintanien gibt. Buchläden stehen neben Kleidungsgeschäften und auch Lebensmittelhändler und Bankiers findet ihr. Zwei große Marktplätze sind den ganzen Tag geöffnet. Die unterste Stufe der Stadt beherbergt das Viertel des nicht so wohlriechenden Gewerbes. Lederer, Gerber und Färber als Beispiele. Die sind ganz nah am Wasser. Wenn ihr mich fragt, haben sie sich das damals so ausgesucht, um ihre dreckigen Abfälle einfach in der Tanngau zu entsorgen. Dann kommen die großen Schmieden, Schreiner, Steinmetze, Tischler und Gerüstbauer mit einem riesigen Markt für deren Waren. Direkt hinter dem Stadttor befindet sich noch ein Markt für den ganzen Tagesbedarf. Außerdem das Viertel der Schnitzer, Maler, Bildhauer und Künstler. Richtung Norden gelangt man in einen Wohnbereich für die ärmere Bevölkerung. Und ganz am Rand des Gebirges liegt das Glasscherbenviertel. Der verruchteste Bereich von ganz Tannberg. Wenn ihr Halunken, Halsabschneider, Bettler, Dirnen und das ganze weitere Pack sucht, werdet ihr dort sicherlich fündig. Aber seht selbst, die Perle Tangrintaniens liegt direkt vor uns!« Sie unterbrach ihre Ausführung und ließ die Wirklichkeit für sich selbst sprechen.

Toki staunte, als der Wald sich öffnete und er einen freien Blick auf Tannberg hatte. Die Sonne beschien die Stadt vom Westmassiv aus. Wie Ansou gesagt hatte, erblickte er die vier unterschiedlichen Ebenen. Ein Mauerring mit kleinen und großen Türmen umhüllte die Stadt. Im Hintergrund ragten die Felswände empor wie eine graue Leinwand. Die Zitadelle am obersten Punkt wachte über die Ebenen mit ihren Bewohnern unter sich. Sogar das Kirchenviertel meinte Toki zu sehen. Ein grüner heller Fleck umgeben von schönen, farbigen Gebäuden. Im linken unteren Bereich stiegen viele Rauchsäulen, schlierige Wolken und weitere Qualmschwaden aus dutzenden Kaminen empor und wattierten den Bereich.

Mit großen Augen nahm Toki all das in sich auf. Er hatte noch nie etwas so Schönes gesehen, kam ihm in den Sinn. Irani, Xanthsik, selbst Kiefberg zeigte keine solche Pracht wie das, was er vor sich sah. Die Türme am Stadttor zierten Fahnen und Wimpel. Die Sonne hob alle Farbtöne hervor und gab ihnen einen strahlenden Glanz. Er freute sich, trotz seiner Vorbehalte gegen große Städte, dieses Juwel kennenzulernen.

Als Fogo die Stadt erblickte, seufzte er hörbar auf. »*Schon wieder eine dreckige, stinkende und überbevölkerte Stadt.*«

Fin kraulte ihn am Kinn. »Ich weiß, du bist nicht begeistert. Ich auch nicht, muss ich gestehen. Von Tannberg hatte ich mir mehr versprochen. Die vier Ebenen sehen aus, als hätte ein schlechter Bäcker versucht, einen mehrstöckigen Kuchen zu backen. Leider hat er versagt. Die Mauer sieht mir aus, als wäre sie reparaturbedürftig. Aber was will man erwarten, von einem Land, das so abgelegen und sicher liegt. Schau! Ein Turm ist sogar eingestürzt. Vor dieser großen massiven Felswand im Hintergrund hätte ich Angst. Ich müsste immer daran denken, dass mir ein Stein auf den Kopf fallen könnte. Hoffentlich sind die Gärten der Kirchen wirklich so schön, wie Ansou gesagt hat. Der ganze Qualm, Rauch und Dunst aus den Gewerken trübt das ganze Bild noch mehr. Wer darüber im zweiten Ring wohnt, hat schlechte Sicht und bestimmt einen noch schlechteren Geruch in der Luft. Die ganze Stadt sieht aus wie ein Stern, der erstrahlen möchte. Leider ist er matt, ergraut und an einigen Stellen kaputt. Vielleicht haben wir einfach das Glück gehabt, unglaublichere Städte zu besuchen. Tannberg enttäuscht mich.«

»*Wahre Worte. Ich kann dir in allem beipflichten. Lass uns die weißen Priester vertreiben, den König und sein Reich retten und dann von hier verschwinden. Ich vermisse Carane und den Feuertempel mit seinen leckeren Insekten und den guten Gerüchen*«, stimmte Fogo ihr zu.

Die Gruppe ritt an den wartenden Fuhrwerken, Wanderern, Händlern und Bauern vorbei und durchquerte das Stadttor von Tannberg.

Der Händler

Alliente Anvof rannte durch die Eingangshalle der Zitadelle, die große Treppe hinauf und erreichte verschwitzt das Empfangszimmer des Kronprinzen. Ein Diener in Livree stand vor der Tür und bewegte sich nicht.

»Öffne die Tür, Diener.« Herablassend schimpfte ihn Alliente außer Atem. »Ich habe einen Termin mit dem Prinzen und will wegen dir Tölpel nicht zu spät erscheinen!«

Ohne eine Miene zu verziehen, drehte sich der Mann zur Tür um, klopfte und wartete auf eine Reaktion.

»Was gibt es?«, drang die Stimme von Jaka, dem Prinzen, heraus.

»Der Händler will euch sprechen, Herr«, antwortete der Diener und verharrte auf weitere Anweisungen wartend. Alliente trat derweil ungeduldig von einem Fuß auf den anderen und wischte sich mit einem samtenen Tuch den Schweiß von der Stirn.

»Er soll eintreten, er ist sowieso schon zu spät!«, forderte Jaka auf.

Der Diener drückte die Türklinke und schob die Tür auf. Der Händler quetschte sich an ihm vorbei und betrat das Zimmer. Vor dem großen Tisch blieb er stehen und verbeugte sich tief.

»Mein Prinz, ihr wolltet mich sprechen?«, säuselte er.

»Setz dich, Alliente«, wies ihn Jaka an. »Und dann berichte mir, wie es um unsere Pläne steht. Ich werde langsam ungeduldig. Wir haben in letzter Zeit einige Rückschläge hinnehmen müssen, wie mir scheint.«

Alliente setzte sich auf einen der großen Ledersessel und rutschte unruhig hin und her. Er überlegte, wie er dem Prinzen am besten beibringen sollte, dass sich ihr Unternehmen noch mehr verzögerte.

»Es stimmt, dass es nicht so rund läuft wie zu Beginn. Aber lasst mich herausheben, was wir bisher vollbracht haben! Anstatt das Holz, das in Tangrintanien geschlagen wird, an Olorien, Belindin und Carane zu verkaufen – für weit unter Wert! –, liefern wir jetzt fast ausschließlich nach Osnil, Estren und den nördlichen Staatenbund. Das hat den Gewinn, den Tangrintanien damit erwirtschaftet, verdreifacht. Lasst Euch das auf der Zunge zergehen. VER…DREI…FACHT! Einige Rückschläge beziehen sich auf die Lieferwege. Leider hat sich der Preis für Karren, die unsere Baumstämme von der Tanngau nach Norden transportieren, um einiges erhöht. Die Schmarotzer wissen, dass wir auf sie angewiesen sind, um unser Holz rechtzeitig zu liefern. Das nutzen sie aus. Außerdem sind einige Lieferungen ausgeraubt worden. Wir werden mehr Söldner anheuern müssen, um die Waren zu schützen. Außer Ihr habt gute Nachrichten bezüglich der zusätzlichen Soldaten, die eingezogen werden?«

Der Prinz sah ihn von seinem Stuhl hinter dem Tisch an, in dem er lümmelte. »Leider nicht. Mein Vater hat zugestimmt, dass wir viel mehr Soldaten rekrutieren und ausbilden, aber das dauert. Inzwischen werden wir uns anderweitig behelfen müssen. Die Ausrüstung der neuen Rekruten muss auch bezahlt werden! Glücklicherweise haben wir Gewinn gemacht, wie du sagst. Aber noch nicht genug! Du hast mir doch zugesichert, dass wir den Gewinn nicht nur verdreifachen, sondern verfünffachen. Es kann doch nicht nur an den höheren Kosten für den Transport liegen, dass es weniger als gewünscht ist.«

Alliente überlegte. Er hatte sich schon gefreut, dass der Prinz auf seine Ausführung einging. Jetzt musste er etwas Neues versuchen. »Nicht nur, mein Herr. Die Holzfäller schlagen nicht so viel Holz, wie sie sollen. Sie verrichten ihre Arbeit nicht gut genug. Wie ich vor einem Jahr vorschlug, solltet Ihr überlegen, Wachen an die Lager zu entsenden. Diese sollen die Arbeiter überwachen. Und … vielleicht … antreiben, oder ihnen zumindest klarmachen, dass wir mehr Eifer erwarten.«

»Das haben wir doch schon diskutiert«, wischte Jaka die Anfrage beiseite. »Mein Vater möchte nicht, dass wir die Holzfällergilde gegen den Thron aufbringen.«

Alliente kniff die Augen zusammen, er hatte eine Idee. »Was haltet Ihr davon, wenn ich ein paar Männer anheuere, die das für uns erledigen? Sie sollen den Lagern nur einen Besuch abstatten und freundlich fragen, wie die Arbeiten vorangehen und wie viel Holz geschlagen wird. Ich habe da einige finster aussehende Nordlinge in der Hinterhand, die uns damit helfen können. Euer Vater wird nicht mitbekommen, dass wir dahinterstecken. Lasst mich nur machen.«

Jaka sah ihn zweifelnd an. »Du kannst es versuchen, auch wenn ich mir nicht sehr viel davon verspreche. Der Bericht war aber nicht das Einzige, das ich von dir wollte. Mir ist zu Ohren gekommen, dass Elementarier durch Tangrintanien reisen. Meinst du, sie werden unsere Pläne durchkreuzen? Wer weiß, was ihr Auftrag ist!«

Alliente schüttelte den Kopf. »Ich denke nicht, dass wir uns deretwegen Sorgen machen müssen. Unsere Pläne sind zu weit fortgeschritten, als dass sie irgendjemand aufhalten könnte. Notfalls nehmen wir sie aus dem Spiel. Hierbei kann ich Euch hundertprozentig beruhigen.«

»Ich vertraue auf dich, Alliente Anvof«, sagte Jaka. »Wir haben schon zu viel erreicht, als dass ich es mir von jemandem wegnehmen lasse! Das waren die zwei Punkte, über die ich mit dir sprechen wollte. Bitte kümmere dich wieder um deine Aufgaben.«

Der Händler stand auf, glücklich darüber, dass das Gespräch gut für ihn gelaufen war.

»Vielen Dank, mein Prinz. Ich werde mich um die Holzfäller kümmern. Diskret, versteht sich. Außerdem halte ich Euch auf dem Laufenden. Schon bald wird sich Tangrintanien in die großen Reiche einreihen. Sie werden Euch fürchten lernen.«

›Und mich reich machen‹, aber das sagte er nicht, sondern dachte es sich nur. »Mit Eurer Erlaubnis werde ich mich zurückziehen.« Alliente verbeugte sich und wartete auf die Entlassung.

»Du kannst gehen. Bis bald.« Der Prinz winkte ihn hinaus.

Vor der Tür blieb Alliente stehen und dachte nach, was er als Erstes erledigen sollte.

›Am besten kümmere ich mich um ein paar nordische Söldner für die Holzfäller. Anschließend versuche ich neue Lieferbedingungen für die geschlagenen Stämme auszuhandeln.‹

Er schritt grübelnd die Treppe hinab, an einem der weißen Priester vorbei. Dieser grüßte ihn. Alliente grunzte eine Erwiderung. Auch ein Hindernis, das er irgendwie aus dem Weg räumen musste. Die Zitadelle war von der Außenwelt abgeschnitten, da die Priester den König davon überzeugt hatten, dass bald eine Krankheit ausbrechen würde. Angeblich wütete die auch in Hubrug, oder hatte dort gewütet. Alliente wusste es nicht genau. Er war auch nicht davon überzeugt, dass es wirklich so war. Glücklicherweise hatte er eine Möglichkeit gefunden, mit der Welt außerhalb der Festung zu kommunizieren.

In seinem Arbeitszimmer angekommen, setzte er sich an den Tisch.

Zunächst wies er einen Diener an, ihm eine Mahlzeit zu bringen – mit viel Kuchen und allerlei anderem Naschwerk. Darauf legte er Wert.

Als der Mann zurückkehrte und alles vor ihm ausgebreitet stand, klopfte er sich auf seinen wohlbeleibten Wanst und kümmerte sich abwechselnd um die Korrespondenz und das Essen.

Die verschlossene Zitadellenebene

»Also, es gibt gute Nachrichten und eine schlechte«, teilte ihnen Ansou mit, nachdem sie am Stadttor mit dem dortigen wachhabenden Offizier gesprochen hatte. »Welche wollt ihr zuerst hören?«

»Als Erstes die schlechte«, entschied Fin. »Ich bin gespannt, was du als schlecht und gut empfindest.«

»Okay. Die ganze Zitadellenebene ist abgeriegelt. Königspalast, Kasernen und alles, was dazugehört. Wir kommen nicht hinein. Der Leutnant wusste selbst nicht genau, warum. Es geht aber das Gerücht um, dass der König Angst hat, dass eine Krankheit ausbrechen wird, erzählte er mir. Wie in Hubrug.«

»Hubrug?«, meldete sich Toki zu Wort. »Das hat der weiße Priester in meinem Dorf den Menschen auch erzählt. In der Nacht, als sie vor unserem Haus standen, hat er das geschrien. Ob dort wirklich eine Krankheit ausgebrochen ist? Oder lügen sie die Menschen an?«

»Als ich von Carane aufgebrochen bin, habe ich nichts davon gehört«, antwortete ihm Fin. »Das ist jetzt etwa … drei Monate her. Es kann natürlich in der Zwischenzeit eine ausgebrochen sein. Aber schlechte Nachrichten verbreiten sich immer schnell. Es würden nicht nur die Priester davon sprechen, sondern jeder in Tangrintanien. Bei meiner Suche nach Yeban habe ich nichts gehört. Und ich habe mir so manches Gerücht und manche Geschichte antun müssen. Wir sollten davon ausgehen, dass die Priester sie als Vorwand ausnutzen, um den König zu beeinflussen.«

»Aber wir wollten in den Palast und den König sprechen, oder?«, warf Eliza ein.

»Unser erstes Ziel sind die Kirchen, dann die Generalität. Reben hatte ihnen Briefe aus Irani geschickt und erklärt, was passiert ist. Den König wollte ich zuletzt aufsuchen. Nachdem ich mir Unterstützung gesichert habe«, erklärte ihr Fin.

»Der Platz der Elemente ist erreichbar. Dort stehen die Kirchen«, sagte Ansou. »Es sieht so aus, als würden meine Soldaten und ich euch noch ein wenig begleiten. Solange wir uns nicht in der Kaserne melden können. Das war übrigens die schlechte Nachricht. Wollt ihr die guten wissen?«

Alle nickten.

»Die weißen Priester konzentrieren sich allein auf die Zitadelle. In der Stadt sind sie nicht anzutreffen. Und es sind maximal fünf dort. Außerdem hat mich der Leutnant, auf meine Frage nach einer außergewöhnlich großen Anzahl von Nordlingen in der Stadt, nur verwirrt angeschaut und das verneint. Es seien nur die üblichen Händler, Botschafter und ihr Gefolge hier.«

»Immerhin wiegeln sie die Einwohner nicht auf«, stellte Fin fest. »Ob fünf Priester eine gute Nachricht ist, das muss sich erst herausstellen. Und das mit den Nordländern … In Irani waren auch mehr unter der Stadt als in ihr. Für mich sind das keine besonders guten Nachrichten.«

»Aber immerhin auch keine schlechten«, half Eliza Ansou. »Was machen wir jetzt?«

»Reiten wir zu den Kirchen?«, fragte Toki. Er hoffte, möglichst bald Antworten auf seine drängendste Frage zu bekommen. Was passierte mit ihm?! Warum wurde seine Hautfarbe grau?

»Nein, es ist heute zu spät, wegen einer Zusammenkunft der Äbte und Äbtissinnen anzufragen. Das machen wir morgen früh. Lasst uns eine Taverne suchen und uns dort einquartieren. Morgen sehen wir weiter«, entschied Fin. »Es steht euch natürlich frei, eure Reise selbst fortzusetzen«, fügte sie hinzu.

»Ich bleibe bei euch«, sagte Eliza schnell. »Was ist mit dir, Toki? Du bleibst auch bei uns, oder?«

Toki nickte. Er hatte keine Lust, sich allein in Tannberg zurechtzufinden. Schon der große Markt, den er die Straße entlang vor ihnen erspäht hatte, kam ihm wie eine andere Welt vor. So viele Menschen auf einem Haufen. Und er schätzte, dass ein Großteil schon für den Abend zusammenpackte und nach Hause ging oder schon weg war.

»Dann sollten wir uns eine Unterkunft suchen.« Fin wandte sich an Ansou. »Könntest du den Leutnant fragen, ob er eine Taverne empfehlen kann? Möglicherweise gibt es eine, in der oft Soldaten rasten. So eine wäre gut für uns.«

»Ich erkundige mich und bin gleich zurück.«

Sie verschwand im Wachhaus.

»Du bist eine Sensation, Fin.« Eliza lachte. »Wenn noch mehr Leute stehen bleiben, kommt niemand mehr durchs Tor.«

Fin verdrehte die Augen. »Das ist so, seit ich in Tangrintanien angekommen bin. In den anderen Ländern werden wir auch ab und zu angestarrt, aber nicht wie hier. Es nervt!«

»Dein roter, weiter Umhang mit der Kapuze, deine Ohrringe, die Augen und die besonderen Haare schreien aber ›Seht mich an! Ich bin anders als ihr!‹«, sagte Eliza kichernd. »Und Fogo, der auf deiner Schulter schläft, macht es noch interessanter und exotischer. Aber ich glaube, du würdest auch ohne das alles herausstechen. Allein wegen des bronzenen Hauttons und der Gesichtsform. Tangrintanien ist in dieser Hinsicht etwas zurückgeblieben, wie mir scheint. Ich fühle mich auch anders, deswegen.« Sie zeigte auf ihr Gesicht.

»Bevor Uthr mir erzählt hat, welch große Zahl vielfältigen Aussehens es auf der Welt gibt, hätte ich nicht geglaubt, dass das möglich ist, und bevor ich euch getroffen habe. Tangrintanier sind normalerweise weißhäutig«, stimmte Toki ihnen zu.

Ansou trat zu der Gruppe und berichtete, was der Leutnant ihr vorschlug. »Wir sollen in die Taverne ›Zum lachenden

Pegasus‹ reiten. Die beherbergen oft größere Gruppen von Soldaten und sind dafür gut ausgerüstet. Sogar einen kleinen Trainingsbereich haben sie. Sie liegt im Westbereich des Händlerviertels, in der zweiten Ebene der Stadt, am Rand eines großen Handelsplatzes. Sollen wir es dort versuchen?«

»Ja, bitte reite voraus«, sagte Fin.

Ansou schwang sich auf ihr Pferd und befahl ihren Soldaten, ihnen Platz zu verschaffen. Sie mussten einige Stadtbewohner unsanft mit den Tieren zur Seite schieben. Dann konnte die Gruppe aber unbehelligt die Straße entlang über den Marktplatz und die Serpentinen zur zweiten Ebene reiten.

Die beschriebene Taverne fanden sie zügig. Ein großes Schild mit einem aufsteigenden Pegasus, das sein Pferdemaul zu einem weiten Lachen aufriss, begrüßte sie.

›Das ist also ein Pegasus‹, schlussfolgerte Toki etwas enttäuscht, nachdem er das Bild betrachtet hatte. ›Ein Pferd mit Flügeln. Das hätte ich mir spektakulärer vorgestellt.‹

Die Gruppe wartete im Hof bei den Pferden, bis Ansou sich mit dem Wirt einigte. Als sie ihr Okay gab, versorgten ein paar Soldaten die Tiere und der Rest bezog die Zimmer. Ansou teilte sich eines mit Eliza. Toki und Fin erhielten jeweils ein eigenes. Fin, weil sie eine Elementarierin war, und Toki, weil er so seine grauen Gliedmaßen besser verstecken konnte.

Fogo jammerte, weil er in einer Stadt war und in einem Haus schlafen musste.

Bevor Ansou in ihrem Zimmer verschwand, hielt Toki sie auf. »Würdest du mir eine Übungsstunde im Schwertkampf geben? Ich will meine Fertigkeiten aus der Grundausbildung erneuern. Ich habe das Gefühl, dass ich die brauchen werde.«

Sie blickte ihn mit ihren braunen Augen an. Toki konnte nicht sagen, was sie dachte.

»Gern. Wie wäre es mit morgen kurz nach Sonnenaufgang? Vor dem Frühstück. Heute waren wir lange unterwegs und es ist schon dämmrig.«

Toki bejahte, auch wenn er sich früh morgens ungern körperlich betätigte. Aber er hatte gefragt und fand es nett, dass

Ansou gleich einwilligte. Die verschwand jetzt im Zimmer und ließ ihn im Gang stehen.

Toki sah Eliza auf einem Bett sitzen. Ausgemacht war, dass sie sich später im Gastraum treffen und dort zu Abend essen würden.

Er hatte noch ein wenig Zeit, seine Habseligkeiten in seinem Zimmer im zweiten Stock zu verstauen. Viel Arbeit war das nicht. Er öffnete das Fenster, um ein wenig frische Luft hereinzulassen. Sein Blick fiel auf den kleinen Trainingsbereich, den er morgen früh mit Ansou betreten würde. Ein einfacher Sandplatz mit einem Bretterzaun abgetrennt.

›Immerhin werde ich weich fallen‹, dachte er.

»*Wie-wie-wie-wie-Ihhhh. Wie-wie-wie-wie-Ihhhh*«, hörte Toki, und kurz darauf flog der kleine goldgelbfarbene Vogel, den er in letzter Zeit sehr oft sah, in sein Zimmer. Als würde es ihm gehören, ließ er sich auf dem Bettpfosten nieder.

»*Sieh an, er lebt noch! Ich dachte schon, die Nordlinge hätten ihn erledigt*«, hörte Toki in seinem Kopf. »*Endlich habe ich ihn wiedergefunden. Das war ein anstrengender Weg. Gibt´s hier was zu fressen?*«

Der Vogel hüpfte vom Pfosten auf den kleinen Tisch und dann auf den Boden und suchte anscheinend Körner oder Krumen.

Toki starrte ihn verwirrt an. ›Bilde ich mir das schon wieder ein? Oder spricht der Vogel?‹

»He, Piepmatz, was machst du hier drin? Los, flieg nach draußen!« Toki ging auf ihn zu und wollte nach ihm greifen, um ihn vorsichtig aus dem Fenster zu heben, damit er wegfliegen konnte.

»*Untersteh dich, mich anzufassen, Tölpel!*«, hörte er und der Vogel flog auf den Schrank. Dabei kackte er auf Tokis Rucksack, der davor lag.

»Na toll, du blödes Tier! Ich will dir doch nur nach draußen helfen. Dafür musst du mich nicht anscheißen!« Verärgert versuchte Toki, den Vogel vom Schrank zum Fenster zu bewegen. »Los, raus hier!«

»Pfff. Selbst schuld. Ich bin hier wohl unerwünscht.«

Der Piepmatz sah Toki vom Schrank an, flatterte zum Fenster, kackte noch einen weißen Batzen auf das Fensterbrett und flog in den Abend davon, *»Wie-wie-wie-wie-Ihhhh«* im Flug ausstoßend.

Er schüttelte den Kopf. ›Habe ich mich gerade mit einem Vogel unterhalten?‹

Das wurde alles immer verrückter.

Einige Zeit später klopfte es an der Tür.

»Toki, kommst du? Wir wollen zu Abend essen.« Eliza stand vor der Tür.

»Ja, ich komme«, rief er zurück. Beim Öffnen der Tür erkannte er, dass Ansou neben Eliza stand. Eliza trug ihr Kleid, das sie aus dem Hof mitgenommen hatte. Ansou hatte die Soldatenuniform und Rüstung abgelegt und sich in einfache Hosen und eine wüstengelbe Bluse gehüllt. Die Ärmel liefen trichterförmig zu, ähnlich wie bei Eliza, hatten aber Bänder eingenäht, die mehr Form gaben. Ein Ledergürtel betonte die Taille. Der Ausschnitt war locker geschnürt. Toki, der nur mit Eliza gerechnet hatte, sah sie an, konnte den Blick nicht abwenden und wurde rot. Die Kleidung betonte Ansous weibliche Formen, aber zeigte auch die Kraft, die ihre Muskeln ausstrahlten. Gekräftigt vom harten Soldatenleben.

Sie bemerkte, dass er bei ihrem Anblick festhing, verlegen wurde und lächelte ihn mit blitzenden Augen schelmisch an.

»Soldatinnen wollen nicht immer in ihrer Rüstung und der Einheitskleidung stecken. Wir kleiden uns auch gern schick.«

»Ich … ich weiß schon, dass Soldaten nicht nur Rüstung tragen. Du siehst einfach so anders aus. Tut mir leid, dass ich dich angestarrt habe.«

»Wenn dir gefällt, was du siehst, dann macht mir das nichts aus. Und?« Sie wartete auf eine Antwort.

»Ja schon … Du siehst weiblich aus …«

Eliza lachte fröhlich auf. »Oh, Toki, du bist nicht jemand, der Frauen um den Finger wickelt, oder? An deiner Stelle hätte ich Ansou ein Kompliment gemacht. Sie sieht bezaubernd in der Bluse aus. Sie passt perfekt zu ihren rehbraunen Augen und betont ihre Rundungen genau an den richtigen Stellen. Schau! Hier …« Sie zeigte auf Ansous Brüste. »… und hier.« Diesmal zeigte sie auf den Hintern.

Eliza fixierte ihn genau, um die Reaktion zu sehen, die sie damit erzeugte. Toki konnte nichts antworten. Er fühlte, wie er noch röter wurde und sein Kopf heiß glühte.

»Eliza veräppelt dich nur, Toki. Sie hat einen tollen Humor. Wir haben uns ein wenig unterhalten. Aber ich sehe, dass du ihrem Kompliment zustimmst.« Sie grinste ihn an.

»Ja … schon … Sollen wir in den Gastraum gehen? Fin wartet sicher auf uns.« Toki versuchte, die beiden von seiner Unsicherheit und dem glühenden Kopf abzubringen.

»Du willst nur ablenken.« Eliza schnappte sich seinen Arm und zog ihn zur Treppe. »Aber du hast recht, ich habe Hunger. Kommst du, Ansou?«

»Klar, ich will doch nicht verpassen, wenn in Tokis Nähe erneut etwas Ungewöhnliches geschieht. Solange wir nicht gegen eine Wand laufen. Mir reicht es, dass mein Ohr schmerzt. Eine gebrochene Nase kann ich nicht brauchen.«

Toki stutzte und raunte Eliza zu: »Du hast ihr von der Wand in der Gasthaustür erzählt? Das hatte ich in meiner Geschichte ausgelassen!«

»Das hat sich so ergeben. In deiner Umgebung passieren nun mal ungewöhnliche Dinge. Sei mir nicht böse.« Sie sah ihn mit geschürzten Lippen an und klimperte mit den Augen.

»Äh … okay, bin ich nicht, Eliza«, versicherte er ihr.

»Dafür findet Ansou dich jetzt interessant.«

Toki schielte kurz zu Ansou, die schräg hinter ihnen die Treppe hinunterging, und stieß ein »Oh« aus.

»Das ist das Einzige, was du dazu sagst?« Eliza zog eine schneeweiße Augenbraue hoch. »Du brauchst noch einiges an Übung. Gut, dass du jetzt mich hast.« Kichernd schleifte sie ihn die Treppe hinunter und in den Schankraum.

Fin saß schon am Kopfende eines Tischs und wartete. Von ihrem Platz aus hatte sie den ganzen Schankraum im Blick. Ein Krug Wasser stand vor ihr.

»Hallo, Fin«, begrüßte Eliza die Elementarierin und setzte sich neben sie. Dann klopfte sie seitlich auf die Bank, um Toki zu zeigen, dass er sich hier hinsetzen sollte. Ansou nahm ihnen gegenüber, neben Fin, Platz.

»Ich dachte schon, ihr habt keinen Hunger. Gerade wollte ich mir etwas beim Wirt bestellen«, sagte Fin.

»Ansou und ich haben uns unterhalten und die Zeit vergessen«, erklärte Eliza. »Jetzt bin ich allerdings sehr hungrig. Was bekommen wir hier? Und kann bitte jemand für mich bezahlen? Ich frage das nicht gern, aber mit meinen Kleidern ist auch mein Geld verschwunden.«

»Wir lassen den Wirt die Rechnung an die Kaserne schicken. Der König ist schuld, dass wir in einer Taverne nächtigen müssen und nicht in die Kaserne können. Also soll er auch dafür bezahlen«, klärte Ansou alle auf.

»Danke, Ansou«, bedankte sich Fin und gab wieder, was die Schankmaid ihr vorgetragen hatte. »Es gibt Ochsenbraten, oder Käse und Wurst, wenn ihr lieber etwas Kaltes wollt. Außerdem verschiedene Gemüse. Angeblich haben sie in der Taverne ein besonders gutes Schwarzbier. Ich habe mich für Wasser entschieden, wir müssen morgen früh los.«

Die Schankmaid hatte gesehen, dass Fin Gesellschaft bekommen hatte, und war kurz darauf bei ihnen, um die Bestellung aufzunehmen.

»Braten und Wasser«, bestellte Toki.

»Für mich auch«, sagte Fin.

»Bier und Käse, Wurst und Brot mit Butter bitte«, entschied Eliza, und Ansou fügte hinzu: »Für mich auch. Einen großen Krug! Ich habe Durst!«

Nachdem die Frau weg war, erklärte ihnen Fin, wie sie sich den nächsten Tag vorstellte. »Toki und ich werden zu den Kirchen reiten. Ich will mir die Berichte anhören, um die ich durch Reben gebeten habe. Er kann sich mit den Heilkundigen der Götter bezüglich seiner Verfärbung unterhalten. Ansou, ich würde dich bitten, dass du dich in der Stadt bei den Wächtern umhörst. Finde heraus, was in der Zitadelle vor sich geht, und höre dich auch um, welche Gerüchte dir erzählt werden. Eliza, du kannst dir aussuchen, wen du begleiten willst. Du kannst dich aber auch selbst auf die Suche nach deinem Großvater machen. Vielleicht gibt es wirklich mehr Informationen hier in der Hauptstadt.«

»Wenn Toki zu seiner Familie zurückkehrt, begleite ich ihn, wenn er zustimmt. Ich würde gern mit seiner Großmutter sprechen. Ich glaube, dass ich dort am meisten erfahren werde.« Eliza überlegte kurz und fügte hinzu: »Ich begleite Ansou auf ihrer Spitzeltour.«

»Okay. Toki, ich breche gleich nach dem Frühstück auf. Bitte sei pünktlich.«

»Er und Ansou wollen sich gleich nach Sonnenaufgang ein wenig verausgaben und ineinander verhakt rumrollen«, warf Eliza schelmisch ein. »Vielleicht sind sie dann noch nicht fertig. Wer weiß, wie schnell Toki erschöpft ist.«

Toki sah sie entgeistert an und wurde wieder knallrot.

Fin zog die Augenbrauen zusammen. »Was wollt ihr tun? Könnt ihr das nicht heute vor dem Schlafen machen? Aber das ist eure Sache. Hauptsache, wir können pünktlich los!«

Eliza hatte die Worte genau wegen ihrer Zweideutigkeit gewählt und Ansou und sie brachen in lautes Gelächter aus.

»Ansou und ich treffen uns beim Trainingsplatz und sie frischt meine Fertigkeiten mit dem Schwert auf«, stammelte Toki. »Nicht das, was man aus Elizas Worten schließen kann.«

»Wie ich sagte: Hauptsache, wir können pünktlich los. Was ihr sonst treibt, ist eure Sache«, erwiderte Fin trocken. Sie überlegte kurz und fügte noch hinzu: »Ansou ist jung und sieht sehr gut aus. Deswegen hätte ich nicht ausgeschlossen, dass ihr euch gern vergnügen würdet.«

Toki stand der Mund offen, als sie das sagte. Den beiden anderen traten Tränen in die Augen, so sehr mussten sie lachen.

Er blickte von Fin zu Ansou und Eliza, zurück zu Fin und bemerkte, dass sie leicht schmunzelte.

»Du auch? Bin ich so leicht zu veräppeln?« Etwas verärgert, aber angesteckt von der guten Laune am Tisch, musste jetzt auch er lächeln. »Ich muss mich erst noch daran gewöhnen. Vor allem an Elizas Humor.« Er funkelte sie böse an.

»Du bist selbst schuld. Du forderst es heraus«, brachte Eliza zwischen ihrem Lachen heraus. »Und Lachen ist gesund! Ich sorge nur dafür, dass wir das auch bleiben!«

»Interessante Sichtweise«, sagte Toki und lenkte von sich ab. »Da kommt unser Essen.«

Die Schankmaid brachte ihr Mahl und sie machten sich hungrig darüber her. Als alles aufgegessen war, verabschiedete sich Fin. Eliza, Ansou und Toki tranken ihre Krüge aus und machten sich auf zu ihren Zimmern.

Eliza lief vor und verschwand in ihrem Raum.

Ansou hielt Toki am Arm auf, als er in sein Zimmer gehen wollte. »Falls du doch einmal Lust hast, dich nicht nur im Dreck, sondern in einem Bett herumzurollen, sag mir Bescheid.« Sie lächelte ihn an, wünschte ihm eine gute Nacht und ließ ihn perplex stehen.

Toki stand in der Tür und sah ihr hinterher, bis sie außer Sichtweite verschwand. Hatte sie ihm gerade ein Stelldichein angeboten? Es kam ihm nicht vor, als hätte sie ihn veräppelt. Sollte er darauf eingehen?

Im Zimmer legte er sich aufs Bett. Er fand sie tatsächlich anziehend.

›Was ist mit Ava?‹, schoss ihm durch den Kopf.

Irgendwie verblasste die Erinnerung an sie. Seit ihrem Treffen am Weiher war einige Zeit vergangen und sehr viel passiert. Er konnte sich ihr Gesicht, ihr ganzes Aussehen nicht mehr richtig vorstellen. Aufgewühlt beschloss er, seine Gedanken zu beruhigen und alles Weitere auf den nächsten Tag zu schieben.

Bald darauf schlief er ein. Das Gespräch mit dem Vogel hatte er total vergessen.

Vor Sonnenaufgang erwachte Toki und kletterte schlaftrunken aus dem Bett. Beim üblichen Begutachten der Verfärbungsausbreitung bemerkte er sein komplett graues linkes Bein.

›Nun hat die Hälfte meiner Haut meine Geburtsfarbe und die andere Hälfte ist grau‹, stellte er fest. ›Es schreitet immer schneller voran. Jetzt ist der ganze Oberschenkel und

Unterschenkel verfärbt. Ich bin gespannt, was die Heilkundigen in den Kirchen zu der Geschichte sagen. Aber jetzt muss ich zu Ansou.‹

Er verfluchte sich ein wenig dafür, dass er das Training vereinbart hatte.

Nach der Morgentoilette fühlte er sich etwas wacher, und er suchte den Trainingsplatz auf. Er hatte die Soldatenkleidung an, die ihm am Hof ausgehändigt worden war. Etwas anderes hatte er nicht zum Anziehen.

›Vielleicht sollte ich mir auch etwas Modischeres zulegen‹, ging es ihm im Kopf herum. ›Ansou und Eliza sehen mit ihren Klamotten so schön und auch zufrieden aus. Nur Fin kleidet sich immer gleich. Aber das passt zu ihr.‹

Ansou wartete im Trainingsbereich auf ihn. Sie trug wieder ihre Soldatenkleidung, ohne die Metallrüstung. Wie ein wildes Tier im Käfig lief sie die Einzäunung entlang.

»Hallo, Ansou, gut geschlafen?«, grüßte Toki.

»Hallo, Toki, geht so. Eliza gibt komische Geräusche von sich, wenn sie schläft. Bist du bereit für dein Training?«

»Wenn du mit ›bereit‹ meinst, dass ich mich von dir verprügeln lassen werde, dann ja. Ich habe, ehrlich gesagt, nicht viel Erfahrung mit dem Schwertkampf. Meine Grundausbildung ist ewig her und ich war nicht besonders gut.«

»Das werden wir gleich sehen. Ich versuche, dich nicht zu hart zu treffen. Versprochen!« Sie grinste ihn an. »Schnapp dir ein Übungsschwert und komm rein zu mir. Dann schauen wir, was du kannst. Ah, schau, wir bekommen einen Zuschauer.«

Eliza betrat den Hof. »Hallo, Toki, du willst doch nicht ohne mich anfangen, oder?«, rief sie gut gelaunt über den Hof und winkte ihm zu. »Ich bin schon gespannt, was man in Tangrintanien über den Schwertkampf lernt.«

Toki seufzte tief, verzichtete auf eine Antwort, schnappte sich ein Holzschwert und betrat den Sand.

Das Schwert lag gut in der Hand, fand er. Übungsweise ließ er es ein paar Mal links und rechts durch die Luft wirbeln.

Ansou sah ihm zu und fragte: »Bereit?«

Toki stellte sich auf, wie er sich zu erinnern meinte. Er hoffte, dass er sich die Fußstellung richtig gemerkt hatte. »Ich bin bereit.«

Ansou täuschte links an, Toki versuchte auszuweichen, kam aus dem Tritt und sie fällte ihn mit einem gekonnten Tritt gegen seine Beine. Er landete mit dem Gesicht voran im Sand.

»Die erste Runde geht an Ansou!«, hörte er Eliza lauthals rufen.

Er spuckte Sand aus und richtete sich auf. Ansou streckte ihm die Hand entgegen und half ihm auf.

»Ich glaube, wir müssen zunächst deinen Stand berichtigen. Das Wichtigste ist, dass du nicht aus dem Tritt kommst. In einem Kampf bist du sonst schnell tot.«

Sie zeigte ihm, wie er seine Füße ausrichten musste, um im Gleichgewicht zu stehen.

»Noch einmal?«, fragte sie anschließend.

Toki nickte und machte sich bereit. Diesmal lief es besser. Den ersten Angriff konnte er mit dem Schwert abwehren, ohne zu wanken. Der zweite Schlag traf ihn am Arm, und mit schmerzverzerrtem Gesicht ließ er das Schwert fallen.

»Wenn du deine Waffe verlierst, bist du wahrscheinlich auch tot«, erklärte Ansou.

Sie fuhr mit einem Fuß unter das Holzschwert, schleuderte es in die Luft, fing es auf und streckte es ihm entgegen. Er ergriff es und sie trat hinter ihn.

»Stell dich wieder richtig hin.«

Toki richtete sich aus und anschließend zeigte sie ihm, wie er seinen Oberkörper halten sollte. »Wenn du in den Beinen oder dem Oberkörper aus dem Gleichgewicht kommst, begib dich sofort außer Reichweite deines Gegners und richte dich neu aus. Noch einmal?«

Erneut nickte Toki. Diesmal konnte er ein paar ihrer Schläge abwehren, bevor sie ihn entwaffnete. Der Schlag traf seine Rippen und kurzzeitig blieb ihm die Luft weg. Keuchend stand er da.

»Runde drei an Ansou!« Eliza zählte jeden Sieg mit.

»Geht's?« Ansou klang besorgt.

Toki richtete sich wieder auf, zog – endlich – die kühle Morgenluft in seine Lungen und nickte. »Ich bin bereit für den nächsten Schlag. Bitte nicht wieder auf die Rippen!«, brachte er zwischen zusammengepressten Zähnen heraus.

»Ich versuch's.« Ansou lachte.

So ging es ein paar Runden weiter. Jedes Mal, wenn sie ihn entwaffnete oder mit dem Schwert traf, erklärte sie ihm, was er anders machen sollte und wo sein Fehler lag.

Toki versuchte alles aufzunehmen. Schweiß lief ihm in Strömen den Hals entlang und das Schwert in seiner Hand wurde immer schwerer.

Ansou merkte es und nach der nächsten Kampfrunde entschied sie, dass es für diesen Morgen genug war. »Du machst das nicht schlecht und brauchst nur Übung. Jetzt weißt du, wie die Fußstellung ist und wie du den Oberkörper halten musst. Das musst du regelmäßig trainieren, dass es dir in Fleisch und Blut übergeht. Dann ergibt sich der Rest ganz von allein. Du wirst morgen einen höllischen Muskelkater in einigen Muskeln haben, von denen du gar nichts weißt, dass du sie hast.« Sie lachte. »So ging es mir zumindest, als ich mit der Ausbildung begann. Und ein paar blaue Flecke werden dir nicht erspart bleiben. Sollen wir morgen früh wieder trainieren, wenn wir Zeit haben?«

»Gern. Danke für deine Geduld und die Erklärungen. Du warst viel besser als der kauzige Hauptmann, der uns in der Grundausbildung geschunden hat.« Er wischte sich den Schweiß und den Sand aus dem Gesicht. »Jetzt muss ich mich erst einmal waschen. Wir sehen uns beim Frühstück.« An Eliza gewandt fragte er: »Hat dir die Vorstellung gefallen?«

»Elf zu null für Ansou. Ich hab mich gut unterhalten, danke der Nachfrage. Einige Schläge sahen sehr schmerzhaft aus.« Sie kicherte. »Darf ich die blauen Flecke morgen sehen?«

Toki schnaubte – ein paar Sandbrocken flogen davon –, drehte sich um und suchte eine Waschmöglichkeit.

Nachdem er sich sauber fühlte, begab er sich zum Schankraum, um etwas zu essen. Trotz der ganzen Schläge, die er eingesteckt hatte, fühlte er sich gut. Er nahm sich vor, die

Anweisungen von Ansou zu beherzigen und regelmäßig zu trainieren, um auf einen Kampf vorbereitet zu sein.

›Noch einmal lasse ich mich nicht einfach gefangen nehmen‹, beschloss er.

Nachdem alle gestärkt und für ihre jeweilige Aufgabe bereit waren, brachen sie auf. Toki und Fin zum Platz der Elemente, Eliza und Ansou zu den verschiedenen Wachhäusern der Stadt.

Der Weg die Serpentinen hinauf zur dritten Ebene verlief ereignislos. Fin sprach nicht viel, Fogo lag auf ihrer Schulter.

Auf Höhe des Platzes ritten sie durch ein befestigtes Tor, das links und rechts von Türmen flankiert wurde.

›Die Baumeister haben die Stadt gut angelegt‹, bemerkte Toki. Die Wehrbauten nutzten die natürlich vorhandene Umgebung geschickt aus und fügten sich in das Bild ein. Eine Armee würde es schwer haben, ohne große Verluste das Tor zu stürmen, welches sie durchquerten. Der Weg bot nicht viel Raum, um sich zu formieren. Ganz zu schweigen davon, hier mit einem großen Rammbock zu hantieren. Von oben konnten die Verteidiger die Angreifer mit Pfeilen, Bolzen und großem Gerät beschießen. Einige Plattformen auf dem Wehrgang boten Platz für ein Tribock oder eine Arbaleste, die einen körperlangen Speer abschießen konnte. Der Bereich vor dem Tor wurde von Felsen beherrscht, mitsamt den dazugehörigen Farben.

Toki staunte, als sie den Durchgang verließen und – gefühlt – in eine andere Welt eintauchten. Rechter Hand ragte die Kirche des Wassers empor. Er erkannte sie sofort anhand der weichen, fließenden Formen, die der Architekt verwendet hatte. Um das Bauwerk schlängelten sich kleine Bäche, die munter plätscherten und sich in kleine Tümpel ergossen. Auf der linken Seite des Weges ragte ein Turm des dortigen Kirchengebäudes bis in den Himmel hinauf. Einige kleinere flankierten ihn.

›Das muss symbolisch für das Luftelement stehen‹, dachte Toki.

Er legte den Kopf in den Nacken und sein Blick folgte den Türmen entlang nach oben. Ihm wurde schwindelig, als er sich vorstellte, dort oben zu stehen und die Stadt zu betrachten. Vor der Kirche sah er den Altar stehen. Er erkannte ihn an dem löchrigen Aussehen. Wenn man genau hinhörte, spielte der Wind eine angenehme Melodie. Rechts zweigte ein Weg zum Naturelement ab. Toki konnte das Kirchengebäude nicht richtig erkennen, so viele Bäume, Sträucher und andere Pflanzen befanden sich davor und rund herum. Vögel, Insekten und Hasen tummelten sich in den Gärten.

Im Gegensatz dazu erschien der Garten der Erdkirche trist und langweilig. Aber nur auf den ersten Blick. Allerlei verschiedene Steine, Metalle und Mineralien schmückten den Boden. Toki meinte, Sandstein, Quarz, Granit, Opal, Citrin, Malachit, Mondstein und Amethyst zu entdecken. Der Altar vor dem Gebäude schimmerte in der Morgensonne in unterschiedlichsten Farbtönen. Beeindruckend fand er auch, was die Anhänger des Feuers anzubieten hatten. Er konnte nicht erkennen, ob die Sonne oder die brennenden Feuer den Bereich so stark erhellten.

Sie ritten durch ein kleines Feuermeer zu ihrem Ziel. Am Ende des Wegs stiegen sie ab, banden ihre Pferde an und betraten die Kirche. Auch drinnen brannten viele Fackeln und erhellten den großen Eingangsbereich. Fin schnappte sich einen vorbeigehenden Mönch und erkundigte sich nach dem Oberhaupt und den Heilkundigen. Toki bemerkte, dass der Mann sie ehrfürchtig betrachtete und schnell Auskunft gab.

»Ich treffe mich mit dem Bischof und du kannst dem Mönch folgen. Er bringt dich zu den Kundigen. Ich hoffe, sie können dir weiterhelfen. Wir treffen uns später hier wieder, dann kannst du mir berichten, was sie herausgefunden haben.«

Damit ließ Fin ihn bei dem Mann stehen und schritt zu einem der Ausgänge.

»Wenn ihr mir folgen würdet, junger Herr. Ich bringe euch zu den Heilkundigen.« Er wartete, dass Toki ihm andeutete, vorzugehen.

Toki brauchte kurz, bis er das erkannte. Normalerweise gingen die Leute einfach los und warteten nicht auf ein Zeichen von ihm.

›Das liegt bestimmt daran, dass ich mit einer Elementarierin gekommen bin‹, dachte er.

Der Mönch führte ihn aus dem Eingangsbereich hinaus und an Unterkünften vorbei. Als sie diese verließen, betraten sie den Bereich der Heiler. Er roch es, bevor der Mann ihm sagte, wo sie waren. Allerlei Kräuterdüfte schwebten durch den Gang. Es erinnerte ihn an das Haus seiner Großmutter.

In einem Zimmer hantierten einige Männer mit großen Körben voller Kräuter. In einem anderen sah er Pritschen aufgebaut, auf denen Menschen lagen oder saßen. Einige mit weißen Leinen verbunden. Zwischendurch liefen Männer und Frauen und versorgten ihre Patienten.

Toki wurde in einen großen Raum geführt und sollte dort warten. Allerlei medizinische Instrumente und unzählige Phiolen, Ampullen und Fläschchen füllten Regale an den Wänden. Ein großer Tisch stand in der Mitte des Raums.

Einige Zeit später betrat ein kleines verhutzeltes Männchen den Raum, gefolgt von weiteren Mönchen. Gestützt auf einen Stock humpelte er auf Toki zu. Einige wenige Haare standen kreuz und quer von seinem Haupt ab. Seine Haut spannte sich wie Pergament über Kopf und Hände Er war in eine Mönchskutte gehüllt.

»Du bist der junge Mann, der mit der Elementarierin gekommen ist, hää?«, nuschelte er und blickte Toki an. Nur noch ein paar Zähne, die eher wie Stumpen aussahen, schmückten sein anschließendes Lächeln.

›Ich habe noch nie einen so alten Menschen gesehen‹, staunte Toki, und antwortete dem Greis: »Der bin ich, Herr. Mein Name ist Toki. Wer seid ihr?«

»Der alte Esaem bin ich. Oberster Heiler der Feuerkirche in unserem schönen Tangrintanien. Was führt dich in unsere heiligen Hallen, hää?«

Toki musste sich anstrengen, ihn zu verstehen.

»Ich habe eine außergewöhnliche Hautverfärbung, die sich immer weiter ausbreitet. Ein Freund, den ich auf meiner Reise nach Tannberg traf, sagte mir, ich soll die Kirchen aufsuchen. Sie könnten mir möglicherweise helfen. Deshalb bin ich hier.«

»Dann zeig Esaem, was so außergewöhnlich ist, hää. Anschließend kann ich entscheiden, ob es meiner Aufmerksamkeit würdig ist.«

Er wartete gespannt, als Toki seine Verfärbungen langsam aus den Kleidungsstücken schälte. Dann humpelte er um ihn herum und kniff hier und dort in die Haut. Er bat Toki, den Arm und den Fuß zu bewegen, Muskeln anzuspannen und einige weitere Bewegungen auszuführen. Die anderen Männer hatten sich zu Esaem gesellt und begutachteten alles, was er machte, und Toki.

»Hää, gesehen habe ich das noch nicht. Aber Esaem kann nicht alles, was es auf der Welt gibt, kennen.« Er wandte sich zu seinen Gehilfen. »Holt mir Delyma aus dem Archiv her. Er kann uns vielleicht helfen, hää.« Anschließend beäugte er erneut Tokis Haut. »Leg dich auf den Tisch, mein Junge. Ist die Verfärbung nur an der Oberfläche oder geht sie tiefer, hää?«

»Mein Blut ist rot, wie bei allen Menschen. Wie es unter der Haut aussieht, kann ich euch nicht sagen.«

»Darf der alte Esaem einen kleinen Schnitt am Oberschenkel ausführen? Damit ich beurteilen kann, wie es unter der Haut aussieht, hää?«, fragte der Greis und sah Toki dabei direkt an.

Der schluckte und antwortete: »Wenn es sein muss und ihr denkt, dass ihr so herausfindet, was mir fehlt.«

»Das werden wir sehen, Junge. Unbekannte Lavafelder müssen wir erkunden, wie mir scheint, hää.«

Einer der Mönche reichte dem obersten Heiler ein Skalpell und Esaem führte einen kleinen Schnitt am rechten Oberschenkel aus.

Toki zuckte. Rotes Blut floss am Bein entlang und tropfte auf den Tisch. Der Heiler nahm ein Leinentuch von einem anderen Mönch entgegen und untersuchte den Schnitt, indem er ihn etwas auseinanderzog. Angenehm fühlte es sich nicht an.

›Warum hat er mir keine Betäubung gegeben, wie meine Großmutter das sonst immer mit ihren Patienten macht?‹

Toki war verwundert, entschied sich aber dazu, die Untersuchung über sich ergehen zu lassen. Es sah für ihn so aus, als wäre die Angelegenheit der Aufmerksamkeit des obersten Heilers würdig, und er wollte ihn nicht aufhalten.

Der alte Mann untersuchte Toki weiter. Aus ein paar kleinen Phiolen strich er unterschiedlich viskose Flüssigkeiten auf die graue Haut und begutachtete das Ergebnis. Toki hatte keine Ahnung, was der Heiler tat. Er erhielt auch keine Erklärung, als er neugierig danach fragte.

Die Tür öffnete sich und ein Gehilfe von Esaem trat ein. Ihm folgte ein weiterer Mönch.

›Der ist ja genau so alt und genauso gebrechlich wie der Heiler.‹ Toki seufzte. ›Hoffentlich spricht er deutlicher.‹

Der Alte schlurfte zum Tisch und erklärte erbost: »Esaem, ich hoff, du hast einen guten Grund, mich herzubestellen! Ich habe mich gerade mit einer höchst wissenschaftlichen Abhandlung beschäftigt.«

Der Angesprochene fuhr noch ein paar Momente mit der Untersuchung fort, anschließend drehte er sich zu dem Neuankömmling um.

»Schnaps brennen ist nichts Hochwissenschaftliches, Delyma, hää. Zeitverschwendung ist es! Kauf dir den Fusel einfach im nächsten Laden. Dann schmeckt er wenigstens. Ich habe hier ein Objekt, das dich interessieren könnte.« Er deutete auf Tokis graue Haut. »Hast du von so einer Verfärbung schon einmal gelesen? Du weißt doch sonst immer alles, hää.«

»Lass mich sehn, alter Kauz. Wahrscheinlich kann man es einfach abschrubben, das ist dir aber noch nicht eingefallen was?«, knurrte er.

Toki nahm wahr, dass Delyma ein paar mehr Zähne besaß als Esaem. Ansonsten glichen sie sich ziemlich. Der Archivar hatte noch etwas mehr Haar und vereinzelt wuchsen ihm Stoppelbüschel am Kinn.

Als er neben dem Heiler stand und Toki vor sich liegen sah, begrüßte er ihn kurz angebunden. »Hallo, Junge. Der Alte hier hat dir sicher kein Betäubungsmittel gegeben, oder? Das vergisst er immer.«

Eine Antwort wartete er nicht ab. Er griff sich eine Bürste und rubbelte über den unversehrten Oberschenkel.

Toki zuckte schmerzhaft zusammen.

»Lass das, Delyma, du fügst meinem Patienten Schmerzen zu! Und es bringt nichts, das kann man nicht abwaschen, hää«, nuschelte Esaem.

Delyma ließ davon ab, mit der Bürste den Oberschenkel zu traktieren, und erwiderte: »Hätt aber sein können, du denkst oft zu kompliziert.«

Auch er hatte Toki kein Elixier mit Mohnblumen zur Betäubung angeboten, sondern sich sofort an der Haut zu schaffen gemacht. Der rechte Oberschenkel wies nun den Schnitt auf und der linke sah malträtiert von der Bürste aus. Beide schmerzten.

»Ich wollte von dir wissen, ob du schon einmal von so etwas gelesen hast, Bücherwurm«, grunzte der Heiler. »Es ist keine Krankheit, sonst hätte ich schon davon gehört oder damit zu tun gehabt, hää.«

»Tatsächlich meine ich, dass ich schon davon gelesen habe. Das ist aber lange her und ausführlich wurde nicht davon berichtet. Ich muss mich erst erneut durch die Schriftrollen arbeiten. Das dauert ein paar Tage. Dann kann ich dir mehr sagen, Esaem.«

»Was stehst du noch hier rum, hää? Bis du im Archiv ankommst, ist schon ein Tag vergangen. Der arme Junge wartet darauf, dass wir ihm helfen.«

»Immerhin bin ich schneller als du mit deinem Stock.« An Toki gewandt fügte er hinzu: »Komm übermorgen zu mir, Junge, dann wissen wir, was dir fehlt. Und komm gleich ins Archiv und nicht zu dem alten Narren hier. Dann darf er zu mir humpeln!«

Er drehte sich um und schlurfte Richtung Tür los.

»Bist du mit deiner Wissenschaft zu einem Ende gekommen, hää?«, rief ihm Esaem nach. »Dann kommt der alte Narr und kostet deinen Brand. Er ist sicher so widerlich wie der letzte.«

»Hättste gern, was! Das ist der beste, den ich je gekostet habe. Und er ist fertig. Ich heb dir etwas davon auf.«

Kurz darauf war er durch die Tür verschwunden.

»Also, Junge, Esaem und Delyma helfen dir übermorgen. Komm in der Früh ins Archiv, dann sehen wir weiter«, nuschelte er, drehte sich um und verließ ohne weitere Worte den Raum.

Die Mönche folgten ihm. Bis auf den, der ihn herbegleitet hatte.

»Das war schräg«, stellte Toki fest. »Darf ich mich anziehen oder kommt Esaem noch einmal zurück?«

»Bitte kleidet euch an«, sagte der Mann. »Und verzeiht den beiden. Sie kennen sich seit sechzig Jahren und kabbeln sich seit achtundfünfzig Jahren. Aber sie sind die Besten, die ihr in Tangrintanien finden könnt. Um einiges weiser als die Archivare und Heiler der anderen Kirchen. Ihr hattet Glück, dass die Elementarierin euch zu uns gebracht hat. Ich werde euch nun zurück zum Eingangsbereich bringen. Dort könnt ihr auf die Heilige warten.«

Toki zog sich an und raunte dem Mönch zu: »Ihr solltet sie auf keinen Fall mit Heilige anreden. Darauf ist sie nicht so gut zu sprechen. Können wir los?«

Der Mann sah ihn verdutzt an. »Aber sie ist eine Heilige. Eine der fünf Göttlichen!«

»Sie sieht das anders. Aber wenn ihr wollt, könnt ihr es ja ausprobieren.« Toki grinste und ging zur Tür.

»Ob der Bischof uns vielleicht doch in die Zitadelle bringen kann?«, fragte Fogo hoffnungsvoll. *»Für irgendwas muss die Kirche in den Reichen doch gut sein.«*

»Sie sind für die Menschen gut, du Muffel«, antwortete Fin. »Sie mischen sich, wie die Elementarier, nicht in die Amtsgeschäfte der Könige und Königinnen ein. Wie alle anderen müssen sie sich der weltlichen Macht beugen. Natürlich werden sie mit mehr Respekt behandelt als andere, aber wenn der König die Zitadelle geschlossen hat, wird der Bischof dagegen nichts ausrichten können.«

Sie hatte inzwischen den Eingangsbereich verlassen und das große Kirchenschiff betreten. Der Mönch hatte ihr erklärt, dass sie es durchqueren musste, um zum Amtszimmer des

Bischofs zu gelangen. Er trug den höchsten Rang der Feuerkirche in Tangrintanien und kümmerte sich um alle Angelegenheiten im Land. Nur der Kardinal im Feuertempel in Carane und die Kurie der Elemente sowie der Rat der Götter konnten ihm befehlen.

Im Kirchenschiff brannten zahllose Kerzen und tauchten den Raum in ein wunderschönes Leuchten, das von den bunten Fenstern, Statuen und allen anderen Ausschmückungen hin und her geworfen wurde.

»Schau, Fogo, sieht das nicht wunderschön aus? Vor allem die großen Statuen, die den Altar umgeben. Ich erkenne ein paar der weisen und mächtigen Feuerelementarier. Der Künstler hat sie sehr gut dargestellt. Auch ihre Begleiter. Der Feuerdrache muss zu Ragocha dem Feuerbringer gehören.« Fin zeigte auf ihn. »Er hat vor etwa dreitausend Jahren gelebt. Damals waren die Ländergrenzen noch ganz anders als heute. Einige gab es noch gar nicht. Es heißt, dass die Elementarier damals viel stärkere Kräfte besaßen als wir heute. Ragocha soll innerhalb eines Lidschlags einen ganzen Wald in Brand gesetzt haben. Ob er wirklich so ausgesehen hat, wie ihn der Künstler eingefangen hat, sei dahingestellt.«

»*Langweilig.*« Fogo schnaubte ein paar Rauchkringel aus. »*Das ist halt eine Statue. Wenn ich mich anstrenge, dann sehe ich das auch draußen in ein paar Felsformationen. Da gibt's wenigstens was zu fressen.*«

»Mir gefällt es und wir können viel von unseren Vorgängern lernen.«

Sie klopfte an die Tür des Amtszimmers, an der sie inzwischen angekommen war.

»Bitte tretet ein«, lud eine raue Stimme ein.

Drinnen nahm sie einen mittelalten, stattlichen Mann wahr, der an einem Tisch saß. Er trug eine karmesinrote Robe, die ihrem Umhang ähnelte. Seine war mit Flammen bestickt. Ein Haarkranz schmückte sein Haupt und ein großes Feuermal seine linke Wange. Als er sie erblickte, erhob er sich und begrüßte sie mit dem Feuerzeichen. Fin verbeugte sich leicht und erwiderte die Begrüßung.

»Bitte setzt euch, Elementarierin. Ich wurde schon unterrichtet, dass ihr in unserer Kirche seid und mich zu sprechen wünscht. Ich gehe davon aus, dass ihr wegen der Bitte von Reben Greigen hier seid?«, fragte der Bischof. »Bitte nennt mich Elrich, dann ersparen wir uns die Förmlichkeiten, wenn es euch recht ist. Ich sehe, ihr habt euren Feuerfischdrachen mitgebracht. Braucht er etwas, um es bequemer zu haben?«

Fin legte ihre Schwerter ab und setzte sich ihm gegenüber in einen Sessel. »Es ist mir sogar sehr recht. Bitte nennt mich Finvara oder Fin. Ihr habt außerdem richtig geraten. Ich erbitte Informationen zu den Vorkommnissen in Tangrintanien. Reben hat mein Bittgesuch in seine Briefe aufgenommen. Fogo ist damit zufrieden, auf meinen Schultern zu liegen. Danke für euer Angebot.«

»Ich hätte gern ein paar saftige Insekten, bitte richte ihm das aus. Dann zünde ich auch den Schreibtisch nicht an!«, schmatzte Fogo.

Fin ignorierte ihn.

Elrich erklärte ihr: »Der Bote ist vor ein paar Tagen angekommen und wir – alle Bischöfe der Elemente – haben uns sogleich daran gemacht, Erkundigungen einzuholen. Was Reben beschreibt, klingt nicht gut. Vielleicht könnt ihr mir zuerst erzählen, was sich genau ereignet hat? Anschließend werde ich euch berichten, was wir herausfinden konnten.«

»Das kann ich machen. Möglicherweise hilft es uns, eure Informationen besser zu beurteilen.« Fin erzählte ihm alles Wichtige ihrer Reise. »Bitte sagt mir jetzt, was ihr herausgefunden habt«, schloss sie.

»Das, was ihr berichtet, ist beängstigend. Vor allem alles, was mit dieser neuen Religion zu tun hat. Für mich klingt es, als wollen sie unseren Glauben herausfordern. Wenn nicht sogar beseitigen, da sie, wie ihr erzählt habt, Kräfte der Elementarier nutzen. Aber zunächst zu dem, was wir zusammengetragen haben. Mit ›wir‹ meine ich übrigens mich und die Bischöfe der anderen Kirchen.« Er zog ein Bündel Dokumente aus einer Schublade hervor und breitete sie vor sich aus. »Ihr seht, es ist nicht wenig. Allerdings ist einiges auch doppelt und anderes uninteressant. Ich gebe euch die Abschriften mit, wenn ihr

323

wünscht, dann könnt ihr sie selbst lesen. Vielleicht haben wir auch etwas, für euch Wichtiges, übersehen.«

»Es wäre gut, wenn ihr sie mir überlasst. Ich kann sie vielleicht tatsächlich anders beurteilen als ihr. Bitte fahrt fort«, stimmte sie zu.

»Wie ihr sicher wisst, ist die Ebene der Stadt, in der die Zitadelle steht, abgeriegelt. Niemand kommt dort hinein oder heraus. Befehle werden von der Mauer aus gegeben. Die Armee ist die einzige Instanz, die das darf, allen anderen ist es verboten. Leider haben wir niemand innerhalb der Mauern, der uns dahingehend helfen kann. Was genau oben vorgeht, können wir deswegen nicht beurteilen. Ihr wisst, wir mischen uns nicht in die Amtsgeschäfte des Königs ein. Wir haben andere Aufgaben. Was wir aber sicher wissen, ist, dass sich drei weiße Priester in der Zitadelle aufhalten. Ein weiterer war in der Stadt, hat diese aber vor etwa zwei Tagen verlassen. Immerhin sitzen sie dort fest und können die Bevölkerung nicht beeinflussen. Nur den König und seine Familie, was schlimm genug ist. Die Armeeführung wird sich von ihnen nicht einwickeln lassen, denken wir. Viel mehr Menschen aus den Nordstaaten sind nicht in der Stadt anzutreffen. Was uns aber stutzig macht, ist, dass mehr Nordlinge die Stadt betreten als verlassen. Da ihr mir jetzt die ganze Geschichte erzählt habt, schließe ich daraus, dass es durchaus wieder so sein kann, dass sie sich irgendwo verbergen. Aber ich kann euch nicht sagen, ob wirklich und wo. Der Händler, den ihr möglicherweise sucht, steht in engem Kontakt mit dem Königssohn Jaka, und heißt Alliente Anvof. Sie kümmern sich zusammen darum, Tangrintanien aus der wirtschaftlichen Bedeutungslosigkeit zu führen. Eine Großmacht soll geformt werden. Das hat der Königssohn vor Monaten angekündigt. Der König lässt viel mehr Soldaten rekrutieren. Das ist alles, was wir mit Gewissheit sagen können. Wollt ihr auch die Gerüchte hören, die in der Stadt herumschwirren wie Wespen?«

»Darum würde ich bitten. Vielleicht ergeben sich aus den Gerüchten Ansatzpunkte, was die Priester und ihre Verbündeten oder Vasallen vorhaben«, bestätigte Fin.

»Ich werde euch nur die wichtigsten nennen, alles Weitere könnt ihr selbst nachlesen. Die Zitadelle ist angeblich abgeriegelt, weil in Hubrug eine Seuche ausgebrochen ist und sie – möglicherweise – auch hier ausbricht. Wenn ihr mich fragt, dann ist das ein großer Aschehaufen. Aus Hubrug selbst gibt es keine Informationen und auch sonst ist mir nichts darüber bekannt. Warum so viele Soldaten rekrutiert werden, dazu gibt es unterschiedliche Ansichten, weil wir von anderen Ländern bedroht werden. Ganz oben auf der Liste stehen die Träneninseln und Ebras, aber es werden alle anderen Länder des nördlichen Natlara genannt. Ein anderes Gerücht sagt, dass der König seine Armee erweitert, um selbst andere Länder anzugreifen und sie einzunehmen. Erneut sind die Träneninseln das häufigste Ziel, und Skuyle. Wenn ihr mich fragt, ist das ausgeschlossen. Sollen die Soldaten in Flößen über das Tränenmeer paddeln? Aber auch hier werden alle anderen Länder genannt. Ein Gerücht, das ich besonders schön finde, ist, dass die Rekrutierung einfach Geld unters Volk bringen soll. Damit alle zufriedener sind. Die Wirtschaft wird angekurbelt. Was wiederum dem Königssohn und seinem Ziel hilft. Eine weitere Vermutung sagt, dass die Soldaten an andere Länder ausgeliehen werden wie Söldner. Ehrlich gesagt, machen die Annahmen alle keinen Sinn und der wahre Grund wird ein anderer sein. Inzwischen gibt es ein paar Erzählungen bezüglich des Kampfes in Irani. Ich habe beispielsweise gehört, dass die Stadt vernichtet wurde. Interessanterweise sind aber nie Nordmänner involviert. Und sonst haben wir noch die üblichen Gerüchte bezüglich des Weltuntergangs, unserer Vernichtung – durch unterschiedliche natürliche und unnatürliche Ereignisse –, Göttersichtungen und Sekten der drei Höllen, die Kinder entführen und foltern, um ihr Blut zu trinken und unsterblich zu werden. Mit mehr will ich euch nicht behelligen, da der Rest zu verrückt ist.«

»Habt dank, Elrich, für die Mühe, die ihr euch gemacht habt. Gibt es noch mehr, das ihr mir berichten wollt?«, erkundigte sich Fin. »Etwas, das euch wichtig erscheint? « Der schüttelte den Kopf.

»Nein. Mehr kann ich euch nicht anbieten. Außer unsere Unterstützung bei allem, was ihr braucht. Ihr müsst nur mich oder einen der anderen Bischöfe fragen.«

»Danke auch dafür. Ich werde mich an die Kirchen wenden, wenn es nötig ist. Jetzt will ich euch nicht länger von euren Amtsgeschäften abhalten. Ich habe auch noch einiges zu tun. Danke für die Unterlagen.«

Fin stand auf, gurtete ihre Schwerte um und griff sich die Papiere, die Elrich ihr in einer Mappe entgegenhielt. Dann erinnerte sie sich an die Prophezeiung, von der Uthr geschrieben hatte, und zögerte.

»Eine Frage kam mir gerade noch in den Sinn. Ich habe auf meiner Reise von einer uralten Prophezeiung der sechs Elemente gehört, die in den Archiven der großen Tempel aufbewahrt wird. Habt ihr den Begriff schon einmal gehört? Vielleicht könnt ihr in eurem Archiv etwas dazu finden?«

Auch Elrich war inzwischen aufgestanden. Er überlegte und antwortete: »Tut mir leid, Elementarierin, davon habe ich noch nie gehört. In den Archiven der Tempel, sagt ihr? Hmmm … Ich werde mit Delyma sprechen, ob er dazu etwas finden kann. Er ist ein ausgezeichneter Archivar. Wenn jemand weiß, ob wir etwas dazu bei uns finden können, dann er. Ich lasse euch benachrichtigen, wenn wir etwas entdecken.«

»Vielen Dank, Elrich«, sagte Fin, verabschiedete sich und verließ den Amtsraum.

»Hast du alles mitbekommen?«, fragte sie den Feuerfischdrachen.

»Ja, hab ich. Aber das ist in etwa so viel, wie wir vorher schon wussten. Und die Gerüchte kann man nicht gebrauchen. Quatsch, uninteressant, unglaubwürdig und das in beliebiger Zusammensetzung. Oder alles zusammen. Das war also eine große Zeitverschwendung. Wir hätten besser etwas zu fressen gejagt.«

»Besonders ergiebig war es nicht, das stimmt. Aber immerhin wissen wir jetzt, wie viele Priester wir bekämpfen müssen. Und dass es, wie in Irani, doch etwas mit den Nordlingen zu tun hat. Vielleicht sitzen sie irgendwo versteckt. Wir müssen uns auf die Suche begeben. Vielleicht haben Ansou und Eliza mehr herausgefunden als wir. Lass uns Toki im Eingangsbereich abholen und zurück zum Gasthaus reiten.«

Der wartete dort schon auf sie und gemeinsam verließen sie die Kirche, banden die Pferde los und ritten Richtung Gasthaus los.

Am Kirchtor mussten sie sich ihren Weg durch eine größere Menschenmenge bahnen. Plötzlich spürte Fin einen starken, piksenden Schmerz am Hals, wie der eines Bienenstichs. Reflexartig fuhr ihre Hand dorthin und sie meinte, dass ihre Fingerkuppen einen metallenen Gegenstand berührten.

»Fogo, schau bitte, was ich hier am Hals habe. Etwas hat mich gestochen und meine Hand hat einen harten Gegenstand gestreift«, bat sie den kleinen Drachen.

»*Wenn du die Hand wegnehmen würdest, könnte ich sehen, was dort ist. Jetzt verdeckst du alles*«, grummelte Fogo.

Fin zog ihre Hand weg und Fogo untersuchte die Stelle.

»*Ich kann nichts erkennen. Ein kleiner Stich möglicherweise. Hier fliegen aber auch viele Insekten herum – wegen den Gärten. Vielleicht jage ich dort später.*« Er schmatzte lautstark.

»Danke, Fogo, wahrscheinlich war es nur eine Biene. Der Schmerz ist auch schon wieder weg. Und die Berührung mit etwas Hartem habe ich mir wohl eingebildet.«

Endlich hatten sie das Tor passiert und konnten weiterreiten.

»Wohin reiten wir?«, fragte Eliza Ansou, als Toki und Fin auf ihren Pferden die Straße entlang außer Sicht verschwunden waren.

»Als Erstes möchte ich einen meiner Soldaten auf die Suche nach diesem Uthr schicken. Laut Toki reiste er nach Xanthsik, um seine Leinen zu verkaufen. Leider können wir niemanden aus den Truppen von Tannberg schicken, da sie alle in der Zitadelle festsitzen, und die Wache ist nur für die Stadt selbst zuständig. Danach versuchen wir Informationen bei den Wachstuben der Tore zu bekommen.«

»Okay, ich folge dir einfach. Und übe dabei reiten«, stimmte Eliza dem Plan zu.

»Ich hätte gern mehr als einen Späher ausgesandt. Aber ein Soldat weniger, der uns zur Verfügung steht, ist schon schlecht. Mehr kann ich nicht entbehren«, fluchte Ansou.

»Einer ist besser als keiner«, versuchte Eliza, ihr gut zuzureden. »Er wird Uthr schon finden.«

»Wahrscheinlich hast du recht. Und es bleibt sowieso nichts anderes übrig. Wartest du hier? Ich gebe die Befehle, dann können wir uns auf den Weg machen.«

Eliza nickte zustimmend.

Ansou verschwand im Gasthaus und kam einige Zeit später zurück. »Jetzt können wir losreiten. Julius bricht auf und sucht nach Uthr.« Ansou schnappte sich ihr gesatteltes Pferd und stieg grazil auf.

Eliza tat es ihr gleich. Es dauerte allerdings länger und war mitnichten so anmutig. Aufsteigen gelang ihr noch nicht gut. Absteigen war einfacher, sie ließ sich einfach hinabrutschen.

Die Soldatin trug ihre komplette Ausrüstung. Eliza hatte sich gleichfalls einfache Soldatenklamotten angezogen. Allerdings ohne Kettenhemd, andere Rüstungsteile oder Waffen.

»Lass uns bei der Wache im Händlerviertel beginnen«, schlug Ansou vor und ließ ihr Pferd im Schritt die Straße entlanggehen.

»Ich bezweifle, dass wir von den Wächtern brauchbare Informationen bekommen. Aber vielleicht haben wir Glück«, sagte Eliza. Ihr Pferd folgte dem von Ansou.

Sie hatte recht, die Wache am Händlertor konnte ihnen, bis auf die Gerüchte, die sie schon kannten, nichts Neues erzählen. Genauso erging es ihnen am »Duftenden Tor«, das direkt über dem Stadtteil der Lederer, Gerber und Färber lag. Den Namen trug es zurecht, stellte Eliza fest. Ein unangenehmer Geruch zog aus dem weiter unten liegenden Bereich nach oben zum Tor.

»Die Wache am Kirchtor ist unser nächstes Ziel«, erklärte Ansou. »Findest du auch, dass Toki eine gewisse geheimnisvolle Aura umgibt?«, fragte sie anschließend. »Du warst einige Zeit mit ihm unterwegs. Bei unserem Kampf gestern hatte ich kurzzeitig gedacht, seine Augen leuchten wie die von Fin. Nur in einem hellen Grau. Aber kurz darauf waren sie wieder so blau wie zuvor. Wahrscheinlich habe ich mich geirrt.«

»Eine wechselnde Augenfarbe habe ich nicht bei ihm bemerkt. Aber Grau und Blau liegen nicht so weit auseinander, vielleicht war es die Sonne, die dir das vorgegaukelt hat«, merkte Eliza an. »Aber mit der Aura hast du recht. Die durchsichtige Wand in der Tavernentür beschäftigt mich immer noch. Ich bin mir sicher, dass er etwas damit zu tun hat. Ich weiß nur noch nicht, was. Zauberer können so etwas bewerkstelligen.«

»Wie hast du eigentlich Magie erlernt? Ich habe noch nie von einem weiblichen Zauberer gehört«, fragte Ansou neugierig. »Die Männer in Blos Prana hüten ihre Geheimnisse doch so gut wie der Iranisee seinen Abfluss. Da weiß auch niemand, wie das Wasser ins Meer fließt.«

»Ich hätte eher gesagt, sie hüten ihr Geheimnis so gut wie manche Männer, ob sie noch Jungfrau sind. Aber dein Vergleich ist bestimmt gut. Ich kenne den See nur nicht.« Eliza lachte. »Ich erzähle dir, wie ich zaubern lernte, und du sagst mir, was du mit Toki vorhast. Ich hab gesehen, wie du ihn anschaust. Und gestern Abend hast du ihm noch etwas zugeflüstert.«

»Ach, das hast du gesehen? Abgemacht, du fängst an. Dann können wir uns die Zeit bis zur nächsten Wache vertreiben«, stimmte Ansou zu.

»Meine Großmutter besaß einen kleinen Buchladen in Blos Prana, der Bücher über Alchemie, Kräuterkunde, Mathematik und Astronomie verkaufte. Das meiste war nur belangloses, allgemeines Wissen, aber gelegentlich kam ein Zauberer vorbei und kaufte etwas ein. So haben sich mein Großvater und meine Großmutter kennengelernt. Aus dieser Ehe ist mein Vater hervorgegangen. Meine Mutter stammte ursprünglich aus Carane, zog aber nach Blos Prana und lernte dort meinen Vater kennen. Sie heirateten und ich wurde geboren. Meine Hautfarbe habe ich von meiner Mutter. Sie führte den Buchladen weiter und mein Vater zog als Buchhändler umher. Großmutter verstarb, bevor ich gezeugt wurde, und Großvater verschwand, kurz nachdem mein Vater geboren wurde. Aber ich sehe dir an, dass dich das nicht so sehr interessiert«, sagte Eliza.

»Entschuldige. Zu viel von deiner Familienchronik, bitte fahr fort«, entschuldigte sich Ansou.

»Kann ich nachvollziehen. Ich versuche nur das Wichtige zu erzählen.« Eliza wischte die Entschuldigung beiseite. »Auf jeden Fall hat einer der Zauberer, die bei uns einkauften, eines seiner Bücher liegen lassen. Ich habe es gefunden und versteckt. Das war das erste Mal, dass ich nicht nur Langweiliges aus dem Laden, sondern etwas über Magie lesen konnte. Glücklicherweise war es ein Lehrbuch über die magischen Grundlagen. Wie Zauberei funktioniert und auf was man besonders achten muss. Jeder Zauber hat einen eigenen Wortlaut und eine eigene Klangmelodie, von der man nicht abweichen darf. Ablesen kann man die Sprüche also nicht einfach, dann ist man sofort aus dem Takt. Einige Zauber sind zwanzig bis dreißig Worte lang. Deswegen spezialisieren sich die Magier normalerweise auch, um nicht zu viel auswendig lernen zu müssen. Nur die besten beherrschen viele verschiedene Zauber. Ich habe alles in diesem Buch aufgesogen wie ein Schwamm und beschlossen, dass ich Zaubern lernen will. Ich glaube mich zu erinnern, dass ich damals etwa zwölf Jahre alt war.«

»Da hattest du ja richtig Glück, dass der Mann das verloren hatte«, warf Ansou ein.

Eliza nickte. »Danach habe ich versucht, so viele Bücher über Magie zu bekommen, wie ich konnte. Auch die mit richtigen Zaubersprüchen. Ein paar habe ich von den Kunden gestohlen, muss ich gestehen. Mein Vater brachte gelegentlich ein interessantes Buch von seiner Reise mit. Zum Glück kann ich mir alles, was ich lese, sehr gut merken. Sprachen lerne ich auch sehr schnell. Ich habe eine angeborene Gabe dafür, sagte meine Mutter immer. Besonders viel konnte ich mir so allerdings nicht aneignen. Als ich sechzehn war, arbeitete ich in einer Schreibstube. Wir haben massenweise Bücher abgeschrieben oder übersetzt. Ich war sehr fleißig und nahm alles auf, was ich abschrieb. Mein Arbeitgeber hatte die Konzession der Magieakademie, dass er allgemeines Wissen über Zauberei für die

Akademie duplizieren durfte. Es herrschte trotzdem eine große Geheimniskrämerei. Als Beispiel bekamen wir nur einzelne Blätter der Bücher, die später gebunden wurden. Oder nur alle geraden Seiten oder die ungeraden. Etwa zwei Jahre später wurde ich an die Magieakademie geschickt, um dort für meinen Meister Bücher abzuschreiben. Solche, die den Gebrauch von Magie lehren. Wieder saugte ich alles, was ich dort übersetzte, gierig auf. Da ich so gut in meiner Arbeit war und meinem Meister viel Geld einbrachte, durfte ich nur noch in der Akademie arbeiten. Beim Betreten und Verlassen wurde ich genauestens untersucht, ob ich etwas von dort mitnahm oder einschmuggelte. Bücher musste ich nicht stehlen, da ich mir alles sofort merkte. Aber die einzelnen Arbeiten waren noch mehr durcheinander. Ich musste unterschiedliche Seiten aus unterschiedlichen Büchern abschreiben. Im Kopf setzte ich die Seiten dann richtig zu Büchern zusammen. Drei Jahre später durfte ich mich in der Festung der Magier ungehindert bewegen, da ich für sehr viele Magier Bücher abgeschrieben hatte und sie mich gut kannten. Gelegentlich bestellten sie mich auch in ihre Zimmer, um mir eine Aufgabe zu übertragen. Dabei konnte ich das erste Mal Zauberstaub stehlen. Die charakteristische Augenfarbe bekommt man nicht sofort, wenn man den Staub schluckt, erst nach einigen Jahren. Deswegen ist es zunächst nicht aufgefallen. Aber ich konnte zu Hause die Sprüche üben, die in meinem Gedächtnis gespeichert waren. Die Bücher beschrieben auch die Klangmelodie. Ich musste sie nur noch richtig aussprechen und den Zauber auswählen, der in etwa zu der Menge Zauberstaub passte, die ich gestohlen hatte.« Eliza unterbrach sich und sah sich um. »Ich glaube, wir sind am Kirchtor angekommen, oder?«

»Das stimmt, ich erkundige mich, ob sie etwas Interessantes wissen. Warte hier auf mich.«

Ansou stieg ab und verschwand in der Wache. Eliza betrachtete derweil die wunderbaren Gärten der Kirchen des Wassers und der Luft. Etwas später kam Ansou zurück. Sie schüttelte den Kopf, um anzuzeigen, dass sie wieder nichts Neues erfahren hatte.

»Das Tor der Elemente ist unser nächstes Ziel. Willst du weitererzählen?«

»So viel mehr gibt es nicht. Mein Vater starb, meine Mutter führte den Laden weiter und ich arbeitete in der Akademie. Irgendwann bemerkte ich einen leichten ockerfarbenen Schimmer in meinen Augen. Da beschloss ich, dass ich allen Zauberstaub stehlen würde, den ich finden konnte, und schmuggelte ihn hinaus. Jedes Mal bin ich dabei einen Tod gestorben. Ich wurde allerdings nie entdeckt, sonst wäre ich nicht hier.« Eliza lachte. »Als mir die Augenfarbe zu unsicher wurde, half ich meiner Mutter im Laden und bin nicht mehr in die Akademie arbeiten gegangen. Ich hatte einiges an Zauberstaub und hab weiter fleißig geübt. Dadurch hab ich letztendlich meine jetzige Augenfarbe bekommen. Meine Mutter wurde krank und ich pflegte sie. Dabei haben wir unser ganzes Hab und Gut aufgebraucht und mussten den Laden verkaufen. Ich hätte sowieso nicht mit den Kunden sprechen können, sie hätten mich sehr schnell enttarnt. Meine Mutter starb vor etwa einem Jahr. Sie hinterließ mir den Brief, indem sie mir über meinen Großvater erzählte. Dass er Zauberer war, beispielsweise. Da beschloss ich, ihn zu suchen. Ich musste sowieso aus Blos Prana weg. Dass jemand zaubern kann und nicht in der Akademie ist, gleicht einem Todesurteil. Und von einer Frau, die das kann, gibt es, glaube ich, keinen Präzedenzfall. Ich war froh, als ich mein Heimatland verlassen hatte, und machte mich auf den Weg nach Tangrintanien. Das ist meine Geschichte. Ich hoffe, ich habe dich nicht gelangweilt?«, fragte Eliza.

»Du hast einiges erlebt, wie mir scheint«, staunte Ansou. »Hier ist die nächste Wache. Ich kümmere mich wieder um die Fragen. Du kannst hier warten.«

»Aber danach erzählst du mir, was ich über dich und Toki wissen will«, erinnerte Eliza sie. »Du kommst mir nicht so einfach davon.«

»Keine Sorge, aber da gibt es nicht viel zu erzählen. Ich bin wahrscheinlich gleich wieder da.«

Sie verschwand im Wachhaus und Eliza betrachtete den Garten der Erdkirche und den der Feuerkirche.

Diesmal brauchte Ansou länger und Eliza hoffte, dass sie etwas erfahren hatte. Leider vergeblich. Zum wiederholten Mal hatte ihre Begleitung nichts von Wert erzählt bekommen.

Gemeinsam ritten sie weiter zum letzten Tor. Es lag über dem Glasscherbenviertel, dem Armenbereich von Tannberg. Es hieß einfach »Das Scherbentor«.

»Und jetzt will ich wissen, was du mit Toki vorhast«, bat Eliza neugierig.

»Du lässt nicht locker, was?« Ansou kicherte.

Eliza schüttelte schwungvoll den Kopf.

»Ich glaube, du erwartest jetzt etwas Spektakuläres, aber ich finde ihn einfach süß. Die blauen Augen, der Dreitagebart und die langen, ansatzweise lockigen Haare. Und er ist liebenswert naiv. Ich denke, er sieht in allem das Gute und Schöne. Außerdem habe ich gern Sex. Als Soldatin wird man hierhin und dorthin geschickt, muss Kämpfe austragen, und es könnte jederzeit vorbei sein. Ich bin mit fünfzehn in die Armee eingetreten und kämpfte mich als einzige Frau durch die Grundausbildung und die nächsten Jahre. Mit achtzehn hatte ich Glück, dass Reben auf mich aufmerksam wurde. Meine guten Leistungen beeindruckten ihn und er hat mich in seine Eliteeinheit aufgenommen. Alle dort müssen sich in anderen Ländern beweisen. Er schickt seine Soldaten zur weiteren Ausbildung dorthin, und um Kampferfahrung zu sammeln. Die bekommt man in Tangrintanien selten. Ich musste nach Ebras und zusammen mit den dortigen Einheiten gegen Räuber kämpfen. Auf einer Patrouille wurden wir angegriffen. Wir konnten die Halunken vertreiben, aber es war ein übler Kampf.«

»Oh, wurdest du verwundet?«, warf Eliza ein, bevor Ansou weitersprechen konnte.

»Ja. Ich habe eine schlimme Wunde am Unterleib davongetragen und war viele Wochen kampfunfähig. Es stand auf Messers Schneide. Als ich wieder gesundete, habe ich mir geschworen, das zu machen, wozu ich Lust habe. Seitdem lebe ich so. Und ich habe Lust, ein wenig meiner Zeit mit Toki zu verbringen. Sofern er auch will. Aber ich werde mich nie an einen Mann binden. Meine Verpflichtung als Soldatin ist mir wichtig, und ich mache es gern. Außerdem ist mein Ziel, als erste Frau in den Rang einer Oberstin oder General-Leutnantin aufzusteigen! Eines kann ich dir sagen: Auch wenn Frauen in die Armee eintreten können, es sind so viele Männer darin, dass alles auf diese zugeschnitten ist. Ich muss mir alles erkämpfen.«

»Immerhin ist es in Tangrintanien besser als in Blos Prana. Eine Zauberin! Da würde die Welt untergehen. Laut den Männern zumindest.« Eliza lachte. »Du hast die gleichen Probleme, denen ich auch gegenüberstand. Ich bin mir sicher, dass du erreichst, was du dir vorgenommen hast. Du musst mir deine Narbe zeigen, wenn wir heute Abend zurück im Zimmer sind. Hast du noch mehr? Oder nur die am Bauch und am Ohr?«, bohrte Eliza neugierig nach.

»Ach ja, das Ohr.« Ansou fasste sich an den Verband, den sie noch immer trug. »Nur diese beiden. Ansonsten ein paar kleinere von den Übungskämpfen. Jetzt weißt du ziemlich viel von mir. Und auch das, was du wegen Toki wissen wolltest.«

»Du hattest recht, das ist tatsächlich nicht so spektakulär. Aber du hast eine interessante Geschichte zu erzählen. Wie alt bist du denn jetzt?«

»Ich bin fünfundzwanzig. Recht jung für eine Leutnantin in einer Eliteeinheit. Ich würde mich zu gern einmal mit Fin messen, um zu sehen, ob ich sie schlagen könnte«, gestand sie.

»Frag sie doch einfach. Ich bin mir sicher, dass sie einen Übungskampf mit dir austragen würde. Ich weiß nicht, wie gut du bist, aber ich schätze, dass sie sehr gut ist und jeden Kampf schnell gewinnt. Und dann würde sie so etwas sagen wie: ›Gut gemacht, Ansou, aber du musst noch viel üben‹, sich umdrehen und gehen.« Eliza setzte dabei den leicht überheblichen Gesichtsausdruck auf, den Fin gelegentlich zeigte. »Manchmal ist sie ein wenig direkt«, feixte Eliza.

Ansou musste losprusten. »Du kannst sie sehr gut nachmachen. Ah, schau, da ist das Scherbentor. Unser letzter Halt.«

Das Verteidigungsbauwerk mit den Türmen stand in einem großzügig ausgelegten Wohngebiet. Ansou stieg ab und wollte in die Wache gehen, als ein Pfiff sie aufhielt.

»He, schöne Soldatin, hier, kommt hierher«, hörte sie eine piepsige Stimme.

Eliza vernahm sie auch und sah sich vom Pferd aus um. »An der Mauer, Ansou. Ein Junge. Er sieht dreckig und zerlumpt aus.«

Sie ließ sich vom Pferderücken herabrutschen und band ihr Tier neben das von Ansou.

»Schnell, hier!«, rief der Junge erneut. Ansou blickte Eliza an, zuckte die Schultern und zusammen gingen sie zu dem Zerlumpten. Eliza rümpfte die Nase, als sie nah genug waren und sie den säuerlichen Geruch der Gestalt wahrnahm.

»Was willst du?«, fragte Ansou ihn.

»Ihr sucht die Nordlinge, oder? Also die, die nicht gefunden werden wollen.« Er grinste sie an.

»Von welchen Nordlingen sprichst du? Und wer, zur Felsspalte, bist du?«, antwortete Ansou.

»Ich bin Ikk. Ich lebe im Glasscherbenviertel. Und dort verstecken sich die, die ihr sucht.« Er grinste sie erneut an. »Für zehn Fils verrate ich euch, wo sie sind.« Gierig streckte er die Hand aus.

Sein Hemd war einige Nummern zu groß und der dürre Arm sah so dreckig aus wie der Rest des Bürschchens.

»Ich gebe dir doch nicht einfach zehn Fils. Du siehst aus, als wärst du sofort in der Menge verschwunden, wenn du das Geld in deinen dreckigen Fingern hast«, teilte ihm Ansou mit.

»Wir geben dir einen Fils und die anderen neun, wenn wir die Nordlinge sehen«, versuchte es Eliza.

»Glaubst du wirklich, dass der Dreckbeutel nicht auch mit dem einen Fils davonläuft?«, raunte Ansou ihr leise zu.

Der Junge verfolgte alles aufmerksam, die Hand immer noch ausgestreckt.

»Irgendwas weiß er. Warum sonst hätte er uns angesprochen? Wir sollten aber aufpassen. Für mich stinkt das nach einer Falle. Und nicht nur, weil der hier«, Eliza deutete auf Ikk, »so grässlich riecht.«

»Da könntest du recht haben.« Lauter und an den Jungen gewandt sagte Ansou: »Ein Fils jetzt und die restlichen neun, wenn wir wissen, wo sich die Nordlinge aufhalten. Falls du das überhaupt weißt.«

»Natürlich weiß ich das. Ihr sprecht mit Ikk, dem besten Amsithoir im Glasscherbenviertel!«, eiferte sich der Junge und wippte ungeduldig mit dem Arm auf und ab.

»Wenn du das sagst … Was auch immer ein Amsithoir ist.« Ansou zweifelte, zog aber einen Fils aus ihrem Beutel an der Hüfte und überreichte ihn dem Jungen.

Eliza konnte nicht so schnell schauen, wie das Geldstück mit dem Arm im Hemd verschwand.

»Die Pferde bleiben hier, folgt mir«, wies Ikk sie an.

»Wir können doch die Pferde nicht einfach hierlassen!«, rief Ansou hinter dem Jungen her, der durch das Tor in Richtung Scherbenviertel verschwand.

»Dann bleibt auch hier. Mit den Pferden zeige ich euch gar nichts«, hörten sie ihn leise.

»O Mann, wir müssen wohl hinterher, sonst ist er weg«, sagte Eliza und setzte sich in Bewegung.

Ansou folgte ihr.

Der kleine Junge flitzte die Straße entlang und verschwand, am Fuß der Felskante angekommen, zwischen den sehr eng stehenden Häusern. Eliza fand, dass der Kontrast zwischen dem weiten Wohnviertel in der zweiten Ebene der Stadt hinter dem Scherbentor und dem heruntergekommenen Glasscherbenviertel sehr groß war.

Sie betraten hinter Ikk die schmale Gasse. Es roch streng nach Kotze, Urin und allem möglichen anderen. Eliza wollte nicht darüber nachdenken. Ansous Gesicht verzog sich angewidert. Einige Häuser voraus stand der Junge und wartete ungeduldig. Als er sie sah, bog er in die kleine Straße ab. Sie beeilten sich, ihm zu folgen. Er führte sie einige Straßen und Gässchen tiefer in das Armenviertel von Tannberg. Der Geruch wurde nicht besser. Der Dreck auch nicht. Eliza nahm wahr, dass er wie eine dicke Patina auf dem Boden und den Wänden lag.

»Was haben die Heilkundigen herausgefunden?«, fragte Fin, als sie im »Lachenden Pegasus« ankamen und die Pferde versorgten.

»Der uralte Heiler wusste nicht, mit was er es zu tun hat«, erzählte Toki. »Aber er ließ den, gleichfalls uralten, Archivar holen und der meinte, dass er von einer Grauverfärbung schon einmal gelesen habe. Ich soll übermorgen zu ihm in das Archiv kommen, dann weiß er, und hoffentlich ich auch, mehr. Der Heiler hat ziemlich viel untersucht und meine Oberschenkel schmerzen von seiner Behandlung.«

»Fühlst du dich kräftig genug für eine weitere Unterrichtsstunde im Schwertkampf? Ich dachte, du willst vielleicht eine weitere absolvieren«, schlug Fin vor. »Du hast zwar schon heute Morgen mit Ansou geübt, aber mehr schadet nicht. Wir haben Zeit, während wir auf sie warten. Es wäre mir recht, wenn ich mich nicht um dich kümmern muss, falls wir mit Nordlingen oder weißen Priestern kämpfen müssen.«

Ein klein wenig fühlte er sich als unnützes Anhängsel, als sie das sagte. Er wischte die Schmerzen beiseite und erwiderte: »Ich würde mich geehrt fühlen, wenn du mit mir übst. Du kannst mir bestimmt einiges beibringen.«

»Na dann, lass uns anfangen. Oder musst du dich erst umziehen?«

Fin legte ihren Umhang über ein Fass, das auf der Seite stand, und stellte ihre Schwerter daneben. Fogo setzte sich wie eine Katze auf den Umhang.

»Nein, ich habe sowieso nichts anderes anzuziehen. Wir können anfangen.«

Beide griffen sich jeweils ein Übungsschwert und betraten den Sandbereich.

»Zeig mir erst deine Beinstellung«, wies sie ihn an. Die Waffe hielt sie locker in der Hand.

Toki bemerkte, dass sie nicht zufrieden damit war, als er die Grundstellung einnahm.

»Hier näher zusammen, den Fuß weiter nach vorne. Die Hüfte nicht so zur Seite neigen«, korrigierte sie. »Was haben die Ausbilder euch denn beigebracht?«

»Exzellent den Hof fegen und stundenlang im Gleichschritt marschieren«, erwiderte Toki trocken. »Ab und zu die Ausrüstung putzen.«

»Immerhin weißt du, welche Seite vom Schwert du anfassen musst. Zeig mir die Abwehrstellungen«, befahl Fin.

Toki zeigte ihr, an was er sich erinnerte. Es dauerte nicht lang. Fin seufzte tief, schüttelte ergeben den Kopf und berichtigte alles, was ihr auffiel. Es dauerte um einiges länger als zuvor.

»Jetzt die Angriffsbewegungen.«

Erneut führte Toki vor und sie korrigierte.

»Du musst oft und viel üben. Vor allem die richtigen Stellungen und Bewegungen. Das ist das A und O des Kampfes. Und das Gleichgewicht. Wenn wir fertig sind, nimm dir ein Gewicht und balanciere auf der Umzäunung. Das kann irgendwann dein Leben retten. Jetzt lass uns einen Übungskampf austragen.«

Sie stellten sich auf und fingen an zu kämpfen.

Fin besiegte ihn genauso oft wie Ansou, sie traf ihn allerdings nie hart, sondern stoppte ihr Holzschwert immer rechtzeitig vor seinem Körper. Allerdings konnte er weniger von ihr abwehren als bei Ansou. Es war zum Verzweifeln. Einige Runden später, er schwitzte stark – Fin überhaupt nicht –, schob sich, nachdem er einen Ausfall vollführte und sich zur Verteidigung zurückzog, der schlierige, milchige Nebel in sein Blickfeld. So schnell wie er aufzog, verblasste er wieder.

Fin trat gerade einen Schritt auf ihn zu, um einen Hieb anzubringen, da blieb sie mit einem Fuß an einer unsichtbaren Schwelle hängen und geriet fluchend aus dem Gleichgewicht. Toki konnte den Stolperer nicht ausnutzen, er war zu perplex und Fin zu schnell wieder in ihrer Mitte.

»Verdammte Glut, wo kommt hier die Stolperfalle her?«, fluchte sie erneut und fuhr mit dem Fuß den Boden entlang, um den vermeintlichen Gegenstand zu entfernen. Sie konnte im Sand jedoch nichts entdecken.

Sie stutzte kurz, riss sich dann aber zusammen, ehe sie die nächste Runde starteten.

In der übernächsten überkam Toki wieder der Nebel. Erneut war er gleich darauf verschwunden. Fin stolperte allerdings wieder über ein unsichtbares Hindernis.

Diesmal nutzte Toki seine Chance und versuchte einen Schwertstreich.

Aus dem Gleichgewicht, mühte Fin sich, den Schlag zu blocken. Sie schaffte es und zog sich anschließend nach hinten zurück. Sie kniff die Augen zusammen und blickte ihn stirnrunzelnd an. »Das war nicht schlecht. Fast hättest du mich getroffen. Nächstes Mal stopp nicht ab, sondern setz hinterher, wenn dein Gegner strauchelt. Im Kampf zählt nicht, wenn du ehrenhaft wartest, bis sich der andere fängt. Dann bist du vielleicht kurz darauf tot. Noch einmal?«

Toki nickte und sie stellten sich auf. Der Nebel kam wieder und Toki dachte währenddessen an eine Holzlatte, die in Knöchelhöhe vor Fin am Boden hing. Der Schleier verschwand und Fins Fuß verhedderte sich in einer unsichtbaren Latte am Boden. Fluchend stürzte sie, rollte sich aber sofort aus Tokis Reichweite. So schnell konnte er keinen Hieb ansetzen.

»Mir scheint, der Boden meint es nicht gut mit mir. Lass uns für heute aufhören. Du solltest aber jetzt noch den Balanceakt üben.«

Toki sah einige Schweißtropfen auf der abrasierten Kopfseite hinabperlen.

»Geht es dir gut, Fin?«, fragte er sie.

»Etwas schwindelig, ich brauche etwas zu trinken. Wir treffen uns später im Schankraum. Komm, Fogo«, forderte sie den Feuerfischdrachen auf und griff sich ihre Schwerter und den Umhang.

Sie verließ Toki und ging ins Haus. Er blieb und übte einige Zeit, was sie ihm gezeigt hatte, und versuchte sich in der Balance. Diese glückte erfreulicherweise gut.

»Hast du das gesehen?«, fragte Fin, als sie die Treppe zum Zimmer hinaufstieg. »Ich dachte, Tokis Augen hätten in einem hellen Grau geleuchtet. Wie bei einem Luftelementarier. Nur viel chaotisch wirbelnder.«

»Ich habe nichts gesehen, nur, dass du drei Mal über deine Füße gestolpert bist. Das passiert dir sonst nicht«, wunderte sich Fogo.

»Es hat sich angefühlt, als würde jemand etwas sehr Hartes direkt vor meine Füße werfen«, erklärte sie ihm. »Aber ich konnte kurz darauf nichts mehr spüren oder ertasten. Beim dritten Mal hat es sich angefühlt, als würde auf Knöchelhöhe eine Latte am Boden liegen. Über die bin ich gefallen.«

»Immerhin hast du dich gleich außer Reichweite gerollt. Toki sah allerdings sehr verwirrt aus. Er hat gar nicht nachgesetzt. Ein besserer Schwertkämpfer hätte möglicherweise einen Treffer landen können. Fühlst du dich nicht wohl? Du schwitzt. Das sieht dir gar nicht ähnlich«, sorgte sich Fogo.

»Ich glaube, ich lege mich hin und schlafe ein paar Stunden. Ich fühle mich, als würde ich eine Erkältung ausbrüten. Wann hatte ich die letzte? Vor zehn Jahren? Elementarier werden doch fast nie krank!«

»Ein Nickerchen ist immer gut. Das kann ich dir sagen. Legst du mir dein Kettenhemd auf den Stuhl?«, fragte Fogo glücklich mit der Aussicht auf ein Schläfchen.

»Du schläfst sowieso den halben Tag«, stellte Fin fest.

Im Zimmer legte sie ihm das gewünschte Ausrüstungsteil auf den Stuhl.

Dann begab sie sich ins Bett und schlief unruhig ein.

Ansou kannte sich nicht mehr aus. Eliza ging es ähnlich. Das Glasscherbenviertel bestand aus unzähligen verwinkelten Gassen, kleinen Straßen, niedrigen Durchgängen, Hinterhöfen und schmalen Wegen. Ohne den Jungen, der vorauslief und gelegentlich auf sie wartete, waren sie verloren.

Ansou nahm wahr, dass Eliza unnatürlich ruhig war und sich oft unbehaglich umsah. Der einzige Anhaltspunkt, den sie aus den eng stehenden Häusern erblickten, war die Felswand, die Tannberg im Norden umschloss.

›Notfalls halten wir uns daran nach Westen, wenn der Junge uns einfach zurücklässt‹, beruhigte Ansou sich. ›Dann erreichen wir schon irgendwann das Scherbentor.‹

Ikk stand ungeduldig an der Einmündung in eine Gasse.

»Das Haus am Ende, das direkt an der Felswand steht, ist unser Ziel. Und das daneben gehört auch dazu.« Er zeigte mit seinen dürren Fingern auf zwei Häuser.

»Wie sollen wir denn unauffällig dorthin gelangen?«, fragte Ansou. »Wenn wir uns mit der tangrintanischen Uniform in die Gasse begeben, können wir auch gleich einen Barden anheuern, der uns mit einem lustigen, lauten Lied ankündigt. Am besten noch mit Trommelschlag!«

»Ich sagte nur, dass ich euch die Nordlinge zeige. Nicht, dass ich euch direkt vor das Haus bringe«, klärte Ikk sie auf. »Aber ich habe eine Idee, wie ihr näher herankommen könnt. Zunächst ...« Er streckte die Hand aus. »... mein restliches Geld.«

Ansou setzte an, den Jungen zu verfluchen.

Eliza legte ihr beruhigend die Hand auf den Arm. »Fluchen bringt nichts. Ich glaube es ist besser, wenn wir ihm das Geld geben.« An Ikk gewandt sagte sie: »Was kostet es, wenn du uns bis zum Haus bringst? Unerkannt! Und wie viel, dass du uns wieder zurück zum Tor bringst?«

Der kleine Kerl grinste sie frech an. »Ich sehe, dass du weißt, wie der Hase läuft. Insgesamt noch einmal fünfzehn Fils.«

»Du kleiner Gauner ...!« Ansou wollte den Jungen an seiner dreckigen Kleidung packen, der wich jedoch flink zur Seite aus.

»Na, na. Ihr wollt doch sicher keine Aufmerksamkeit erregen, oder? Deine Freundin hat mehr Verstand, wie mir scheint.« An Eliza gerichtet fragte er: »Wie sieht's aus? Ich brauche etwas Zeit, um eine Verkleidung zu besorgen.«

Sie nickte und sagte: »Du bekommst dein Geld. Ansou, würdest du bitte?«

Ansou griff in den Beutel und holte neun Fils heraus, die sie dem Jungen ärgerlich entgegenhielt. »Hier, du Halsabschneider!«

Schnell wie der Wind war das Geld irgendwo in seiner Kleidung verschwunden. »Fürs Halsabschneiden sind andere zuständig. Die kosten euch mehr als ich«, belehrte er sie. »Ich bin gleich wieder zurück. Fallt derweil nicht zu sehr auf.« Er entfernte sich in eine andere Gasse.

»Ob der kleine, dreckige Dieb zurückkommt?« Ansou war immer noch aufgebracht.

»Das wird er. Er hat gesehen, dass er uns um Geld erleichtern kann. Das wird er sich nicht entgehen lassen. Wenn er recht hat und wir die Nordlinge beobachten können, dann hilft uns das«, versuchte Eliza, sie zu beruhigen.

Einige Zeit später, sie dachten inzwischen tatsächlich, dass er sie einfach zurückgelassen hatte, tauchte Ikk wieder auf. Er hatte Klamotten und einen Eimer dabei. »Hier, zieht das an.« Er hielt ihnen die Fetzen entgegen.

»Was ist das?« Eliza rümpfte die Nase, als ihr, trotz des Geruchs überall, ein starker Urinhauch entgegenwehte.

»Das benutzen wir, um uns unsichtbar zu machen. Das schreckt sogar Hunde ab!« Stolz klang aus der Stimme des Jungen.

»Ich glaube dir sofort, dass kein Hund seine Nase damit in Berührung bringen will. Müssen wir uns umziehen oder können wir das einfach überwerfen?«, fragte Ansou.

»Zieht die Kleidung einfach über eure Sachen. Sie sollte groß genug sein«, antwortete Ikk. »Aber macht schnell, wir erregen zu viel Aufmerksamkeit.«

»Was soll's, so schlimm wird es nicht sein.« Eliza zog sich eine Hose und ein Hemd an. Sie musste würgen. »Ich habe mich geirrt, es ist schlimmer.«

Ansou erging es nicht besser. »Können wir jetzt in die Gasse? Ich will so schnell wie möglich wieder aus den Klamotten raus!«

»Noch nicht. Beugt euch zu mir herunter, ihr seid zu sauber.« Er griff in seinen Eimer und als sie sich zu ihm beugten, verschmierte er Asche, Ruß und Erde in ihrem Gesicht und ließ sie die Hände damit einreiben.

»Immerhin sind es keine Exkremente!«, sagte Eliza trocken. »Jetzt können wir aber los, oder?«

Ikk streckte die Hand für einen Anteil des Geldes aus, und als er es erhielt, nickte er. »Folgt mir und bewegt euch so ähnlich wie ich. Macht keine hektischen Bewegungen, egal was passiert!«

Er schlurfte los und sie folgten ihm die Gasse entlang. Sein Ziel war das Haus schräg gegenüber dem, in welchem angeblich die Nordlinge hausten. Sie betraten es und fanden sich in einem schummrig dunklen Treppenhaus wieder. Drinnen war es dreckig, genauso wie die Gasse und das ganze Viertel. In einer Ecke lagen einige Decken auf dem Boden. Es sah aus, als würden darin abends mehrere Personen schlafen. Gerade erblickten sie allerdings niemanden.

»Wir müssen ganz hinauf«, erklärte Ikk und folgte der Treppe nach oben. Ansou und Eliza gingen hinter ihm her.

Oben angekommen klopfte er an eine Tür. Ein alter, spindeldürrer Mann öffnete ihm. Ansou bemerkte, dass der Junge ihm etwas zusteckte. Dann durften sie eintreten.

»Ihr könnt aus dem Fenster dort die beiden Häuser beobachten. Wir machen das, seit uns aufgefallen ist, dass sich Nordlinge bei uns einquartieren.« Ikk schnaubte. »Als ob sie dachten, wir bekommen das nicht mit. Aber das Glasscherbenviertel gehört uns!«

»Wer ist wir? Und wer ist der Mann hier?« Eliza deutete auf den Alten.

Ikk streckte die Hand aus.

Ansou seufzte und fragte: »Wie viel diesmal?«

»Du hast auch gelernt, wie mir scheint.« Er grinste wieder. »Ein Fils, weil ich euch gut leiden kann.« Ansou reichte ihm das Geld und er erklärte: »Wir sind die Gaunergilde. Unser Freund hier ist einer unserer Nadoir. Ihr könnt ihn euch als einen Beobachter vorstellen. Wollt ihr noch mehr Fragen stellen oder die Nordlinge sehen?«

Sie traten zum Fenster und blickten von oben auf die gegenüberliegenden Häuser. Ansou erkannte, dass sich ein paar Nordmänner im obersten Geschoss bewegten.

»Das reicht, sonst werden wir entdeckt.« Ikk zog sie vom Fenster weg. »Habt ihr sie gesehen? Einige Nordmänner in Rüstungen und Waffen. Viele betreten das Haus, wenige kommen wieder heraus. Gelegentlich werden auch große Kisten oder

Ballen angeschleppt und hineingebracht. Wir wissen nicht, wann sie damit begonnen haben, aber das geht schon seit Monaten so. Am Anfang waren es nur wenige und nicht so oft, und jetzt müssen wir zurück!«

Ansou nickte. Als sie wieder am Eingang der Gasse standen und sich der stinkenden Kleidung entledigt hatten, fragte sie: »Gibt es einen Anführer in eurer Gaunergilde? Hat er mehr Informationen für uns? Wir bezahlen auch.«

»Ich kann ihm eine Nachricht übermitteln lassen. Aber ob er sich mit euch abgeben will, kann ich nicht sagen. Was würdet ihr bezahlen?« Seine Augen blitzten gierig auf.

»Das kommt auf die Informationen an, die er hat. Richte ihm das aus«, sagte Ansou.

»Das wird aber dauern. Ich bringe euch zurück zum Tor und übermorgen treffen wir uns dort wieder. Mittags!«

Ikk lief los und führte sie erneut durch enge Gassen. Eliza schätzte, dass sie etwa die Hälfte des Weges zurückgelegt hatten. Sie konnte sich aber auch total verschätzen, als sie eine besonders schäbige und enge Gasse betraten. Etwa in der Mitte angelangt, stieß Ikk »Oje!« aus. Vor ihnen traten drei Männer aus einem Hauseingang auf das Pflaster. Sie sahen nicht besonders freundlich aus.

»Sieh an, wer will sich denn durch unsere Gasse drängen? Oho, ein Soldat. Jungs, wir werden heute gut essen.« Er lachte dreckig und bewegte sich auf die Frauen zu.

Ikk war nicht mehr zu entdecken. Ansou und Eliza wichen zurück, drehten sich um und wollten die Gasse dort verlassen, wo sie sie betreten hatten. Allerdings standen auch dort nun zwei Männer. Sie hatten kräftige Muskeln und klopften mit Knüppeln in ihre Hände.

»Ihr seht, es ist egal, wo ihr hinauswollt, die Maut bleibt euch nicht erspart. Es kostet … lasst mich überlegen … alles, was ihr habt.« Er lachte grunzend. Dann verstummte er und rief kurz danach aus: »Du bist ja gar kein Soldat. Du bist eine … Soldatin! Und deine Begleitung ist auch weiblich. Und ihr seht sehr … ansehnlich aus.« Ansou sah, dass er sich lüstern über die Lippen leckte.

»Jungs, mir scheint, heute ist unser Glückstag. Die Maut wird heute aus Geld und … anderen Gefälligkeiten bestehen.«

Er zog ein langes Messer aus dem Gürtel. Seine beiden Kumpane hatten, wie die hinter ihnen, jetzt ebenfalls Knüppel in den Händen.

»Ansou, was machen wir jetzt?«, wisperte Eliza ängstlich, fast panisch. Ansou überlegte ihre Möglichkeiten. Sie konnte es nicht mit fünf Männern aufnehmen. Vielleicht mit den zwei hinter oder den drei vor ihnen und sie könnten versuchen, an ihnen vorbeizugelangen. Allerdings machte sie sich Sorgen um Eliza.

»Kannst du kämpfen?«, raunte sie ihr zu.

»Nicht wirklich. Ich kann nur zaubern. Aber nicht jetzt«, kam mit zitternder Stimme als Antwort.

»Versuch an den beiden hinter uns vorbeizuschlüpfen, ich greife den Anführer an. Vielleicht überrascht sie das«, murmelte Ansou ihr leise zu. »Ich zähle bis zehn!«

»Wie wollt ihr es haben, meine Hübschen?«, grunzte der Mann und grinste. »Meine Freunde und ich sind auch ganz zärtlich zu euch, wenn ihr uns ein bisschen Spaß gönnt. Die Dunkle da sieht füllig aus. Da steh ich drauf. Da hab ich was zum Anfassen. Bist du überall so farbig? Auch die Brüste und zwischen den Beinen?«

Eliza stellten sich alle Haare auf. Ansou musste inzwischen bei zehn angelangt sein, dachte sie, drehte sich zu den beiden hinter ihnen um und rannte los. Sie hatte richtig gezählt. Ansou zog ihre beiden Äxte und stürmte auf den Mann zu. Er war schon recht nah an sie herangetreten, wie auch seine beiden Freunde, und, wurde von Ansous Schnelligkeit überrascht. Eine Axt konnte er mit dem Messer abblocken, die andere erwischte ihn im Schritt. Ein lautes, grunzendes, schrilles Quietschen entkam seinen Lippen. Er sackte auf die Knie, die Hände zwischen den Beinen. Eine Blutlache breitete sich unter ihm aus. Die beiden anderen Männer zögerten nicht, wie Ansou gehofft hatte.

Der eine stieß den am Boden Knienden auf die Seite und sagte: »Pech für dich, dann bleibt mehr für uns.«

Er schlug mit dem Knüppel auf Ansou ein. Der Zweite tat es dem anderen gleich und abwechselnd, sodass sie nicht angreifen konnte, trieben sie sie zurück.

Aus dem Augenwinkel hatte Ansou gesehen, dass Eliza auf die beiden anderen zugerannt war. Auf mehr konnte sie sich nicht konzentrieren. Nur auf die Schläge von links und rechts. Wieder links … Und wieder rechts … Der linke Mann erwischte sie am Oberarm. Das Kettenhemd schützte sie, aber sie spürte den harten Schlag, der den Arm schwer werden ließ. Eliza kreischte hinter ihr auf. Mit beiden Äxten ging Ansou auf den rechten Mann los und schlug ihm mit der einen Waffe den Knüppel aus der Hand und mit der anderen das Gesicht ein. Die Axt blieb stecken und der fallende Körper riss ihr die Waffe aus der Hand. Sie spürte einen harten Schlag auf ihr verletztes Ohr. Ein Schmerzblitz flammte hinter ihren Augen auf und ihr wurde kurz schwindelig. Sie fing sich sofort wieder, aber der Angreifer nutzte die Zeit und schlug ihr die Axt aus der Hand. Nun war sie unbewaffnet. Eliza kreischte immer noch.

»Dann teilen wir euch halt unter uns drei auf«, sagte der Mann vor ihr. »Da hat jeder mehr davon!« Er trat einen Schritt auf sie zu und griff sich ungläubig an den Nacken. Er wollte etwas sagen, aber aus seinem Mund gurgelten nur ein paar Blutblasen. Ansou erkannte, wie er panisch versuchte Luft zu holen, aber keine in seine Lungen ziehen konnte. Er drehte sich um seine Achse und sie erblickte das Messer, das in seinem Hals steckte. Dann fiel er auf den Boden. Vom Ende der Gasse rannten drei weitere Männer auf sie zu.

›Das war's dann wohl. Ich wäre gern an einem schöneren Platz gestorben‹, dachte sie bedauernd, griff sich ihre aus der Hand geschlagene Axt und blickte sich zu Eliza um. Was mit ihr passierte, wollte sie eigentlich gar nicht sehen. Immerhin hatte sie aufgehört zu kreischen.

Verblüfft sah sie die beiden Männer mit den Knüppeln am Boden liegen. Ikk stand auf dem Brustkorb von einem. Hinter ihm standen drei weitere zerlumpte Gestalten. Eliza kauerte am Boden.

»Jetzt hab ich was gut bei euch! Tut mir leid, dass die Schweinehunde uns aufgelauert haben. Dafür kostet eure Rettung auch kein Geld.«

Die drei Männer vor ihr blieben außer Reichweite stehen.

»Ist alles okay, Ikk? Brauchst du unserer Hilfe noch?«, fragte einer der fremden Männer.

»Nein. Danke, Iskal. Mein Vater wird sich bei euch bedanken.« Der Angesprochene nickte und winkte seinen Begleitern zu. So schnell, wie sie aufgetaucht waren, verschwanden sie auch wieder.

»Ich bringe euch jetzt besser zu euren Pferden. Dann könnt ihr die Verletzungen behandeln und zu eurer Unterkunft zurück. Wo auch immer ihr wohnt«, sagte der Junge und winkte ihnen, ihm zu folgen.

Ansou trat zu Eliza und half ihr auf die Beine.

»Wie geht es dir? Haben sie dir etwas angetan?«

Die schüttelte den Kopf und hatte Tränen in den Augen. »Ich bin nicht an ihnen vorbeigekommen, Ansou. Sie … sie haben mich festgehalten. Der eine … der eine hat mich dabei begrapscht. Und dann sind sie zusammengesackt und haben sich nicht mehr gerührt«, schluchzte Eliza.

»Es ist jetzt alles gut, Eliza. Lass uns Ikk folgen und aus dem verschlammten Viertel raus. Sie ließ sie stehen, holte sich die zweite Axt, die immer noch im Gesicht des Mannes steckte, und wischte beide an dessen Kleidung sauber. So sauber wie möglich zumindest. Sie begleitete Eliza die Gasse entlang. Beide folgten Ikk, der sie schnell zu ihren Pferden brachte und sich mit der Bemerkung verabschiedete, dass sie ihn übermorgen mittags – genau hier – wieder treffen sollten.

Ansou hatte den Überfall schon nach ein paar Kreuzungen überwunden, Eliza saß der Schock aber noch tief in den Knochen. Sie sah aus, als dachte sie in der Gasse ebenfalls, dass ihr Leben vorbei wäre.

»Nächstes Mal nehmen wir ein paar meiner Männer mit, bevor wir wieder in dieses Viertel gehen«, versprach Ansou. »Lass uns zur Taverne reiten und uns säubern.«

Eliza nickte, versunken in ihren Gedanken.

Einige Zeit später erreichten sie die Taverne »Zum lachenden Pegasus«.

Mit dem Schwert in der Hand balancierte Toki die Einzäunung des Übungsbereichs entlang, als Ansou und Eliza auf ihren Pferden in den Hof ritten. Sofort sah er, dass etwas nicht in Ordnung war. Beide waren verdreckt und kauerten auf ihren Pferden. Ansous Verband war nicht mehr weiß, sondern blutig verfärbt und eine rote Linie verschwand unter dem Kettenhemd. Toki ließ sein Schwert fallen, sprang von den Bohlen und rannte ihnen entgegen.

»Was ist passiert? Geht es euch gut?«, rief er.

Ansou stieg vom Pferd, Eliza ließ sich einfach herabrutschen. »Wir hatten im Elendsviertel einen Zusammenstoß mit dem Abschaum der Stadt«, klärte die Soldatin ihn auf. »Es geht schon wieder, ich brauche nur frisches Wasser, Seife und neue Kleidung. Und einen neuen Verband. Aber Eliza geht es nicht so gut. Vielleicht kannst du dich um sie kümmern?« Sie drückte einem der Soldaten im Hof die Zügel ihres Pferdes in die Hand und befahl, dass er sich um die Tiere kümmern sollte.

»Ich kümmere mich um Eliza«, versprach Toki. »Was genau habt ihr erlebt?«

»Das erzähle ich heute Abend, ich muss mich erst einmal waschen. Ich stinke wie eine Kloake.« Damit verließ sie den Hof.

»Eliza, bist du verletzt?« Toki ging zu ihr hinüber und sah sie an. Eliza schüttelte den Kopf. Ansou roch übel, aber Eliza hatte noch mehr zu bieten. Er musste sich die Nase zuhalten.

»Du muscht dich unbedingt waschen. Isch schage dem Wirt Bescheid, dasch er Wascher erwärmen scholl.«

Sie nickte und schlurfte hinter ihm her über den Hof.

Toki organisierte warmes Wasser für beide und begleitete Eliza nach oben ins Zimmer. Er klopfte, um Ansou auf sich aufmerksam zu machen, und nach ihrer Aufforderung trat er ein. Sie schälte sich gerade den Verband vom Kopf.

»Ich habe dem Wirt aufgetragen, Wasser für euch zu erwärmen. Ihr riecht nicht sehr angenehm. Braucht ihr noch etwas?«

»Nein, danke, Toki. Lieb, dass du uns Waschwasser organisiert hast. Danach geht es uns sicher besser.« Der Verband fiel zu Boden und er sah ihren blutigen Kopf.

»Hast du eine Salbe oder Kräuter für deine Verletzung? Dein Ohr sieht schmerzhaft aus«, versuchte er zu helfen.

»Leider nicht. Nur neue Leinen für einen Verband«, seufzte sie, ergriff sich ihre Waschschüssel und fing an, den Kopf zu reinigen.

»Ich sehe nach, was ich mit den Kräutern mischen kann, die ich dabeihabe, und bringe sie dir nachher. Ich lasse euch erstmal allein, damit ihr euch säubern könnt.«

Er verließ den Raum und kümmerte sich um eine Salbe für die Wunde. Damit fertig, brachte er sie zu Ansou. Eliza und sie hatten sich gewaschen und die dreckige Kleidung dem Wirt mitgegeben. Ansou bedankte sich für die Salbe und Toki half ihr ein sauberes Leinen zu bestreichen und den Verband straff am Kopf anzulegen. Eliza sah lebendiger aus als auf dem Hof.

»Ihr seht viel besser aus als vorher. Und man kann sich wieder in eurer Nähe aufhalten, ohne von dem Gestank in Ohnmacht zu fallen«, versuchte er einen Scherz.

»Jetzt kannst du dir vorstellen, wie es im Glasscherbenviertel riecht«, erwiderte Eliza. »Ich glaube, ich werde den Geruch nie mehr los, und übermorgen sollen wir dorthin zurück.« Sie schauderte.

»Du musst nicht mit, das kann ich auch mit meinen Soldaten erledigen«, sagte Ansou.

»Vielleicht. Ich überlege es mir. Ich bin aber neugierig auf den Anführer der Gauner!« Eliza erhob sich, als sie das sagte.

Toki schaute bei dem Wortwechsel von ihr zu Ansou und zurück und erwartete neugierig ihre Erzählung beim Treffen mit Fin. »Sollen wir in den Gastraum gehen? Ich sage Fin, dass ihr zurück seid, und dann können wir für morgen planen. Und ihr könnt erzählen, was ihr erlebt habt«, schlug er vor.

»Ich bin ehrlich zwiegespalten, beim Gedanken etwas zu essen. Ich habe zwar riesigen Hunger«, erklärte Ansou, »aber der Gestank ist auch bei mir noch in der Nase.«

»Bei mir auch«, stimmte Eliza zu. »Vielleicht bekomme ich etwas hinunter. Lass es uns so machen, wie Toki vorgeschlagen hat.«

Toki rannte zu Fins Zimmer und klopfte.

»Komm rein«, hörte er dumpf und leise durch die Tür.

›Das klingt gar nicht wie Fin‹, dachte er beim Öffnen. ›So schwach hat sich ihre Stimme noch nie angehört.‹

Sie saß auf dem Bett, als wäre sie gerade aus einem tiefen Traum erwacht, Schweißtropfen auf der Stirn. Fogo lag auf ihrem Kettenhemd.

»Geht's dir nicht gut?« Er sah sie besorgt an. »Ansou und Eliza sind zurück. Wir wollen uns austauschen und für morgen planen.«

»Es geht schon einigermaßen. Ich fühle mich, als würde ich krank werden. Vielleicht bin ich es schon. Ich bin gleich bei euch.«

Toki nickte ihr zu, verließ den Raum und gesellte sich zu den wartenden Frauen im Erdgeschoss. Fin tauchte kurz nach ihm auf. Ihr bronzener Teint sah blass und fahl aus.

»Hallo, Fin, du siehst nicht gut aus«, begrüßte Ansou sie.

»So fühle ich mich auch«, sagte Fin spitz. »Entschuldigung. Ich fühle mich kränklich. Erzählt bitte, was ihr herausgefunden habt. Toki kann seine Geschichte mit euch teilen und ich sage euch, was der Abt mir mitgeteilt hat.« Sie blickte Ansou an und die fing an zu berichten. Zwischendurch orderten alle Essen und Getränke.

Als sie bei dem Kampf in der Gasse anlangte, rief Toki erschrocken aus: »Und der Junge hat euch einfach allein gelassen? So ein verbrannter Halunke! Lutum sei Dank, dass ihr entkommen konntet.«

»Zum Glück kam er rechtzeitig zurück«, fügte Ansou an und erzählte zu Ende.

Nach der Soldatin beschrieb Toki sein Erlebnis mit den beiden alten Männern, und Fin, was sie von Elrich erfahren hatte.

»Dann können wir uns morgen ausruhen, und übermorgen erfährt Toki hoffentlich, was mit ihm los ist«, fasste Fin zusammen. »Und es ist sicher schlau, ein paar Soldaten mitzunehmen, wenn du diesen Anführer der Diebe triffst! Oder wessen Anführer er auch immer ist.« Sie überlegte. »Vielleicht können wir uns auch in ein paar Tavernen der Stadt umhören. Eliza kann mich begleiten, das dürfte nicht gefährlich sein.«

»Wenn ich Zauberpulver gehabt hätte, wären die Männer uns nicht einmal nahe gekommen!«, erklärte Eliza. »Ich hätte sie am Boden festkleben oder ihre Waffen bleischwer machen können.«

»Das kannst du?«, entfuhr es Toki ehrfürchtig. Er hatte sie noch nicht gefragt, was sie mit ihrer Magie überhaupt erreichen konnte. Ausgegangen war er von keinen außergewöhnlichen Zaubern. Allerdings hatte er keine Ahnung, was Zauberer überhaupt konnten.

Eliza sah ihn mit ihren ockerfarbenen Augen, die aufgebracht funkelten, an. »Ich kenne ein paar Sprüche, die reißen ein ganzes Haus ein, oder sprengen es in die Luft. Aber die habe ich noch nie versucht, versteht sich.« Sie überlegte. »Dein Zauberpulver könnte dafür ausreichen. Aber ich müsste es vorher abwiegen. Etwas festgeklebt habe ich schon. Und ein Buch bleischwer gemacht auch. Also ja, das kann ich!«

»Ich gehe wieder ins Bett und ruhe mich aus. Morgen geht es mir bestimmt besser«, unterbrach Fin Eliza in ihrem Wortschwall und stand auf.

»Gute Besserung, Fin!«, wünschten sie ihr und: »Gute Nacht.«

»Ich lege mich auch hin. Der Tag hat mich sehr mitgenommen.« Eliza erhob sich einige Zeit später ebenfalls und verließ den Tisch.

»Du warst sehr mutig in der Gasse, Ansou«, fing Toki an, als sie allein waren.

Sie zuckte mit den Schultern und trank vom Bier.

»So ist das Soldatenleben. So etwas kann immer passieren. Ich bin froh, dass Reben uns gut vorbereitet hat. Ich gehe trotzdem nicht davon aus, alt zu werden. Immerhin ist es in Tangrintanien weniger gefährlich als in anderen Ländern.«

Einige Zeit verstrich schweigend, während sie in ihr Bier starrte. Dann unterbrach Toki die Stille. »Trainierst du in der

Früh wieder mit mir? Falls ich mich noch rühren kann. Ich merke meine Muskeln schon jetzt, vor allem den Arm, der das Schwert hielt.«

Sie sah ihn über den Tisch hinweg an. »Du willst ein Krieger werden, hmmm?«

»Zumindest will ich die, die mir am Herzen liegen, verteidigen können. Wenn ich in so einer Situation bin wie du heute, will ich mich nicht verkriechen müssen, oder nicht wissen, was ich machen soll. Es erscheint mir richtig, dafür zu trainieren«, erklärte er.

»Ich helfe dir gern dabei. Es klingt wie ein guter Plan.« Sie trank ihr Bier aus und fragte: »Bist du fertig? Gehen wir auch nach oben?«

»Ja, es war ein langer Tag. Und morgen geht's früh los.« Er grinste. »Vielleicht erwische ich dich morgen mit meinem Schwert. Fast hätte ich Fin heute getroffen!«

»Sie hat mit dir trainiert? Und du hast sie fast getroffen? Nicht schlecht!«

Beide erhoben sich und gingen zur Treppe.

»Na ja, sie ist gestolpert«, wiegelte er ab. »Wahrscheinlich, weil sie sich nicht wohlfühlte.«

»Stell dein Licht nicht unter den Scheffel, Toki. Du darfst ruhig mehr von dir überzeugt sein.« An seiner Zimmertür stand sie plötzlich ganz nah vor ihm. »Hast du über mein Angebot von gestern nachgedacht?«

Er roch die Seife, mit der sie sich gewaschen hatte, und ihren eigenen Geruch. Ein wenig wie Honig, gemischt mit Leder. Ihm wurde warm, als er ihr in die Augen blickte. »Ja … schon … wenn du willst …«

»Nachdem ich heute schon mit meinem Leben abgeschlossen hatte – auf jeden Fall.«

Sie presste sich an ihn und die Lippen auf seine. Es fühlte sich komplett anders an als sein letzter Kuss. Begierig küsste sie ihn. Toki erwiderte den Kuss. Etwas später ließ sie ihn wieder atmen und deutete auf die Tür. »Sollen wir hineingehen? Oder gibt es etwas, was du mir nicht zeigen willst?« Sie lachte unbeschwerter als den Abend über.

Toki stieß die Tür auf und bevor er etwas antworten konnte, führte sie ihn nach drinnen und warf die Holztür ins Schloss. Es knallte laut. Dann kam sie ihm näher und küsste ihn erneut. Toki, vom Gang und möglichen neugierigen Blicken befreit, erwiderte ihn mit mehr Verlangen. Seinen Arm legte er um ihre Hüfte und zog sie sanft an sich.

Ansou knabberte an seinen Lippen und raunte ihm zu: »Du musst nicht so sanft sein. Ich halte schon was aus.« Wie um es zu beweisen, zerrte sie seinen Kopf zu sich heran und presste sich an ihn. Erneut versanken sie leidenschaftlich Gesicht an Gesicht. Diesmal griff er stärker um ihre Hüfte und presste sie an sich. Ein Lächeln stahl sich zwischen den Küssen auf ihre Lippen. Sie ließ von ihm ab und zog sich das Soldatenhemd über den Kopf.

Toki bemerkte den großen blauen Fleck auf dem linken Oberarm, wo sie der Knüppel getroffen hatte.

»Zieh dein Hemd aus«, verlangte sie. Seinen Blick bemerkend, fügte sie hinzu: »Kümmere dich nicht darum. Es schmerzt nicht besonders stark.« Während er sein Hemd und gleichzeitig die Handschuhe loswurde, warf Ansou ihre Hose und Stiefel ins Eck. Nur noch mit leinener Unterwäsche bekleidet, drückte sie sich erneut an ihn. »Die Farbe steht dir gar nicht so schlecht«, hauchte sie ihm ins Ohr und knabberte daran. Toki vergrub seinen Kopf in ihrem Haar und küsste den weichen, geschwungenen Hals darunter. Sie erschauderte. »Hier im Stehen, oder ins Bett?«, hörte er ihre leicht raue Stimme an seinem Ohr.

»Das Bett ist bequemer«, flüsterte er.

»Los!« Schon führte sie ihn dorthin und warf ihn darauf. »Du hast zu viel an.« Sie lachte und entkleidete sich dabei gänzlich. Nackt stand sie vor ihm.

Er sah sie an und beeilte sich, seine restlichen Klamotten loszuwerden. Als er fertig war, stieg sie zu ihm ins Bett und setzte sich auf ihn.

»Gefällt dir, was du siehst? Fühlt sich zumindest so an.« Sie lachte erneut.

»Ja, sehr«, flüsterte Toki und griff ihre Hüften.

»Du brauchst nicht zu flüstern. Das werde ich auch nicht und du bringst mich hoffentlich zum Schreien!« Damit beugte sie sich vor und küsste ihn erneut.

Einige Zeit später lagen beide glühend, verschwitzt und ermattet, aber zufrieden, nebeneinander.

»Du bist ziemlich wild«, stellte Toki fest. Er hatte ein paar Kratzer ihrer Fingernägel auf der Haut.

»Du warst auch nicht so schüchtern wie sonst.« Sie funkelte ihn mit ihren braunen Augen an. Dann küsste sie ihn noch einmal, diesmal zärtlich, stand auf und zog sich an. Tokis Blicke folgten ihr.

»Wenn sich noch einmal Zeit findet, wiederholen wir das«, sagte Ansou, während sie sich ankleidete. »Falls du willst.« Dann wurde ihr Blick durchdringender. »Aber nur, wenn du dich deswegen nicht in mich verliebst. Ich will keinen Mann fürs Leben. Nur gelegentlich Spaß. Und nur, wenn es unserem Auftrag nicht entgegensteht.«

Toki war etwas perplex und brachte nur heraus: »Es war toll, ich würde gern wieder mit dir schlafen.«

Ansou zwinkerte ihm zu. »Wie gesagt, wenn es sich ergibt. Schlaf gut, Toki. Wir sehen uns morgen früh beim Training.«

Ohne weitere Worte verschwand sie durch die Tür. Nur das warme Bett und ihr Duft blieben im Zimmer zurück. Toki fühlte sich verwirrt, glücklich und erschöpft. Alles gleichzeitig. Da er zu aufgewühlt war, um zu schlafen, setzte er sich auf, um zu meditieren und sich durch die Atemübungen von Uthr zu beruhigen. So verbrachte er einige Zeit.

Später legte er sich hin und schlief gleich ein. Er träumte von Ansou, Ava und einigem wirren Zeug. In der Nacht schrak er hoch, aufgeweckt von einem milchig-schlierigen Nebel, der vor seinen Augen leuchtete. Es dauerte einige Zeit, bis er sich lichtete und er weiterschlafen konnte.

Laute, unruhig kratzende Geräusche vor dem Fenster weckten ihn. Die Sonne bereitete sich gerade auf den Aufgang vor.

Uralte Weisheiten

Schlaftrunken torkelte Toki zum Fenster und öffnete es, um dem Geräusch der über Glas kratzenden Krallen zu entkommen. Fogo drückte sich ins Zimmer. Aufgeregt flatternd flog er um Toki herum.

»Fogo, was ist los?«, nuschelte dieser. Der kleine Drache stieß eine Flammenzunge zur Tür, folgte ihr und kratzte dort am Holz. »Soll ich dir folgen? Ich muss mich erst ankleiden.«

Dabei entdeckte er, dass sein Schritt und der Bauch grau waren. Ansou hatte es glücklicherweise nichts ausgemacht, freute sich Toki, zog sich an und öffnete die Tür für Fogo. Der sauste zur Treppe. Er folgte ihm.

Vor Fins Zimmer veranstaltete er das gleiche Spiel. Toki ersparte sich das Klopfen.

›Falls sie schläft, entschuldige ich mich mit dem Verhalten des Feuerfischdrachen‹, dachte er.

Im Zimmer nahm er als Erstes einen brandigen Geruch wahr und bemerkte einige kleine Flammen, die am Fenster leckten. Fogo hatte sich den Weg nach draußen durch eine Glasscheibe gebahnt. Er griff sich schnell einen Wasserkrug und löschte das geschmolzene Glas und die Flämmchen. Lutum sei Dank war nichts in Brand geraten. Was hatte sich der kleine Drache nur gedacht! Dann sah er zum Bett. Fin musste sich im Schlaf unruhig herumgewälzt haben, so wie sie in den Decken eingegraben lag.

›Warum ist sie noch nicht wach?

Er näherte sich der Schlafenden und blickte auf sie hinab. Entsetzt erschrak er. Ihre bronzene Haut schimmerte wächsern, blass und fahl. Viel stärker als gestern Abend. Das Bettlaken war schweißgetränkt, gleichfalls ihre Haare. Atmete sie überhaupt noch? Panisch hielt er sein Ohr an ihren Mund. Ganz sanft strich ein Lufthauch seine Wange. Sie lebte noch. Aber wie lange? Was sollte er machen?

Fogo saß auf einem Bettpfosten und stieß Rauchkringel aus. Esaem! Der alte Heiler aus der Feuerkirche musste wissen, was zu tun war, schoss es Toki in den Kopf.

»Ich bin gleich wieder da. Wir bringen sie zu Esaem«, rief er dem Drachen zu und rannte hinaus. An Ansous und Elizas Zimmer klopfte er an, riss aber gleich darauf die Tür auf und rief: »Fin geht es nicht gut, wir müssen sie zur Feuerkirche bringen!«

Er wartete nicht ab, bis sich die beiden aufrafften, sondern stürzte in den Hof, um zu sehen, ob andere Soldaten ihrer Gruppe wach und bei den Pferden waren. Er entdeckte zwei und rannte auf sie zu.

»Wir brauchen eine Kutsche oder einen Karren. Wisst ihr, wo wir einen bekommen? Wir müssen Fin, die Elementarierin, zu einem Heiler bringen. Und das möglichst schnell!«

»Hinterm Stall steht ein kleiner Wagen, an den können wir Pferde anschirren«, antwortete ihm einer der beiden.

»Dann macht das. Ich glaube, wir haben nicht viel Zeit«, befahl er aufgeregt.

»Aber wir nehmen unsere Befehle von …«

Bevor er zu Ende sprechen konnte, rief Ansou über den Platz: »Tut, was Toki sagt! Wenn er denkt, dass sie zur Kirche muss, wird das so sein! Er kennt sich mit Krankheiten besser aus als wir.«

Die beiden Soldaten salutierten und machten sich daran, die Pferde und den Wagen zu holen.

»Was ist los, Toki? Was ist mit Fin?«, fragte Ansou.

»Sie liegt im Bett, ist schweißüberströmt und atmet ganz flach. Fast gar nicht mehr. Esaem, der Heiler in der Kirche, kann ihr bestimmt helfen. Ich glaube, sie hat nicht mehr viel Zeit.«

»Okay. Ich wecke die anderen Soldaten, dann bringen wir sie hinunter und legen sie auf den Wagen«, beschloss Ansou und rannte zurück zur Taverne.

Toki folgte ihr und begab sich zurück in Fins Zimmer. Fogo wachte immer noch über ihr. »Wir bringen sie gleich hinaus und fahren mit ihr zum Heiler«, teilte er dem Drachen mit.

Kurz drauf stürmten zwei Soldaten ins Zimmer. »Nehmt sie und bringt sie nach unten zum Karren«, befahl er.

Diesmal salutierten die Männer und machten sich sofort daran, die Elementarierin zum Wagen zu tragen. Besonders anstrengend sah es nicht aus. Fin wog nicht viel und ihre Rüstung hatte sie nicht angelegt.

Im Hof stand inzwischen der Karren und zwei Pferde wurden gerade ins Geschirr gelegt. Ansou und Eliza warteten daneben auf sie. Fogo schwebte neben Fin. Die Soldaten legten die Elementarierin sanft auf die Ladefläche, auf der eine Decke ausgebreitet war. Ungeduldig harrten alle aus, bis die Pferde bereit und ein Soldat auf dem Kutschbock saß. Der Karren ratterte los durch die noch nicht sehr belebten Straßen.

»Wie-wie-wie-wie-Ihhhh, Wie-wie-wie-wie-Ihhhh«, hörte Toki zwischendurch, ignorierte es aber. Sie fuhren die Serpentinen hinauf, durchs Kirchtor und die Gärten entlang zum Bauwerk des Feuers.

Bevor der Wagen anhielt, sprang Toki hinunter, rannte los und rief: »Ich kümmere mich darum, dass jemand Esaem unterrichtet. Bringt sie nach drinnen. Im Eingang gleich nach links, durch die Tür und den Gang entlang. Da ist der Bereich der Heiler.« Und schon war er durch das große Tor verschwunden. Ein kleiner goldgelber, flauschiger Ball folgte ihm.

Ansou und der Soldat kümmerten sich darum, Fin ins Haus zu tragen. Im Gang der Unterkünfte kam ihnen schon ein rot gekleideter Mönch entgegen. Er sah, dass sie die Elementarierin trugen, und wies sie an, sie in ein leeres Zimmer bei den Heilern zu legen. Toki stand darin und wartete auf sie.

»Esaem wird gleich bei uns sein«, teilte ihnen der Mann mit. »Können wir etwas vorbereiten? Was ist mit ihr passiert?«

»Wir wissen es nicht. So wie sie hier liegt, hat Toki sie gefunden. Sie ist kaltschweißig, hat einen flachen Atem und lässt sich nicht aufwecken«, antwortete Ansou ihm.

»Wir müssen auf den obersten Heiler und auf seine Anweisungen warten«, beschloss der Mönch.

Kurz darauf humpelte Esaem durch die Tür.

»Was ist so wichtig, dass mein Schönheitsschlaf unterbrochen wird, hää?«

»Finvara, die Elementarierin eures Ordens, ist krank«, teilte Toki ihm mit. »Sie fühlte sich gestern nicht wohl, schwitzte unnatürlich, und heute Morgen habe ich sie in kaltem Schweiß und fast ohne Atem gefunden. Ihre Haut ist fahl und hat eine unnatürliche Farbe. Sie wacht nicht auf.« Er versuchte, so gut wie möglich, den Zustand der Patientin zu erklären, wie ihm seine Großmutter beigebracht hatte.

»Dann will Esaem schauen, was sie hat.« Er trat zum Bett, schniefte und sah sich die Frau vor ihm an. »Alle raus hier. Ich brauche Ruhe«, keifte er. »Du nicht – er wies auf den Mönch – und du auch nicht.« Diesmal wies er auf Toki. Alle anderen verließen schnell den Raum. »Du hast sie gefunden, hää? Wie lang lag sie schon so da und ist nicht ansprechbar?«

»Ich weiß es leider nicht, ich …«, fing er an, unterbrach sich aber, da die Goldammer, die auf einem Regal saß, »Wie-wie-wie-wie-Ihhh« piepste. Lautstark!

»Die kleine fliegende Katze sagt, dass sie sich seit ein paar Stunden nicht mehr bewegt hat«, hörte er anschließend.

»Ähm … Fogo sagt … möglicherweise … sie hat sich seit ein paar Stunden nicht bewegt. Wie kommt der Vogel hier rein?«

Der Mönch und Esaem blickten erstaunt auf.

»Fang ihn und wirf ihn raus. Wir brauchen saubere Zimmer, hää!«, wies er den Mann an.

»Aufhören! Hilf mir, Tölpel. Der Drache sagt, ihr braucht mich vielleicht!«

»Stopp!«, unterbrach Toki das unnütze Rumgehopse, als Esaems Helfer versuchte, den Vogel zu erreichen. »Fogo sagt, wir brauchen ihn vielleicht. Er wird schon nichts dreckig machen.« An die Goldammer gerichtet bat er: »Bitte kack nicht wieder alles voll, Vogel!«

»Ich versuch's, das macht die Aufregung,« Sie plusterte sich auf. *»Ich heiße übrigens Ayme.«*

»Ich bin Toki«, antwortete er reflexartig und wunderte sich gleich danach, warum er mit dem Piepmatz sprach. Und warum er ihn hörte. Esaem und der Mönch sahen ihn verwirrt an.

»Warum sprichst du mit dem Vogel, hää? Ach egal, das muss warten. Wenn sich die Elementarierin seit ein paar Stunden nicht mehr bewegt hat, müssen wir schnell herausfinden, was ihr fehlt! Bring mir nasse Lappen und meine Kräutertasche«, befahl er seinem Helfer.

Der rannte aus dem Raum. Esaem tastete Fins Gesicht und Kopf ab. »Hilf mir, sie zu entkleiden«, befahl er Toki.

»Okay.«

Zusammen zogen sie Fin aus. Sie fühlte sich kalt und klamm an. Reaktion erhielten sie keine. Sie mussten die Gliedmaßen vorsichtig anheben und zurücklegen.

»Keine Verletzungen, hää«, stellte Esaem fest. Dann trat er näher heran und roch an ihrer Haut. Er stutzte und versuchte ihren Kiefer zu öffnen. Es gelang ihm nicht. »Mach ihren Mund auf«, wies er Toki an. »Ich muss mich vergewissern.« Er erklärte nichts weiter, sondern sagte nur noch ungeduldig: »Los, los, hää.«

Toki griff sich den Kiefer und versuchte ihn zu öffnen.

›Sie beißt ziemlich kräftig zu‹, stellte er fest und drückte stärker. Als er dachte, ihr gleich etwas zu brechen, schaffte er es, den Mund zu öffnen. Esaem drückte ihn zur Seite und streckte seine Nase in die Öffnung.

»Ich dachte es mir. Bedauerlich …«

»Was ist bedauerlich?« Angst durchflutete Toki.

Der Heiler sah ihn an.

»Ich kann nichts für sie tun. Sie wird sterben. Wyvernspeichel, hää. Das ist es, was Esaem an ihr riecht. Eine feine Nase hat er.« Er fing an, zum Eingang zu humpeln.

»Ihr könnt sie doch nicht so liegen lassen, Esaem! Wir müssen etwas tun!«, schrie Toki ihm hinterher.

Der Alte wandte sich zu ihm um und antwortete: »Es würde nur ein sehr seltenes Gegengift helfen. Dazu bräuchte ich aber Gift der olorischen Wasserschlangen. So etwas besitzen wir hier nicht. Und das Gegengift selbst auch nicht.« Traurig fügte er hinzu: »Es tut mir leid, Junge. Manchmal kann man nichts machen und muss der Natur seinen Lauf lassen. Das ist das Los der Heiler.«

»Ein Gegengift? Natürlich!« Toki schlug sich mit der Hand an die Stirn und rannte an dem Heiler vorbei.

Vor der Tür traf er auf Ansou, die auf und ab lief, und schrie ihr zu: »Ansou, wir brauchen meinen Rucksack. Und das blaue Fläschchen, das darin ist! Kannst du zum Gasthaus reiten und es holen? Wir haben keine Zeit mehr!«

»Das Gegengift?«, stellte sie fest.

Toki empfand es als angenehm, dass sie so ruhig war.

»Ja, genau das. Wir brauchen es sofort!«

»Ich bringe es so schnell wie möglich her.« Sie rannte los, den Gang entlang.

Toki ging wieder ins Zimmer zurück. »Wie lang hat sie noch? Ich besitze das Heilmittel! Es dauert nur etwas, es herzubringen.«

Esaem überlegte. »Ein paar Stunden, schätze ich. Wir können wirklich nichts machen, Junge, nur zu Lutum beten, dass sie so lange durchhält. Wie kommst du an so ein seltenes Gegengift, hää?« Neugierig starrte er ihn an.

»Meine Großmutter hat es mir mitgegeben. Ich weiß allerdings nicht, woher sie es hatte«, erzählte er dem Heiler, trat derweil an das Bett und deckte Fin zu. »Was denkt ihr, wie das Gift in ihren Körper gelangt ist?«, fragte er Esaem.

»Wyvernspeichel muss in die Blutbahn gespritzt werden. Es reicht allerdings eine sehr kleine Menge. Durch eine Nadel oder einen anderen spitzen Gegenstand, der damit in Berührung war, vielleicht. Das Gift ist genauso selten wie das Heilmittel«, trug der Heiler vor.

»Der kleine Feuerteufel sagt, dass sie gestern Mittag einen Stich am Hals gespürt hat. Vielleicht wurde ihr so das Gift in die Blutbahn injiziert«, sagte Ayme.

Toki hob Fins Kopf an und untersuchte den Nacken. Er konnte eine kleine Erhebung ertasten und als er hinsah, war ihre Haut dort gerötet. »Hier hat sie etwas gestochen. Müssen wir uns darum kümmern?«, fragte er Esaem.

Der Mönch war inzwischen mit nassen Lappen und der Tasche zurückgekehrt.

»Es wäre gut, die Stelle zu säubern«, stimmte er zu, ergriff sich einen Lappen und ein paar Kräuter, humpelte wieder zum Bett und machte sich am Hals zu schaffen. »Wisch ihr den Schweiß ab, Junge, und wickle sie gut in die Decke ein. Wir müssen sie warmhalten, hää.«

Toki tat, wie ihm geheißen. Fogo legte sich anschließend darauf. Dann warteten sie. Toki kam es vor, als würde die Zeit fliegen, eine Minute fühlte sich an wie eine Sekunde. Und Ansou war immer noch nicht zurück. Der Zeitstrom riss ihn mit, er wusste nicht, was er machen sollte. Und er wusste auch nicht, wie viel Zeit vergangen war, als die Soldatin mit seinem Rucksack in der Hand ins Zimmer stürmte. Sie keuchte.

»Hier … der … Rucksack.«

Toki riss ihn ihr aus der Hand, griff hinein und fischte nach dem Fläschchen. Als er es fand, presste er seine Hand fest darum und legte den Beutel beiseite. Anschließend ging er zu Esaem, der immer noch am Bett neben Fin stand und reichte es ihm.

Der blinzelte ihn an und sagte: »Jetzt bete, Junge, dass sie es schlucken kann. Am besten zu Lutum, Odem, Wodasch, Tarra und Elgaria, hää.«

Toki sah ihm zu, wie er den Verschluss des Fläschchens öffnete und Fin langsam die hellblaue Flüssigkeit einflößte. Als sich ein wenig in ihrem Mundraum angesammelt hatte, wartete er. Es tat sich nichts. Eine Nadel, die zu Boden fiel, hätte beim Aufprall wie ein Steinschlag geklungen. Die Flüssigkeit versickerte und sie erkannten erleichtert, dass Fin schluckte. Toki atmete aus. Er hatte nicht gemerkt, dass er den Atem angehalten hatte. Esaem träufelte wieder Flüssigkeit in den Rachen, diesmal verschwand sie schneller. Als die Ampulle leer in seiner Hand lag, drehte er sich um.

»Es scheint, als hätten die Götter unsere Gebete erhört, hää. Ich denke, sie wird leben. Jetzt braucht sie Ruhe. Irgendwann wird sie erwachen. Wir kümmern uns um sie. Du hast sie gerettet, Junge.«

Fogo sagt, er steht für immer in deiner Schuld«, hörte er Ayme. »*Das ist gut. Dann wird er mich nicht auffressen!*« Der Vogel flog vom Regal in einem kleinen Bogen zu ihm und landete auf der Schulter. »*Kannst du mich nach draußen bringen? Ich mag keine engen Räume.*«

Toki, überglücklich, dass Fin es überleben würde, wunderte sich nicht darüber, sondern verließ das Zimmer, verkündete glücklich die frohe Botschaft und ging nach draußen. Dort musste er sich in die Wiese vor der Kirche setzen, als die Anspannung von ihm abfiel. Ihm wurde schwindelig. Ayme flog davon. Es war nicht viel Zeit vergangen. Die Sonne stand noch nicht am höchsten Punkt, wie er bemerkte.

Später kamen Ansou und Eliza und holten ihn ab, um zur Taverne zurückzufahren. Der Soldat blieb bei Fin, um ihnen sofort Bericht erstatten zu können, sollte sie erwachen. Fogo blieb gleichfalls in der Kirche. Froh, dass sie Fin retten konnten, und da sie so überstürzt aufgebrochen waren und Hunger hatten, aßen sie im Gasthaus.

Danach beschloss Eliza, sich die Märkte anzusehen, und Ansou und Toki trainierten im Hof. Er merkte jeden Muskel vom Vortag und vom Abend. Sie nahm keine Rücksicht darauf. So verbrachten sie den Nachmittag. Er konnte Ansou nicht besiegen, sie bestätigte ihm aber, dass er gute Fortschritte machte. Sie erklärte ihm auch wieder, auf was er besonders achten musste, und fragte anschließend, ob er morgen früh üben wolle. Toki freute sich darüber und nahm das Angebot an.

Der Soldat hatte ihnen bisher keine Nachricht von Fin gebracht.

Nach einem leichten Abendessen legten sie sich schlafen. Der Tag war nervenaufreibend und anstrengend gewesen.

Toki schlief sofort ein.

Ansou erwachte, als Eliza die Tür hinter sich schloss. Ein Blick aus dem Fenster zeigte ihr, dass die Sonne noch nicht aufgegangen war, am Himmel erschien aber bereits der erste Silberstreif. Sie stand auf, wusch sich und wechselte den Verband, wobei sie ihr Ohr betrachtete.

›Sieht viel besser aus‹, bemerkte sie. ›Möglicherweise auch durch die Salbe von Toki.‹

Es verkrustete langsam und im Leinen bemerkte sie kein Blut, sondern nur noch Wundflüssigkeit. Ansou legte einen neuen Verband an, schlüpfte in ihre Soldatenuniform und ging in den Hof, um sich für den morgendlichen Übungskampf mit Toki aufzuwärmen. Vorher entleerte sie das Aufgestaute der Nacht.

Die Sonne war knapp über den Horizont gekrochen und beschien die Wimpel und Fahnen, die auf dem Kirchtor flatterten. Vom Hof aus konnte man es in der Ferne auf der dritten Ebene erkennen. Wie bei den iraniischen Flaggen beherrschte Grün, Grau und Weiß den Hintergrund. Das Wappen von Tannberg zeigte eine große Tanne, die auf einem Hügel stand. Ansou wusste, dass für den König noch eine goldene Krone über dem Baum dargestellt wurde. Diese Banner gab es allerdings nur in der Zitadelle oder auf dem Schlachtfeld, wenn der König anwesend war.

Toki kam aus dem Gasthaus und trat neben sie. »Hallo, Ansou. Hast du schon etwas von Fin gehört? Ist der Soldat zurück?«

»Guten Morgen. Nein, sie wird noch nicht erwacht sein, nehme ich an. Sonst wären wir unterrichtet worden«, erwiderte sie. »Bist du bereit für die Übung?«

Toki nickte und griff sich ein Holzschwert. »Mein Arm fühlt sich bleischwer an. Ich weiß ehrlich gesagt gar nicht, welche Muskeln nicht schmerzen. Ein paar sind aber nicht nur von dem Kampftraining strapaziert worden.« Toki grinste.

»Also ich fühle mich ganz gut. Und mein Ohr sieht auch viel besser aus. Danke noch einmal für die Salbe, sie wirkt wahre Wunder«, ließ sie ihn wissen und fügte schelmisch lachend hinzu: »Von was hast du denn sonst noch Muskelkater? Von dem bisschen Sex kann es nicht kommen.«

»Das war schon mehr als ein bisschen! Lass uns anfangen. Wenn Fin aufwacht, will ich sofort zu ihr.«

Er trat in den Sandbereich und stellte sich auf.

Ansou folgte ihm und lobte seine Fußstellung. »Deine Ausrichtung ist schon viel besser als bei den ersten Versuchen. Fertig?«

Toki nickte und sie verbrachten einige Zeit konzentriert bei der Arbeit. Diesmal machte er es Ansou nicht so leicht und schlussendlich hatte sie ihn nur fünf Mal treffen können.

»Gut gemacht, Toki! Du bist weniger oft gestorben als beim letzten Mal, als ich euch zugesehen habe«, hörte er Eliza, während sie in die Hände klatschte. Außer Puste und verschwitzt stimmte Ansou ihr zu. Dann verabschiedete sie sich, um sich abzuwaschen und im Schankraum etwas zu frühstücken.

Eliza und Toki saßen schon an einem Tisch und hatten Brot, Butter, Honig, Schinken und Eier vor sich ausgebreitet, als sie zu ihnen stieß. Ansou setzte sich und langte herzhaft zu.

»Begleitest du mich heute, Eliza, oder bleibst du lieber hier und wartest auf Nachricht von Fin?«, fragte sie die Zauberin.

»Ich reite mit dir. Ich will wissen, wer dieser Anführer der Gaunergilde ist. Was machst du, Toki?«

»Ich bleibe hier und warte auf den Soldaten und Nachricht von Fin«, antwortete er. »Wenn er am späten Vormittag noch nicht hier ist, dann reite ich zur Feuerkirche. Ich hoffe, dass Delyma etwas im Archiv gefunden hat, das meine Verfärbung erklärt.«

»Lass uns gleich nach dem Frühstück aufbrechen, damit Ikk nicht denkt, dass wir nicht erscheinen«, bestimmte Ansou. »Wobei ich glaube, dass er so scharf auf unser Geld ist, dass wir auch morgen kommen könnten und er säße dort und wartete auf uns.«

»Da könntest du recht haben. Wir nehmen heute Begleitung zum Schutz mit, oder?« Hoffnungsvoll sah Eliza Ansou an. Die nickte.

»Ich werde Johann und Artin mitnehmen. So etwas wie vorgestern passiert nicht noch einmal.«

Eliza war fertig mit Frühstücken und stand auf. »Ich warte draußen auf dich. Bis gleich. Bis später, Toki.«

»Bis später, ich bin gespannt, was ihr herausfindet«, verabschiedete er sie.

Ansou erhob sich ebenfalls. »Ich hoffe, dass wir bald die Nachricht von Fin bekommen, dass sie erwacht ist. Gut, dass du auf den Soldaten wartest. Bis heute Abend.«

Toki verabschiedete sich auch von ihr.

Bitterkeit im Rachen, auf der Zunge und zwischen den Zähnen – mit diesem Geschmack erwachte Fin, wie ihr schien, aus einem langen, traumlosen und nicht besonders erholsamen Schlaf.

›So muss sich der Tod anfühlen.‹

Sie versuchte, ihre Augen zu öffnen, die Lider klebten jedoch aufeinander. Erst nach einigen Anläufen schaffte sie es, sie etwas anzuheben. Straff in eine Decke eingewickelt, konnte sie sich wenig bewegen. Fogo schlief auf ihrem Bauch. Ihre Zunge klebte am Gaumen und füllte den ganzen Mundraum aus. Rissige Lippen begrüßten ihre raue Zunge, als sie über sie fuhr. Der bittere Geschmack verschwand nicht. Fin versuchte, die Arme zu bewegen. Es fühlte sich an, als ob sie in einem Moor feststeckte. Alle Bewegungen fielen ihr unnatürlich schwer. Allein den Kopf anzuheben und zu drehen, erschöpfte sie. Irgendwie schaffte sie es, sich unter der Decke hervorzugraben. Fogo wachte dabei auf.

»*Den Fressengebern sei Dank! Du bist endlich wieder wach*«, hallte es dumpf in ihrem Kopf. »*Ich habe mir große Sorgen um dich gemacht. Wie kannst du mich so erschrecken! Ich dachte, ich bin für immer in diesem Tavernenzimmer eingesperrt!*«

Fin krächzte. Mehr brachte sie aus dem verklebten, trockenen Mund nicht heraus.

»*Wasser steht im Krug neben dem Bett*«, half ihr Fogo. »*Du siehst richtig durstig aus.*« Glücklich sprang er auf ihrem Bauch herum.

Sie blickte neben sich und bemerkte auf einem Schemel ein großes Steingefäß, in dem sich eine herrlich glänzende Flüssigkeit befand. Sie brauchte ein paar Versuche, sich aufzusetzen, den Krug zu greifen, ihn an die Lippen zu heben und zu trinken. Die ersten Schlucke verteilten sich mehr auf ihrem Hals und der Decke, als dass sie im Magen landeten. Wunderbar klares, frisches Wasser spülte den bitteren Geschmack aus ihrem Mund fort.

»Was …, Fogo, was ist … passiert? Ich erinnere mich, dass es mir nicht gut ging nach dem Essen und ich mich hinlegte. Warum fühle ich mich so steif? Und warum habe ich ein so grässliches, bitteres Aroma im Mund?«, brachte sie letztendlich heraus.

»Du wurdest vergiftet – mit Wyvernspeichel. Du lagst hier fast einen ganzen Tag wie tot und hast geschlafen. Ich hatte Angst, du hättest deine letzte Flamme gespien. Vielleicht fühlst du dich deswegen so steif. Ich habe Toki geholt, als ich merkte, dass du nicht aufwachst und etwas ganz und gar nicht stimmt. Du hast dich hin und her gerollt und plötzlich warst du ganz ruhig. Und du hast sehr stark gewässert.«

»Geschwitzt, Fogo, nicht gewässert«, berichtigte sie ihn schwach.

»Du warst total nass! Und dann haben sie dich in die Feuerkirche gebracht. Zu so einem alten Zausel, der dich nicht heilen konnte. So ein kleiner Vogel hat mit mir gesprochen. Er sagte, er heißt Ayme. Und er konnte auch mit Toki sprechen. Der Alte sagte, du musst sterben und er kann nichts machen. Dann hat Toki sich geschlagen und hat Ansou geschickt, das Gegengift seiner Großmutter zu holen. Als sie zurückkam, hat der Heiler es dir eingeflößt. Vielleicht kommt daher der bittere Geschmack. Es dauerte einige Zeit, bis du es geschluckt hast.« Fogo ratterte alles in kürzester Zeit herunter.

Fin schwirrte der Kopf davon.

»Ich liege also in der Kirche bei den Heilern, nehme ich an. Und der alte Zausel, wie du ihn nennst, wird Esaem sein, von dem Toki erzählt hat. Wenn ich vergiftet wurde, haben sie klug gehandelt, mich hierher zu bringen. Wo habe ich mich vergiftet?«, grübelte Fin.

»Du hast mir doch gesagt, dass du einen Stich gespürt hast, als wir zur Taverne zurückflogen. Da ist das Gift in deinen Körper eingedrungen, glaube ich. Das hab ich Ayme erzählt, der es irgendwie Toki, und der hat das ausgesprochen. Und dann haben sie sich deinen Hals angeschaut und da war der Stich.«

Sie blinzelte ihn verwirrt an. »Welcher Vogel? Warum sprichst du mit einem Tier? Und warum erzählt Toki, was du sagst?«

»Ich weiß nicht, wo er herkam. Aber es ist so wie mit Ischve, ich kann mit ihm sprechen. Und als ich merkte, dass Toki auch mit ihm kommuniziert, da hab ich gesagt, er soll hierbleiben.« Er stellte sich zur vollen Größe auf. »So konnte ich ihnen sagen, dass du schon ein paar Stunden im Bett lagst, ohne dich zu rühren.«

»Das ist alles sehr durcheinander und gerade zu viel für meinen Kopf«, brummte Fin und setzte sich vollends auf. Sie merkte, dass sie nackt war. »Wo ist meine Kleidung?«

»Die liegt hier vor dem Bett.« Fogo sprang hoch und schwebte über dem Fußende.

»Okay. Ich versuche meine Beine zu bewegen und mich anzukleiden«, erklärte Fin. Sehr langsam schwang sie die Beine aus dem Bett und stellte die Füße auf den Boden. Ihre Arme konnte sie inzwischen besser bewegen und auch der Kopf fühlte sich nicht mehr ganz so wattig an. Die Steine unter ihren Füßen waren eiskalt und sie erschauderte. Der erste Anlauf, sich zu erheben, ließ sie schwindlig zurück aufs Bett fallen. Erst beim zweiten stand Fin wackelig da, musste kurz warten und hangelte sich anschließend am Bett entlang zu ihrer Kleidung. Die Tür öffnete sich und ein Mönch steckte den Kopf herein.

»Ihr seid wach! Das ist wunderbar. Ich dachte, dass ich Geräusche gehört habe. Braucht ihr Hilfe, Heilige?«

Fin rollte mit den Augen und sagte: »Danke, nein. Ich schaffe es selbst, mich anzukleiden, und der Nächste, der mich Heilige nennt, braucht selbst Hilfe!«

Der Mönch stutzte, wusste nicht, was er darauf erwidern sollte, und stammelte nur: »Dann sage ich den Wartenden, dass ihr wach seid.« So schnell wie er aufgetaucht war, verschwand der Kopf und die Tür schloss sich.

»*Ich sehe, du bist fast die Alte*«, feixte Fogo.

»Wenn sie nur aufhören würden, mich ›Heilige‹ zu nennen.«

Fertig angezogen ging Fin ein paar Schritte im Zimmer auf und ab. Je mehr sie sich bewegte, desto kräftiger fühlte sie sich. »Bewegung hilft die Steifigkeit der Muskeln zu lockern. Ich fühle mich schon recht gut. Wo sind meine Waffen?«

»*Die liegen in deinem Zimmer in der Taverne. Das Kettenhemd auch.*« Fogo flog zu ihr und landete auf der Schulter.

»Mit ihnen hätte ich mich wohler gefühlt. Na gut, später.«

Nach ein paar Runden, die ihre Schritte immer kräftiger werden ließen, klopfte es an der Tür. Ein dürrer, alter Mann humpelte ins Zimmer.

»Habt ihr euch erholt, Elementarierin?«, fragte er. »Ihr standet an der Grenze zum Tod, hää!« Der Mönch, der den Kopf ins Zimmer gesteckt hatte, trat hinter ihm ein.

»Einigermaßen, ich fühle mich mit jeder Minute besser. Ihr müsst Esaem sein. Danke für eure Hilfe!«, antwortete Fin dem Heiler. Er wischte ihre Worte mit einer großen Handbewegung beiseite.

»Bedankt euch nicht bei mir. Ich habe nichts für euch getan. Der junge Mann mit der außergewöhnlichen Hautfarbe hat die Rettung gebracht. Toki heißt er, hää?«

»Ja, die Beschreibung passt«, stimmte sie zu. »Wie spät ist es? Fogo sagte mir, dass ich hier einen Tag im Bett lag?«

»Gestern spät am Morgen brachten eure Freunde euch zu mir. Ihr habt den ganzen Tag und die ganze Nacht geschlafen. Das brauchtet ihr, um dem Gift zu entkommen. Es ist jetzt kurz vor Mittag, hää«, gab Esaem ihr Auskunft.

»Deswegen verspüre ich so einen Hunger. Nachdem jetzt der bittere Geschmack aus meinem Mund weg ist, sagt Esaem, könnte ich bitte etwas zu essen bekommen?«, bat sie hungrig.

»Esaem wird sich darum kümmern, dass ihr eine kräftige Mahlzeit bekommt, hää.« Er drehte sich zu dem Mönch um und schickte ihn mit dem Auftrag hinaus. »Ihr solltet euch bald so kräftig fühlen wie vor der Vergiftung. Bitte bleibt, solange ihr wollt, bei uns, hää. Wenn ihr etwas braucht, dann scheut euch nicht, danach zu fragen. Meine Heiler stehen zur Verfügung, hää.«

»Danke, oberster Heiler. Wie konntet ihr wissen, mit welchem Gift ich vergiftet wurde? Es gibt so viele«, fragte Fin neugierig.

»Nicht alle Gifte verursachen diesen kalten Schweiß und keinerlei Reaktion, aber es ist der einzigartige Geruch, der sich entwickelt, der mich auf die Spur brachte, hää«, erklärte er ihr. »Es ist schwer zu beschreiben. Modrig und ähnlich wie eine Echse ist er. Unser Gott war euch gewogen, scheint mir. So viele glückliche Zufälle auf einmal. Oder möglicherweise alle Götter zusammen. Bitte entschuldigt Esaem jetzt.« Damit drehte er sich um und humpelte zur Tür hinaus.

»Toki hat nicht übertrieben, er sieht wirklich sehr alt aus. Aber er versteht sein Handwerk, wie mir scheint«, sagte Fin zu Fogo.

»*Er riecht wie ein altes Pergament. Ich glaube, er staubt auch*«, antwortete Fogo kichernd. »*Ob da etwas für mich dabei ist?*«

Der Mönch brachte eine reichhaltige Portion Essen herein und stellte es auf dem Tisch ab. »Wenn ihr mehr wünscht, sagt es mir bitte. Ich bin draußen bei unseren anderen Patienten«, teilte er ihr mit und ging.

»Willst du etwas von dem gebratenen Fleisch abhaben?«, fragte sie Fogo.

»*Nee, das ist zu frisch. Gibt's keine Insekten?*«

»Leider nicht, ich esse auf und dann machen wir uns auf den Weg. Ich fühle mich ganz gut.«

Sie ließ sich Zeit, und als sie fast fertig war, öffnete sich die Tür und Toki trat ein.

»Du siehst viel besser aus als gestern«, begrüßte er sie. »Lutum sei Dank, du bist geheilt!«

»Da müssen wir nicht Lutum, sondern deiner schnellen Auffassung danken, habe ich gehört«, antwortete sie und fügte hinzu: »Danke, Toki.«

»Du hast mich und Eliza aus den Händen des weißen Priesters gerettet. Das habe ich gern gemacht, und es war gar nicht viel. Ansou hat genauso geholfen«, tat er das Lob ab.

»Du darfst eine Anerkennung ruhig annehmen.« Fin lachte.

»Sei nicht so bescheiden.« Sie schob den Teller von sich weg. »Jetzt bin ich satt, können wir zur Taverne zurück?«

»Ich wollte mich mit Delyma wegen meiner Hautfarbe treffen. Willst du mich begleiten? Vielleicht weißt du etwas über das, was er hoffentlich gefunden hat«, klärte er sie auf.

»Warum nicht«, stimmte sie zu. »Mein Kopf fühlt sich noch nicht ganz klar an, aber das wird schon. Geh vor, du weißt bestimmt, wo wir hinmüssen.« Sie erhob sich und folgte ihm mit Fogo.

Toki ging zurück in den Eingangsbereich und betrat geradeaus einen weiteren Gang mit Unterkünften. Am Ende erreichten sie das Archiv.

»*Es müffelt hier so, wie Esaem riecht*«, schnaubte Fogo, als sie es betraten. »*Und der da am Tisch sieht genauso alt aus.*«

Toki begrüßte den sitzenden Mann und sprach ihn mit Delyma an.

›Das muss der Archivar sein‹, dachte Fin und grüßte ihn ebenfalls.

»Heilige«, Toki stieß ein unterdrücktes Lachen aus, »schön euch kennenzulernen. Und Lutum sei Dank, dass ihr das Gift überwunden habt. Ich freue mich, eure Bekanntschaft zu machen. Ich bin Delyma, der Archivar der Feuerkirche in Tangrintanien. Ich wache über die Schriften unseres Gottes.« Er setzte an, sich wacklig zu erheben.

Fin entgegnete schnell: »Ich bin auch erfreut, Delyma. Bitte bleibt sitzen.«

»Habt ihr etwas herausgefunden?«, platzte Toki ungeduldig heraus. »Wisst ihr, was mit mir los ist? Warum ich die Verfärbungen habe?«

»Gemach, Junge. Zuerst: Wollt ihr etwas von meinem Brand? Er ist dieses Mal besonders gut gelungen.« Jetzt stand er doch auf und sah sie fragend an.

»Nein, danke, für mich nicht. Ich muss mich erst von dem Gift erholen«, lehnte Fin höflich ab.

»Nein …«, versuchte es auch Toki.

»Papperlapapp«, unterbrach Delyma, schritt zu einem Schrank, nahm eine braune Flasche heraus und schenkte drei kleine Gläser voll. »Das heilt euch noch schneller, Heilige. Und du, junger Mann, siehst aus, als könntest du ein Schlückchen brauchen.« Damit drückte er ihnen jeweils ein Glas in die Hand, hob seines und trank es in einem Zug aus. Er kniff die Augen zu und stieß die Luft aus. »Der Beste!«, keuchte er.

Toki testete die gleiche Taktik und stürzte den Schnaps in einem Zug hinunter. Hustend versuchte er, anschließend Luft zu bekommen.

Fin roch an der klaren Flüssigkeit und nippte daran. Ein extrem scharfer Geschmack breitete sich in ihrem Mund aus. Sie war froh, nicht alles getrunken zu haben. Toki gierte immer noch nach einem Atemzug. Fin reichte der kleine Schluck vollkommen aus. Eine Chilinote folge dem scharfen Aroma.

»Lecker, Delyma«, sagte sie. »Aber zu scharf für mich.«

»Wenn ihr nicht wollt, dann bleibt mehr für mich.« Er schnappte sich ihr Glas und stürzte auch das hinunter.

Toki bekam inzwischen wieder Luft und röchelte: »Wie könnt ihr das so einfach trinken? Das brennt wie Feuer.«

»Ach, Junge, da gewöhnt man sich dran. Einer am Morgen und einer am Abend und alles ist gut.« Er grinste. »Aber jetzt zu dem, was euch herbringt. Ich hab mich an eine alte Übersetzung erinnert und sie gefunden.«

»Ihr wisst, warum meine Haut grau wird?« Toki sah gleichzeitig überrascht, neugierig und ängstlich aus.

»Gemach, Junge, es ist noch kein rundes Bild. Deswegen freue ich mich, dass eine unserer Elementarierinnen hier ist. Möglicherweise kann sie zusätzlich Feuer ins Dunkel bringen. Lass mich zunächst etwas ausholen, um am Ende meine Gedanken darzulegen.« An Fin gewandt bat er: »Würdet ihr uns erzählen, wie ihr eure Kraft erhalten habt?«

Verwundert fing sie an: »Ich denke, ihr wisst, wie wir unsere Kräfte bekommen. Aber Toki möglicherweise nicht. Wir werden ausgebildet, um einer anderen Elementarierin nachzufolgen. Diese opfert sich freiwillig in einem Ritual. Dabei wird die Kraft übertragen, der Begleiter verliert seine

Bewusstwerdung und wird wieder, was er vor der Erweckung war.«

»Da habt ihr genau die richtigen Worte gewählt«, stieg Delyma ein. »Es findet eine Bewusstwerdung statt. Eine Erweckung, wie ihr sagt. Das kann bei einem Tier, einem Elementar, einer Kreatur oder einem anderen Wesen unserer Fauna nur funktionieren, wenn sie auf eine höhere Ebene gehoben wird. Eine höhere Frequenz, wenn ihr so wollt. Ähnlicher unseres eigenen Bewusstseins. Könnt ihr mir folgen?« Fin nickte, Toki auch, allerdings zaghaft. »Der Mensch selbst hat schon ein höheres Niveau erreicht. Durch das Ritual wird allerdings auch er auf eine höhere Frequenz eingestimmt. Und dadurch erhält er die gottgegebene Macht. Derjenige, der sie hergibt, sinkt zurück auf die ursprüngliche Bewusstseinsebene und stirbt dabei. Das ist es, was wir über die Erweckung der Elementarier wissen. Heutzutage …«

»Was meint ihr mit heutzutage?«, wunderte sich Fin.

»Wie lange gibt es das Ritual schon?«, entgegnete Delyma ernst.

»Seit etwa zweitausend Jahren. Solange es dem Namen nach Elementarier gibt?«, antwortete sie zögerlich.

»Wenn ihr damit meint, solange es den Rat der Götter gibt, dann ja. Wenn ihr damit diejenigen meint, die eine göttliche Kraft verwenden können, dann nein.« Toki und Fin sahen ihn verwirrt an. »Göttliche Kräfte, oder Elementarierkräfte, gibt es, seit die Welt neu erschaffen wurde. Das war vor viertausendsiebenhunderteinundzwanzig Jahren. Nehmt zum Beispiel Ragocha, den Feuerbringer, der ungefähr vor dreitausend Jahren lebte. Woher hatte er seine Kraft? Wohin verschwand sie, als er starb? Auch früher gaben Elementarier ihre Gabe an andere weiter, das ist es, was ich einmal gelesen habe, damals aber nicht verstand. Es muss so sein. Euer Freund hier hat mir die Augen geöffnet.«

»Ich?«, rief Toki ungläubig aus. »Ich habe doch gar nichts gemacht und wir haben fast keine Worte gewechselt.«

Der alte Mann lächelte ein schiefes, zahnloses Lächeln. »Da hast du recht, aber du verfärbst dich! Ich habe eine weitere

Frage an unsere geschätzte Heilige. Warum waren die Elementarier früher viel stärker als jetzt?«

Fin zögerte. In ihrer Ausbildung im Feuertempel hatte sie viel über diese Frage nachgedacht, war allerdings immer auf eine Mauer des Schweigens gestoßen, als sie Fragen stellte. »Ich kann es euch nicht beantworten, Delyma. Weil die Kraft früher einfach stärker war und mit der Zeit verblasste? Weil die Welt eine andere war? Weil die Götter noch mächtiger waren? Weil …« Sie unterbrach sich und schloss mit: »… ich weiß es nicht, niemand weiß das!«

»Vielleicht sollten wir lieber sagen: Niemand soll es wissen, oder niemand darf es wissen? Ich begebe mich möglicherweise auf dünnes Eis, dass ich das mit euch bespreche. Aber ich bin alt. Was schert es mich also, was der Rat der Götter davon hält.«

»Was soll der Rat davon halten? Wovon sprecht ihr?« Fin wurde ungeduldig und lauter.

»Gemach, Heilige. Lasst mich euch zunächst zeigen, was ich gefunden habe. Dann philosophieren wir weiter.« Er ging zum Tisch und zeigte auf eine sehr alte Schriftrolle. »Das hier ist etwa zweitausendfünfhundert Jahre alt. Aus Leder, in das Worte eingebrannt wurden. Ich denke, ein Gelehrter aus jener Zeit hat etwas Unglaubliches festgehalten. Ich will euch das Wichtigste vorlesen:

… dann starb der Gesandte der Götter und hinterließ nichts als Unglück in der Welt. Wassermassen ergossen sich wie Sturzbäche aus dem Himmel. Die Seen, Flüsse und Meere schwollen an und peinigten die Menschen …«

»Das wissen wir. Wenn ein Elementarier stirbt, ist die Welt im Ungleichgewicht. Es dauert, bis sie sich beruhigt. Das wird schon immer so gewesen sein«, warf Fin ein.

Delyma antwortete ihr: »Das ist richtig, aber ist euch nie aufgefallen, dass das Ritual schnell vollzogen wird, die Welt aber länger im Ungleichgewicht ist, wie ihr es nennt? Lasst mich fortfahren.

Es verging eine lange Zeit, bis die Götter sich entschlossen, einen neuen Gesandten auf die Welt zu schicken. So berichten die alten Weisheiten der Ältesten. Weitergegeben von Generation zu Generation. Ich wage zu behaupten, sie sind unwahr. Blasphemie werden sie mir vorwerfen, wenn sie das lesen, aber ich muss es niederschreiben. Vielleicht sind die Völker in der Zukunft nicht so ignorant ...«

Delyma schnaubte. »Der Autor dieses Schreibens hat leider unrecht, wir sind noch viel ignoranter.« Er las weiter.

»Ich behaupte, die Götter gibt es nicht. Sie senden niemanden auf die Welt. Die Gesandten werden vom Zufall ausgewählt. Außer Zufall ist ein Gott, dann liege ich falsch. Immer wenn einer der angeblich Göttlichen stirbt, befällt einen anderen Menschen eine schreckliche Krankheit. Grässliche, entstellte Gliedmaßen sind der Fluch, der sie befällt. Grau schimmert ihre Haut. Das ist es, was die Ältesten erzählen. Vertrieben oder getötet müssen die Befallenen werden ...«

»Es ist doch eine Krankheit.« Toki schluckte. »Konnte die Krankheit geheilt werden? Oder haben sie alle getötet?«
     »Gemach, Junge, lass mich erst zum Ende kommen, bevor du dir Sorgen machst. Es wird anders sein, als du dir jetzt denkst«, beruhigte Delyma ihn. »Allerdings glaube ich tatsächlich, dass du das hast, was hier beschrieben wird.

Ich sage, es ist keine Krankheit. Es ist die Göttlichkeit selbst, die wir in unserer Ignoranz und Ängstlichkeit nicht sehen. Ich habe Augenzeuge um Augenzeuge befragt. Die angeblich Erkrankten sterben tatsächlich oft und ...

Moment, Junge, warte noch, sage nichts. Bitte.« Delyma sah, dass Toki etwas einwerfen wollte.

»... es ist, als ob ihr Körper etwas, das in ihnen erwacht, nicht halten kann. Als wären sie nicht würdig genug für ihre

Göttlichkeit. Sie bluten aus Ohren, Mund und Augen. Letztere werden aus den Höhlen gepresst –«

»Das ist ja schrecklich.« Angstvoll unterbrach Toki den Archivar. »Wie soll ich mir keine Sorgen machen, wenn ihr das vorlest?! Ich will nicht auf diese Art sterben.«

Delyma las einfach weiter und ignorierte ihn. Fin legte beruhigend die Hand auf Tokis Schulter.

»... die Gottwerdung kann sich über Wochen, Monate oder gar Jahre erstrecken. Die Auserwählten verlieren immer mehr ihre natürliche Hautfarbe und ergrauen. Bis sie in eine längere Trance fallen. Wenn sie daraus erwachen, beruhigt sich die Welt und ein neuer Gesandter ist unter uns ...

Alles Weitere ist Kauderwelsch. Ich würde sogar behaupten, der Autor der Schriftrolle war geistig in einem anderen Bewusstseinszustand. Andere würden es auch als irre oder verrückt bezeichnen. Wer er war und wo er diese Informationen zusammengetragen hat, kann ich nicht beantworten. Bevor ihr danach fragt ... Was ist euch aufgefallen?«

Fin kam sich wie eine Schülerin vor. Versuchte aber, dem alten Mann zu folgen. »Die Götter schliefen damals schon?«

»Nicht schlecht. Ich bin der gleichen Meinung. Aber etwas noch Wichtigeres versteckt sich in den Zeilen«, versuchte der Archivar es erneut.

»Er spricht von Erwachen. Etwas, das sich über Wochen, Monate oder Jahre entwickelt«, überlegte Fin laut.

»Ihr habt das Wichtigste in dem Text erkannt«, jauchzte Delyma und freute sich wie ein kleines Kind. »Und jetzt kommen wir zu unserem Freund hier und meiner Schlussfolgerung.« Er zeigte auf Toki. »Du bekommst eine Graufärbung, es zieht sich über Tage und Monate?«

Toki nickte beklommen.

»Bist du in eine Trance gefallen?«

Toki überlegte, bevor er antwortete: »Gelegentlich überkommt mich nachts, wenn ich wach werde, ein milchigschlieriger Nebel, der vor meinen Augen wabert. Es war auch so, als ich mit Fin kämpfte und als mein Vater mit Steinen beworfen wurde. Es ist aber immer gleich wieder vorbei.«

»Und wenn das geschieht, schreitet deine Verfärbung voran?«

Toki überlegte erneut, länger diesmal. »Wenn ich so darüber nachdenke, ja. Ihr habt recht. Nach jeder Nacht oder jedem außergewöhnlichen Ereignis hat es sich ausgebreitet. Zunächst war es nur der Zeh, dann der Fuß, dann die Finger. Und so weiter.«

»Von welchen Ereignissen sprichst du, Junge?«, setzte Delyma nach.

»Die Steine, die auf meinen Vater geworfen wurden und die ihn treffen mussten, sind in der Luft abgeprallt. Ich dachte, ich hätte mich getäuscht. Und dann konnten wir eine Tavernentür nicht durchqueren, eine unsichtbare Mauer versperrte uns den Durchgang. Fin ist über irgendetwas gestolpert, als wir kämpften.«

»Luft, es klingt wie Luft«, murmelte der Alte aufgeregt. »Ist noch etwas Ungewöhnliches geschehen in letzter Zeit?«

»Was war nicht ungewöhnlich«, erwiderte er trocken.

»Du hast mit einem Tier gesprochen«, rief Fin überrascht aus. Erkenntnis durchflutete sie. »Delyma, wollt ihr andeuten …, dass er ein Elementarier wird?« Ungläubig sah sie den Archivar an.

»Nicht andeuten, Heilige. Es muss so sein. Alles fügt sich wie bei einem Puzzle zusammen. Die graue Verfärbung, von der der Autor spricht. Die, wenn auch kurzzeitigen, Trancen, die unser junger Freund hier hat. Dass er mit einem Tier spricht und es anscheinend auch versteht. Die Elementarier, die verschwunden sind und nicht mehr auftauchen. Vielleicht ist einer davon gestorben. Möglich wäre es. Wie die Kraft übertragen wird, das übersteigt meine Vorstellungen.«

»Yeban! Ischve flog mit der Perle in der Nähe des Dorfes, in dem Toki lebt, als er starb und sie sich auflöste. Toki, du hast die Fassung im Wald gefunden!« Sie war total perplex. Dass ihr diese Zusammenhänge noch nicht aufgefallen waren. Jetzt, wo der Archivar ihnen die Schriftrolle vorgelesen hatte und sie darüber redeten, erschien ihr alles glasklar. Und doch absolut unglaubwürdig. Elementarier erwachten nicht einfach so, dazu musste ein Ritual durchgeführt werden! Aber etwas hatte sie zum Stolpern gebracht bei ihrem Kampf mit ihm. Fin sah Toki an. Hatte sie sich die grau leuchtenden Augen doch nicht eingebildet? Hatte er kurzzeitig die Elementarkraft Yebans besessen? Konnte er Luft härten?

»Werde ich möglicherweise doch sterben?«, fragte Toki ängstlich niemanden Bestimmten.

»Jeder stirbt irgendwann, Junge. In deinem Fall kann es möglicherweise so sein. Wir wissen nicht, warum die werdenden Elementarier, wenn wir bei dieser Vermutung bleiben, sterben. Aber auch hierzu habe ich eine Idee! Wenn wir davon ausgehen, dass die Elementarier auf eine höhere Bewusstseinsebene gehoben werden, dann gibt es Gefühle, die das unterstützen oder hemmen. Ich berufe mich auf einige Meditationsschriften, die ich gelesen habe. Ich weiß nicht, wie alt sie sind. Scham, Schuld, Angst, Begierde, Zorn, Stolz und Wut sind Hemmnisse. Sie berauben uns unserer Energie. Akzeptanz, Vernunft, Liebe, Freude und Frieden – in uns und mit anderen – erheben uns zur Erleuchtung, wenn man den Schriften Glauben schenken will. Vielleicht waren die, die starben, nicht bereit, ihre hemmenden Gefühle abzulegen und sich den höheren Energien zuzuwenden. Aber das ist jetzt reine Spekulation. Ich kann dir deine Frage nicht beantworten, ob du dadurch sterben wirst. Es tut mir leid, Toki.«

Der nickte und zuckte mit den Achseln. Er hatte sich wieder gefangen. Uthr und die Gespräche mit ihm kamen ihm in den Sinn. »Wie ihr sagt, jeder stirbt irgendwann. Das hat mir auch ein Freund gesagt. Es ist nur wichtig, wie man vorher gelebt hat.« Fin bemerkte, dass er sie anblickte. »Was machen wir jetzt?«, fragte er.

»Ich weiß es nicht. Ich glaube, wir können nur abwarten, was geschehen wird.« Gern hätte sie etwas anderes gesagt. »Wir müssen uns weiterhin um die Bedrohung durch die weißen Priester und die Nordlinge kümmern.« Tröstend drückte sie seine Schulter. An Delyma gewandt fragte sie: »Habt ihr noch mehr, das ihr herausgefunden habt?«

Der Alte schüttelte den Kopf. »Dieses Schriftstück ist alles, was ich dazu habe. Ich weiß nicht, wie es in den Besitz der Feuerkirche in Tangrintanien gelangt ist. Nur die großen Tempel könnten mehr dazu wissen. Aber ob sie euch Zugang gewähren wollen? Ich denke nicht. Stellt euch vor, jeder könnte ein Elementarier werden, weil es kein Ritual gibt und der Zufall entscheidet, wer nach dem Tod eines Erwählten dessen Platz einnimmt. Das wird wohlweislich unter Verschluss gehalten. Da fällt mir noch ein, Elrich hatte mich bezüglich der Prophezeiung der sechs Elemente angesprochen. Ich habe keine Antworten für euch. Ich habe noch nie davon gehört. Das kommt mir komisch vor. Es gibt nur fünf Elemente. Hat sich hier jemand einen Scherz erlaubt?«

»Uthr sicher nicht«, eiferte Toki sich.

»Uthr? Meinst du Uthred Tlorde, den Schicksalsweber, wie er früher genannt wurde? Der, der die Gegenwart webt? Jetzt kennt man sie – sie, ihn und es – nur noch als die Dreieinigkeit. Vergangenheit, Gegenwart und Zukunft.« Delyma wirkte aufgeregt.

»Nein, ich meine einen Händler, den ich auf meinem Weg getroffen habe. Uthr Edrolt hieß er. So hat er sich zumindest vorgestellt ...«, schloss Toki lahm.

»Du bist ein interessanter junger Mann, wie mir scheint.« Der Archivar grinste. »Woher hatte der Händler die Information mit der Prophezeiung?«

»Das würden wir auch gerne wissen und noch einiges andere«, ließ Fin sich vernehmen. »Wie mir scheint, ist jetzt alles noch verwirrender als zuvor. Danke, Delyma, aber mir schwirrt der Kopf von all dem. Ich muss das erst verarbeiten, und Toki sicherlich auch. Ich würde mich gerne zurückziehen. Wenn ihr noch mehr entdeckt, würdet ihr mich unterrichten?«

»Natürlich, Heilige, es ist auch Zeit für meinen Nachmittagsschlaf. Bitte beehrt mich bald wieder. Und scheut euch nicht, zu mir zu kommen, wenn ihr Neuigkeiten habt. Oder ihr philosophieren wollt. So viel Spaß hatte ich seit Langem nicht.«

Fin drehte sich zu Toki um. Er wirkte verloren und ungläubig und grübelte über alles nach. Sie nahm ihn mit nach draußen. »Lass uns zurück in die Taverne reiten, ich bin müde.«

»Okay«, stimmte er zu. »Was Ansou und Eliza wohl sagen werden, wenn wir das erzählen? Ob sie uns glauben? Wenn ich das hören würde, ohne es erlebt zu haben, dann würde ich den Erzähler einen Spinner nennen. Ich, ein Elementarier! Dass ich nicht lache.«

»Lassen wir uns überraschen. Und lass erst einmal setzen, was wir gehört haben, und schauen, wie es sich weiterentwickelt«, sagte Fin.

Zusammen ritten sie zurück »Zum lachenden Pegasus«.

Ansou suchte Johann und Artin, befahl ihnen, alles für den Aufbruch vorzubereiten, und erklärte, was sie erwartete. Dann rüstete sie sich aus und ging zu Eliza.

Vier Pferde standen gesattelt im Hof und ihr Trupp war für den Aufbruch bereit. Etwas später erreichten sie das Scherbentor. Ikk wartete an der gleichen Stelle und genauso dreckig wie vor zwei Tagen.

»Die beiden Blechbüchsen bleiben hier«, wies er sie an. »Unser Anführer hat nur zugestimmt, euch beide zu empfangen. Ansonsten bleibt das Versteck verschlossen.«

Ansou bemerkte, wie Eliza etwas Farbe verlor, und trat herausfordernd vor den Jungen. »Damit wir wieder in einen Hinterhalt von Halsabschneidern und Dieben geraten? Die beiden kommen mit uns, sonst reiten wir zurück.«

»Nein, sie können uns wirklich nicht begleiten. Aber ich verspreche euch, dass ihr dieses Mal sicher seid.« Er blickte sich um und zeigte mit einem dürren Arm auf zwei Männer, die unter dem Torbogen lungerten. Sie sahen fies, kräftig und nicht zu Späßen aufgelegt aus. »Die beiden werden uns begleiten. Hin und wieder zurück. Keiner wird es wagen, uns aufzuhalten. Geschweige denn, dass er eine Waffe gegen uns erheben wird. Mein … Anführer lässt euch außerdem ausrichten, dass ihr dafür nichts zahlen müsst. Das will er alles persönlich mit euch besprechen. Zumindest durch einen Mittelsmann.«

Ansou dachte nach, schaute zu Eliza und fragte: »Was meinst du? Ich würde annehmen, was er uns anbietet. Kommst du trotzdem mit, oder sollen dich Johann und Artin zurückbegleiten?«

»Ich bleibe bei dir. Die beiden Männer sehen so aus, als würden sie mit allem fertig«, stimmte die Angesprochene zu.

Ansou nickte und sagte zu Ikk, der schon bereit für den Aufbruch ungeduldig von einem Fuß auf den anderen trat: »Okay, wir vertrauen auf dein Versprechen. Wir können los.« Den beiden Soldaten befahl sie: »Wartet hier auf uns. Wenn wir bis abends nicht zurück sind, benachrichtigt die Wache.«

Die salutierten, stiegen ab und führten die Pferde davon.

Ansou und Eliza liefen hinter Ikk her, durch das Tor und in das undurchsichtige Gassengewirr des Glasscherbenviertels. Die beiden Männer stießen sich von der Mauer des Durchgangs ab und folgten ihnen in einigem Abstand. Der Junge führte sie erneut durch die kleinen dreckigen Straßen des Armenviertels. Diesmal hielt er sich südöstlich.

Viele Gassen später erreichten sie einen Eingang zur Kanalisation, auf den Ikk zusteuerte.

»Wir müssen doch nicht in die Kanalisation, oder?«, stöhnte Eliza. »Der Geruch hier oben ist schon schlimm genug.«

Ikk grinste, als er ihr ins Gesicht sah. »Dort sind wir sicher. Du willst nicht dort hinunter, keine Wache und auch sonst niemand. Außerdem, ohne das Zeichen kommt niemand mehr heraus.« Er trat an das Gittertor, öffnete es und ergriff eine Fackel. Dann zeichnete er damit eine Abfolge von verschiedenen Gesten in die Luft. »Jetzt können wir unbesorgt eintreten. Folgt mir.« Und schon war er verschwunden.

Ansou wunderte sich, wie gewandt sich der Junge bewegen konnte. Und wie lautlos. Sie blickte Eliza an, zuckte mit den Schultern und trat in den düsteren Durchgang.

Der Gestank war wie eine Wand und schlimmer als in den Gassen. Sie musste kurz würgen und wünschte sich, nichts gegessen zu haben. Eliza ging es nicht besser. Die beiden Begleiter blieben am Eingang stehen, als sie Ikk folgten. Erneut führte er sie eine Zeit lang über glitschige Randsteine und schmale Brücken über den Kanal. Ansou konnte nicht sagen, ob sie noch im Glasscherbenviertel waren oder sich in einem anderen Bereich der Stadt befanden. Sie war hoffnungslos von ihrer Orientierung abgeschnitten …

Fast hätte sie Ikk umgerannt, als dieser plötzlich stehen blieb und mit jemandem in einer dunklen Nische sprach. Es sah aus, als würde sie die Person danach weiterwinken. Noch zwei Mal passierten sie einen Spähposten.

Irgendwann erreichten sie einen mannshohen Durchgang, durch den Ikk verschwand. Sie folgten ihm und landeten in einer großen, gemauerten Halle. Etliche Personen hielten sich dort auf. Alle wirkten zerlumpt, dreckig und zerzaust. Einige Durchgänge zweigten in angrenzende Räume ab.

»Das ist unser Versteck«, begrüßte Ikk sie mit einer weit ausholenden Armbewegung.

»Sieht ja einladend aus«, konnte Eliza sich nicht verkneifen.

Ansou fragte nur: »Wo müssen wir hin? Wo treffen wir uns mit dem Anführer?«

»Dort hinein«, wies Ikk sie an und ging auf einen der Durchgänge zu. Er führte sie durch weitere Räume, in denen alles Mögliche an Waren gelagert wurde. Ansou entdeckte auch einige Waffen und Ausrüstungsteile. In einem Raum verließ er sie und verschwand ohne weitere Worte. Der Raum war, bis auf einen kleinen Tisch und ein paar Stühle, leer. Sie blieben stehen und warteten. Ikk trat kurz darauf mit einem hochgewachsenen Mann ein.

»Seid gegrüßt, Soldatin und Zauberin«, sagte er.

»Tarra zum Gruße«, erwiderte Ansou. »Ihr seid gut informiert, wie mir scheint. Woher wisst ihr, dass meine Begleitung zaubern kann?«

Für einen Bewohner des Armenviertels sah der Neuankömmling sehr gepflegt aus. Mit einem sympathischen Lächeln antwortete er: »Ihr werdet feststellen, dass es in Tannberg nicht viel gibt, das uns entgeht. Die Augenfarbe der karamellnuancierten, exotischen Dame ist eines der Gossengespräche. Wir wissen auch, dass ihr jedes Wachhaus in der Stadt abgesucht habt nach Informationen bezüglich der weißen Priester und der Männer aus dem nördlichen Staatenbund. Außerdem begleitet euch Finvara Schnellfeuer, eine Feuerelementarierin.«

»Dass uns Fin begleitet, ist nicht schwer herauszufinden«, platzte Eliza heraus. »Sie fällt einfach auf!«

Der Mann lachte. »Da habt ihr recht, Elementarier sind schwer zu übersehen. Entschuldigt bitte, ich vergaß mich vorzustellen. Ich bin Saarol. Die rechte Hälfte der Gaunergilde. Mein Pendant, die linke Hälfte, heißt Lyrrol. Ich teile euch das mit, da es sein kann, dass ihr mit ihm sprechen werdet, wenn ich keine Zeit habe. Seid versichert, wir sprechen beide mit einer Stimme und im Auftrag des Ganzen. So wird unser Anführer genannt.«

»Ihr seht anders aus als die Mitglieder eurer Gilde«, wunderte Eliza sich.

Erneut lachte Saarol sympathisch, bevor er antwortete: »Jeder sieht so aus, wie wir es von ihm erwarten. Ich könnte mich beispielsweise nicht in den Rängen des Adels bewegen, wenn ich dreckig und zerlumpt wäre, oder mich ein übler Geruch umgibt.« Seine Miene wurde hart. »Aber versteht mich und uns nicht falsch, auch wenn ihr jetzt ein sympathisches Gesicht vor euch seht. Sollten wir erfahren, dass ihr der Armee, dem Adel oder dem Königshaus etwas von uns preisgebt, dann werdet ihr einen unschönen Tod sterben. Die weißen Priester sind es, die uns dieses Risiko eingehen lassen.«

»Was wisst ihr über die Priester?«, mischte sich Ansou in das Gespräch ein. »Ihr klingt, als wärt ihr nicht glücklich über deren Treiben.«

»Das stimmt, Ansou Sekah. Lasst es mich so ausdrücken: Sie sind schlecht für unser Geschäft.«

Ansou wunderte sich, woher er ihren vollständigen Namen kannte. Anscheinend war die Gaunergilde gut informiert. Wo hatten sie ihre Spione und Kundschafter überall eingeschleust, wenn Saarol sogar in den Reihen des Adels verkehrte? »Sie behindern euren Zugang zum König?«

»Nicht direkt zum König, aber wir haben so unsere Probleme mit ihnen. Vor allem sind wir der Meinung, dass sie einen

Staatsstreich planen. Eine abgeriegelte Stadt, Aufstände und viele Soldaten in den Straßen können wir nicht gebrauchen.«

»Einen Staatsstreich? Woher wisst ihr das?« Ansou schreckte hoch.

»Wir schließen das aus der großen Anzahl Krieger, die der nördliche Staatenbund in Tannberg eingeschleust hat. Wir gehen von einigen Hundert aus. Warum würden sie sich sonst in der Stadt verstecken.«

»Warum habt ihr das nicht an die Armeeführung weitergegeben oder die Stadtwache«, entrüstete Ansou sich. »Dann wäre das Problem schon längst behoben!«

»Meint ihr nicht, dass wir das nicht versucht hätten? Es dringt nichts zum König oder den wichtigen Personen in der Zitadelle durch. Wir wissen nicht, wie sie das schaffen, gehen aber davon aus, dass einiges an Bestechungsgeld geflossen ist. An Bedienstete, den Adel, Soldaten und wichtige Bürger. Wir gehen davon aus, dass die Armee unterwandert wurde. Was bringt es also, sich an sie zu wenden?« Bedauernd fügte er hinzu: »Unsere Kundschafter sind außerdem nicht in den höchsten Rängen präsent.«

»Was können wir unternehmen?«, fragte Ansou.

Eliza beschäftigte etwas anderes. »Ihr erzählt uns jetzt sehr viel. Wir hatten Ikk« – sie zeigte auf den Jungen – »gefragt, ob ihr uns Informationen verkaufen könnt. Was wird uns das alles kosten?«, warf sie ein.

»Guter Einwand«, stimmte Ansou ihr zu. Sie blickte Saarol fragend an.

Der lächelte. »Nichts. Wir wollen eure Hilfe. Oder sollte ich eher sagen: Wir brauchen uns gegenseitig. Ihr wollt die weißen Priester loswerden und wir wollen sie loswerden. Und wir beide wollen einen Staatsstreich und einen möglichen anschließenden Krieg verhindern. Wer weiß, wer dann an die Macht kommt!«

Ansou zweifelte. »Ihr wollt kein Geld von uns, für alles, was ihr erzählt?«

»Das stimmt. Ich möchte auch hinzufügen, dass wir nicht mehr viel Zeit haben. Nach unseren Informationen soll der

Aufstand, die Übernahme, oder was auch immer genau geplant ist, in den nächsten Tagen stattfinden. Lasst mich noch erörtern, was wir weiterhin herausgefunden haben. Alles andere können wir danach besprechen.« Er blickte die beiden Frauen an. Diese nickten ihm zu. »Der König lässt sich von den weißen Priestern einlullen und ängstigen. Deswegen ist auch die Zitadellenebene abgeriegelt. Natürlich untersteht ihm die Armee, die Wache und die Königsgarde. Wie schon gesagt, wissen wir nicht, wie weit sie unterwandert wurden. Aber dass es so ist, das ist sicher. Er will sein Reich bewahren. Der Königssohn arbeitet mit dem Händler Alliente Anvof zusammen. Wir nehmen nicht an, dass er direkt an dem Aufstand beteiligt ist. Sie möchten ein Handelsimperium erschaffen, da ist ein Staatsstreich oder ein Krieg nicht förderlich. Außer er will seinen Vater eher ablösen, als die Natur es vorsieht. Sie hätten genügend Geld, um die Krieger und die Bestechungen zu bezahlen. Die Königstochter ist angeblich in ihren Räumlichkeiten unter Schutz gestellt. Niemand hat sie in letzter Zeit gesehen. Mit wem genau die Priester zusammenarbeiten, wissen wir nicht. Vielleicht mit niemandem. Wenn sie beseitigt sind, wird Ruhe einkehren. Das wäre wünschenswert. Aber, auch wenn sie mit jemandem zusammenarbeiten, dann durchkreuzt ihr Tod und der der Nordlinge deren Pläne. Wir versuchen zurzeit herauszufinden, wann der genaue Zeitpunkt des Angriffs ist. Er wird vom Glasscherbenviertel ausgehen und von einer weiteren Bastion im westlichen Wohnbereich in der zweiten Ebene der Stadt. Wir haben von Tunneln gehört, die bis in die Zitadelle reichen sollen. Dort wollen sie eindringen. Wie sie die Gänge graben wollen, überschreitet unsere Vorstellung. Soweit zu dem, was wir wissen.«

Ansou ergriff das Wort und erklärte Saarol, was sie von dem Kampf in Irani wusste und von der Kraft des weißen Priesters.

»Wenn sie sich so durch den Felsen graben können, erklärt das auch die lange Vorbereitungszeit. Und, dass sie so viele Leute in den Häusern unterbringen können. Sie sind nicht länger dort, sondern irgendwo anders«, sagte Saarol.

»Aber was können wir tun?«, fragte Eliza. »Wenn es ein paar hundert Krieger sind, die in den Tunneln sitzen … Wir sind nur zu elf. Elf gegen ein paar Hundert, wenn wir die Armee und die Wache nicht einbeziehen können. Sollte es in den nächsten Tagen so weit sein, dann kann Ansou nicht einmal Hilfe von Reben anfordern.«

Saarol nickte ihr zu. »Eine ausgezeichnete Frage. Hier können wir euch helfen. Die Gaunergilde hat viele verschiedene Anforderungen. Eine davon ist die Durchsetzung unserer Regeln. Auch mit Gewalt. Wir haben viele Männer zur Hand, die wir aufbringen können. In ein paar Tagen kann ich euch mehrere Hundert besorgen. Und wenn wir präventiv mit aller Kraft zuschlagen, denken die Anführer der Nordlinge, dass sie aufgeflogen sind, und setzen ihren Plan verfrüht um. Wir werden zusätzlich Gerüchte darüber in der Stadt verbreiten. Wir sollten sie vor uns hertreiben und nicht umgekehrt.«

Ansou schritt unruhig im Raum auf und ab. Würden sie die Pläne durchkreuzen können, indem sie die Priester zwangen, vor ihrem eigentlichen Zeitplan loszuschlagen? Einen Feind unter Druck zu setzen, war ein gängiges Mittel in der strategischen Kriegsführung. Wenn sie die Nordlinge aus den Tunneln in die Zitadelle treiben konnten, ohne dass diese vorher alles vorbereitet hatten, würden sie den Teil der Armee auf ihre Seite ziehen, der nicht unterwandert wurde. Sollte allerdings der Verrat bis ganz nach oben reichen, dann würde es schlecht für sie ausgehen. Aber das konnte sie sich nicht vorstellen. Die Generalität stand treu zum König! Sie merkte, wie Saarol, Eliza und Ikk sie beobachteten.

»Ihr könntet recht haben, Saarol. Möglicherweise können wir sie überraschen und dazu bringen, verfrüht loszuschlagen. Wenn uns nicht viel Zeit bleibt, ist das unsere beste Chance. Wie schnell könnt ihr eure notdürftige Armee aufstellen?«

»In zwei Tagen sind wir bereit«, versprach er. »Ikk wird euch im ›Lachenden Pegasus‹ auf dem Laufenden halten.«

»Lasst uns den Plan umsetzen. Ich erkläre Finvara alles und bereite meine Soldaten vor«, beschloss Ansou. »In zwei Tagen zur Abenddämmerung schlagen wir zu!«

»So soll es geschehen. Ikk bringt euch zurück zum Scherbentor. Wir werden uns möglicherweise nicht wiedersehen. Es war angenehm, euch kennenzulernen.« Damit verabschiedete sich Saarol und verließ den Raum.

»Ihr müsst den Anführer mit irgendetwas beeindruckt haben, wenn er euch kostenlos hilft«, ließ sich Ikk vernehmen. »Möglicherweise steht es wirklich so schlimm um Tannberg und er weiß sich nicht anders zu helfen, als euch zu vertrauen.« Vielmehr sagte er nicht, als er sie zurück zu den wartenden Soldaten brachte und ihnen am Tor Lebewohl wünschte.

Als sie in der Taverne eintrafen, erzählten ihnen die zurückgebliebenen Soldaten im Hof, dass Fin erwacht war und sie und Toki im Schankraum auf sie warteten.

»Lass uns zu ihnen gesellen und ihnen erzählen, was wir erfahren haben, und dann einen Plan schmieden, um den Staatsstreich übermorgen zu verhindern«, sagte Ansou, während beide die Taverne betraten.

Pläneschmieden

Als Ansou und Eliza den Gastraum betraten, sah Fin ihnen an, dass sie glücklich waren, sie unversehrt zu sehen.

»Tarra sei Dank, du lebst und es geht dir gut!«, rief die Soldatin.

Elizas Gesicht strahlte. »Wir haben uns große Sorgen um dich gemacht, Fin. Ich bin sehr froh, dass du wieder bei uns bist.«

Nachdem beide am Tisch saßen, erwiderte Fin: »Danke euch beiden. Und jetzt genug mit der Sorge um mein Wohlergehen. Es geht mir gut und dabei wollen wir es belassen. Wir haben viel zu besprechen. Ich bin mir sicher, der Anschlag mit dem Gift wurde von den weißen Priestern in Auftrag gegeben. Ich, oder wir, machen sie nervös.«

»Wir haben erfahren, dass sie den König stürzen wollen. Ein Staatsstreich!«, platzte Eliza heraus.

»Und wir müssen sie aufhalten. Aber lass uns Stück für Stück berichten, Eliza«, wies Ansou sie zurecht. »Es bringt nichts, ein paar Brocken in den Raum zu werfen, mit denen niemand etwas anfangen kann. Wenn es dir und Toki recht ist, würde ich zunächst von meinem und Elizas Tag berichten. Dann darfst du uns von deiner Auferstehung erzählen.«

Toki nickte gedankenverloren.

Fin sagte: »Das ist eine gute Idee, bis auf den letzten Teil. Bitte erzähle uns, was ihr beide bei den Gaunern herausgefunden habt.«

Ansou berichtete alles, was sie in den letzten Stunden erlebt hatten, und schloss mit: »... und Ikk wird uns auf dem Laufenden halten.«

Toki war inzwischen präsenter und hatte aufmerksam zugehört.

»Das klingt wie eine herausfordernde Aufgabe, die vor uns liegt«, ließ sich Fin vernehmen, nachdem sie den Bericht verdaut hatte. »Hunderte nordische Krieger gegen eine Diebesbande, und uns. Und wir können uns nicht an die Armee und die Wache wenden, da wir nicht wissen, wie tief sie infiltriert sind. Keine gute Ausgangslage.« Sie schüttelte bedauernd den Kopf. »Das hatte ich mir nicht ausgemalt, als ich Tangrintanien betrat. Dass ich einen Staatsstreich verhindern muss und gegen weiße Priester einer unbekannten Gottheit kämpfe. Lutum sei Dank hat er euch auch auf diese Aufgabe angesetzt. Bevor wir uns an die Ausarbeitung eines Planes machen, lasst bitte Toki erzählen, was er erfahren hat.« Sie sah ihn auffordernd an.

Der rutschte etwas unbehaglich auf seinem Stuhl herum und setzte zwei Mal an, etwas zu sagen, überlegte es sich aber beide Male anders.

»Jetzt fang schon an«, forderte Eliza ihn auf. »Unglaublicher als das, was wir heute erlebt haben, kann deine Geschichte nicht sein.«

»Hast du eine Ahnung«, sagte Toki säuerlich, fing aber endlich an zu erzählen. »... und wirklich glauben kann ich es immer noch nicht. Es fühlt sich an wie ein Traum.«

Fin konnte in Elizas und Ansous Gesicht, je weiter die Geschichte fortschritt, unterschiedliche Gefühlsregungen erkennen. Freude über ihre Gesundung, Neugier über alles, was die Elementarier betraf, Unglauben bezüglich der Information zur Transformation und Sorge um Toki.

»Ich wusste, dass du das mit der Tavernentür warst!«, rief Eliza aus. »Du wirst ein Elementarier. Das ist ja unglaublich! Und du kannst mit Tieren sprechen.«

»Das ist ... Ich weiß gar nicht, was das ist«, setzte Ansou an, unterbrach sich aber. »Unglaublich, unwirklich, unfassbar und sagenhaft toll. Ich finde keine richtigen Worte dafür. Der erste Elementarier seit mehr als zweitausend Jahren, der nicht durch ein Ritual erwacht. Und dann bist du vielleicht auch noch stärker als alle anderen!«

»Das müssen wir erst noch herausfinden«, beruhigte Fin den Überschwang. »Und er muss überleben. So leid es mir tut, aber das haben wir auch erfahren.«

»Ich wusste, dass du etwas Besonderes an dir hast.« Ansou grinste breit. »Du wirst ein Luftelementarier? Ich hätte ja eher gedacht, dass du zu Wodasch passt. Du bist sensibel und gefühlvoll. Odem ist aufbrausend, stürmisch und draufgängerisch!«

»Aber auch vernünftig. Außerdem wünscht er klare Entscheidungen und steht für Fantasie, Träume und Aufbruch in etwas Neues«, fügte Fin hinzu. »Vor allem der Aufbruch in etwas Neues trifft meiner Meinung nach ins Schwarze. Aber es war alles nur ein großer Zufall, dass Yeban genau in dem Moment gestorben ist, als Ischve über Tokis Dorf flog.«

Ansou zweifelte. »Ich glaube nicht an Zufälle. Es wird genau den Richtigen getroffen haben.«

»Am liebsten wäre es mir, wenn Yeban noch leben würde und ich keine Elementarkräfte entwickeln würde«, sagte Toki trocken. »Dann müsste ich mir keine Gedanken machen, ob meine Augen explodieren.«

Fin nickte zustimmend. »Ich wäre auch froh, wenn Yeban noch leben würde, aber die Wege der Götter und des Schicksals sind unergründlich. Ich persönlich bin froh, dass es dich getroffen hat. Yeban hätte dich gemocht, da bin ich mir sicher.«

Der kurze Anflug von Sentimentalität verstrich, und als Toki erzählte, dass er von allen Göttern niemals Odem als seinen erwählt hätte, hob sich die Stimmung. Sie verschoben das Pläneschmieden auf später und beschlossen zunächst, etwas zu essen. Dabei phantasierten sie über Tokis neue Gabe und die Götter. Sie freuten sich, alle beieinander sitzen zu können, zu lachen, und das, ohne gerade Gefahren ins Auge blicken zu müssen.

Als die Schankmaid das Mahl abräumte, wandten sie sich erneut den schwierigen Entscheidungen der nächsten Tage zu.

Fin fing an: »Ich denke, wir haben nicht viel Auswahl bei dem, was wir machen können. Ich werde den Vorschlag der Gaunergilde annehmen und zusammen mit ihnen diese Eindringlinge aus Tangrintanien vertreiben. Und diesmal können wir hoffentlich einen weißen Priester gefangen nehmen, der mehr über die Pläne deren Gottes weiß. Mir schwebt da Haltoe Kamtharg vor! Ihr alle habt natürlich die Wahl, ob ihr euch der Gefahr aussetzen wollt. Außer du, Ansou. Soweit ich mich erinnere, habe ich immer noch die Befehlsgewalt über die Truppe. Aber ich möchte dir die Wahl lassen.«

»Ich fühle mich geehrt, dass ich an deiner Seite kämpfen darf. Auf keinen Fall werde ich diesen Hurensöhnen mein Königreich überlassen!«, stimmte sie sofort zu.

»Ich bin auch dabei«, sagte Eliza. »Wenn Toki mir sein Zauberpulver überlässt, glaube ich, dass ich eine große Hilfe sein kann. Und die Priester und ihre Verbündeten haben noch etwas gut bei mir. Sie haben mich eingesperrt!«

Toki überlegte erst, bevor er Fin Antwort gab. »Ich bin nicht besonders gut im Schwertkampf, oder anderweitig großartig von Nutzen, glaube ich. Aber wenn du einen Platz für mich hast, bleibe ich und unterstütze, soweit ich kann.«

»Dann wäre das geklärt. Danke, dass ihr euch alle der Gefahr aussetzen wollt. Ich freue mich, dass ihr bleibt. Lutum hat gut gewählt.« Fin sah inzwischen müde aus. »Ich werde mich jetzt in mein Zimmer zurückziehen. Das Gift hat mich doch mehr mitgenommen, als es scheint. Morgen beratschlagen wir, wie wir das Königreich retten.« Sie stand auf, wünschte ihnen allen eine gute Nacht und ging zur Treppe.

Im Zimmer angekommen erblickte sie Fogo auf dem Kettenhemd ruhen. »Fogo, bist du noch wach?«, fragte sie.

»*Wenn ich es nicht wäre, dann jetzt*«, grummelte der kleine Drache, flog aber gleich zu ihr hin und schmiegte sich an ihren Kopf. »*Ich bin so froh, dass es dir besser geht. Versprich mir, dass du in Zukunft besser auf dich Acht gibst!*«

Fin setzte sich aufs Bett und kraulte Fogo am Kinn und hinter den Ohren.

»Ich bin auch heilfroh.« Sie schmunzelte. »Ich würde gern über hundert werden. So einfach trete ich nicht von der Welt ab. Schon gar nicht durch Gift! Also, versprochen!«

Der Drache kuschelte sich in ihren Schoß. »*Was denkst du über die ganze Sache mit Toki? Glaubst du, dass er wirklich Yebans Kräfte entwickelt?*«

Fin überlegte lange, bevor sie ihm antwortete: »Delyma hat alles, was er erklärt hat, gut belegt. Ich denke, er ist ein hervorragender Archivar und überaus intelligent. Ja, ich glaube, Toki wird ein Luftelementarier, hoffentlich. Natürlich wünsche ich ihm, dass er nicht daran stirbt. Und dann sehen wir weiter. Ich werde ihm vorschlagen, dass wir zusammen zum Feuertempel reisen und mit dem Rat der Götter sprechen. Und da ist auch noch die Prophezeiung, von der niemand etwas weiß. Wir brauchen Antworten. Und der Rat muss sie uns geben. Diesmal lasse ich mich nicht abweisen!«

»*Dieser kleine Vogel, Ayme, ist mir sympathisch. Ich glaube, ich werde mich gut mit ihm verstehen. Was ist eigentlich mit Ischve?*«

»Falls du willst, könntest du vor die Stadt fliegen und sie suchen«, bat Fin ihn. »Vielleicht kann sie uns übermorgen helfen, bei dem Versuch Tangrintanien aus den Fängen der weißen Priester zu befreien.«

»*Ich bin sowieso hungrig, dann können wir zusammen jagen.*« Er kicherte. »*Sie jagt und ich beteilige mich am Fressen.*«

Fin lachte, ein fröhliches, glückliches Lachen, das aus ihrem Band mit Fogo herrührte. »Du wirst doch nicht seit Neuestem frisches Fleisch bevorzugen. Was ist mit dem lang und gut abgelegenen? Am besten in irgendeiner Grube?«

»*Man muss sich ja anpassen.*« Die kleinen Lefzen verzogen sich zu einem angedeuteten Grinsen. »*Aber nein, sie sieht mit ihrem scharfen Blick alles Aas in der Umgebung und sagt mir, wo es liegt. Das ist viel besser, als wenn ich es erschnüffeln muss. Beim letzten Mal hat sie ein gut verwestes Reh gefunden.*« Er schmatzte vor sich hin.

»Such sie und friss dich satt«, sagte Fin. »Ich muss mich hinlegen und ausruhen. Ich lasse dir das Fenster offen, dann kannst du dich zu mir ins Bett legen, wenn du wieder da bist.«

»*Ziehst du dein Kettenhemd an?*«, fragte Fogo hoffnungsvoll.

»Nein. Aber ich lege es auf die Seite, dann kannst du darauf schlafen.«

»*Danke.*« Er sprang von ihrem Schoß hoch, flog zum Fenster und schlüpfte hindurch. »*Ruhe dich gut aus und denk an das Metall!*«

Fin ersparte sich weitere Worte. Er hätte sie nicht mehr gehört, legte das Kettenhemd bereit, zog sich aus und begab sich erschöpft ins Bett. Kurz darauf war sie eingeschlafen.

Toki rannte vor einer großen Drachengestalt davon, die Feuer auf ihn spie. Aus allen Körperöffnungen spritzte Blut und seine Haut platzte von innen heraus auf. Trotzdem rannte er. Er rannte und rannte, bis ihn seine Beine, die nur mehr aus grauen Knochen bestanden, nicht weitertrugen. Als er auf dem felsigen Boden niederkniete, hüllte ihn ein leuchtender Nebel ein. Um ihn herum funkelte alles Grau in Grau. Pochen drang dumpf an sein Ohr. Es pochte und pochte, fast wurde er wahnsinnig davon … und erwachte.

Sein Herz klopfte und der schon fast nicht mehr ungewöhnliche milchig-schlierige Nebel trübte seinen verschlafenen Blick.

Tock …, tock …, tock … Träumte er noch? Gedanken waberten in seinem Kopf. Tock … tock … Das Geräusch kam vom Fenster. Ihm wurde bewusst, es war real, nicht in seinem Traum. Er träumte nicht mehr. Das Klopfen wurde ungeduldiger. Toki mühte sich aus dem Bett, der Nebel löste sich langsam auf. Er trat ans Fenster und öffnete es.

»*Wurde aber auch Zeit. Wie lang, glaubst du, will ich warten, bis ich eingelassen werde?*« Ein kleiner, goldgelber, flauschiger Ball flog an ihm vorbei. »*Du bist ja noch gar nicht angezogen. Die Sonne geht gleich auf, da gibt es die schmackhaftesten Insekten zu fangen! Und wieso bist du, bis auf deinen Kopf, ganz grau?*«

Toki schwirrte der Kopf von den vielen Worten, die ihm Ayme zuwarf. Er musste sie erst mühsam in seinem Kopf zu Sätzen formen. »Die Sonne ist noch nicht aufgegangen …«, fing er an.

»Sagte ich doch, Tölpel. Das ist die beste Zeit des Tages! Ich hätte dir etwas mitgebracht, aber ich weiß nicht, was du gerne pickst«, unterbrach ihn der Vogel.

»Ich picke gar nichts, ich esse ein Frühstück. Am liebsten Brot, Butter und Honig.«

Toki trat vor den Spiegel, kontrollierte, was Ayme sagte, und stellte fest, dass er tatsächlich komplett grau war – bis auf seinen Hals und den Kopf. Er seufzte tief. ›Dann wird es bald so weit sein, Elementarier oder tot. Immerhin ist die Ungewissheit dann vorbei.‹

»Wieso bist du schon auf, Ayme?«

»Weil es früh morgens das beste Fressen gibt. Hörst du mir nicht zu? Wann verlässt du denn das Nest?«

»Wenn es möglich ist, erst am späten Vormittag. Aber ich habe mit Ansou ausgemacht zu trainieren. Da ist es gut, dass du mich aufgeweckt hast.« Während des Gesprächs zog er sich an.

»Ist dieses Trainieren das, was du die letzten Tage gemacht hast? Mit Holz aufeinander einschlagen und sich schmerzhaft treffen lassen?«, fragte Ayme neugierig.

Toki lachte bei der Vorstellung. »So könnte man es ausdrücken. Aber ich trainiere, um nicht mehr getroffen zu werden. Ich werde besser!«

»Hoffentlich! Der kleine Feuerteufel hat mir gesagt, dass du vielleicht sterben wirst und ich dann wieder ein gewöhnlicher Vogel werde. Ich mag, wie es gerade ist. Schau, wie hübsch ich bin.« Er plusterte sich auf und stolzierte auf dem Tisch herum.

»Die Farbe deines Federkleides hat schon eine herausragende Schönheit«, stimmte Toki zu. »Ich kenne wenig Vögel, die so satt leuchten.« Er merkte, wie Ayme sich bei den Worten größer machte und noch ein wenig fülliger wurde. Inzwischen hatte er sich fertig angezogen. »Kommst du mit nach draußen?«

»Okay, ich schau dir zu, wie du dich verprügeln lässt.« Er sprang in die Luft und landete auf Tokis Kopf.

»Autsch! Du hast ganz schön scharfe Krallen. Kannst du auf die Schultern hüpfen? Wenn du schon nicht fliegen willst«, bat Toki.

»*Kein Problem.*« Ayme hüpfte mit kurzen Sätzen auf die Schulter, wobei er sich zwischenzeitlich am Ohr festhielt. Toki zuckte bei dem Schmerz zusammen. »*Können wir jetzt los?*« Ungeduldig tippelte der Vogel hin und her.

»Na klar.« Mehr sagte Toki nicht und begab sich zu Ansou in den Hof.

Draußen flog Ayme aufs Dach und sah von oben hinunter.

»*Hier hat man den besten Ausblick*«, hörte Toki, dann begrüßten Ansou und er sich.

»Habe ich da gerade einen gelben Vogel auf deinen Schultern gesehen?«, fragte sie neugierig.

»Ja, Ayme. Mein … Begleiter? Es ist immer noch so unwirklich, dass ich mit einem Tier sprechen kann. Ich glaube, er ist Frühaufsteher. Das passt gar nicht zu mir«, gab er als Antwort.

Sie grinste. »Wer früh aufsteht, hat mehr vom Tag. Für die Übungskämpfe stehst du ja auch auf. Ich bin jeden Tag früh wach. Das bringt das Soldatenleben mit sich. Sollen wir anfangen?«

Toki nickte und sie kämpften etwa eine Stunde, in der sich Toki wacker schlug. Nur drei Mal konnte sie seine Abwehr durchbrechen und ihn mit ihrem Schwert treffen.

Als sie den letzten Kampf absolviert hatten, schwitzten beide stark, einige Haare hatten sich aus den Pferdeschwänzen gelöst und die Gesichter glühten vor Anstrengung.

»Nicht schlecht. Du lernst schnell. Hast du eigentlich eine Waffe für den morgigen Kampf? Oder eine Rüstung? Ich glaube nicht, oder?«, fragte sie keuchend.

Toki, außer Puste, konnte nur den Kopf schütteln. Einige tiefe Atemzüge später antwortete er auf die Fragen. »Beides nicht, aber ich habe etwas Geld. Ich könnte sie mir kaufen. Ich weiß nur nicht, worauf ich achten muss und wo ich alles herbekomme. Willst du mir helfen, mich auszurüsten?«

»Gern. Ich glaube, wir haben heute ein wenig Zeit. Die nutzen wir, um dir bei den Schmieden ein Schwert, ein Schild und eine Rüstung zu besorgen. Vielleicht kämpfst du mit anderen Waffen besser, aber nur damit haben wir geübt. Wenn das hier vorüber ist, solltest du überlegen, mit welchem Kampfgerät du dich für die Zukunft ausrüsten willst. Sogar bei Schwertern gibt es viele Unterschiede. Ich habe mehrere Jahre gebraucht, um zu wissen, mit was ich besonders gut umgehen kann.«

»Mit welchen Waffen kämpfst du gewöhnlich?« Toki war begierig, mehr von ihr zu erfahren.

»Mit dem Schwert gar nicht so gern. Ich kann annehmbar mit dem Bogen umgehen und auch mit dem Speer. Aber nur mit Äxten bin ich richtig gut. Ich habe mich geehrt gefühlt, als Fin mich fragte, ob ich die beiden Waffen von Yeban haben will. Sie sind nicht aus Dunkelstahl, aber wahnsinnig hart und liegen perfekt in der Hand.«

»Morgen sehe ich, wie du kämpfst. Ich hoffe, dass ich dem gewachsen bin.«

»Vor deinem ersten richtigen Gefecht, in dem Menschen sterben, in dem du jemanden töten musst, weißt du nicht, ob du das schaffst.« Sie zuckte mit den Schultern. »Manche erstarren und können nicht kämpfen, andere überleben und sind danach gebrochen. Wir müssen abwarten, aber ich bin mir sicher, du wirst das durchstehen. Und wir werden dir, so gut wie möglich, dabei helfen.«

»Danke, Ansou.« Toki wirkte nachdenklich. »Und danke, dass du mir beim Ausrüsten hilfst. Ich muss mich waschen, bevor wir uns zum Frühstück treffen. Ich bin total verschwitzt. Und rasieren sollte ich mich auch wieder.« Er fuhr sich mit der Hand durch den Dreitagebart.

Ansou trat so nah zu ihm, dass er ihre Hitze spürte und den, für ihn angenehmen, Duft von Honig und Leder – und den leichten Schweißgeruch. Sie fuhr ihm auch durch den Bart und raunte: »Lass ihn noch dran. Morgen früh kannst du ihn abrasieren. Vielleicht habe ich heute Abend Lust auf Sex. Du möglicherweise auch.« Sie grinste ihn schelmisch an und zwinkerte ihm zu. Dann ließ sie ihn stehen und ging ins Gasthaus.

Toki blickte ihr hinterher. Ihm war heiß geworden und Blut hatte sich in gewissen Körperregionen gesammelt. Er hob die Hand an die Stelle, an der sie ihn berührt hatte, erinnerte sich an die letzte Nacht mit ihr und dachte: ›Hoffentlich hat sie Lust. Sie ist wirklich eine außergewöhnliche Frau. Aber das sind

Gedanken für später. Erst einmal waschen und umziehen. Ich rieche streng.‹

Nachdem das erledigt war, fand er sogar noch Zeit für seine Meditation, bevor er sich zu den anderen in den Gastraum gesellte.

Alle saßen schon am Tisch und ein reichhaltiges Frühstück stand vor ihnen, als Toki sich setzte. Er langte kräftig zu, der Übungskampf hatte ihn hungrig gemacht. Fin erörterte, was sie sich bezüglich der Verhinderung des Staatsstreichs überlegt hatte. Er und Ansou sollten die Nordlinge im Wohnviertel angreifen und Fin würde mit Eliza die Häuser im Glasscherbenviertel stürmen. Beide Paare unterstützt von den Gaunern.

»Würdest du dein Zauberpulver zur Verfügung stellen?«, bat Fin. »Ich weiß, das ist viel verlangt, da es von deinem Großvater ist. Außerdem ist das Pulver sehr viel wert. Aber es würde unsere Chance, das Ganze zu einem guten Ende zu bringen, stark erhöhen. Ich kann versuchen, den Bischof der Feuerkirche, zu bitten, dir dafür Geld zu geben. Aber das kann ich nicht versprechen. Du darfst aber auch jetzt schon ablehnen.«

»Nein, Eliza kann das Pulver haben. Ich habe mir darüber schon Gedanken gemacht. Sie kann es besser gebrauchen als ich. Wenn der Bischof mir Geld dafür geben kann, würde ich es gerne meinen Eltern und meiner Großmutter zukommen lassen. Falls ich dann nicht mehr lebe. Würdest du das in die Wege leiten?«

»Oh, Toki, das ist wunderbar!« Eliza strahlte. »Dann bin ich nicht ganz nutzlos. Ich habe mich schon gefragt, was ich machen kann, um hilfreich zu sein. Jetzt weiß ich es! Ich werde die Krieger das Fürchten lehren!«

Fin griff seine Frage auf. »Ich werde dem Bischof ausrichten, dass das Geld an deine Familie gehen soll. Aber ich bin mir sicher, du kannst es ihnen selbst übergeben. Und jetzt müssen wir auf diesen Jungen warten, der uns Nachricht der Gaunergilde bringen soll. Ikk, nicht wahr?«

Ansou nickte und fügte hinzu: »Wenn er hier ist, können wir besser planen. Toki und ich werden zu den Schmieden reiten und ihm eine Ausrüstung besorgen. Sollen wir etwas mitbringen? Oder will uns jemand begleiten?«

Fin schüttelte den Kopf. »Ich werde mich ausruhen und auf Fogo warten, der hoffentlich bald mit Nachricht von Ischve zurückkommt. Vielleicht kann sie uns unterstützen. Und dann werde ich den Bischof aufsuchen.«

»Ich bleibe auch hier. Ich überlege mir, welche Zaubersprüche morgen nützlich sein könnten«, erklärte Eliza. »Aber vielleicht hast du ein Kettenhemd für mich und ein Messer? Ein wenig Schutz wäre nicht schlecht. Waffen helfen mir nicht viel, da ich nicht mit ihnen umgehen kann.«

»Lass mich, bevor wir losreiten, deine Maße nehmen. Ich bringe dir eine Rüstung mit«, versprach Ansou.

Nachdem alles Wichtige besprochen und klar war, wer welche Aufgabe hatte, trennten sich ihre Wege für den Tag.

Toki sattelte sein und Ansous Pferd und wartete im Hof auf sie. Ayme entdeckte er nicht. Er nahm an, dass er sich etwas zu fressen suchte. Sein Geld, es waren immer noch mehr als zweihundertvierzig Fils, steckte in einem Beutel am Gürtel. Als er Ansou aus dem Haus kommen sah, stieg er auf.

»Du bist fertig, wie ich sehe. Dann können wir los«, sagte sie und schwang sich anmutig auf ihr Reittier. In Soldatenrüstung, mit ihren beiden Äxten am Gürtel, wirkte sie kriegerisch und gefährlich, fand Toki. Er würde sich nicht gern mit ihr anlegen wollen.

»Weißt du, wohin wir reiten müssen?«, fragte er.

»Am besten zum Händlertor und durch das Viertel der Schnitzer, Maler, Künstler und Bildhauer. Anschließend passieren wir die Baumeister und deren Gewerke und erreichen die Schmieden. Wir könnten auch durch den Wohnbereich hier in der zweiten Ebene zum Duftenden Tor und dann an den Lederern, Gerbern und Färbern vorbei, um zu den Schmieden zu gelangen, aber ich würde mir den Geruch gern ersparen, auch wenn der andere Weg etwas länger ist. Aber wir sehen was von der Stadt.«

»Wie du es für besser hältst«, stimmte er zu und sie ritten los.

Am Händlertor mussten sie warten, da gerade einige Fuhrwerke passierten. Die anschließenden Serpentinen gaben einen herrlichen Blick auf die Stadtviertel der untersten Ebene preis. Es hatte in der Nacht geregnet und die Dächer glänzten in der Sonne. Die Stadtmauer wand sich wie ein großer, steinerner Wurm von der Tanngau zum Gebirge. Weit im Westen erspähte Toki das Westmassiv, das die Farben der Tangrintanier spiegelte. Unten am Fuß der Berge tannengrün von den Bäumen, in der Mitte felsgrau und die Bergspitzen weiß vom Schnee. Die Schnitzer und Bildhauer stellten an ihren Ständen oder in ihren Geschäften Werke aus, die sie verkaufen wollten. Einige arbeiteten gerade an vorbestellten Aufträgen. Toki bewunderte die reichhaltige Vielfalt.

›Ich dachte, dass ich gut schnitzen kann‹, sinnierte er. Bewundernd betrachtete er vom Pferd aus einige besonders gut gelungene Stücke. ›Das ist aber ein ganz anderes Kaliber als das, was mein Vater und ich gemacht haben.‹

Auch Steinskulpturen, die das Auge bezauberten, erblickte er. Quarz, Granit, Marmor und Sandstein hatten die Künstler dafür verwendet. Vom Viertel der Handwerker sahen sie nicht viel, da sie nah an der Mauer eine große Hauptstraße entlangritten. Bei den Schmieden, die rußige Wolken aus Kaminen in den Himmel entließen, entschied sich Ansou für ein großes Gebäude, vor dem viele Waffen in ausladenden Regalen hingen, lagen und standen. Sie hieß ihn absteigen und zusammen betraten sie den Laden. Darin roch es nach Metall und Waffenöl. Ein freundlicher Händler begrüßte sie, hörte sich an, was sie brauchten, und zeigte Toki eine große Auswahl an Schwertern. Der prüfte, mithilfe von Ansou, alle auf ihre Balance und wie sie ihm in der Hand lagen. Letztendlich entschied er sich für ein Standard-Soldatenschwert. Es kostete fünfundfünfzig Fils. Der Händler hatte ihnen auch Waffen für das Zehnfache gezeigt, die prächtig funkelten und wunderbar graviert waren. Ansou wies das aber zurück.

»Ein Schwert muss gut in der Hand liegen, aus gutem Stahl und gut ausbalanciert sein. Alles andere ist unnötig und befriedigt nur das eigene Ego, wenn man damit prahlen kann«, erklärte sie ihm, als sie den Laden verlassen hatten. »Niemand braucht Gravuren!«

Der Händler hatte zum Preis noch eine lederne Scheide dazugegeben.

Die Rüstung erhielten sie in einem anderen Laden. Ansou kaufte für Eliza ein Kettenhemd, das auch die tangrintanischen Soldaten trugen, und einen Helm. Toki entschied sich gleichfalls für das Hemd. Der Helm, den er wählte, hatte einen Nacken- und Nasenschutz. Ansou empfahl ihm, sich lederne Arm- und Beinschützer zuzulegen. Sie schützten ausreichend, boten aber gleichzeitig genügend Bewegungsfreiheit. Als Letztes kaufte er ein Rundschild für vierzig Fils, das genau seinen Arm abdeckte.

»Eine Ausrüstung für einen Krieger ist nicht günstig«, stellte er anschließend fest, als sein Geldbeutel um einiges leichter als beim Aufbruch war.

»Krieg ist immer sehr teuer«, stimmte ihm Ansou zu. »Wenn es keinen geben würde, hätten die Reiche mehr für ihre Bürger zur Verfügung. Aber wie wir jetzt sehen, ein gewisser Schutz ist unabdingbar, leider. Sollen wir zurückreiten?«

»Das ganze Einkaufen hat mich hungrig gemacht, dich auch? Wir könnten etwas essen. Ich bezahle, da du mir geholfen hast«, schlug Toki vor. »Ich habe unter dem Händlertor ein schönes Gasthaus gesehen.« Er merkte Ansou an, dass sie überrascht war. Dann lächelte sie ihn strahlend an. »Gerne. Ich kann mich nicht erinnern, dass mich schon mal ein Mann zum Essen eingeladen hat. Das ist lieb von dir. Überrasche mich mit deiner Gasthausauswahl.«

Er freute sich, dass er ihre eine Freude machen konnte, und sie ritten zu der Taverne.

Sie schmiegte sich am unteren Drittel der Serpentinen zum Händlertor in den dortigen Felsen. Ein paar Treppen führten von dem Stall für die Pferde nach oben. Dort angekommen bot das Gasthaus einen guten Ausblick über das Händlerviertel. Die Gäste konnten auf einigen Bereichen, die sich in Größe und Anordnung unterschieden, Platz finden. Blumen und andere Pflanzen wuchsen üppig in kleinen Trögen und Vasen.

»Da hast du ja ein richtiges Juwel erspäht.« Ehrfurchtsvoll betrachtete Ansou die wunderbare Aufmachung des Gasthauses.

»Das hatte ich mir gar nicht so vorgestellt. Aber die ganzen Blumen und das Schild ›Blumenpracht und Essensmacht‹ haben mich angesprochen.« Auch Toki war von der Pracht überwältigt. »Lass uns den Tisch hier im Eck nehmen, man hat einen großartigen Ausblick über die Stadt. Wenn ich, möglicherweise, nicht mehr lange zu leben habe, will ich mich an Uthrs Ratschlag halten. Lebe, ohne einen Gedanken daran zu verschwenden, wann und wie du sterben wirst. Erfreue dich an Kleinigkeiten, an der Natur und ihrer Wunder. Bringe andere zum Lachen. Ich glaube, er hat solche Gelegenheiten gemeint.«

»Ich hoffe, Julius findet Uthr. Ich würde ihn wirklich gern kennenlernen«, sagte Ansou, als sie sich gesetzt hatte. »Das, was du gerade gesagt hast, ist wunderbar.«

»Er hatte noch ein paar weitere tolle Weisheiten. Eine davon lautete: ›Egal wie das Wetter ist … Schnee, Regen, Nebel machen mir nichts aus, solange ich etwas gutes essen kann.‹ Und genau daran halten wir uns jetzt!« Toki lachte fröhlich.

Bei der Schankmaid bestellten sie zwei große Schwarzbier und dazu ein gebratenes Hähnchen. Als Beilagen Kohlrabigemüse, Kartoffelbrei und gedünstete Karotten. Zusammen verputzten sie alles bis auf den letzten Krümel. Toki erzählte Ansou von seinem Leben im Dorf und der Schreinerei, die sein Vater und er betrieben hatten. Ansou erzählte ihm von ihrem Leben als Soldatin, von der Ausbildung bei Reben, ihrer Zeit in Ebras und ihrer Verletzung.

»Dann lassen wir es uns jetzt aus zwei Gründen gut gehen«, beschloss Toki. »Deine Genesung damals und dass ich in ein paar Tagen noch lebe. Zumindest heute!« Er trank einen großen Schluck vom Bier. »Willst du noch etwas? Uthr hat kein Essen ohne einen guten Nachtisch beendet. Und diesen oft mit allen anderen geteilt.«

»In Tannberg gibt es sehr gute gebackene Kuchen mit Ahornsirup. Wenn es hier welche gibt, würde ich mich darüber freuen«, sagte Ansou und sah überglücklich aus.

Toki winkte die Schankmaid heran und es gab tatsächlich eine Art Kuchen und den Sirup. Er bestellte zwei Portionen. Sie lachten und schäkerten, bis der bestellte Nachtisch kam. Toki schmeckte es unbeschreiblich gut. Seine Begleitung und die warme Nachmittagssonne trugen dazu bei. Als sie keinen weiteren Bissen herunterbrachten, zahlte er die Rechnung über drei Fils. Er gab der Schankmaid fünf und ließ sie damit perplex stehen.

›Was soll ich mit dem Geld, wenn ich vielleicht sowieso sterbe‹, dachte er und freute sich, dass er einer weiteren Person eine Freude gemacht hatte.

Als sie an den Pferden ankamen, sagte Ansou: »Danke, Toki. Das war einer der schönsten Tage, die ich seit einer Ewigkeit hatte. Du bist etwas ganz Besonderes. Die Gabe der Götter hätte sich keinen besseren Mann aussuchen können.« Bevor er etwas darauf antworten konnte, zog sie ihn zu sich heran und küsste ihn lang, liebevoll und fordernd.

»Bitte …«, brachte Toki zwischendurch atemlos heraus. Dann verlor er sich erneut in dem Kuss. Als Ansou ihn frei gab, lachte sie befreit, fuhr ihm durch den Bart und schwang sich anschließend elegant auf ihr Pferd.

»Kommst du? Ich glaube, wir müssen zurück.« Sie lächelte Toki an, der sie staunend und bewundernd ansah.

»Da könntest du recht haben.« Er schüttelte die Starre ab und schwang sich auf sein Tier. Zusammen ritten sie zurück »Zum lachenden Pegasus«, in dem inzwischen Ikk aufgetaucht war, wie ihnen ein Soldat erzählte, als sie die Pferde versorgten.

Der Tag neigte sich dem Ende entgegen, als Fin, Eliza, Toki, Ansou und Ikk sich in Fins Zimmer zum Kriegsrat trafen. Eliza stellte Fin und Toki den kleinen, verdreckten Gauner vor.

»Ich bringe euch Grüße von Saarol und Lyrrol«, eröffnete Ikk das Gespräch. »Ich soll euch berichten, was wir herausgefunden haben. Die Gerüchte sind gestreut und diejenigen, die den Staatsstreich planen, sollten inzwischen wissen, dass wir ihnen zuvorkommen wollen. Oder werden es im Laufe der Nacht. Wir werden bis morgen fünfhundertachtundsechzig

Krieger zusammenbekommen, über die ihr verfügen könnt. Saarol hat mich angewiesen, dass ich euch, Fin, und euch, Ansou, die Befehlsgewalt für jeweils die Hälfte übertrage. Also zweihundertvierundachtzig Streiter für jeden. Natürlich sind nicht alle gleich gut im Kampf, aber wir haben sie möglichst gleichmäßig aufgeteilt. Jeweils hundert sind richtig gute Kämpfer mit Erfahrung, entweder sie haben in der Armee gedient oder waren als Söldner verdingt. Etwa fünfzig könnt ihr als Armbrustschützen und Bogenschützen einsetzen. Wir haben nicht genug Armbrüste für alle, aber die Bögen sollten ihr Werk genauso verrichten. Weitere hundert Männer und Frauen haben als Freischärler und Räuber in unterschiedlichen Ländern Kampferfahrung gesammelt. Ihr dürft sie euch aber nicht als richtig ausgebildet vorstellen. Sie werden eure Befehle befolgen, sind aber nicht mit Taktik und so weiter vertraut. Die letzten vierunddreißig haben unterschiedlichste spezielle Ausbildungen genossen oder Fähigkeiten. Meuchelmörder, Sappeure, Akrobaten und Ähnliches. Vielleicht wisst ihr sie gut einzusetzen. Ansonsten können sie annehmbar kämpfen. Ausgerüstet sind alle wie Soldaten. Waffen und Rüstungen hatten wir genug, oder haben sie kurzfristig beschafft. Motiviert und begierig, ihre Stadt zu verteidigen, sind sie alle. Sie werden sich in Häusern in der Nähe der Nordlingsnester aufhalten und auf euren Befehl hin losschlagen. Wir bringen sie bis morgen Nachmittag Trupp für Trupp dorthin. Ich werde ihnen euren Plan übermitteln, sobald ich ihn kenne. Saarol schlägt vor, dass ihr euch ihnen morgen Mittag anschließt, die wichtigsten Personen trefft und euch bekannt macht. Wir bringen euch unentdeckt dorthin.«

»Aber bitte nicht in diesen urinverseuchten Lumpen«, stöhnte Eliza.

»Natürlich nicht, das macht diesmal keinen Sinn. Die richtige Verkleidung ist ausschlaggebend für Unsichtbarkeit«, erklärte Ikk. Er verhielt sich dabei, als wäre das sonnenklar. »Ich habe außerdem genaue Karten der umliegenden Gebiete und der Zitadellenebene mitgebracht.« Er zeigte auf einige Rollen, die auf dem kleinen Tisch lagen. Eine davon ergriff er jetzt und rollte sie auf. Ein kleines rotes Kreuz markierte das Haus, oder die Häuser, in denen sich die Nordlinge im Westviertel der zweiten Ebene aufhielten. Ein weiteres kennzeichnete das Gebäude im Glasscherbenviertel. Fin erkannte außerdem zwei grüne Linien, bei denen sie vermutete, dass sie die Tunnel darstellen sollten. Ikk bestätigte das kurz darauf, wies aber darauf hin, dass diese nur vermutlich dort waren und auch ganz anders verlaufen konnten. Sie liefen geradlinig von den Häusern einmal zur Zitadelle selbst und einmal zur Kaserne. Fin vermutete, dass es Sinn ergab und sie aus Feindessicht auch die beiden Gebäude als Erstes stürmen und einnehmen würde. »Mehr können wir nicht anbieten, das muss ausreichen, um die Eindringlinge aus unserer schönen Stadt zu werfen.«

»Danke dir«, lobte Fin. »Und richte bitte auch Saarol und Lyrrol meinen Dank aus. Bevor wir mit der Planung starten: Toki, ich habe mit Bischof Elrich gesprochen, er wird einhundertfünfzig Goldstücke für den Zauberstaub an deine Eltern schicken. Das ist einiges weniger, als er wert ist, aber mehr können er und die anderen Kirchen nicht aufbringen.«

Toki stand der Mund offen, als er diese Zahl hörte. Die etwas mehr als zweihundert Fils, die seine Eltern ihm mit auf die Reise gegeben hatten, waren fast alles Ersparte, das sie besaßen. Jetzt bekamen sie fünfzehntausend Fils, was den einhundertfünfzig Goldstücken entsprach. Sie würden es sich davon bis an ihr Lebensende, ohne Sorgen haben zu müssen, gut gehen lassen können. Und seine Großmutter und Alessia mit ihrer Familie gleich mit. Er wusste, dass sie ihr normales Leben trotzdem weiterführen würden. Etwas von dem Geld würde sicher auch dem Dorf zugutekommen.

Fin sah belustigt aus, als sie sagte: »Wie ich sehe, ist das mehr, als du erwartet hast.«

»Viel mehr. Unglaublich viel mehr, um ehrlich zu sein. Und das soll nur ein Bruchteil von dem sein, das es wert ist? Vielen Dank dafür, Fin«, bedankte er sich überschwänglich.

»Nachdem das geklärt ist, hätte ich folgende Vorschläge …« Sie erläuterte ihren Plan und diskutierte mit Ansou anschließend, was sie anders machen würde. Eliza, Ikk und

Toki hörten ihnen aufmerksam zu, konnten aber nicht viel beitragen.

Als alles besprochen und der Plan ausgearbeitet war, verabschiedete Ikk sich und versprach alles Besprochene weiterzugeben und Anweisungen bezüglich ihrer Anforderungen und Aufstellungen zu geben.

Der Nachmittag war inzwischen lang vorüber und die Sonne seit einiger Zeit hinter dem Horizont verschwunden. Eliza verabschiedete sich müde. Sie wollte noch eine Kleinigkeit essen und dann schlafen, um morgen ausgeruht zu sein. Ansou stand auch auf, wandte sich zum Gehen und winkte Toki zu, dass er ihr folgen sollte. Er wünschte Fin eine angenehme Nacht und schloss sich Ansou an. Vor der Tür beugte sie sich nah zu ihm und er nahm wieder ihren angenehmen Duft wahr.

»Ich würde gern den Rat von Uthr beherzigen und mich am Leben erfreuen. Willst du mit mir die Nacht vor der Schlacht verbringen?« Bevor er antworten konnte, küsste sie ihn lang und ausgiebig. Toki erwiderte es leidenschaftlich. »Ich spüre, dass du zustimmst«, raunte sie ihm ins Ohr. »Lass uns in dein Zimmer gehen. Meines ist belegt. Es macht mir zwar nichts aus, Sex neben anderen zu haben, aber dir möglicherweise.«

»Ich würde sehr gerne wieder mit dir schlafen«, flüsterte er ihr zu. »Mein Gemach ist mir lieber, da hast du recht.« Gemeinsam begaben sie sich dorthin. Ab und zu unterbrachen sie den Weg für ein paar Küsse.

Als sie ankamen, öffnete Toki die Tür und starrte den kleinen Vogel an, der auf einem Bettpfosten saß und schlief.

»Ayme! Was machst du hier?«, rief er aus.

Der plusterte sich schlaftrunken auf und erwiderte: »*Nach was sieht es denn für dich aus? Bis gerade hatte ich friedlich geschlafen. Dann kam ein großer, lauter Tölpel durch die Tür gestürmt und hat mich aufgeweckt.*«

»Ist das dein Vogel?«, fragte Ansou neugierig hinter ihm. »Also nicht, dass ich behaupten würde, du wärst verrückt.«

»Ja, das ist Ayme«, stellte Toki ihn vor. Sie konnte nur die Hälfte des Gesprächs zwischen Ayme und Toki hören. »Bitte warte kurz, ich rede mit ihm«, bat er sie.

»Natürlich, wir haben noch jede Menge Zeit. Ich bleibe heute bei dir«, sagte sie und funkelte ihn aus ihren rehbraunen Augen an.

Toki wurde heiß und er wandte sich an Ayme, um ihn hinauszuschicken. »Kannst du bitte draußen schlafen? Ich hätte gerne etwas Privatsphäre, also wir hätten das gern.«

»*Du willst dein Weibchen bespringen, oder?*«, fragte der Vogel neugierig. »*Und eure Kloaken aufeinanderpressen. Damit sie dir ein paar Eier ins Nest legen und ausbrüten kann. Du musst ihr dann genügend Futter ans Gelege bringen.*«

Toki hörte entgeistert zu. »Ich will sie nicht bespringen!«, ereiferte er sich.

Ansou, die sofort begriff, um was es bei dem Gespräch ging, warf ein: »Eigentlich willst du schon.« Sie lachte laut los. »Was hat er noch gesagt?« Neugierig trat sie näher an den Bettpfosten heran. Toki sagte nichts. »Nun sag schon, ich bin nicht so prüde und auch nicht abgeschreckt dadurch.«

»Ayme meinte, dass wir unsere Kloaken aufeinanderpressen, du mir ein paar Eier ins Nest legst und die ausbrütest. Außerdem hat er mich darauf hingewiesen, dass ich dir genug Nahrung bringen soll.«

»Ich merke, Ayme ist ausgesprochen schlau.« Sie wandte sich direkt an den Vogel. »Du hast recht, bis auf die Eier, daran habe ich keinen Bedarf und weiß mir zu helfen. Aber bespringen werden wir uns. Würdest du liebenswürdigerweise draußen schlafen? Toki ist es so lieber.«

»*Du hast dir ein sehr freundliches Weibchen ausgesucht, mein Freund*«, hörte Toki. »*Ich lasse euch allein, dann könnt ihr euch so oft bespringen, wie ihr wollt. Ich habe einmal in der Vergangenheit zehn Mal ein Weibchen besprungen! Es kam ein wunderschönes Gelege mit großartigen Jungen dabei heraus.*« Er stieß sich vom Pfosten ab und flog durchs Fenster nach draußen. Ansou merkte, dass Ayme noch etwas Interessantes gesagt hatte und fragte danach.

Er erklärte: »Du seist sehr freundlich, sagte er, und dass wir uns so oft bespringen könnten, wie wir wollen. Er hat es irgendwann zehn Mal am Stück geschafft.«

Ansou lachte erneut laut auf, zog ihn zu sich heran und spitzbübisch flüsterte sie, während sie anfing ihn auszuziehen: »Versuchen wir doch, mit ihm gleichzuziehen.«

Und dann verlor sich alles Weitere in wilder, zärtlicher, ausdauernder und wunderbarer Zweisamkeit zweier Menschen.

Feinde

Ranmar packte den Boten am Hals und presste ihn gegen die Wand. Mit der freien Hand berührte er die Mauer. Ein steinernes Geflecht wuchs auf Höhe der Füße, Hüfte und Brust des Mannes aus dem Felsen und umschloss ihn. Ängstlich folgten seine Augen dem Geschehen.

»Die Elementarierin lebt?«, tobte Ranmar. »In der Stadt schwirren Gerüchte über einen Staatsstreich herum und Haltoe sitzt mir im Nacken. Und du wagst es, mir zu berichten, dass wir noch nicht bereit sind? Wir müssen bereit sein! Egal was es uns kosten wird, morgen Abend müssen wir zuschlagen.« Er trat an den an der Wand Gefangenen heran und schrie: »Wir haben viel zu viel investiert, als dass wir jetzt scheitern können!«

»Aber, Herr …« Der Bote versuchte etwas zu sagen.

»Schweig, Unwürdiger!« Speichel spritzte vor lauter Wut aus Ranmars Mund. Dann schlug er dem Mann ins Gesicht, dass der Kopf gegen die Wand dahinter knallte. Ein Stöhnen entfuhr dem Gefesselten und ein kleiner Blutstrom rann hinter ihm an den Steinen zu Boden. »Ich muss nachdenken. Nachdenken!«, fuhr der weiße Priester fort. »Unser Gott wird uns alle töten, wenn wir versagen.« Angst trübte seinen Blick, und als er weiterredete, zitterte seine Stimme. »Du weißt nicht, was er uns antun wird. Du kannst es dir nicht einmal vorstellen.«

»Aber, Herr, ich bin nur der Bote und soll euch ausrichten, dass die Pläne noch nicht komplett ausgearbeitet —«

Weiter kam er nicht. Zornentbrannt kreischte Ranmar auf und schlug ihn erneut. Fester diesmal. Ein Knacken bezeugte gebrochene Knochen. Der Mann konnte sich nicht wehren, zu fest saßen die steinernen Fesseln. Der Priester hatte sich nicht mehr im Griff und schlug noch ein paar Mal zu. Erst als der Kopf des Mannes auf die Brust sank, konnte er sich kontrollieren. Blut befleckte seine Hände und die weiße Robe. Seufzend sah er den Boten an und fragte: »Was hast du sonst noch zu berichten?« Keine Reaktion. Ranmar stupste den Körper mit dem Zeigefinger an. Erneut nichts. Er zuckte mit den Schultern, berührte wieder den Stein und langsam versank der bewusstlose Bote darin. Als nichts mehr, kein Blut und keine andere Spur, davon zeugte, dass eine weitere Person sich vor Kurzen im Raum aufhielt, öffnete Ranmar die Tür und beorderte einen Diener heran. »Bring mir einen Boten, einen speziellen, du weißt, welchen!«, wies er ihn an und scheuchte ihn davon. Kurz darauf trat ein Soldat der Königsgarde ein.

»Ihr wünscht, Geheiligter?«

»Überbringt unseren … Freunden, dass wir morgen bei Sonnenuntergang unsere Mission beginnen. Sie sollen alles vorbereiten. Wenn sie euch sagen, dass sie nicht bereit sind, dann bringt ihnen bei, dass sie bereit sein müssen. Und jetzt geht!«

Der Soldat nickte und rannte davon.

Ranmar schauderte, als er erneut daran dachte, was passieren würde, wenn er versagte. Mit zitternder Hand schenkte er sich Wein ein und trank den Kelch in einem Zug aus. Sein Blick streifte die Wand, an der vor Kurzem noch der Bote gehangen war. Sie war nun ein wenig dicker und glatter als vorher, das fiel aber nur auf, wenn man genau hinsah. Es klopfte und kurz darauf trat ein weiterer Priester ein.

»Seid ihr bereit? Wir müssen mit ihm sprechen.«

Ranmar nickte und gemeinsam gingen sie in das Zimmer, in dem die Wasserschale auf dem Tisch stand. Sie setzten sich und warteten auf das Kräuseln des Wassers. Ranmar zitterte, als er es wahrnahm.

Kurz darauf säuselte die Stimme aus der Schale: »Ich hoffe, ihr könnt mir von eurem Erfolg berichten?«

Ranmar wollte ansetzen zu berichten, wie es um die Pläne stand, aber der andere Mann schnitt ihm mit einer Handbewegung das Wort ab.

»Die Elementarierin ist unseren Bestrebungen, sie zu ergreifen, erneut entkommen. Die Kirche des Feuers hat uns einen Strich durch die Rechnung gemacht. Ihre Heiler konnten den Wyvernspeichel neutralisieren. Wir dachten, dass sie sie für tot halten und den Leichenbeschauer benachrichtigen. Dann hätten wir sie uns geholt. Aber unsere Pläne können sie nicht mehr durchkreuzen, dazu sind wir zu weit. Morgen Nacht wird Tangrintanien euch gehören! Das verspreche ich bei meinem Leben und meiner Seele.«

»Dein Leben und deine Seele interessieren mich so wenig wie ein Mensch sich um eine Mücke kümmert. Du wirst genau so leicht wie diese zerquetscht, wenn du versagst.« Die Stimme klang nun wie ein stürmisches Meer. »Meine anderen Alakais im nördlichen Staatenbund sind bereit. Wir werden heute zuschlagen. Die Laulahs mit ihren Heeren marschieren in Estren ein und auf die Hauptstadt und den Tempel der Luft zu. Osnil unterstützt uns und wird in Olorien einfallen. Ebras braucht euch als Unterstützung. Ohne Tangrintanien können wir im Westen nichts erreichen. Ich erwarte, dass ich übermorgen positive Neuigkeiten von euch erhalte. Wenn nicht, werde ich Kabaul anweisen, euch zu suchen und zu mir zu bringen. Er ist in Ebras.« Beide Priester erschauderten.

»Wir werden euch berichten, was ihr hören wollt«, versprach der Mann.

»Gut, möge mein weißes Licht mit euch sein! Die nächste Enttäuschung wird eure letzte sein!« Das aufgepeitschte Meer in der Wasserschale erstarb und Stille kehrte ein.

»Du bist für den Erfolg verantwortlich, Ranmar, enttäusche mich nicht!«, wies der andere Priester Ranmar an. Er erhob sich, blickte ihn noch einmal durchdringend an und fügte hinzu: »Ich muss mich mit Anvof und Jaka treffen, es geht um den König. Du weißt, was du zu tun hast!«

Er verließ den Raum und ließ Ranmar allein. Den packte eine Angst, wie er sie noch nie gespürt hatte. Er musste einige

Augenblicke sitzen bleiben, bis er sich beruhigte. Kalter Schweiß stand ihm auf der Stirn.

›Es muss gut gehen! Wir müssen das Land einnehmen!‹ Mit diesen letzten Gedanken stand auch er zitternd auf und verließ den Raum, um letzte Anweisungen zu geben. Der Plan musste funktionieren!

Kampf um Tannberg

Toki erwachte, als sich Ansou neben ihm regte. Er spürte, dass sie aufstand, und mit blinzelnden Augen sah er ihr beim Ankleiden zu. Sie trat an das Bett, in dem er die Restwärme der Nacht auf sich wirken ließ.

»Los, raus aus den Federn«, weckte sie ihn endgültig, beugte sich zu ihm herab und küsste ihn. »Danke für die schöne Nacht.« Sie lächelte. »So oft wie Ayme haben wir es aber nicht geschafft. Und jetzt steh auf! Ich will dir den Umgang mit deinem Schild zeigen. Sonst brauchst du ihn heute Abend gar nicht anlegen.«

Toki murmelte etwas Unverständliches, quälte sich aber aus dem Bett. Ansou öffnete das Fenster und Ayme flog ins Zimmer.

»*Ich sehe, dein Weibchen steht auch früh auf. Du hast wirklich Glück, Toki. Wieso liegst du noch im Nest?*«

»Ihr könnt mich alle gernhaben. Ich bin wach. Ich bin wach!« Er nahm seine Kleidung, zog sich an, griff den Schild und folgte Ansou in den Hof zum Trainingsplatz.

Sie zeigte ihm, was bei der Handhabung des Schildes wichtig war und wie er ihn tragen sollte. Anschließend ließ sie ihn damit üben. Allerdings nicht lange und nichts Anstrengendes, denn sie brauchten ihre Kraft am Abend, erklärte sie. Überstrapazierte Muskeln konnten das Todesurteil bedeuten.

»Wir treffen uns gleich im Gasthaus, dort besprechen wir die letzten Details.« Ansou verabschiedete sich.

Ayme landete auf Tokis Schultern und fragte: »*Was passiert heute Abend?*«

»Wir stürmen zusammen mit der Gaunergilde die Häuser der Nordlinge und vertreiben sie aus der Stadt.«

»*Kann ich helfen? Ich bin ein guter Späher. Aus der Luft kann ich dir sagen, was am Boden vor sich geht.*«

Toki überlegte. »In den Häusern und den Gängen nicht, aber vielleicht, wenn wir in der Kaserne ankommen. Du kannst mir berichten, was draußen vor sich geht.«

»*Okay. Dann warte ich auf dem Kasernendach. Ich falle nicht auf*«, erklärte der kleine Vogel und schwang sich in die Luft.

Toki wusch sich und bereitete alles für den Abmarsch vor.

Anschließend gesellte er sich zu der Truppe im Gastraum.

»Guten Morgen«, begrüßte er alle.

»Hallo. Ich hoffe, du und Ansou habt ausgeschlafen und euch nicht überanstrengt«, sagte Fin trocken. »Wir müssen uns alle bestmöglich für heute Abend vorbereiten!«

Toki blickte sie verwirrt an. Meinte sie die morgendliche Trainingseinheit oder etwas anderes?

»Außerdem hoffe ich, dass ihr Eliza nicht gestört habt und dein Zimmer zur Verfügung stand«, fügte Fin, mit steinernem Blick, hinzu. Sie spielte nicht auf das Training an.

»Woher weißt du das?«

»Ihr habt euch vor meinem Zimmer lautstark darüber unterhalten.« Jetzt erkannte er, dass sie schmunzelte.

»Also ich bin fit und bereit für den Kampf«, ließ sich Ansou vernehmen, während sie hungrig ihr Frühstück verschlang.

Eliza saß mit einem breiten Grinsen da und sah von ihm zu Ansou. An die Soldatin gewandt sagte sie: »Das will ich aber noch genau wissen, was ihr gemacht habt. Ich habe gar nichts davon mitbekommen!«

»Ich bin auch bereit«, erklärte Toki.

Fin beendete die gutmütige Kabbelei, indem sie noch einmal alle wichtigen Punkte des Planes erklärte. Sie schloss mit: »Ich würde vorschlagen, dass wir uns bereit machen und dann auf Ikk warten.«

Alle stimmten zu und bereiteten sich vor.

Toki meditierte in seinem Zimmer und betete zu Lutum. Wobei er nicht sicher war, ob er nicht lieber Odem anrufen sollte, da er ein Luftelementarier wurde. Da er aber schon immer dem Feuer zugewandt war, beschloss er, es dabei zu belassen.

Eliza, die die Meditation von Toki gelernt und übernommen hatte, tat es ihm gleich. Danach trennte sie das Zauberpulver, welches er ihr gegeben hatte, in kleinere Portionen. Sie brauchte es für verschiedene Zaubersprüche, die sie ausgesucht hatte.

Ansou beriet sich mit ihrem Trupp, um ihnen zu erklären, was sie erwartete und wie der Plan aussah.

Fin ließ sich sehr viel Zeit mit dem Frühstück, verließ den Gastraum als Letztes und ruhte sich, nachdem alles vorbereitet war, im Zimmer aus.

Kurz vor Mittag erschien Ikk mit einem weiteren Mann, um sie abzuholen. Ansou, ihre Soldaten und Toki sollten diesem in das Wohnviertel folgen.

Beide verabschiedeten sich von Fin und Eliza mit den Worten: »Morgen sitzen wir wieder zusammen in der Taverne und erzählen, was wir erlebt haben.«

Eliza drückte beide lang an sich. Fin wünschte ihnen nur gutes Gelingen.

Kurz darauf ritt der Trupp mit Toki los und erreichte einige Zeit später das Ziel. Die Nordlinge hatten ein paar Häuser ziemlich nah an der Klippe zur Tanngau bezogen. In ihrem Rücken ragte der Felsen der nächsthöheren Ebene auf.

Ansou machte sich mit ihrem Kommando betraut und erklärte den Männern, die als Anführer der einzelnen Abteilungen fungierten, was sie erwartete und was ihr wichtig erschien.

Anschließend warteten sie mit unbehaglichen Gedanken auf das Hereinbrechen der Dämmerung.

Ikk führte Fin und Eliza durch das Händlertor, hinab in den unteren Wohnbereich und von dort ins Glasscherbenviertel. Fin, die bisher nur die Berichte von Ansou und der Zauberin darüber gehört hatte, fand es genauso dreckig, wie die beiden es beschrieben hatten. Außerdem konnte sie nachvollziehen, dass sie sich darin nicht zurechtfanden. Die kleinen, engen Gassen verschlangen jede Orientierung. Sobald sie die mehr oder weniger unsichtbare Grenze überschritten hatten, strahlte Tannberg nicht mehr. Fogo saß auf ihrer Schulter und rümpfte hörbar die Nase, sagte aber nichts.

Einige Zeit später erreichten sie eine weitere der zahllosen Gassen. Die Felswand im Hintergrund ragte nun allerdings hoch über ihnen auf. Fin merkte Eliza an, dass sie den Bereich wiedererkannte.

»Am Ende der Gasse liegen die Häuser, die von den Nordlingen besetzt sind«, erklärte sie leise flüsternd, als ob jemand sie hören würde.

Ikk führte sie zu einem dreistöckigen Haus. Darin warteten viele Männer, die sich als Anführer der Gaunertruppen vorstellten. Fin bemerkte, wie sie ehrfürchtig an ihren Lippen hingen, als sie sich vorstellte und den Plan noch einmal ausgiebig mit ihnen besprach.

»Habt ihr noch Fragen? Ist etwas unklar?«, schloss sie ihre Ausführungen ab. Alle schüttelten den Kopf. »Dann los. Ihr wisst, was zu tun ist und was uns erwartet. Zumindest ungefähr. Mit Einbruch der Dunkelheit schlagen wir los.«

Eliza hatte sich im Hintergrund gehalten. Fin ging zu ihr, merkte, dass sie sehr angespannt war, und fragte: »Und du bist dir sicher, dass du mitkämpfen willst? Ich werde dir keinen Vorwurf machen, wenn du dich entscheidest, hier zu bleiben. Auch ohne deine Zaubersprüche werden wir es schaffen.«

»Ich schaffe das!« Ganz überzeugt klang sie nicht.

»Halte dich in meiner Nähe, aber ein Stück hinter mir auf. Da wir uns einen Gang entlangkämpfen müssen, solltest du dort am sichersten sein.«

Eliza nickte bestätigend.

»Okay. Ich kümmere mich jetzt um Fogo«, sagte Fin und entfernte sich von der Zauberin. »Du wartest auf uns über der Zitadelle? Wie wir es ausgemacht haben? Dort bist du sicherer als in den engen Gängen, die sie gegraben haben.«

»*Ja, ich stoße zu dir, wenn es möglich ist, berichte dir alles, was ich aus der Luft sehen kann, und halte Ausschau nach Ischve*«, stimmte er dem Plan erneut zu.

Fin war glücklich damit, da er in relativer Sicherheit war. Sie musste sich schon um Eliza kümmern. Ihr sollte nichts geschehen. »Dann warten wir wohl. Das ist immer die schlimmste Zeit. Vorher, bis die Schlacht endlich losgeht. Erst vergeht die Zeit gar nicht und plötzlich ist sie vorüber. Und im Kampf hat sie sowieso ganz andere Gesetzmäßigkeiten.«

Fogo kuschelte sich an ihren Kopf und gemeinsam warteten sie darauf, dass die Sonne den täglichen Kampf mit den Monden verlor.

Als es so weit war, streifte sie ihre Schlangenschuppenhandschuhe über, zog die Schwerter aus den Scheiden, blickte Eliza an, die furchtsam an einer Wand stand, und nickte den wartenden Männern zu. Diese ließen lautes Pfeifen erklingen. Damit gaben sie den Befehl zum Angriff. Es dauerte nicht lang und lautes Splittern drang von draußen herein, als die Türen der Häuser eingetreten wurden. Ein paar vereinzelte Schreie folgten. Allerdings viel weniger, als sie erwartete.

Nachdem Ruhe einkehrte, überqueren alle zusammen den Vorplatz und betraten das Haus der Nordlinge, das direkt an den Felsen grenzte. Fin sah eine Handvoll gerüstete Krieger tot am Boden liegen. Nur ein Gauner war darunter, der Rest hatte das bärtige Aussehen der Nordlinge.

»Mehr waren nicht hier«, erklärte ein Soldat. »Das zweite Haus war komplett leer. Sie haben Durchgänge zwischen beiden geschlagen und alle Fenster sind verriegelt. Im Erdgeschoss dieses Hauses gibt es einen Gang, der in den Felsen hineinführt. Sollen wir vorrücken?«

»Ja, dringt in den Gang ein und sichert ihn«, befahl sie. Dann sagte sie zu den drei Anführern: »Ich hatte mehr Krieger und mehr Widerstand erwartet. Sie müssen entweder in dem Gang auf uns warten oder haben den Sturm auf die Zitadelle begonnen. Beides beunruhigt mich. Wir müssen uns beeilen, nicht dass wir zu spät kommen. Trotzdem müssen wir vorsichtig bleiben!«

Die Gauner hatten inzwischen begonnen, den Gang zu erstürmen. Fin begab sich mit Eliza dorthin. Sie beobachteten, wie die Männer einer nach dem anderen in dem relativ großen Tunnel verschwanden. Schließlich folgten sie ihnen. Eine lange Zeit sahen sie nur die grauen, glatten Felswände und dann drangen Kampfgeräusche an ihr Ohr. Sie kamen aus einer großen Höhle, die sich natürlich im Felsen gebildet hatte. Das musste das Hauptlager der Nordlinge sein, vermutete Fin. Viele Zelte und allerlei Kisten säumten die Ränder. Sie hatten einige Wachen zurückgelassen, die sich gerade einen Kampf mit ihren Soldaten lieferten. Es waren maximal zwanzig und fast alle lagen inzwischen tot am Boden. Einige Gauner daneben. Auch hier hielten sich weniger Feinde auf, als Fin behagte. Langsam wurde ihr mulmig. Kamen sie zu spät? War die Zitadelle schon gefallen und in ihrer Hand? Und wo hielten sich die weißen Priester auf?

Erneut befahl sie ihrer kleinen Armee, weiter vorzurücken. Am anderen Ende der Höhle führte ein Gang stetig aufwärts. Sie folgten ihm und hörte kurz darauf, was sie die ganze Zeit erwartet hatte – Kampfgeräusche, Schreie und das gewöhnliche, laute, chaotische Durcheinander des Kampfes. Sie nahm an, dass ihre Soldaten darin verwickelt waren, und eilte nach vorn. Eliza folgte ihr. Die Geräusche wurden immer lauter. Endlich erspähte sie Licht am Ende des Tunnels. Ihre Vorhut erwartete sie ein Stück vor dem Ausgang.

»Draußen muss es einen üblen Kampf geben«, berichtete ihr einer. »Wir können nicht erkennen, wer gegen wen kämpft. Nur dass der Gang innerhalb der Zitadelle in einem Raum endet. Sollen wir stürmen?«

Fin überlegte kurz und sagte: »Ja, wir müssen dafür sorgen, dass sie der Königsfamilie nichts antun. Wer sich gegen uns wendet, wird getötet. Versucht die Soldaten des Königs zu verschonen und erklärt ihnen, wenn möglich, wer wir sind. Sagt ihnen wie ausgemacht, dass ihr für mich und die Kirchen kämpft.«

Die Gesichter ihrer Männer sagten ihr, dass sie bereit waren.

»Los! Rettet das Königreich!«, befahl sie. Eliza und sie warteten, bis eine große Anzahl Kämpfer und Armbrustschützen an ihnen vorbei in die Zitadelle stürmte, dann folgten sie. Die Hölle des Kampfes schlug kurz darauf über ihnen zusammen.

Die Sonne verschwand hinter dem Horizont. Ansou und Toki sahen ihr zu, dann drehte die Soldatin sich zu den wartenden Männern um und gab den Befehl zum Angriff. Ansou beobachtete aus dem Fenster im ersten Stock des Gebäudes die Erstürmung der Wohnhäuser, in denen die Nordlinge sich verschanzten. Sie hatte sich die ganze Zeit gewundert, dass sie nur ein paar Krieger darin durch die Fenster beobachten konnte. Sie hatte viel mehr erwartet.

›Hoffentlich rennen wir in keine Falle‹, ging es ihr durch den Kopf.

Sie sah Männer, die behelfsmäßige Rammböcke über die freie Fläche vor den Häusern schleppten und damit die Türen zertrümmerten. Dann drangen ihre Kämpfer ein und eine viel zu kurze Zeit später trat einer heraus und signalisierte ihnen mit dem vereinbarten Zeichen, dass alles sicher war. Ansou gab Toki, der mit gezogenem Schwert an einem anderen Fenster stand, einen Wink und gemeinsam liefen sie in die gestürmten Häuser. Die Anführer ihrer Truppen warteten auf sie.

»Wir haben nur acht Nordlinge angetroffen, die vollkommen überrascht waren und sofort starben. Wir haben keine Verluste zu beklagen. Ein Tunnel führt durch den Felsen schräg nach oben Richtung Zitadellenebene. Sollen wir vorrücken?«

»Ja, es erscheint mir höchst verdächtig, dass wir hier niemanden antreffen. Sie müssen losgeschlagen haben oder in einer Höhle sitzen und auf uns warten. Lasst die Krieger weitergehen, aber vorsichtig!«

Toki und sie sahen zu, wie Kämpfer und Armbrustschützen in dem Gang verschwanden. Nachdem etwa die Hälfte der Männer mit Fackeln in die Düsternis eingetreten war, folgten sie ihnen.

Einige Zeit später hörte Ansou Kampfgeräusche und beschleunigte ihre Schritte. Toki folgte ihr. Der Tunnel öffnete sich zu einer weitläufigen Höhle, in die sich ihre Soldaten ergossen und sich mit etwa fünfzig Feinden eine kleine Schlacht lieferten. Kisten und allerlei Gerät waren an einer Seite gestapelt, Zelte überall verstreut aufgebaut. Ansou trat zur Seite und überließ es ihren Truppen, die Nordlinge zu stellen und zu töten. Der Kampf dauerte nicht lang. Die Feinde starben bis auf den letzten Mann und rissen siebenundzwanzig Gauner mit in den Tod.

»Der Gang endet in irgendeinem Keller«, berichtete einer der Späher, als er von seiner Erkundung zurückkehrte. »Ich denke, es ist die Kaserne. Sollen wir vorrücken und sie sichern? Irgendwo darüber wird gekämpft.«

Ansou nickte und sagte: »Schickt die guten Kämpfer vor, die Armbrustschützen sollen ihnen folgen. Wir müssen uns orientieren und versuchen, die Soldaten aus Tannberg auf unsere Seite zu ziehen. Wer uns angreift, wird getötet. Versucht den Soldaten zu erklären, dass wir für Finvara und die Kirchen kämpfen und wir den König beschützen wollen.«

Der Späher salutierte – wie ein richtiger Soldat, dachte sich Ansou – und rannte los, um die Befehle weiterzugeben und auszuführen. Während ihre Männer langsam vorrückten, wartete sie mit Toki. Nach dem vereinbarten Zeichen folgten sie. Der Gang endete in einem Lagerraum, der aussah, als würde er nicht oft benutzt. In der Ferne erklang dumpf Schlachtlärm. Ansou schickte ihre Truppen weiter und folgte ihnen. ›Ein Kampf in der Kaserne selbst wäre ein Albtraum ‹, dachte sie. ›Zimmer für Zimmer durchsuchen und in jedem könnten potenzielle Feinde warten.‹ Seufzend verdrängte sie den Gedanken und kümmerte sich um die aktuelle Lage.

Eine Treppe führte aus dem Lagerraum nach oben.

Toki hielt sich dicht an Ansou, als sie langsam aus dem Keller des Lagers nach oben gingen. Eine große Anzahl ihrer Soldaten war schon dort und kümmerte sich um die Sicherung der Umgebung. Im Erdgeschoss erblickte er einen riesigen Raum. Er war auf allen Seiten bis unter die Decke mit Regalen vollgestellt. Auch in der Mitte stapelten sich Kisten über Kisten. Ihre

Truppen hatten alle Ausgänge gesichert. Niemand sonst war zu sehen. Keine Soldaten aus Tannberg, keine Feinde und schon gar kein weißer Priester. Nur den Schlachtlärm vernahm Toki lauter. Er kam von außerhalb des Gebäudes.

»Die eine Hälfte durch die Tür auf der Längsseite und die andere Hälfte geradeaus weiter«, schrie Ansou den Soldaten zu. Toki und sie waren näher an der Tür, die geradeaus führte, und sie schlossen sich den Kämpfern an. Auf der anderen Seite standen sie in einem Gang. Er führte in ein weiteres Gebäude. Aus diesem erklang Lärm – Schreie, Flüche, Befehle und Weiteres in der Sprache der Nordlinge und der Gemeinsprache Tangrintaniens. Ansou befahl ihre Soldaten weiter. Hinter der Eingangstür sahen sie Gefallene in Grau, Grün und Weiß neben solchen nordischen Aussehens. Ein metaller Geruch nach Blut, gemischt mit Fäkalien und Holz, drang Toki in die Nase. Er musste an den Platz vor dem Bauernhaus denken, als er nach seiner Befreiung nach draußen getreten war. Saurer Speichel stieg seine Speiseröhre hinauf und er musste schlucken, sonst hätte er sich übergeben.

Die Gauner durchkämmten Zimmer für Zimmer. In den meisten sah es ähnlich wüst aus wie im Gang. Einige Räume weiter flog ihnen plötzlich die Tür entgegen und ein paar Tangrintanier griffen an. Bevor irgendjemand klären konnte, ob sie Freunde oder Feinde waren, lagen die Truppen aus der Kaserne neben einigen ihrer eigenen Männer am Boden. Dann führten Treppen nach oben. Ansou schickte dreißig Soldaten hinauf, um die Räume dort zu inspizieren. Sie bewegten sich langsam und vorsichtig weiter. Bis auf Tote und Sterbende fanden sie nichts. Etwa in der Mitte des Gebäudes trafen sie auf eine große Halle, in der etwa sechzig Nordlinge und Soldaten aus Tangrintanien gegen eine viel kleinere Anzahl Gegner kämpften. Ansou befahl den Armbrustschützen anzulegen und die Feinde mit einem Bolzenhagel einzudecken. Als die Soldaten des Königs merkten, dass sie Unterstützung erhielten, bäumten sie sich gegen ihre drohende Niederlage auf und griffen mit neuer Kraft an. Die Gauner stürzten vor und krachten auf die Krieger. In der Mitte zwischen zwei Truppen eingeklemmt wurden sie schnell aufgerieben. Die Tannberger Soldaten behielten ihre Kampfformation bei. Sie wussten nicht, ob sie einem neuen Feind gegenüberstanden.

Ansou schrie über den Lärm hinweg: »Ich bin Ansou Sekah, Leutnantin unter dem Kommando von Reben Greigen aus Irani! Wer hat hier das Kommando?«

»Hauptmann Arta, königliches Schwertregiment«, rief ein Mann zurück. »Seid ihr hier, um uns zu helfen?«

»Das seht ihr doch, Mann!« Ansou ging nach vorn und blieb hinter ihrer Kampflinie stehen. »Die Männer aus dem Norden, weiße Priester und bestochene Soldaten führen einen Staatsstreich aus«, erklärte sie kurz angebunden. »Wo geht's zu den Königsgemächern? Und wo sind der König und seine Familie?«

»Dass die verschlammten Nordlinge gegen uns kämpfen, haben wir auch schon gemerkt. Und, dass wir nicht zwischen Freund und Feind unterscheiden können«, erwiderte Arta. »Der König ist in der Zitadelle. Das Tor wird aber geschlossen sein, da gekämpft wird.«

»Darum kümmern wir uns, wenn wir dort sind. Schließt euch uns an und zeigt uns den Weg«, befahl Ansou. Toki bemerkte, dass der Hauptmann gehorchte, obwohl er einen höheren Rang innehatte – verwirrt von dem Auftauchen der Feinde und dem Kampf gegen die eigenen Freunde.

»Hier entlang, nicht weit entfernt geht es in den Hof.« Er zeigte den Gang entlang, an dessen Ende eine Tür zu sehen war.

»Weiter, Männer!«, befahl Ansou.

Toki folgte ihr dichtauf. Bevor sie die Tür erreichten, kamen ihnen einundzwanzig Gauner vom Obergeschoss entgegen.

»Wir haben einige Nordlinge und Soldaten des Königs ausgeschaltet«, erstatteten sie schnell Bericht. »Weitere sind der Krone treu ergeben. Sie durchkämmen die restlichen Zimmer.«

Ansou nickte und schickte die Krieger nach vorn. An der Tür hielten sie an. Sie beorderte einen Mann hinaus, der sich besonders leise und unauffällig bewegen konnte. Er kehrte kurz darauf zurück und berichtete ihnen von vielen Kämpfen im Hof. Die Soldaten, die treu zum König standen, sähen aus, als seien sie in starker Bedrängnis, erklärte er. Toki sah Ansou nicken und hörte sie fluchen.

»Das ist ein Chaos. Woher soll man wissen, gegen wen man kämpfen muss! Verdammter Tarre!« Sie formierte ihre Soldaten und ließ die Kämpfer hinausstürmen. Die Armbrust- und Bogenschützen kamen als Nächstes.

Toki folgte ihr, als sie in den Hof trat. Wenn einer der Götter für Ordnung zuständig war, war er nicht hier, dachte er entsetzt. Die Stallungen hatten Feuer gefangen und tauchten den von vielen Fackeln erhellten Hof in Rauchschwaden und grelles, flackerndes, rötliches Licht. Das Zitadellentor und das Tor zum Palast waren geschlossen. Im ganzen Hof verteilt erblickte Toki kämpfende Soldaten, vereinzelt und in größeren Gruppen. Er konnte nicht unterscheiden, wer zu wem gehörte, wie Ansou festgestellt hatte.

»Schießt auf die Nordländer!«, wies Ansou ihre Fernkämpfer an. »Auf die Tannberger nur, wenn ihr sicher seid, dass sie auf deren Seite kämpfen. Formiert euch um uns und dann zum Palast!«

Bolzen und Pfeile flogen kreuz und quer durch den Hof. Gelegentlich auch ein Speer. Der Mann neben Toki wurde von zwei Pfeilen im Hals getroffen und sackte zu Boden. Einer der Speere trudelte durch den Himmel und fällte einen weiteren hinter ihm. Er hob sein Schild und duckte sich darunter. Dabei hoffte er, dass die Pfeile ihn nicht treffen würden. Ansou stand hoch erhobenen Hauptes da, ihre Äxte in der Hand und brüllte Befehle. Einmal sah er, wie sie einem Pfeil auswich. Er traf stattdessen einen anderen Soldaten. Er wunderte sich, dass sie alle nicht schon längst tot oder verletzt am Boden lagen.

Nachdem sie die Hälfte der Strecke zum Tor zurückgelegt hatten, trafen sie auf eine größere Anzahl Nordlinge und Soldaten. Schreiend, kreischend und brüllend stürzten sich diese auf sie. Die erste Reihe wurde von Bolzen niedergemetzelt. Anschließend krachte der Rest auf die Kämpfer vor ihm und sie wurden zurückgedrängt. Ansou stand wie ein Fels in der Brandung und hieb mit ihren Äxten von links und rechts auf die Feinde und fällte sie.

Ein Mann in tangrintanischer Rüstung stand plötzlich vor Toki und hieb mit einem Schwert auf ihn ein. Er konnte den ersten Streich mit seinem Schild abblocken. Es fühlte sich an, als würde ihm sein Arm in die Schulter getrieben. Der nächste Hieb traf sein Schwert. Sein Arm vibrierte und er schaffte es nicht zurückzuschlagen. Der Mann vor ihm kippte zur Seite, von einem Schwert durchbohrt. Einer der Gauner zog es aus seiner Seite. Er grinste Toki kurz an, dann gefror es auf dem Gesicht und Blut spritzte aus seinem Mund. Ein Bolzen ragte aus dem Hals. Er fiel zu Boden und röchelte. Toki musste über seinen Retter steigen, um der Gruppe zu folgen. Er hatte keine Ahnung, wie viele Männer sie an Schwerter, Bolzen, Speere, Kolben und anderes verloren hatten. Aber die Reihen um ihn herum waren licht geworden. Der Boden glitschig von Körpersäften. Verstümmelte Leichen lagen verstreut im Hof – allein, nebeneinander und übereinander. Besonders bizarr erschien Toki ein toter Soldat, der von einem Speer in eine betende Haltung gezwungen worden war. Der Kopf fehlte ihm allerdings.

Ansou rannte auf das Tor zu. Toki versuchte, mit ihr Schritt zu halten. Plötzlich erschütterte eine gewaltige Explosion die Luft und die Mauer vor ihnen, in der sich der Eingang zum Palast befand, explodierte von innen heraus. Steine flogen ihnen entgegen, pflügten durch die Luft und anschließend durch die Erde. Sie schlugen mit grausigen Geräuschen in Stein, Fleisch und Erde ein. Einige große Brocken rollten wie Kugeln über den Hof und zermalmten alles unter ihnen, was im Weg stand. Ein besonders riesiger Brocken segelte in hohem Bogen über sie hinweg und schlug im großen Tor ein, das die Zitadellenebene von der darunter abtrennte. Die starken Bohlen des Tors barsten wie dürre Ästchen. Andere Steine flogen wie kleine Schleudergeschosse durch die Luft und mähten Freund und Feind nieder. Jeder im Hof versuchte sich irgendwo in Sicherheit zu bringen. Toki warf sich einfach auf den Boden. Ansou lag neben ihm. Er bemerkte, dass Blut ihren Arm entlanglief und in den staubigen Boden tropfte. Panisch versuchte er, sich über sie zu schieben, um sie zu beschützen. Als sie ihn wild, mit verschmiertem Gesicht, angrinste, fiel ihm ein Stein vom Herzen.

»Hoch, Toki. Wir müssen weiter!«, sagte sie. Als sie sich aufrappelten, rief sie ihren Männern zu: »Auf Leute, zum Tor. Es ist jetzt offen und wir können hinein!«

Der Staub legte sich langsam, und aus dem Schutthaufen, der das ehemalige Tor darstellte, schälten sich weitere Männer – und eine kleine, rothaarige Frau mit blutverschmiertem, dreckigem Gesicht. Ihre weißen Zähne blitzten wie funkelnde Perlen. Die roten Ohrringe brannten wie zwei kleine Flammen.

»Seid ihr auch endlich hier?«, rief Fin ihnen entgegen. »Eliza ist eine verrückte Sprengmeisterin! Los, wir müssen in den Thronsaal!« Dann verschwand sie in der Zitadelle. Toki und Ansou rannten mit ihren restlichen Soldaten – es waren nicht mehr viele – die Treppe hinauf und folgten ihr.

Der Raum, in dem der Gang endete, war der einzige im Palast, in dem nicht gekämpft wurde. So zumindest kam es Fin vor. Ihre Krieger waren eigenständig in die angrenzenden Gänge und Räume ausgeschwärmt und hatten ein paar Feinde getötet. Diese hatten sich nicht zurückgehalten, und Diener, Amtsträger und andere Männer, deren Beruf Fin nicht zuordnen konnte, lagen tot oder verwundet am Boden. Sie waren in einem Bereich des Schlosses herausgekommen, in dem sich die Amtsräume befanden, schloss sie aus einem Blick in die geöffneten Zimmer. Jetzt suchten sie eine Möglichkeit, weiter nach oben zum Thronsaal oder in die Eingangshalle zu gelangen. Zwar hatte Ikk ihnen eine Karte des Palastes gezeigt, aber sie hatte keine Ahnung, wo genau sie sich befanden. Die Gauner ebenfalls nicht. Sie mussten sich orientierungslos ihren Weg durch die Flure bahnen.

›Hoffentlich kommt bald eine Abzweigung oder ein Teil des Gebäudes, den ich erkenne‹, dachte Fin.

Ein paar Gänge weiter öffnete sich der Flur in eine Halle. Tote, Nordlinge und Tannberger Soldaten, lagen zerstückelt am Boden. Sie mussten mit brutaler Gewalt aufeinander losgegangen sein, schlussfolgerte Fin aus dem Bild, das sich ihr bot. Eliza hinter ihr gab würgende Geräusche von sich. Dann erbrach sie sich an der Mauer.

›Wann wurde ich so abgehärtet und gefühllos, dass mich das nicht mehr bewegt?‹ Sie schob den Gedanken aber gleich weg. Sie hatte eine Aufgabe zu erledigen.

»Geht's wieder, Eliza?«, erkundigte sie sich. Die nickte und wischte sich zitternd Speichel vom Kinn. »Weiter, Männer, sucht eine Treppe, die uns nach oben führt. Irgendwo in diesem verbrannten Gebäude muss doch der Ausgang sein!«

Bevor sie in einen weiteren Gang vordringen konnten, platzten plötzlich sechzig Nordlinge aus einem anderen hervor und griffen die Gauner an. Fin war von jetzt auf gleich in einen Kampf auf Leben und Tod verwickelt. Sie streckte zwei Gegner nieder, indem sie ihnen das Schwert in die Brust rammte. Zwei weitere verloren durch ihre Schnelligkeit die Hände, in denen sie Äxte schwangen. Anschließend fällte sie einen weiteren mit einem Hieb, der ihn vom Hals abwärts spaltete. Ihre Männer erledigten den Rest.

Eliza hatte das Ganze vom Rand aus ungläubig verfolgt.

»Du bist wahnsinnig schnell«, staunte sie, als Fin zu ihr trat.

»Meine Gabe«, erklärte Fin kurz angebunden. »Wir müssen weiter.«

Der Trupp wählte den Gang, aus dem die Feinde kamen, und erreichte kurz darauf eine Treppe, die nach oben führte. Langsam und vorsichtig bewegten sie sich hinauf. Ein weiteres Stockwerk erwartete sie. Die Treppe wand sich noch weiter aufwärts. Fin entschied, dass ihre Männer die Stufen erklimmen sollten. Sie erreichten die Halle, in der breite Stufen hinauf zum Bereich vor dem Thronsaal führten. Das Schlosstor lag vor ihnen und lauter Schlachtlärm empfing sie.

»Zum Tor, Männer!«, befahl Fin. »In diese Richtung!« Mit dem Schwert wies sie den Weg. Anarchie beherrschte den Eingangsbereich des Königspalastes. Nordlinge kämpften gegen Soldaten des Königs, Soldaten des Königs kämpften gegen Soldaten des Königs und ein weißer Priester stand mittendrin und richtete ein Blutbad um sich herum an.

»Nehmt die Halle ein!«, schrie Fin ihren Soldaten zu. »Armbrustschützen anlegen! Schießt auf die Krieger aus dem Norden! Dann rücken die Kämpfer vor.«

Die erste Salve Bolzen schickte schreiende und kreischende Nordlinge zu Boden. Die Soldaten aus Tannberg gaben ihnen den Rest. Die zweite Salve erledigte die übrigen Feinde auf der linken Seite. Die Krieger rannten los und warfen sich in den Kampf in der Mitte. Sie versuchten, den Priester zu erreichen. Der war einen Kopf größer als die meisten anderen und schien ein perfekter Kämpfer zu sein. Sein Stab wirbelte ohne Unterlass um ihn herum und tötete einen Kontrahenten nach dem anderen.

»Jetzt wäre ein guter Zeitpunkt für ein wenig Magie«, schrie sie Eliza zu, bevor sie beschleunigte und auf den Priester zurannte. Ein paar Meter entfernt trat sie auf einen gefallenen Soldaten und katapultierte sich auf den weiß Gewandeten zu. Er hatte sie lossprinten sehen und wartete gefasst auf ihren Angriff. Fin hieb mit den Schwertern auf ihn ein. Er hatte sich jedoch auf die Seite bewegt und befand sich außerhalb ihrer Reichweite, aber sie sich jetzt innerhalb seiner.

Als sie auf dem Boden landete, zischte der Holzstab auf sie zu. Beide Seiten des Stabes hatten Metallspitzen, erkannte sie. Er traf sie in der Seite und durch ihren eigenen Schwung landete sie am Boden. Den Dunkelstahl des Kettenhemdes hatte die Waffe nicht durchdringen können, aber ein starker Schmerz flammte in ihrer Flanke auf. Sofort sprang sie hoch und konnte gerade noch den Stab mit ihren Schwertern auf die Seite ablenken. Sonst hätte er sie direkt am Kopf getroffen. Der Priester ließ seine Waffe erneut herumwirbeln. Fin wartete nicht lang und schlug auf seine Beine ein. Er konnte blocken und die Schwerter ablenken, sodass sie auf den Boden schlugen. Einige Holzspäne folgten.

›Der Stab ist nur aus Holz‹, bemerkte Fin. ›Gut!‹

Beide umkreisten sich jetzt. Er täuschte an, Fin sprang zurück. Sie versuchte ihn zu treffen, er wich aus. Der Stab zuckte wie eine Schlange auf sie zu, durchbrach ihre Verteidigung und traf sie an der Brust. Die Luft wich mit einem Pfeifen aus ihren Lungen und sie stolperte zurück. Der Priester setzte nach. Und plötzlich zerrte ihn der Stab auf den Boden. Er schrie gepeinigt auf, als seine Hände unter dem anscheinend jetzt bleischweren

Stab zerquetscht wurden. Er konnte ihn nicht mehr anheben und war gefangen. Fin bekam inzwischen wieder Luft.

»Ergib dich, Priester!«, schrie sie ihm zu. Durchdrang damit aber nicht sein gequältes Wimmern. Er war auf die Knie gesunken.

Fin bemerkte Eliza, die ein Fläschchen an den Mund hob und schluckte. Dann murmelte sie etwas vor sich hin und die Rüstungen einiger Nordlinge fingen an zu glühen. Diese kreischten und versuchten sich von den Kettenhemden zu befreien. Aber der Stahl grub sich schon zischend durch ihre Kleidung ins Fleisch. Sie lebten glücklicherweise nicht lange. Die Schreie klangen grausam. Fin blickte sich um und merkte, dass die Kämpfe langsam abflauten. Nur am Tor hielten sich noch viele Feinde auf und widerstanden dem Druck. Da der Priester bewegungsunfähig war, ging sie zu Eliza. Einer der beiden Sappeure, die in ihrem Trupp waren, stand in der Nähe und säuberte seine Messer. Sie winkte ihn heran.

»Kannst du die Tür sprengen?«, fragte sie Eliza. »Gibt es für so etwas einen Zauberspruch?«

Eliza überlegte kurz und sagte: »Nicht für eine Tür, aber um Steine aus einem Berg zu sprengen, ja. Das müsste auch funktionieren.«

Der Sappeur war zu ihnen getreten und fragte, was er erledigen sollte.

»Wo ist die schwächste Stelle am Tor? Wo muss eine Druckwelle am besten ansetzen, damit wir es aufbrechen können?«

Er starrte zum Ausgang, dachte nach und antwortete: »Am besten direkt am oberen Ende. Dadurch hebt es sie aus den Angeln. Die Druckwelle darf aber nicht zu groß sein, sonst könnte der Torbogen herabstürzen.«

Fin sah Eliza an. »Kannst du mit deiner Magie ungefähr abschätzen, ob das funktioniert?«

»Das bekomme ich hin, kein Problem.« Die Zauberin griff in ihre Tasche und holte ein weiteres Fläschchen heraus, zog den Stopfen und schluckte den Inhalt. »Gebt mir einen Moment«, murmelte sie. Dann rezitierte sie: »Mua capussrim sirper imnarma vec rat ma cmudin tollmet.«

Kurz darauf erschütterte eine ohrenbetäubende Explosion die Luft und sprengte die komplette Mauer mitsamt Tür nach draußen. Fin konnte zusehen, wie die Wand sich wölbte und die Steine wegkatapultiert wurden. Die Feinde unter der Tür wurden entweder direkt von der Druckwelle in den Boden gehämmert, durch die Luft gewirbelt oder von den anschließend herabfallenden Steinen zerquetscht. Die Eruption hatte alle im Raum auf den Boden geworfen. Fin rappelte sich hoch und blickte zum Priester hinüber. Leider hatte der immer noch mit den Händen unter dem Stab festgesteckt. Sie erkannte nur noch die abgerissenen Arme an ihrem ursprünglichen Fleck. Der Priester selbst lag an der Mauer und rührte sich nicht mehr.

»Das war aber nicht das, was ich wollte«, rügte sie Eliza.

»Tut mir leid, Fin. Der Zauber ist normal für Bergarbeiten gedacht, um schneller an Erz zu gelangen. Ich habe das falsch eingeschätzt.«

Der Sappeur hatte sich inzwischen wieder auf seine Beine erhoben. »Tolle Explosion«, jauchzte er. »Besser als alles, das ich jemals gesehen habe. So kann man unglaublich schnell eine Festung einnehmen!«

Fin starrte den Mann mit seinen glücklich strahlenden Augen an, schüttelte den Kopf und murmelte leise: »Sappeure, alle gleich. Überall!«

Der Staub legte sich langsam. Der Kampf war vorüber und ihre Männer sammelten sich. Sie ging zum Schutthaufen, in dem noch ein paar Holzbalken vom Tor steckten, und kletterte hinauf. Draußen war schwarze Nacht und der Hof wurde von einem brennenden Stall und Fackeln erhellt. Sie erkannte, dass Ansou, Toki und ihre Truppe sich auf sie zubewegten.

»Seid ihr auch endlich hier?«, rief sie ihnen entgegen. »Eliza ist eine verrückte Sprengmeisterin! Los, wir müssen in den Thronsaal!« Dann rannte sie zurück in die Zitadelle.

»Was macht ihr denn für einen unglaublichen Lärm?«, hörte sie Fogo. »Und wieso sprengt ihr das Schloss? Der König wird darüber nicht erfreut sein. Der Hof ist übrigens in unserer Hand. Ansou hatte große Verluste. Ischve habe ich nicht sehen können, aber Ayme flattert irgendwo herum.«

Sie sah, dass er durch das große Loch in der Wand schwebte. Ansou, Toki und ihre Krieger folgten kurz dahinter. Er hatte recht, es waren nicht mehr viele.

»Die Treppe hinauf zum Thronsaal!«, befahl sie ihrer kleinen Armee. Gleiches rief sie den Eintretenden zu, und zusammen rannten sie die nicht zerstörte Treppe hinauf.

Toki folgte der kleinen Armee die Treppe hinauf, hielt sich aber im Hintergrund.

»*Brauchst du Hilfe?*«, hörte er Ayme. »*Oder soll ich draußen weiter Ausschau halten und berichten, wenn sich dort etwas Wichtiges ereignet?*«

Toki blickte sich suchend um und erkannte den Vogel unter der Decke, wo er hin und her flatterte. Er rief zu ihm hinauf: »Bleib draußen und behalte den Überblick. Fogo kann uns hier drin helfen. Vielleicht taucht Ischve, der Griffin, auf. Du müsstest mit ihr sprechen können.«

»*Alles klar.*«

Ayme flog durch den zerstörten Eingang zurück nach draußen.

Toki hastete weiter hinter den Männern und seinen Freunden her. Auch oben tobten Kämpfe. Einige Ritter der Königsgarde hatten sich hinter einer behelfsmäßigen Barrikade verschanzt, wurden aber augenscheinlich von ihren Gegnern überwältigt und getötet. Sie hatten immerhin einiges mehr an Feinde getötet, als Männer von ihnen zurückgelassen wurden, bemerkte Toki.

Fin schickte einige ihrer Kämpfer aus, um die angrenzenden Gänge und Räume zu inspizieren. Der Rest bewegte sich den Hauptgang entlang, der sie wahrscheinlich zum Thronsaal brachte. Die Räumlichkeiten, in denen sie sich gerade aufhielten, war um einiges schöner als der Eingangsbereich zuvor – bis auf die Leichen, die Verwundeten und den Dreck der Schlacht. Letztendlich erreichten sie die Zugangstore zum Saal. Eine sehr große Anzahl Nordlinge und Männer in Grün, Grau und Weiß versuchte gerade mit einem behelfsmäßigen Rammbock die hohen, zweiflügligen Tore zu öffnen. Als sie die Gauner erblickten, wandte sich die Hälfte von ihnen um und griff an. Eine Salve Bolzen und Pfeile regnete auf sie herab. Toki konnte gerade noch sein Schild hochreißen. Schreie erklangen, manche davon verklangen oder gingen in atemloses Geblubber über.

»Schützen, anlegen und feuern!«, hörte er Ansous Stimme durch das Chaos.

Und Fins, die schrie: »Kämpfer formieren und vorrücken! Hindert sie daran, die Tore zu öffnen!«

Dann schlugen die Feinde wie eine Welle in ihre Formation ein und zerbrachen sie. Toki sah sich plötzlich einem Soldaten aus Tannberg gegenüber, der mit einem Morgenstern auf ihn eindrosch. Er traf das Schild. Wieder und wieder. Toki konnte sich nur dahinter ducken. Ein schwarzer Schatten flog an ihm vorbei und schnitt wie durch Butter durch den Mann vor ihm und durch alle weiteren dahinter. Auch einen der Rammböcke traf er und zerteilte ihn. Genauso wie das Tor und den Riegel dahinter. Die Feinde konnten plötzlich in den Thronsaal eindringen. Der Mann vor ihm rutschte zerteilt zu Boden und bespritzte ihn dabei mit Blut. Eine Schneise tat sich kurzzeitig auf, in die die Gauner vordrangen und die Nordlinge in kleinere Gruppen spalteten. Fast hatten sie die großen Tore erreicht. Toki war zu perplex von dem, was passiert war, als dass er sich weiterbewegen konnte. Er drehte sich suchend um und erblickte Eliza, die neben ihn trat.

»Magie ist gar nicht so schlecht, was? Oder schon. Es kommt darauf an, was man damit macht. Der schwarze Schnitter ist einer der kompliziertesten Zauber, die ich kenne. Aber hilfreich, wie mir scheint.«

»Danke, Eliza. Ich glaube, der Soldat hätte mir Probleme bereitet.« Er nickte ihr zu.

»Gern. Jetzt habe ich aber kein Pulver mehr. Die restliche Schlacht halte ich mich lieber im Hintergrund.«

Toki streifte sein Schild vom Arm, den er nicht mehr spürte, um zu sehen, ob etwas gebrochen war. Sie standen abseits der Schlacht, die sich weiter nach vorn verschoben hatte. Er bemerkte erschrocken, dass sie exponiert allein standen. Auch ein paar Schützen der Nordlinge hatten sie entdeckt und legten gerade auf sie an. Wie in Zeitlupe zogen die nächsten Sekunden an seinen Augen vorbei. Die Armbrüste hoben sich. Eliza bemerkte die Schützen auch und schrie ihm eine Warnung zu. Er sah, dass die Bolzen die Rückhaltevorrichtungen verließen und auf ihn zurasten. Er versuchte sich auf den Boden zu werfen, aber dazu war er zu langsam. Plötzlich traf ihn Elizas Körpergewicht in die Seite und rammte ihn aus der Flugbahn der Bolzen. Eliza aber befand sich jetzt genau darin. Ein Bolzen durchschlug ihre Hand. Der, der Toki in den Bauch getroffen hätte. Ein weiterer prallte an ihrem Kettenhemd ab und ein zweiter am Helm. Der warf ihren Kopf herum und brachte das Gesicht in Linie mit den Schützen. Toki schrie und der ihm inzwischen vertraute Nebel erschien vor seinen Augen. Der letzte Bolzen drang durch Elizas Auge, blieb stecken und riss sie herum, wobei sie auf ihm landete. Ihr Mund stand offen, im unverletzten Auge erlosch das ockerfarbene Strahlen und es starrte ihn blicklos an. Unverhofft sausten unsichtbare Speere durch die Reihen der Feinde und nagelten etwa zwanzig von ihnen an die Wand. Darunter die Schützen, die auf sie beide geschossen hatten. Der Nebel lichtete sich und er spürte Elizas Gewicht auf sich, das ihn niederdrückte.

Sie hatte ihm das Leben gerettet, schoss ihm durch den Kopf. Wie Uthr in seinem Brief schrieb, hatte ihn eine kurzhaarige Frau vor dem Tod bewahrt. Und dafür mit ihrem Leben bezahlt! Die Wahrheit flutete über ihn wie ein donnernder Blitzschlag. Er erschauderte und musste sich würgend übergeben. Bevor er sich aufrappeln konnte, überkam ihn erneut ein Schleier vor den Augen, aber anders als zuvor. Wie erhitzt waberte die Luft um ihn herum. Auf einmal umfing ihn das ganze Universum und er versank in Trance.

Fin fluchte, kämpfte und tötete. Kurz darauf erreichte sie das aufgebrochene Tor. Ein Teil ihrer Soldaten war bereits hindurch und in den Thronsaal. Bevor sie eintrat, sah sie zurück zu Toki, Ansou und Eliza. Entsetzt verfolgte sie, wie die Zauberin und Toki zu Boden gingen. Dann nagelte etwas die meisten der übrigen Feinde an die Wände. Einer hing in einer grotesken Pose am zweiten Eingangstor. Im Thronsaal breitete sich Kampflärm aus.

»Ansou, kümmere dich um die beiden!«, schrie sie und betrat hinter ihren Kämpfern den Saal. An dessen Ende standen der Thron des Königs, der des Prinzen und der der Prinzessin. Die Königin war vor langer Zeit verschwunden und der Herrscher hatte sich keine neue Frau genommen. Vor dem hölzernen Stuhl ging der König in seiner Rüstung auf und ab. Um ihn herum, in drei Reihen gestaffelt, stand seine Königsgarde und gab ihm Schutz. Jaka, der Sohn, war nicht zu erblicken. Die Feinde, die in die Halle eingedrungen waren, lieferten sich einen Kampf mit den Wachen und versuchten zu deren Herrscher vorzudringen. Links flog eine Seitentür krachend gegen die Wand und weitere Soldaten stürmten in die Halle. Fin konnte zunächst nicht erkennen, wem gegenüber sie loyal waren. Als sie von der Seite auf die Königsgarde zustürmten und auf sie einhackten, konnte sie es sich aber denken.

Ein weiterer weißer Priester betrat den Raum. Er blickte sich um, bemerkte sie und befahl seinen Soldaten, sie und ihre Krieger anzugreifen. Fin versuchte zu ihm zu gelangen, wurde aber von der Menge vor ihr abgelenkt. Sie ließ von dem Vorhaben ab und beschränkte sich darauf, den Gaunern Befehle zu erteilen. Ihre Armbrustschützen nahmen die Feinde so gut sie konnten unter Beschuss, ohne dabei befreundete Soldaten zu treffen. Plötzlich öffnete sich die Tür auf der rechten Seite und weitere Soldaten in Grün, Grau und Weiß stolperten in den Raum. Es sah aus, als würden sie von jemandem in den Saal gedrängt. Ein Mann in königlicher Rüstung kämpfte mit ihnen. ›Das muss der Prinz sein‹, vermutete Fin. Sie versuchte sich auf dieser Seite durchzukämpfen. Aber auch das misslang, zu viele Kämpfer behinderten sie.

Unvermittelt schrie der weiße Priester los: »Jetzt, Leutnants! Dient dem reinigenden Licht!«

Fin stellten sich die Nackenhaare auf, als sie seinen Befehl hörte. Sie wusste, dass nichts Gutes folgen würde. Ohnmächtig musste sie zusehen, wie ein paar der Königswachen sich zu ihrem Herrscher umwandten und andere in Richtung Prinz marschierten. Messer flogen durch die Luft. Der König taumelte und stürzte gegen seinen Thron, die Hand an den Hals gehoben. Zwischen den Fingern floss zäh rotes Blut hindurch. Ungläubig starrte er seine Wachen an und versuchte etwas zu sagen. Die Augen traten ihm vor Anstrengung aus den Höhlen. Dann brach er am Thron zusammen. Die anderen Königswachen bahnten sich brutal einen Weg zum Königssohn, der bleich zwischen seinen wenigen Gefolgsleuten stand. Seine Soldaten konnten sie nicht aufhalten. In den Augen von Jaka sah Fin Erkenntnis aufflammen. Er wusste, dass er gleich sterben würde. Und sie, sie hatte keine Möglichkeit, das zu verhindern.

Der Bereich um den Thron war inzwischen vom allgemeinen Chaos ergriffen worden. Einige Königswachen standen herum und wussten nicht, was sie machen sollten. Andere zerstückelten die Verräter und einige hatten sich um den König versammelt, um ihn zu schützen. Fin wusste, dass das nicht mehr nötig war.

Der Prinz kreischte auf: »Ihr seid dem König und seinen Nachkommen verpflichtet! Ihr könnt mich nicht töten. Ihr dürft mich nicht töten!«

Die Wachen pflügten unbeeindruckt durch seine paar Soldaten, erreichten ihn und er musste sich verteidigen. Fin erkannte, dass er das nicht besonders gut machte. Kurz darauf drang auch schon ein Schwert durch seinen Bauch und er fiel schreiend zu Boden. Fluchend blickte Fin sich nach dem weißen Priester um, der das Ganze verursachte.

Glücklich stand er da und beobachtete alles mit glänzenden Augen. Aus einem Impuls heraus beschleunigte sie, warf sich auf die Feinde zwischen dem Priester und ihr und wütete wie ein Todesengel unter ihnen. Ihre Schwerter trennten Arme, Beine, Hände und Füße von Körpern, zertrümmerten Knochen und zerteilten Fleisch. Ein Wirbelwind aus Dunkelstahl und Wut floss zäh wie Lava, aber genauso unaufhaltsam, näher und näher an den Priester heran. Keiner konnte sie stoppen. Sie war über den Punkt hinaus, dass sie Schmerz spürte. Kaltes Feuer brannte ihn ihr und ihre heiße Raserei entsetzte die Männer um sie herum.

Dann erreichte sie den weiß gewandeten Mann. Auch in seinem Blick blitzte Erkenntnis auf. Dass sein Gott ihm nicht helfen würde. Dass er allein stand und gleich sterben würde.

»Für unseren Herrn!«, kreischte er und warf sich mit irrem Lachen Fin entgegen.

Ihr erster Schlag trennte das Bein knapp unter der Hüfte ab. Der zweite löschte das Lachen aus. Der Priester fiel zu Boden und Fin nagelte ihn mit beiden Schwertern dort fest. Ihr Rausch verschwand und sie bemerkte die Schneise, die sie geschlagen hatte. Entsetzte Männer betrachteten sie. Freund und Feind gleichermaßen. Sie bemerkte, wie eine schwarze Perle aus der schlaffen Hand des Priesters auf den Boden fiel, hob sie auf und steckte sie ein.

Plötzlich stürmten Soldaten aus Tanngau in den Saal und trieben alle vor sich her.

»Waffen niederlegen!«, hörte sie eine kraftvolle Stimme. »Jetzt herrschen hier wieder Recht und Ordnung und die Armee von Tangrintanien!«

Fin erblickte einen hochrangigen Offizier, der hinter den vielen Soldaten eintrat. Die Kämpfe kamen langsam zum Erliegen, als immer mehr Männer den Thronsaal bevölkerten. Fin entschied, mit dem Offizier zu reden, und versuchte ihn zu erreichen. Die Kämpfer der Gaunergilde hatten sich ergeben und standen ohne Waffen da.

»Ich bin Finvara Schnellfeuer, Gesandte des Rates der Götter, lasst mich durch!«, rief sie den Tannberger Soldaten zu, als sie die erste Reihe erreichte. Tatsächlich traten sie zur Seite und sie konnte passieren. Die Schwerter steckte sie in die Scheiden zurück und Fogo landete auf ihren Schultern. Als sie vor dem Offizier stand, wiederholte sie: »Ich bin Finvara Schnellfeuer, Gesandte des Rates der Götter. Wer seid ihr?«

Der Mann drehte sich zu ihr, blickte sie an und erwiderte: »Ich bin der General-Major der tangrintanischen Armee. Wie mir scheint, haben wir einiges zu besprechen. Ich habe von ein paar Halunken, die mich und meine Truppen befreit haben, gehört, dass ihr hier seid, um einen Staatsstreich zu verhindern. Bitte folgt mir, Elementarierin!«

Er drehte sich um und verließ den Thronsaal, darauf vertrauend, dass sie ihn begleitete.

Draußen entdeckte sie Ansou, die neben zwei Gestalten stand, die am Boden lagen. Toki und Eliza. Bedauernd sah sie die beiden an, nickte der Soldatin nur kurz zu und folgte dem grauhaarigen Mann.

Ein neuer Elementarier

Grauer Nebel waberte um ihn herum und durch ihn hindurch. Wo war er? Er wusste es nicht. Genauso wenig, wo unten und oben war. Trieb er in den Schwaden umher, oder stand er fest auf dem Boden? Wie lange befand er sich schon in diesem Zustand? Er konnte nicht sagen, ob Minuten, Stunden, Tage oder gar Monate vergingen. Zeit war ein Konstrukt, das hier keinen Sinn erfüllte. Es gab keinen Raum, also gab es auch keine Zeit und er war glücklich damit. Friede hüllte ihn ein wie eine weiche, wattige Wolke. Später – oder früher? – bemerkte er ein kleines helles Leuchten in der Harmonie um ihn herum. Er bewegte sich darauf zu. Neugierig, welches Funkeln den grauen Nebel durchdrang.

»… wir können ihn nicht sehen …«

Woher kamen die Worte? Wer sprach sie aus?

»… er muss sich seit langer Zeit vor uns verborgen …«

»… im Hintergrund schmiedete er Pläne …«

Es interessierte ihn nicht besonders, was die Stimmen erzählten, solange er dem Licht folgen konnte, das heller strahlte als zuvor.

›Bin ich gestorben? Fühlt es sich so an? Sind meine Augen geplatzt und ist Blut aus meinen Ohren gelaufen?‹

Toki zuckte seine imaginären Schultern. Auch das interessierte ihn nicht.

»… Vergangenheit …« Diese Stimme, eine weibliche, wie er heraushörte.

Plötzlich lichtete sich der Nebel und er stand vor dem Haus seiner Eltern und registrierte, wie es zusammen mit der Werkstatt niederbrannte. Sein Vater und seine Mutter standen daneben und weinten. Schuld durchflutete ihn. War er verantwortlich, dass sie ihr Hab und Gut und ihren Lebensunterhalt verloren hatten? Ein grelles Licht hüllte alles ein, und als er wieder etwas erkennen konnte, stand ein neues, wunderschönes Haus in ihrem Garten. Eine große Werkstatt, in der sich viele Arbeiter tummelten, erhob sich anstatt des kleinen Schuppens, in dem sie ihre Zimmererarbeiten verrichtet hatten. Seine Eltern standen lachend vor dem Haus und sein Vater hielt ein Goldstück, das er Buchart in die Hand drückte. Freude erfüllte Toki, als er das sah.

Der Nebel hüllte alles ein und spuckte ihn im Wald am Weiher aus. Es war stockdunkel. Angst durchflutete ihn. Erneut! Er würde sterben, zugrunde gehen an einer mysteriösen Krankheit. Allein in der Dunkelheit. Ohne Freunde. Er atmete flach und schnell. Unverhofft erinnerte er sich an seine Atemübungen. Einatmen, anhalten, ausatmen, anhalten und wieder von vorne. Er beruhigte sich und akzeptierte, dass er irgendwann sterben würde. Aber nicht heute!

Der dunkle Wald wandelte sich. Fin lag schweißnass und mit fahlem Gesicht zu seinen Füßen. Ihr Brustkorb hob sich kaum merklich.

»*Du kannst sie nicht retten!*«, hörte er Fogo in seinem Kopf. Es musste Fogo sein. Der kleine Drache saß auf ihrer Brust und blickte ihn an. Erneut durchflutete ihn Angst. Sie würde sterben und er konnte nichts unternehmen. Doch, er konnte! Ein kleines blaues Fläschchen würde das vollbringen. Das klang vernünftig! Er wusste nur nicht genau, warum.

Der Nebel hüllte ihn erneut ein, bevor er dem auf den Grund gehen konnte. Wut durchflutete ihn. Heiße, glühende Wut. Auf die weißen Priester. Auf die Tatsache, dass er sich gefangen nehmen ließ, dass er zu schwach war, etwas dagegen auszurichten, dass die Welt ungerecht und voller Leid war. Ein starker Wind kam auf. Er blies aus Richtung des hellen, strahlenden Lichts heran und nahm die Wut mit sich.

Plötzlich saß er mit Ansou, Eliza, Fin und den beiden Begleitern an einem reich gedeckten Tisch. Sie lachten und aßen. Freude und Liebe erfüllte ihn.

Erneut nahm der Nebel ihm die Sicht und wieder sah er das Licht, heller diesmal. Grell leuchtend schwebte es vor ihm. Würde er sterben, wenn er es erreichte?

»… Zukunft …« Uthr? Nein, es klang nicht, als würde ein menschliches Wesen diese Worte ausstoßen. Der Nebel zeigte ihm Bilder.

Ein großes Land, das an einer herzförmigen Bucht lag, wurde von einer Armee herausgefordert. Ein Mann und eine Frau mit leuchtend türkisfarbenen Augen standen Seite an Seite, um sie aufzuhalten.

Szenenwechsel.

Er schwebte in den Bergen, hoch in der Luft. Über einem wunderschönen Bauwerk, das aus hunderten kleinen und größeren Türmen bestand. Allerlei fliegende Wesen umkreisten es. Eine Sturmwand rollte heran und hüllte alles in Chaos und Zerstörung.

Szenenwechsel.

Flammen! Flammen in einem Wald oder Dschungel. Er bestand aus riesigen Bäumen. Alle Arten von Tieren und Kreaturen flüchteten vor der Hitze und der Glut. Zwei hochgewachsene, schlanke Personen – möglicherweise ein Mann und eine Frau – ritten auf Einhörnern durch den Rauch. Eine weitere Frau ritt auf einem riesigen Bären hinter ihnen her. Ihre Augen glühten in einem saftigen Grün.

Szenenwechsel.

Gänge unter der Erde. Wunderschön brach sich das Licht in den Juwelen und Edelsteinen, die sie schmückten. Etwas weiter vorn erreichte er eine Höhle, deren Ausmaße er nicht begreifen konnte. In ihr erhob sich eine steinerne Stadt. Zwerge bevölkerten sie und allerlei Erdwesen. Ein Beben erschütterte den Boden und ein Riss zerbrach Häuser und ließ sie zu Staub zerfallen. Auf einer Mauerzinne stand ein Zwerg, der größer war als ein gewöhnlicher Mann. Seine Muskeln würden einen Erdelementar neidisch machen. Neben ihm stand eine weitere bärtige Gestalt. Ob Mann oder Frau war nicht zu erkennen. Ihre braunen Augen strahlten in einem hellen Licht.

Szenenwechsel.

Lava floss den Berghang hinab und ergoss sich in eine Schmiede, in der an Rüstungen und Waffen gearbeitet wurde. In den angrenzenden Gärten blubberte Wasser in steinernen Becken. Erwärmt von der Hitze der Erde. Gedrungene Häuser fügten sich zu einer Stadt zusammen. Dann ertönte eine reißende Explosion und ein ungeleiteter Lavastrom erfasste die Gärten und verbrannte sie. Das Wasser verdampfte. Frauen, deren Augen wie die von Finvara leuchteten, standen am Berghang und betrachteten die Szene.

Toki umhüllte erneut der Nebel. Als er aufriss, saß er neben Uthr auf dem Kutschbock. Yggy, im Joch, zog sie über eine Straße.

»Hallo, Toki. Ich habe dir ja geschrieben, dass wir uns wiedersehen.« Der einäugige, bärtige Mann grinste ihn an. Er sah immer noch so zerzaust aus wie beim letzten Mal.

»Uthr! Ich freue mich sehr, dich zu sehen. Wo sind wir? Warum bist du hier? Und hast du dein Leinen verkauft?«

Uthr lachte. Ein fröhliches, befreites Lachen. »Ich habe alles verschenkt. An Bedürftige. Ich hatte keine Verwendung mehr dafür. Und wo wir sind? Nun … ich würde sagen in deinem Kopf. Warum ich hier bin? Das musst du dich selbst fragen. Vielleicht hast du gern Gesellschaft. Auch wenn ich an deiner Stelle Ansou gewählt hätte und keinen kauzigen, ungepflegten alten Mann.« Er zwinkerte Toki mit dem einen Auge zu.

»Warum ist das alles in meinem Kopf?«

»Vielleicht, weil du erwachst. Erinnerst du dich? Du wirst zum Elementarier. Und du sammelst deine Energien. Das macht es uns einfacher, mit dir zu kommunizieren. Sie und Es hast du schon gesehen. Die Vergangenheit und die Zukunft. Was war und was möglicherweise sein wird, wenn wir das fremde Wesen nicht aufhalten. Ich kümmere mich um die Gegenwart und deswegen sprechen wir miteinander. Du musst dich jetzt entscheiden, ob du erwachen oder weiterschlafen willst. Beides ist gut. Es ist deine Entscheidung!«

Toki runzelte die Stirn. »Du meinst, ob ich lebe oder sterbe, oder?«

Uthr nickte. »Ja, das ist deine Wahl. Du darfst aussuchen. Das Privileg haben nicht viele.«

»Zurück zu Schmerz und Leid, oder hier in diesem Frieden bleiben?«, fragte Toki.

»Wenn du das so siehst, hast du möglicherweise deine Wahl getroffen. Aber ich glaube, das war eher eine rhetorische Frage, oder?« Er hob die Augenbraue.

Toki überlegte und sagte: »Glücklicherweise habe ich auch Freude, Liebe und Frieden gefunden. Wobei du mir geholfen hast.«

»Gern geschehen, Junge. Es stimmte, was ich schrieb, die Gespräche haben mir gefehlt. Aber jetzt musst du wählen.«

Yggy fuhr in eine helle Nebelwand, in der sich das leuchtende Licht befand.

»Ich kann nicht zulassen, dass die Zukunft so aussieht, dass die Welt und ihre Bewohner leiden. Ich muss helfen! Ich wähle das Leben!«, entschied Toki.

Das Licht hüllte ihn ein und das Letzte, was er hörte, war Uthrs Stimme, die sagte: »Gut gemacht. Wir werden uns wiedersehen.«

Dann öffnete er die Augen. Er lag in einem Bett und alles, was geschehen war, stürzte auf ihn ein. Eliza … Sie hatte sich geopfert. Für ihn! Er würde ihr Opfer in Ehren halten und die Zukunft verändern! Schlagartig flutete ihn Trauer und er musste schluchzen. Ansou, die neben dem Bett gesessen hatte, rannte zur Tür und rief hinaus: »Er ist wach! Er ist endlich aufgewacht. Fin!«

»Er ist wach! Er ist endlich aufgewacht. Fin!«, hörte sie Ansou aus Tokis Zimmer rufen. Zufällig war sie gerade auf dem Weg in den Schankraum. Als sie ihren Namen hörte, rannte sie wieder nach oben. Im Raum angekommen, erblickte sie Toki aufgerichtet im Bett sitzen. Ansou saß daneben und hielt ihn im Arm. Er schluchzte herzzerreißend. ›Sie muss ihm gesagt haben, dass Eliza gestorben ist‹, vermutete Fin, griff sich einen

Stuhl und setzte sich ans Bett. Als er wahrnahm, dass jemand Weiteres anwesend war, sah er auf. Strahlend graue Augen funkelten ihr rotumrandet entgegen. Sie erinnerten sie an die von Yeban. Allerdings wirbelte es viel kräftiger in ihnen und sie glühten stärker. Sein Gesicht, seine Arme und alle weiteren Hautpartien, die sie sehen konnte, hatten wieder ihre gesunde Farbe.

»Hallo, Toki«, sagte sie. »Es freut mich, dass du wach bist. Und wie es scheint, bist du ein Elementarier. Nach der Augenfarbe zu schließen, tatsächlich einer der fünf von Odem.«

Ayme flatterte durchs Fenster herein, ließ sich auf der Schulter von Toki nieder und schmiegte seinen kleinen Kopf an seine Wange. Der musste lachen.

»Hallo, Fin. Schön dich zu sehen. Ayme hat mich gerade gefragt, ob ich jetzt zerfließe und doch noch sterbe, da sich Wasser aus meinen Augen presst.« Er wischte sich die Tränen ab. »Ist sie wirklich tot?«

»Wenn du Eliza meinst, dann ja. Sie ist leider in der Zitadelle ums Leben gekommen. Ich sehe, Ansou hat es dir schon erzählt?«

Toki schluckte und schüttelte den Kopf. »Nein, ich habe mich daran erinnert. Sie hat mich gerettet und wurde von Bolzen durchbohrt. Ihre Mörder habe ich an die Wand genagelt und anschließend war ich … irgendwo. Ich kann nicht sagen, wo ich war und wie viel Zeit vergangen ist. Wie viel Zeit ist denn vergangen? Ich fühle mich ausgeruht und unglaublich hungrig.«

Ansou antwortete: »Es sind fünf Tage vergangen, seit du und Eliza am Boden des Schlosses lagt. Ich habe dich mit ein paar Soldaten ›Zum lachenden Pegasus‹ gebracht. Die Zauberin wurde zusammen mit den Gefallenen eingeäschert. Es war eine schöne Zeremonie. Einer Heldin würdig. So sehen uns die Tannberger.« Sie lachte laut auf. »Fin sieht das nicht so.«

»Wir haben nur unsere Pflicht erfüllt«, warf Fin ein und fragte neugierig: »Was ist in deiner Trance geschehen? Weißt du noch etwas davon? Du bist der erste Elementarier seit mehr als zweitausend Jahren, der das durchgemacht hat.«

Toki nickte und erzählte ihnen von der Nebelwelt, in der er sich befunden hatte. »… Uthr hat mir gesagt, dass wir uns wiedersehen werden.«

»Julius hat ihn in Xanthsik nicht gefunden. Ein Händler, der auf die Beschreibung von dir passte, hat tatsächlich Leinen an die Kirchen gespendet, und an ein paar bedürftige Bürger. Aber er hat anscheinend die Stadt nie verlassen«, berichtete Ansou. »Dann ist er tatsächlich der Schicksalsweber. Wahnsinn! Kannst du jetzt eigentlich deine Kraft einsetzen?«

Fin erkannte, dass Toki es zweifelnd versuchte. Ungläubig betastete er kurz darauf eine unsichtbare Wand vor ihm in der Luft. Ansou gleichfalls.

»Es sieht so aus. Ich denke daran, was die Luft machen soll, und sie gehorcht mir. Faszinierend!« Mit großen Augen blickte er Fin an.

»Du wirst dich damit vertraut machen müssen. Ich habe ein paar Jahre gebraucht, um genau herauszufinden, wie ich meine Kraft am besten einsetzen kann. Und wie sie genau funktioniert. Und was ich überhaupt alles kann. Das ist von Elementarier zu Elementarier unterschiedlich. Nicht die hauptsächliche Gabe, aber die Nuancen davon.«

»Sollen wir dir erzählen, was geschehen ist, während du dich ausgeruht hast?«, fragte Ansou.

»Gern. Kann ich mich zunächst erleichtern? Ich glaube, ich platze gleich.« Sein Gesicht verzog sich, als er sich bewegte.

Fin lachte. »Ja, natürlich. Wir haben dir Wasser eingeflößt, damit du nicht verdurstest. Vielleicht solltest du dir aber etwas anziehen, bevor du hinausläufst.«

Es war wohl sehr dringend, denn er stand nackt mitten im Raum. »Oh! Ja, da hast du recht«, sagte er verlegen, schnappte sich seine Kleidung, zog sich an und rannte aus dem Zimmer. Ayme flog ihm hinterher.

»Den Göttern sei Dank, dass er aufgewacht ist und wir keinen weiteren Elementarier verloren haben«, murmelte Fin zu niemand Bestimmtem.

Ansou nickte.»Ich bin auch froh, dass er es geschafft hat. Es tut mir so leid, dass wir Eliza nicht beschützen konnten.«

»Ich bin froh, dass wir einigermaßen glimpflich aus dem ganzen Chaos herausgekommen sind.« Fin schüttelte sich. »So ein Durcheinander hatte ich bisher in keinem Kampf. Du?«

Ansou verneinte. Dann warteten sie auf Toki. Kurz darauf kam er zurück. Ayme folgte ihm.

»Du musst mir nicht aufs Klo folgen!«, erklärte er dem Vogel. »Das kann ich sehr gut allein.« Im Zimmer fragte er Fin: »Ist Fogo auch so, dass er überall mit hin muss?«

Fin lächelte und nickte nur.

»Können wir etwas essen?«, erinnerte Toki die beiden Frauen an seine Bemerkung von vorhin.

»Klar, lass uns hinuntergehen. Wir können dir auch im Gastraum erzählen, was du verpasst hast«, sagte Fin. Auf dem Weg zur Tür fiel ihr noch etwas ein. »Als du im Bett lagst, hat sich mit der Zeit eine Perle gebildet. Erst war sie klein, dann wurde sie immer größer. Sie sieht aus wie die von Yeban. Irgendwo hier muss sie liegen.«

Toki und Ansou suchten im Bett, da Ansou sie dort das letzte Mal gesehen hatte. Toki fand sie und hielt sie ehrfürchtig vor sein Gesicht. »Sie ist wunderschön! Das ist meine?«, fragte er an Fin gerichtet.

»Ja, jeder Elementarier hat seine eigene. Bei mir sind es die Ohrringe, da ich zwei Teile erhielt. Andere haben ein Diadem, eine Kette oder sonstigen Schmuck, abhängig von der Anzahl der Perlen.«

Toki begutachtete die Perle noch einmal an, anschließend steckte er sie ein und sagte: »Jetzt können wir los.«

Beim Hinaustreten sah Fin, dass Ansou Toki umarmte und ihn küsste. Fröhlich lächelnd ging sie vor und bestellte beim Wirt ein großes Mahl für drei sowie eine kleine Schale Körner für Ayme. Kurz darauf setzten sich die beiden anderen zu ihr an den Tisch.

»Jetzt erzähl, bitte«, bat Toki.

»Ich versuche dir alles, was ich weiß, zu erklären. Manches ist auch für uns noch im Unklaren. Die Gauner, die Ansou in die Kasernen schickte, haben dort sehr viele eingesperrte Tannberger Soldaten befreit, sowie die ganzen Offiziere.

Letztendlich haben sie die restlichen Verräter und Nordlinge getötet oder gefangen genommen. Der Plan der weißen Priester sah anscheinend vor, dass sie das Schloss schnell einnehmen, sich aber nicht mit allen Soldaten herumschlagen wollten. Die weißen Priester selbst sind alle tot. Einer starb in der Eingangshalle, der zweite, nun … da hat mich leider mein Temperament übermannt. Ich habe ihn getötet und bei ihm eine schwarz schimmernde Perle gefunden. Die habe ich aufbewahrt. Für was er sie gebraucht hat, kann ich noch nicht sagen. Doch ich hoffe, dass der Rat der Götter oder die Gelehrten etwas damit anfangen können. Den dritten und letzten haben wir in einem Raum im Südflügel des Schlosses gefunden. Neben einem Tisch mit einer Wasserschale. Entweder, er hat sich selbst getötet, oder jemand anderes hat das erledigt. Wir gehen davon aus, dass der Priester Haltoe Kamtharg war. Ein paar Königswachen konnten ihn identifizieren. Was wir aus den Gefangenen herausbekommen haben, ist, dass er der Anführer, oder Alakai in ihrer Sprache, der weißen Priester in Tangrintanien war. Er war verantwortlich für Yebans Tod, die Anschläge auf mein Leben und die ganze Nordlingsaktion. Sein Gott hatte irgendetwas mit dem Königreich vor. Zum Glück konnten wir den Plan vereiteln. Der König und sein Sohn sind im Thronsaal gestorben, von den eigenen Königswachen ermordet. Wir haben von seinen Beratern gehört, dass er Angst um sein Königreich hatte, deswegen schirmte er es von außerhalb ab und ordnete an, mehr Truppen auszubilden. Glücklicherweise hat die Königstochter überlebt. Sie war die ganze Zeit in ihren Turmgemächern. Eine schmale Treppe führt dort hinauf und ihre eigenen Wächter konnten sie gegen alle Feinde verteidigen. Nur ein paar sind gestorben. Sie wird in den nächsten Tagen gekrönt werden. Ohne eine große Feier, da sie um ihren Vater und Bruder trauert. Nur die Bischöfe der fünf Kirchen werden bei der Zeremonie anwesend sein.« Sie unterbrach ihre Erklärung. »Ah, schaut, da kommt unser Essen. Jetzt bin ich auch hungrig.«

Die Schankmaid stellte alles vor ihnen ab. Ayme machte sich gleich über die Körner her.

Nachdem Fin satt war, fuhr sie fort: »Der Händler, Alliente Anvof, der mit dem Königssohn zusammengearbeitet hat, wurde in seinem Amtsraum unter dem Tisch gefunden. Er hat sich vor lauter Angst dort verbarrikadiert und sich dabei in die Hose gemacht, wortwörtlich. Es ist ein Wunder, dass ihn niemand gefunden und getötet hat. Er hat uns seine Geschichte erzählt. Es scheint, als wäre er tatsächlich nur ein einfacher Händler, der zusammen mit Jaka das große Geld verdienen wollte. Ischve ist nicht mehr aufgetaucht. Ich gehe davon aus, dass sie wieder komplett in ihr Kreaturwesen zurückgefallen ist, da du jetzt erwacht bist.« Traurig fügte sie hinzu: »Ich hätte mich gern von ihr verabschiedet, aber leider können wir die Zeit nicht zurückdrehen. Das war kurz gefasst alles, was wir wissen, und was passiert ist. Die Soldaten der Königin suchen in den Städten nach weiteren Nordlingen, um sie zu verhaften. Jetzt zur Zukunft. Wenn du kräftig genug bist, würde ich gerne mit dir zum Feuertempel reiten. Wir müssen nach dieser Prophezeiung suchen, die Uthr erwähnt hat, die schwarze Perle untersuchen, und du brauchst eine richtige Ausbildung. Wirst du mich begleiten?«

»Was ist mit meinen Eltern? Und mit meinen Freunden? Sie wissen gar nicht, was passiert ist! Ich kann nicht einfach weg«, erwiderte Toki zweifelnd. Dabei umklammerte er seinen Krug mit beiden Händen.

»Wir können in deinem Dorf haltmachen und ihnen alles erklären«, schlug Fin vor. »Ansou wird uns begleiten. Sie muss zurück nach Irani und Reben Bericht erstatten.« Sie blickte erst ihn, anschließend die Soldatin an und lächelte. »Dann könnt ihr zwei noch ein wenig Zeit miteinander verbringen.« Fin bemerkte, wie die beiden sich nach den Worten ansahen, und freute sich insgeheim für sie.

»Okay. Ich begleite dich und Ansou zunächst mit in mein Dorf und entscheide dort, was ich machen werde. Können wir es so planen?«

Fin nickte und sagte: »Ja, lass es uns so machen. Im Dorf schauen wir weiter. Ich würde gern morgen früh aufbrechen. Oder spricht etwas dagegen?«

»Von mir aus können wir los. Meine zwei Soldaten und die Soldatin werden uns begleiten«, stimmte Ansou zu.

»Mich hält auch nichts mehr in Tannberg, und ich freue mich sehr auf meine Familie«, sagte Toki. »Dann ist das beschlossen. Wir treffen uns morgen früh hier und dann brechen wir auf.«

Fin stand auf, um zu sehen, ob Fogo zurückgekehrt war. Sie verabschiedete sich von den beiden und fügte noch schelmisch hinzu: »Übertreibt es nicht, wir wollen morgen wirklich früh los.«

In sich hineinlachend, ging sie in ihr Zimmer. Fogo wartete auf sie.

»Ist er aufgewacht?«, fragte er neugierig.

Sie nickte und antwortete: »Ja, und er ist ein Luftelementarier. Morgen brechen wir zum Feuertempel auf. Wir haben einiges, das nach Antworten verlangt. Ich hoffe, Toki begleitet uns. So wie ich das sehe, hat er keine große Wahl. Das Schicksal hat in Form von Uthr eingegriffen, und er wird nicht wollen, dass er in seinem Dorf bleibt und Schreiner wird.«

»Warum haben sie eingegriffen?«, überlegte Fogo.

»Das weiß ich nicht, aber irgendwann auf unserem Weg werden wir es erfahren. Oder auch nicht. Wir können uns im Moment nur um das kümmern, was wir in der Hand haben. Alles Weitere wird sich ergeben. Hast du etwas zu fressen gefunden?«

»Nicht wirklich und auch nichts Schmackhaftes«, teilte Fogo ihr enttäuscht mit.

»Lass uns dir etwas Gutes aus der Küche besorgen«, schlug Fin vor. Der kleine Feuerfischdrache, hellauf begeistert, flog um sie herum, landete auf ihrer Schulter und schmiegte sich katzenhaft an sie. Fin lachte erfreut auf und kraulte ihn am Kinn. »Los, besorgen wir dir etwas. Morgen müssen wir früh aufbrechen. Ich will nicht, dass du hungrig bist oder unausgeschlafen, sonst bist du wieder unausstehlich. Der arme Ayme kennt dich so sicher noch nicht.« Sie grinste.

Zusammen gingen sie zum Wirt.

Am nächsten Tag verließ die Reisegruppe ihr inzwischen lieb gewonnenes Gasthaus. An der letzten Straßenkurve, bei der sie die Taverne »Zum lachenden Pegasus« noch erkennen konnten, blickte Toki zurück.

›Ich hätte nie gedacht, dass alles, was ich erlebt habe, überhaupt jemals jemandem passieren kann. Und dann mir!‹, dachte er und anschließend an die vielen schönen und weniger schönen Momente seiner Reise.

Er vermisste den mitunter komischen Humor von Eliza. Sie würde nie erfahren, ob sein Großvater auch ihrer war.

Der Rest war schon weitergeritten. Toki drehte sich um und trieb sein Pferd an, um sie einzuholen. Der Tag versprach warm zu werden und er freute sich, aus der Stadt herauszukommen und durch Tangrintanien in sein Heimatdorf zu reisen. Hoffentlich ohne weitere Abenteuer. Seine Perle bewahrte er mit seinem Geld im Beutel am Gürtel auf. Die Fassung von Yeban lag ebenfalls darin. Es sah für ihn so aus, als würde sie genau hineinpassen. In Irani gab es sicher einen Goldschmied, der sie ihm einsetzen konnte.

Sie passierten das Händlertor, auf dem zusätzlich zu den Tannberger Flaggen schwarze Fahnen gehisst waren. Sie schwangen traurig im Wind hin und her und drückten die Trauer der baldigen Königin um den König und seinen Sohn aus. Die Straße führte sie am Viertel der Handwerker vorbei, über den Markt vorm Tor und durch das Stadttor über die kleine Tanngau. Die Insekten in den Wiesen spielten ihre Musik und die Bauern arbeiteten auf den Feldern.

»Du solltest nicht auf diesem großen, braunen Tier reiten, sondern fliegen«, riet Ayme ihm. *»Die Luft ist herrlich und es gibt so viele Insekten, die du fressen könntest. Der kleine Feuerteufel stimmt mir zu. Ich mag ihn, er kann mir mein Fressen anrösten!«*

Toki blickte in den Himmel hinauf und versuchte den kleinen, goldgelben Vogel zu erspähen. Möglicherweise irgendwo über der Wiese? Flog Fogo auch dort?

»Fliegt Fogo über der Wiese?«, fragte er an Fin gewandt. Sie schaute von der Straße auf und suchte den Himmel über der Wiese ab.

»Ja. Ich glaube, er und Ayme mögen sich. Vielleicht weil sie das gleiche Futter fressen. Sie tauschen sich immer aus, was besser schmeckt, hat Fogo mir erzählt.«

Toki schaute den beiden eine Zeit lang zu. Er hatte nichts Besseres zu tun. Ansou, er und Fin ritten nebeneinander, die zwei Soldaten voraus und die Soldatin hinter ihnen. Sie erwarteten keine Gefahr, aber Fin hatte erklärt, dass man sich nie sicher sein konnte. Sie aßen mittags eine Kleinigkeit während des Reitens und gegen Abend erreichten sie Jakine. Dort nächtigten sie in einem Gasthaus. Ansou und Toki teilten sich ein Zimmer.

Morgens sahen beide müde aus. Fin hatte sie erneut zeitig auf die Straße geschickt und Toki musste auf Ansous Wunsch hin vor der Abreise mit Schwert und Schild üben. Er merkte langsam, dass sich seine Muskeln daran gewöhnten.

Das Wetter war umgeschwungen und es regnete den ganzen Tag über. Fogo verkroch sich unter Fins Umhang. Ayme versuchte das Gleiche bei Toki. Es klappte allerdings nicht besonders gut und er setzte sich auf den Kopf des Pferdes und ritt mit ihnen. Die meiste Zeit schimpfte der kleine Vogel vor sich hin. Das Pferd interessierte sich nicht für den weiteren Reiter und sein Gehabe.

Am Abend hielten sie in Bruchfelsen, in dem Gasthaus, das er mit seiner Gabe zu einer kleinen Berühmtheit gemacht hatte. Die Eingangstür war immer noch durch die unsichtbare Wand versperrt. Der Wirt hatte eines der Fenster entfernt und an dessen Stelle eine neue Tür eingesetzt. Toki hätte seine gehärtete Luft entfernen können, er beließ aber alles so, wie es war. Sie rasteten und aßen im Gastraum ein einfaches Abendessen, glücklich, aus dem Regen zu sein. Er erkannte, dass die Leute sie anstarrten und tuschelten. Fin hatte sich schon entschuldigt und er saß mit Ansou und den Soldaten allein am Tisch. Sahen die Gäste ihn an? Lag das an seinen ungewöhnlichen Augen?

Ihm war unbehaglich zumute und er zog sich bald in sein Zimmer zurück. Ayme schlief schon auf dem Bettpfosten. Ansou schickte ihn allerdings hinaus, als sie ins Bett kam. Toki zuliebe.

Als sie am nächsten Tag unterwegs waren – es regnete zum Glück nicht mehr –, fragte er Fin: »Glaubst du, die Leute starren mich an, weil meine Augen wie die eines Elementariers leuchten? Es ist mir unangenehm. Wie gehst du damit um?«

»Sie werden dich ganz sicher beobachten, da du besonders bist. Und deine Augen strahlen heller, als ich das bisher gesehen habe. Vielleicht liegt es daran, dass du möglicherweise stärker bist als wir anderen.« Sie überlegte, bevor sie weitersprach: »Ich ignoriere die Menschen einfach. Etwas anderes wird dir nicht übrig bleiben. Vorher hätten sie dich wegen deiner grauen Haut als anders erkannt und angestarrt, jetzt wegen deiner Augen. Bei mir ist es mein ganzes Aussehen. Du wirst irgendwann akzeptieren, dass es egal ist.«

Der Weg durch die Berge vor Illkreit war anstrengend, und als sie den Platz, wo er Eliza getroffen hatten, passierten, sprach er ein kurzes Gebet zu Lutum. Anschließend zu Odem, um ihn nicht zu verärgern. Er hatte sich noch nicht daran gewöhnt, dass er einem anderen Gott angehörte. Fin hatte erklärt, dass die Götter sich sowieso nicht um sie scherten. Aber er wollte kein Risiko eingehen.

Sie erreichten Illkreit – Ansou regelte die Maut – und anschließend Xanthsik. Für die Nacht quartierten sie sich dort in der Feuerkirche ein. Zonta Xirya, die Äbtissin, richtete eine kleine Feier für Fin und Toki aus, an der auch der Abt der Luftkirche teilnahm. Vater Venrol redete den ganzen Abend wie ein Wasserfall. Toki hatte noch nie jemanden so viel reden gehört. Er konnte nicht auf seine Fragen antworten, da er gleich wieder unterbrochen wurde. Ayme und Fogo erhielten gleichfalls ein königliches Mahl und beide hüpften glücklich über ihren Tisch zwischen den ganzen Köstlichkeiten herum.

Früh morgens ritten sie weiter, die Bergkette am Mittelgebirge entlang. Sie wollten in dem Dorf, das vor Tokis Heimat lag, rasten und am nächsten Tag gegen Mittag bei ihm zu Hause ankommen. Er war aufgeregt, als er an diesem Abend ins Bett ging. Was würde seine Familie sagen und seine Freunde? Ansou lag neben ihm im Bett. Sie hatten sich irgendwie eine Regelmäßigkeit angewöhnt, die Toki überraschte, aber glücklich machte. Früh morgens trainierten sie, abends schliefen sie zusammen.

›Was ist mit Ava?‹, kam ihm plötzlich in den Sinn. Er hatte überhaupt nicht mehr an sie gedacht. Ob sie auf ihn wartete? Er war seit etwa einem Monat unterwegs, seit er so plötzlich von zu Hause hatte flüchten müssen.

Als Ansou seine Aufmerksamkeit verlangte, vergaß er alles andere.

Der nächste Tag erstrahlte in einem wunderbaren Sonnenschein. Als sie kurz vor seinem Dorf die Straße entlangritten, trieben Toki einige Gefühle um. Ihm war unbehaglich, weil er nicht wusste, was ihn erwartete. Er empfand Freude, weil er endlich seine Familie wiedersah. Was würden sein Vater und seine Mutter dazu sagen, dass er ein Elementarier war? Was würde seine Großmutter sagen? Außerdem freute er sich darauf, Abies und Delnim zu sehen. Und er konnte sich Idas Neugier ausmalen, sowie Habats und Farrars gut gemeinte Kommentare.

Als sie an der Taverne vorbei waren und die Bewohner neugierig die Reitertruppe musterten, sah er Erkennen in ihren Gesichtern. Er nickte ihnen zu. Zwei halb fertige Gebäude standen auf dem Grundstück seiner Eltern. Von dem Feuer war nichts mehr zu sehen. Sein Vater arbeitete mit einigen anderen Personen daran. Er blickte hoch, als die Reiter vor den Rohbauten anhielten und erkannte seinen Sohn. Toki bemerkte, wie ihm die Kinnlade herabfiel. Die Tür des Hauses seiner Großmutter öffnete sich und seine Mutter und Elle traten heraus, um zu sehen, was los war. Dosa erkannte ihren Sohn, stieß ein leises Quietschen aus und rannte ihm mit gerafftem Rock entgegen. Toki war inzwischen abgestiegen und lag kurz darauf in den Armen seiner Mutter.

»Toki. Geht es dir gut? Bist du wieder gesund?« Er verstand seine Mutter kaum, da sie Freudentränen vergoss und alles gleichzeitig fragen wollte. »Was ist mit deinen Augen geschehen? Und wer sind die ganzen Soldaten?« Sie stutzte und bemerkte Fin, auf deren Schultern Fogo ruhte. »Ist das … ist das … eine Elementarierin?« Ehrfürchtig starrten sie zu ihr hinauf.

Toki raunte ihr zu: »Ja. Aber bitte nenn sie auf keinen Fall ›Heilige‹. Das kann sie nicht leiden. Sie heißt Finvara. Sag einfach Fin zu ihr. Ich erzähle später alles.« Er drückte seine Mutter noch einmal und drehte sich zu seinem Vater um, der inzwischen von dem Hausgerippe zu ihnen gekommen war. »Hallo, Vater«, begrüßte er ihn. Auch Navil standen Tränen in den Augen.

»Sohn! Schön dich zu sehen. Wir haben uns solche Sorgen um dich gemacht.«

Toki merkte, dass er hin- und hergerissen war, ob er seinen Sohn umarmen sollte oder nicht. Er nahm ihm die Entscheidung ab, rannte zu ihm und drückte ihn an sich. »Ich bin froh, dass es euch gut geht. Und Großmutter.« Navil konnte nichts antworten, auch er hatte nun Freudentränen im Gesicht. »Hallo, Großmutter«, begrüßte Toki Elle, dann grinste er. »Dein Gegengift hat einer Elementarierin das Leben gerettet, wo auch immer du es herhattest. Es und der Zauberstaub haben das Königreich vor großem Schaden bewahrt.«

Elle drückte ihn kurz und konnte nur murmeln: »Dann ist es ja gut, dass du beides hattest. Du musst mir alles erzählen. Ich sehe, du bist nicht mehr grau. Ich wusste, es ist keine Krankheit! Was war es? Konnten die Heiler oder die Kirchen es dir sagen?«

»Du wirst staunen.« Toki lachte. »Aber auch das später.« An seine Familie gewandt, sagte er: »Das ist Fin, eine Feuerelementarierin« Er zeigte auf sie. »Und das ist Ansou, eine Leutnantin aus Irani …« Auch auf sie zeigte er. »… mit ihren Soldaten. Sie haben mich gerettet.«

Elle, Navil und Dosa begrüßten alle und bedankten sich überschwänglich, dass sie Toki zurückgebracht hatten. Von Fin hielten seine Eltern ehrfürchtig Abstand, was auch an Fogo liegen konnte, dachte Toki. Seine Mutter verkniff sich glücklicherweise das »Heilige«. Elle nahm kein Blatt vor den Mund und überschüttete Fin mit vielen Fragen, die diese lachend beantwortete.

Sein Vater winkte einen seiner Gehilfen heran und wies ihn an, seine Tochter und die Nichten zu holen. »Ein Bote hat uns unglaublich viel Geld von den Kirchen gebracht. Ich wollte ihn schon zum Teufel jagen, da ich dachte, er treibt einen Spaß mit mir. Aber dann hat er von dir erzählt und woher es stammt. Du musst uns einiges erzählen, mein Junge«, sagte er.

»Das werde ich, Vater. Vielleicht im Haus? Bei einem Getränk? Ich glaube, meine Begleitung würde sich auch darüber freuen.«

»Natürlich.« Navil kümmerte sich darum, dass alle ins Haus von Elle gingen.

Die Soldaten versorgten die Pferde.

Im Haus sah Toki, dass es mittlerweile auch seinen Eltern als Heim diente, solange das neue noch nicht fertig gebaut war.

Dosa versorgte alle mit Getränken und dann saßen sie am Tisch und Toki fing an, seine Geschichte zu erzählen. Kurz darauf wurde er unterbrochen, als Alessia und ihre Töchter den Raum betraten. Wie zwei Geschosse rannten Delnim und Abies auf ihn zu und warfen ihn fast vom Stuhl. Fin und Ansou mussten lauthals loslachen. Auch seine Eltern schmunzelten.

»'oki, 'oki«, rief Abies, während sie auf seinem Schoss auf und ab hüpfte. »Hast du einen Drachen gesehen? Oder ein Einhorn? Oder einen Fuchs?«

»Schön, dass du wieder da bist«, sagte auch Delnim und klammerte sich an ihn. »Die Leute haben lauter komische Sachen erzählt.«

Er fuhr beiden durchs Haar und hob Abies von sich herunter. »Da ist ein Drache.« Er zeigte auf Fogo. »Ein Einhorn habe ich nicht gesehen, aber alle möglichen anderen Tiere. Und das ist Ayme.« Diesmal zeigte er auf die Goldammer, die auf der Fensterbank saß. »Er sagt, du siehst niedlich aus, und dass er glaubt, dich schon einmal gesehen zu haben. An einem Weiher.«

Die beiden Schwestern merkten jetzt, dass sich viele Erwachsene im Raum befanden und versteckten sich schnell hinter ihrer Mutter, die zu Toki trat, ihn umarmte und willkommen hieß.

»Beiß' der Drache?«, fragte Abies leise. »Darf ich ihn s'reicheln? Er sieh' so niedlich aus.« Mit großen Augen verfolgte sie Fogos Bewegungen.

»Er sagt, er wird dich nicht beißen«, ließ sich Fin vernehmen.

Fogo schwebte auf Tokis Nichten zu und ließ sich auf Abies Schultern nieder. Die war erst ängstlich. Als der kleine Drache allerdings nichts weiter machte, wurde sie mutiger und fasste ihn an. Dann kicherte sie, als er sie am Hals kitzelte.

»Er is' so kra'zig und er fühl' sich wie eine Echse an. Ein rich'iger Drache!« Sie war überglücklich und Toki konnte seine Geschichte weitererzählen.

Später, er war gerade bei der Stelle mit Fin und dem Gegengift, zupfte Abies an ihm. Fogo immer noch auf den Schultern. »Ist das jetzt deine Frau? Bekomm' ihr bald ein Baby?« Sie zeigte mit ihren kleinen Fingern auf Ansou, die neben Toki saß. Irgendwie musste sie die Blicke gesehen haben, die er ihr ab und zu zuwarf. Toki wurde heiß und er spürte, wie sein Gesicht rot wurde. Das war ihm schon lange nicht mehr passiert.

»Abies«, wies Alessia ihre Tochter erschrocken zurecht.

Toki war zu perplex, um zu antworten. Der Rest am Tisch musste lachen.

Ansou grinste Abies an und sagte: »Ich bin nur eine Freundin und ein Baby gibt es keines.«

»Schade«, erklärte seine kleine Nichte ernsthaft. »Du bist wunderschön. Viel schöner als die anderen Frauen von 'oki.« Das löste erneut Gelächter aus.

Ansou raunte ihm grinsend zu: »Das mit den anderen Frauen musst du mir nachher erzählen.«

Toki, immer noch rot, fuhr mit seiner Geschichte fort, um von Abies abzulenken. Als er endete, sahen ihn alle ungläubig, freudig, ehrfürchtig und stolz an. Und dann stellten sie viele Fragen, die alle von Ansou, Fin oder Toki aufgeklärt wurden.

Später erschien Jaard und lud sie alle ein, zu ihm in die Taverne zu kommen. Er hatte ein großes Festmahl vorbereitet, um die Rückkehr von Toki zu feiern. Fast alle Dorfbewohner schauten vorbei, um mit Toki, dem Elementarier, zu reden, ihn zu bestaunen oder sich die Geschichten anzuhören. Auch seine Freunde waren da. Ida, wie immer unglaublich neugierig, quetschte ihn über alles aus. Ava hatte sich auf Druck ihres Vaters einen anderen Mann suchen müssen.

»Aber ich sehe, du hast inzwischen Ersatz gefunden.« Sie grinste und betrachtete Ansou, die ihre Rüstung abgelegt hatte und die wüstengelbe Bluse trug. »Sie ist wunderbar. Ich glaube, du hast es besser getroffen als mit Ava.«

»Aber wir sind nicht …«, fing er an.

»Ja, so sieht es aus, Toki, ganz bestimmt.« Damit ließ sie ihn verdutzt stehen.

Die Feier dauerte bis weit in die Nacht. Es wurde gegessen, getrunken und getanzt. Fin und Fogo waren die größte Attraktion, die das Dorf jemals hatte. Toki war froh, dass die Leute sich mehr an sie und nicht an ihn hielten. Die beiden ließen es ohne große Zwischenfälle über sich ergehen.

Als das Fest zu Ende ging, kam Ansou zu ihm und fragte: »Wollen wir hinaufgehen? Ich möchte noch ein wenig Zeit mit dem großen Elementarierhelden verbringen, der die Welt gerettet hat!« Sie lächelte ihn an und Toki wurde heiß.

Er wiegelte ab: »Ich habe gar nichts gemacht, das waren du und Fin.«

»Für die Menschen hier im Dorf nicht. Komm, lass uns gehen. Sie griff seine Hand, zog ihn zu sich und der Duft von Honig und Leder umwehte ihn, gemischt mit Bier. Er widersetzte sich nicht und sie führte ihn schnell in ihr Zimmer.

Nachdem sie entkleidet waren und im Bett lagen, fragte sie spitzbübisch: »Und jetzt erklär mir doch, was deine Nichte mit den ganzen anderen Frauen gemeint hat, die nicht so wunderschön sind wie ich.« Toki stöhnte auf und stammelte etwas von früher. Ansou lachte und dann versanken sie verschlungen ineinander.

Fin schlief am nächsten Morgen aus. Sie wollte Toki mehr Zeit zum Überlegen geben, ob er sich mit ihr auf die lange Reise zum Feuertempel begeben wollte, oder lieber in Tangrintanien bei seinen Eltern blieb. Fogo schlief noch auf ihrem Kettenhemd, als sie aufstand, das Fenster öffnete und die einströmende frische Luft tief einatmete.

Kurz darauf ging sie die Straßen im Dorf entlang und sah sich neugierig um. Es war ein seltener, kostbarer Moment. Sie musste nichts erledigen und keine Gefahr drohte. Friedlich lagen die Wege und die Hauptstraße vor ihr. Sie hielt in dem kleinen Gärtchen, in dem der Ring von Altären der Götter stand, und sandte eine Bitte an Lutum. Gedankenverloren ging sie weiter und landete vor dem Haus von Tokis Großmutter. Sie entschied, zu klopfen und mit der interessanten Frau zu sprechen.

»Kommt herein«, erklang es, kurz nachdem ihre Knöchel das Holz berührten.

»Guten Morgen, Elle«, grüßte Fin. »Habt ihr ein wenig Zeit? Ich würde mich gern mit euch unterhalten.«

»Wenn du Du zu mir sagst und nicht ihr, dann ja. Sonst scher dich wieder hinaus«, grummelte Elle.

Fin stutzte. Selten redete jemand so mit ihr. Sie fand es erfrischend. »Gern. Ich wollte fragen, woher du die Tränke hattest, die Toki auf seiner Reise mit sich führte. In einem Brief habe ich gelesen, dass du sie ihm gegeben hast. Vor allem das Gegengift war selten und wertvoll.«

»Das ist einfach zu beantworten.« Elle wies Fin an, Platz zu nehmen, und bot ihr einen Tee an. Fin nahm dankend an. »Mein verstorbener Mann hat nicht nur das Zauberpulver mitgebracht, sondern auch einige seltene Ingredienzen. Ich kann leider nicht sagen, woher er sie hatte. Ab und zu verreiste er und brachte jedes Mal etwas Neues mit. Ich habe sie immer zu Tränken verarbeitet, mit denen ich die Menschen im Dorf heilte und ihnen helfen konnte.«

»Wusstest du, dass er ein Zauberer war?«, fragte Fin.

Elle nickte. »Ja, er hat mir alles erzählt. Auch, dass er einen Sohn in Blos Prana hatte. Ich dachte mir, dass jemand danach fragen würde. Ich hätte allerdings gedacht, dass Toki als Erstes zu mir kommt.«

»Er ist, denke ich, noch beschäftigt. Dann kann es sein, dass Eliza seine Cousine war?«, überlegte Fin.

»Möglich wäre es.« Elle seufzte und stellte eine Teetasse vor der Elementarierin ab. »Es tut mir leid, ich hätte sie gerne kennengelernt. Vielleicht hätte ich ihr mehr erzählen können.«

»Sie ruht jetzt bei den Göttern in deren Träumen, und bekommt möglicherweise alle Antworten, die sie haben will. Wenn man daran glaubt.« Fin probierte den Tee. Er schmeckte nach Kräutern und leicht süßlich. »Ein guter Tee. Du weißt, wie du deine Kräuter einsetzt.«

»Danke, Elementarierin. Aber jetzt erzählt mir von meinem Enkel. Vielleicht etwas, das er nicht erwähnt hat.« Die beiden Frauen, eine älter als die andere, wobei man die Reihenfolge nicht erwarten würde, unterhielten sich eine Zeit lang, schließlich verabschiedete sich Fin und ging zurück zum Gasthaus.

Toki saß auf der Bank vor dem Haus.

»Guten Morgen, Toki«, wünschte Fin und setzte sich neben ihn. »Hast du darüber nachgedacht, ob du mich und Fogo begleiten willst?«

Ayme flatterte heran, landete auf Tokis Schulter und schmiegte sich an ihn..

›Das hat er sich wohl von meinem Begleiter abgeschaut‹, schmunzelte Fin.

Toki strich dem Vogel über den Kopf und sagte: »Ich würde gerne hierbleiben, aber ich glaube nicht, dass Uthr das von mir erwarten würde. Und meiner Familie geht es gut. Mehr kann ich nicht für sie tun.« Er zögerte, als ob er noch etwas hinzufügen wollte, sagte aber nichts weiter.

»Ansou ist es, die du nicht verlassen willst, habe ich recht?«, fragte Fin einfühlsam.

Er druckste ein wenig herum, nickte dann aber.

»Sie hat mir in Tannberg gesagt, dass ich mich nicht in sie verlieben soll, denn sie will keinen Mann fürs Leben. Nur gelegentlich Spaß, und sie lebt außerdem für ihr Soldatinsein. Ich würde trotzdem gern in ihrer Nähe bleiben.«

»Weißt du, Liebe findet immer ihren Weg. Das habe ich in meinem langen Leben gelernt.« Sie dachte an lang vergangene Zeiten. »Sie ist wundervoll, manchmal schmerzt sie und manchmal zerreißt sie dir dein Herz.«

Toki konnte diesen Schmerz in ihren Augen sehen. Allerdings nur für einen Herzschlag.

»Wenn ihr zusammengehören solltet, werdet ihr wieder zusammenfinden. Du hast jetzt eine andere Aufgabe, die wartet, so schwer es dir fallen wird, sie zu verlassen. Aber ich kann dir nicht sagen, was du machen sollst. Das musst du entscheiden. Ich glaube allerdings, dass du das bereits hast.«

Er nickte. »Ich werde mit dir nach Carane reisen. Vielleicht will Ansou uns auch begleiten?«

Sie hörte Hoffnung aus seinen Worten.

»Danke, Toki. Ich denke, dass du richtig entschieden hast. Allerdings glaube ich nicht, dass sie dich begleiten wird. Aber, wie ich bereits sagte: Ich denke, ihr werdet euch wiedersehen. Und bis Irani reisen wir noch zusammen. Bist du bereit, heute Mittag abzureisen?«

»Ja, ich verabschiede mich von meinen Eltern und meiner Großmutter. Allen anderen habe ich gestern Lebewohl gesagt.«

Fin stand auf, um alles für den Abmarsch vorzubereiten. »Dann treffen wir uns später bei deinen Eltern. Bis nachher.«

Als die Sonne den höchsten Stand erreichte, ritt Fin mit den Soldaten zu Elles Haus. Ansou würde dort mit Toki auf sie warten, dachte sie, da sie die Soldatin nicht finden konnte. Sie hatte recht. Sie stand neben Toki, als er sich von seiner Familie verabschiedete. Dosa drückte ihren Sohn, als würde sie ihn nie wieder loslassen wollen. Letztendlich löste sie sich doch von ihm. Ihr Gesicht war tränennass. Navil umarmte seinen Sohn kurz und dann waren alle bereit. Ansou verabschiedete sich auch und schwang sich auf ihr Pferd. Toki folgte und Fin gab den Befehl aufzubrechen. Sie wollte heute noch bis zu der Taverne, die auf halbem Weg nach Irani lag, und dort haltmachen. Sie würde Ansou und Toki eine weitere Nacht zugestehen, hatte sie beschlossen. Auf einen Tag mehr kam es nicht an.

Toki ritt hinter ihnen und schaute oft zurück, bis der Weg den Blick auf seine Familie verschloss. Sie reisten gemütlich an den Griffinfangseen vorbei und erreichten am Nachmittag die Taverne. Toki freute sich riesig, als Fin ihnen eröffnete, dass sie für heute genug hatte und sie hier rasten würden. Ansou hielt ihre Gefühle mehr zurück, aber auch sie sah glücklich darüber aus. Sie aßen zusammen und anschließend überließ Fin die beiden ihrer Zweisamkeit.

Früh morgens ritten sie weiter und erreichten nachmittags Irani. An der Kommandantur angekommen, suchten sie Reben auf. Er begrüßte alle freundlich und bat sie um einen ausführlichen Bericht ihrer Erlebnisse, um seine Informationen, die er aus der Hauptstadt erhalten hatte, mit ihnen abzustimmen, wie er sagte. Fin erzählte ihm alles, Ansou und Toki halfen mit Informationen von Situationen, bei denen sie nicht anwesend war, oder im Sterben gelegen hatte.

Reben versprach, dass alles, was Fin und Toki auf ihrer Reise benötigten, am Morgen bereitstehen würde. Dann musste er sich um wichtige Angelegenheiten kümmern und bat das Trio, ihn zu entschuldigen.

Sie nahmen sich zwei Zimmer in einer der schönsten Tavernen in der Stadt und Fin zog sich erneut früh zurück.

»*Du bist so ausgesprochen nett*«, wunderte sich Fogo, als sie in ihrem Zimmer saßen.

»Die beiden erinnern mich an eine lang vergangene Zeit. Außerdem haben beide ein wenig Freude verdient. Wer weiß, was uns dieses finstere Wesen noch zumuten wird.«

»*Du meinst sicher den Gott der reinen Flamme.*« Fogo kicherte. »*Das heilige, reine und wahre Licht wird euch alle retten und die Ungläubigen verbrennen*«, äffte er die weißen Priester nach.

Fin musste lachen. »Genau den. Ich habe kein gutes Gefühl bei der ganzen Sache. Nichts Gutes erwächst aus fanatischer Anbetung. Und genau das machen die Priester. Fanatisch sein Wort verbreiten. Fanatiker bringen Leid, Schmerz und Unglück über alles, was sie berühren. Und wenn das Ganze mit Angst gepaart wird, ist Vernunft oft nicht mehr vorhanden. Auch, oder gerade, bei den einfachen Menschen. Ich hoffe, dass unser schönes Natlara sich ihrer erwehren kann.«

»*Das hoffe ich auch*«, stimmte Fogo zu. »*Aber ich weiß, dass du sie notfalls alle allein bezwingst. Und diesen Gott gleich mit. Öffnest du mir das Fenster? Ich würde gern jagen. Ayme will auch mit.*«

Manchmal war Fogo von seinem Fressen leicht abzulenken. Fin nickte und öffnete es ihm. Kurz darauf legte sie sich schlafen und träumte von einer großen, dunklen Gestalt, die mit Figuren auf einer Welt spielte und sie dadurch in Flammen setzte.

Am Morgen trafen sich alle im Kasernenhof, wo Reben schon wartete. Er hatte eine ganze Brigade antreten lassen, die sie mit großen Ehren verabschiedete. Bevor er sie entließ, beförderte er Ansou. Sie würde diese Brigade in Zukunft als Majorin anführen. Sie war perplex und hatte nicht damit gerechnet, das sah Fin ihr an. Aber sie war genau die richtige Person dafür, fand sie. Ansou hatte das verdient und Tangrintanien brauchte in Zukunft mehr von ihrer Sorte. Für Fin hatte Reben die beiden Dunkelstahlmesser, die sie in der Höhle bei dem Tierbesänftiger gefunden hatten. Dankend lehnte sie das Geschenk ab und überreichte sie stattdessen Toki, der sie ehrfürchtig in Empfang nahm.

Ansou und Toki hatten sich frühmorgens verabschiedet, vermutete Fin. Sie drückten sich nur kurz und gaben sich einen letzten Kuss. Dann stiegen Fin und Toki auf und ritten durch das Fayleator, an Faylea vorbei nach Bysmere und zur Stadt am Südpass.

Als sie am nächsten Tag die Mautstelle passierten, wandte sich Toki noch einmal um und sagte: »Ich hätte Anfang dieses Jahres nie gedacht, dass ich ein paar Monate später Tangrintanien in eine ungewisse Zukunft verlassen würde, um eine Prophezeiung zu suchen, die niemand kennt. Hoffentlich werde ich mein Zuhause wiedersehen.«

Fin erwiderte: »So das Schicksal will, wirst du das. Und jetzt lass uns dich zu einem richtigen Elementarier formen. Ich übernehme ab sofort deine morgendlichen Übungen.«

Toki blickte sie an und seufzte laut auf. Er wusste, dass sie ihn nicht schonen würde. Zusammen mit Fogo und Ayme ritten die beiden Elementarier – die zarte, schmächtige, rothaarige mit ihrem bronzenen Hautton und der größere, bärtige Langhaarige mit weißer Haut – den Pass entlang in die Regenlande.

Epilog

Die Krönungszeremonie war lang und anstrengend. Joska freute sich, als sie sich endlich in ihre Gemächer zurückziehen konnte. Sie fand die Bischöfe der Elemente langweilig und fad. Alte Männer, die sich wichtigmachten. Aber sie brauchte sie, um die Rechtmäßigkeit ihrer Regentschaft zu bezeugen. Eines der ersten schwachsinnigen Rituale, die sie abschaffen würde, beschloss sie. Immerhin hatte sie es endlich hinter sich. Unzählige Stunden, entweder auf einem harten Stuhl sitzen oder in der prallen Sonne stehen, hatten ihren Tribut gefordert. Ihre helle Haut war dafür nicht geschaffen, und Joska befürchtete, dass sie bis morgen einen Sonnenbrand bekommen hatte. Ihre Haut fühlte sich jetzt schon heiß an. Die feinen Sommersprossen würden in ein paar Tagen Zuwachs bekommen, da war sie sich sicher. Sie hasste es! Warum konnte sie nicht wie die meisten Frauen eine reine Haut haben, oder hübsche Locken. Ihre feinen goldenen Haare fielen wie sanfte Fäden über ihren Rücken. Auch das verachtete sie. Locken, sie wollte Locken haben.

›Vielleicht lasse ich bei den Zauberern in Blos Prana anfragen, ob es eine Möglichkeit gibt, mir diesen Wunsch zu erfüllen‹, überlegte sie. Geld hatte sie jetzt genug. Der kleine, dickliche Händler – Alliente Anvof, wenn sie sich richtig erinnerte – hatte dem Königreich sehr viel davon in die Kassen gespült. Das mochte sie. Sie mochte es allgemein, wenn ihre Macht wuchs. Egal ob in Form von Geld, von Soldaten oder von Gefälligkeiten, die jemand anderes ihr schuldete. Deswegen hatte

459

sie glücklicherweise ihren Vater, den alten Zauderer, dazu bewegen können, mehr Männer zum Dienst in die Armee einzuziehen. Sie hatte seine Angst vor einem Überfall der Träneninseln oder aus den Regenlanden gut gegen ihn ausgespielt, fand sie.

Als sie daran dachte, zog ein feines Lächeln über ihre vollen Lippen. Auch etwas, das ihr missfiel, sie hätte lieber schmale, zarte Lippen gehabt. Ob es auch dafür einen Zauber gab? Und am besten noch einen, der ihre Brüste verkleinerte. Natürlich sah sie damit in allen Kleidern hervorragend aus und konnte die Männer um den Finger wickeln, aber diese sahen zu oft nur darauf und beachteten sie selbst gar nicht. ›Möglicherweise wird das jetzt anders werden.‹ Wieder verzog sie ihre Lippen zu einem feinen Lächeln. Und wenn nicht, würde sie sie in den Kerker werfen oder sie anderweitig beseitigen. Bei dem Gedanken wurde ihr warm ums Herz. Sie war die Königin und konnte tun und lassen, was sie wollte. Endlich hatte sie ihr Ziel erreicht.

Nachdem sie sich etwas von den Strapazen des Tages erholt hatte, stand sie auf und rief einen Diener herein.

»Hol mir den Weißen her«, befahl sie und winkte den Mann fort. Sie schenkte sich Rotwein ein und betrachtete den blutroten Tropfen im Kristallglas.

›Ist Blut ähnlich wie dieser Wein oder ist es zähflüssiger?‹, fragte sie sich. ›Vielleicht sollte ich es ausprobieren.‹

Irgendein Diener würde bald etwas Dummes machen und dann konnte sie ihn bestrafen. Oder sie suchte sich einfach ohne Grund einen aus. Diener gab es genug. Was machte es schon, wenn einer verschwand.

Den Wein im Glas schwenkend, sinnierte sie darüber nach, was sie alles im Königreich ändern würde. Zuallererst die hirnverbrannten Gesetze und die Gerichte abschaffen. Sie war das Gesetz und sie war die Richterin. Für was brauchte man da den Rest. Das Volk hatte ihr zu dienen und nicht sie dem Volk. Das würde sie gleich morgen in Auftrag geben.

Und anschließend musste sie sich um ihre Armee kümmern. Ein paar der älteren Heerführer und der General-Major selbst waren zu sehr ihrem Vater ergeben und diesen schwachsinnigen Gesetzen. Sie hatte schon nachgedacht, wen sie stattdessen einsetzen würde. In der Königsgarde gab es ein paar, die geholfen hatten, ihren Plan umzusetzen. Die sollten dafür belohnt werden.

Sie blickte auf, als es an der Tür klopfte. »Kommt herein«, rief sie. Der Mann, der eintrat, trug eine Livree der Diener. Niemand würde er damit täuschen, dachte Joska. Er sah nicht ängstlich aus und auch nicht kriecherisch, wie die Diener ihr normalerweise gegenübertraten.

Er verbeugte sich und sagte: »Meinen Glückwunsch zu Eurer Krönung, Herrin. Die Krone steht Euch ausgezeichnet. Was wünscht Ihr von mir? Oder wünscht Ihr etwas von meinem Herrn?«

›Er hat recht.‹ Sie schaute sich im Spiegel an. ›Die Krone steht mir wirklich ausgezeichnet. Es hat nur so verflucht lang gedauert, sie auf meinem Kopf zu sehen.‹

»Ich wollte mich bei euch bedanken, Haltoe, und auch bei eurem Herrn, wenn er es wünscht«, beantwortete sie seine Frage. »Es ist zwar anders gelaufen, als wir uns das Ganze erdacht haben, aber letztendlich sind mein ekelhafter Vater und mein hirnloser Bruder dahin geschickt worden, wo sie hingehören. In die drei verfluchten Höllen!« Sie grinste böse. »Diese Elementarierin hat uns das Leben ganz schön schwer gemacht. Zum Glück ist sie abgereist. Inzwischen sollte sie unser schönes Königreich verlassen haben.«

»Da habt Ihr recht, Majestät. Mein Herr ist nicht erfreut, dass sie mit ihrer Macht das Land verlassen hat. Aber andere sind jetzt dafür zuständig, sie zu ergreifen und alles aus ihr herauszuquetschen. Kabaul hält sich in Ebras auf, wurde mir mitgeteilt. Er und seine Schlächter bereiten alles vor. Werdet Ihr zu Eurem Wort stehen?«

Sie winkte abweisend mit der Hand. »Natürlich. Gebt mir ein paar Wochen, um ein paar Änderungen im Reich vorzunehmen, danach werde ich eine Armee aufstellen lassen. Ich muss zunächst die Kommandanten meines Vaters austauschen.« Sie kicherte. »Ich denke, sie würden nicht gutheißen, was wir tun werden.«

Haltoe Kamtharg nickte. »Aber lasst Euch nicht zu lang Zeit, mein, oder sollte ich lieber sagen, unser Gott, duldet kein Versäumnis. Genauso wenig wie Versagen. Hätte die verdammte Elementarierin Ranmar nicht getötet, hätte er es selbst erledigt.« Er schauderte. »Gut, dass Ihr den Thron am Ende doch erhalten habt. Ich hätte ungern seinen Zorn auf uns gezogen. Was wird jetzt mit den Kirchen geschehen? Und mit unserer neuen Religion?«

Verächtlich sagte sie: »Die Kirchen sind mir egal und unbedeutend. Lasst sie einfach weitermachen mit dem, was sie immer tun. Die Armen und Schwachen aufpäppeln. Sie werden schon merken, dass sie damit nichts erreichen. Unser Gott wird sie sowieso läutern.«

»Und unsere neue Religion?« Haltoe wurde ungeduldig.

Joska merkte es und Ärger flammte in ihr auf. Da sie ihn und seinen Gott brauchte, schluckte sie ihn hinunter. Fürs Erste! »Ja, errichtet eure Altäre, wenn ihr das wünscht, und predigt, was euch beliebt. Es interessiert mich ehrlich gesagt nicht wirklich. Solange ihr dafür sorgt, dass wir unseren Plan weiterverfolgen können. Mein Bruder wollte ein Handelsimperium erschaffen. Ich will ein Imperium erschaffen, das sich nicht nur auf den Handel erstreckt. Die Regenlande werden das erste Reich sein, das wir uns einverleiben. Die vereinigten Königreiche von Parberg! Das ist es, was ich will! Und das ist es, was dein Herr mir versprochen hat. Kommt mit.« Sie winkte Haltoe heran und zeigte ihm an, dass er ihr auf den Balkon folgen solle. Dort machte sie eine große Handbewegung, die den ganzen Horizont einschloss. »Tangrintanien, Skuyle, die Träneninseln, die Regenlande, Ebras und Tadrium. Das ist es, was ich haben will!«

»Und das ist, was Ihr bekommen sollt«, stimmte Haltoe ihr zu. »Ruk ist in Skuyle und bereitet alles vor. Und auch in Ebras ist einer unserer Alakai und kümmert sich um unseren Plan.«

Joska Parberg, ehemalige Königstochter und nun selbst Königin, nickte und freute sich darüber, dass alles, was sie sich vorgenommen hatte, geglückt war. Jetzt musste sie sich um die nächsten Schritte kümmern. »Das war alles, Haltoe. Danke für

eure Dienste, das habt ihr gut gemacht. Ihr könnt jetzt gehen.«
Mit einer lässigen Handbewegung winkte sie den weißen Priester, Alakai seines Gottes, des reinen Lichts, hinaus. Sie bemerkte nicht, dass er verärgert die Mundwinkel verzog.

»Sehr wohl, Majestät. Schlaft gut und erfreut Euch an unserem Sieg.«

Sie stand noch einige Zeit am Balkon, blickte über ihr Königreich – jetzt Königinnenreich – und sinnierte über das nach, was sie in Zukunft alles besitzen würde. Dann rief sie einen Diener und verlangte, dass der oberste Kammerherr zu ihr geschickt werde. Er musste bestraft werden.

Vergnügt dachte sie an die scharfen Messer, die für sie bereit lagen.

Und ab morgen würde sie ein Imperium errichten!

Charaktere:

Götter:

Lutum – Gott des Feuers
Odem – Gott der Luft
Wodasch – Göttin des Wassers
Elgaria – Göttin der Natur
Tarre/Tarra – Gott/Göttin der Erde

Elementarier und Elementarierinnen:

Yeban Lufthärter – Ein Luftelementarier
Nyelene Conrin – Eine Luftelementarierin
Molaon – Ein Luftelementarier
Aldmat – Ein Luftelementarier
Delione – Eine Luftelementarierin

Finvara Schnellfeuer – Eine Feuerelementarierin
Voleria – Eine Feuerelementarierin
Aleidis – Eine Feuerelementarierin

Halnas – Ein Naturelementarier

Cykila – Eine Erdelementarierin
Peter ›Der Felsen‹ – Ein Erdelementarier

Evomee – Eine Wasserelementarierin
Tertins – Ein Wasserelementarier

Begleiter:

Ischve – Yebans Begleiterin; ein Griffin
Fogo – Finvaras Begleiter; ein Feuerfischdrache

.

Dorf an den Griffinfangseen:

Toki – Ein Schreiner; Sohn von Navil und Dosa
Navil – Ein Schreiner; Tokis Vater
Dosa – Tokis Mutter
Elle – Tokis Großmutter
Alessia – Tokis Schwester
Geffe – Ein Bauer; Mann von Alessia
Delnim – Tochter von Alessia; Tokis Nichte
Abies – Tochter von Alessia; Tokis Nichte
Renmond – Ein Schuster; Vater von Nissy
Nissy – Tochter von Renmond; verheiratet mit Farrar
Habat – Ein Freund von Toki
Farrar – Ein Freund von Toki; verheiratet mit Nissy
Ida – Eine Freundin von Toki
Ava – Idas Cousine
Jaard – Wirt
Buchart – Dorfvorsteher
Kreff – Stallknecht
Leista – Eine Dorfbewohnerin
Laley – Eine Dorfbewohnerin
Susara – Eine Dorfbewohnerin

Irani:

Reben Greigen – Oberst und Statthalter
Riggit – Eine Hauptmännin; Armbrustschützen
Emil – Ein Hauptmann; Schwertkämpfer
Fusch – Ein Hauptmann; Morgensternkämpfer
Felit – Ein Hauptmann; Reiterei
Ansou Sekah – Eine Leutnantin: begleitet Finvara
Esepe Witul – Ein Leutnant; begleitet Finvara
Feralla – Eine Leutnantin; begleitet Finvara
Johann – Ein Soldat in Ansous Kommando
Artin – Ein Soldat in Ansous Kommando
Julius – Ein Soldat in Ansous Kommando

Xanthsik:

Zonta Xirya – Äbtissin der Feuerkirche
Venrol – Abt der Luftkirche
Fertinand – Mönch der Luftkirche

Tannberg:

Elrich – Bischof der Feuerkirche
Esaem – Oberster Heiler der Feuerkirche
Delyma – Oberster Archivar der Feuerkirche
Jaka Parberg – Prinz von Tangrintanien
Joska Parberg – Prinzessin von Tangrintanien
Alliente Anvof – Händler; dient dem Prinzen
Ikk – Ein kleiner Junge; Mitglied der Gaunergilde
Iskal – Ein Mitglied der Gaunergilde
Saarol – Anführer der Gaunergilde
Lyrrol – Anführer der Gaunergilde
Arta – Hauptmann in der tangrintanischen Armee

Weitere Charaktere:

Ayme – Eine männliche Goldammer
Ruk – Ein Priester des weißen Lichts
Ranmar – Ein Priester des weißen Lichts
Uthr Edrolt – Ein Leinenhändler
Yggy – Uthrs Ochse
Elz – Ein Wanderer; Tokis Begleiter
Lootl – Ehemaliger König von Carane
Haltoe Kamtharg – Eine mysteriöse Gestalt
Sabrand – Dorfvorsteher von Jakine
Kabaul – Ein Krieger
Eliza – Eine Zauberin
Tails – Ein Gelehrter des Lufttempels

Übersetzung in die Allgemeinsprache:

Nördlicher Staatenbund:

Hved ar dat for mogat = Was war das?

Vi ar umdar emgrab, grib til veban! = Wir werden angegriffen, ergreift die Waffen!

Skel for hamda, I humda, dat ar alanemtelistan! = Los ihr Hunde, es ist die Elementarierin!

Kon mu, kallimg, nime soda borm vil heva mogat et spisa! = Komm Schlampe, meine Süßen wollen etwas fressen!

Jag her venmd og ned nad til dig, dramg. = Ich bringe dir Wasser und Essen, Junge.

Forstår du, hvad jeg siger? = Verstehst du, was ich sage?

Dreb dan! = Tötet sie!

Tamgrimtam luderflok! = Tangrintanisches Hurenpack!

Danksagung:

Mein Dank gilt besonders meiner Frau, die mich oft mit ihren Einfällen bezüglich Charakteren, Geschichten und Kreaturen inspiriert hat. Vor allem die Ideenfindungen in der Badewanne haben fantastische Dialoge, mystische Wesen und eine interessante Story erst möglich gemacht. Als erste Testleserin der jeweiligen Kapitel hat sie viele meiner, manchmal zu hochgestochenen, Begriffe und Redewendungen so abgewandelt, dass ein Roman entstand, der für alle lesbar ist.

Des Weiteren bedanke ich mich herzlich bei den anderen Testlesern, die sich immer über neuen Lesestoff gefreut haben.

Allen voran meine Mutter, die als passionierte Kennerin von Fantasy von diesem Roman schlichtweg begeistert war.

Evi Dietz, die mir gewissenhaft Anmerkungen zu den einzelnen Abschnitten hinterlassen hat. Sie hat damit das Buch definitiv bereichert.

Uschi Wittek, deren Bemerkungen mir auch das Gefühl gaben, dass ein Buch entstand, dass gern gelesen wird.

Ebenfalls bedanken will ich mich bei Jeanine Ziebarth für ihr außergewöhnlich akribisches und gutes Lektorat. Sie hat die letzten Ungereimtheiten entdeckt und entfernt.

Auch Sabine Hofbauer – meiner Korrektorin – möchte ich auf diesem Weg noch einmal meinen Dank aussprechen.

Und natürlich allen Leserinnen und Lesern, die hoffentlich einige schöne Stunden mit diesem Buch hatten.